HEYNE BÜCHER

Das Buch

Ruwenda ist ein fruchtbares, blühendes Land, das Menschen seit Urzeiten unter dem Schutz der Erzzauberin Binah bewohnen. Aber am Ende ihres langen Lebens fühlt Binah ihre Zauberkraft dahinschwinden.

Ruwenda ist in großer Gefahr, wenn sich ihre Hoffnung nicht erfüllt, die Rolle der Hüterin weitergeben zu können. Ihre Hoffnung sind die drei Prinzessinnen von Ruwenda, denen die Erzzauberin die Macht der mystischen Schwarzen Lilie verleiht. Sie ist das Wappen des Königshauses und das Symbol eines alten Zaubers, der niemanden in Ruwenda mehr bekannt ist.

Wenn die Prinzessinnen Haramis, Kadiya und Anigel, die zu wunderschönen jungen Frauen heranreifen, nicht für das Königreich ihrer Mutter kämpfen, dann ist das Reich der Schwarzen Lilie verloren. Als die Feinde aus dem benachbarten Labornok in Ruwenda eindringen, befiehlt Binah den Prinzessinnen zu fliehen und sich auf die Suche nach drei magischen Talismanen zu begeben, die – wieder zusammengefügt – ihre einzige Chance sind, das Königreich zurückzuerobern und das Volk zu befreien.

Drei der beliebtesten Fantasy-Autorinnen unserer Zeit, Marion Zimmer Bradley, Julian May und Andre Norten, haben gemeinsam einen märchenhaften Roman geschrieben, der auf ergreifende Weise Magie und Mystik, Liebe und Leidenschaft miteinander verbindet. Jede der Autorinnen gestaltete eine der drei Frauenfiguren. Dabei entstanden so unterschiedliche Charaktere wie die wißbegierige Haramis, die leidenschaftliche Jägerin Kadiya und die liebreizende, unschuldige Anigel. Und es entstand im harmonischen Zusammenspiel so unterschiedlicher Erzähltemperamente eines der bemerkenswertesten Werke der zeitgenössischen phantastischen Literatur.

Der Autorinnen

Marion Zimmer Bradley ist Autorin von Bestsellern wie *Die Nebel von Avalon* und *Die Wälder von Albion* und anderen.

Julian May ist Autorin des fünfbändigen Fantasy-Romans *Saga vom Pliozän-Exil*.

Andre Norten wurde als Autorin von Hexenwelt-Phantasien international bekannt.

MARION ZIMMER BRADLEY
JULIAN MAY
ANDRE NORTON

DIE ZAUBERIN VON RUWENDA

Roman

Aus dem Amerikanischen
von Marion Balkenhol

WILHELM HEYNE VERLAG
MÜNCHEN

HEYNE ALLGEMEINE REIHE
Nr. 01/9698

Titel der amerikanischen Originalausgabe
BLACK TRILLIUM

Die Originalausgabe erschien im Verlag Doubleday,
New York

Umwelthinweis:
Dieses Buch wurde auf
chlor- und säurefreiem Papier gedruckt.

10. Auflage

Printed in Germany 1999
Umschlaggestaltung: Atelier Ingrid Schütz, München
Umschlagillustration: Mark Harrison / Agentur Luserke, Stuttgart
Satz: H. Widmann, Berg
Druck und Bindung: Elsnerdruck, Berlin

ISBN 3-453-09221-X

FÜR UWE LUSERKE,
der das Samenkorn des Schwarzen Drillings
zum Keimen brachte

MOUNT GIDRIS
MOUNT ROTOLO
OHOGAN-GEBIRGE
EIS-HÖHLEN
TURM DES OROGASTUS
Movis
Nothar
Ende der Irrsümpfe
NOTH
GOLDSÜMPFE
Vispar
Trevista
Oberer Mutar
Unterer
SCHWARZ
Golobar
Skrokar
Nördliches Meer
N.
RAKTUM
Derorguila
LABORNOK
ENGI-INSELN
OHOGAN-GEBIRGE
RUWENDA
VAR
ZINORA
Südliches Meer
DIE HALBINSEL
Das Königreich RUWENDA
0 10 20 30 40 50
MEILEN
Sumpf/Moor
Ruinen

Handelsstraße nach Derorguila
LABORNOK
Vispir Paß
OHOGAN - GEBIRGE
FESTEN
Kabor
Prok
Goyk
Ort der Erkenntnis
Lamar
LAMARILU
DYLEX - GEBIET
Virk
Virkar
Bonorar
Zitadelle von Ruwenda
Bonor
Der große Damm
Wun-See
Tass
GRÜN-SÜMPFE
Tassfälle
TASSALEJO - WALD
WALD
Großer Mutar
N
W
O
S
Let
nach Var
Kovuko
©Claudia Carlson

PROLOG

Aus der Chronik der Halbinsel,
aufgezeichnet von Lampiar, dem letzten Wissenden von Labornok

Als die Könige von Ruwenda bereits seit siebenhundert Jahren die Herrschaft über die Moorwildnis, die man Irrsümpfe nannte, innehatten, tauchten sowohl in der Geschichtsschreibung als auch in Legenden Berichte über eine jener großen Veränderungen auf, die zuweilen das Gleichgewicht der Welt erschüttern.

Für die zivilisierten Völker der Halbinsel – in erster Linie für uns aus dem benachbarten Labornok – war die feuchte Hochebene von Ruwenda ein bedrückendes und rückständiges Ödland, das tatkräftigeren und fortschrittlicheren Völkern nur ein Dorn im Auge sein konnte. Um die Wahrheit zu sagen, Ruwenda war alles andere als ein gut regiertes Königreich, denn es gelang den Herrschern nie, die sonderbaren Eingeborenen, die in ihrem Herrschaftsbereich hausten, unter ihre Oberhoheit zu bringen. Statt dessen ließen die Könige von Ruwenda die gesetzlosen Enklaven der sogenannten Seltlinge bedenkenlos weiterbestehen, oftmals zum Schaden ihrer rechtmäßigen Untertanen, zu Lasten des Friedens im allgemeinen und der guten Ordnung im Königreich. Zwei dieser Eingeborenenstämme, die durch die Sümpfe ziehenden Nyssomu und die mit ihnen eng verwandten, aber scheueren Uisgu (kaum als menschliche Wesen zu bezeichnen und daher deutlich von der Natur dazu bestimmt, den ihnen Überlegenen zu dienen), wurden sowohl vom Königshaus als auch vom Kaufmannsstand in Ruwenda praktisch als Ebenbürtige behandelt, wenn ihnen auch nie ein Treueid abverlangt wurde. Darüber hinaus ist bekannt, daß es Angehörige der Nyssomu gab, die in der berühmten Zitadelle von Ruwenda ein und aus gingen, und daß einige dieser unkultivierten Geschöpfe sogar als höhergestelltes Dienstpersonal am königlichen Hof zugelassen waren!

Zwei weitere Stämme der Seltlinge – die in den Bergen hausenden Vispi und die halbzivilisierten Wyvilo aus den südlichen Regenwäldern – verhielten sich Menschen gegenüber ausgesprochen ungastlich, ließen sich aber dazu herab, mit den Kaufleuten aus Ruwenda regelmäßig Handel zu treiben. Die schattengleichen Glismak hingegen, die im Dschungel lebten, der an das Gebiet der Wyvilo grenzte, hatte zu jener Zeit kaum je ein Mensch zu Gesicht bekommen. Sie waren heimtückische Wilde, die mit Vorliebe Blutbäder unter den Seltlingen in ihrer Nachbarschaft anrichteten. Der letzte und größte Stamm der Seltlinge, die widerwärtigen Skritek, auch Wasserbestien genannt, lebten fast überall in den Sümpfen, waren aber am häufigsten in dem weitläufigen, stinkenden Moorland im Süden der Zitadelle von Ruwenda und in der Dornenhölle im Norden des Zentralgebietes anzutreffen. Diese Unholde der Irrsümpfe wurden von Karawanen als Wegelagerer gefürchtet und überfielen einsame Landgüter und menschliche Ansiedlungen. Mit Vorliebe ertränkten sie ihre Opfer oder quälten sie mit unsäglicher Grausamkeit, um sie anschließend in den Treibsümpfen dem Tode auszuliefern. Doch auf dem Thron von Ruwenda folgte ein König dem nächsten, ohne auch nur den Versuch zu unternehmen, das Land von dieser Bedrohung zu befreien.

Hinter vorgehaltener Hand war oftmals zu hören, daß die Fäulnis aus den Feuchtgebieten die Menschen in Ruwenda an Körper und Seele geschwächt habe. Ihre Herrscher seien ein unbekümmerter Haufen, dem es völlig an der rechten Feudaldisziplin mangele. Dann bestieg der gelehrte, aber eigenwillige Krain III. den Thron. Seine offenkundige Kurzsichtigkeit im Umgang mit den Nachbarvölkern machte deutlich, daß die Zeit reif war für aufgeklärtere und fortschrittlichere Methoden in einer gärenden Situation, unter der unser großes Königreich Labornok jahrelang gelitten hatte.

Zu allem Unglück war es jedoch so, daß Labornok genau die Dinge brauchte, die diese schwachen, ohnmächtigen

Nachbarn feilboten. Unsere Wälder waren schon vor langer Zeit gerodet und in Ackerland umgewandelt worden. Man war nun auf die Regenwälder in Ruwenda angewiesen, denn man brauchte sowohl Bauholz für Schiffe, um den blühenden Handel auf dem Meer aufrechtzuerhalten, als auch wertvolle Hölzer für die Einrichtung der stattlichen Bauten in Derorguila. Hinzu kam, daß aufgrund einer unbarmherzigen Laune der Natur die Hänge des undurchdringlichen Ohoganmassivs, die nach Labornok abfielen, keinerlei Bodenschätze enthielten, während der Gebirgszug auf der Seite von Ruwenda Gold- und Platinminen sowie vielerlei wertvolle Edelsteine in sich barg, die von reißenden Wildwassern ausgewaschen und hier und da im Gebirge abgelagert wurden. Die wertvollen Metalle und Kristalle wurden von den Vispi-Seltlingen wahllos aufgelesen und im Handel an die Uisgu weitergegeben. So gelangten sie schließlich in die Hände der Menschen aus Ruwenda. Andere Handelsgüter dieses eigenwilligen kleinen Königreiches waren wertvolle medizinische Sumpfkräuter und Küchengewürze, Felle von Würremern und Fytoxhäute sowie kuriose antike Gegenstände, die die Seltlinge aus Ruinenstädten in den unzugänglichsten Sumpfgebieten holten.

Doch auch in den besten Zeiten war der Handel zwischen Labornok und Ruwenda ein unbefriedigendes und bisweilen gefährliches Unterfangen. So mancher unserer ruhmreichen Könige hatte schon – erzürnt über eine neue Unverschämtheit der Ruwendianer – an seinem königlichen Schnurrbart genagt und seine Generäle aufgefordert, einen Plan zur Eroberung der kleineren Nation zu entwerfen! Aber es ist schwierig, in ein Land einzudringen, zu dem es nur einen Zugang gibt – den steilen, schmalen Vispir-Paß über das Ohoganmassiv, der von gut plazierten Befestigungsanlagen der Ruwendianer überwacht wird. All die unglückseligen Könige von Labornok, die den Versuch unternommen haben, kehrten nie zurück.

Überlebende ihrer geschlagenen Armeen wußten von dämonischen, eiskalten Nebeln zu berichten, von Wirbelstürmen, aus denen gespenstische Augen zu starren schienen, von überraschend aufkommenden Stürmen im Gebirge mit Schnee, Graupel und Hagel, von gewaltigen Bergrutschen, von explosionsartig sich ausbreitenden Seuchen, die alle Kriegsfronler hinwegrafften, sowie von anderen Unbilden, die über sie hereingebrochen waren. Es hatte fast den Anschein, als hätte man übernatürliche Kräfte gegen die Invasionen zu Hilfe gerufen. Doch selbst wenn die Vorposten auf dem Paß hätten eingenommen werden können, das aufgeweichte Sumpfland dahinter hätte ein noch größeres Hindernis dargestellt. Das wußte jeder Handelsmeister aus Labornok nur zu gut.

Diese wagemutigen, unabhängigen Männer der Handelsgilde, die ihre Privilegien und gewisse lebensrettende Zauberformeln vom Vater auf den Sohn vererbten, waren die einzigen Bürger unseres Königreichs, die den geheimen Weg in das Herz von Ruwenda kannten. Mancher General von Labornok hegte in seiner Wut und Enttäuschung über die vergeblichen Versuche, den wenig mitteilsamen Zunftmeistern die geeigneten Wegstrecken oder auch nur eine nützliche Landkarte zu entlocken, den Verdacht, daß schwarze Magie im Spiele war, die die Lippen dieser Männer während der Befragungen verschloß. Am Ende sollte der Weg jedoch durch eine List des mächtigen Zauberers Orogastus, auf den wir noch näher eingehen werden, entdeckt werden. In den alten Zeiten jedoch behielten die Handelsmeister ihr Geheimnis wohlweislich für sich und genossen ihr einträgliches Monopol ebenso wie ein beträchtliches Maß an politischer Macht.

Eine typische Karawane, angeführt von vier Meistern der Handelsgilde, war klein und bestand aus nicht mehr als zwanzig Wagen, vor die man Volumner gespannt hatte, und aus vielleicht fünfzig Männern. Nachdem die Meister den Befehlshabern der Festungen in den Bergen entsprechende Parolen genannt hatten, führten sie den Wagenzug auf einem nicht markierten und trügerisch erhöhten Fahrdamm in die Sümpfe. Nur wenige Stellen auf der zweihundert Meilen langen Strecke zwischen den bergigen Grenzgebieten und der Zitadelle von Ruwenda waren mit festem, nicht schwankenden Boden gesegnet. Im Osten der Handelsstraße lag das größte Trockengebiet, das Dylex-Land, wo in Poldern oder auf eingedeichten, trockengelegten Feldern neben ertragreichen Farmen und ausgedehntem Weideland auch vereinzelte Ortschaften zu finden waren. In Virk, der größten dieser Ansiedlungen, erhielten Mineralien, die von den Uisgu oder den Nyssomu geliefert wurden, den ersten Schliff. Virk wurde somit zu einem zweiten Handelszentrum für Edelsteine und wertvolle Metalle in Ruwenda. In weit größerem Umfang wurde jedoch in der Zitadelle, der Hauptstadt von Ruwenda, mit diesen Materialien gehandelt. Sie thronte auf einem ansehnlichen Felssockel, der sich inmitten der Irrsümpfe erhob.

Sobald die Handelsmeister in der Zitadelle angekommen waren, entrichteten sie den königlichen Wegezoll. (Zusätzlich zahlten sie vor ihrer Abreise eine willkürlich festgesetzte Warensteuer – das gehörte zu den wunden Punkten in den Beziehungen zwischen Labornok und Ruwenda.) Dann war es ihnen freigestellt, ihre Handelsgüter auf dem großen Markt der Zitadelle zu verkaufen, um anschließend Waren gegen Mineralien oder Nutzholz zu tauschen. Das Holz bezogen Zwischenhändler aus Ruwenda von den in den Wäldern hausenden Wyvilo. Handelsmeister, die auf der Suche nach ausgefalleneren Gütern waren, reisten in den für Ruwenda typischen viereckigen Flußschiffen oder in Plattbooten auf dem träge dahinfließenden Unteren Mutar einige hundert Meilen weiter flußaufwärts ins Land hinein bis zur Mündung des Vispar. Dort lag die Ruinenstadt Trevista – und auf ihren Plätzen fanden die legendären Jahrmärkte der Seltlinge statt. Diese Märkte wurden nur während der Trockenzeit abgehalten, da die Monsune, die vom Meer im Süden heraufbrausten, die Wasserstraßen des Sumpflandes unpassierbar machten. Allein die Seltlinge wagten sich dann noch in die Irrsümpfe, denn sie kannten die Wege und verfügten über Methoden der Fortbewegung, die sie vor vielen Jahrhunderten entwickelt hatten.

Trevista ist und bleibt eines der großen Geheimnisse unserer Halbinsel. Der Ort ist unvorstellbar alt und auch in seinem gegenwärtigen Zustand des beinahe vollständigen Zerfalls noch immer von atemberaubender Schönheit. Das Labyrinth der Kanäle, die zerbröckelnden Brücken und die erhabenen Ruinen der Gebäude sind von einer Vielzahl seltener Dschungelblumen überwuchert. Von der ursprünglichen Stadtanlage ist immerhin noch so viel übriggeblieben, daß man die Kunstfertigkeit und das technische Können ihrer Erbauer erkennen kann, die weit über den Fähigkeiten der meisten fortgeschrittenen Kulturen der Halbinsel lagen.

Diejenigen, die sich für solche Dinge interessieren, gehen davon aus, daß Ruwenda einst ein riesiger, von einem Gletscher gespeister See war, aus dem sich vereinzelt Inseln erhoben, die heute nur noch als leichte Anhöhen im Sumpf auszumachen sind. Von vielen dieser Erhebungen heißt es, daß sie von ähnlichen Ruinen bedeckt seien. Auch die Seltlinge können sich die alten Städte nicht erklären. Ihrer Ansicht nach wurden sie vom Versunkenen Volk errichtet und existierten noch, als ihre eigenen Vorfahren ins Sumpfland kamen. Auch die Zitadelle von Ruwenda, ein wahrer Berg aus verschlungenen Steinmauern, Bollwerken, Bergfrieden, Türmen und miteinander verbundenen Gebäuden, existiert schon seit uralten Zeiten. Es heißt, sie sei Sitz der ursprünglichen Herrscher der Halbinsel gewesen, wer immer das gewesen sein mag.

Aus den abgelegeneren Ruinen, zu denen nur die Eingeborenen Zugang hatten, stammten die begehrtesten Handelsgüter – antike Kunstgegenstände und mysteriöse kleine Apparate, die sowohl bei Sammlern in Labornok, als auch bei Möchtegern-Studenten okkulten Wissens in den entlegensten Winkeln der uns bekannten Welt hohe Preise erzielten. Aus Gründen, die noch ersichtlich werden, erlahmte dieser Handel, nachdem Kronprinz Voltrik Thronerbe von Labornok wurde und Ereignisse in Gang setzte, die den heißersehnten Sieg über diese Pestbeule, unseren kleinen Nachbarn im Süden, herbeiführen sollten.

Voltrik mußte wohl oder übel sehr lange auf seine Krone warten, denn sein Onkel, König Sporikar, lebte entschieden länger als die ihm zugedachten einhundert Jahre. Seine Wartezeit vertrieb sich Voltrik damit, daß er die Usurpierung einer weiteren Krone plante und weite Reisen unternahm. Von einer dieser Expeditionen in die Länder nördlich von Raktum brachte er einen neuen Begleiter mit, der ihm den Schlüssel zum Königreich Ruwenda liefern sollte – den Zauberer Orogastus.

Voltrik war damals in seinem dreißig-und-achten Jahr, eine äußerst stattliche Erscheinung, mit schwarzem Bart und von granitener Schönheit. Sein Temperament war unberechenbar und erschreckend wie ein Donnerschlag. Seine erste Gemahlin, Prinzessin Janeel, die er über alles liebte, starb bei der Geburt des einzigen Sohnes Antar. Seine zweite Gemahlin, Shonda, verschwand unter mysteriösen Umständen während einer Lossok-Jagd. Sie hatte in zehn Jahren Ehe keine Kinder zur Welt gebracht. Die leichtfertige Prinzessin Narice, seine dritte Gemahlin, wurde des Hochverrats bezichtigt, nachdem sie versucht hatte, mit einem Stallmeister durchzubrennen. Man steckte sie zusammen mit ihrem Geliebten in einen Sack aus Dornenvlies und verbrannte die beiden bei lebendigem Leibe.

Der Zauberer Orogastus wurde Voltriks Erster Ratgeber und schaffte es binnen kurzem, daß man ihn in ganz Labornok respektierte und fürchtete. Er war es auch, der dem Prinzen den dringenden Rat gab, den rechten Augenblick abzuwarten, ehe er sich eine vierte Braut nähme, und sich in Geduld zu üben, wenn er seine ehrgeizigen Pläne erfüllt sehen wolle. (Klugerweise enthüllte der Zauberer dem ungestümen Prinzen nicht, daß er noch weitere siebzehn Jahre warten müßte, bis der senile König Sporikar stürbe.)

In der Zwischenzeit errichtete Orogastus hoch oben an der Nordseite des Ohoganmassivs am Hang des Mount Brom eine Festung, wo er sich der Vervollkommnung seiner Zauberkünste widmete. Jedes ungewöhnliche Kunstobjekt aus vorgeschichtlicher Zeit, das die Handelsmeister von Labornok sich bei den Eingeborenen der Sümpfe verschafft hatten, wanderte jetzt unverzüglich in seine Hände, denn eine Vision hatte ihm gezeigt, daß einigen dieser sonderbaren Gegenstände eine ungeheure Macht innewohnte, die man sich zunutze machen könnte. Später ernannte Orogastus drei finstere Gestalten zu seinen Dienern, die als seine »Stimmen« bekannt wurden. Sie dienten ihm als Gehilfen und verlängerter Arm und waren beinahe ebenso gefürchtet wie ihr Meister. Auf der anderen Seite des mit Eis bedeckten Ohoganmassivs, in den Vorgebirgen Ruwendas, dort, wo der Nothar seinen schnellen Lauf verlangsamte und sein Flußbett verbreiterte, lebte noch eine Person, die sich mit Magie beschäftigte. Es war die Erzzauberin Binah, bekannt auch unter dem Namen Weiße Frau, die seit ungezählten Jahren in den Ruinen von Noth wohnte, einer der alten Städte des Versunkenen Volkes. Sie war für die menschliche Bevölkerung von Ruwenda nur wenig mehr als eine Legende, denn gewöhnliche Sterbliche hatten sie nie zu Gesicht bekommen. Gleichwohl beschworen sie die Weiße Frau nach wie vor in Zeiten der Gefahr und verehrten sie von alters her als Hüterin ihres Landes.

Einzig und allein die Seltlinge und das Königshaus von Ruwenda kannten die Wahrheit, die hinter dieser Legende steckte: Es war Binahs wohlmeinendem Zauber zu verdanken, nicht dem schwer zugänglichen Terrain, daß die Irrsümpfe vor möglichen Plünderern bewahrt wurden. Aber das Gewicht der Jahre beugt jene, die sich mit Zauberei befassen, ebenso wie jene, die keine Zauberkraft besitzen. Während der Herrschaft Krains III. fiel es Binah zunehmend schwerer, die geheimen Schutzwälle, die sie um Ruwenda errichtet hatte, aufrechtzuerhalten. Und in dem Maße, wie ihre Fähigkeiten dahinschwanden, nahmen die des teuflischen Orogastus an Wirkungskraft zu.

Es geschah aber, daß Kalanthe, die Königin von Ruwenda, nach vielen Jahren der Unfruchtbarkeit endlich niederkam. Indes, nichts verlief so, wie es sein sollte. König Krain kniete neben seiner gepeinigten Gemahlin und beschwor Mächte, die im Laufe der Zeit beinahe in Vergessenheit geraten waren und die er seit seiner Kindheit nicht mehr beim Namen genannt hatte.

Aus der dunklen Nacht, die dicht und träge über dem großen Sumpf hing, tauchte ein Vogel auf, der so gewaltig war, daß er mit den ausgebreiteten Flügeln das Dach des Hohen Turms der Zitadelle hätte bedecken können. Ohne jeden Zweifel war es einer der furchteinflößenden Lämmergeier, die auf den unzugänglichsten Klippen des Ohoganmassivs hausten. Die Erzzauberin Binah stieg von seinem Rücken, und alle, die Wache hielten oder in den Hallen Dienst taten, fielen bei ihrem Anblick ehrfürchtig auf die Knie. Von ihrer äußeren Erscheinung her schien sie nur eine alte Frau zu sein, eingehüllt in einen mit silbernen Ornamenten eingefaßten weißen Mantel, der bei der leisesten Bewegung die blaßblaue Farbe überschatteter Schneefelder annahm; aber sie hatte etwas an sich, das alle Fragen verstummen ließ. Es war undenkbar, daß jemand versuchen könnte, ihr auf dem raschen Weg zum Bett der Königin Einhalt zu gebieten. Alle, die ihrer leidenden Herrin beistanden, weinten, seufzten und beteten laut, denn es war offensichtlich, daß Kalanthe das neue Leben, das in ihr um seine Existenz kämpfte, nicht hervorbringen konnte und dem Tode nahe war. Ihr wunderschönes rostbraunes Haar klebte ihr dunkel vom Schweiß ihrer Qualen am Kopf, und sie ergriff König Krains Hand wie eine Ertrinkende, die sich an ein rettendes Seil klammerte. Die Erzzauberin trat näher und sagte: »Seid ganz ruhig. Alles wird gut werden. Kalanthe, geliebte Tochter, sieh mich an.«

Die Königin riß die Augen weit auf und hörte auf zu stöhnen. Der arme Krain wollte nicht von der Seite seiner Gemahlin weichen, aber eine einzige Handbewegung der Erzzauberin erfüllte ihn plötzlich mit Hoffnung. Er trat ein paar Schritte zurück und bewegte die Höflinge und Kammerzofen der Königin, der Besucherin Platz zu machen.

Die königliche Hebamme, eine Eingeborene namens Immu, stand neben dem Bett und hielt einen Becher mit einem Kräutertrank in der Hand, den sie der Königin nicht hatte einflößen können. Die Erzzauberin Binah gab dem kleinen nichtmenschlichen Weiblein ein Zeichen, vorzutreten und den Becher zu heben. Und dann geschah ein großes Wunder. Alle Anwesenden, die sterbende Königin eingeschlossen, stießen Rufe der Verwunderung aus, denn Binah hielt eine schwarze Drillingslilie über den Becher – mit Wurzel, Blättern und einer einzelnen, dreiblättrigen Blüte –, ein sagenumwobenes Sumpfkraut, das so selten war, daß nicht einmal die Seltlinge im Palast sagen konnten, wo und ob es überhaupt noch zu finden war. Diese Pflanze aber war das Zeichen des Königshauses von Ruwenda, und zu den wertvollsten Kronjuwelen gehörten Bernsteine, in denen winzige Versteinerungen dieser Blüte eingeschlossen waren, nicht größer als der Kopf einer Stecknadel.

Aber diese Blume war nicht klein. Sie war so breit wie die Handfläche der Erzzauberin und von einem Schwarz, tiefer als Seidensamt. Binah pflückte die Blüte der Drillingslilie und ließ sie in den Becher fallen, die Pflanze selbst versteckte sie unter ihrem Umhang. Sie wartete noch zehn Atemzüge, bis die Blume sich aufgelöst hatte, dann nahm sie den Becher mit dem Heiltrank aus den Händen der Hebamme und gab dem König ein Zeichen.

Geschwind eilte Krain herbei, nahm seine geliebte Gemahlin in den Arm und stützte sie, während sie an dem Getränk nippte, um dann Zug um Zug den Becher zu leeren.

Nun legte sich die Königin wieder in ihre Kissen zurück. Plötzlich stieß sie einen mächtigen Schrei aus – eher triumphierend denn schmerzvoll –, und die Hebamme Immu sagte: »Sie kommt nieder!«

Rasch hintereinander kamen drei kleine Prinzessinnen zur Welt. Und das war ein großes Wunder, da Mehrfachgeburten in der menschlichen Aristokratie nur selten vorkommen.

Die Kleinen brüllten kräftig und waren, wenn auch klein, so doch vollkommen geformt, eine jede in Gestalt und Hautfarbe ein wenig anders als die anderen beiden. Als die Prinzessinnen behutsam in ein bereitliegendes Tuch gelegt wurden, nannte die Erzzauberin jeweils einen Namen und legte dem kleinen Wesen einen sonderbar verschnörkelten goldenen Anhänger auf die Brust, in den Honigbernstein eingelegt war, der eine Knospe der Drillingslilie enthielt.

»Haramis«, sagte sie zum ersten Kind, wie man einen lieben Freund oder Schützling willkommen heißt, »Kadiya«, grüßte sie die zweite, während sie die dritte mit »Anigel« empfing.

Dann blickte sie über die Kinder hinweg auf den König und die Königin, die ihrem Tun staunend zusahen, und sagte in der Art, wie man Prophezeiungen verkündet, als wollte sie ihre Worte allen, die sie hörten, tief ins Gedächtnis einprägen:

»Die Jahre kommen und gehen geschwind. Was oben ist, wird fallen, was zärtlich geliebt wird, geht verloren, was verborgen ist, muß, wenn die Zeit gekommen ist, aufgedeckt werden. Und dennoch sage ich Euch, daß alles sich zum Guten wenden wird. Meine Tage neigen sich dem Abend zu, wenn ich auch tun werde, was ich tun muß und tun kann, ehe die Nacht endgültig hereinbricht. Diese drei Blätter des Lebenden Drillings, Kinder aus Eurem Hause, Krain und Kalanthe, erwartet ein grausames Schicksal, und schreckliche Aufgaben liegen vor ihnen, doch die Zeit dafür ist noch nicht gekommen.«

Noch ehe der König und die Königin nach der Bedeutung ihrer Warnung fragen konnten, drehte sich die Erzzauberin Binah um und entschwand. Die Kammerzofen und die Hebamme Immu waren völlig von den schreienden Säuglingen und den notwendigen Pflichten bei der Niederkunft der Königin in Anspruch genommen, während der König hinausging, um die freudige Nachricht zu verkünden und eine Zeit des Feierns auszurufen. Die magischen Drillingsamulette wurden an feine Goldkettchen gehängt, die die Prinzessinnen von nun an Tag und Nacht um den Hals trugen.

Wie die Erzzauberin vorausgesagt hatte, zog die Zeit ins Land; und mit ihr ging auch eine gewisse Vergeßlichkeit einher. Die drei Prinzessinnen wuchsen zu starken, wunderschönen Mädchen heran, die von ihren Ammen und von den Eltern oft die Geschichte jener sonderbaren Szene ihrer Geburt zu hören bekamen. Den Mädchen erschien es jedoch mehr und mehr wie ein Märchen, vor allem die unheilverkündende Warnung, denn es gab nichts, was ihr Wohlbefinden in der Zeit ihres Heranwachsens getrübt hätte, und wie die meisten jungen Menschen interessierten sie sich mehr für die Gegenwart als für die Vergangenheit. Prinzessin Haramis war der Liebling ihres gelehrten Vaters. Schon als kleines

Kind verlangte sie nach Wissen, wie es in Büchern zu finden ist, plagte die königlichen Schreiber und Weisen mit Fragen, die sich für weibliche Angehörige des Königshauses nicht ziemten. Auch Musik verzauberte sie, vor allem Flötenmusik und die Klänge der Harfe aus dem Holz des Ladubaumes. Sie war oft mit dem Seltling Uzun zusammen, der ein berühmter Sänger und Geschichtenerzähler war. Er konnte mit seinen lustigen Fabeln und seinem weisen Rat tiefe Melancholie in ausgelassene Fröhlichkeit verwandeln.

Prinzessin Kadiya erwies sich schon früh als Liebhaberin von Tieren und Vögeln, vor allem der sonderbaren Geschöpfe tief in den Sümpfen. Sie liebte es, unter freiem Himmel zu leben und die entlegenen Gebiete des Königreiches zu erforschen. Ihr Führer und Lehrer in naturgeschichtlichen Dingen war der Seltling Jagun, königlicher Tierhüter und Erster Jäger der Zitadelle.

Prinzessin Anigel, zart und empfindsam wie eine der Blumen, die sie so sehr liebte, war ein schüchternes Kind, wenn sie auch gern lachte, und sie hatte ein weiches Herz, das beim Anblick kranker oder leidender Kreaturen nur so dahinschmolz. Zur großen Freude von Königin Kalanthe fand sie Gefallen an häuslichen und zeremoniellen Pflichten, die ihre Schwestern verachteten. Ihre engste Vertraute war jene Immu, die Hebamme der Königin und ihre Amme gewesen war. Jetzt war sie Apothekerin in der Zitadelle und stellte nicht nur Mixturen und Essenzen aus Heilkräutern her, sondern auch köstliche Duftwässerchen, Konditoreizutaten und ausgezeichnetes Bier.

Es kam die Zeit, da die Prinzessinnen das heiratsfähige Alter erreichten. Ruwenda war siebzehn Jahre lang auf Kosten von Labornok zu Wohlstand gekommen. Auf Geheiß des Zauberers Orogastus hielt Kronprinz Voltrik um die Hand von Haramis, der Thronerbin, an. Sehr zu seinem Verdruß wurde er abgelehnt, da König Krain in Ermangelung eines männlichen Thronerben bereits beschlossen hatte, am bevorstehenden Fest des Dreigestirns seine älteste Tochter mit dem zweiten Sohn des Königs Fiodelon von Var zu verloben. Dieser Prinz mit Namen Fiomakai würde den Thron von

Ruwenda als Mitregent mit Haramis teilen. Das Volk von Var im Süden des Tassaleyo-Waldes in der fruchtbaren Ebene des Großen Mutar pflegte weder auf dem Gebiet des Handels noch auf diplomatischer Ebene regen Austausch mit Ruwenda. (Es war jedoch ein ernstzunehmender Gegner von Labornok, was den Seehandel betraf!) Doch wenn es je gelänge, die wilden Glismak zu unterwerfen und den Großen Mutar für die Handelsschiffe aus Var zu öffnen, könnte dem lukrativen Handel Labornoks mit Ruwenda durchaus der Boden unter den Füßen entzogen werden ...

An diesem kritischen Wendepunkt in der Geschichte der Halbinsel schloß der alte König Sporikar schließlich die Augen vor der Welt, und Voltrik wurde König von Labornok. Auf Drängen von Orogastus, seinem neu ernannten Truchseß, rief Voltrik seinen erwachsenen Sohn, Kronprinz Antar, und den Obersten Befehlshaber Labornoks, General Hamil, zu sich. Er gab ihnen den Befehl, die sofortige Invasion Ruwendas vorzubereiten.

1

Abermals zuckte unten über den äußeren Festungsanlagen der belagerten Zitadelle ein bläulich-weißer Blitz und blendete die Königsfamilie und ihre Höflinge und Lehnsmänner, die sich in einem Erker auf halber Höhe des großen Bergfrieds versammelt hatten, um den Lauf der Ereignisse zu verfolgen. Im Bruchteil einer Sekunde traf der anschließende Donnerschlag ihre Ohren.

Voller Verzweiflung stöhnte König Krain laut auf. »Bei der Weißen Frau, diesmal kann es keinen Zweifel geben! Zauberer Orogastus hat in der Tat aus heiterem Himmel den Blitz herabgerufen und mit diesem Schlag eine Bresche zur inneren Festung geschlagen!«

Zu Hunderten drangen Fußsoldaten aus Labornok durch die breite, neu entstandene Öffnung. In dichtem Abstand folgten ihnen Berittene, allen voran der erbarmungslose General Hamil. Die tapferen Verteidiger der Zitadelle fielen unter den Streichen der Angreifer wie Röhricht im Orkan. Sekunden später leuchtete ein drittes magisches Feuer auf, dann ein viertes, und nach jedem Aufleuchten strömte der Feind in Horden durch die frisch geschlagenen Öffnungen in den Festungsmauern.

»Das ist das Ende«, sagte der König. »Wenn Orogastus mit seinen ungeheuren Blitzen jene Wehrmauer aus alter Zeit mit ihren unzähligen Bollwerken durchbrechen kann, dann bietet auch der große Bergfried keine Sicherheit mehr.«

Er wandte sich einem seiner Lehnsmänner zu. »Lord Sotolain, holt mir meine Rüstung. Und Euch, Lord Manoparo, betraue ich mit der Sicherheit unserer geliebten Königin und der Prinzessinnen. Bringt sie in den verborgenen Raum, wo Ihr sie mit Euren Rittern bis zum letzten Blutstropfen verteidigen müßt. Die anderen bereiten sich darauf vor, an meiner Seite den Gegner aufzuhalten.«

Königin Kalanthe nickte ergeben; Prinzessin Anigel jedoch

erhob ein herzergreifendes Wehklagen, und mit ihr weinten die Kammerzofen. Prinzessin Haramis war zu einer finster dreinblickenden Marmorstatue erstarrt. Nur die großen blauen Augen und die glänzenden schwarzen Locken linderten den farblosen Eindruck ihrer blassen Haut und ihrer weißen Gewänder. Prinzessin Kadiya, die in ihrem grünledernen Jagdanzug sehr unweiblich gekleidet wirkte, zog ihren Dolch aus der Scheide und schwang ihn über dem Kopf.

»Eure Majestät – lieber Vater – laßt mich kämpfen und an Eurer Seite fallen! Das ist mir tausendmal lieber, als mich mit flennenden Weibern zu verkriechen, während diese Bastarde aus dem Flachland Ruwenda erobern!«

Die Königin und die Adligen rangen nach Luft; Prinzessin Anigel und die Zofen ließen von ihren Klagen ab und blickten verblüfft auf.

Prinzessin Haramis lächelte nur kalt. »Ich glaube, Schwester, daß du dein kämpferisches Können zu hoch einschätzt. Du hast es hier nicht mit larvenähnlichen Reffinchen zu tun, die bei der Jagd vor deinen Spielzeugspeeren die Flucht ergreifen, sondern es sind bewaffnete Anhänger des Königs Voltrik, die durch den Bann eines bösen Zauberers geschützt sind.«

»Die Seltlinge behaupten, daß eine Frau aus dem Königshaus von Ruwenda einst Labornok zu Fall bringen wird, indem sie seinen garstigen König erschlägt!« entgegnete Kadiya scharf.

»Und du selbst hast dich zu unserer Retterin erkoren?« Haramis lachte verbittert auf, doch dann füllten sich ihre Augen mit Tränen, und sie glitzerten wie ein Strom, der blaues Gletschereis umspült. Sie schrie: »Hör auf, dumme Gans! Erspar uns deinen albernen Auftritt. Siehst du nicht, wie du unsere Mutter quälst?« Die Königin richtete sich stolz auf. Sie trug, ähnlich wie Anigel, das traditionelle höfische Tageskleid von Ruwenda aus schlichtem Satin, dessen Ärmel und Mieder gitterförmig gefältelt waren. Das Kleid der Prinzessin war zartrosa; die Königin hingegen hatte an diesem Morgen ihre Dienerinnen angewiesen, sie mit blutrotem Gewand und Umhang herauszuputzen.

Kalanthe sagte: »Mein Herz ist voll Sorge und Angst um uns alle, doch ich kenne meine Pflicht. Kadiya, baue nicht auf die Prophezeiungen der Seltlinge. Unsere Diener vom Stamm der Nyssomu sind aus der Zitadelle geflohen und haben sich in die Sicherheit der Irrsümpfe begeben. Nun dürfen wir uns allein dem Feind stellen. Was deine kriegerischen Ambitionen betrifft ...«

Sie mußte husten, denn Rauchschwaden stiegen an der Mauer empor, nachdem die Eindringlinge mit anderen Zaubermaschinen Feuerbälle auf die Holzgebäude im inneren Burghof geschleudert hatten, die sofort in Flammen aufgingen. »Du mußt bei uns bleiben, wie es sich für deinen Rang und deine Stellung geziemt.«

»Dann will ich *Euch* verteidigen«, rief Prinzessin Kadiya, »und meine Schwestern. Denn wenn König Voltrik die Prophezeiung der Seltlinge bekannt ist, wird er es nicht wagen, eine von uns Frauen aus dem Königshaus am Leben zu lassen. Ich will mein Leben teuer verkaufen, und ich werde mich Lord Manoparo und den Lehnsmännern anschließen, die Euch beschützen, und mit ihnen sterben, wenn das Schicksal es bestimmt.«

»Oh, Kadi, das kannst du nicht tun!« schluchzte Prinzessin Anigel. »Wir müssen uns verstecken und beten, daß die Weiße Frau uns errettet!«

»Die Weiße Frau ist eine Legende!« sagte Kadiya. »Nur wir selbst können uns retten.«

»Sie ist keine Legende«, murmelte Anigel so leise, daß ihre Stimme im Lärm des Kampfes, der sich zwanzig Ellen unter ihnen abspielte, unterging. »Das mag sein, wie es will«, gab Haramis zu. »Immerhin scheint sie es aufgegeben zu haben, dieses unglückliche Land zu beschützen. Wie sonst hätte der Feind aus Labornok ungestraft den Paß überwinden, den Sumpf durchqueren und die Zitadelle überfallen können?«

»Schweigt, Töchter!« mahnte der König. »Der Feind kann in jedem Augenblick den Bergfried angreifen, und ich muß euch bald verlassen.« Er befahl ihnen, sich vom offenen Erker ins Innere des Bergfrieds zurückzuziehen, in den Raum, der einst als Sonnenzimmer für die Frauen der königlichen Familie eingerichtet worden war. Die hellen Seidenkissen und die vergoldeten Stühle waren achtlos von gepanzerten Füßen zur Seite getreten worden, und der Rahmen eines Wandteppichs lag in einem traurigen Haufen neben der kalten Feuerstelle, zusammen mit weggeworfenen Büchern und einer Zimbel, deren Resonanzboden zersplittert war. Der König wandte sich jetzt an seine zweite Tochter und sprach mit großem Ernst.

»Kadiya, es ist nicht recht, wenn du deine Mutter und deine Schwestern mit deinem tollkühnen Benehmen und dem Gerede über den Unsinn, an den die Seltlinge glauben, quälst. Hätte König Voltrik um die Hand deiner Schwester Haramis angehalten, wenn er an dieses Märchen über weibliche Krieger glaubte? Als Herrscher über dieses Königreich ist es meine Pflicht, es zu verteidigen oder im Kampf umzukommen. Aber deine Pflicht besteht darin, zu leben und deine Mutter und deine Schwestern zu trösten. Und du kannst sicher sein, daß deine Last leichter ist als die deiner armen Schwester Haramis, die sich Voltrik ohne Zweifel am Ende unterwerfen muß.«

Bei diesen Worten brachen alle Kammerzofen abermals in Wehklagen aus, und die Ritter riefen laut: »Mitnichten, niemals!« Es herrschte ein solcher Tumult aus Klagen und Rufen, daß die neuerliche Salve von kleineren, nicht zu ortenden Explosionen, das Waffengeklirr und die Schreie der Verwundeten und Sterbenden kaum zu ihnen hereindrangen.

»Still! Ihr alle seid jetzt still!« schrie König Krain.

Doch sie hörten nicht auf ihn, denn er war kein absolutistischer Monarch, der durch die Macht seiner Persönlichkeit herrschte. Er hatte im Gegenteil seine Untertanen ermutigt, ihn als Vater und Ratgeber zu betrachten.

Seit vierhundert Jahren, seitdem die Invasion König Pribiniks des Tollkühnen aus Labornok fehlgeschlagen war, hatte das Volk in Ruwenda in Frieden gelebt. Verbrechen und innere Zwietracht hatte es in Ruwenda kaum gegeben – wenn man einmal absah von einem gelegentlichen Diebstahl oder einem geisteskranken Mörder oder den saisonbedingten Plünderungen der widerwärtigen Skritek, die eine willkommene Rechtfertigung für Ritterzüge lieferten. In dieser lange währenden Friedenszeit hatte die Kriegskunst gelitten, und die Lehnsmänner hatten alles vergessen, was sie je über Strategie oder Taktik gehört hatten. Die Könige von Ruwenda ließen ihre Untertanen nach Gutdünken schalten und walten, vorausgesetzt, daß im allgemeinen Gerechtigkeit und Ruhe vorherrschten und die üblichen Staatseinnahmen in die königliche Kasse gelangten. Ruwenda hatte seit alters noch nie ein stehendes Heer gehabt. Die Lehnsmänner waren dazu ausersehen, der vollstreckende Arm des Thrones zu sein, und die Festungen auf den Bergen wurden wechselweise mit Truppen freier Bürger aus dem Dylex-Land besetzt, die als Gegenleistung dafür von Steuern befreit waren. Die Gutsherren in Ruwenda folgten dem Beispiel des Königshauses und regierten ihre Lehnsgüter mit leichter Hand. Und das hatte allen Vorteile gebracht, ausgenommen den Faulen, die es ohnehin nicht besser verdienten.

Das abgeschiedene kleine Ruwenda war offenbar das glücklichste Land auf der gesamten Halbinsel gewesen, wenn nicht in der gesamten bekannten Welt, bis ... ja, bis die Zaubersprüche von Orogastus den Vispir-Paß für das habgierige Labornok öffneten und der geheime Weg entdeckt wurde, auf dem die Armee König Voltriks durch die Irrsümpfe zur Zitadelle marschierte.

Alles in allem hatte es nur zehn Tage gedauert. Weder Zauberstürme noch Nebelgeister noch andere Katastrophen, die König Pribinik eine Niederlage beigebracht hatten, machten Voltrik zu schaffen. Gerüchten zufolge sollten sich sogar die widerwärtigen Skritek mit ihnen verbündet haben! Unter der Ägide des Zauberers Orogastus hatten die Streitkräfte aus Labornok die Festungen auf den Bergen in Windeseile in Schutt und Asche gelegt, die Dylex-Ortschaften in der Nähe geplündert und ihre Bewohner in die entlegenen östlichen Landesteile verjagt. Sie hatten die äußeren Bollwerke der Zitadelle nahezu ohne Gegenwehr erreicht. Schon bald würde sie sich Voltrik ergeben, und mit ihr das gesamte Königreich. Während die Königsfamilie mit ihren Höflingen die Belagerung beweinte und mit ihrem Schicksal haderte, wurde es plötzlich erneut gleißend hell, und ein ohrenbetäubender Knall ließ die dicken Mauern des Bergfrieds erzittern wie eine Strohhütte im Wintermonsun. Für eine Schrecksekunde trat in und außerhalb der Zitadelle absolute Stille ein. Dann erscholl von unten ein Gebrüll aus zehntausend Kehlen und der triumphierende Klang von Signalhörnern. Allen war klar, was das bedeutete: Das Tor des mächtigen Zentralbaus war aufgesprengt worden, und die Invasoren drangen ein.

Lord Sotolain kam nun mit der Rüstung und half dem König, sie rasch anzulegen. Krain seufzte, als er das wuchtige Schwert seines Ur-Ur-Urahnen Karaborlo emporhob. Er wußte ebenso gut wie seine Lehnsmänner, daß er es tapfer, aber ohne Erfolg einsetzen würde. Weder die prachtvolle Rüstung aus glänzendem, mit Saphiren besetztem Stahl noch der mit einer Krone geschmückte Kampfhelm, den die Nachbildung eines Lämmergeiers aus Platin zierte, konnten aus König Krain mehr machen, als er tatsächlich war – ein gutmütiger Mann in mittleren Jahren, großherzig und von edlem Sinn, doch als Krieger hoffnungslos ungeeignet. Nachdem er den Helm festgebunden hatte, nahm er von seiner Familie Abschied. »Ich war stets ein Gelehrter und kein Kämpfer, und das bereue ich nicht. Viele Generationen lang hat unser geliebtes Land nur Frieden gekannt. Wir standen unter dem Schutz – so hat man uns zumindest glauben gemacht – der Erzzauberin Binah: sie, die man die Weiße Frau nennt, die Frau von der Blume, die Beschützerin, die Hüterin der Schwarzen Drillingslilie. Viele von uns, die wir hier an diesem unglückseligen Tage stehen, haben sie gehört und gesehen, als sie bei der Geburt unserer drei Prinzessinnen ein wahres Wunder vollbrachte. Die Erzzauberin sagte uns voraus, daß alles gut ausgehen werde, aber sie sprach auch geheimnisvoll von einer bestimmten Vorsehung und von schrecklichen Aufgaben, die auf die Königstöchter warteten. Wir verstanden ihre Worte nicht, und die meisten von uns – zu denen auch ich zähle – können sich kaum daran erinnern. Doch sollten wir sie in diesem Augenblick bedenken, denn sie können uns ein Fünkchen Hoffnung geben. Ehrlich gesagt, ich weiß nicht, woher ich sie sonst nehmen sollte.«

Trotz seiner stählernen Rüstung nahm er die Königin zärtlich in den Arm und küßte sie. Dann wandte er sich Haramis zu – sie war die einzige, deren Gesicht noch nicht tränenüberströmt war – und Kadiya, die sich schließlich gefügt hatte, und der goldhaarigen Anigel, die nicht aufhören konnte zu weinen.

Nachdem er von seinen Freunden Abschied genommen hatte, verpflichtete er noch einmal höchst feierlich den ehrwürdigen Lord Manoparo und die vier Ritter an seiner Seite auf ihr Ehrenwort, und sie schlugen sich mit einer Geste der Lehnstreue an die gepanzerte Brust und zogen ihre Schwerter. Dann wandte sich der König ab. Mit seinem hochgeborenen Knappen Barnipo, der den königlichen Schild vor ihm hertrug, ging er zur Tür des Sonnenzimmers hinaus, und die meisten Lehnsmänner folgten ihm. Die Zeit war gekommen, daß er seine Bestimmung erfüllte, und unter den Zurückgebliebenen zweifelte niemand daran, wie sie aussehen würde.

Als nach diesem Tag der Eroberung die Nacht hereinbrach, erloschen die Feuer in der Zitadelle, und ihr Rauch vermischte sich mit den ungesunden Dämpfen, die aus den Sümpfen heraufzogen. Die Bergkuppe, auf der die Hauptstadt von Ruwenda stand, erschien wie eine Insel inmitten eines wogenden Wolkenmeeres. Ritter von Labornok unter der Führung von General Hamil, die die letzte Abwehr der Lehnsmänner von Ruwenda siegreich überwunden hatten, zerrten den geschlagenen König Krain und seinen Knappen Barnipo vor König Voltrik, Kronprinz Antar und den Zauberer Orogastus. Im Thronraum befanden sich bereits etliche Gefangene – allesamt Angehörige des ruwendianischen Adels, an Händen und Füßen gefesselt und gut bewacht –, damit sie Zeuge der Kapitulation ihres Volkes wurden. Das Banner Labornoks, scharlachrot mit drei gekreuzten, goldenen Schwertern, hing an der Wand hinter dem Thron, auf dem Voltrik nun saß.

Krain war inzwischen dem Tode nah. Er blutete heftig aus tiefen Wunden im rechten Arm und in der Leiste und mußte von zwei Rittern aus Hamils Gefolge gestützt werden, als man ihn vor König Voltrik führte und auf die Knie zwang.

Einer seiner Häscher schleuderte Krains zerschmetterten himmelblauen Schild zu Boden. Das Bild der Schwarzen Drillingslilie war nahezu ausgelöscht. Der andere Krieger warf das zerbrochene Schwert des Königs hinterher. Hamil selbst riß dem König den Helm vom Kopf, entfernte die mit Saphiren und Bernstein besetzte Königskrone aus Platin und hielt sie für alle sichtbar in die Höhe. Den Knappen Barnipo überlief hinter seinem Lehnsherrn ein Zittern. Er war unverletzt und nicht gefesselt, doch Lord Osorkon, der stellvertretende Kommandeur Hamils, ein riesenhafter Ritter in blutbefleckter, schwarzer Rüstung, hatte ihn fest im Griff.

»Ihr kommt mir wie gerufen, königlicher Bruder«, sagte Voltrik zu Krain. Sein mit Fangzähnen besetztes Visier war geöffnet, und es sah aus, als lächelte er den besiegten Monarchen von Ruwenda aus dem offenen Maul eines phantastischen, über und über mit Juwelen bedeckten Sauriers an. Voltriks ziselierte, reich verzierte Rüstung aus vergoldetem Stahl glänzte und glitzerte im Licht der Kerzen. Er hatte beide Arme in die Seiten gestemmt, ein Bein lässig über das andere gelegt und rekelte sich auf dem Thron von Ruwenda. »Und, ergebt Ihr Euch nun?«

»Es sieht nicht so aus, als hätte ich eine andere Wahl«, flüsterte Krain heiser.

»Ihr ergebt Euch bedingungslos«, forderte Voltrik und stieß dem geschlagenen Herrscher die Krone Ruwendas unter die Nase. »Denn Ihr müßt wissen, daß die Adligen und die gewöhnlichen Einwohner Eurer eroberten Zitadelle nur dann dem Tode entgehen werden!«

»Ich ergebe mich ... wenn Ihr auch die Königin und meine drei Töchter am Leben laßt.«

»Das ist unmöglich«, sagte der Zauberer Orogastus. Seine Stimme klang so unerbittlich wie die Schläge eines Totengong. »Sie sind des Todes, genauso wie Ihr. Und als Bestandteil Eurer Unterwerfung werdet Ihr uns sagen, wo sie sich in diesem großen Kaninchenstall aus zerfallendem Mauerwerk verborgen halten.«

»Niemals«, erwiderte Krain.

In diesem Augenblick trat Kronprinz Antar beherzt vor

und stellte sich vor seinem Vater auf. »Aber Vater, wir führen doch nicht Krieg gegen hilflose Frauen!«

»Sie müssen sterben«, wiederholte Orogastus entschieden. Und König Voltrik nickte zustimmend.

»Euer Hexenmeister fürchtet sich vor ihnen wegen der lächerlichen Prophezeiung der Seltlinge!« rief Krain aus. »Aber das ist ausgemachter Unsinn, Voltrik, ein Ammenmärchen! Noch vor wenigen Monaten wolltet Ihr meine älteste Tochter Haramis zur Frau nehmen.«

»Ihr aber habt eine Verbindung mit Labornok abgelehnt«, sagte Voltrik milde und ließ die Krone unaufhörlich wie einen Stickrahmen um seinen Finger kreisen. »Und Ihr habt auf meine schmeichelhafte Werbung mit hochmütiger Verachtung reagiert.«

»Takt war noch nie eure starke Seite, ihr eingebildeten Ruwendianer«, warf General Hamil grinsend ein. »Mögt ihr jetzt ersticken an der Frucht eurer Überheblichkeit, die ihr so lange gehegt habt.«

Die versammelten Ritter und Adligen von Labornok brüllten vor Lachen, bis König Voltrik die Hand erhob. »Ich vertraue dem mächtigen Orogastus, meinem Truchseß und Königlichen Magier. Er ist es, der ein Unglück für mein Haus durch die Hände einer Frau aus dem Königshaus Ruwenda vorausgesehen hat, nicht ein Geschichtenerzähler der schleimigen Seltlinge. Also müssen Eure Gemahlin und Eure Töchter sterben, Bruder Krain, so wie Ihr. Aber wenn Ihr Euch mir in aller Demut unterwerft und sie mir ausliefert, wird Euer Hinscheiden und das Eurer Weiber gnädig ausfallen, mit einem einzigen Schwerthieb, und diejenigen Eurer Anhänger, die Labornok den Treueid schwören, sollen am Leben bleiben.« Krain hob sein zerschundenes Kinn. »Ich werde mich nicht unterwerfen, und ich werde Euch meine Frauen nicht ausliefern.«

Voltrik hielt die Krone in die Höhe, und dann zerquetschte er sie zwischen seinen mit Panzerhandschuhen bewehrten Händen zu einer unförmigen Masse, die er vor den knienden König warf. »Wißt Ihr, welches Schicksal Eure Familie erwartet, wenn Ihr Euch mir nicht unterwerft?

Und Eure Ritter, die hier in Ketten versammelt sind?« König Krain antwortete nicht.

Voltriks zerfurchte Stirn wurde vor Wut dunkelrot, und er trommelte ungeduldig auf seinen goldglänzenden Beinharnisch. Da der König von Ruwenda beharrlich schwieg, befahl Voltrik: »Führt vier Fronler herein!«

Ein Offizier aus Labornok eilte hinaus, um den Befehl auszuführen. Ein Raunen des Entsetzens lief durch die Reihen der Gefangenen. Der Knappe Barnipo wurde kreidebleich vor Angst und wand sich im Griff seines Bewachers.

»Ho, ho!« lachte General Hamil. »Dieser kleine Hosenscheißer hier weiß nur zu gut, welche Todesart diejenigen erwartet, die Labornok verhöhnen. Seht doch nur, wie unbefleckt seine Rüstung ist – er ist ein Feigling, ohne Zweifel. Es wäre vielleicht ganz heilsam, wenn *er* als erster in den Genuß dieser kleinen Demonstration einer gerechten Bestrafung durch Unsere Majestät käme.«

»Nein! Nein!« kreischte Barnipo. »Oh, Gott und alle Herrscher der Lüfte, habt Erbarmen mit mir!« Er schlug wie wild um sich, bis der schwarzgepanzerte Lord Osorkon ihm schließlich mit der blanken Faust ins Gesicht schlug, woraufhin der Junge weinend und stöhnend zusammenbrach.

In diesem Augenblick kam der Offizier aus Labornok mit vier Pferdeknechten wieder in den Thronsaal. Sie führten vier große gesattelte und aufgezäumte Kriegsfronler herein. Die Reittiere rollten wütend die blutunterlaufenen Augen, schüttelten das vergoldete Geweih und schnaubten und stampften, daß ihre mit Metallkappen geschützten, gespaltenen Hufe auf dem Marmorboden dröhnten.

»Nein!« schrie Barnipo.

»Doch«, sagte König Voltrik ruhig. Sein Blick begegnete dem Krains. »Ich werde Euch genau zeigen, königlicher Bruder, welches Schicksal Euch und die Euren erwartet, wenn Ihr Euch fernerhin meinem Willen widersetzt.« Und an den Offizier gewandt fuhr er fort: »Nehmt die Memme und bindet sie mit Händen und Füßen an je einen Sattelknauf. Dann treibt die Tiere auseinander, bis sie sauber gevierteilt ist.«

Barnipo heulte verzweifelt auf und krümmte sich in Osorkons Armen, während die Ritter aus Ruwenda Voltrik mit lauten Flüchen bedachten, bis die Dolche, die man ihnen an die Kehle setzte, sie zum Schweigen brachten.

König Krain sagte: »Laßt von dem armen Kerl ab und tötet lieber mich auf diese Weise.«

Der Zauberer Orogastus erklärte: »Wir werden den Jungen freilassen und Euch einen ehrenhaften Tod gewähren, statt Euch die Schmach anzutun, in Stücke gerissen zu werden, wenn Ihr uns das Versteck Eurer Frauen verratet.«

»Nein«, sagte Krain.

»Euer Gnaden?« meldete sich General Hamil zu Wort.

Der König von Labornok erhob sich umständlich. Sein wallender rotvioletter Umhang spiegelte sich in seiner prunkvollen goldenen Rüstung. »Krain von Ruwenda, Ihr habt Euren Tod selbst gewählt. Bindet ihn fest an die Tiere.«

»Sire, Majestät!« weinte der Junge. »Nehmt mich! Vergebt mir meine Feigheit!«

»Ich vergebe dir von ganzem Herzen, Barni«, sagte Krain.

Die Lakaien ergriffen den König, nahmen ihm die Rüstung ab und legten ihn mit dem Gesicht nach oben in die Mitte des großen Thronsaales. Als sie begannen, ihn mit Lederstreifen festzubinden, schoß das Blut aus seinen erneut aufgerissenen Wunden und bildete schnell eine große Lache unter ihm. Während all dies geschah, bewahrte Krain eine gelassene Haltung, ungeachtet der wütenden Rufe der gefangenen Ruwendianer und des reuevollen Geplärrs des Schildknappen Barnipo. Nachdem alles vorbereitet war, stellten sich die vier großen, antilopenartigen Reittiere auf die Hinterbeine und wieherten aufgeregt, so daß für jedes Tier drei Männer benötigt wurden, um es festzuhalten. Der Offizier stand in Habachtstellung und wartete auf Voltriks Befehl.

In diesem Augenblick flüsterte Orogastus dem König etwas zu. Dieser nickte und gab Lord Osorkon ein Zeichen, er möge den halb ohnmächtigen Schildknappen vor den Thron bringen.

»Mein Junge«, sagte der Zauberer und starrte den zu Tode erschrockenen Barnipo mit durchdringendem Blick an. »Es liegt in deiner Macht, deinen Lehnsherrn vor diesem schmählichen Ende zu bewahren. Und deine eigene Haut und die der anderen Gefangenen zu retten.«

Barnipo brachte kaum ein Wort über die Lippen. »Ich, Herr?«

»Ja, du«, sagte Orogastus.

Der Zauberer war der einzige Eindringling ohne Rüstung; er war unter einem schwarzen Kapuzenmantel in einfache weiße Gewänder gekleidet. Um den Hals trug er eine Platinkette, an der ein schweres, mit einem vielstrahligen Stern graviertes Medaillon hing. Er streifte jetzt seine Kapuze ab und enthüllte schöne, ebenmäßige Gesichtszüge, wenngleich seine langen Haare schneeweiß waren. Sein Gesicht nahm einen gütigen Ausdruck an, als er sich an den Schildknappen wandte.

»Hör mir gut zu, mein Junge. Tu, was ich dir sage, und du kannst sogar das Leben der Königin und der drei Prinzessinnen retten. Ich gestehe, daß mich der Mut, den König Krain an den Tag legt, erstaunt, und ich halte es für angemessen, wenn mein gütiger Herr eure Prinzessin Haramis am Ende doch heiratet, da die Tochter die Tugenden des Vaters sicher geerbt hat und sie an ihre Söhne weitergeben wird.«

»Wirklich, Herr?« Ein Hoffnungsschimmer ließ das Gesicht des Schildknappen erstrahlen.

»In der Tat, ja. Und damit Prinzessin Haramis die Vermählung bereitwillig akzeptiert, habe ich Seiner Majestät den Rat gegeben, alle Frauen der Königsfamilie Ruwendas am Leben zu lassen. Das einzige, was du zu tun hast, damit diese glückliche Lösung zustande kommt, ist, uns zu sagen, wo sie sich versteckt halten.«

Die Blicke des Jungen schossen unentschlossen zwischen Zauberer und König hin und her. Er zögerte. »Ihr werdet auch mich am Leben lassen?«

»Ich schwöre bei meiner Krone, daß du leben wirst«, sagte Voltrik und berührte die Krone auf seinem furchterregenden Helm. »Doch zaudere nicht, die Fronler werden unruhig.«

»Und unser König?«

»Er muß sein Leben lassen«, erklärte Orogastus, »denn so

lautet unser Gesetz. Aber du kannst versichert sein, daß sein Dahinscheiden schnell und schmerzlos sein wird. Du mußt nur reden.«

Tränen rannen dem Jungen über die Wangen. »Und gebt Ihr mir Euer Ehrenwort?«

»Ich schwöre es bei den Herrschern der Lüfte«, sagte Orogastus.

Barnipo atmete tief ein. »Wenn dem so ist ... sie halten sich in einem verborgenen Raum im Kapellenstockwerk des großen Bergfrieds versteckt. Man erreicht ihn über einen Geheimgang im Dachboden über dem Chor, der sich öffnet, wenn man die mittlere Erhebung der großen Drillingsblume, die in die Wand geschnitzt ist, drückt. Lord Manoparo und vier Lehnsmänner beschützen sie.«

Die tiefliegenden Augen des Zauberers leuchteten auf. »Ah!«

Und »Ah!« tönte es wie ein Echo aus König Voltriks und General Hamils Mund.

»Ihr habt versprochen, sie nicht zu verletzen!« Das tränenüberströmte Gesicht des Jungen wurde rot, und seine Lippen zitterten. »Bei den Herrschern der Lüfte ...«

»Ein vorzüglicher Eid«, sagte Orogastus obenhin, »für alle, die an diese Erscheinungen glauben.«

»Aber auch Ihr habt einen Eid geleistet!« sagte Barnipo außer sich zu König Voltrik.

»Dein kümmerliches Leben zu retten, ja«, sagte Voltrik. »Und das werde ich, damit du den Rest deiner elenden Tage als Abtrittsklave dienen kannst.« Und er schlug den entsetzten Jungen so heftig mit seinem gepanzerten Handschuh, daß dieser zusammenbrach, von der Estrade stürzte und wie tot liegenblieb.

»Mein König«, sagte General Hamil. »Ich werde einen Trupp zusammenstellen und nach der königlichen Hexe und ihren drei Welpen suchen lassen.«

»Nein«, antwortete Voltrik. »Mein Sohn und ich werden den Suchtrupp anführen. Ihr werdet Euch um den ruwendianischen Abschaum kümmern, der hier versammelt ist ... und um ihren wertlosen Anführer.«

Er gab Prinz Antar ein Zeichen und stieg von der Estrade. Er rief eine Gruppe von zwanzig Rittern zu sich, und sie verließen den Saal über die große Wendeltreppe, die zur Kapelle hinaufführte.

Hamil, die gepanzerten Fäuste auf die gepanzerten Hüften gestemmt, ließ den Blick über den Thronsaal, das Gesindel aus Labornok und ihre an der Wand aufgestellten, unglückseligen Gefangenen gleiten. Mitten im Thronsaal lag König Krain, noch immer an die scheuenden Kriegsfronler gebunden.

»Es ist langweilig, sich in Ketten liegende Gefangene vom Hals zu schaffen«, sagte Hamil zu Osorkon. »Und es war ein anstrengender Tag. Laßt uns zuerst ein wenig für Unterhaltung sorgen.« Dann rief er: »Knechte! Gebraucht eure Peitschen!«

Angesichts der Greuel, die nun folgten, erholte sich Barnipo rasch von seiner vorgetäuschten Ohnmacht, machte sich ungesehen davon und eilte über eine Hintertreppe hinauf, um die Königin und die Prinzessinnen vor der drohenden Gefahr zu warnen.

2

Barni rannte. Sein Atem flog. Seitenstechen quälte ihn wie eine Messerwunde, und der Kopf schmerzte ihm nach dem Schlag, den ihm König Voltrik versetzt hatte, so stark, daß er alles doppelt sah. Als er jetzt die enge kleine Treppe zum Dachboden über dem Chor hinaufwankte, vernahm er von weitem das rhythmische Klirren dahineilender, gepanzerter Füße und eine Stimme, die den anderen zurief: »Hier entlang!«

In der Kapelle war es bis auf ein paar flackernde Votivlämpchen nahezu stockfinster, und die Treppe lag völlig im Dunkeln. Das änderte sich in dem Augenblick, als König Voltrik und seine fackeltragenden Ritter durch die Mitteltür hereinstürmten und sich in den Vorraum drängten. Von Panik ergriffen, strauchelte der Schildknappe, fiel, als er fast schon am Ende der Treppe angelangt war, der Länge nach hin und stieß sich den ohnehin angeschwollenen Kopf. Die letzte Kraft drohte ihn zu verlassen. Sollte es ihm abermals mißlingen, seiner Pflicht nachzukommen? »Weiße Frau!« schluchzte er laut auf. »Hilf mir. Hilf unserer armen Königin und den Prinzessinnen.«

Frische Luft drang ihm in die eingesunkenen Lungen, und sein Blick wurde klarer. Er hatte noch immer heftige Schmerzen im Kopf, doch er konnte sich wieder bewegen. Als er die letzten Stufen hinaufkroch und über die zersplitterten Bodendielen auf die Wand hinter dem Chorgestühl zurobbte, glich er eher einem vielbeinigen Wurrem als einem Mann. Die Mauer war aus behauenem Stein, in den ein Feld mit dem farbigen Königswappen von Ruwenda eingemeißelt war: eine schwarze Drillingslilie auf azurblauem Feld, in deren Mitte sich ein goldener Knopf befand.

Barni kroch darauf zu und drückte mit beiden Händen auf den Knopf. Sogleich schwenkte der Steinquader nach innen und ließ einen kleinen Durchgang frei, durch den sich ein

Mann nur mit Mühe hindurchzwängen konnte. Kaum hatte er das Innere betreten und den Steinquader wieder an seinen Platz geschoben, traten auch schon der graubärtige Lord Manoparo und zwei andere Ritter Ruwendas, Korban und Wederal, mit gezückten Waffen aus einem erleuchteten Gemach im Inneren in den schmalen Geheimgang.

»Haltet ein, ich bin's nur!« krächzte der Schildknappe und erhob sich auf die Knie.

»Bei der Heiligen Blume! Der kleine Barni!« Manoparo steckte sein Schwert in die Scheide und stellte den verschmutzten Jungen auf die Beine. »Wohlan, mein Junge ...«

»Schnell! Wenn Ihr die Frauen retten wollt, verriegelt die äußere Tür, so fest Ihr könnt, und zerstört den Öffnungsmechanismus, damit der Feind nicht hereinkommen kann!«

Unter Flüchen stießen Korban und Wederal hastig vier große, stählerne Gleitbolzen in die dafür vorgesehenen Widerlager und zerschlugen den hölzernen Mechanismus der Geheimtür mit den Schwertern. Kaum hatten sie das vollbracht, ertönten von außen heftige Schläge, begleitet von kampflustigem Geschrei. Doch abrupt hörten die Stöße auf, was noch unheimlicher war.

»Sie holen einen Rammbock«, sagte Wederal.

»Wohl eher den Zauberer!« fauchte Manoparo. »Zurück in den verborgenen Raum!«

Sie zogen den Schildknappen hinter sich her in das geheime Gemach, das etwa sieben Ellen im Quadrat maß und für den Fall einer Belagerung mit einer massiven Tür aus schwerem, mit Eisen beschlagenem Holz des Gondabaumes ausgerüstet war, die mit drei dicken Holzbalken verriegelt wurde. An den Wänden hingen alte Wandbehänge, und auf dem Boden lagen dicke Teppiche mit Schlafmatten. Der Raum war fensterlos bis auf zwei Schießscharten weiter oben, die so schmal waren, daß kaum ein Finger durch den Schlitz paßte. In dem Zimmer standen ein kleiner Tisch und ein Stuhl, auf dem Königin Kalanthe saß, bewacht von einem vierten Ritter, Lord Jalindo. Zu beiden Seiten einer kleinen Feuerstelle, kaum größer als ein Kohlenbecken, befanden sich Regale mit Nahrungsmitteln und Fässern mit Wein und Wasser. Die Kerzen auf einem abgenutzten Bodenständer aus vergoldetem Silber und in Wandleuchtern tauchten die Szene in flackerndes, gespenstisches Licht.

Lord Manoparo grüßte die Königin, die blaß und ruhig dasaß, mit Ehrerbietung. Ihre drei Töchter hatten sich zusammengekauert zu ihren Füßen niedergelassen. Sie hatte die große Staatskrone aufgesetzt, über deren funkelnden Smaragden und Rubinen eine Rosette aus Diamanten glitzerte, in deren Mitte ein tropfenförmiger Bernstein, groß wie ein Ei, prangte. Im Herzen des Bernsteins war eine versteinerte Drillingslilie, nicht größer als ein Daumennagel, eingeschlossen.

»Meine Königin, der Feind hat uns entdeckt«, sagte Manoparo und deutete auf Barnipo, der mit hängendem Kopf vor ihr stand. »Dieser Schildknappe hat uns gewarnt, und wir haben es noch geschafft, den Durchgang, so gut es ging, zu blockieren. Zweifelsohne werden sie jedoch den Zauberer herbringen, damit er die Türen mit seiner schwarzen Magie aufbricht und uns den Rest gibt.«

Die kleine Prinzessin Anigel stieß einen gellenden Schrei des Entsetzens aus und wäre hysterisch geworden, wenn ihre Schwester Kadiya ihr nicht einen heftigen Schlag versetzt und sie ermahnt hätte, still zu sein. Haramis nahm das schluchzende Mädchen in den Arm, während die Königin Barnipo ausfragte.

»Was ist mit meinem königlichen Gemahl?«

Der Schildknappe fiel vor ihr auf die Knie, Tränen rannen ihm über die Wangen. »Oh, Herrin, er ist tot und unser armes Ruwenda dem Untergang geweiht.«

Die vier Ritter stöhnten, und die Königstöchter waren bestürzt. Königin Kalanthe neigte nur das Haupt und fragte: »Wie ist mein Herr gestorben?« »Weh mir!« rief der Junge. »Gott und die Herrscher der Lüfte mögen mir verzeihen, denn es war alles meine Schuld.« Und er fuhr in diesem Ton fort, sich selbst zu bezichtigen, bis Lord Jalindo ihm eine Hand auf die Schulter legte.

»So beruhige dich doch. Du bist noch keine fünfzehn Jahre alt, und keiner von uns kann glauben, daß ein Jüngling in diesem zarten Alter den Tod von Königen herbeiführt. Sag uns genau, was geschehen ist!« Barni erzählte. Und als er berichtete, welch schmachvollen Todes König Krain gestorben war, fiel Prinzessin Anigel auf der Stelle in Ohnmacht und sank in die Arme ihrer Schwester Haramis. Prinzessin Kadiya rief mit gebrochener Stimme: »Dafür sollen sie bezahlen!« Aber die Königin blieb ruhig, starrte auf die verbarrikadierte Tür an der gegenüberliegenden Wand und hielt den verschwitzten, blutbefleckten Kopf des königlichen Schildknappen in ihrem Schoß. Der Junge weinte, als bräche ihm das Herz.

»Es ist nicht deine Schuld, armer Barni«, beruhigte sie ihn. »Der heimtückische Orogastus hat dich betrogen. Niemand bürdet dir die Last der Verantwortung auf. Schuldig sind allein der Zauberer und König Voltrik, nicht zu vergessen das Scheusal Hamil, der den Befehl gab, meinen geliebten Gemahl in Stücke zu reißen.«

»Dafür werden sie büßen«, flüsterte Kadiya, doch niemand außer Haramis hörte es.

Plötzlich gab es eine gewaltige Erschütterung. Die Ritter zogen ihre Schwerter und stellten sich in einer Reihe vor den Frauen auf. Die Königin sprang auf und ließ den Schildknappen auf den mit Teppichen belegten Boden gleiten.

»Eine Frau aus unserem Hause«, sagte Kalanthe, und ihre Augen leuchteten vor Entschlossenheit. »Das ist es, wovor sich der teuflische Voltrik fürchtet! Also ist die Prophezeiung am Ende doch nicht nur ein Märchen der Seltlinge, wenn sogar der Wahrsager aus Labornok es bestätigt!«

Sie blickte ihre Töchter an. Anigel war wieder zu sich gekommen, und drei Augenpaare waren auf die Mutter gerichtet. »Der Fall von Labornok soll durch eine Frau aus unserem Hause vollbracht werden. *Ihr, meine Töchter, werdet am Leben bleiben* und die Prophezeiung erfüllen.« Inzwischen schlug der Feind mit Knüppeln und Äxten gegen die Tür des verborgenen Raumes, da Orogastus seine zerstörerischen Zaubergeschosse auf so beengtem Raum nicht einsetzen konnte, aus Furcht, die Wände zum Einsturz zu bringen. Königin Kalanthe zog einen der Wandteppiche zur Seite, der aus uraltem Material hergestellt war, wie man es hier und da in der Zitadelle noch fand. Er hatte jene überdauert, die den riesigen Gebäudekomplex errichtet und den Menschen Ehrfurcht eingeflößt hatten, für die dieser Ort achthundert Jahre lang ein Zuhause gewesen war. Der Stoff war von eintönigem Grau, doch als die Königin ihn zur Seite schob, verwandelte sich seine Farbe in ein Blau, auf oder in dem sich Schatten bewegten, von denen niemand hätte sagen können, was sie darstellten.

Hinter diesem wundersamen Vorhang kam eine häusliche Notwendigkeit zum Vorschein, der Abtritt des verborgenen Raumes – eine winzige Kammer, gerade groß genug für eine Person. Kalanthe riß die kleine Tür auf und befahl: »Töchter, hier hinein!«

Haramis beeilte sich und zog Anigel mit sich, deren zarter Körper erneut von Schluchzern geschüttelt wurde. Das Versteck war schon für zwei Personen recht eng. Daher zog Kadiya ihren Dolch und sagte: »Das macht nichts. Ich bleibe bei dir, Mutter!«

»Hinein!« befahl die Königin mit furchterregender Stimme, wie die Mädchen sie an ihr nicht kannten. Kadiya starrte sie sprachlos an, dann beeilte sie sich, die beiden anderen so lange hin und her zu schieben, bis auch sie gerade genug Platz hatte. Dennoch konnte die Tür nicht fest verschlossen werden.

»Noch ein Letztes«, sagte die Königin und nahm die Krone vom Kopf, die sie Haramis in die ausgestreckten Hände legte. »Und nun betet, meine Lieblinge, daß wir uns in einer glücklicheren Welt wiedersehen mögen.« Sie ließ den staubigen Wandbehang fallen. Zwischen Teppich und Wand blieb noch ein kleiner Spalt, durch den die drei Prinzessinnen sehen konnten, was geschah.

Die Tür aus Gonda-Holz war inzwischen unter den Schlägen feindlicher Kriegsbeile zersplittert. Sie hieben auf den Türrahmen ein, bis die Scharniere, die die Metallbänder hielten, nachgaben und die Holzbalken herabfielen. Dann begann das abschließende Handgemenge.

Prinz Antar, in glänzend blauer Rüstung und einem geflügelten Helm, war unter den ersten, die durch die zerbrochene Tür traten. Er griff Lord Manoparo an, und die beiden schlugen sich mit Zweihändern, die wie Glocken klangen, wenn sie mit voller Wucht aufeinanderprallten. Immer mehr Ritter aus Labornok drangen in den Raum und fielen über die anderen vier Lehnsmänner her, während König Voltrik und Orogastus abseits standen. Die Königin hatte sich an die Feuerstelle zurückgezogen, so weit wie möglich von dem Ort entfernt, an dem sich ihre Töchter verborgen hielten. Die Mädchen konnten sie aus ihrem Versteck ebenso gut sehen wie die offene Schlacht, die sich in dem Raum abspielte. Lord Manoparo versetzte dem geflügelten Helm des Prinzen Antar einen wuchtigen Hieb. Die Bänder rissen entzwei, und er fiel ihm vom Kopf. Sonderbarerweise spiegelte das Gesicht des Prinzen nicht Kampfeslust wider, sondern war eher qualvoll verzerrt. Gleichwohl parierte Antar die Schläge seines Feindes kraftvoll und mit großer Geschicklichkeit, und in einem günstigen Augenblick erwischte er Lord Manoparo ungedeckt, hob sein riesiges Schwert hoch über den Kopf und ließ es mit einer solchen Wucht niedersausen, daß der Kopf des Ruwendianers mitsamt Helm in der Mitte gespalten wurde.

Dann wurden Korban und Wederal tödlich verwundet und entwaffnet. Allein Lord Jalindo kämpfte noch, bis er der Übermacht der Ritter aus Labornok erlag. Als der letzte Lehnsmann gefallen war, begannen die Sieger, ihn und seine gefallenen Kameraden in Stücke zu hacken. Oh, diese Greuel! Prinzessin Kadiyas Augen brannten, und im stillen fauchte sie aus hilfloser Wut wie ein stummes Lossok-Kitz, das man von der Brust seines erschlagenen Muttertiers gerissen hatte, um es zu zähmen. Die elenden Barbaren hatten offensichtlich Spaß daran, die gefallenen Ruwendianer zu zerstückeln, und sie machten sich obendrein noch lustig über deren Todesschreie. Kadiya wurde überwältigt von dem Verlangen, aus dem Versteck auszubrechen und Rache zu üben. Sie griff nach ihrem Schwert, das zwischen ihren Schwestern eingeklemmt war, und spannte jeden Muskel an, bereit zum Sprung.

»Bleib!« zischte Haramis ihr zu. »Bei der Heiligen Blume, bleib, wo du bist! Willst du uns alle umbringen?«

Anigel hatte ihr Drillingsamulett an der Kette aus dem Mieder gezogen und preßte es an die Lippen. »Betet zur Weißen Frau, der Hüterin unseres Landes!«

»Betet, daß diese Teufel in Menschengestalt uns nicht finden«, murmelte Haramis, die ihr Amulett ebenfalls in der Hand hielt.

»Betet, daß jemand kommt, der uns rettet«, drängte Anigel.

Wenngleich Kadiya auch vor Angst und Wut zitterte, so spürte sie doch, wie sich ihr Griff um den Schwertknauf lockerte. Fast ohne es zu wollen, fuhr sie mit der Hand verstohlen an den Halsausschnitt ihres Wamses. Da war das Amulett unter ihrem Seidenhemd, warm lag es an ihrem wild klopfenden Herzen.

»Ich bete, daß ich diejenige sein möge«, flüsterte sie. »Diejenige, die Voltrik und Antar und General Hamil und den Zauberer mit ihrem Blut für die Taten am heutigen Tag zahlen lassen wird!«

»Bitte auch um mehr Selbstbeherrschung«, sagte Haramis, »sonst wird dein tollkühner Mut am Ende uns allen den Untergang bringen. Und hör endlich auf, so zu zappeln, die Pest soll dich holen, sonst landen wir alle noch da draußen zu Voltriks Füßen!«

»Sch! Sch! Sie werden uns hören«, bat Anigel flehentlich. Das scheußliche Hackgeräusch und das boshafte Gelächter der Ritter waren verstummt, und König Voltrik hatte das Wort ergriffen.

Gegen ihren Willen murmelte Kadiya leise eine Bitte um Selbstbeherrschung vor sich hin. Die Wut brannte noch in ihr, wurde jedoch allmählich überlagert, so wie man Kohlen in einem Lagerfeuer belegt, damit die Flammen zu gegebener Zeit wieder angefacht werden können.

»Seht nur!« flüsterte Anigel, deren Stimme vor Entsetzen fast versagte.

»Unsere Mutter!«

König Voltrik hatte sich an die Königin gewandt, offensichtlich mit der Frage nach dem Verbleib der Prinzessinnen. Der verborgene Raum war stickig und verräuchert. Die Kerzen in den Wandleuchtern tropften, und ein paar Bodenmatten, die der große, umgestürzte Leuchter in Brand gesetzt hatte, schwelten noch. Der König hatte seinen Helm abgenommen und die Panzerhandschuhe ausgezogen. Dem wütenden Stirnrunzeln, das seine Miene verfinsterte, war zu entnehmen, daß Königin Kalanthe ihm Widerstand entgegengesetzt hatte. Sie stand aufrecht vor ihm, den übel zugerichteten Schildknappen Barnipo zusammengekauert und halb benommen zu ihren Füßen, und sagte: »Niemals werdet Ihr von mir erfahren, wo meine Töchter sind.«

»Orogastus, bringe sie zum Reden!« brüllte Voltrik. »Oder benutze dein weitsichtiges Auge, um die königliche Brut auszukundschaften!«

»Ich kann ihren Willen nicht brechen, mein König«, antwortete der Zauberer. »Sie ist jenseits von jeglicher Furcht. Und ich kann die drei Verborgenen nicht ausfindig machen, so wie ich es unten im Thronsaal schon nicht konnte. Diese uralte Zitadelle muß von einem geheimnisvollen Zauber durchdrungen sein, der mein suchendes Auge blockiert. Ich besitze ein Zaubergerät, das dieser Aufgabe ohne Rücksicht auf Hindernisse gleich welcher Art gerecht würde, doch es ist unhandlich und zu schwer und kann nicht von meinen luftigen Höhen auf dem Mount Brom herabgeholt werden.«

»Dann müssen wir eben andere Methoden anwenden, um die Zunge der Lady zu lösen.« König Voltrik ging langsam mit gezücktem Schwert auf die Königin zu und umklammerte ihr rechtes Handgelenk. »Genug davon, königliche Hexe! Ihr werdet mir jetzt rasch sagen, wo die Mädchen sind, oder ich werde Euch die Hand abschlagen. Und wenn Ihr dann immer noch nicht redet, werde ich die andere Hand abschlagen und mit Euren Füßen fortfahren, und so weiter Stück für Stück, bis Ihr uns antwortet, denn so zahlt Labornok seinen Feinden ihre Überheblichkeit heim.«

»Vater!« rief Prinz Antar mit schreckgeweiteten Augen. »Sie ist eine Königin, und das ist eine Bestrafung für aufsässige Sklaven!«

»Ruhe!« donnerte Voltrik. Ein Raunen lief durch die Reihen der anderen Männer, das aber sogleich erstarb, als der König sein Schwert erhob. »Willst du reden, Frau?«

Dann geschah etwas, das für die anwesenden Ritter und den Prinzen unfaßbar war. Allein die Prinzessinnen konnten es deutlich sehen. In den kraftlosen Schildknappen Barnipo kam plötzlich Leben. Wie ein wildgewordener Fytox, der seine Beute auf einem Bauernhof angreift, sprang er König Voltrik an. Da er kein Schwert hatte, grub er seine Zähne in die linke Hand des Königs, mit der dieser die Königin festhielt.

Voltrik stieß einen Schmerzensschrei aus und wich zurück. Der Junge hing immer noch an ihm. Der König schlug wahllos mit seinem großen Schwert um sich, und durch ein Mißgeschick schlitzte er der Königin den Hals auf. Sie fiel vornüber und verblutete über der Feuerstelle. Die Ritter aus Labornok begannen zu schreien und mit ihren Schwertern auf den immer noch klammernden Jungen einzustechen – doch sehr behutsam, damit der um sich dreschende Monarch nicht auch sie versehentlich mit dem Schwerte traf. Der Schildknappe Barnipo wurde von einem Dutzend Schwertern zerstückelt und fiel schließlich von der Hand des Königs ab, noch lachend in seinem Schmerz, bis der König selbst den Kopf des tapferen Jungen abtrennte.

Dann ließ Voltrik seiner rasenden Wut freien Lauf, denn Königin Kalanthe war ebenfalls tot und konnte nicht mehr zum Reden gezwungen werden, und die drei Prinzessinnen waren noch immer auf freiem Fuß, und er fluchte so abstoßend, daß sogar seine Gefolgsleute zurückschreckten.

»Was sollen wir tun?« fragte Prinz Antar.

Orogastus sagte: »Sie können nicht weit sein. Es ist anzunehmen, daß sie mit ihrer Mutter hier oben waren, bis dieser kleine Bastard« – bei diesem Wort trat er gegen die Leiche des Schildknappen – »unbemerkt aus dem Thronsaal lief und sie warnte. Wir müssen den gesamten Bergfried durchsuchen lassen.«

Voltrik, der sich wieder ein wenig beruhigt hatte, sagte: »Orogastus hat recht. Ihr, Milotis, werdet gemeinsam mit diesen Rittern hier die Kapelle und ihre Umgebung durchsuchen. Achtet auf Geheimgänge und Treppenaufgänge im Mauerwerk! Anschließend durchsucht Ihr das obere Stockwerk des Bergfrieds. Antar und Orogastus, ihr kommt mit mir. Wir werden den Rest unserer Kameraden hinaustreiben und alle Gebäude von der obersten Brustwehr bis hinunter zum tiefsten Verlies durchsuchen.« Dann begann der König, die Seele des kleinen Barnipo zu verwünschen, der ihm ein ordentliches Stück Fleisch aus dem Handballen gerissen hatte, denn die Wunde schmerzte zunehmend. Orogastus übernahm es, die Wunde zu verbinden, und gab Voltrik den Rat, gut darauf zu achten, da menschliche Bisse häufig gefährliche Infektionen nach sich zögen. »Möge die Hand brandig werden«, murmelte Kadiya grimmig. »Und möge das vergiftete Blut in Voltriks ohnehin verrottetes Herz steigen!«

»Und mögen die Herrscher der Lüfte den armen Barni in den höchsten Himmel tragen«, hauchte Haramis, »denn mit seiner tapferen Tat hat er unserer Mutter Qualen erspart und uns Zeit geschenkt, unser Leben zu retten.«

Der König, sein Sohn und der Zauberer verließen den Raum; und nach kurzer Durchsuchung des Geheimgangs vor dem verborgenen Raum zogen sich auch Sir Milotis und seine Mannen zurück, um den Dachboden über dem Chor zu durchstöbern. Sie klopften laut rufend gegen Wände, warfen Möbelstücke um und gingen dann gemeinsam die Treppe hinunter, um die Kapelle zu überprüfen.

Kadiya sagte: »Ich glaube, die Luft ist rein.«

Also krochen sie mit steifen Gelenken und zitternden Knien aus dem Schrank in die Kammer, in der es wie auf einem Schlachtfeld aussah. Der ganze Ernst ihrer Lage traf sie wie ein Guß eiskalten Wassers. Anigel klammerte sich an Haramis' Hand und biß sich auf die Unterlippe, bis ihr das Blut übers Kinn rann. Kadiya stieg über die kreuz und quer liegenden Leichen zu der gefallenen Königin.

»Offenbar hat sie ihren Frieden gefunden«, sagte das Mädchen verwundert. »Ihre Augen sind geschlossen, und der Gesichtsausdruck wirkt sanft.« Sie nahm einen schwarzen Seidenmantel, den jemand hatte fallen lassen, und wollte den Körper ihrer Mutter damit zudecken, aber Haramis hielt sie ab.

»Dummkopf! Was ist, wenn einer von ihnen zurückkommt und es sieht?« Gekränkt gab Kadiya zu: »Du bist klüger als ich, Schwester.«

»Gib mir den Mantel«, sagte Haramis. »Ich will die Krone darin einwickeln.

Ich werde sie mitnehmen – obgleich ich kaum eine Möglichkeit sehe, sie je tragen zu können.«

Anigel stieß einen gedämpften Angstschrei aus. Sie hatte die saphirblauen Augen weit aufgerissen und deutete wortlos in eine Ecke des Raumes schräg gegenüber der Tür.

Dort lagen keine Leichen, und doch bewegten sich die Kissen, die dort aufgestapelt waren.

»Bleibt hinter mir«, befahl Kadiya, zog ihren Dolch und machte ein paar Schritte vorwärts.

Mit der Spitze ihres Schwertes hob sie die Kissen nacheinander herunter und warf sie zur Seite, bis der Teppich zum Vorschein kam, der wie ein Zelt aufragte und in diesem Augenblick noch höher gehoben wurde. »Bei der Heiligen Blume, eine Falltür!« sagte Haramis. »Schnell, Kadi, zieh den Läufer zur Seite.«

»Aber paß auf«, schrie Anigel. »Vielleicht ist es der Feind!«

»Feind Feind Feind, ich glaube es wohl!« ertönte ein mürrisches Stimmchen. »Spute dich, Mädchen, sonst werden sie uns den Fluchtweg abschneiden!«

Die drei Prinzessinnen schnappten nach Luft, und als Kadiya die Falltür aufdeckte, stand in der Öffnung ein kleines Weiblein in sauberem Barchent-Gewand mit einem gefältelten grünen Schal und einer Lederschürze. Sein fahles Gesicht war breit, ebenso sein Mund, und seine wunderschönen goldenen Augen traten auf nichtmenschliche Art über zwei winzigen Nasenschlitzen aus den Höhlen. Schmale, spitz zulaufende Ohren mit schweren silbernen Gehängen bohrten sich durch die Falten seines batistenen Kopfputzes. Seine breiten, zweifingrigen Hände mit jeweils einem abstehenden Daumen waren von den vielen Jahren des Mischens fremdartigen Gebräus verschmutzt und rissig.

»Immu!« schrie Anigel, außer sich vor Freude und Erleichterung. »Liebste Immu, du bist gekommen, um uns am Ende doch noch zu retten! Wir dachten, du seist mit den anderen Seltlingen geflohen!«

»Geflohen geflohen geflohen! So ein Unsinn!« Immu stieg in die Kammer empor und deutete mit dramatischer Geste in das Loch. »Ihr steigt jetzt die Leiter hinunter, denn ich muß mir noch ausdenken, wie wir die Falltür hinter uns wieder zudecken können.«

Haramis und Anigel rafften ihre langen Röcke und stiegen unbeholfen hinunter, während Kadiya behende wie ein Eichhörnchen hinabkletterte. In dem holprigen, gewölbten Gang am Fuße der Leiter wartete eine neue Überraschung auf sie.

»Uzun!« rief Haramis. »Und auch du, Jagun!«

Zwei kleine Gestalten standen dort mit grünlich schimmernden Laternen, in denen Leuchtwürmer aus den Sümpfen eingeschlossen waren. Es waren Männer aus demselben Nyssomu-Stamm, zu dem auch Immu gehörte. Jagun trug einen Jägerhut aus Fytoxhaut und braune Lederhosen, die ganz ähnlich geschnitten waren wie die Kadiyas, während der Musiker Uzun wie üblich in seinem bestickten kastanienbraunen Samtkittel steckte. An seinem goldenen Brokatbarett klebten die schwarzen Netze der Weberlinge, die überall im Gang von der Decke hingen. Kadiya umarmte ihren kleinen Mentor. »Du hast uns nicht verlassen, Jagun!«

»Verlassen? Verlassen?« Der Königliche Tierhüter war empört. »Wir haben uns nur versteckt, was wohl das klügste war. Nur ihr Menschen seid dumm genug, wie hypnotisiert stillzuhalten wie dumme Togense bei Vollmond und zuzusehen, wie der Tod die Chaussee entlang geradewegs zur Haustür hereinkommt!«

»Die Ehre verlangte es von uns, die Zitadelle zu verteidigen«, sagte Kadiya aufgebracht.

»Nun, seht, wohin Euch Eure Ehre gebracht hat«, sagte Uzun, der Musikant. »Wenn Ihr doch nur in die Irrsümpfe gegangen wärt, zu unserem Volk in Trevista, wir hätten Euch aufgenommen.«

»Und was dann?« fragte Kadiya.

»Dann ...«, der Tierhüter hob die schmalen Schultern. »Ihr hättet bei uns leben können.«

»Aber das hier ist unser Zuhause«, protestierte Anigel sanft.

»Und jetzt gehört es ihnen«, sagte Immu schroff. Sie hatte ihre Tarnungsarbeiten beendet, kam behende die Leiter herunter und nahm ihre Laterne zur Hand. »Und sie sind wild entschlossen, Euch zu töten. Und uns auch, wenn sie uns fangen.«

»Aber ihr seid trotzdem gekommen, um uns zu retten«, sagte Anigel herzlich. Sie hielt ihr Drillingsamulett fest. »Die Weiße Frau hat unsere Bitten erhört.«

»So ist es.« Uzun malte ehrfürchtig ein mysteriöses, dreilappiges Zeichen in die Luft. »Wie Ihr wißt, werte Prinzessinnen, sind meine persönlichen Kenntnisse in häuslicher Zauberei unbedeutend. Es liegt mir viel mehr, Harfe und Pfropfflöte zu spielen! Aber gestern habe ich im Wasserglas gelesen und nach etwas gesucht, das uns drei Nyssomu sagen würde, ob das Schicksal uns an die Menschen bindet, denen wir so lange Jahre gedient haben, oder an unser eigenes Volk. Und die Erzzauberin hat gesprochen.« Haramis sagte: »Erzzauberin! So wird die Weiße Frau genannt.«

»Frau Frau Frau!« schimpfte Immu. »Sei still, Kind, und laß Uzun erklären, denn wir müssen sofort weg von hier.«

Haramis senkte den Kopf. »Sprich, Freund Uzun.«

»Die Weiße Frau heißt in Wirklichkeit Binah. Erzzauberin ist ihr Titel, denn sie ist eine Hexe, die mächtigste auf unserer Halbinsel.«

»Zumindest war sie es«, sagte Jagun finster. »Sie stirbt, denn sie zählt unendlich viele Lenze, und ihre dahinschwindenden Kräfte waren denen des scheußlichen Orogastus nicht gewachsen.«

»Sie bat uns, Euch zu ihr zu bringen«, sagte Uzun.

»Warum?« fragte Kadiya recht ungehalten. »Wenn sie stirbt, kann sie uns keine große Hilfe sein, und es ist wohl kaum die rechte Zeit für Krankenbesuche.«

Und Haramis ergänzte: »Wir täten besser daran, so scheint mir, nach Trevista zu gehen und dort auf den Winterregen zu warten, der in wenigen Wochen einsetzen wird. Vielleicht können wir uns später dann verbergen und uns einer Karawane anschließen, die uns zur Küste bringen wird, wo wir ein Schiff nach Var besteigen werden. Dort wird uns König Fiodelon sicher Obdach gewähren.«

Uzun sprach mit schlichter Würde. »Über eine solche Handlungsweise ist mir nichts bekannt. Die Erzzauberin hat uns beauftragt, Euch zu ihr zu bringen – so wie sie uns drei vor vielen, vielen Jahren den Auftrag gegeben hat, in dieser Menschenburg zu dienen und auf den Tag zu warten, der für alle Lebewesen in den Irrsümpfen von überaus großer Bedeutung sein würde.«

»Und dieser Tag ist *heute*«, sagte Immu, »oder ich bin ein ringelschwänziger Volumner!«

Sie preßte die breiten Lippen aufeinander und neigte aufmerksam lauschend den Kopf zur Seite, die langen, empfindsamen Ohren drehten sich nach allen Seiten, so daß ihre silbernen Schmuckstücke im lebendigen Lampenlicht funkelten. »Sie verlassen die Kapelle«, sagte sie schließlich. »Aber auf König Voltriks Befehl wird ein neuer Schwarm von Schnüfflern in den Bergfried kommen. Und mit ihnen die drei Lakaien des Zauberers, seine sogenannten Stimmen, die mit den Skritek gemeinsame Sache machen! Es wird Zeit, daß wir von hier verschwinden!«

»Haramis, Älteste Tochter des Königs, Ihr geht mit mir«, sagte Uzun.

»Jagun und Immu werden Eure Schwestern über einen anderen Weg geleiten. Das hat die Erzzauberin so angeordnet.«

Einen Augenblick sah es so aus, als wollte Haramis sich weigern. Sie sollte sich von ihren Schwestern trennen? Sie führte ihre Hand an die Brust und umschloß das Amulett, das sie seit der Stunde ihrer Geburt nicht abgelegt hatte.

»Aber ich kann sie nicht verlassen! Ich bin die Älteste und als Thronerbin für sie verantwortlich. Und wenn die Umstände es erforderten, war immer ich es, die für uns alle eine Entscheidung getroffen hat.«

»Hara, tu, was sie sagen«, drängte Anigel. »Hab Vertrauen zu der Weißen Frau.«

»Schwestern, das gefällt mir ganz und gar nicht«, sagte

Kadiya. Sie hatte die gebräunte Stirn in Falten gelegt, und die Haare, rostbraun wie die der Königin, standen ihr wirr vom Kopf und hatten nichts mehr gemein mit sauber geflochtenen Zöpfen. »Wenn wir zusammenbleiben, bietet mein Schwert uns allen einen gewissen Schutz. Mit Freuden würde ich mein Leben lassen ...«

»Leben Leben Leben!« Immu war völlig außer sich. »Warum seid Ihr immer so ein Hitzkopf? Und warum muß Haramis die Entscheidungen fällen? Anigel ist nicht so energisch wie ihr beiden, und doch ist sie es, die am meisten Weisheit zeigt! Sag es ihnen, Uzun! Sag ihnen, was die Erzzauberin noch gesagt hat.«

»Ich habe es nicht erwähnt, weil ich Euch nicht erschrecken wollte«, gab der Musiker verzagt zu. »Die Erzzauberin Binah bittet Euch, zu ihr zu kommen, weil Ihr noch nicht bereit seid, Eurer großen Bestimmung zu folgen. Ihr habt sie noch nicht einmal erkannt.«

Haramis und Kadiya warfen bei diesen Worten unwillig den Kopf zurück, aber Uzun fuhr fort: »Euch dreien, den Blütenblättern der Lebendigen Drillingslilie, ist es bestimmt, dieses Land von der unterdrückenden Herrschaft König Voltriks und seines Zauberers Orogastus zu befreien, doch Ihr könnt nur dann Erfolg haben, wenn Ihr Eure Fehler und Schwächen besiegt. Die Erzzauberin wird Euch sagen, wie Ihr das erreichen könnt, wenn Ihr zu ihr kommt.«

Anigel nahm ihre beiden Schwestern bei der Hand. »Hara ... Kadi ... bitte!« Kadiya schlug die braunen Augen, in denen noch immer Wut aufblitzte, nieder und nickte langsam. Gleich darauf sagte Haramis: »Nun gut.«

»Bei der Heiligen Blume, es wird aber auch Zeit!« rief Immu ungeduldig und fuhr fort: »Haramis, Ihr müßt Uzun folgen. Anigel und Kadiya, Ihr kommt mit Jagun und mir.«

Mit diesen Worten zog die Eingeborene Anigel mit sich fort, den schmalen, staubigen Gang entlang, und der Jäger folgte ihr, Kadiya vor sich her scheuchend wie eine Bauersfrau ihre Togense. Im Nu war das Licht ihrer lebendigen Laternen in der undurchdringlichen Düsternis verschwunden.

»Und wir beide müssen uns gemeinsam aufmachen«, sagte Haramis zu dem Musiker. »Guter Freund, ich hoffe, die Weiße Frau hat deine schwache Zauberkraft gestärkt, denn deine Flötentöne, so schön sie sind, werden die Krieger von Labornok oder ihren über Stürme gebietenden Zauberer nicht lange aufhalten.«

»Auch ich habe Angst, Prinzessin«, gab Uzun zu. »Aber ich vertraue der Erzzauberin, und das sollt Ihr auch. Sie hat befohlen, daß Ihr auf den hohen Turm des Bergfrieds gebracht werdet.«

Das Mädchen wurde vor Entsetzen leichenblaß. Die blauschwarzen Haare, die ihr Gesicht umrahmten, verliehen ihr in der Dunkelheit ein geisterhaftes Aussehen. »Da oben sitzen wir in der Falle! Die Kundschafter werden uns bestimmt entdecken! Oh, warum habe ich nur nicht auf Kadi gehört?«

»Kommt«, sagte Uzun unnachgiebig und eilte mit der Laterne voraus. Haramis blieb nichts anderes übrig, als ihm zu folgen.

3

Kadiya, Anigel und die beiden Seltlinge flohen durch dunkle, enge Hohlräume in den Mauern des Bergfrieds und passierten zuweilen weitere Geheimtüren, auf deren Scharnieren der pelzige Staub der Jahrhunderte lag. Schließlich kamen sie, nachdem sie eine steile Treppe hinabgestiegen waren, in einen Gang, der hinter dem Thronsaal vorbeiführte. Durch ein Loch in der Wand konnte man hineinsehen.

Jagun warf einen Blick in den Raum, in dem inzwischen Totenstille eingekehrt war. Nach ihm schaute Immu durch das Loch, dann Kadiya, die vor Kummer leise aufstöhnte und mit den kleinen Fäusten gegen die Mauer schlug, während sie lautlos vor sich hin weinte.

Sie baten Prinzessin Anigel, nicht hineinzuschauen, denn sie befürchteten, der entsetzliche Anblick werde ihr das Bewußtsein rauben, doch sie wollte keinen Schritt weitergehen, bis Jagun schließlich zur Seite trat. Sie beugte sich zu dem Loch in der Wand vor und sah von oben auf die verstümmelten Überreste der gefangenen Lehnsmänner und König Krains. Die anderen staunten, als sie weder ohnmächtig wurde noch anfing zu weinen, sondern nur die Augen schloß und sich an ihrem Amulett festhielt.

Nach einer Weile seufzte sie schwer und fragte: »Immu, du bist alt und weise. Sag mir, warum die Krieger aus Labornok das getan haben, obwohl unser Vater und seine Ritter bereits in ihrer Gewalt waren und sich unterworfen hatten?«

»Für jemanden wie Euch ist das schwer zu verstehen, Kindchen. Ihr seid freundlich und liebt Euch selbst, und Ihr habt nichts außer Liebe und Freundlichkeit in Eurem Leben erfahren. Aber es gibt auch Menschen, denen Grausamkeit eine dunkle Erregung verschafft, ein kurzes Gefühl der Macht. Gerade die Kleingeistigen und Furchtsamen fallen, sobald sie selbst unter Druck gesetzt werden und auch sonst nicht gerade glücklich sind, dem schlimmsten aller Gelüste zum Opfer – dem Vergnügen daran, andere zu quälen und zu vernichten. Der Grausame fühlt sich durch seine Taten beschwingt. Er fühlt sich lebendiger, wenn er andere sterben sieht. Er widersetzt sich dem Schöpfer, indem er die Schöpfung zerstört. Er verachtet die Liebe und gibt sich dem Haß hin, der allein seine kalte, erstarrte Seele entflammt. Der Frevler kennt weder Mitleid noch ein schlechtes Gewissen noch Reue. Er giert einzig und allein nach immer neuen Grausamkeiten, weil er niemals genug hat. Es mag sein, daß friedliebende Lebewesen ihnen nicht ungeschoren in Frieden begegnen können, denn die Bösen wissen nicht, was Liebe ist, und verwechseln sie mit Schwäche. Deshalb müßt Ihr, die Ihr eine milde und liebenswerte Prinzessin seid, einen Weg finden, mit solchen Menschen unnachgiebiger zu verfahren.«

»Oh, das könnte ich nicht«, sagte Anigel und zitterte. »Niemals – nicht einmal nach diesem schrecklichen Anblick!«

Prinzessin Kadiya schloß ihre Schwester in die Arme. »Mach dir nichts daraus, Ani, du Liebe. *Ich* werde dafür sorgen, daß diese Scheusale bekommen, was ihnen zusteht.«

Jagun drängte weiter, und sie gingen immerfort, tiefer und tiefer in die unteren Stockwerke der Zitadelle hinab, bis der Geheimgang schließlich vor einer Wand aus neueren Ziegelsteinen in einer Sackgasse endete. Anigel begann vor Panik zu wimmern, doch Immu beruhigte sie, während Jagun seine Lampe nah an die Wand hielt und mit den Fingern auf der Mauer spielte, zunächst in die eine Richtung, dann in die andere. Plötzlich glitt ein Teil der Ziegelmauer zur Seite. Vor sich sahen sie Kerzenlicht, und den Mädchen drang der vertraute Geruch nach Malz in die Nase. Da wußten sie, wo sie sich befanden. Sie eilten zwischen Reihen von Fässern und großen Kupferkesseln hindurch, unter denen sich Bierlachen gebildet hatten, denn dies war die Brauerei der Zitadelle, die Immu unterstanden hatte. Inzwischen waren jedoch alle Arbeiter geflohen, die Feuer verloschen und das riesige Würzfaß unbeaufsichtigt.

Immu ging ihnen jetzt voran, und sie betraten das Getreidelager, in dem die beiden Seltlinge und die Mädchen einen großen Stapel Säcke beiseite räumen mußten. Dahinter befand sich eine vermoderte Holztür, die laut und anhaltend quietschte, als Jagun sie mit einem Feuerhaken öffnete. Die Tür führte zu einer steil abfallenden, aus dem rohen Fels gehauenen Treppe, deren Stufen vom Wasser, das aus den Felsspalten über ihren Köpfen herabtropfte, naß und glitschig waren. Sie stiegen hinab. Die Wände schimmerten im fahlen Licht der Laternen, das hin und wieder im schmutzigen Schlamm eines Abflusses reflektiert wurde.

»Dieser Weg führte in die tiefsten Tiefen der Zitadelle«, sagte Jagun, »zu Kerkern und Verliesen, Zisternen und Kanälen, die kein Einwohner von Ruwenda je erblickt hat. Sie wurden vom Versunkenen Volk erbaut.«

In den oberen Gängen hatten sie ein paar Weberlinge angetroffen, winzige, harmlose Kreaturen, die sich von Hauskäfern ernährten. Am Fuße der Treppe gelangten sie in eine niedrige Kammer, von deren Decke tropfende Schlammstalaktiten hingen. Die zwischen ihnen lebenden Weberlinge waren viel größer und hatten häßliche Zähne. Diese Kreaturen webten unförmige, klebrige Netze, schwarzen Bettlaken gleich, und Jagun und Kadiya zogen ihre Schwerter und schlugen die Netze ab, die ihnen im Weg hingen. Anigel schrak angeekelt zurück, als Immu die aufgebrachten, von ihrem Platz vertriebenen Weberlinge zur Seite trat. Sie piepsten und quietschten und versuchten, die Eindringlinge durch Schuhe und Stiefel hindurch zu beißen.

Nachdem sie dieses Hindernis überwunden hatten, mußten sie erneut über eine roh aus dem Fels geschlagene Treppenflucht hinabsteigen, und der Geruch fauligen Wassers verschlug ihnen den Atem. Sie gelangten an ein verrostetes Tor, das halb offenstand. Dahinter öffnete sich ein breites Portal, und die leeren Kerzenleuchter an den Wänden und die Haken, an denen Schlüsselbunde hingen, waren von Grünspan so angefressen, daß sie zu grünlichen Klumpen zerfielen, als Kadiya sie zufällig berührte. Auf dem Boden hatten sich Wasserlachen gebildet, und der Gang, durch den sie nun kamen, wurde allmählich immer schlammiger. Dann wurde es heller, und sie konnten vor sich einen gelben Lichtschein erkennen. Sie betraten ein riesiges Gewölbe, eine Art

Kerker. Die Mädchen betrachteten bestürzt die Zellen an den Wänden ringsum. Boden, Decke und Mauern waren mit einer glitschigen, glimmernden Masse überzogen, über die unförmige kleine Lebewesen träge dahinkrochen und leuchtende Spuren hinterließen.

»Das sind Schleimkriecher«, erklärte Jagun. »Man findet sie auch in den entlegensten Gegenden der Irrsümpfe.«

»Iih!« schrie Anigel und deutete entsetzt auf eine Zelle, deren Tür aus dem verrotteten Rahmen gefallen war. Dahinter lag ein Skelett, das in rostigen Fesseln an der Wand hing. In den Augenhöhlen schimmerte es, denn Schleimkriecher hatten sich darin eingenistet. »Was für ein abscheulicher Ort! Seht doch! In der Ecke dort stehen rostige Folterinstrumente. Und diese entsetzlichen, schleimigen Dinger! Sie lauern in jeder Ecke und in jeder Spalte. In dem Eimer dort wimmelt es nur so von ihnen. Oh! Da kriecht schon eins auf meinen Schuh!«

Vergeblich versuchte sie, sich vor Abscheu schüttelnd, das klebrige Ding an einem Steinsockel abzustreifen. Als es ihr nicht gelang, brach sie in Tränen der Hilflosigkeit aus.

Immu befreite ihren Liebling aus der Not. Sie zog einen Dolch aus der Scheide unter ihrer Schürze, spießte den Schleimkriecher auf und schleuderte ihn fort. Dann nahm sie ein Taschentuch und wischte Anigel über das verschmierte, tränennasse Gesicht, wobei sie tröstende Worte vor sich hin murmelte.

»Wie weit müssen wir noch gehen?« erkundigte sich Kadiya bei Jagun. »Die Palastschuhe meiner armen Schwester bieten nur wenig Schutz gegen die Feuchtigkeit, und ihre Kleider sind völlig durchnäßt. Sie wird sich noch den Tod holen.«

»Warme, trockene Kleidung wartet auf uns«, sagte Jagun. »Aber wir werden noch nasser werden, ehe wir diesen Ort verlassen – horcht!«

Alle vier standen wie versteinert da und lauschten. Jagun riß sich die Jägermütze vom Kopf, damit seine Ohren mehr Spielraum hatten. Sein Gesicht erstarrte zu einer Maske, die Haut straff, die Augen glänzend wie Bernsteinkugeln, die breiten Lippen ein wenig geöffnet und jene fanggleichen Zähne entblößend, die von Menschen in der Regel nicht bemerkt wurden – eine Mahnung, daß selbst die friedliebenden Nyssomu einst Jäger waren, die mehr als nur Blasrohre und Speere bei sich trugen. Die Mädchen hörten nichts außer dem hellen Klang herabtröpfelnden Wassers. Aber Jagun sagte: »Sie sind uns gefolgt! Bestimmt haben sie unsere Spuren in der Brauerei entdeckt. Schnell!«

Er schlüpfte durch eine niedrige Öffnung auf der anderen Seite des Verlieses, die sich als Durchgang zu einer weiteren steilen Treppe erwies. In Hüfthöhe der Seltlinge befand sich eine Art Halteseil, und das war gut so, denn die Stufen waren teuflisch glatt. Die Mädchen hielten sich krampfhaft daran fest, während sie hastig hinabstiegen. Sie hinterließen leuchtende Fußspuren, die immer schwächer wurden, je weiter sie nach unten kamen. Doch sie bemerkten es nicht.

Im Licht der wild schwankenden Laternen der Seltlinge konnten sie nicht erkennen, was vor ihnen lag, bis sie am Fuße der Treppe angelangt waren. Dort stellten sie fest, daß sie sich in einer dunklen, höhlenartigen Kammer befanden und bis zu den Knöcheln in Schlamm und Wasser standen. Der Raum war vollgestopft mit verrosteten Geräten und zerbrochenen Röhren, die dicker waren als Baumstämme und neben unzähligen Schleimkriechern auch fliegende Tiere beherbergten, die sich vor den Ankommenden fürchteten und pfeilschnell in die Dunkelheit flatterten. Jagun führte sie zu einer runden, gepflasterten Plattform in der Mitte des Raumes, in der ein schwarzes Loch von etwa zwei Ellen Durchmesser gähnte, eingefaßt von einer niedrigen Mauer.

Von oben drang jetzt ganz schwach das Geräusch klirrender Rüstungen und menschlicher Stimmen zu ihnen. Anigel schrie vor Entsetzen laut auf. Jagun starrte in die brunnenartige Öffnung. Dann hob er einen Stein auf, der in der Nähe lag, und warf ihn hinein. Nach einer geraumen Weile hörte man ein fernes Aufklatschen.

»Nun gut!« rief er. »Das habe ich fast befürchtet. Da wir noch immer Trockenzeit haben, ist die große Zisterne nahezu ausgetrocknet. Aber es ist alles in Ordnung, und unser Fluchtweg liegt vor uns.« Er gab Kadiya ein Zeichen. »Kommt, meine tapfere Kleine! Die Zisterne wurde vor langer Zeit einmal als Wasserspeicher für die Zitadelle genutzt. Sie wurde gebaut, lange bevor das Gebäude seinen jetzigen Umfang erreicht hatte. Gespeist wird sie aus einer Zuleitung, die zum Mutar im Norden des Zitadellenbergs führt. Die Erzzauberin hat meinem Bruder Rapahun befohlen, ein Boot zum verborgenen Ausgang der Leitung zu bringen. Nun müssen wir nur noch springen.«

»Springen?« wiederholte Kadiya ungläubig.

Jagun steckte seine Laterne in die kleine Tasche an seinem Gürtel. Nässe konnte ihr jetzt nichts mehr anhaben. »Ich werde den Anfang machen und euch allen helfen, wenn ihr unten aufplatscht.«

»Aber ich kann nicht schwimmen!« heulte Anigel.

»Aber wir, Liebes«, sagte Immu aufmunternd. »Wir werden Euch über Wasser halten.«

Der Lärm der anrückenden Krieger aus Labornok wurde lauter.

»Es ist höchste Zeit«, sagte Jagun. »Ich bin schon weg!«

Er winkte fröhlich, machte einen Schritt über den Rand und verschwand.

Aus der Tiefe vernahm man ein Aufklatschen, und hohl erklang eine Stimme: »Springt! Es geht ganz gut!«

Kadiya atmete tief ein. »Mögen die Herrscher der Lüfte mir Mut schenken!«

Sie ergriff ihr Drillingsamulett, ging zum Brunnenrand und sprang, noch ehe aufkommende Panik ihre Muskeln erstarren ließ.

Sie fiel.

Weiße Frau, hilf mir! Oh, laß mich sanft landen ...

Sie schwebte.

Was ist das? Kadiyas Furcht verwandelte sich in Verblüffung. Immer noch hielt sie das Amulett fest. Ein leichter Luftstrom, der in der Finsternis anscheinend nach oben driftete, sagte ihr, daß sie langsam in die Tiefe schwebte. Tiefer, immer tiefer – und sachte glitt sie in kaltes Wasser, leicht wie ein Messer in die geölte Scheide. Sie merkte, daß sie schwamm. Jaguns kräftige Hand, die nicht die eines Menschen war, zog sie ein Stück mit, bis sie gegen Steinquader stieß. »Da ist ein schmaler Absatz, auf dem man entlanggehen kann«, sagte der Seltling. »Klettert hinauf, und ich reiche Euch die Laterne.«

Aber sie stieg nicht hinauf. Verwirrt blieb sie in der Dunkelheit an der Kante hängen. Wasser tropfte ihr in die Augen. Sie flüsterte: »Jagun ... guter alter Freund ... ich bin nicht gefallen, sondern wurde durch die Luft getragen wie der geflügelte Samen einer Salitha!«

»Was redet Ihr da, Mädchen?« Die Stimme des Seltlings, sonst freundlich und schüchtern, hatte einen scharfen Unterton bekommen.

»Ich habe mein Drillingsamulett ganz fest gehalten und darum gebeten, weich zu landen, und es geschah. Die Herrscher der Lüfte selbst haben mich getragen.«

»Dreieiniger Gott! Das ist nicht möglich!«

»Ich schwebte, wenn ich es dir sage! Und bin ganz sanft im Wasser gelandet.«

Plötzlich wurde es hell, als Jagun seine Laterne herauszog und sie auf den Absatz der Zisterne stellte. Kadiya sah das kleine Wesen im Wasser neben sich, die großen Augen traten hervor, in seiner Miene arbeitete es. Er war hin und her gerissen zwischen Bestürzung und Angst.

»Die Prophezeiung – aber dafür haben wir jetzt keine Zeit!« stöhnte er. »Das Geheimnis muß warten bis zu unserer sicheren Rettung.« Er hob den Kopf und rief nach oben, Prinzessin Anigel solle springen. Seine Worte hallten hohl in der finsteren Weite.

Oben im Brunnenraum hörte Anigel ihn rufen und trat an den Rand des Loches. Immu machte ihr Mut.

»Springt!« drängte die Stimme aus der Tiefe. »Springt, Tochter des Königs. Fürchtet Euch nicht!«

Und dann hörte sie Kadiyas Stimme, seltsam frohlockend. »Ani, spring! Halte dein Amulett fest und bete, daß du langsam fällst, *und so wird es geschehen!* Das Drillingsamulett hat Zauberkraft, und wir können über sie verfügen!«

»Was ist?« Immu beugte sich über den Rand. »Prinzessin Kadiya! Ist das wirklich wahr?«

»Ja, ja, liebe Immu! Und wenn man bedenkt, daß wir es nicht einmal vermutet haben! ... Spring, Ani, und vertraue dem Geschenk der Weißen Frau!«

Anigel knirschte mit den Zähnen, umklammerte den Anhänger und begann so heftig zu zittern, daß Immu schon fürchtete, sie würde einen Anfall bekommen. »Ich kann nicht springen! Ich habe Angst! Was ist, wenn der Zauber bei mir nicht wirkt?«

Der Treppenschacht leuchtete jetzt vom flackernden Licht einer Fackel in schwachem Orangerot. Das Rasseln von Rüstungen und Waffen vermischte sich mit lauten Männerstimmen, die über die Schleimkriecher fluchten. Jemand rief: »Prinz Antar! Hier entlang! Folgt den leuchtenden Fußspuren abwärts!«

»Ihr müßt springen«, flehte Immu. »Liebste Ani, sie werden bald über uns herfallen. Hier, gebt mir eine Hand, mit der anderen haltet Euer Amulett fest, und dann springen wir gemeinsam.«

Aber das Mädchen schreckte mit weit aufgerissenen Augen vor dem Rand zurück. »Nein, nein!«

Jaguns Stimme drang hohl aus der Tiefe empor. »Worauf wartet Ihr noch, törichte Frau? Sputet Euch! Die Ritter werden nicht wagen, Euch zu folgen, denn sie würden vom Gewicht ihrer eisernen Rüstung hinabgezogen. Springt! So springt doch!«

»Die Prinzessin hat Angst, und ich kann sie nicht im Stich lassen«, rief Immu.

»Dann gib ihr einen Stoß, Dummkopf!« kreischte Jagun.

Immu wandte sich mit hochgehaltener Laterne zu der kauernden Prinzessin um, doch das Mädchen zog sich zurück, schüttelte wild den Kopf, verdrehte die Augen und hatte den Mund weit geöffnet, als wollte sie vor Angst schier verrückt werden.

Die kleine Eingeborene packte Anigels Handgelenk und zog, doch das Mädchen weigerte sich. Sie rutschten beide aus und fielen von der Plattform in den knöcheltiefen, stinkenden

Schlamm, wo sie heulten und um sich schlugen wie die Skritek, die ihre Beute quälten.

So wurden sie von Prinz Antar und seinen Mannen gefunden und ergriffen.

Gewaltsam stellte man Anigel und Immu, völlig durchweicht und in Tränen aufgelöst, auf die Beine. Sie ließen den Kopf hängen, als die zwölf Bewaffneten sie umringten, die rauchenden Fackeln hoch über ihre Köpfe hielten und derbe Scherze austeilten. Prinz Antar sagte mit angespannter Miene: »Wo sind die anderen?«

Immu streckte ihm die lange Greifzunge heraus. Einer der Ritter zog das Schwert und hätte sie auf der Stelle erschlagen, wenn der Prinz nicht gerufen hätte: »Halt ein, Rinutar!« Der Mann trat brummend einen Schritt zurück.

Sanft nahm der Prinz die verschmutzte und durchnäßte Anigel bei der Hand und blickte ihr in die Augen. Ihr Gesicht war ausdruckslos, die Augen stumpf und wie tot. »Lady«, sagte er, »sind sie in jenem Brunnen verschwunden?«

Anigel sagte mit leiser Stimme: »Ja. Sie sind geflohen. Also tötet uns, aber bedenkt, daß meine Schwester Kadiya große Zauberkraft besitzt und eines Tages Rache üben wird für die Greueltaten, die Ihr heute verübt habt.«

Die Ritter brachen bei ihren Worten in laute Rufe aus und bombardierten das Mädchen mit Fragen, doch sie sagte nichts mehr.

»Soll ich sie ins Jenseits befördern, mein Prinz?« fragte Sir Rinutar.

»Mitnichten. Man wird sie verhören müssen, damit wir wissen, welche Art Zauber – wenn überhaupt – die Herrschaft über Ruwenda bedroht.«

»Dann laßt mich wenigstens diesen Seltling schlachten«, sagte Rinutar mordlüstern. Er steckte sein Schwert in die Scheide und zückte einen blitzenden Dolch. »Wenn ich mit ihr ein wenig spiele, wird die Prinzessin uns bald alles sagen, was wir wissen wollen.«

»O nein! Bitte nicht ...« Anigel verstummte und fiel mit einem Klagelaut ohnmächtig in das schlammige Wasser.

Prinz Antar beugte sich über sie, um sie aufzuheben, und

als er ihren zerbrechlichen Körper in seinen Armen hielt und auf sie herabblickte, wie sie bleich im flackernden Licht der Fackeln auf seinen Armen lag, wußte er, daß er noch nie eine schönere Frau gesehen hatte, ungeachtet ihres beklagenswert schmutzigen Zustandes. Er war erleichtert, daß es ihm nun erspart blieb, die Folter der kleinen Seltling-Alten zu dulden, geschweige denn das liebreizende, hilflose Wesen zu erschlagen, dessen Kopf an seiner gepanzerten Brust ruhte.

»Wir können hier nichts mehr tun«, sagte der Prinz. »Die anderen haben sich offenbar unserem Zugriff entzogen, und es ist uns nicht möglich, ihnen zu folgen. Wir müssen die Verfolgung abbrechen und diese Gefangenen vor meinen Vater, den König, bringen. Er wird entscheiden, was mit ihnen geschehen soll.«

Die Ritter stimmten ihm begeistert zu, denn das unheimliche Innenleben der Zitadelle hatte ihnen beinahe den Mut genommen. Antar befahl seinem Marschall, Sir Owanon, Immu zu fesseln und sie über die Schulter zu legen. Er tat desgleichen mit Prinzessin Anigel. Dann begannen sie den langen, mühsamen Aufstieg.

4

Haramis hastete hinter dem Seltling Uzun her, der ihr mit seinen unregelmäßigen Trippelschritten den Weg wies. Die überstürzte Flucht verschaffte ihr Erkenntnisse über sich selbst, über ihren Mut – oder ihre Mutlosigkeit –, die sie nie für möglich gehalten hätte.

Sie liefen durch geheime Gänge und über Treppen, die, je weiter sie nach oben kamen, immer schmaler wurden. Dicker Staub lag auf den Stufen, und von den Decken hingen klebrige Webernetze. Sie gelangten an Stellen, die, so versicherte ihr Uzun, noch niemand außer ihnen betreten hatte, seit der Zeit, als die ersten Ruwendianer die Zitadelle übernommen hatten. Schließlich endete der Geheimgang, und sie mußten sich wohl oder übel ins Freie begeben, wenn sie die breite steinerne Wendeltreppe des Hohen Turms erreichen wollten, den die Ruwendianer auf dem Bergfried errichtet hatten. Irgend jemand hatte Ölkännchen, die in schmiedeeisernen Gestellen an den Wänden hingen, angezündet – ein Zeichen dafür, daß sich bereits ein Suchtrupp aus Labornok dort drüben im Turm befand.

Haramis und Uzun arbeiteten sich mühsam Stockwerk um Stockwerk nach oben, vorbei an der riesigen königlichen Bibliothek, in der Haramis so viele glückliche Tage beim Studium verbracht hatte, ihrem größten Vergnügen. Die Räume, in denen die Bibliothek untergebracht war, lagen inzwischen verlassen da, doch Haramis schnaubte entrüstet, als sie sah, daß die Regale umgestoßen waren und wertvolle Bände in völligem Durcheinander auf dem Boden lagen. Dennoch war offenbar nichts mutwillig zerstört worden. *Bestimmt hat Orogastus den Befehl erteilt, diesen Bereich zu erhalten,* dachte sie. *Ich hätte es an seiner Stelle nicht anders gemacht.*

Ob sie wollte oder nicht, sie mußte den Zauberer des Feindes insgeheim bewundern, einen Mann, der gelernt hatte, den Blitz zu beherrschen, der mit seiner Hellsichtigkeit den gewundenen Pfad durch die Irrsümpfe gefunden hatte. Ruwenda war allein durch seine Allmacht gefallen, und Haramis empfand Hochachtung vor echtem Können, obschon es gegen sie und die Ihren gerichtet war. Sie war neugierig auf ihn; auch als sie Uzun nach oben folgte, fragte sie sich, wie der Feind wohl sein mochte. *Was für ein Mensch mag er sein, wenn er überhaupt ein Mensch ist?*

Mit größter Vorsicht gingen Haramis und Uzun an dem offenstehenden Eisentor vorbei, das in den Vorraum zum fünfzehnten Stockwerk des Turmes führte, in dem die Kronjuwelen aufbewahrt wurden. Die Prinzessin zögerte, als sie hinter den geschlossenen Türen der Kammer das Geräusch der feindlichen Krieger vernahm, doch niemand tauchte auf, um sie anzuhalten. Und weiter führte sie ihr Weg nach oben, vorbei am nächsten Stockwerk, das fest verriegelt war, da hier geschliffene und rohe Gemmen und frisch geprägte Münzen gelagert wurden.

Schließlich erreichten sie das siebzehnte Stockwerk, eine Art Wehr- und Arbeitsraum, in dem zerstörte Wertgegenstände repariert oder eingeschmolzen wurden. Haramis wußte, daß jetzt nur noch zwei Stockwerke zwischen ihnen und dem Dach lagen: zuunterst eine kleine Rüstungskammer, dann der Schlafsaal für Wachen und andere Arbeiter auf dem Turm.

Uzun blieb stehen, um Atem zu schöpfen. Er nahm sein Barett vom Kopf und rang mühselig nach Luft, während Haramis ihn mit Sorge betrachtete. Der kleine Musikant war von frühester Kindheit an ihr Freund gewesen, und sie mochte ihn und vertraute ihm, auch wenn er kein menschliches Wesen war. Die Nyssomu waren diejenigen unter den Ureinwohnern, die in ihrer äußeren Erscheinung am meisten den Menschen ähnelten, doch sie hatten seltsam schwärzlichrotes Blut und merkwürdig geformte Knochen, und ihr Herz schlug auf der anderen Seite der Brust. Alle behaupteten von sich, hellsichtig zu sein, und es war bekannt, daß sie sich zuweilen über weite Entfernungen hinweg in einer Sprache ohne Worte verständigen konnten. Die meisten Ruwendianer hielten sie jedoch trotz alledem für minderwertige Kreaturen, denen es an Kultur mangele und die nur wenig zivilisiert seien, obwohl sie die Verhaltensweisen der Menschen sehr schnell erlernten und hin und wieder sogar die Menschen in ihren Künsten und Fertigkeiten übertrafen. Als kleines Kind hatte Haramis eine Zeitlang geglaubt, die Nyssomu gehörten ihrem Vater, dem König, ebenso wie die Tiere. Aber ihr Vater hatte ihr erklärt, daß die kleinen Ureinwohner frei seien und eine Seele hätten und daß man sie wie Gleichwertige behandeln müsse ...

Nachdem Uzun sich erholt hatte, setzten sie den steilen Aufstieg fort. Als sie sich dem letzten Teil der Treppe näherten, bedeutete Uzun Haramis, zurückzubleiben, während er vorausgehen wollte, um auszukundschaften, ob die Luft rein war. Mit zunehmender Beklemmung dachte Haramis daran, was wohl geschehen mochte, wenn sie die Zinnen des Turms erreichten. Als Uzun über die Kante des obersten Treppenabsatzes lugte, runzelte Haramis die Stirn und zog ihren Umhang fester um sich. Ein kalter Wind pfiff durch die fensterlosen Schießscharten und löschte beinahe die Flammen in den Feuerschalen an der Wand.

Haramis erschrak, denn Uzun gab ihr zu verstehen, ihm nicht zu folgen. Er kam wieder heruntergekrochen und hielt sich die breite, gestutzte Kralle vor den Mund. Mit den großen gelben Augen warf er ihr warnende Blicke zu. Als er sich neben sie stellte, flüsterte er: »Ein einzelner Ritter auf Wache, Prinzessin. Zweifelsohne durchsuchen noch mehr Ritter den Rest dieses Stockwerks.«

»Wußte ich es doch!« flüsterte Haramis. »Hier oben sitzen wir in der Falle; feindliche Soldaten über uns und unter uns! Der Plan deiner Weißen Frau ist fehlgeschlagen.«

»Sch, sch«, flehte der Seltling sie an. »Ich glaube, es gibt eine Möglichkeit, an ihnen vorbeizukommen, aber dazu müßt Ihr tapfer und flink sein. Könnt Ihr Euer Gewand hochbinden?«

Sie nickte grimmig, ließ ihren Umhang zu Boden fallen und setzte die Krone vorsichtig darauf ab. Dann schürzte sie ihre Röcke und steckte sie in den juwelenbesetzten Gürtel, so daß sie sich um ihre Knie bauschten. Sie wickelte die Krone in den

Umhang, knotete die Enden zusammen und warf sich das Bündel über die Schulter. Sie blickte Uzun an. »Was nun?«

»Die Brüstung erreicht man über eine Leiter neben der Treppe, etwa vier Ellen neben dem Wächter. Er ist an einem Arm verwundet, den er in einer Schlinge trägt, aber sein Schwertarm ist ganz in Ordnung. Er ist höchstwahrscheinlich müde und die ergebnislose Sucherei leid, die ihn ums Plündern, Feiern und Saufen gebracht hat, worauf er sich so gefreut hatte.«

»Und um die Vergewaltigung der Frauen in der Zitadelle«, fügte Haramis hinzu. »Das wird nun ohne Zweifel auf mich zukommen, ehe sie mir den Hals aufschlitzen und meine Leiche in den Abfall werfen.«

Uzun blickte sie vorwurfsvoll an. »Prinzessin, Euch wird man nur über meine Leiche ein Leid antun. Vertraut den Kräften der Weißen Frau und hört Euch meinen Plan an, ich bitte Euch.«

Haramis spielte nervös mit dem Drillingsamulett und fuhr mit dem Daumen immer wieder über die glatte Oberfläche des Bernsteins, der die kleine schwarze Blütenknospe umschloß. *Ich zweifle nicht an deiner Ergebenheit,* dachte sie, *aber »nur über deine Leiche« mag für bewaffnete Soldaten nicht so schwierig zu bewältigen sein.* Da sie die Gefühle des Seltlings nicht verletzen wollte, sagte sie schlicht: »Ich höre, Uzun.«

»Ich werde urplötzlich aus dem Niedergang auftauchen und wie der Blitz auf den Ritter zuschießen und so tun, als hätte ich vor Angst den Verstand verloren.«

»Wenn du soviel Angst hast wie ich, dürfte das nicht schwer sein.«

»Ich werde hüpfen und schnattern und die Augen ausfahren und verdrehen.«

Sie wußte, daß das ein echtes Opfer für ihn bedeutete; seit ihrer Kindheit hatte sie nicht mehr gesehen, daß er seine Augen ausfuhr. Damals hatte er es zuweilen gemacht, um sie oder ihre Schwestern zum Lachen zu bringen. Doch schon vor ihrem sechsten Lebensjahr hatte sie erfahren, daß kein erwachsener Nyssomu diesen Mangel an Körperbeherrschung offen zur Schau trug, es sei denn, er wäre tatsächlich außer sich. »Ich werde den Bösewicht ablenken«, fuhr Uzun fort. »Währenddessen müßt Ihr die Leiter hinaufsteigen und oben die Falltür öffnen. Ich werde Euch folgen, und gemeinsam werden wir die Leiter umwerfen und die Falltür zuschlagen und sie verbarrikadieren.«

»Und dann? Selbst wenn wir die Soldaten aufhalten können – und vorausgesetzt, ihr Zauberer verbrennt uns nicht mit einem seiner verdammten Lichtblitze –, so ist die Turmspitze noch lange nicht der Thronsitz. Natürlich können wir einen heldenhaften Hungertod sterben und elendig verdursten, aber das wird Ruwenda kaum aus seiner jetzigen Lage befreien!«

»Ich *weiß* nicht, was dann geschehen wird!« entgegnete Uzun bissig. »Ich befolge einzig und allein die Befehle der Weißen Frau! Oh, Prinzessin, warum hört Ihr nicht endlich auf, unablässig Fragen zu stellen? Jeden Augenblick können weitere Ritter auftauchen! Gebt mir nur einen Moment Zeit, um die Aufmerksamkeit des Mannes abzulenken, und dann folgt mir rasch nach.«

Er hoppelte die Treppenstufen hinauf in den Vorraum der Wache. Haramis hörte, wie der Soldat fluchte, dann das scharfe Zischen, als er das Schwert zog. Doch Uzun gackerte wie ein verrücktes Huhn, die Füßchen tänzelten über die Dielen, und die Schimpfkanonade des Ritters endete in verblüfftem Gelächter. Haramis spannte die Muskeln und warf einen Blick über die obere Stufe. Sie sah den sonst so ruhigen Musikanten umherkarriolen, die langen, spitzen Ohren flatterten wie die Flügel einer Nachtjubilante, die zuviel vergorene Früchte genascht hatte. Die Augen ploppten auf Stielen aus den Höhlen und schnalzten wieder zurück, und die lässig heraushängende Zunge rollte sich ein und aus; dabei johlte Uzun in allen Tonlagen – es hörte sich wirklich lächerlich an.

Der Ritter schüttete sich aus vor Lachen und ließ das Schwert sinken. Wie der Blitz kletterte Haramis die Leiter hinauf und drückte die Falltür über sich hoch.

»Uzun! Komm her! Beeil dich!« Sie kniete sich auf das Dach und packte die schwere Leiter in dem Augenblick, als der Seltling darauf zusprang und begann, die Sprossen zu erklimmen. Der verdatterte Ritter alarmierte seine Kameraden und stolperte auf die Leiter zu, das Schwert gegen Uzun erhoben. Haramis griff nach Uzuns Handgelenk und zog ihn zu sich hinauf. Das Schwert, das auf seinen Knöchel gezielt hatte, grub sich in eine Sprosse der Leiter. Gemeinsam stießen sie die Leiter mit Schwung von sich, während der Ritter noch immer umständlich versuchte, sein Schwert aus dem Holz zu ziehen.

Verheddert und aus dem Gleichgewicht gebracht, fiel der Mann in seiner schweren Rüstung mit ohrenbetäubendem Lärm um. Aus dem Schlafsaal drangen Rufe herauf, und in dem Augenblick, als Uzun die Falltür zuwarf und verriegelte, eilten weitere Ritter herbei, um nachzusehen, was geschehen war.

Auf dem Dach des Hohen Turmes blies ein kräftiger Wind, der den Duft des Marschlandes herüberwehte. Er riß die Nebelfelder über den Irrsümpfen und den unteren Bereichen der Zitadelle auf. Das blutrote Banner von Labornok flatterte an dem hohen Fahnenmast auf der Seite des Turmes, die auf den Fluß zeigte. Direkt unter ihnen brannten immer noch Feuer in den Gebäuden des inneren Burgbereichs und erzeugten ein unheimliches Flackern im Nebel. Am tiefblauen Himmel glänzten Sterne, und das Dreigestirn im Westen bewegte sich aufeinander zu, seiner Vereinigung entgegen, die in vier Wochen bei Vollmond vollendet sein würde.

Angst und Empörung über ihre Misere erfüllten die Prinzessin jetzt mit einer brennenden Wut. Sie steckten in einer Sackgasse und wußten nicht ein noch aus. Ritter schlugen mit Schwertern und Kriegsäxten gegen die Falltür, und es war nur eine Frage der Zeit, wann diese nachgeben würde. Niemals aber würde sie zulassen, daß die Krieger aus Labornok sie lebend in die Hände bekämen! Lieber würde sie von den Zinnen des Turmes springen ...

Die Falltür brach entzwei, und ein Ritter, dessen Helm eine groteske Eisenmaske war, zog sich unter Triumphgeheul nach oben.

Haramis stand neben Uzun am äußersten Rand der Brüstung und hielt ihr Amulett umklammert, wie sie es als Kind getan hatte, wenn sie von Alpträumen heimgesucht wurde. Doch dieser Alp war Wirklichkeit. »Ihr Herrscher der Lüfte, beschützt uns!«

Uzun schrie: »Weiße Frau! Steh uns bei in unsrer Not!«

Drei Männer in Rüstung kamen mit erhobenen Waffen auf sie zu. Doch in diesem Augenblick erreichte sie ein Windstoß, und zwei riesige dunkle Schatten schwebten hernieder und verdunkelten die Sterne. Ihre Schreie klangen wie gewaltige Bronzetrompeten. Eine der beiden Kreaturen ließ sich genau über den Köpfen des bewaffneten Trios herabfallen, das wie vom Donner gerührt war.

»Lämmergeier!« schrie einer der Ritter entsetzt auf. »Gebt acht!« Kurz darauf brachte ein gigantischer Flügel die drei Männer wie Puppen ins Rollen und fegte sie über die Brüstung. Ihre Stimmen vereinten sich zu einem einzigen Schrei, der nach wenigen Augenblicken abrupt aufhörte. Die Kameraden, die gerade in der Falltür auftauchten, duckten sich und brachten sich nach unten in Sicherheit. Es klirrte und rasselte; Schmerzensschreie und Wutgebrüll drangen nach oben – offenbar waren ein paar Soldaten von der Leiter gefallen. Andere Krieger aus Labornok blieben stehen und sahen zu, wagten jedoch nicht, hinauszugehen.

Später würden sie König Voltrik und Zauberer Orogastus berichten, was sie gesehen hatten: Zwei gigantische Kreaturen mit weißen Körpern und schwarz-weiß gestreiften Flügeln flogen herab und landeten auf dem Dach des Turmes. Die Krallen schlugen Funken aus dem Gestein, und die Augen und zahnbewehrten Schnäbel schimmerten im fahlen Licht des Mondes. Prinzessin Haramis bestieg den einen, der Musikant Uzun kletterte auf den Rücken des anderen Vogels.

Dann breiteten die großen Lämmergeier die Flügel aus und ergriffen die Flucht. Sie trugen die Flüchtenden gen Nordwesten, auf die ferne Gebirgskette des Ohoganmassivs zu.

5

Der schmähliche Rückzug nährte die Wut, die in Kadiya brannte. Sie stellte sich vor, welche Schande es wäre, würde man sie hier entdecken, wie sie auf allen vieren über den schmalen, rutschigen Absatz der Wasserzuleitung kroch. Diese war seit Urzeiten nicht benutzt worden, nachdem die Ruwendianer, sobald sie die alte Zitadelle übernommen hatten, ein neues Wasserversorgungsnetz gebaut hatten. Daher war dieser Weg nicht nur dem Zerfall überlassen worden, sondern auch zugestopft mit ekligem, modrigem Schutt. Jagun hatte sich die Laterne um den Hals gehängt, mußte sie jedoch mitunter an Kadiya nach hinten reichen, wenn er anhielt, um tote Zweige abzubrechen oder nasses Marschgras zu einem triefenden Haufen zusammenzuscharren. An manchen Stellen war das Mauerwerk vollkommen zerfallen, und sie mußten durchs Wasser waten und sich schwimmend um Hindernisse herumarbeiten. Alsbald war Kadiyas enge Lederhose an den Knien durchgescheuert und die Haut darunter abgeschürft. Im Flüsterton brummelte sie Worte vor sich hin, die sie in den Ställen aufgeschnappt, bisher jedoch noch nie laut ausgesprochen hatte.

»Ist es noch weit bis zum Fluß?« fragte sie schließlich und strich sich über die Hände, die von Dornfarnen schmerzhafte Kratzer abbekommen hatten, denn sie hatte ebenso viele Hindernisse aus dem Weg geschafft wie Jagun.

»Nein. Wenn es draußen hell wäre, könnten wir vor uns das Tageslicht sehen, denn diese verfluchten Farne können nicht in völliger Finsternis wachsen. Ihr müßt jetzt besonders achtgeben, denn hier verstecken sich mit Vorliebe Gradolinge oder Wasserwürmer.«

Kadiya spuckte einen Klumpen faulig schmeckenden Schlamms aus und spürte, wie die Wut, die beim ersten Alarm bereits in ihr aufgekeimt war, wie eine Flamme in ihr hochloderte.

»Mögen sie alle auf immer und ewig im Schlamm versinken! Mögen die Vipern von Viborn ihnen Kehle und Puls zuschnüren ...«

»Spart Euren Atem, Königstochter. Die Geister werden ohne Zweifel, wenn die Zeit reif ist, Euren Feinden ein Schicksal bescheren, das auch Euch zufriedenstellt.«

»Das kann nur ein Schicksal sein, das ich ihnen bereite!« gab sie aufbrausend zurück.

Seine Hand schloß sich um ihr Handgelenk, wie immer, wenn er sie warnen wollte. Kadiya schluckte und schwieg.

Sie schlitterten und rutschten über weichen Morast, wateten durch Rinnsale, bis sie schließlich auf ein altes verrostetes Gitter stießen. Die Steine, die einst als Verankerung gedient hatten, waren teilweise herausgebrochen. Sie konnten also, wenn auch mühselig, um das Gitter herumklettern. Endlich sahen sie den offenen Himmel über sich. Abermals mahnte Jagun sie mit ausgestreckter Hand zur Vorsicht. Er schlich mit hoch erhobenem Kopf ein Stück voraus. Offensichtlich lauschte er angestrengt und setzte auch den für einen Jäger unerläßlichen Geruchssinn ein, um zu prüfen, wie sicher dieses kleine Stück vergessenen Ödlands war.

»Nicht weit von hier haben die Feinde offenbar einen Außenposten aufgestellt.«

Kadiya blickte über die Schulter hinweg nach oben. Sie mußte den Kopf verdrehen, um besser sehen zu können: Feuer über ihr, lodernde Flammen. In der Zitadelle gab es nur wenig, womit man ein Siegesfeuer dieser Größe hätte nähren können, wenn die Krieger, die die Verteidigungsanlagen geschleift hatten, nicht alte Wandteppiche von den Wänden gerissen und das Mobiliar zerschmettert hätten. Rufe in der Ferne, schrille Schreie, gegen die Kadiya die Ohren verschließen mußte. Sie versuchte krampfhaft, alles aus ihrer Vorstellung zu verbannen, was dort allem Anschein nach vor sich ging.

»Gib, daß ich überlebe, damit ich ihnen neue Mäuler zum Lachen gleich quer über ihren dreckigen Hals verpassen kann!« Mit einer wundgescheuerten Hand fuhr Kadiya quer über die Brust zum Gürtel, um das Messer zu suchen, und streifte dabei das Amulett, das aus einem Riß in ihrem Hemd gerutscht war.

Wenn die Macht dieses Amuletts es vermocht hatte, sie in die Zisterne schweben zu lassen ... nun, dann hatte es vielleicht noch mehr zu bieten. Sie umschloß den Bernstein so fest, als wollte sie ihn sich ins wunde Fleisch drücken.

Mit aller Entschlossenheit – mit äußerster Willenskraft – sprach sie die Worte, die ihr gerade in den Sinn kamen:

»Herrscher der Lüfte, Ihr, die Ihr an der Dreieinigen Gottheit festhaltet, gebt mir die Kraft und den Willen, auf daß ich alle töten kann, die jene abgeschlachtet haben, die Euch anbeten. Zahlt es ihnen blutig heim, Ihr dort oben, versprecht mir blutige Rache!«

Sie umschloß das Amulett mit festem Griff, als hätte sie ein Schwert in der Hand, und hielt es dem Schein des vernichtenden Feuers hinter ihr entgegen.

Die Antwort war ein gequälter Schrei in der Nacht, der heisere Ruf nach einem neuen Faß.

Kadiyas Lippen wurden hart. »Es funktioniert nicht!« Einem jähen Impuls folgend, hätte sie das Amulett beinahe von sich geschleudert, doch die Finger waren so verkrampft, daß sie den Griff nicht lockern konnte. »Nicht«, sagte Jagun mit leiser Stimme, als wollte er ein ungeduldiges Kind beschwichtigen.

»Aber ich habe meinen Willen gebraucht! Viel stärker als vorhin im Brunnenschacht.« Sie löste einen Finger nach dem anderen, um das Ding in ihrer Hand zu betrachten. »Oder wirkt es nur für mich allein? Wird es mich zur Weißen Frau tragen? Oder uns beide...?«

Jagun betrachtete sie geduldig. »Man kann es nur versuchen, Königstochter.«

Wieder schlossen sich Kadiyas Finger um das Amulett.

»Welche Macht dir auch innewohnen mag – bring uns jetzt zu der, die dich gemacht hat – zur Erzzauberin!«

Nichts regte sich in der undurchdringlichen Finsternis.

»Dann trag mich, wenn du überhaupt Kraft besitzt, du Geschenk der Zauberin!«

Keine Reaktion.

»Habe ich etwa alles nur geträumt?« fragte Kadiya die

Schwärze der Nacht. »War ich meiner Sinne beraubt, Jagun?«

»Das kann ich Euch nicht genau sagen, meine Kleine, denn es war da drinnen zu dunkel. Vielleicht habe ich Euren Absprung nicht richtig mitbekommen. Ich kenne mich in überliefertem Wissen nicht aus.«

Sie ließ den Anhänger los, so daß er wieder an ihrem Hals baumelte. »Der Zauber scheint uns verlassen zu haben, Jagun – wenn er denn überhaupt existiert hat. Nun, immerhin soll dieser Abschaum aus dem Flachland nicht glauben, daß er uns durch die Irrsümpfe verfolgen kann.«

Kadiya war schon oft in den Sümpfen gewesen – doch nur auf Routen, die von den Seltlingen gut gekennzeichnet waren. Es gab aber auch andere, verborgene Pfade, von denen so mancher das eifersüchtig gehütete Geheimnis einer einzelnen Sippe war. Es war Ehrensache, daß man sich nicht an die Wegführung erinnerte, wenn man nicht dem Stamm angehörte. Kadiya neigte den Kopf zu Jaguns buckligem Schatten und fragte ihn grimmig:

»Diese Kriechtiere aus der Ebene werden doch nicht wagen, uns dorthin zu folgen, oder?«

Halb von Büschen verdeckt, versuchte der Seltling gerade, in der Nähe einiger Felsbrocken etwas im Wasser zu ertasten.

»Ihr Zauberer hat die Skritek gerufen. Auch Pellan hat sich ihnen angeschlossen.«

»Pellan!« Kaum zu glauben, daß einer der Fährtensucher der Kaufleute – einer, dem das Wissen um die verborgenen Pfade in die Wiege gelegt worden war – sie verraten würde. Doch auch sie hätte noch vor zwei Tagen geschworen, daß eine Kadiya aus dem Hause Krain niemals auf dem Bauch wie eine Schlange durch klebrigen Morast kriechen würde.

»Voltrik hat etwas in der Hand, dem manche nur schwer widerstehen können.« Jaguns Stimme klang kalt und hart. Er richtete sich auf und zog ein dickes Seil aus dem Schlamm, dessen Ende tief im Wasser lag. Vorsichtig holte er es ein. »Die Macht des Königs von Labornok beruht auf Reichtum. Und Reichtum beruht auf der Arbeit von Menschenhand. Welcher König gräbt schon in den Bergen nach wertvollen Erzen oder nimmt eine Axt in die Hand, um Bäume zu fällen, oder bestellt fremdartige und seltene Funde bei den Sumpfvölkern? Es sind die Mitglieder aus Pellans Stamm, die diese Schätze sammeln. Daran hat Voltrik zwar einen Bärenanteil, doch er kann das, was übrigbleibt, an alle verteilen, die ihm dienen, und es ist immer noch genug, um viele Menschen reich zu machen. Kommt, Weitsichtige.« Er verwendete den Namen, den sie ein halbes Jahr zuvor erhalten hatte und auf den sie sehr stolz war – ein Name aus den Sümpfen, der Achtung gebot.

»Weitsichtige, wir haben noch einen langen Weg vor uns.«

Sie hörte ihm nicht richtig zu, denn sie war noch immer erschüttert von dem Gedanken an Pellans Verrat. Wie gut hatte sie ihn gekannt – sein Lächeln, sein freundliches Wesen –, und auch sie hatte er einmal zu einer dieser seltsamen Ruinen geführt.

»Und du glaubst wirklich, Pellan habe aus Gewinnsucht gehandelt, Jagun? Oder hatte er Angst? Er hat Verwandte im Flachland. Wir haben diesen blutrünstigen König gesehen und wissen, was er zu tun imstande ist, wenn man sich ihm widersetzt. Angst ist vielleicht noch stärker als Zauberkraft. Ist nicht auch Anigel ihrer Furcht erlegen?«

»Urteilt nicht vorschnell, Königstochter. Eure Schwester hat sich nicht willentlich ergeben. Angst kann so groß werden, daß daraus Wahnsinn entsteht. Darin liegt keine Schuld.«

»Nur Schwäche«, murmelte Kadiya.

»Es kann sein, daß auch Ihr Schwäche kennenlernt und daß selbst Euch große Furcht überkommt. Verurteilt niemanden, dessen Last ihr nicht selbst gespürt habt.«

Jagun riß heftig an dem Seil, und aus dem Dunst über dem Sumpf glitt ein stabiles Boot auf sie zu, versehen mit Stangen und einem Ruder sowie mit einem großen Bündel, das sorgsam gegen Nässe eingewickelt war. »Gesegnet sei mein Bruder!« sagte Jagun. »Er hat die Anweisungen der Erzzauberin sehr gut befolgt. Jetzt haben wir ein Fortbewegungsmittel, Nahrung und Kleidung.«

Das Boot war groß genug für vier Passagiere, und die Erkenntnis, daß Anigel und Immu mit ihnen hätten fahren sollen, versetzte Kadiya einen Stich. Sie waren jetzt bestimmt hilflos dem Feind ausgeliefert. Und Haramis? Kadiya konnte sich nicht vorstellen, was aus ihr geworden sein mochte. Heute nacht stand sie allein da, und auf ihr würde zweifellos die Bürde liegen, den Eindringlingen Widerstand zu leisten.

Sie stiegen in das Boot, und Jagun befestigte das Ruder am Heck. So machten sie sich auf den Weg flußaufwärts auf dem träge dahinziehenden Mutar, der im Nordosten um den Zitadellenberg floß. Für einen Augenblick teilten sich die Nebel, und Kadiya konnte einen flüchtigen Blick auf den mächtigen Felsen werfen, auf dem die Burg thronte, und sah den einen oder anderen Stern am Himmel blinken.

Ihr Zuhause – in den Händen des Feindes! Und wo waren ihre Schwestern? Vielleicht waren sie schon tot – oder noch schlimmer.

NEIN! Sie fuhr sich mit den Händen an den Kopf, als könnte sie hineingreifen und die Bilder herausreißen, die sich dort zusammensetzen wollten. Sie durfte nicht daran denken – sie durfte nicht!

»Wohin fahren wir?« Es gab viele Möglichkeiten des Widerstands. Zwar würde mit Sicherheit ihr die Aufgabe zufallen, Rache zu üben, doch konnte sie nicht allein gegen König Voltrik antreten. Würden sich Haramis und Anigel – falls sie lebten – ihr anschließen?

Sie hatte ihre Namen nicht laut ausgesprochen, und doch gab Jagun ihr eine Antwort. Es war nicht das erste Mal, daß er sie damit verblüffte.

»Auch Euren Schwestern sind bestimmte Wege vorgegeben. Wir müssen uns jetzt nur um Euren Weg kümmern.«

»Wohin gehen wir?« fragte sie noch einmal.

»Das müßt Ihr beantworten, Weitsichtige.«

»Und wie?« Sie hatte sich ins Boot gesetzt und warf noch einmal einen Blick zurück auf die Zitadelle. Das Feuer dort erlosch allmählich. Unter ihrem schlammverschmierten, zerrissenen Mieder schimmerte ein blasses Licht. Sie schlug mit der Hand danach – das Amulett!

Kadiya zog es heraus. Es schien sich auf ihrer schmutzverkrusteten Handfläche zu bewegen. Ein Lichtschein wie von einer seltsamen Kerze deutete himmelan. Sie atmete stoßweise. Sollte es doch Zauberkraft besitzen? Wenn, dann gehorchte dieser Zauber jedoch gewiß nicht ihrem eigenen Willen, das hatte sie bereits bewiesen. Stahl in den Händen war sicherer. Voltriks Geisterbeschwörer Orogastus – er verfügte über Zauberkräfte, die ihm gehorchten. Er beherrschte sogar seinen König und benutzte ihn als Werkzeug und Marionette.

Werkzeug und Marionette! Vielleicht war das der wahre Hintergrund für ihre Geburt und das Geschenk der Zauberin! Möglicherweise war es mit der Zauberkraft wie mit allem anderen – sie wurde alt, verrostet, spröde und zerbrach, wenn man sie zu spät beschwor.

Jagun drehte das Ruder. Das Boot machte eine scharfe Wende und trug sie in eine neue Richtung. Kadiya sah, daß sich der Lichtschein im Amulett wie eine Kompaßnadel bewegte.

»Jagun, es ist ein Wegweiser!«

»Was?« fragte der Seltling. Müdigkeit schwang in seiner Stimme. Er hatte das Boot näher ans Ufer gebracht und mit einem Stein verankert, den er an einem Seil herabgelassen hatte. Jetzt zerrte er an den Schnüren des Bündels.

Kadiya hielt ihm die geöffnete Hand entgegen und erklärte ihm erregt, wie sich der Funke im Amulett verändert hatte.

»Ja, ich verstehe – dann weist es uns den Weg zum Wohnsitz der Erzzauberin in Noth. Das ist gut so, denn ich kenne nur ein paar Pfade dorthin. Es liegt jenseits der Jagdgründe der Nyssomu. In jenem Gebiet, den Goldsümpfen, leben die Uisgu.«

Er schüttete das Bündel aus, und es waren Tuniken und Hosen darin, die in seinem Stamm aus duftenden Gräsern gewebt wurden. Neben Kapuzenmänteln aus Fytox-Haut, die einen Wolkenbruch abhalten konnten, kamen auch Holzpantinen zum Vorschein. Nach den Kleidungsstücken stieß er auf zwei verschlossene Kruken. Als er sie öffnete, verbreitete sich der Duft nach zerstoßenen, zu Salbe verarbeiteten Kräutern, der sich wohltuend abhob von den Gerüchen aus dem Sumpf.

»Ihr könnt Eure Ledersachen später waschen und trocknen, wenn man sie überhaupt noch reparieren kann. Jetzt müßt Ihr Euch in eine Sumpfbewohnerin verwandeln.«

Sie schälte sich aus ihrer Kleidung, die in der Tat zerrissen war, und zog sich wieder an, nicht ohne sich zuvor die Haut mit der Salbe aus einer Kruke einzufetten. Auch ihr wirres Haar bedeckte sie damit. Die Insekten, die im Sumpf lebten, konnten jedem das Leben zur Qual machen, der ohne diesen Schutz war.

Eine weitere Vorsichtsmaßnahme förderte Jagun jetzt aus einer Schlaufe an seinem Gürtel zutage. Kadiya hatte diesen Kniff schon bei Jägern gesehen. Zwischen den Fingern hielt Jagun eine Pfeife, die kaum dicker war als ein Schilfrohr. Er führte sie an die Lippen. Der Laut, den er damit hervorrief, war nur sehr dünn und ohne Klang, wurde aber beantwortet. Wenn man auf den Wasserwegen durch die Sümpfe fuhr, konnte eine trügerische Stille eintreten, die jeden Fährtensucher zur Wachsamkeit aufrief. Kadiya war sich des Schweigens ringsum gar nicht recht bewußt gewesen, bis Jaguns Pfeifton die normalen Geräusche wieder zum Leben erweckte. Sie vernahm wieder das Summen der Insekten, ein leises Würgen und Fiepen, den kehligen Ruf einer jagenden Möbarde, die mit ihrem weichen, graugrünen Körper ganz in der Nähe dicht über der Oberfläche des trüben Wassers schwebte und lauerte. So glitten sie hinein in die Finsternis.

Langsam kamen sie auf dem breiten Mutar voran. Sie hielten sich vom besiedelten Südufer fern, und als sie die Anlegestege des Marktes von Ruwenda an der Westseite des Zitadellenberges passierten, ließ Jagun besondere Vorsicht walten. Hier änderte sich endlich die Richtung des Flusses. Er bog vom Berg, den er umspülte, ab und führte in die Schwarzsümpfe. Diese dicht bewaldete Gegend erstreckte sich über viele Quadratmeilen zwischen der Zitadelle und den Ruinen von Trevista.

Sie wurde so genannt, weil kein Sonnenstrahl auf den Moorboden drang. Hier waren die Kronen hoher Bäume ineinander verschlungen und hatten sich mit großblättrigen Rankpflanzen und anderen Gewächsen zu einem dichten

Laubdach vereint, so daß die Erdoberfläche beständig im Schatten lag.

Nach einiger Zeit teilte sich der Fluß in ein Netz von Wasserläufen, in dem kein Hauptstrom mehr zu erkennen war. Tausende sumpfiger Inseln und zahllose schlickige Sandbänke gab es in diesem Teil der Schwarzsümpfe, so daß ein gewöhnlicher menschlicher Reisender sich schon bei hellichtem Tag hoffnungslos verirrt hätte – erst recht bei Nacht und Nebelschwaden. Doch Jagun fuhr zuversichtlich weiter.

Kadiya machte es sich im Bug bequem und knabberte hin und wieder an einem Stück Adopwurzel. Dieses Knollengewächs war Hauptbestandteil ihrer Nahrungsreserven. Wenn man sie aß, entzogen sie dem Mund scheinbar alle Feuchtigkeit und hinterließen einen bitteren Nachgeschmack. Kadiya kannte sie bereits aus dem Reiseproviant der Seltlinge. Wenn sie an einer Adopwurzel nagte, mußte sie stets an ihren ersten abenteuerlichen Ausflug mit Jagun denken, der sie tief in die Sümpfe hineingeführt hatte.

Von den seltenen Tieren und Pflanzen, die er ihr immer mitgebracht hatte, war sie so begeistert, daß sie gebettelt hatte, er möge ihr die Irrsümpfe zeigen. Ihr Vater hatte nur widerwillig zugestimmt, und dann war sie einen ganzen Tag lang durch grünes Dämmerlicht voller seltsamer Tiere und Pflanzen gezogen. Dieses Abenteuer hatte ihr Leben von Grund auf verändert. Kadiya hatte sich damals vorgenommen, daß sie einmal die Wege durch die Sümpfe und ebenso deren Bewohner kennenlernen wollte. Dennoch hatte sie die Richtung, die der Funke im Amulett jetzt anzeigte, noch nie eingeschlagen – es ging in die entlegensten Gebiete, die kaum ein Mensch kannte. Bald schon würden sie das Land der freundlichen Nyssomu und der eher scheuen Uisgu verlassen und in das Land der widerwärtigen Skritek kommen.

Die Skritek! Allein ihre äußere Erscheinung war wie der Schrecken aus einem Alptraum. Sie hatten zwar einen aufrechten Gang, doch schon die Schädel auf den sehnigen, gesprenkelten Körpern waren weder Menschen noch Seltlingen ähnlich. Die flache Stirn mündete in eine Schnauze, die, wenn sie geöffnet wurde, grünliche, messerscharfe Reißzähne entblößte, so daß kein Zweifel daran bestehen konnte, daß der Kopf eines Skritek von der Natur zum Reißen und Töten geschaffen war.

Die Augen standen, wie die aller Sumpfvölker, knollenartig hervor. Sie saßen hoch oben am Kopf ziemlich weit auseinander, so daß sie einen guten Rundblick ermöglichten. Die Augen der Skritek waren jedoch nicht wie die der Seltlinge goldgelb, sondern von einem grellen Orange mit scharlachroten Streifen. Das Blaugrün ihrer Körper paßte sich der Sumpfvegetation gut an, nur diese Augen nicht; daher tauchten sie, wenn sie ihrer Beute auflauerten, in der Regel im Morast unter, bedeckten sich mit Farnkraut und zogen ihre Opfer unter Wasser. Das hatte ihnen in den Sümpfen die Bezeichnung Wasserbestien eingebracht.

Den meisten Menschen waren die Skritek nur aus Reiseberichten bekannt, die an sich schon schauerlich genug waren. Gerüchten zufolge liefen die Skritek in ihrem eigenen Land, das an die entlegensten Gebiete der Seltlinge grenzte, frei und ungezwungen herum. Zuweilen trugen sie Speere und Messer bei sich, obgleich die Reißzähne und die Krallen an den dreifingrigen Händen ihre stärksten Waffen waren. So lautlos sie sich auch bewegten – ihr ekelerregender, moschusartiger Körpergeruch verriet sie doch. Man wußte, daß sie sich in Schlammlöchern wälzten, in die sie übelriechende Kräuter zogen, nur um den Eigengestank zu überlagern. Dort, wo sie lebten, griffen sie ohne Vorwarnung an. In blutrünstiger Raserei rissen sie ihre Opfer entweder in Stücke und verschlangen sie – mitunter noch bei lebendigem Leibe –, oder sie verschleppten sie, um sie zu Tode zu quälen.

»Du erwähntest die Skritek«, sagte Kadiya, die Arme um sich geschlungen, denn ihr war kalt geworden. »Welche Macht könnte diese Ungeheuer einem anderen als ihrem eigenen Willen unterwerfen?«

Jagun antwortete: »Der Wille desjenigen, dessen Schatten selbst den des Königs, dem er dienen soll, überragt – Orogastus. Wertet ihn nicht als einfachen Geisterbeschwörer ab, einen Schausteller mit billigen Tricks. Er gehört nicht zu denen, die nach der Mode gehen und aus farbigen Sandkörnern die Zukunft lesen. Nein, Königstochter, es gibt auch Menschen, die mit ungewöhnlichen Fähigkeiten zur Welt kommen, und die meisten mißbrauchen ihre Gaben nicht. Dennoch trifft man darunter jene Adepten, die sich auf der Suche nach fremdartigem Wissen auf finstere Abwege begeben und die ein Leben lang nach Dingen forschen, die ihnen Macht über andere verleihen – eine Macht, die nicht mit der Hand oder mit dem Schwert erkämpft wird, sondern allein durch die Kraft der Gedanken und des Willens. Es gibt viele Geschichten über Orogastus, die auch uns hier in den Sümpfen zu Ohren gekommen sind. Selbst wenn man die Hälfte oder zwei Drittel von diesen Gerüchten streicht, sind sie noch immer entsetzlich genug! Gleich und gleich gesellt sich gern – mag sein, daß die Skritek in diesem Hexenmeister des Königs eine Macht wittern, die sie anzieht. Vielleicht sind sie ihm noch nicht völlig untertan; ihre jetzige Allianz hingegen beruht auf einem uralten Gesetz: Wenn dein Feind auch mein Feind ist, dann sind wir so lange Verbündete, bis er tot ist.«

Kadiya seufzte. »Jagun, du bist nun schon so lange mein Lehrer, und doch weißt du noch vieles, was ich lernen muß. Zuweilen bin ich nicht viel klüger als das Kind, dessen Wunsch du erfülltest, als du mich zum ersten Mal in dieses Land führtest. Dein Volk nannte mich ›Weitsichtige‹, aber das ist nichts als Schmeichelei. Gewiß, ich mag wohl einige Dinge sehen, doch auf anderen Gebieten bin ich blind!«

»Allein mit der Erkenntnis, daß man mit Blindheit geschlagen ist, beginnt man zu sehen«, erwiderte Jagun leise. Er steuerte das Boot auf einen der größeren Hügel zu. Der Himmel über ihnen, den sie nur bruchstückhaft durch das Laub erkennen konnten, überzog sich mit dem ersten Grau der Morgendämmerung. »Nicht nur der Körper ist der Gefahr ausgesetzt, sie greift auch den Geist an.«

»Das verstehe ich nicht.«

»Es mag sein, daß Menschen – auch jene, die Ihr geliebt und denen Ihr vertraut habt – Euch als Werkzeug benutzen wollen, ebenso wie ich dieses Ruder zum Steuern des Bootes gebrauche.«

»Mich benutzen?« fragte Kadiya ungläubig. »Wenn sie es versuchten, würde ich ihnen meinen blanken Stahl zeigen!«

»Kämpfen, immer nur kämpfen«, in der Stimme des Seltlings schwang leichter Spott mit. »Meine kleine Weitsichtige, Ihr habt in hundert Ellen Entfernung einen Baumgurps auf einem Ast erspäht, aber habt Ihr jemals versucht, einen Blick hinter Äußerlichkeiten zu werfen? Sich selbst zu erkennen, ist am allerschwierigsten. Nun, es wird hell, und bei Tageslicht sollten wir rasten. Schiebt die Zweige dort zur Seite. Gut so.«

Kadiya tat, wie ihr geheißen, und Jagun steuerte das Boot direkt in eine Bucht des Hügels, auf die er zugehalten hatte. Selbst als sie an Land waren und Müdigkeit sie zu überwältigen drohte, bestand Kadiya noch auf Antworten:

»Du sollst mich Weisheit lehren«, bestimmte sie im Befehlston.

»Ich nicht«, entgegnete er trübe.

»Willst du das der Erzzauberin überlassen?« fragte sie herausfordernd.

»Nein, auch nicht. Seht: Nur die Erfahrung ist unser Lehrmeister. Jeder von uns muß auf seine Weise und zu seiner Zeit lernen.«

Bevor sie sich eine Antwort überlegen konnte, warf er einen prüfenden Blick in die Runde. »Das hier ist guter, fester Boden.« Er stampfte auf die Erde. »Hier können wir bis zum Einbruch der Dunkelheit ungestört rasten und sogar ein Feuer machen. Gebratener Pelrik oder Karuwok klingt doch besser als Adopwurzel?«

»Wir fahren nachts?« Kadiya wünschte sich inzwischen nichts sehnlicher als ein Nest aus Bandgras – und tatsächlich sah sie, daß es ganz in der Nähe wuchs –, in dem sie sich zusammenrollen und schlafen konnte.

»Das wird am sichersten sein, bis wir den Oberen Mutar passiert haben. Mag sein, daß Voltrik – wenn er klug ist – auf die Nyssomu als Freund oder zumindest unter der Maske des Freundes zugeht. Die meisten aus unserem Volk wissen nur sehr wenig über euch Menschen, Weitsichtige. Manchen von uns scheint es, als gehörtet ihr alle zu einem Stamm, und da wir euch Ruwendianern schon so lange vertrauen, kann es sein, daß die Glattzüngigkeit der Menschen aus Labornok so lange die Wahrheit für uns verschleiert, bis es zu spät ist.«

Energisch rupfte Kadiya Gras aus. »Wir können dein Volk warnen«, sagte Kadiya und hielt inne. »Vielleicht fliehen ja noch mehr besiegte Ruwendianer über den Fluß – die Nyssomu in Trevista würden doch bestimmt den Menschen helfen, die auf der Flucht sind.«

Jagun hatte den Beutel mit den messerscharfen Pfeilen für das Blasrohr hervorgeholt und überprüfte jeden einzelnen sorgfältig.

»Weitsichtige, wir dürfen nicht riskieren, daß uns jemand vom Ufer des Mutar aus sieht. Uns bleibt nur eine kurze Zeitspanne, ehe die Winterregen einsetzen und das Reisen unmöglich wird.«

Als er jetzt aufblickte, sah Kadiya, daß die goldgelben Augen vor Müdigkeit mit dunklen Adern durchzogen waren. Auf Gesicht und Händen waren schleimige Schweißperlen durch die Insektenpaste gedrungen. »Ihr müßt Noth unbedingt erreichen. Es liegt mitten im Vorgebirge des Ohoganmassivs, mehr als hundert Meilen im Norden. Wenn wir erst das Land der Skritek durchquert haben, kommen wir in die Wildnis der Goldsümpfe. Dann werden wir die Hilfe der Uisgu brauchen.«

Jagun glättete den Boden zu seinen Füßen mit der Handkante und begann zu zeichnen.

»Wir befinden uns hier«, er malte mit der Klaue eine Einbuchtung. »Und hier« – er fuhr mit der Fingerspitze gen Norden – »liegt Noth. Dorthin müssen wir gehen.«

Kadiya kannte Noth aus Erzählungen. Die Sümpfe waren voller Ruinen, die auf massiven Erhebungen lagen, ähnlich der kleinen, auf der sie sich nun befanden. Manche dieser Überreste einer fernen Vergangenheit waren vom Zahn der Zeit nicht so angenagt wie das zerfallene Trevista. Angeblich sollten sie noch ebenso gut erhalten sein wie die Zitadelle. Gerüchten zufolge gab es in einigen Ruinenstädten unermeßliche Schätze. Hin und wieder tauchten auf dem Markt von Trevista merkwürdige Schmucksachen und mysteriöse Kunstgegenstände auf, um die Händler von auswärts begierig schacherten. Das meiste war von den scheuen Uisgu-Stämmen herbeigeschafft worden, die ihren beherzter auftretenden Stammesbrüdern, den Nyssomu, erlaubten, es in ihrem Auftrag zu verkaufen. Kadiya hatte von mutigen, abenteuerlustigen Menschen gehört, die sich nach Norden und Westen vorgewagt hatten, um nach vergessenen Inseln und ihren vermeintlichen Schätzen zu suchen. Zurückgekehrt waren Männer, die unter den Strapazen beinahe den Verstand verloren hatten. Einer von ihnen hatte zusammenhangloses Zeug von einer Stadt dahergeredet, die größer als die Ruinenstadt Trevista sei, verschlossen und totenstill, die Mauern unbewacht, zu der jedoch kein Weg hineinführe. Und das sei Noth, hatte er wohl gesagt.

Mochten es auch nur Geister sein, von denen die Stadt bewacht wurde, doch ganz Ruwenda wußte, daß dort der Sitz der Erzzauberin war. Manche behaupteten, sie gehöre einer längst vergessenen Rasse aus einer Zeit an, als es noch einen großen See gab, aus dem vereinzelte, mit Städten gekrönte Inseln aufragten. In der Geschichtsschreibung von Kadiyas eigenem Volk hatte es die Erzzauberin von Anbeginn an gegeben. Wenn es auch nicht immer dieselbe Frau war, dann zumindest ein Zwilling und von diesem wieder ein Zwilling, und so weiter ... Jagun verschwand und war zurück, noch ehe sie ein zweites Grasnest für ihn fertiggestellt hatte. Er schwenkte einen Bilrik am breiten, flachen Schwanz über dem Kopf, und Kadiya bewies ihre Erfahrung als Jägerin und sammelte trockenes Reisig und abgebrochene Äste, mit denen sie einen sauberen Holzstoß errichtete, der nur auf einen Funken aus Jaguns Feuerhülse wartete. Er enthäutete und säuberte seinen Fang und teilte ihn mit seinem Jagdmesser in vier Teile. Das rohe Fleisch steckte er auf Stöcke, die so nahe am Feuer standen, daß die Fleischstücke geröstet wurden.

Kadiya spürte, wie sie einnickte, wenngleich der Bratenduft ihr den ausgetrockneten Mund wäßrig machte. Sie konnte sich nicht daran erinnern, jemals so müde gewesen zu sein, und vergaß dabei, daß die schrecklichen Ereignisse, die hinter ihr lagen, ein Großteil ihrer Kraft geraubt hatten.

6

Prinzessin Anigel kam erst wieder zu sich, als ihre Häscher die Brauerei erreicht hatten. Hier legten die Ritter aus Labornok eine Pause ein, denn der lange Aufstieg aus den unteren Bereichen der Zitadelle hatte ihnen nach einem langen Kampftag die Kräfte geraubt. Sir Rinutar schlug Prinz Antar vor, sie sollten verschnaufen und das ruwendianische Gebräu kosten, das hier in Fässern herumstand und nur darauf wartete, getrunken zu werden.

»Wohl wahr, Rin«, sagte Sir Owanon, »denn diese Seltling-Alte ist um einiges schwerer, als es den Anschein hat, und der Rücken bricht mir fast durch.« Er ließ Immu auf einen Stapel Kornsäcke fallen. Sie stöhnte, hielt die großen Augen aber fest geschlossen.

Prinz Antar gemahnte zur Vorsicht. »Gut, aber nur eine kurze Erfrischung. König Voltrik und der Zauberer werden verärgert sein, wenn wir ihnen nicht auf schnellstem Wege diese beiden Gefangenen zum Verhör überbringen. Wenn sich auch nur einer von euch betrinkt, werde ich dafür sorgen, daß der Säufer eine empfindliche Strafe erhält.«

Er setzte Prinzessin Anigel mit großer Sorgfalt ab und strich ihr die Haare glatt, bevor er sich seinen Kameraden anschloß, die gerade ein Faß geöffnet hatten. Munter strömte das Bier aus dem Spundloch in die bereitstehenden Becher und ergoß sich dann auf den Boden.

»Die Memmen aus Ruwenda brauen ganz ordentlich was zusammen«, sagte Sir Rinutar und wischte sich den Schnurrbart ab, nachdem er einen tiefen Schluck genommen hatte. »Und wenn ich recht bedenke, ist es eigentlich sogar besser als unser Gesöff.« Abermals setzte er den Becher an, trank ihn leer und ließ ihn sich wieder füllen, ehe das Faß leer war.

»Wen wundert's«, flüsterte Immu. »Schließlich ist unser Bier lange gelagert und enthält acht Prozent, während das Gebräu aus Labornok nichts weiter ist als Kinderpisse.«

»Das Zeug ist wirklich ausgezeichnet«, sagte ein anderer Ritter, Sir Penapat. »Warum können wir so etwas nicht auch in Derorguila brauen?«

»Die Brauer in Derorguila klagen schon seit eh und je über die Possen von Bierhexen«, sagte Sir Owanon. »Sie geben dergleichen bösen Damen die Schuld, wenn das Gebräu sauer wird oder oftmals einen seltsamen Beigeschmack hat. Ich habe gehört, daß sie eine Bierhexe auf dem Scheiterhaufen verbrannt haben, kurz bevor die Armee losmarschierte. Man hatte sie aufgegriffen, als sie um das Kesselhaus strich, und sie hatte bestimmt Böses im Sinn. Frauen haben keine Ahnung vom Brauen.«

»Lossokdung!« fauchte Immu. Ihre Stimme klang gedämpft, denn man hatte sie auf den Bauch gelegt, doch diesmal hatten die Häscher sie vernommen.

»Hört, hört, da leg sich einer nieder«, lachte Sir Owanon. »Mein Gepäckstück von vorhin spricht! Und wird frech obendrein.«

»Versetz ihr einen ordentlichen Tritt«, schlug Rinutar vor. Prinzessin Anigel, deren Hände man ebenfalls auf dem Rücken gefesselt hatte, erhob sich mühsam und rief: »Haltet ein, Rohling, und schämt Euch! Wenn Ihr meint, unser Bier sei gut, seid Ihr Immu zu Dank verpflichtet, denn sie ist die Braumeisterin dieser Zitadelle.«

»Sie lügt«, grummelte Sir Rinutar. »Was kann ein altes, knochiges Seltlingweib schon von diesen Geheimnissen verstehen?« Mit weit ausholender Geste zeigte er über die großen Kupferkessel, das Gewirr von Röhren, das komplizierte System von Trögen, aus denen Malzkörner in die Maischetonne und die geläuterte Maische anschließend in den riesigen Braukessel gekippt wurden. Um die Ränder der Kessel führten Laufplanken, auf denen die Arbeiter das Gebräu rühren, durchseihen und anderweitig prüfen konnten.

»Ich kenne mich im Brauen ganz gut aus«, sagte Immu, die sich ebenfalls umgedreht hatte. Ihre Stimme klang kühl und selbstsicher. »Und nur ein Schwachkopf kann saures Bier vermeintlichen Bierhexen in die Schuhe schieben. Das passiert zumeist dann, wenn die Kessel, Gärgefäße und Röhren nicht sauber ausgespült wurden und sich übelriechende Substanzen darin bilden und das Gebräu verderben.«

»Stimmt das, was du da sagst?« fragte Prinz Antar interessiert. »Vielleicht sollten wir dich am Leben lassen und dafür sorgen, daß du unseren Brauern in Labornok beibringst, ein besseres Getränk herzustellen.«

»Keine schlechte Idee«, sagte Sir Owanon, wurde aber von anderen niedergeschrien, und sie begannen sich zu zanken, schlugen die Spundzapfen aus frischen Fässern und füllten ihre Becher immer wieder aufs neue. Dann wurden sie abgelenkt, denn General Hamil polterte an der Spitze eines weiteren Trupps die Stufen herab. Auch seine Männer waren hundemüde und nahmen die Entdeckung ihrer Kameraden mit Begeisterung auf.

Hamil ging zu Antar, der an seinem Becher nur genippt hatte, und gratulierte ihm zu der Ergreifung der Prinzessin. Dann nahm der General seinen Herrn zur Seite und sprach leise auf ihn ein. Anigel und Immu konnten seine Worte jedoch genau verstehen.

»Etwas Gräßliches und Unheilvolles ist geschehen, mein Prinz. Milotis und seine Mannen durchsuchten die oberen Bereiche des Hohen Turms, als sie zufällig auf Prinzessin Haramis und einen Seltling stießen. Sie verfolgten sie bis hoch auf die Brüstung. Haramis stand weit draußen auf den Zinnen, ein Amulett, das sie um den Hals hängen hatte, fest in den Händen, und beschwor die Herrscher der Lüfte.«

»Ich an ihrer Stelle hätte es nicht anders gemacht«, sagte der Prinz und warf dem General einen schrägen Blick zu.

»Doch dann kamen zwei riesengroße Lämmergeier und trugen die beiden auf ihrem Rücken von dannen!« sagte Hamil.

Der Prinz stieß einen Fluch aus. »Und Milotis hat dieses Wunder mit eigenen Augen gesehen?«

»Ja. Ich habe die Nachricht dem mächtigen Orogastus übermittelt, der einen Wutanfall bekam. Milotis und alle seine Mannen wurden auf Befehl des Königs getötet.«

Der Prinz murmelte: »Verrückt. Milotis war ein fähiger Hauptmann, und was hätte er gegen die Zauberkräfte ausrichten sollen? Das ist Orogastus' Aufgabe. Ich frage mich allerdings, ob er nun auch meine Ermordung fordern wird, da ich nur eine Prinzessin gefangen habe, während die andere verschwunden ist.« Er berichtete von Kadiyas Flucht durch die Zisterne und von Anigels Behauptung, ihre Schwester besitze jetzt große Zauberkraft.

General Hamil baute sich vor den beiden gefangenen Frauen auf – eine schreckliche Gestalt in blutroter, goldverbrämter Rüstung. An seinem rot lackierten Helm waren goldene Geweihenden befestigt, und das Visier hatte die Form eines Volumner-Schädels.

»Prinzessin Anigel«, fragte er, »stimmt es, daß Eure Schwestern Zauberkraft haben?«

Doch das verstörte Mädchen brach sofort in Tränen aus und warf sich hin und her – ein Bild des Jammers. Immu schaltete sich ein und sagte: »Da seht, was Ihr angerichtet habt, Riesentölpel! Bei der Heiligen Blume, ich weiß auch nicht, warum die Lämmergeier kamen, aber Ihr könnt versichert sein, daß dabei keine Zauberkraft im Spiel war. Sind die drei Prinzessinnen nicht Drillinge? Hätten dann nicht alle drei Zauberkraft, wenn zwei sie besitzen? Dennoch befindet sich die arme Anigel hier in Eurer Gewalt.« Sie begann, beruhigend auf das Mädchen einzureden, obgleich das, was sie ihr zu sagen hatte, sehr dringlich war.

»Was diese Seltling-Oma sagt, ist gar nicht so dumm«, meinte der Prinz und runzelte die Stirn. »Aber wir überlassen das alles besser Orogastus.« Mit erhobener Stimme sagte er: »Kameraden, wir müssen diesen Ort jetzt verlassen und mit unseren Gefangenen in den Thronsaal zurückkehren.«

Immu unterbrach ihren Redefluß, mit dem sie der verstörten Prinzessin etwas zuflüsterte, und wandte sich in einschmeichelndem Ton an Prinz Antar. »Herr, habt Mitleid mit dieser gestraften Maid. Ehe Ihr aufbrecht, löst kurz ihre Fesseln und gestattet ihr, daß sie sich hinter den aufgestapelten Säcken dort drüben erleichtern kann, andernfalls wird sie sich selbst erniedrigen und Euch beschmutzen.«

Anigel senkte beschämt den Kopf. General Hamil frohlockte und machte eine rüde Bemerkung. Der Prinz hingegen kniete nieder und löste Anigels Fesseln. Sie dankte ihm mit gequälter Miene und bat, er möge auch ihre Dienerin von ihren Fesseln befreien, damit sie ihr mit den Kleidern helfen könne.

»Das will ich gern tun, aber sputet Euch«, sagte Antar. Er vergewisserte sich, daß es aus der Ecke hinter den Säcken kein Entkommen gab, und ließ die beiden Frauen dann gehen.

»Noch etwas möchte ich nicht unerwähnt lassen«, sagte Hamil. »Die Hand des Königs hat sich arg entzündet, nachdem er von dieser Mißgeburt von Schildknappen gebissen worden ist. Seine Laune ist aufgrund der Schmerzen denkbar schlecht, und sowohl der königliche Arzt als auch die Grüne Stimme des Zauberers sagen, er müsse sich ins Bett legen und einen starken Kräuterverband anlegen, heiße Tees trinken und sich ausruhen, da die Wunde sonst zu schwären beginnt und eine Blutvergiftung einsetzt.«

»Kann denn der Zauberer selbst nichts tun?«

»Allem Anschein nach nicht, obwohl er über dem Topf mit dem Kräuterbrei eine Zauberformel gesprochen hat. Er stimmt mit der Diagnose seines Günstlings und des Arztes überein, daß der König Ruhe braucht, und daher wird die Suche nach den beiden durchgegangenen Prinzessinnen auf uns zukommen.«

»Die Männer sind erschöpft. Sie müssen sich ein paar Tage ausruhen, ehe eine intensive Suche anberaumt werden kann. Die Zeit bis dahin sollte dazu genutzt werden, Informationen zu sammeln – vor allem von den Seltlingen. Wenn überhaupt, dann wissen die Eingeborenen in den Sümpfen am besten, wohin die Prinzessinnen gegangen sein können.«

Hamil nickte. »Die Seltlinge sind samt und sonders aus der Zitadelle geflohen, aber wir können nach Trevista gehen, in jene uralte Ruinenstadt, in der sie immer ihre Jahrmärkte abhalten. Pellan, der Überläufer, der sich auf den Flüssen auskennt und eine Flotte von Flußschiffen befehligt, auf denen er Kaufleute nach Trevista bringt, wird uns nach Kräften unterstützen. Und unter den Handelsmeistern von Labornok gibt es einige, die uns vielleicht einen Rat geben können, wie man die kleinen Sumpfnomaden am besten unter Druck setzt, damit sie uns helfen.«

»Ich werde mit meinem Vater, dem König, sprechen und dafür sorgen, daß alles in Ordnung geht. Vielleicht könnt Ihr mit mir und diesem Pellan bei Tageslicht mit einem kleinen Trupp nach Trevista fahren, während der Rest der Armee sich kurz ausruht. Wir können auf dem Fluß ein Nickerchen machen.«

»Ein ausgezeichneter Vorschlag, mein Prinz.«

Antar blickte sich stirnrunzelnd um. »Wo bleiben denn die Frauen?«

Hamil trat sogleich einen Schritt vor und lugte hinter die aufgestapelten Säcke. »Weg! Bei den Heiligen Gedärmen von Zoto, sie sind verschwunden! Aber wohin?«

Er schrie den anderen laute Befehle zu, woraufhin die Ritter wie wild umherrannten und jeden Behälter der großen Brauerei durchsuchten, wenn sie auch kaum eine Möglichkeit sahen, wie Immu und Anigel an Prinz Antar und General Hamil hätten vorbeikommen sollen.

Dann, als das Durcheinander so groß war, daß man sein eigenes Wort nicht mehr verstand, sah Prinz Antar, wie der ungeschlachte Ritter Rinutar über eine der Laufplanken stapfte, die um einen großen, hölzernen Gärbottich führte. Plötzlich geriet Rinutar ins Taumeln und suchte in der Luft nach Halt. Er heulte laut auf, doch niemand konnte verstehen, was er rief. Dann verlor er das Gleichgewicht und fiel mit lautem Aufklatschen in das schäumende, würzig riechende Gebräu.

Alle ohne Ausnahme schwiegen vor Verwunderung still, um dann in schallendes Gelächter auszubrechen. Ein paar Krieger stiegen hinauf, um den zappelnden Rinutar herauszufischen. Sein Gesicht war so dunkel vor Zorn, wie seine Rüstung weiß von Bierschaum war, und als sie ihn herausgezogen hatten, schrie er:

»Wer hat mich da reingestoßen?«

»Bierseliger Tölpel«, sagte der Prinz verächtlich. »Niemand hat dich gestoßen. Du hast einfach den Halt verloren.«

»Mitnichten«, widersprach Rinutar beharrlich. »Jemand

hat mich gestoßen – aber das ist noch nicht alles, ich hörte auch noch eine Stimme sagen: ›Laß es dir schmecken‹, als ich hineinfiel.«

Viele Ritter nahmen diese Beteuerung mit höhnischem Gelächter auf, doch General Hamils Stirn wurde allmählich dunkelrot. Er brüllte: »Alle Mann Ruhe!«

Alle Münder klappten zu. In der jäh einsetzenden Stille konnte man herabtropfendes Bier und den schweren Atem erschöpfter Männer hören ... und das Tapsen schneller Schritte auf den Laufplanken, dann auf der offenen Treppe, die zum Zapfraum führte, in dem die Fässer abgefüllt wurden.

»Zauber!« heulte Hamil auf. »Da ist doch Zauberkraft am Werk! Sie sind unsichtbar geworden! Alle Männer runter in die untere Etage! Und leise, verdammt nochmal, sperrt die Ohren auf!«

Anigel, die ihr Amulett fest umklammert hielt, flüsterte Immu ängstlich zu: »Sie werden uns finden. Wir hinterlassen nasse Fußspuren!«

»Hier entlang«, zischte ihre unsichtbare Begleiterin. »Zu dem Speiseaufzug, der die Fässer nach oben in die Küche befördert.«

Sie rannten zu dem Aufzug, der ein Gegengewicht hatte und sie hinaufbefördern würde, wenn sie einfach nur einen Hebel lösten. Anigel stieg hinauf, aber Immu sagte: »Einen Augenblick noch, Prinzessin.« Ihre nassen Fußspuren führten wieder zurück auf einen Stapel leerer Fäßchen zu, die in dicht geschlossenen Reihen auf ihre Abfüllung warteten.

Als die Ritter, angeführt von General Hamil, eilig die Treppe herabkamen, begann der Fässerstapel drüben am Aufzug zu schwanken. Ein Faß stieß gegen das andere, und noch ehe die Ritter wußten, wie ihnen geschah, brach der ganze Stapel mit ohrenbetäubendem Rumpeln zusammen. Große und kleine Fässer rollten umher, brachten die Männer zu Fall und zerbrachen, als die Ritter mit ihren gepanzerten Füßen vergeblich versuchten, darüber hinwegzusteigen. Der Zugang zum Aufzug aber war völlig versperrt.

Prinzessin Anigel ließ vor lauter Lachen ihr Amulett einen

Augenblick los, und so konnten die Männer aus Labornok die beiden Flüchtenden deutlich sehen, ehe sie ihren Blicken entschwanden.

»Ich habe so sehr gewünscht, daß dein Vorschlag funktioniert«, sagte Anigel, »aber ich hatte trotzdem große Angst.«

Immu lächelte. Sie hatten sich in das dunkle Torhaus der Zitadelle zurückgezogen, um ein wenig auszuruhen, und hielten sich nun in einem verlassenen Wachpavillon versteckt. »Aber Ihr habt nicht gezweifelt, und das war wichtig. Da Ihr vernommen hattet, daß Eure Schwester Haramis auch mit Hilfe ihres Amuletts entkommen konnte, hattet Ihr zu guter Letzt doch noch Vertrauen, daß Euch Euer Amulett gehorchen wird und wir auf Euren Befehl hin unsichtbar werden. Und es hat geklappt. Nun müssen wir nur noch fortgehen!«

Anigel ließ sich nach hinten an die dünne Wand sinken. »Liebste Freundin, sei gnädig und laß mich ein wenig hierbleiben, denn wenn wir jetzt weitergehen, breche ich bestimmt zusammen.«

»Legt Euch hin, Liebling.« Immu nahm ihren Schal und schlang ihn behutsam um die Schultern des Mädchens. »Hier sind wir für eine Weile sicher. Da draußen ist kein Gezeter von Verfolgern zu hören.«

Die Krieger aus Labornok waren der Meinung, daß die Prinzessin und Immu sich noch immer im Bergfried aufhielten. Infolgedessen hatte General Hamil alle Türen verriegeln lassen. Immu jedoch kannte einen geheimen Ausgang aus dem Küchenbereich, den arbeitsscheue Küchenjungen zu benutzen pflegten, wenn sie sich vor ihren Pflichten drücken wollten. Man kam durch diesen Ausgang in den Hof außerhalb des Bergfrieds, den die beiden Frauen rasch überquert hatten. Obwohl sie unsichtbar waren, hatten sie um die Krieger aus Labornok, die um ihre Wachfeuer saßen und dösten, einen weiten Bogen gemacht.

Anigel war zwar erschöpft, spürte jedoch gleich, daß sie nicht wagen durfte, die Augen zu schließen, denn sie fürchtete, daß Schlaf den wunderbaren Zauber brechen könnte, in dessen Schutz sie sicher zu dem Wachpavillon gelangt waren. »Ich kann es immer noch nicht glauben, daß wir wirklich unsichtbar geworden sind«, flüsterte sie. »Der Talisman hat mich am Rand der Zisterne nicht gerettet ... warum hat er dann später gewirkt?«

»An der Zisterne wart Ihr ohne Hoffnung und halb wahnsinnig vor Angst. In der Brauerei überkamen Euch hilfreichere Gefühle, so daß Ihr meinem Rat gefolgt seid.«

»Stimmt, ich war wütend dort«, sagte die Prinzessin langsam. »Ich verachtete mich für die Feigheit, die uns beiden die Gefangenschaft eingebracht hatte. Und ich war gekränkt wegen der unwürdigen Kriegslist, mit der du die Bösewichte dazu gebracht hast, unsere Fesseln zu lösen ...« Immu kicherte. »Eure Wut hat Euch den Kopf klar gemacht und die Angst vertrieben, die Euren Willen lahmgelegt hat. Am Ende glaubtet Ihr mir, als ich Euch bat, die Zauberkraft Eures Amuletts zu beschwören. Wut ist ein weitaus nützlicheres Gefühl als Angst. Ihr müßt lernen, sie Euch zunutze zu machen, Kleine. In der Lage, in der Ihr Euch im Augenblick befindet, nutzen Euch weder Sanftmut noch geziertes Auftreten.«

»Und Zauberkraft?« fragte Anigel matt.

»Das werden wir sehen.«

Die Prinzessin hing eine Zeitlang ihren Gedanken nach und fragte dann: »Ist ... ist der Gebrauch von Zauberkraft in deinem Volk gang und gäbe?«

»O nein. Es ist etwas Besonderes, das nicht leichtfertig zu Hilfe gerufen werden sollte. Mal ist sie da, mal nicht, ganz gleich, wie verzweifelt man ihre Hilfe herbeisehnt. Für Eure arme Mutter und Euren Vater gab es keine Hilfe durch Zauberkraft ...«

»Und das war grausam! Es ergibt keinen rechten Sinn, daß der König und die Königin von Ruwenda umkommen und das Land erobert wird, während ein Zauber mich und meine Schwestern beschützt!«

»Ruhig, Kindchen, ruhig. Zauber ist ein Geheimnis, wie so vieles im Leben. Ob er im Guten oder im Bösen ausgeübt wird, ist für uns nicht immer durchschaubar, ebenso wenig wissen wir, was Zauberkraft eigentlich ist.«

Anigel seufzte. »Mag sein, daß die Erzzauberin es uns sagt.«

Sie kuschelte sich dicht an ihre alte Amme, und schließlich fielen ihr die Augen zu; doch die Prinzessin hielt immerzu den Drillingsbernstein fest, auch nachdem sie eingeschlafen war.

Sie hatten noch nicht ganz zwei Stunden geruht, als Hornsignale erklangen, und die Soldaten, die in der Nähe des Torhauses schliefen, unter Murren und Knurren wach wurden. Die Morgendämmerung zog herauf. Die Männer waren schlecht gelaunt, denn man hatte ihnen verboten, die Zitadelle zu plündern. Sie fachten ihre Feuer wieder an, um die morgendliche Kälte ein wenig zu vertreiben, bereiteten sich ein kärgliches Frühstück aus ihren Feldrationen und erleichterten sich in höchst ungebührlicher Weise überall, wo sie gerade standen.

»Schaut nicht hinaus, Prinzessin«, sagte Immu. »Diese unkultivierten Bauernlümmel!«

»Ach, Immu, das macht mir nichts. Was mich beschäftigt, ist die Frage, was wir jetzt tun sollen. Wie sollen wir jemals zur Erzzauberin kommen?«

»Jagun hat unsere Flucht gut vorbereitet, und sein Bruder hat ein Boot hergebracht. Jedoch haben Jagun und Kadiya uns ohne Zweifel schon längst aufgegeben und das Boot bestiegen.« Immus Stirn legte sich in tiefe Falten, als sie nachdachte. »Wir müssen einen anderen Weg finden, wie wir den Mutar stromaufwärts kommen. Wenn wir Trevista erreichen können, wird mein Volk uns helfen, mit den Uisgu Kontakt aufzunehmen, in deren Gebiet die Ruinen von Noth liegen.«

»Aber Trevista ist so weit weg, und zwischen der Zitadelle und der Stadt liegen die Schwarzsümpfe!«

Draußen ertönten Fanfarenstöße. Immu lugte durch einen Riß in der Tür, um zu sehen, was dort vor sich ging. Ein befehlshabender Ritter kam mit seiner Eskorte in leichtem Galopp in den Vorhof des inneren Burgbereichs und zog erst die Zügel an, als er nur noch einen Steinwurf vom Wachpavillon entfernt war. Dort überwachte ein Quartiermeister die Verteilung von Lebensmitteln aus einer Planwagenkolonne.

Der Ritter sagte: »Die Kompanie bricht in einer Stunde auf. Wir marschieren über den Zitadellenberg zum Markt von Ruwenda an der Westseite und besteigen dort Flußschiffe nach Trevista. Sorgt dafür, daß ihr ausreichend mit Nahrung, Material und Futter für die Tiere versorgt seid.«

Der Quartiermeister salutierte, und der Ritter riß seinen Kriegsfronler herum und klapperte mit seiner Eskorte durch das Torhaus hinaus in den äußeren Burgbereich.

Immu lachte leise. »Das ist die Lösung für unser Problem. Die Feinde selbst werden uns nach Trevista bringen, ohne daß sie es merken! Habt Ihr Hunger, mein Kind?«

»Ja, Immu. Und ich bin sehr müde.«

»Ihr könnt uns nicht unsichtbar machen, wenn Ihr schlaft, doch ich hoffe, wir werden ein geeignetes Versteck finden, wenn wir gefrühstückt haben.« Sie erläuterte ihren Plan, und die Augen der Prinzessin begannen zu leuchten. Sie umarmte Immu.

Dann nahm Anigel ihr Amulett in die Hand, damit sie unsichtbar wurden, und sie machten sich auf die Suche nach einem geeigneten Wagen.

7

Hoch über den nebelverhangenen Irrsümpfen zogen die Lämmergeier dahin und trugen Haramis und Uzun den Ruinen von Noth entgegen. Nachdem Haramis' wild pochendes Herz wieder zur Ruhe gekommen war und sie sich klargemacht hatte, daß das, was ihr widerfuhr, kein phantastischer Traum, sondern Wirklichkeit war, begann sie, ihre Lage zu überdenken. Sie war unbewaffnet, und das Auftauchen des mächtigen Tieres hatte sie vor dem sicheren Tod bewahrt. War das der Zauber der Weißen Frau? Wenn die Erzzauberin noch so viel Macht besaß, warum hatte sie es nicht vermocht, sich Orogastus entgegenzustellen und die Invasion Ruwendas zu verhindern?

Die riesigen Schwingen des Lämmergeiers hoben und senkten sich in kräftigen, regelmäßigen Schlägen und erzeugten ein leises Surren, wenn sie durch die Luft strichen. Sein weiß gefiederter Rücken war breit und weich wie ein Daunenbett. Haramis versank so tief in der Höhlung hinter dem großen, schwarzweiß gestreiften Hals des Vogels, daß sie sich kaum noch am Gefieder festhalten mußte. Als sie fast eine Stunde in der Luft waren, wandte der Lämmergeier den mit einem Kamm gekrönten Kopf nach ihr um und betrachtete die seltsame Last. Die dunklen Augen waren jedoch freundlich, und der mit Zähnen versehene Schnabel wirkte nicht bedrohlich.

Haramis wußte nicht, ob der Vogel sie verstehen würde, doch sie sagte: »Hab Dank, daß du meinen Begleiter und mich gerettet hast.«

Sie glaubte, die Andeutung eines Nickens zu erkennen – vielleicht hatte sie sich aber auch getäuscht. Das Tier blickte sich nicht mehr nach ihr um und flog immer weiter. Haramis winkte Uzun zu, sie konnten jedoch nicht miteinander reden, denn die Entfernung zwischen den beiden Lämmergeiern war zu groß.

Die Welt unter ihnen bestand aus einer fahlen Wolkendecke, und am klaren Nachthimmel über ihnen glitzerten vertraute Sternbilder: der Pfeil, der Becher, der Ladubaum, die Schlange, die Nördliche Krone. Apropos Krone ...

Den zu einem Bündel verknoteten Mantel, in dessen Falten das Blut ihrer Mutter klebte, hatte sie noch über die Schulter hängen. Sie nahm das Bündel ab, öffnete es und betrachtete versonnen die Staatskrone der Königin mit der in Bernstein eingeschlossenen Drillingslilie, bis Kummer ihr den Blick trübte. *Immerhin ist sie Voltrik nicht in die Hände gefallen,* dachte sie finster, *und er wird sie auch nicht bekommen, solange ich lebe! Er hat meine Eltern getötet, aber ich lebe noch, und Ruwenda ist mein!*

Sie unterdrückte die Tränen, denn sie fürchtete, nicht wieder aufhören zu können, wenn sie einmal anfinge zu weinen. *Ich bin jetzt Königin von Ruwenda, und es ist meine Pflicht, das Land und sein Volk zu beschützen, zu heiraten und meine Kinder großzuziehen, damit sie die Aufgabe fortführen, wenn ich einst nicht mehr da bin.* Die Kehle schnürte sich ihr zu, und das Atmen fiel ihr schwer, doch sie war wild entschlossen. Aber sie hatte auch Angst. *Ich wußte schon immer, daß ich eines Tages Königin sein würde – aber so bald hatte ich nicht damit gerechnet ... und nicht unter diesen Umständen! Ich hoffe, die Weiße Frau kann mir helfen; ich werde sicher von irgendwoher Hilfe brauchen!*

Wohnte den seltsamen versteinerten Blüten, die in der Krone und in ihrem Amulett eingeschlossen waren, wahrhaftig eine Zauberkraft inne, oder war es nur ein glücklicher Zufall, daß die Lämmergeier der Erzzauberin gerade rechtzeitig aufgetaucht waren, um sie zu retten?

Ich werde es auf die Probe stellen, dachte sie. Sie nahm das Amulett in die Hand, schloß die Augen und sagte: »Bring mich auf der Stelle zum Wohnsitz der Weißen Frau!«

Doch nichts geschah. Der Lämmergeier zog ruhig seine Bahn. Sie versuchte es mit einer einfacheren Aufforderung: »Bring mir eine würzige Pastete, denn ich sterbe vor Hunger.«

Wieder nichts, und ihr Magen krampfte sich schmerzhaft zusammen. Das war also der ganze Zauber. Nun ja. Was machte es schon?

Tiefe Niedergeschlagenheit überfiel sie. Es gab kein Königreich mehr, über das sie herrschen konnte, und keinen königlichen Gatten, der an ihrer Seite saß. Haramis versuchte, froh zu sein und an Dinge zu denken, die ihre jetzige mißliche Lage aufwogen. Sie hatte den Pomp und das Zeremoniell bei Hofe nie gemocht, die endlosen Besprechungen mit Ministern, die ihr Vater geduldig über sich hatte ergehen lassen, die ermüdenden Bankette und Lustbarkeiten, die ihre Mutter abgehalten hatte, stets umgeben von ihren zwitschernden Hofdamen. Aber Königin Kalanthe hatte auch geistig-seelische Tiefe besessen, sie hatte Gedichte geschrieben und starkes Interesse an den Belangen der Armen von Ruwenda bekundet. Stets war sie bemüht, die Lage dieser Menschen zu verbessern, ohne deren eigene Anstrengungen zu beeinträchtigen. Haramis hatte sich eher vor dem Dasein einer Königin gefürchtet. Pflichtbewußt wie sie war, hatte sie es jedoch als ihr natürliches Schicksal angenommen. Jetzt aber gestaltete sich ihre Verpflichtung zu guter Letzt anders ...

Sie kuschelte sich in die daunenweiche Höhle, lauschte dem Wind, der über ihr sein Lied sang, und wartete auf den erlösenden Schlaf. Das Bündel mit der Krone befestigte sie zur Vorsicht an ihrem juwelenbesetzten Gürtel. Die Erzzauberin würde wissen, was sie damit anfangen sollte.

Und was sie mit ihr, Haramis, anfangen sollte.

Wer war diese Frau eigentlich? Daß sie tatsächlich existierte und keine Legende war, stand für Haramis inzwischen fest. Und die märchenhaften Ereignisse bei ihrer Geburt mußte man jetzt auch als gegeben hinnehmen, ebenso wie die rätselhaften Worte der Erzzauberin. Wenn es stimmte, daß diese Weiße Frau bald sterben mußte, wie sollte sie dann Hilfe und Rat erteilen können? Und warum hatte sie vor so langer Zeit gesagt, *alles werde wieder gut werden?*

Ihre Gedanken kreisten fortwährend um diese Fragen, und sie grübelte über Dutzende von Möglichkeiten nach, wie Ruwenda gerettet werden könnte – und wie sie, nachdem sie sich den Siegeswunsch erfüllt hätte, im Triumph einem Ruwendianischen Heer voranreiten würde. Das waren aber nichts weiter als alberne Hirngespinste. Sie war siebzehn, ohne Zweifel klug und belesen, doch kaum die Anführerin eines kriegerischen Heeres. Wenn die Erzzauberin sie als ein Werkzeug des Schicksals auserwählt hatte, mußte sie fürwahr senil sein ...

Ich muß auf der Hut sein, dachte Haramis. *Wer weiß, welche dummen Pläne diese Alte mir aufzwingen wird? Aber ich werde aufpassen und meine eigenen Entscheidungen treffen. Ich bin jetzt Königin, und die Verantwortung liegt allein bei mir, ganz gleich wer mich berät. Ich darf mich nicht schwach zeigen und mich nicht dem Willen eines anderen unterwerfen.*

Ob mit oder ohne Drillingslilie.

Als sie erwachte, dämmerte bereits der Morgen, und die beiden Lämmergeier flogen noch immer. Das Ohoganmassiv ragte inzwischen hoch vor ihnen auf. Abstoßende Fangzähne aus Granit und Basalt, die oberhalb der Baumgrenze schneebedeckt waren, verdeckten den Horizont. Die helle Morgenröte verlieh den Gletschern und Schneefeldern eine täuschende Weichheit. Haramis betrachtete sie mit sinkendem Mut. Was, wenn die Erzzauberin ihr sagte, daß ihr Schicksal dort oben läge?

Die Sonne stieg höher, und die Nebel über dem Marschland schmolzen dahin. Das Land ging allmählich vom Dschungel in ein weites, wogendes Meer aus hohem gelblichem Gras über, das ganz anders war als die Bereiche der Irrsümpfe, die Haramis bisher kannte. Nur selten wurde die eintönige Feuchtebene von trockenen Landstellen unterbrochen. Auf diesen leichten Erhebungen wuchsen Hartholzbäume, Sträucher und andere Grünpflanzen. Dort, dachte Haramis, befanden sich bestimmt die verborgenen Siedlungen der Uisgu, dieser Wesen, die kleiner waren als die Nyssomu und in den nördlichen Regionen der Irrsümpfe lebten. Sie wußte, daß es auch im Gebirge Ureinwohner gab, die man die Vispi nannte; Menschen jedoch hatten keinen Kontakt mit ihnen. Männer, die weiter im Osten – dort, wo der Gebirgszug vom Vispir-Paß durchschnitten wurde – Wache standen, hatten behauptet, daß die schwer faßbaren Vispi in mondhellen

Nächten auftauchten, um auf dem Neuschnee zu tanzen. Es gab aber auch Horrorgeschichten über die Seltlinge aus den Bergen. Man nannte sie die Dämonen des frostigen Nebels, deren Augen aus dem eisigen Wirbelwind starrten, und es hieß, daß alle, die sie zu Gesicht bekamen, sterben müßten. Trotz alledem zweifelte niemand daran, daß es die Vispi wirklich gab und daß sie keine übernatürlichen Erscheinungen waren, denn sie handelten mit Edelsteinen und wertvollen Metallen, die sie an die Uisgu verkauften. Diese Güter fanden schließlich über die Nyssomu ihren Weg auf die Märkte der Menschen, und die Vispi forderten als Gegenleistung bestimmte Nahrungsmittel, robuste Haustiere wie Fronler und Volumner, Webstoffe und andere Handelswaren. Doch wie diese Wesen in Wirklichkeit aussahen, konnte kein Mensch sagen – außer vielleicht jenen glücklosen Armeen aus Labornok, die sich in längst vergessenen Tagen über den Vispir-Paß gewagt hatten und denen (wenn die alten Geschichten stimmten) diese Diener der Beschützerin, der Weißen Frau, eigenhändig den Garaus gemacht hatten.

Als die Sonne beinahe den Höchststand erreicht hatte, wurde ihr Licht von den Tümpeln und kleinen Flüßchen im Goldsumpf wie von Spiegeln reflektiert. Haramis erspähte hier und dort schmale, verschlungene Wasserläufe, von denen sie annahm, daß es die Wege der Uisgu waren. Dann, nachdem sie stundenlang dem Lauf eines etwas breiteren Flusses nach Norden gefolgt waren, stieg das Gelände an. Hier war der Goldsumpf zu Ende und ging in ein Vorgebirge über, das mit seltsamen Bäumen spärlich bewachsen war, so daß man hin und wieder blühende Hochmoore erkennen konnte. Die Lämmergeier begannen, in weiten Kreisen allmählich hinabzugleiten.

Dort unten am Fluß standen Ruinen, vollkommen überwuchert von Schlingpflanzen. Bäume hatten sich kühn auf eingestürzte Mauern gesetzt und durch geborstene Kuppeln gebohrt. Anders als ihre Schwester Kadiya verspürte Haramis nicht den Wunsch, solche Orte zu ergründen. Sie interessierte sich nur für die merkwürdigen Gegenstände, die in ihnen verborgen waren. Sie hatte ein paar besessen – ein kleines, unförmiges Kästchen, das immer eine andere, zarte Melodie spielte, je nachdem, auf welche der vielen Seiten man es stellte, sowie ein Schreibinstrument, das offensichtlich nie leer wurde, und ein eigenartiges Armband aus einem harten, weißen Material, das weder Knochen, noch Holz, noch ein Mineral war und selbst den Weisen von Ruwenda unbekannt war. Zweifellos hatte das Versunkene Volk Macht besessen, doch seine Geheimnisse waren schon vor langer Zeit untergegangen. Sollte es jedoch wahr sein, daß die Erzzauberin noch über altes Wissen verfügte, hatte Haramis vielleicht noch eine winzige Chance, die Prophezeiung ihres Geburtstages zu erfüllen.

Unwillkürlich griff sie zu ihrem Amulett und betete: »Lieber Gott und ihr Herrscher der Lüfte, laßt nicht zu, daß man mich betrügt! Vor allem aber behütet mich vor übereiltem Handeln, das unweigerlich zu einem Mißerfolg führt. Ich könnte nicht ertragen, wenn ich versagte!«

In langem, flachem Gleitflug näherten sie sich allmählich einem kleinen Steingebäude, das wie ein Turm aussah und unter dem dichten Bewuchs beinahe versank. Die Flügelwesen setzten weich auf einer Art natürlichem Rasen vor einer heruntergelassenen Zugbrücke auf. Helle Wildblumen blühten überall, und aus dem Graben leuchteten ihnen die blauen Blüten unzähliger Wasserpflanzen entgegen. Ein süßer Duft erfüllte die Luft. Haramis glitt vom Rücken des Lämmergeiers und verbeugte sich tief vor ihm. »Ich danke ergebenst, Meister des Himmels, daß du mich und meinen treuen Diener in diesen sicheren Hafen gebracht hast.«

Als sie sich aufrichtete, waren die Lämmergeier bereits wieder hoch in der Luft. Sie stießen fanfarengleiche Schreie aus, ehe sie hinter den Baumwipfeln verschwanden.

Uzun stand neben ihr – er bot einen tragikomischen Anblick. Er hatte sein Barett verloren, das lange, seidige Haar war vom Wind zerzaust, und sein einst so schmucker, kastanienbrauner Samtkittel war voller Flecken und ganz zerknittert. Nur sein Lächeln war ihm geblieben. »Da sind wir«, zwitscherte er. »Laßt uns hineingehen, denn unsere Ankunft wurde von den Lämmergeiern angekündigt.«

Langsam schritten sie über die Wiese auf die Zugbrücke zu. Das Gebäude war mit Moos überzogen und von kleinen, feingliedrigen Farnen umgürtet. Über die Kanten der behauenen Steine wucherten Blumen, die aus dem zerbröckelnden Mörtel sprossen. Selbst auf den Planken der Brücke wuchsen Pflanzen. Die Prinzessin setzte behutsam einen Fuß vor den anderen, denn sie fürchtete, das Holz könnte morsch sein, doch die Brückenbogen machten einen recht stabilen Eindruck. Es waren keine Gefolgsleute da, die sie willkommen hießen, keinerlei Anzeichen, daß überhaupt jemand in diesem überwucherten Gebäude lebte. Doch Uzun schritt zuversichtlich voraus, und Haramis folgte ihm. Staunenden Auges betrachtete sie fremdartig geschnitztes Säulenwerk und Holzverkleidungen an den Wänden, kunstvolle Bodenmosaike, die unter dem Moos und den Flechten auf dem Boden kaum zu erkennen waren. Sie kamen an einem plätschernden Springbrunnen vorbei und durchquerten Torbögen, von denen lange Ranken herabhingen. Dann betraten sie ein Gewirr von Gärten, in denen prächtige Blüten in vielen Farben leuchteten.

Schließlich kamen sie an eine schwarze, glattpolierte Holztür, an der kein Moos zu sehen war. Sie hatte überdies Angeln und Beschläge und einen großen, ringförmigen Schnäpper, der, wie sich herausstellte, aus massivem Gold gearbeitet war. In der Mitte befand sich ein geschnitztes Ornament aus demselben Holz wie die Tür, dessen gezackter Rand aus glänzendem Platin war; es war das Abbild einer Schwarzen Drillingslilie.

»Hier ist das Zimmer der Erzzauberin Binah«, sagte Uzun. »Doch Ihr müßt allein eintreten.« Er verbeugte sich vor Haramis und trat einen Schritt zurück.

Sie zögerte noch. »Aber – du mußt mich begleiten!«

»Mitnichten, Prinzessin. Ich werde auf Euch warten.«

Haramis richtete sich auf. »Wohlan.« Mühsam unterdrückte sie das Zittern ihrer Hand, als sie den goldenen Ring ergriff und daran zog. Die hohe Tür ging mühelos nach innen auf.

Der fensterlose Raum, den Haramis nun betrat, war dämmrig und warm. Verschwommen nahm Haramis viele

Möbelstücke wahr – Schränke und Bücherregale und Tische, übersät mit fremdartigen Geräten, gepolsterte Hocker und Sitzbänke und ein riesiges Bett mit dunklen Vorhängen. An der einen Wand brannte ein kleines Torffeuer in einer Feuerstelle. Davor war ein Tisch aufgestellt, der mit Kristall und goldenem Besteck für eine Person hübsch gedeckt war. Neben abgedeckten goldenen Schüsseln, aus denen köstlicher Dampf stieg, gab es auch einen Krug Honigwein. Eine wunderschöne Lampe, deren Schirm aus bleiverglastem, opalisierendem Glas war, verströmte darüber ihr Licht. Am Tisch standen zwei geschnitzte Stühle, der eine vor dem Gedeck und der andere an der gegenüberliegenden Seite. Vor diesem lag ein sauber bearbeitetes Kästchen aus Platin auf der Tischplatte, stumpf, verbeult und ziemlich mitgenommen vom häufigen Gebrauch.

»Willkommen, mein Kind«, sagte eine weiche, aber volltönende Stimme. »Ich habe dich erwartet.«

Haramis fuhr zusammen und blickte sich um. Dann sah sie, wie sich in dem großen Bett eine bleiche Gestalt bewegte. »Euer Ehren?« sagte sie und machte beinahe unwillkürlich eine tiefe Verbeugung. »Komm und sei mir behilflich, dann setze ich mich zu dir, während du ißt.«

Verwundert fragte Haramis: »Seid Ihr die Erzzauberin Binah?«

»Die bin ich. Hab keine Angst. Ich bin diejenige, die bei deiner Geburt zugegen war und die dich hierher gerufen hat. Ich habe lange auf dein Kommen gewartet und auf das deiner Schwestern, und ich bin dankbar, daß du unversehrt hier angekommen bist.«

Haramis stand regungslos da. »Kadiya und Anigel – sie leben?«

»Ja. Mach dir über sie im Augenblick keine Sorgen, denn sie müssen ihre eigenen Wege gehen, so wie du deinem Weg folgen mußt. Komm. Hilf mir beim Ankleiden.«

Haramis war unfähig, sich von der Stelle zu rühren. Große Angst war über sie gekommen. Sie wußte jetzt, daß sie sich, ob sie wollte oder nicht, auf ein schreckliches Abenteuer würde einlassen müssen.

In dem Bett lag eine Frau mit wunderschönem, fließendem weißen Haar, die sich langsam aufrichtete und das Mädchen zu sich winkte. Sie hatte ein weiches, faltenloses Gesicht, und nur die Augen, von dunklen Schatten umrandet und so tiefliegend, daß ihre Farbe nicht zu erkennen war, verrieten ihr hohes Alter. Ihr Blick verzauberte Haramis und zog sie mit unwiderstehlicher Kraft an. Haramis setzte das Bündel mit der Krone auf dem Boden ab und ging zögernd auf das Bett zu. Doch dann fühlte sie sich plötzlich frei, die Panik verließ sie, und es war, als wäre die Frau, die dort saß, nichts weiter als eine arme, alte, kranke Frau, die Hilfe brauchte.

Haramis half der Erzzauberin, ein langes, weißes Gewand anzuziehen, das in den Falten bläulich schimmerte, und zog Pelzpantoffeln über ihre langen, schlanken Füße. Als die Frau sich erhob, stellte Haramis fest, daß sie sehr groß war. Sie war nicht gebeugt, sondern stand aufrecht vor ihr. Langsam, doch mit geschmeidigen Bewegungen, ging sie zum Tisch vor der Feuerstelle und setzte sich.

»Bitte, nimm auch du Platz, mein Kind, und iß etwas. Du mußt ausgehungert sein nach den Qualen in der Zitadelle und den Strapazen deiner Reise hierher.«

»Mein Gefährte, der Musikant Uzun ...«, begann Haramis.

»Für ihn sorgt mein Diener, Damatole, ihm wird es an nichts mangeln.«

»Ich danke Euch«, sagte Haramis. »Denn ich verdanke ihm mein Leben, und er soll nicht zu kurz kommen, wo er mir so treu ergeben ist.« Dann fiel sie mit dem gesunden Appetit junger Menschen über das Essen her, denn sie hatte seit dem gestrigen Morgen nichts zu sich genommen. Es gab gebratenen Truthahn, eine scharfe Kräutercremesuppe, einen Teller gebackener Dorunknollen, überzogen mit braunem Algenkäse, Kressesalat, und als Abschluß nach dem schweren Essen eine Pastete mit dicken, ihr unbekannten Früchten, die einen scharfen Nachgeschmack hatten. Haramis aß alles bis auf den letzten Happen auf.

Dann seufzte sie, lehnte sich zurück und nippte an dem köstlichen Wein. Die Erzzauberin lächelte, und Haramis lachte und sagte entschuldigend: »Ich habe nicht einmal daran gedacht, mir vor dem Essen die Hände zu waschen. Und ich habe Euer wohlschmeckendes Mahl hinuntergeschlungen wie ein ungebildeter Sklave. Für diesen Mangel an gutem Benehmen bitte ich Euch um Vergebung, Hohe Frau. Als Abbitte würde ich gern den Tisch abräumen und das Geschirr abwaschen, doch ich muß gestehen, daß ich mich in Spülküchen nicht auskenne.«

»Hier in Noth muß man sich zum Glück nicht mit Nebensächlichkeiten befassen«, sagte die Erzzauberin. Sie begleitete diese Worte mit Gesten, und der Tisch leerte sich bis auf den Weinkrug, Haramis' Becher und das geheimnisvolle Platinkästchen.

»Also seid Ihr wahrhaftig eine Zauberin«, murmelte das Mädchen.

»Tricks dieser Art erfordern nur geringe Kenntnisse«, gestand Binah. »Die großen Verzauberungen sind es, die inzwischen über meine schwindenden Kräfte gehen.«

»Da Eure Lämmergeier mich hierher gebracht haben, nehme ich an, Ihr wißt, was vorgefallen ist.«

»Die großen Flugtiere gehören mir nicht«, stellte die Zauberin richtig. »Sie sind freie Geschöpfe und gehören nur sich selbst. Es stimmt, daß ich sie bat, Euch herzubringen, denn zuweilen helfen sie freiwillig manchen ihrer Freunde. Was deine Frage betrifft – ja, ich weiß, was geschehen ist. Ich habe alles gesehen und Tränen vergossen, daß ich es nicht zu verhindern vermochte.«

Haramis bemühte sich, gelassen zu bleiben, als sie jetzt fragte: »Eure Zauberkraft ist demnach unzureichend, um Ruwenda von dem Mörder Voltrik und seinem Mitverschwörer Orogastus zu befreien?«

»So ist es. Ich warne dich davor, Orogastus zu unterschätzen, mein Kind. Er ist nicht einer jener gewöhnlichen Gauner, wie die Magier aus deinem begrenzten Bekanntenkreis. Er ist ein Mann mit profunden Kenntnissen, der nicht nur den Sturm beherrscht, sondern den Schlüssel zu vielen anderen furchtbaren Zaubern in Händen hält. Er sucht die Macht, wo immer er sie finden kann, und setzt sie beliebig für seine Zwecke ein. Er übertrifft mich inzwischen in allem, außer in der Hellsichtigkeit; denn dazu braucht er den Eisspiegel, der sich tief im Innern seiner Behausung in den Bergen befindet.«

»Dann könnt Ihr mir nicht helfen, die Feinde Ruwendas niederzuwerfen?«

»Das habe ich nicht gesagt. Aber die Wiederherstellung von Ruwenda ist eine dreiteilige Aufgabe, die die Zusammenarbeit aller drei Blütenblätter der Drillingslilie ...«

»Ihr meint meine Schwestern?« fragte Haramis bestürzt und ungläubig. »Ich glaube nicht, daß wir von ihnen konstruktive Hilfe erwarten können. Ich mußte Kadiya davon abhalten, hinauszustürzen und die Mörder unserer Mutter mit dem Messer anzugreifen, das sie an ihrem Gürtel trägt! Und Anigel kauert sich meist ohnehin nur in eine Ecke und weint.«

»Trotz alledem sagt mir mein Zweites Gesicht, daß ihr alle drei eure vorherbestimmten Aufgaben erfüllen werdet. Dazu gehört vor allen Dingen, daß ihr zu euch selbst findet, ehe Ruwenda das Joch Labornoks abschütteln kann. Und wenn auch nur eine von euch versagt, versagen alle.«

»Aber das ist ungerecht!« protestierte Haramis.

»Nein«, sagte die Erzzauberin freundlich. »Es ist nur so, wie es *ist*.«

Verstimmt nestelte Haramis an ihrem Amulett herum. »Ich hatte gedacht, daß diese Erinnerungsgeschenke, die Ihr uns gegeben habt, Zauberkraft besäßen. Aber als ich es überprüfte, funktionierte es nicht.«

»Sie vermögen euch nur in Todesgefahr zu helfen, und ihre Kraft ist begrenzt.«

»Das habe ich gemerkt«, seufzte Haramis. »Nun, meiner ersten Bitte wurde entsprochen, und meine zweite und dritte waren wohl nicht so dringlich, wie ich es zu der Zeit dachte. Soll dieses Amulett bei den Aufgaben, die Ihr mir anvertraut, eine Rolle spielen?«

»Das ist etwas, was ich nicht weiß. Du mußt seine Geheimnisse herausfinden, so wie du deine eigenen Geheimnisse erkennen und Fehler und Schwächen besiegen mußt, die dir bei der Erfüllung deiner Bestimmungen im Wege sind. Eines aber weiß ich bestimmt: Wenn deine erste Aufgabe beendet ist, wird dir ein Zeichen gegeben. Ein neuer Talisman, der Dreiflügelreif, wird dir begegnen. Dann wirst du wissen, daß der Endkampf um Ruwenda und um deine eigene Seele nahe bevorsteht.« »Und meine Schwestern?«

»Sie haben ihre eigenen Aufgaben zu erfüllen. Und wenn sie Erfolg haben, werden auch sie ihren Talisman haben. Dann werden sich die drei Blütenblätter der Drillingslilie gegenseitig rufen, und erst aus ihrer Vereinigung wird sich die Lösung ergeben – die Wiederherstellung des verlorenen Gleichgewichts der Welt.«

Haramis sank in ihrem Stuhl zusammen. »Die Aufgabe. Muß ich damit auf der Stelle beginnen? Ich fühle mich so schwach. Und, ohne Euch kränken zu wollen, aber was Ihr da sagt, ist kaum zu glauben. Ich habe nicht einmal an Eure Existenz geglaubt ...«

»Was du glaubst, auch in diesem Augenblick, spielt keine Rolle, denn Kummer und Furcht haben dich entkräftet. Bitte darum, daß dir Kraft und Mut zuteil werden, und vor allem mußt du lernen, dir selbst zu vertrauen und der Dreieinigen Macht, die uns alle liebt und behütet.«

Haramis stieß ein kurzes, gequältes Lachen aus. »Ich brauche unbedingt Hilfe, die greifbarer ist.«

»Die Ureinwohner werden dir nach Kräften beistehen, wenn du sie bittest – die Völker im Sumpf, im Wald und in den Bergen. Sie verehren die Schwarze Drillingslilie ebenso wie die menschlichen Einwohner von Ruwenda.«

»Soll ich Uzun mitnehmen? Er ist erfahrener ...«

»Er wird dich auf der langen Fahrt, die nun vor dir liegt, ein Stück des Weges begleiten. *Seine* Bestimmung ist es, dir zu helfen, die deine zu erfüllen. Den größten Herausforderungen mußt du dich aber allein stellen.« Haramis verlor sich in Selbstprüfung und starrte in die kleinen Flammen des Torffeuers. Sie tastete nach ihrem Amulett. »Könnt Ihr mir etwas über die Suche nach der Vervollkommnung der Seele sagen?«

»Nein. Aber du wirst es wissen.«

Haramis schrie auf: »Könnt Ihr denn *irgend etwas* tun, um mir zu helfen, außer diesem Abendessen und Eurem Rat und Euren guten Wünschen?«

»Das kann ich wohl.«

Die Erzzauberin öffnete das Platinkästchen und langte mit beiden Händen hinein. Sie erhob sich und zog zugleich auf wunderbare Weise eine große, grüne Blume heraus, viel zu groß, als daß sie nach normalen Maßstäben in dem Kästchen hätte Platz finden können. Es war eine Drillingslilie, beinahe ebenso groß wie Haramis. Die Wurzeln waren ohne Erde, glänzende Blätter entfalteten sich und gaben den Blick frei auf Samenhülsen und Myriaden nachtschwarzer, handtellergroßer Blüten. Die Erzzauberin stellte die Blume auf den Tisch.

Haramis rief verwundert aus: »Wie schön! Sie lebt und ist nicht nur ein winziges Fossil, eingeschlossen in Bernstein!«

»Es ist die letzte lebendige Schwarze Drillingslilie in der bekannten Welt.«

»Und mit ihrer Hilfe werden wir drei König Voltrik und Orogastus besiegen! Ich weiß es, Binah! Es ist wahr!«

Haramis sprang auf, alle Schwäche war von ihr abgefallen. Mit gierigen Blicken sog sie den Anblick der Pflanze in sich auf, deren Blüten die Farbe ihres Haares hatten.

Die Zauberin streckte die Hand aus und pflückte unterhalb eines großen Blattes etwas ab. Das drückte sie Haramis fest in die Hand und schloß die Finger des Mädchens darüber. Dann hob sie die Pflanze, steckte sie auf wundersame Weise wieder in das kleine Platinkästchen und machte den Deckel zu.

Haramis blinzelte, als wäre ein helles Licht ausgelöscht worden und mit ihm die Sicherheit, die sie gerade eben noch verspürt hatte. »Aber ... ist das alles?«

Die Erzzauberin nahm sie beim Arm und führte sie zur äußeren Tür. »Was ich dir gegeben habe, wird dich auf den rechten Weg führen. Ich werde die Krone von Ruwenda hier für dich aufbewahren. Bei mir ist sie in Sicherheit. Kein Feind wird sie je berühren.

Bedenke nur, daß Orogastus, nicht König Voltrik, dein wahrer Feind ist. Aber er lebt nach dem Gesetz der Magie, das besagt, daß es für jede Stärke eine entsprechende Verletzlichkeit oder Schwäche geben muß. Wenn du seine Schwäche herausfinden und deine eigene überwinden kannst, wirst du als Siegerin hervorgehen. Mehr kann ich dir nicht sagen. Und jetzt mußt du gehen. Wenn du dein Ziel, den Dreiflügelreif, erreicht hast, komm zu mir zurück.«

»Aber was ist der Dreiflügelreif?« fragte Haramis ängstlich.

»Du wirst es wissen, wenn du ihn findest«, versicherte Binah. »Lebe wohl.«

Plötzlich stand Haramis wieder auf dem blumenübersäten Rasen vor dem bemoosten Turm, und Uzun war an ihrer Seite, frisch eingekleidet.

Sie blickte an sich herab und stellte fest, daß ihr schmutziges, verknittertes weißes Kleid mit Umhang verschwunden war und sie jetzt einen Anzug aus weißer, mit dem Pelz eines Fytox-Albinos verbrämter Wolle trug, über dem das Amulett an seiner Kette baumelte, sowie einen pelzgefütterten Mantel und feste Stiefel aus weißem Leder. Zu ihren Füßen lagen zwei Rucksäcke und zwei stabile Wanderstöcke mit Eisenspitzen.

»Ich bin bereit, Prinzessin«, sagte Uzun. Er blickte grinsend zu ihr auf. Seine runden Wangen waren rosig wie reife Schellbeeren. »Die Weiße Frau hat mir sogar noch eine neue Pfropfflöte geschenkt, so daß ich Euch auf Eurer Fahrt ein wenig mit Musik aufheitern kann!«

»Aber welchen Weg müssen wir einschlagen?« Haramis wollte gequält die Hände ringen, als ihr einfiel, daß die Erzzauberin ihr etwas in die Hand gedrückt hatte. Sie öffnete die Faust. Auf der Handfläche lag eine getrocknete, glänzende Samenschote der Schwarzen Drillingslilie. Ohne zu überlegen, ließ sie sie aufplatzen. Im Innern befanden sich geflügelte Samen. Wiederum unbewußt nahm sie ein Samenkorn heraus und warf es in die Luft. Zu ihrer Überraschung schwebte es gegen die Windrichtung nach Norden auf die Berge zu.

Der Weg schien über ein pfadloses Hochmoor zu führen. Doch als Haramis genauer hinschaute, dem schwebenden Samen nach, entdeckte sie einen schwach ausgetretenen Pfad, wie ihn kleine Tiere hinterlassen, die sich ihren Weg zwischen Grasbüscheln und Riedgräsern hindurch bahnen.

»Also«, sagte sie, »ich nehme an, dies ist der beste Führer, den wir uns denken können. Sollen wir aufbrechen?«

Ihre Augen fest auf den winzigen, schwebenden weißen Fleck gerichtet, schulterte sie ihr Bündel, hob den Stock auf und ging voran in den Sumpf. Uzun blieb dicht hinter ihr.

8

Am späten Nachmittag verkündete der Späher auf dem vorausfahrenden Lastkahn in singendem Tonfall: »Trevista in Sicht!«

Pellan, bisher Fährtensucher der Kaufleute, jetzt diensthabender Kapitän der eilig zusammengestellten Flotte Labornoks, führte ein kleines goldenes Horn an die Lippen. Auf sein Dreiklang-Signal hin hoben alle Ruderer in den vierzehn Booten zugleich die Ruder aus dem Wasser, und die Mannschaften in Bug und Heck eines jeden Schiffes ließen die Anker in das seichte, trübe Wasser gleiten. Erneut stieß Pellan ins Horn, ein wenig länger diesmal, und wies die schwitzenden Bootsleute an, sich auszuruhen. Ein wütendes Gebrüll tönte vom Vorderdeck herüber, und die kehlige Stimme eines Mannes, der mit zweideutigen Zoten um sich warf, rief nach Pellan. Obgleich die Strecke von der Zitadelle stromaufwärts in kürzester Zeit zurückgelegt worden war, hatte General Hamil erneut etwas gefunden, worüber er sich beklagen konnte.

Mit einem Seufzer bahnte sich der Kapitän einen Weg vom Steuerhaus zwischen den Achtersitzen quer über das übelriechende Achterdeck. Im Gegensatz zu den anderen Booten hatte das erste keine Versorgungswagen oder Zugtiere an Bord. Man hatte jedoch die Reittiere der hohen Offiziere hier hinten angebunden (der Himmel allein mochte wissen, welchen Nutzen sich die Eroberer in den pfadlosen Sümpfen um Trevista von ihnen versprachen). Hinzu kamen Futter und Zaumzeug, Ledersäcke voller Rüstungen und Waffen, ein Trupp von zwanzig oder dreißig Stallknechten, Soldaten und verschiedenen Lakaien, die spielend und dösend herumhingen oder üble Scherze mit den Ruderern trieben.

Pellan blieb neben der kleinen Kajüte mittschiffs stehen, in der sich die Kombüse und sein eigener Schlafplatz befanden, den der Zauberer Orogastus für sich und seine beiden mißmutigen Knechte beansprucht hatte. Pellan befahl der

Küchenordonnanz, den erschöpften Ruderern eine tüchtige Ration Wein auszuteilen und dem Fußvolk aus Labornok einen Schluck gratis zu geben, um Nörgeleien vorzubeugen.

Dann schob er sich an einem Pulk Soldaten vorbei, die ihm finstere Blicke zuwarfen, denn nachdem die Flotte angehalten hatte, fehlte ihnen die kühlende Brise des Fahrtwindes. Schließlich erreichte er das Vorderdeck. Dort hatte man ein Sonnensegel aufgestellt, unter dem die privilegierten Passagiere Schatten fanden: Prinz Antars Ritter, General Hamil nebst einer Handvoll hochrangiger Offiziere, die er auf diese Aufklärungsmission mitgenommen hatte, und Handelsmeister Edzar, der neuernannte offizielle Sprecher der Besatzungstruppen von Labornok, der die Verhandlungen mit den Ureinwohnern von Trevista führen sollte.

Die meisten der jüngeren Krieger lehnten über die Reling und versuchten vergebens, einen Blick auf die sagenumwobene Stadt der Seltlinge zu erhaschen. Ohne ihre auf Hochglanz polierte Rüstung waren sie ein rüder, schäbig aussehender Haufen in rostroten, verschwitzten Kitteln und Hosen. Die Adligen und hohen Offiziere trugen ähnlich einfache Kleidung. Sie unterschieden sich von den Kriegern lediglich durch hinlängliche Sauberkeit. Der kleine, stämmige Handelsmeister indes hatte sich wie ein Höfling für eine königliche Audienz angezogen. Er trug den goldbestickten grünen Heroldsrock seiner Gilde über einem dünnen, karmesinroten Gewand. Gekrönt wurde sein Aufzug durch einen Hut mit außergewöhnlich breitem Rand, der aus grünem, blattähnlichem Material hergestellt und mit einer Girlande frischer Blumen verziert war.

»Warum haben wir angehalten?« fuhr General Hamil Pellan an. »Wenn das da vor uns Trevista ist, dann heb deinen faulen Arsch und setz dich in Bewegung! Man hat dir befohlen, daß wir so schnell wie möglich dort ankommen wollen.«

Die Flotte war in der Mitte des Unteren Mutar zum Stehen gekommen, der an dieser Stelle so breit war, daß die Ufer fast eine Meile voneinander entfernt waren. Pellan salutierte nachlässig vor dem finster dreinschauenden Offizier. »Wir müssen uns nach dem Protokoll der Handelsmeister richten,

General, und auf unsere Nyssomu-Eskorte warten, die uns nach Trevista führt.«

»Protokoll der Händler?!« rief der Oberbefehlshaber Labornoks. »Wir sind kein Händlerpack, wir sind Eroberer – und wir richten uns nur nach unserem eigenen Protokoll! Also Anker gelichtet, du Schnellmerker, und weiter!«

»Sir, das wäre sehr unklug. Ich möchte ungern die Verantwortung für die Folgen tragen.« Das Gesicht des Überläufers aus Ruwenda war braun und zäh wie seine abgetragene Lederkleidung, und auf seinen Wangen zeigten sich nach der dreitägigen Fahrt stromaufwärts weiße Stoppeln. Er trug eine beinahe unverschämte Miene zur Schau. »Diese wilden Seltlinge sind ein reizbares Völkchen. Nicht auszudenken, was sie unternehmen, wenn wir auf eigene Faust in Trevista anlegen ...«

»Ruwenda gehört uns, und wir tun, was uns beliebt!« röhrte Hamil. Er zog sein Schwert. »Und nun bewege dich, oder ich werde dir den Marsch blasen!«

Pellan, den die Drohung unbeeindruckt ließ, wandte sich dem Handelsmeister aus Labornok zu, der den General und seine Freunde mit Geschichten über die sagenhaften verborgenen Städte des Versunkenen Volkes ergötzt hatte. »Sprecht Ihr mit ihm, Meister Edzar. Allem Anschein nach versteht er die Sachlage nicht ...« Die Stimme des Bootsmannes ging in einen Aufschrei über, als Hamil ihm mit der Hand in das verfilzte Haar fuhr, ihn zu sich heranzog und sein Schwert hob. »General! Haltet ein, sage ich!«

Prinz Antar, der während der Fahrt einen eher niedergeschlagenen Eindruck gemacht und abseits von den anderen im Bug gesessen hatte, drängte sich durch die Menge der Ritter, die auf Blutvergießen hofften, und stellte sich vor den bulligen alten Soldaten. Vor sich hinschimpfend ließ Hamil den Kapitän los. Pellan sah zu, daß er außer Reichweite kam, und der Handelsmeister trat einen Schritt vor und verbeugte sich vor dem Prinzen.

»Erlaubt mir, daß ich es Euch erkläre, Herr. Ich versichere Euch, daß unserem neuen Verbündeten Pellan nur das Wohl Labornoks am Herzen liegt.«

»Das will ich ihm auch raten«, murmelte Hamil, »sonst landet er am Ende noch auf dem Grund des Mutar, wo die Sumpfwürmer an seinem Familienschmuck knabbern.«

Die meisten Ritter lachten, doch der Prinz sagte: »Sprecht, Meister Edzar.«

»Da drüben liegt Trevista.« Der Handelsmeister zeigte über den Bug hinweg stromaufwärts auf eine Ansammlung niedriger Hügel – undeutlich wahrnehmbare grüne Punkte mit tiefroten Schatten, die in der Hitze flimmerten und sich über den Hauptkanal des Mutar von einem Ufer zum anderen erstreckten. »Es liegt auf dieser Inselgruppe, am Zusammenfluß des Vispar und des Oberen Mutar. Aber der Ort ist keine Stadt in dem Sinne, wie wir sie aus Labornok oder aus Ruwenda kennen, und der sogenannte Jahrmarkt von Trevista ist kein Ereignis, das immer am gleichen Ort stattfindet. Er wandert vielmehr durch Trevista, je nach Laune der dort lebenden Nyssomu. Nicht einmal die Fährtensucher der Kaufleute wie unser ehrenwerter Freund Pellan können mit Sicherheit voraussagen, wo er an einem bestimmten Tag zu finden ist.«

Osorkon, Hamils bulliger Stellvertreter, ließ ein verächtliches Schnauben hören. »Eine Stadt auf einer Insel – und du willst nicht in der Lage sein, einen erbärmlichen Jahrmarkt der Seltlinge aufzuspüren, auch wenn er wie ein Springfisch auf heißem Schlick mal hierhin, mal dorthin springt.«

»Trevista liegt nicht auf einer Insel, Lord Osorkon«, sagte Edzar und vollzog eine weit ausladende Geste über den gesamten Horizont. »Es liegt über alle Inseln verstreut.«

Die Umstehenden machten ihrer Verwunderung Luft.

»Es ist – oder war – die Krönung der Architektur des Versunkenen Volkes. Daneben erscheint die Zitadelle von Ruwenda trotz ihrer Größe wie ein unfertiges Bollwerk, eine Zufluchtstätte für den Fall eines wie auch immer gearteten Unglücks, das den Untergang der alten Rasse verursacht hat. Jede dieser zahllosen Inseln ist mit Ruinen übersät, und zwischen ihnen verläuft ein Gewirr von Kanälen, deren Mauern tief in das Flußbett hinabreichen. Es gibt Schleusen, hohe Brücken, zerfallende Werften, Ufergebäude aller Art, ganz zu schweigen von verlassenen öffentlichen Gebäuden, verfallenen, einst prunkvollen Wohnhäusern und großen Plätzen und Arkaden, die allesamt mit dichtem Dschungel überwuchert sind – zumindest an den Stellen, wo die Nyssomu es unterlassen haben, den Wildwuchs zu verhindern.«

»Wie groß ist der Teil der Stadt, den die Eingeborenen bewohnen?« erkundigte sich der Prinz.

»Das weiß keiner, Herr. Die wilden Nyssomu halten den Kontakt mit den Menschen für unter ihrer Würde. Wir Händler werden zu der Stelle geführt, wo der Jahrmarkt stattfindet, und dort bieten Seltlinge Waren an, von denen sie glauben, daß sie uns interessieren.« Er wich Hamils Blick aus und fügte hinzu: »Wenn unsere Flotte ohne Erlaubnis in Trevista einliefe – Ihr werdet festgestellt haben, daß ich *nicht* sagte unangekündigt, denn sie wissen immer, wann wir kommen – dann ist es sehr wahrscheinlich, daß sich nicht ein einziger Nyssomu zeigen wird. Wir würden den Ort verlassen vorfinden. Und was das Eindringen in Trevista unter dem Gesichtspunkt einer Eroberung betrifft, so wäre ein solches Unterfangen zwecklos. Der Wert dieser riesigen Ansammlung von Ruinen liegt allein in ihren Handelswaren, und dafür müssen wir den guten Willen der Seltlinge pflegen.«

»Wohl wahr, Meister Edzar.« Der Prinz warf einen vielsagenden Blick auf den General. »Und wenn wir ihr Vertrauen gewinnen – wenn wir ihnen nämlich versichern, daß der Handel unter der Herrschaft Labornoks über Ruwenda ohne Unterbrechung fortgeführt wird –, glaubt Ihr, daß sie dann mit uns zusammenarbeiten werden?«

»Man kann es nur hoffen, Herr.«

»Trotzdem werden wir, verdammt noch mal, eine Garnison in Trevista einrichten!« erklärte Hamil. »So lautet der Befehl des Königs. Und diese kleinen Sumpfstapfer täten besser daran, sich nicht mit den entflohenen Prinzessinnen in verräterischer Weise zusammenzutun, wenn sie wissen, was gut für sie ist!«

»Es dürfte allen klar sein«, sagte der Prinz gelassen, »daß die Nyssomu eher den Prinzessinnen als uns die Treue halten. Wir werden den Aufenthaltsort der Mädchen nur mit

Scharfblick und nicht mit Androhung roher Gewalt herausfinden.« Sein Blick glitt über die versammelten Ritter und blieb zuletzt auf General Hamil haften. »Ist das klar?«

»Jawohl!« polterte Hamil und fügte ein spätes »mein Prinz« hinzu.

»Jolle aus Trevista in Sicht!« verkündete der Späher singend.

Die meisten Ritter eilten wieder an die Reling, um zu beobachten, wie sich das seltsame kleine Schiff näherte. Es hatte weder Ruder noch Segel und bewegte sich doch mit hoher Geschwindigkeit auf den Zug der Flußschiffe zu, ein glitzerndes V auf dem träge dahinfließenden Strom hinterlassend. Allem Anschein nach war nur ein Mann an Bord, und das Boot war vom Bug bis zum Heck überreich mit Blumen geschmückt.

»Womit in aller Welt wird es angetrieben?« fragte Sir Owanon verblüfft. Pellan, der sich wohlweislich außerhalb General Hamils Reichweite aufhielt, hatte wieder eine würdevolle Haltung angenommen und antwortete: »Es wird von einem Paar Rimoriks gezogen, Wassertieren, die großen Bilriks ähneln. Leider lassen sich die Tiere nicht von Menschen zähmen. Selbst bei den Nyssomu gibt es nur wenige, die über die Fähigkeit verfügen, sie zu führen, denn das ist ein Trick, den sie von ihren kontaktscheuen Vettern, den Uisgu, lernen müssen. Angehörige dieses Stammes bringen regelmäßig Handelsgüter aus den Gebieten im Norden des Sumpfes nach Trevista.«

Der Prinz legte Edzar einen Arm um die Schultern und führte ihn ein wenig abseits von den anderen auf die Kajüte mittschiffs zu. »Erklärt mir, was Ihr damit meintet, als Ihr sagtet, unsere Flotte sei nicht unangemeldet gewesen. Konnten die Seltlinge aus Trevista unsere Fahrt etwa verfolgen, obwohl wir mit doppelter Geschwindigkeit stromaufwärts gefahren sind?« Der Handelsmeister zuckte die Schultern. »Herr, sie sprechen über große Entfernungen miteinander, in einer Sprache ohne Worte, ebenso wie der Große Orogastus seine dienstbaren Stimmen ruft.«

Die Tür zu Pellans Kabine wurde so abrupt nach außen aufgestoßen, daß der Prinz und Pellan erschrocken zusammenfuhren. Vor ihnen stand der große, ganz in Schwarz und Weiß gekleidete Zauberer. Er hatte sich die Kapuze tief ins Gesicht gezogen. Hinter ihm tauchten noch zwei vermummte, vornüber gebeugte Gestalten auf. Es waren seine Gehilfen, bekannt als Die Stimmen; stämmig, untersetzt und in roter Kleidung der eine, groß, schlank und in Blau gekleidet der andere.

»Ganz richtig«, hob Orogastus an. »Die Nichtmenschen verwenden eine ursprüngliche Form der Telepathie und sind dank ihrer Hellsichtigkeit sogar hin und wieder fähig, Ereignisse über weite Entfernungen hinweg wahrzunehmen – wenngleich sie diese Kräfte längst nicht so gut beherrschen wie ich.«

Der Prinz bedeutete dem Handelsmeister, sich zu entfernen; und als der Mann außer Hörweite war, sagte er kalt zu Orogastus: »Truchseß, Ihr habt mir davon nie etwas gesagt.«

»Es war nicht notwendig. Die Sache war während der Invasion ohne Belang, und wir hatten nie die Absicht, gegen die Eingeborenen Krieg zu führen. Im Gegenteil ... Wir werden uns diese Wesen sehr wohl zunutze machen.«

»Dann habt Ihr also einen Plan, auf welche Weise man ein Bündnis mit diesen kleinen Seltlingen schließen kann, ähnlich wie mit den Skritek? Mein Vater, der König, deutete etwas in der Richtung an, als wir auf die Zitadelle zumarschierten.« Antar sprach förmlich, sein Verhalten drückte sowohl Ehrerbietung als auch Abneigung aus. Obwohl er bereits zwanzig-und-sechs Jahre alt war, hatten es weder der König noch sein mysteriöser Truchseß für richtig befunden, ihm auch nur einen ihrer langfristigen Pläne anzuvertrauen.

»Mit bestimmten Stämmen werden wir zu gegebener Zeit eine politische Allianz eingehen.« Orogastus machte eine wegwerfende Handbewegung. »Natürlich nicht mit diesen armseligen Nyssomu. Sie sind uns nur nützlich hinsichtlich ihrer Handelsgüter wie Kräuter, Gewürze und andere Produkte aus den Sümpfen. Es ist schon lange her, seit sie die interessantesten Kunstobjekte aus uralter Zeit in Trevista selbst und in den verlassenen Städten ringsum aufgesammelt haben. Und da sie enge Beziehungen zu den besiegten

Ruwendianern unterhalten, glaube ich kaum, daß sie darum bemüht sein werden, uns mit alten Gegenständen zu überhäufen. Doch auf irgendeine Weise will ich versuchen, die Seltlinge, die uns treu sind, dazu zu bringen, die abgelegeneren Teile der Irrsümpfe für uns zu durchforsten, von denen ich weiß, daß dort bestimmte außergewöhnliche Zaubermaschinen des Versunkenen Volkes verborgen sind. Wenn diese richtig eingesetzt werden, können sie Labornok dazu verhelfen, seine Herrschaft nicht nur über die gesamte Halbinsel, sondern am Ende über die gesamte bekannte Welt auszudehnen.«

Der Prinz spürte, wie sich sein Herz verkrampfte. Darum also hatte König Voltrik diesen Emporkömmling gegen den Rat seiner eher konservativen Berater zu seinem Truchseß gemacht! Spielte der Zauberer nur mit Voltriks Leichtgläubigkeit, oder konnte es sein, daß der wahnsinnige Plan tatsächlich eine Basis hatte?

Antars Miene drückte wohlmeinende Skepsis aus. »Was Ihr nicht sagt! Labornok eines Tages Herrscher über die Welt ...? Kein Wunder, daß Ihr so entschlossen wart, Ruwenda den Krieg zu erklären! Aber das sind Neuigkeiten für mich. Was ist das für ein Wunderding, das Ihr sucht, und woher wißt Ihr darüber?«

»Wir werden ein andermal darüber sprechen, Prinz. Das Boot aus Trevista ist gleich da, und Euer Ansinnen betrifft Angelegenheiten der höchsten königlichen Politik, die vom König persönlich verkündet werden müssen.« Ein Zischen kam vom rotgewandeten Günstling hinter dem Zauberer, der ihm etwas zuflüsterte. Orogastus nickte.

»Rotstimme erinnert mich daran, Euch mitzuteilen, daß sich der Zustand Eures Vaters ein wenig verschlechtert hat. Grünstimme, der an seinem Lager in Bereitschaft steht, hat uns eben erst die Neuigkeiten übermittelt. König Voltrik fiebert, und die verwundete Hand wurde von schlechten Körpersäften befallen. Ich habe Grünstimme angewiesen, die stärkste Arznei zu verabreichen, die Goldene Pastille. Das sollte unserem König innerhalb von zwei oder drei Tagen Erleichterung verschaffen.«

Der Prinz runzelte die Stirn. »Warum wurde ihm diese Pille nicht früher gegeben?«

»Es ist eine Arznei des Versunkenen Volkes, mein Prinz, von der es nicht mehr viel gibt und die allein der Behandlung lebensbedrohlicher Krankheiten vorbehalten ist. Ich hatte gehofft, daß die Wunde König Voltriks auf die üblichen Verordnungen durch den königlichen Arzt reagieren würde. Da dies nicht der Fall zu sein scheint, ist die durchgreifendere Therapie mit der Goldenen Pastille angezeigt.«

»Und sie wird ihn gewiß heilen?«

Der Zauberer zögerte. »Mir ist nicht bekannt, daß sie je versagt hätte. Aber ich habe sie bisher nur fünfmal einzusetzen gewagt – dreimal bei mir selbst, einmal bei Blaustimme, und einmal bei der verstorbenen Prinzessin Shonda, der zweiten Gemahlin Eures Vaters, als eine Dornwunde in ihrem Fuß brandig wurde. Die Verletzung Eures königlichen Vaters ist bedauerlicherweise besonders gefährlich. Daher nehme ich in regelmäßigen Abständen telepathischen Kontakt mit meinem aufsichtführenden Gehilfen auf und bewache unseren König darüber hinaus noch über mein Zweites Gesicht.«

Prinz Antar schaute, in düstere Gedanken versunken, vor sich hin. »Ich werde meinen königlichen Vater in meine Gebete einschließen ... Und auch Ihr solltet unseren König sehr inbrünstig allen Euren Göttern anempfehlen, mögen sie noch so fremdartig sein, Zauberer. Denn wenn Voltrik stirbt, wird Labornok in tiefe Trauer versinken. Und wer weiß, welche hochfliegenden Pläne dann durcheinandergebracht werden?«

Antar wandte sich abrupt ab und ging davon.

Rotstimme wisperte: »Der da wird nicht so fügsam wie sein Vater sein, Allmächtiger Meister.« Blaustimme, dessen schlaksige Gestalt ganz nah hinter dem Zauberer stand, murmelte ihm über die rechte Schulter zu: »Es wäre uns eine Freude, dafür sorgen zu können, daß er mit uns in Einklang kommt.«

»Nein«, sagte Orogastus bestimmt. »Noch nicht. Aber euer Eifer gefällt mir. Und wenn der geeignete Augenblick gekommen ist, wirst du mit der Aufgabe betraut werden, die Haltung des Prinzen zu ändern. Deine erfolgreichen Bemühungen werden am Ende reich belohnt werden.«

9

Das blumenbekränzte kleine Schiff der Nyssomu fuhr jetzt in würdevollem Tempo der Flotte voran zu einer Insel am äußeren Rand von Trevista, die allem Anschein nach das auserwählte Ziel war. Lord Osorkon hielt das blutrote Banner von Labornok hoch über den Bug des ersten Flußbootes. Ritter und Krieger an Bord der anderen dreizehn Boote, auf denen sich auch die Versorgungswagen befanden, hatten Rüstung und Umhang angelegt, um ihrer äußeren Erscheinung etwas Beeindruckendes zu verleihen, wenn sie in die Stadt einliefen.

»Schade, daß wir diesmal nicht zu den inneren Inseln vorstoßen«, bemerkte Handelsmeister Edzar heiter. »Dort gibt es ein paar sehenswerte Brücken und die beachtliche Ruine eines astronomischen Observatoriums, von dem ein paar merkwürdige Sockel erhalten geblieben sind, auf denen einst wohl geheimnisvolle Apparate standen. Ich glaube jedoch, daß Ihr diese äußere Insel ebenfalls recht interessant finden werdet, und das wichtigste ist schließlich nicht eine Besichtigung, sondern eine zufriedenstellende erste Begegnung mit Frotolu, der Erkenntnisreichen, und ihren Verbündeten.«

»Ist diese Erkenntnisreiche die Herrscherin von Trevista, von der Ihr früher schon einmal gesprochen habt?« fragte Prinz Antar, der inzwischen, ebenso wie seine Mannen und die Offiziere der Armee, die Rüstung angelegt hatte. Auf seinem geflügelten blauen Helm trug er eine Krone.

»Die Erkenntnisreiche herrscht nicht, mein Prinz, sie spricht nur für ihr Volk und ist eine Art Bindeglied zwischen den Handelsmeistern und den Nyssomu. Doch sie kommt, wenn überhaupt, einer zentralen Autorität in dieser Stadt am nächsten, und es ist unmöglich, sie zu täuschen. Es heißt, sie könne Gedanken lesen.«

»Und, stimmt das?« fragte Orogastus, der mit seinen beiden Helfern vortrat, um sich den anderen auf dem Vordeck anzuschließen. Der Meister räusperte sich nervös. »Das kann ich nicht so genau sagen, Herr. Aus eigener Erfahrung weiß ich, daß sie einen beängstigenden Einblick in das *Wesen* eines Menschen hat – wenn Ihr wißt, was ich meine.«

»Ihr meint«, erklärte Antar und schnitt damit dem Zauberer das Wort ab, »daß diese Erkenntnisreiche einen ehrlichen Menschen von einem Lügner unterscheiden kann.«

»Und ob. Das wird unsere Verhandlungen ganz schön erschweren. Vor allem, was die Suche nach den Prinzessinnen betrifft. Wir werden taktvoll vorgehen müssen ...«

»Ihr mit Eurem verdammten Takt!« platzte es aus General Hamil heraus. »Wenn die Seltlinge uns bei unserer Suche nicht helfen wollen, werden wir einfach Geiseln nehmen und sie zwingen. Vielleicht möchte diese Erkenntnisreiche einmal Lord Osorkons berühmte Gastlichkeit ausprobieren!«

Hamils Stellvertreter, der wieder seine furchteinflößende schwarze Rüstung angelegt hatte, lachte sardonisch. »Es wäre mir eine Ehre.«

Edzar zuckte mit den Schultern. »Wenn Ihr die Erkenntnisreiche Frotolu gefangennehmt, ernennen die Nyssomu schlichtweg eine neue. Und es kann durchaus sein, daß der gesamte Stamm dann verschwindet wie die Nebel zur Mittagszeit, und unser Handel mit ihnen wäre beendet. Wie ich bereits versucht habe zu erklären, General, sind unsere Möglichkeiten im Umgang mit diesen seltsamen Geschöpfen begrenzt.«

Hamil drehte sich auf dem Absatz herum und wandte sich an den Zauberer. »Dann müßt Ihr eben Eure Zauberkraft einsetzen, um sie zu zwingen!«

»Wir werden sehen«, erwiderte Orogastus glatt.

»Da mir das Kommando über diese Unternehmung übertragen wurde«, sagte Prinz Antar, »versteht es sich wohl von selbst, daß ich der einzige sein werde, der mit dieser Erkenntnisreichen verhandelt. Die Invasion Ruwendas durch Labornok geschah vor allem aus dem einen Grund: den seit langem existierenden Mißstand in den Handelsbeziehungen zu beseitigen und eine fortdauernde Versorgung mit lebenswichtigen Waren wie Mineralien und Bauholz sicherzustellen. Ich spreche für meinen Vater, den König, wenn ich sage, daß nichts, aber auch gar nichts, diesen Handel beeinträchtigen darf. Nicht die Gier unseres Truchseß nach mysteriösen uralten Apparaten – und schon gar nicht die zielstrebige Verfolgung dreier unglücklicher Mädchen durch unseren General. Ihr werdet mir dabei Folge leisten!«

»Gewiß, mein Prinz«, sagte Orogastus süßlich lächelnd.

Hamil blickte unentschlossen von Antar, dessen Leibwache von zwanzig voll bewaffneten Rittern sich unauffällig um ihn geschart hatte, zum Zauberer mit seinen rätselhaften Stimmen. Schließlich sagte er: »Ich bin ein Soldat, der den Befehlen seines Königs gehorcht, und es stimmt, daß er Euch, mein Prinz, die Verantwortung über diese Unternehmung übertragen hat. Deshalb werde ich tun, was Ihr sagt – es sei denn, König Voltrik selbst befiehlt etwas anderes.«

Antar seufzte. »Das soll genügen.« Er war sichtlich erleichtert, ebenso wie seine Ritter. Dann eilten alle wieder an die Reling, denn sie wollten den ersten Blick auf Trevista nicht verpassen.

Das nur von einem Nyssomu gesteuerte Boot fuhr dem Zug voran durch eine unscheinbare Öffnung im dichten Dschungelbewuchs, die in einen Kanal mündete. Riesige, fremdartige Bäume, deren Ausleger wie Strebebogen anmuteten, ragten mehrere Hundert Ellen in die Höhe. Hoch über dem dichten Unterholz formten sie ein grünes Dach, das noch üppiger und undurchdringlicher schien als in den Sumpfgebieten, die die Eindringlinge bisher durchfahren hatten. Am Ufer des Kanals sahen sie eine Vielzahl fremdartiger Pflanzen mit rotgrünen, türgroßen Blättern, aus deren Mittelrippen und Adern goldene Stacheln ragten. An kräftigen Ranken saßen Girlanden dunkelroter, weißer und rosafarbener Blüten. Sie hingen an den Strebebögen der Bäume und wurden von dem träge dahinfließenden dunklen Wasser ein Stück mitgezogen. Die feuchtwarme Luft war geschwängert von schweren Düften und dem weniger angenehmen Geruch nach Fäulnis. Kaum waren die Boote in den Kanal eingelaufen, begannen Vögel, Insekten und andere Urwaldtiere ein kakophonisches Gekreisch, das erst dann aufhörte, als der

Eingeborene sich in seinem Boot aufrichtete und einen schrillen, durchdringenden Schrei ausstieß.

Urplötzlich herrschte Schweigen – nur das langsame Eintauchen der Ruder war noch zu hören. Handelsmeister Edzar zeigte wortlos nach vorn, während die Flotte langsam um eine Flußbiegung schwenkte.

Zuerst konnten die Männer aus Labornok nichts außer einer undurchdringlichen grünen Wand erkennen. Doch dann, nachdem sich die Augen auf eine neue Sichtweise eingestellt hatten, zeichneten sich unter den wuchernden Pflanzen nach und nach Umrisse ab. Es gab dort Gebäude – Palästen gleich –, neben denen die Häuser von Derorguila wie Bauernhütten wirkten. Sie standen Wand an Wand am Rande des Wasserlaufs, herrlich anzusehen noch im Zerfall. Ihre Grundmauern begrenzten den großen, fünfzig Ellen breiten Kanal. Die Ritter und Krieger aus Labornok glotzten und schrien aufgeregt wie Kinder, als sie an diesen Wunderwerken vorbeifuhren.

Wohin sie auch schauten, überall entdeckten sie Beispiele hervorragender Baukunst und Bildhauerei. Die Fassaden vieler Gebäude waren mit Mosaiken verziert, deren Farben so prächtig wie die auffälligsten tropischen Blumen leuchteten. Hinter einigen Häusern sah man terrassierte Gärten, bei anderen wiederum konnte man Überreste fein gearbeiteter Säulengänge oder offener Galerien ausmachen, die mit ausgekehlten, teilweise zerfallenen Pfeilern versehen waren, oder zerbröckelnde Esplanaden, die von reich geschnitzten Balustraden umgeben waren. Überreste mysteriöser Standbilder und riesige, zerbrochene Urnen waren unter der grünen Pflanzendecke beinahe verschwunden. Bäume und Sträucher hatten sich durch das bunte Straßenpflaster gezwängt und die einst freien Flächen der Plätze aufgeworfen. Dennoch hätte niemand zu behaupten gewagt, daß sich der Dschungel Trevista zurückgeholt hatte: Die alte Metropole strahlte noch immer eine Aura der Macht und außergewöhnlichen Schönheit aus, der auch die vielen Jahrhunderte, die über sie hinweggegangen waren, nichts hatten anhaben können. Jetzt bog das voranfahrende Boot in einen

Seitenarm ab, und mit einemmal veränderte sich die Art der Vegetation, die auf den Ruinen wuchs. Die meisten großen Gebäude waren allem Anschein nach unverändert stark überwuchert; doch ein paar Straßen und Nebenwege dazwischen waren freigelegt. Die Flotte näherte sich einem breiten öffentlichen Platz am rechten Ufer, in dessen Mitte ein Springbrunnen plätscherte. Eine großzügige Treppe mit flachen Stufen, flankiert von säulenartigen Lampenständern, führte vom Platz hinunter ans Wasser. Oben an der Treppe wartete eine Schar Nyssomu. Andere Eingeborene waren nicht zu sehen.

»Aber wo ist denn der Jahrmarkt?« fragte General Hamil. »Bei den heiligen Gedärmen von Zoto – die Seltlinge sind doch weggelaufen!«

Der Handelsmeister zuckte zusammen und zischte. »Leise, General, ich bitte Euch! Frotolu die Erkenntnisreiche und ihre Stammesdelegation könnten sich gekränkt fühlen.«

»Kundschafte du sie aus, Hexenmeister!« beharrte Hamil. »Liegen die schleimhäutigen kleinen Schlammratten etwa in einem Hinterhalt?«

»Sei still, du Narr«, erwiderte Orogastus. Mit einer knappen Geste rief er die beiden Stimmen zu sich. Sie knieten sich nebeneinander vor ihn auf das Deck des Flußbootes und wandten das Gesicht dem Platz zu. Hamil und Antar wußten bereits, wie der Zauberer seine Gehilfen für das Zweite Gesicht benutzte; doch die Ritter und Offiziere sowie der Handelsmeister beobachteten neugierig das Schauspiel, als Orogastus sich nun hinter den beiden aufstellte, ihnen die rote und blaue Kapuze höchst unfeierlich vom Kopf zerrte und die Hände auf die beide kahlgeschorenen Köpfe legte. Auch der Zauberer hatte die Kapuze abgelegt, und sein schneeweißes Haar leuchtete im grünlichen Schimmer des tropischen Nachmittags. Langsam schloß er die Augen. Diejenigen, die alles aus nächster Nähe beobachteten, sahen, daß die Augenhöhlen der beiden unterwürfigen Stimmen plötzlich nur noch schwarze, leere Löcher waren. Leise Verwünschungen und ein Raunen der Verwunderung waren aus den Reihen der Ritter zu vernehmen, die allerdings verblüfft verstummten, als Orogastus die Augenlider hob. Unter seinen dunklen Augenbrauen erschienen zwei kleine funkelnde Sterne. Er hob die Hände und drehte sich langsam um die eigene Achse, denn er suchte allem Anschein nach das gesamte Gebiet um den Platz sowie die Ansammlung der überwucherten, kuppelartigen Gebäude auf der gegenüberliegenden Seite des Kanals ab.

Dann schloß er die Augen. Die beiden Gehilfen erwachten aus ihrer Starre und begannen zu zucken und zu stöhnen. Sie bewegten die Augen wieder in den Höhlen, ehe sie das Bewußtsein verloren. Auch die Miene des Zauberers normalisierte sich, bevor er das Gesicht wieder mit der Kapuze verhüllte.

»An die vierhundert Nyssomu halten sich in den Gebäuden jenseits des Kanals verborgen«, sagte Orogastus ruhig. »Sie beobachten uns und haben weder feindliche Absichten noch Angst. Ich schlage vor, daß wir anlegen und unseren Besuch fortsetzen. Es besteht keine Gefahr.«

Nachlässig beugte er sich vor und packte seine bewegungslosen Gefährten an der Nase. Die beiden schwebten, als trieben sie an die Wasseroberfläche, kamen wieder auf die Beine und blieben mit baumelndem Kopf, offenem Mund und nach wie vor geschlossenen Augen stehen. Orogastus drehte sich um und ging auf Pellans Kajüte zu. Er gab seinen Stimmen ein Zeichen, die daraufhin, nur halb bei Sinnen, hinter ihm her schlurften. »Die beiden behexten Speichellecker werden sich nach einer Ruhepause erholt haben«, erklärte Prinz Antar seinen in Ehrfurcht erstarrten Mannen knapp. »Und jetzt reißt euch zusammen und haltet um Himmels willen eure Schilde hoch und bildet eine angemessene Ehrenwache, wenn wir an Land gehen.«

Das Geleitboot der Nyssomu hatte bereits an dem Anlegeplatz festgemacht, der so groß war, daß neben den vierzehn breiten Flußbooten sogar noch Platz für mehr Boote blieb. Einige Nyssomu kamen schwerfällig die Treppe herunter, um beim Vertäuen zur Hand zu gehen, und Pellan steuerte das erste Boot direkt auf die Mitte der Treppe zu, gab den Befehl, die Ruder zu heben, und legte elegant am Pier an.

Als erster verließ der Handelsmeister das Boot, ihm folgten Lord Osorkon mit dem Banner Labornoks und General Hamil mit vier Adjutanten, und zuletzt schritt Prinz Antar die Laufplanke hinunter zum Kai und wartete ab, bis zwanzig Ritter mit Schilden und bewimpelten Lanzen hinter ihm angetreten waren. Die gemeinen Soldaten und ihre Hauptleute bauten sich an der Reling der Flußboote auf, mit Armbrust und anderen Waffen bewehrt.

»Wir grüßen das Volk der Nyssomu in Trevista!« rief Meister Edzar feierlich aus, wobei er die allen Völkern der Halbinsel gemeinsame Sprache benutzte. Er wiederholte die Begrüßungsformel in der Sprache der Nyssomu und übersetzte jeweils auch den Rest der Ansprache. »Das große Volk aus Labornok, das seit mehr als vier Jahrhunderten über Ruwenda friedlichen Handel mit dem Volk der Nyssomu in Trevista getrieben hat, erklärt jetzt, daß der Handel frei und auf direktem Wege fortgesetzt werden soll, nicht länger über ruwendianische Mittelsmänner, und daß sowohl die Nyssomu als auch Labornok von dieser Veränderung profitieren werden! ... Infolge vieler schwerwiegender Beleidigungen gegen Labornok, ausgesprochen von arroganten und habgierigen Beamten Ruwendas, war die Geduld unseres großen Königs Voltrik über alle Maßen strapaziert ... Er hat die machtvolle Armee Labornoks gen Süden geführt und sich an den feigen Ruwendianern gerächt. Sie haben sich ihm vor drei Tagen bedingungslos ergeben ... Jetzt sollen Ruwenda und Labornok zu einer großen Nation vereint werden. Handelskarawanen werden auch weiterhin nach Trevista kommen. Die Nyssomu mögen sich mit dem Volk von Labornok freuen, denn nun, da das ungerechte Joch der Besteuerung ihres Handelsaustauschs durch Ruwenda abgeworfen ist, können beide Völker gedeihen, und alle, die guten Willens sind, werden es zu Wohlstand und Ansehen bringen.«

Der Handelsmeister breitete die Arme weit aus. Hornbläser auf allen Flußschiffen ließen vereint die Fanfare ertönen. Die Nyssomu blinzelten ohne Ausnahme mit großen gelben Augen, rührten sich aber nicht vom Fleck. Edzar räusperte sich und fuhr fort: »Der gütige König Voltrik schickt euch seinen geliebten Sohn Prinz Antar, der die Machtbefugnis des Throns von Labornok trägt. In den nächsten Tagen wird der Prinz mit euch über die neuen Beziehungen zwischen unseren Völkern verhandeln, die enger und freundschaftlicher denn je sein werden! ... Und jetzt wünscht Prinz Antar, der ehrenwerten Erkenntnisreichen von Trevista seine Aufwartung zu machen.« Der Handelsmeister trat zur Seite und verneigte sich tief vor dem Prinzen, der vortrat. Einen Augenblick stand die dicht gedrängte Gruppe oben auf der Treppe regungslos. Dann löste sich eine Gestalt aus ihrer Mitte und schritt die Treppe herab auf Antar zu. Ihr Gewand bestand aus geflochtenen, trockenen Gräsern und hatte einen breiten Kragen und Stulpen aus echten himmelblauen Blüten. Ein Kranz aus ähnlichen Blüten zierte ihr Haupt. Sie hielt ein einfaches grünes Schilfrohr in der Hand, mit dem sie ohne Höflichkeitsbezeigungen auf den völlig aus der Fassung geratenen Prinzen deutete.

»Antar von Labornok«, sagte sie in der Sprache der Menschen. Ihre Stimme war wohlklingend und weithin zu vernehmen. »Vor Euch steht Frotolu, die von ihrem Volk erwählte Erkenntnisreiche. Es ist bei uns Brauch, den Menschen freimütig gegenüberzutreten, und Frotolu wird Euch die Ehre erweisen, Euch ohne Arg anzusprechen. Wir haben die schöne Rede Eures Händlers vernommen und ihren Inhalt genau überprüft und Wahrheit von Lüge getrennt. Nun bittet Euch Frotolu um Erlaubnis, Euch Fragen stellen zu dürfen.«

Das Schilfrohr zielte unentwegt auf das Herz des Prinzen, der heftig unter seiner hübschen, lackierten Paraderüstung zu schwitzen begann. »Ihr könnt Eure Fragen stellen«, sagte er mit leiser Stimme.

»Beabsichtigt Labornok, den Nyssomu zu schaden?«

»Ich verspreche, daß wir Euch keinen Schaden zufügen werden.«

»Werden Eure Händler uns weiterhin angemessene Preise für unsere Waren zahlen?«

»Ich versichere, daß sie es tun werden.«

»Was erbittet Ihr außer der Wiederaufnahme des Handels noch von den Nyssomu in Trevista?«

»Wir – wir wollen hier eine kleine Niederlassung einrichten als Basis für die Erforschung der inneren Bereiche der Irrsümpfe.«

»Ihr wollt bewaffnete Truppen hier unterbringen.«

»Ja. So lautet der Befehl meines Vaters, des Königs, damit entflohene Ruwendianer, die dem neuen Regime feindlich gegenüberstehen, den Handel nicht störend beeinflussen.«

Über die riesigen Augen der Erkenntnisreichen legte sich ein Schleier der Trauer, doch sie sprach ungerührt weiter, und das Schilfrohr zitterte nicht. »Jene, die Ihr Eure Feinde nennt, waren lange Zeit unsere Freunde. Ihr habt sie besiegt mit Hilfe schwarzer Magie und einer übermächtigen Armee. Ihr habt den König und die Königin von Ruwenda brutal hingerichtet sowie ihre Adligen, deren einziger Fehler darin bestand, daß sie ihr Land gegen Eure Invasion verteidigt haben. Und jetzt verfolgt Ihr die drei Blütenblätter der Lebendigen Drillingslilie, die Prinzessinnen von Ruwenda, und Ihr wollt sie ebenfalls töten.«

»Ja«, sagte der Prinz. »Aber diese Angelegenheiten der Menschen untereinander betreffen Euch in keiner Weise. Wir bitten Euch nicht um Hilfe bei der Suche nach den Prinzessinnen. Wenn Ihr uns hindert, bekommt Ihr unseren Zorn zu spüren. Wenn Ihr uns gewähren laßt, kann ich Euch versichern, daß kein Bürger aus Labornok Euch schaden oder kränken wird. Wir werden für die Unterbringung und Verpflegung der Garnison hier bezahlen und den normalen Handel so bald wie möglich aufnehmen.«

Die Erkenntnisreiche machte das Zeichen der Drillingslilie über dem Prinzen. Dann stand sie für einen Augenblick still, bevor sie sagte: »Antar von Labornok, Ihr habt Frotolu die Wahrheit gesagt. Die Nyssomu von Trevista sind damit einverstanden, den Jahrmarkt wieder zu eröffnen und mit Euren Handelsmeistern in der üblichen Weise zu handeln. Der Markt wird auf einer anderen Insel abgehalten, deren genaue Lage Euch zu gegebener Zeit übermittelt wird.«

»Habt Dank«, sagte der Prinz.

»Wir werden Euch gestatten, Eure Garnison hier um diesen Platz herum einzurichten, der den Namen Lusagira trägt. Ihr dürft die Gebäude an seinem Rand nach Belieben benutzen, und an jedem Tag wird ein Markt am Springbrunnen abgehalten, auf dem Nahrungsmittel und bestimmte andere Waren von uns zu angemessenen Preisen gekauft werden können.«

»Habt Dank auch hierfür.«

Das kleine Wesen umriß dann Einschränkungen, denen die Garnison unterliegen sollte: Die Soldaten dürften frei auf den Kanälen von Trevista umherfahren, jedoch nur nach Aufforderung durch die Nyssomu landen. Das Gebiet direkt gegenüber dem Lusagira-Platz, wo zahlreiche Nyssomu zwischen den Ruinen lebten, dürfe auf keinen Fall von Menschen betreten werden, es sei denn, die Erkenntnisreiche habe persönlich eine Ausnahme genehmigt. Andererseits hätten die ortsansässigen Eingeborenen tagsüber freien Zugang zum Platz, wenngleich die Menschen die Gebäude vor ihnen verschließen könnten.

»Das alles ist annehmbar für uns«, sagte Antar. »Und nun bitten wir Euch, da die Sonne bereits sinkt, unsere Mannschaften an Land bringen und ein Lager aufschlagen zu dürfen, ehe die Nacht hereinbricht.«

»Alle mögen an Land kommen« – hierbei schwenkte Frotolu das Schilfrohr vom Prinzen aus in einem Bogen nach rechts und deutete auf drei Gestalten, die sich noch an Bord des ersten Flußbootes befanden – »außer *ihm.*«

Antar und seine Gefährten wandten sich um und sahen Orogastus, der mit seinen Stimmen neben der Kajüte mittschiffs stand. Der Zauberer bezeugte der Erkenntnisreichen mit einer spöttischen Verbeugung seine Anerkennung.

Sie fuhr fort: »Er muß morgen diesen Ort verlassen und darf nicht wiederkehren, andernfalls sind alle Abmachungen, mit denen die Nyssomu einverstanden waren, hinfällig.« Tränen rannen ihr über die Wangen, obgleich ihre Miene immer noch wie versteinert war.

Antar seufzte. Nebel zog vom Kanal herauf, und ihm war elend zumute in seiner stickigen Rüstung. Außerdem war er ausgehungert.

»Auch damit bin ich einverstanden, Frotolu, Erkenntnisreiche. Gibt es noch etwas?« Das grüne Schilfrohr sank, und es war, als falle die Aura von Macht und unwiderstehlicher Reinheit spürbar von der blumenbekränzten Gestalt ab und hinterlasse nur ein weinendes, nichtmenschliches Weiblein, das beinahe am Ende seiner seelischen Kraft angelangt war. Sie sagte: »Wir haben uns nichts mehr zu sagen, Prinz. Wir leben in einer Zeit der Trauer, und allen Nyssomu sind die Herzen schwer. Dennoch wird mein Volk frisches Obst und Fleisch bringen, mit dem Eure Leute sich erfrischen können. Es ist unser Geschenk, ebenso wie die Gebäude. Vielleicht werden wir uns beim Fest des Dreigestirns wieder begegnen ... sofern die Herrscher der Lüfte uns bis dahin am Leben lassen.«

Sie stieg wieder die Treppe hinauf wie eine Frau, die nach einem langen Rennen erschöpft ist. Dann gingen sie und die anderen Nyssomu langsam über den weiten Platz in eine überwucherte Gasse zwischen zwei eingestürzten Häusern und verschwanden in den dunkler werdenden Schatten.

In dieser Nacht, nachdem die Männer längst in ihren Zelten einquartiert und die Lagerfeuer heruntergebrannt waren, trat Antar aus seinem großen Zelt und ging ruhelos am Kai auf und ab. Die nächtlichen Stimmen waren laut und verwirrend, und keine Brise bewegte die feuchtwarme Luft. Drüben auf der anderen Seite des Kanals, in der Niederlassung der Seltlinge, hüpften kleine, gedämpfte Lichter in allen Farbschattierungen auf und ab. Aus dem Fenster der Kajüte des Flußbootes, auf dem Orogastus und seine Günstlinge abgesondert Quartier hatten, drang ein ekliger grünlicher Schimmer. Der Prinz vernahm von dort eine Art Singsang, kaum hörbar bei dem Lärm der Nachttiere im Dschungel. Antar verzog das Gesicht, wandte sich von diesem Teil der Landestelle ab und ging an der langen Reihe der verlassenen Boote entlang bis zum letzten, auf dessen Vorderdeck ein einsamer Soldat Wache stand, der eine Laterne vor sich aufgestellt hatte.

Der Prinz sprach die Parole und ging an Bord. »Alles ruhig auf dem Kanal, Mann?«

»Aye, Herr.« Der Mann nickte zu den blinkenden Lichtern auf der anderen Seite des Kanals hinüber. »Die Selties da drüben laufen hin und her. Immer wieder sieht man was vor ihren Lichtern herlaufen. Und vorhin kam irgend so ein großes Tier mit glühenden Augen angeschwommen und fing was und fraß es auf, und es schrie furchtbar. Sonst is' alles in Ordnung.«

Antar ging langsam zur Reling am Bug und warf einen Blick über das Wasser. »Was hältst du von diesen Seltlingen? Sind sie eine Art intelligenter Tiere, wie uns unsere Weisen immer gelehrt haben, oder sind es echte menschliche Wesen?«

Der Soldat räusperte sich und spuckte aus. »So barbarisch, wie die aussehen, würd ich sie für Tiere halten. Aber die Aalglatte, die gesprochen hat, war ganz schön durchtrieben, Herr.«

»Wohl wahr«, bestätigte etwas kleinlaut der Prinz.

»Und von einem Tier, was aus Trauer über 'nen toten Freund weint, hab' ich auch noch nie was gehört.«

Antar verkniff sich einen Kommentar. »Wurdest du ausgewählt, hier in der Garnison zu bleiben?«

»Nein. Ich fahr morgen früh mit dem Zauberer zur Zitadelle zurück.«

»Und, bist du froh darüber?«

»Ich wär froh, wenn ich meine Füße wieder auf die Straße nach Derorguila setzen könnte, Herr. Ich bin ein Mann aus der Ebene, und mir liegt das Sumpfland nicht, und bei diesen großen alten Klötzen von toten Häusern überkommt mich das Gruseln.«

Antar lachte herzhaft. »Mich auch.«

Er schlenderte zu einem der inzwischen leeren Versorgungswagen, die das Boot an Bord hatte. Die Garnison würde kaum Fahrzeuge mit Rädern benötigen. Die Durchfahrten um den Lusagira-Platz endeten in knapp einer Meile vor undurchdringlichem Dschungel. Müßig versetzte der Prinz einem der Räder des Wagens einen Tritt und bückte sich, um ein Stück Stoff aufzuheben, das an einem Nagel in der hinteren Wagenklappe hängengeblieben war. Das Material schimmerte merkwürdig im Licht der Laterne.

Es war ein abgerissenes Stück wertvoller, rosafarbener

Seide, an dem getrockneter Schlamm klebte. Als er es betrachtete, spürte er eine unheimliche Gewißheit in sich aufsteigen: Er hatte dieses Material schon einmal gesehen – und berührt.

Hatte einen menschlichen Körper in den Armen gehalten, der damit bekleidet war.

Es gehörte ihr, war ein Stück von ihrem Kleid.

Hier? Ausgeschlossen! Es war unmöglich, daß Prinzessin Anigel sich an Bord des Flußbootes geschlichen und gewagt haben könnte, sich denjenigen anzuschließen, die die Absicht hatten, sie zu töten. Unmöglich, daß sie dem weitsichtigen Auge Orogastus' entgangen wäre ...

Aber der Zauberer hatte zugegeben, daß seine Zauberkraft es nicht vermochte, die Verstecke der Prinzessinnen zu erspähen. Es mochte sein, daß sie sich verborgen gehalten hatte, denn die Wagen waren erst nach Einbruch der Dunkelheit ganz entladen worden. Und außerdem ... den ganzen Abend waren die kleinen Boote der ortsansässigen Seltlinge zwischen den Flußschiffen und der anderen Seite des Kanals hin- und hergependelt und hatten ihren ungebetenen Gästen Nahrungsmittel und Getränke gebracht. Also konnte sie in Trevista auf freiem Fuß sein, die wunderschöne, goldblonde junge Frau, deren bloße Existenz den Thron seines Vaters ins Wanken brachte. Sie könnte in diesem Augenblick dort drüben in der Niederlassung der Nyssomu sein.

Was um alles in der Welt sollte er nur tun?

Antar richtete sich auf. Er steckte das Stück Seide in seinen Gürtel, wünschte dem Soldaten eine gute Nacht und ging über den Landesteg zurück an Land. Das ekelhafte grüne Licht schien immer noch in der Kajüte des Zauberers und schwang im Rhythmus des Singsangs mit. Der Prinz blieb stehen und ließ die Seide durch die Finger gleiten. Er bückte sich, hob einen kleinen Stein auf und knotete ihn in das Stück Seide. Dann schleuderte er das kleine Geschoß mit aller Kraft in die Mitte des Stroms und ging schlafen.

10

Kadiya richtete sich auf. Gras klebte ihr an Haut und Haaren. Sie keuchte, als hätte sie ein kräftezehrendes Rennen hinter sich, bei dem sie am Schluß zusammengebrochen war. Erschüttert und benommen blickte sie sich um und wußte im ersten Augenblick nicht, wo sie sich befand und was geschehen war. Sie spürte die warme, von Modergeruch geschwängerte Luft der Sümpfe, sah kleine Sonnenflecken auf dem Wasser tanzen, das hier und da durch das üppig wachsende Grün schimmerte. Trotz der Hitze lief ihr ein Schauer über den Rücken. Sie kauerte sich zusammen. *Es* war immer noch da ...

Sie zwang sich, langsamer zu atmen und die hartnäckige Benommenheit abzuschütteln. Was *war* es? Nichts, das sie hätte benennen können. Dennoch fühlte sie sich, als würde sie von einem großen Auge in einer Falle gefangengehalten, aus der es kein Entrinnen gab. Sie mußte zweimal ansetzen, ehe sie krächzend hervorbrachte:

»Jagun!«

In unmittelbarer Nähe bewegte sich etwas. Der kleine Jäger hatte sich so tief in sein Grasnest eingegraben, daß es aussah, als entstiege er dem Erdreich, als er aufstand.

Obwohl er im hellen Licht die Augen zusammenkneifen mußte, hatte er sein langes Messer bereits gezückt.

»Jemand« – ihre Stimme zitterte so stark, daß sie sich schämte und bemüht war, sich zu fangen – »Irgend jemand sucht uns.«

Jagun war aufgesprungen und schüttelte das Gras von sich ab. Er weitete die geschlitzten Nasenflügel, hob den Kopf und schnupperte wie ein gejagtes Tier. Ganz langsam drehte er sich um die eigene Achse und sog prüfend die Luft ein. Auch Kadiya veränderte die Stellung. »Weitsichtige« nannte man sie, weil sie gut sehen konnte, doch in diesem Augenblick nahm sie nichts wahr außer dem Sumpf, wie sie ihn kannte.

Dennoch war sie aus irgendeinem Grund sicher (und das war bedrohlicher als jeder sichtbare Feind), daß der Beobachter jetzt nicht in ihrer Nähe war ... War es Zauber? Wessen Zauber? Wie kam er zustande?

»Hier ist nichts, was nicht hierher gehört«, sagte Jagun langsam und sah sie mit festem Blick an. »Ihr habt geträumt, Königstochter. Ruht Euch aus: Alle Wachen, die man im Sumpf nur aufstellen kann, sind hier verteilt. Uns kann nichts widerfahren, von dem ich nichts weiß.« Er gähnte. Sie lehnte sich in die Grasmulde zurück und schloß die Hand um das Amulett. Sie lauschte angestrengt. Unzählige Lebewesen bevölkerten den Sumpf ringsumher, und es schien, als hätte keines dieser Wesen einen Grund, sich zu fürchten. Sie versuchte, einzelne Geräusche voneinander zu unterscheiden und zuzuordnen. Die Jäger der Nacht hatten das Revier inzwischen anderen Tieren überlassen, die am Tag ihren Aufgaben nachgingen.

Jener aber, der sie gesucht hatte, war enttäuscht vorübergegangen. Mit leiser Stimme sagte sie: »Jagun, nun habe ich nicht mehr das Gefühl, daß jemand nach uns sucht.« Sie nahm die Hand vom Amulett, daß er es sehen konnte. »Mein Drillingsbernstein hat uns beschützt – vielleicht vor Orogastus' Sehendem Auge!«

Jagun stand auf und schob das Gras mit den Füßen zur Seite. »Von diesen Dingen, Weitsichtige, verstehe ich nichts.« Er deutete auf das Amulett. »Doch etwas spüre ich: Wir sollten weiterziehen, noch ehe es dunkel wird.«

»Skritek?« Kadiya warf einen Blick auf den Sumpf, soweit sie ihn von ihrem jetzigen Standpunkt aus sehen konnte. Sie ließ das Amulett los, so daß es an der Kette baumelte, und zog ihren Dolch.

Jagun schüttelte den Kopf. »Skritek sind es nicht, das wüßte ich. Was es ist, kann ich nur erraten.«

Die Heftigkeit, mit der er diese Worte hervorstieß, beeindruckte Kadiya, und erneut überkam sie ein Gefühl der Hilflosigkeit.

»Orogastus hat Gefolgsleute ganz eigener Art.« Jagun war bereits damit beschäftigt, weichen Boden über die Reste ihres

Feuers zu streuen und festzustampfen. »Es sind die sogenannten ›Stimmen‹, die sich restlos seinem Willen unterworfen haben und zu reinen Marionetten geworden sind. Es ist durchaus möglich, daß er seine Kreaturen ausgeschickt hat, um den Sumpf mit einer wer weiß wie bewaffneten Armee zu durchsuchen und Trevista zu sichern ...«

»Und mich zu verfolgen! Aber was tun diese Stimmen, Jagun? Können sie sich so gut verbergen, daß du, der du den Sumpf gut kennst, sie nicht entdecken kannst?«

»Weitsichtige, könnt Ihr Euch noch an die alte Ustrel auf dem letzten Jahrmarkt erinnern, bei der viele Leute Rat suchten?«

Ja, gewiß erinnerte sie sich an die alte Frau, die so lahm war, daß sie an zwei Stöcken gehen mußte. Und Kadiya hatte zugesehen, wie sie sich vor ein breites Drogo-Blatt mit hochstehenden Rändern hockte, in das sie ein paar Tropfen Wasser geschüttet hatte. Auf der anderen Seite des Blattes, der Alten gegenüber, kauerte eine andere Eingeborene, die aufmerksam dem Gemurmel der uralten Seherin lauschte, doch Kadiya verstand den Dialekt nicht, in dem sie sprach.

»Du sagtest damals, sie könne in den Wassertropfen das Schicksal lesen«, sagte Kadiya jetzt, »aber bestimmt war das nur ein Trick. So etwas ist unmöglich ...«

»Nicht ganz, Weitsichtige. Wir unterscheiden uns nicht nur im Körperbau voneinander, sondern auch was den Verstand betrifft. Es gibt Dinge, die wir leicht lernen, und Dinge, die wir nur mit großer Mühe, wenn überhaupt, begreifen können. Seid Ihr denn ebenso veranlagt wie Eure Schwestern, Königstochter? Ich bin Jäger und jage wilde Tiere, gelegentlich zähme ich auch das eine oder andere. Das liegt mir. Ich kann weder geschnitzte Holzteile geschickt zusammenbauen, noch Kräutersud brauen, noch Sachen in den Ruinen sammeln. Diese Fähigkeiten und Fertigkeiten haben andere.

Ebenso verhält es sich mit den geistigen Fähigkeiten. So mancher ist tatsächlich in der Lage, mit dem Zweiten Gesicht in weite Ferne zu schauen und zu lesen, mal fließend, mal stockend, was einem anderen dort widerfährt. Ustrel kann es nicht immer, und nur selten klar und deutlich. Aber es hat

Zeiten gegeben, da sie die Wahrheit vorhergesagt hat, was sie auch beweisen konnte. Orogastus ist ein Mann mit enormen Kenntnissen, die wir zum größten Teil nicht einmal ermessen können. Wenn er seine ›Stimmen‹ gut ausgebildet hat und sie ein gewisses Talent mitbringen, dann kann es sein, daß er sie dazu benutzt, seine eigenen Sinneswahrnehmungen zu erweitern.«

»Dann suchen sie nach uns und werden es auch weiterhin tun! Was nützt es da, wenn du dich auf den Wasserwegen gut auskennst?« Kadiya schauderte. Stahl gegen Stahl, das konnte sie verstehen, sogar die Grausamkeiten der Eindringlinge; doch daß sie über solche Kräfte verfügten, war in der Tat entmutigend.

Jagun schüttelte bedächtig den Kopf. »Es ist keine leichte Sache, es erfordert Zeit und bedarf der Vorbereitung. Und für den Seher selbst ist es obendrein erschöpfend. Es mag sein, daß eine Stimme uns mit einem Suchtrupp auf dem Fluß verfolgt. Doch je größer der Abstand zwischen uns und der Zitadelle ist, um so schwieriger wird es für sie, uns zu entdecken.«

Kadiya wog das schimmernde Bernsteinamulett in der Hand. »Kann eine Zauberkraft mit einer anderen in Verbindung treten?« Sie war nahe daran, das Ding ins Wasser fallen zu lassen, das unter derart schlechten Vorzeichen stand.

»Weitsichtige, Euer Amulett ist ein Talisman des Lichts, ein persönliches Geschenk der Erzzauberin. Ich glaube nicht, daß es Euch täuschen würde. Dennoch möchte ich gern von hier verschwinden. Wir müssen eine Route einschlagen, die um Trevista herumführt. Die Menschen aus Labornok werden sich an den Fluß halten. Weder Pellan noch die Skritek, sofern sie welche bei sich haben, kennen den Schwarzsumpf abseits der Hauptwege.«

Obwohl sie schon des öfteren in Trevista gewesen war und mit Stolz von sich behauptete, ein ausgezeichnetes Gedächtnis für Landmarken zu haben, war Kadiya völlig verwirrt, je weiter Jagun das Flußschiff im Laufe des Nachmittags über verschlungene Wasserläufe steuerte. Sie fuhren an einer kleinen Insel vorbei, auf der zerfallene Mauern aus dem Unterholz ragten – offenbar eine Ruinenstadt. Die Vegetation in diesem Teil des Sumpfes bestand aus dichtem Röhricht und zähem Gras, fleischigen Ranken und hoch aufragenden Bäumen. Hier und da fielen dicklappige Blüten als leuchtende Farbtupfer ins Auge, die höchst unangenehm aussahen. Kadiya erkannte in ihnen die Köder jener Pflanzen, die sich von unvorsichtigen Insekten ernährten.

Der Funke in ihrem Amulett glühte noch. Sie folgten ihm unermüdlich und hielten nicht einmal an, um etwas zu essen, sondern kauten auf den Knollen und aßen hin und wieder eine Frucht, die Jagun pflückte. Aus dem Dunkel der Nacht tauchten immer wieder Inseln auf, die mit Ruinen bedeckt waren. Winzige Lebewesen des Marschlandes umgaukelten sie als kleine Lichtpunkte.

Als ein neuer Morgen graute, steuerten sie das Boot ans Ufer und fuhren durch eine Öffnung, die Kadiya als Durchfahrt für zu schmal gehalten hätte. Dahinter verbreiterte sich der Fluß, so daß er eher wie ein Teich aussah.

Kadiyas Beine waren verkrampft, und sie fragte sich, ob sie in der Lage wäre, aufrecht zu stehen. Auch Jagun begann allmählich zu ermüden. Er steuerte das Boot langsam am Ufer entlang zu einer Stelle, an der ein Baum hoch aufragte, dessen Wurzeln von den Monsunfluten unterhöhlt worden waren. Am gegenüberliegenden Ufer standen Steine über der Wasserlinie in einer Reihe, die sich im dschungelartigen Dickicht dahinter verlor.

Nachdem sie an Land gegangen waren, zog Jagun das Boot näher an die Bäume heran und bedeckte es mit einigen Bündeln Schilfrohr. Trotz der Schmerzen in Beinen und Rücken bückte sich Kadiya und hob den größeren der beiden Rucksäcke auf. Wenn sie schon so entkräftet war, wie mochte sich erst Jagun fühlen?

Er schlug ihnen nicht mit dem Messer den Weg durch das Dickicht frei, sondern bemühte sich eher, den dichtesten Stellen geschickt auszuweichen. Ganze Wolken von Insekten stiegen vor ihnen auf. Plötzlich holte Jagun mit einer heftigen Bewegung aus und ließ das Messer wie ein Beil auf den Boden niedersausen. Zwischen ihnen lag etwas, das wie eine dicke Ranke anmutete; doch es hatte keine Blätter. Außerdem schlug es auf dem Boden hin und her, und aus dem abgetrennten Ende tropfte eine gelbliche Flüssigkeit, ekelerregend wie Ausfluß aus einer infizierten Wunde. Süßlicher Verwesungsgeruch stieg auf. Eine heimtückische Schlingpflanze! Das andere Ende war unter dichtes Buschwerk zurückgeschnellt, das an dieser Stelle eine düstere Höhle bildete. Kadiya hütete sich, der fleischfressenden Pflanze zu nahe zu kommen, die es auf sie abgesehen hatte, und ging in weitem Bogen daran vorbei.

Obwohl das Buschwerk hier von hohem Wuchs war, hatte der Wald sich gelichtet. Kadiya und Jagun kamen im ersten Licht des anbrechenden Tages an eine Stelle, an der sie Überreste einiger Säulen fanden, die kreisförmig auf schwarzgrauem Pflaster standen. Kadiya schrie auf. Die kleine Lichtung lag verlassen vor ihnen, doch genau in der Mitte schwelte ein Feuer, und der leichte Wind wehte übelriechende Schwaden öligen Rauchs zu ihnen herüber. Über das Feuerholz war ein dicker, langer Pfosten gefallen und bereits in der Mitte durchgeschmort. Doch was auf dem Ende des Pfostens steckte und den Ankömmlingen entgegenragte, das ließ Kadiya nach Luft ringen.

Auf dem verkohlten Holz steckte ein Schädel.

»Jagun!«

Dieser hob gebieterisch die Hand und beugte sich vor, um den Schädel aus der Nähe zu betrachten. Der Knochen war gelblich und mit Schleim beschmiert, und er hatte Risse, als wäre er durch die tiefsten Schlammlöcher des Sumpfes gezogen worden.

»Skritek!« hauchte der Jäger.

Es war bereits feucht-warm im Sumpf, obwohl die Sonne noch nicht aufgegangen war, dennoch bekam Kadiya in diesem Augenblick eine Gänsehaut, als wehte ihr ein stürmischer Wind ins Gesicht.

»Eine Warnung.« Jagun umrundete das Feuer, als ginge er um eine Falle herum. »Aber – hier?«

Kadiya war unbehaglich zumute, und sie schaute sich um. »Kommen denn die Skritek so nahe an Trevista heran, oder« – sie atmete tief ein – »oder führen sie hier Krieg?«

Jagun tat, als habe er sie nicht gehört. Unvermittelt bückte er sich und hob eine Art Strick aus geflochtenen Fasern auf, wie man sie für Schöpfeimer in Ziehbrunnen benutzt. Jagun hielt beide Enden gut fest und zog heftig daran.

»Uisgu!« Er warf den Kopf in den Nacken, und aus den Tiefen seiner Kehle drang der suchende Ruf der gepanzerten Horiks, die auf kleinen Inseln dieser Art lagerten. Dreimal stieß er diesen Ruf aus und fügte nach einem Moment des Schweigens noch einen trällernden Laut hinzu, hoch und dünn, den Kadiya nie zuvor vernommen hatte.

Langsam drehte er sich um die eigene Achse, den Körper angespannt, als lauschte er mit jeder Faser angestrengt auf eine Antwort.

Sie kam. Ein einzelner Horikruf ertönte. Dann kroch aus dem dichten Gebüsch hinter dem Säulenrund ein Seltling hervor. Im Gegensatz zu Jagun trug er nicht die fein gewobene Kleidung der Nyssomu, sondern nur einen kurzen, rockähnlichen Schurz in leuchtendem Goldgelb, der mit gefiederten Grashalmen umrandet war. Über dem Gürtel, der den Schurz hielt, war ein mit einer roten Kordel umwickelter Messergriff zu sehen. In der einen Hand hielt der Seltling ein Blasrohr.

Die hervortretenden Augen hatte er mit rotbraunen Ringen ummalt, die ihnen ein noch größeres Aussehen verliehen, und auf der dicht behaarten Brust waren drei ineinander verschlungene Kreise zu sehen.

Er warf einen Blick auf Kadiya, wandte sich von ihr ab und ging auf den Jäger zu. Er sprach mit einem fremdartigen Akzent, so daß Kadiya nur jedes vierte oder fünfte Wort verstand, da sie neben wenigen zeremoniellen Sätzen, die Jagun ihr vorsichtshalber beigebracht hatte, nur die Handelssprache der Nyssomu kannte.

» ... gekommen ... Pfahl aufgestellt ... Unvis getötet ... töten.« Bei diesem Wort hielt er sein Blasrohr hoch und schüttelte es zornig. »Jene anderen ...«, hob er dann zu einer leidenschaftlichen Rede an, der Kadiya nicht im geringsten folgen konnte. Keuchend hielt er inne. Speichel war in den Winkeln seines breiten Mundes zu sehen.

Jagun blickte Kadiya an. »Die Skritek waren gestern hier. Sie haben eine Frau aus Usors Stamm entführt und hierhergebracht. Dann haben sie einen Grenzpfosten aufgestellt und die Stammesschwester geschlachtet, um ihre Tat mit Blut zu besiegeln.« Jagun wandte sich wieder an den Uisgu und sprach mit ihm. Der andere antwortete in sehr knappen Worten.

»Sie sind weitergezogen – Richtung Trevista«, sagte Jagun. »Ich habe Usor von dem Kummer berichtet, von dem wir alle gleichermaßen betroffen sind. Er war mit Händlern seines Stammes unterwegs nach Trevista, um einige ihrer Funde zu verkaufen. Nun wollen sie umkehren und auf ihrem Weg die Warnung überall verbreiten.« Der Uisgu verschwand daraufhin so plötzlich, daß Kadiya zweimal hinsehen mußte. »Können wir nicht mit ihnen gehen?«

Jagun gab einen kurzen, grimmigen Laut von sich, der vielleicht ein Lachen sein sollte. »Die Uisgu ziehen mit niemandem außer mit ihren Stammesangehörigen, Weitsichtige. Das ist seit jeher so. Wir sind zwar vom selben Blute«, sagte er und nickte, »aber nur sehr weitläufig mit ihnen verwandt. Wir haben allerdings nie Krieg gegen sie geführt, und sie nicht gegen uns. Das wurde vor langer Zeit so festgelegt, zu Anbeginn, als das Versunkene Volk herrschte. Wir sind Nyssomu, und sie sind Uisgu, und so ist es geblieben. Usor nimmt meine Warnung mit, unsere Gesellschaft würde er jedoch nicht akzeptieren.«

»Dennoch seid ihr nicht verfeindet«, sagte Kadiya nachdenklich.

»In alten Tagen, Königstochter, waren wir Nyssomu, wie es in unseren Legenden heißt, die Sprecher des Versunkenen Volkes. Heute sind wir Diener der Frau von Noth. Sie hat uns befohlen, uns mit den Menschen anzufreunden, die sich in den Irrsümpfen niederlassen wollten. Die Uisgu indes haben sich immer vor euch gefürchtet. Nur ein paar wenige, sehr mutige Stammesangehörige treiben Handel mit uns, damit wir wiederum mit euch handeln können.«

»Sie werden schon sehen, daß die Menschen aus Labornok nicht so sind wie wir«, brach es aus Kadiya hervor. »Jagun, ich glaube, daß Voltrik versuchen wird, die Sümpfe ebenso fest in seine Gewalt zu bringen, wie er es mit der Zitadelle gemacht hat. Können die Uisgu sich so gut verstecken, daß die Skritek sie nicht aufspüren?«

Jagun zuckte mit den Schultern. »Wer weiß, Weitsichtige? Doch nun müssen wir uns ausruhen, und da dieser Fleck besudelt ist, müssen wir uns ein anderes Lager suchen.« Sie machten sich auf den Weg und folgten dem Ufer des Teiches. Hier gab es keine Spuren des Versunkenen Volkes mehr, und Jagun sagte, es wäre besser, wenn sie abwechselnd Wache hielten. Kadiya bestand darauf, den ersten Teil der Wache zu übernehmen, da der Jäger die kraftraubende Arbeit übernommen hatte, das Boot in ein Versteck zu ziehen.

Jagun rollte sich ohne Zögern auf ein paar Blättern zusammen, die er zusammengescharrt hatte, und schlief sofort ein. Kadiya aber ließ sich im Schneidersitz nieder und war fest entschlossen, wach zu bleiben. Ihre Sinne waren bei weitem nicht so gut ausgeprägt wie die der Seltlinge, die in der Lage waren, selbst jene Düfte wahrzunehmen, die von den gewöhnlichen Ausdünstungen der Sümpfe überlagert wurden, und sie konnte nur mit Mühe Geräusche zuordnen. Dennoch besaß sie eine gewisse Erfahrung mit dem Sumpf.

Ein paarmal stand sie auf und schlich um das Lager herum. Sie kratzte sich die Kopfhaut, die dick mit der insektenvertreibenden Schmiere bedeckt war, und versuchte, mit den Fingern durch das hoffnungslos zerzauste Haar zu kämmen. In diesem Augenblick beneidete sie fast die Nyssomu um ihre Haarlosigkeit und die Uisgu um ihr glattes Fell.

Auf ihrer zweiten Runde um das Lager fiel ihr Blick zufällig auf einen hellgrünen Fleck unter einem Busch. Kurz darauf hatte sie eine Pflanze mit einer kräftigen Wurzel in der Hand. Kadiya kannte sie. Auf Knien kroch sie unter den Busch und rupfte noch fünf weitere Pflanzen aus. Sie säuberte die Wurzeln und legte eine Hälfte für Jagun beiseite. Dann begann sie zu essen. Im Gegensatz zu den holzigen Knollen ihrer kargen Rationen waren diese sehr saftig und hatten einen reinen, scharfen Geschmack. Es waren Maffunknollen, die sogar in der Zitadelle auf den Tisch gekommen waren, wo man sie als Delikatesse geschätzt hatte. Allerdings war es noch nicht gelungen, sie aus der Wildnis umzupflanzen in kultiviertes Ackerland.

Beim Kauen mußte Kadiya an das Versunkene Volk denken. Immer schon, seit sie sich erinnern konnte, hatte es Streitgespräche und Mutmaßungen über dieses Thema gegeben. Man vermutete, daß dieses Land vor unermeßlich langer Zeit vom Versunkenen Volk beherrscht worden war, dessen Macht von allen denkenden Menschen anerkannt wurde. Macht? Sie schluckte den Rest des süßen Fruchtfleisches hinunter. Zauberkraft war Macht! Entstammte die Erzzauberin wirklich dem Versunkenen Volk? Lebte sie seit vielen Jahrhunderten und sah zu, wie sich ihr Land veränderte, wie Noth langsam um sie herum verfiel? Und wer war Orogastus? Hatte auch er Verbindung zu den Versunkenen?

Kadiya begann sich zu fragen, wie groß diese ihre Welt sein mochte. Was lag dort, wo die Halbinsel zu Ende war? Die Ebenen von Labornok im Norden reichten bis ans Meer, und im Süden waren die weiten Waldgebiete von Var; aber sie hatte noch von anderen Ländern gehört. Jetzt beneidete sie Haramis, die ihre Zeit in der Bibliothek der Zitadelle verbracht hatte, während sie, Kadiya, Bücher verachtet und lieber ein aktives Leben in freier Natur gelebt hatte.

War das Versunkene Volk einfach nur aus Ruwenda verschwunden, um seine Herrschaft anderswo neu zu errichten? Von Orogastus hieß es, er sei aus einem fernen Land gekommen, zurückgebracht von Voltrik in den langen Jahren des Wartens. War es möglich, daß auch der Zauberer dem Versunkenen Volk angehörte? Weder in Legenden noch in den bruchstückhaften Informationen, die sie von den Seltlingen aufgeschnappt hatte, gab es irgendeinen Hinweis, aus dem hervorging, daß das Versunkene Volk Böses bewirkt hätte. Sicher war auch, daß die Erzzauberin niemals versucht hatte, die Seltlinge oder die Ruwendianer zu beherrschen.

Kadiya hob ihr Amulett hoch. Es glühte beständig, beruhigend, vielleicht sogar beschützend. Und sein Funke wies getreulich den Weg nach Noth ... wo sie vielleicht Antwort auf ihre Fragen erhalten würde.

11

Die Samen der Schwarzen Drillingslilie führten Haramis und den Musikanten Uzun immer weiter über das Hochmoor am Fuße des Ohoganmassivs. Sie flogen in einem Tempo, dem sie gut folgen konnten. Wenn sie strauchelten, kurz im Schlamm steckenblieben oder aus anderen dringenden Bedürfnissen anhalten mußten, wartete das Samenkorn des jeweiligen Tages auf sie – es war, als habe der Wind nachgelassen, oder als wäre es vor einem Hindernis aufgehalten worden. Wenn sie in der Lage waren, ihren Weg fortzusetzen, schwebte es wieder frei vor ihnen her. Es bestimmte auch, wann und wo sie ihre Nachtruhe einlegten. Es ließ sich offenbar jeden Abend an einer Stelle zur Erde gleiten, die ihm als Lagerplatz geeignet schien. *Vielleicht suchen die Samen aber auch geeignete Stellen, an denen sie gedeihen können,* dachte Haramis. *Wenn ich überlebe und im nächsten Jahr hierher zurückkehre, werden dann an diesem Weg im Abstand eines Tagesmarsches Drillingslilien wachsen?*

Allerdings ließen ihr die Samen keine Zeit zu verweilen, und nachdem sie ein paar Tage über die Heide nach Westen gezogen waren, empfand Haramis bereits einen Widerwillen gegen die flaumigen kleinen Flieger. Zuweilen fiel ihr Blick auf eine fremdartige Pflanze oder ein interessantes, ihr unbekanntes Tier, und sie wäre gern stehengeblieben, um es sich anzusehen; doch das Samenkorn des Tages segelte weiter, und es blieb ihnen nichts anderes übrig, als zu folgen.

Einmal, am zweiten Tag nach ihrem Aufbruch von Noth, hatte sie es gewagt, den magischen Führer zu mißachten. Der Pfad, dem sie durch die Hochmoore folgten, führte an einer Stelle vorbei, wo die größten, saftigsten und süßesten Schellbeeren reiften, die Haramis je gegessen hatte. Sie beschloß, sich an den Beeren satt zu essen, und schaute hartnäckig an dem voranschwebenden Samenkorn vorbei, das weiterflog, bis es außer Sichtweite war. Als Haramis jedoch einen anderen Samen aus der Hülse nahm und ihn in die Luft warf, damit er sie führe, sank er zu Boden. Auch als sie versuchte, ihn durch Pusten voranzutreiben, wollte er nicht fliegen.

Panik überkam sie. Sie versuchte es mit einem anderen Samen. Dieser flog mit einer Schnelligkeit davon, daß sie beinahe laufen mußte, um mit ihm Schritt halten zu können. Der arme alte Uzun stolperte und taumelte stöhnend hinterdrein. Obwohl er ihr keinen Vorwurf machte, wußte Haramis nur zu gut, daß sie allein die Schuld trug an seinem Unglück. Sie griff nach ihrem Amulett und flüsterte atemlos mit rauher Stimme: »Es war mein Fehler! Ich hätte das Samenkorn nicht mißachten sollen! Hab Mitleid mit Uzun, wenn schon nicht mit mir! Mach langsamer! Bitte!« Und das Samenkorn folgte und paßte seinen Flug sogleich einer gemächlicheren Geschwindigkeit an.

Haramis blieb jedoch weiterhin gereizt. Hätte die Erzzauberin nicht eine bessere Art der Bewältigung dieser Aufgabe für sie aussuchen können? Immerhin war sie weder ein kleines Kind noch ein tumbes Tier, das man so unerbittlich vorantreiben mußte. Die Fahrten, die sie aus Legenden kannte, wurden in Würde und Anstand vollzogen. Doch ihr, Haramis von Ruwenda, war es offenbar bestimmt, mühsam über Berg und Tal zu wandern, stets einem lächerlichen Stück Flaum hinterherzulaufen, sich Blasen an den vom Sumpf durchweichten Füßen zu holen, sich von Mücken den Hals zerstechen zu lassen und sich ausschließlich vom nahrhaften, aber eintönigen Proviant zu ernähren, den die Erzzauberin nach eigenem Gutdünken in ihre Rucksäcke gepackt hatte.

Außerdem waren die Rationen, die sie mit zunehmendem Abscheu zu sich nahm, nicht gerade üppig.

Am fünften Tag ihrer Wanderung, als sie an einen großen Fluß kamen, der nach Uzuns Ansicht der Obere Vispar sein konnte, kam es Haramis zum ersten Mal in den Sinn, daß ihre Vorräte knapp werden könnten, wenn sie weiterhin so unbekümmert damit umgingen. Die Gegend war allem Anschein nach unbewohntes Ödland, und auch Uzun war der Meinung, daß weder sein eigener Nyssomu-Stamm noch die Uisgu so weit im Norden, jenseits der Grenzen der Irrsümpfe, lebten. Dieser Landstrich am Fuße des Gebirges war ein Niemandsland, das die Sümpfe von der Bergwelt der Vispi trennte.

Haramis saß auf einem Felsen über dem schnell dahineilenden Strom. Es war die Zeit kurz vor Sonnenuntergang, und das Samenkorn, dem sie an diesem Tag gefolgt waren, hatte sich zu Boden gleiten lassen und den beiden signalisiert, daß sie hier ihr Lager aufschlagen sollten. Uzun sammelte Brennholz und schickte sich an, das Essen zuzubereiten – eine Aufgabe, die er jeden Abend und jeden Morgen übernahm. Er bestand darauf, der Prinzessin mit ebenso großer Ergebenheit zu dienen, als wären sie noch daheim in der Zitadelle.

»Uzun«, rief sie, und der kleine Musikant eilte lächelnd zu ihr. »Was meinst du, ob es in diesem Fluß wohl Fische gibt?«

»Ich denke schon, Prinzessin. Auf jeden Fall gibt es hier Garsung und bestimmt auch andere Arten, deren Namen ich nicht kenne.«

»Ich habe in meinem Bündel ein Stück Leine und drei Haken gefunden. Würdest du mir damit einen schönen Fisch zum Abendessen fangen? Ich bin die Fladenbrote und das Dörrfleisch so leid. Außerdem schwinden unsere Vorräte dahin, und ich glaube nicht, daß wir damit rechnen können, in dieser gottverlassenen Gegend jemanden zu treffen, der sie uns auffüllt.«

Uzun machte ein langes Gesicht. »Aber in etwa einer Stunde wird es dunkel, Prinzessin. Wenn ich die Zeit mit Fischen verbringe, wie soll ich dann noch Holz sammeln oder gar kochen?« Er lächelte entschuldigend. »Und ich gebe es nicht gern zu, aber ich habe noch nie in meinem Leben geangelt und würde es gewiß verpatzen.«

Haramis lachte. »Es wird doch so schwer nicht sein, wenn sogar die kleinen Kinder der Freisassen in der Zitadelle es können? Ich habe eine ausgezeichnete Idee! *Ich* werde angeln, und du kochst nicht unsere kümmerlichen Vorräte, sondern sammelst lieber Beeren und bringst ein wenig von der gut aussehenden Bitterkresse mit, die wir soeben neben dem Sumpfteich gesehen haben. Und wenn du schon auf die

Suche gehst – es gibt hier ganz bestimmt Pilze. Dann werden wir heute abend ein Festmahl veranstalten!«

Wie immer war Uzun mit ihren Vorschlägen einverstanden. Nachdem er einen ordentlichen Holzstoß aufgeschichtet hatte, trottete er davon, um die anderen eßbaren Dinge zu sichern, und ließ Haramis allein. Angeln ist keine Kunst, sagte sich die Prinzessin. Man braucht einen Stock, bindet eine Schnur daran fest und daran einen Haken, und daran befestigt man einen Köder ...

Oh. Der Köder mußte unbedingt *aufgespießt* werden. Und woher sollte sie einen Köder nehmen, bitte schön?

Sie stocherte im Treibholz am Ufer herum und fand eine Rute, mit der sie äußerst zufrieden war. Unter einem verrotteten Baumstamm wimmelten Maden, die in der fortschreitenden Dämmerung trübe schimmerten. Mit großer Überwindung (einmal mußte sie würgen, aber glücklicherweise war Uzun weit genug entfernt, so daß er es nicht hörte) brachte sie es fertig, eines der widerwärtigen kleinen Viecher auf den Haken zu spießen, nachdem sie zwei von ihnen zwischen den zitternden Fingern zerquetscht hatte.

Dann wusch sie sich den Schleim von den Händen, fand eine Stelle, an der der Fluß tief genug war, und warf ihren Köder aus. Die starke Strömung trug Schnur und Köder rasch davon in einen zwischen Felsen aufschäumenden Wasserstrudel. Haramis zog an der Angel, daß der Köder wieder im Teich schwamm, doch er trieb erneut ab.

Also gut. Es handelte sich hier um ein Problem, das jeder intelligente Mensch lösen konnte. Und wie sie so darüber nachdachte, fielen ihr die Bälger der Freisassen ein, die Schwimmer und Gewichte benutzt hatten, um den Köder in seiner Stellung halten zu können.

Sie holte die Schnur ein. Natürlich war der niederträchtige Köder verschwunden, so daß sie einen neuen aufstecken mußte. Direkt über dem Haken befestigte sie einen kleinen Stein, und etwa eine Elle darüber band sie ein Stück trockenes Holz als Schwimmer an die Schnur. Dann ging sie zu einer Stelle am Ufer, von der sie ihre Angel besser auswerfen konnte. Der Schwimmer landete ganz zu ihrer Zufriedenheit mitten im Teich und blieb dort. Haramis seufzte, setzte sich ans Ufer und wartete.

Das wird ab jetzt meine Aufgabe sein, dachte sie. *Ich habe mich benommen wie ein ausgemachter Tölpel, habe mich von Uzun von vorne bis hinten bedienen lassen, als wären wir bei einem Picknick auf den Wiesen der Zitadelle. Es liegt doch klar auf der Hand, daß wir uns ab sofort von dem ernähren müssen, was die Natur bietet, und das bißchen Wegzehrung, das uns noch bleibt, für Notfälle aufheben. Die Herrscher der Lüfte mögen wissen, wie lange wir noch unterwegs sind – und wo wir am Ende landen!*

Haramis ließ ihren Blick stromaufwärts gleiten, über die Heide mit spärlichem Baumwuchs und dichtem Gebüsch. Der schmale Pfad machte hier am Fluß eine Biegung und verlief weiter nach Norden, am Ufer entlang. Zweifellos würden die unerbittlichen Samen ihm folgen und sie in die Berge führen.

Die Berge ...

Ihre schneebedeckten Gipfel ragten bedrohlich hinter dem dunklen Vorgebirge auf – es war das Land der geheimnisvollen Vispi. War ihr Talisman dort oben verborgen? Wenn ja, wie konnten zwei in der Wildnis unerfahrene Wesen wie Uzun und sie hoffen, ihn zu finden? Ganz zu schweigen von der Rückkehr nach Noth mit dem Talisman, wie es die Weiße Frau befohlen hatte. Die Weiße Frau, die krank war, im Sterben lag, möglicherweise sogar verwirrt war.

Ihnen blieb nichts anderes übrig, als den Samen zu folgen – gewöhnlichen, kleinen braunen Körnern mit einem Büschel weißer, seidiger Fädchen, die nun wirklich nichts Magisches an sich hatten. Bis auf die Tatsache, daß sie allem Anschein nach auf ein bestimmtes Ziel zuschwebten.

Sie ist die Triebkraft, dachte Haramis. *Sie weiß, wo wir uns befinden und wohin wir gehen müssen, und sie treibt die Samen an, denen wir folgen. Und sie hat mir nicht gesagt, wohin ich gehen muß, weil sie wußte, daß ich dann zu ängstlich und mutlos gewesen wäre, um die Wanderung überhaupt anzutreten ...*

»Prinzessin! Ich habe Beeren und Kresse und eine Menge höchst schmackhaft aussehender Pilze ...«

Haramis zuckte zusammen. Sie war so in Gedanken versunken gewesen, daß sie Uzun nicht gehört hatte. Dann tat es einen heftigen Ruck an ihrer Angel. Beinahe wäre sie ihr aus den Händen geglitten. Haramis hielt sie so fest sie konnte, denn irgend etwas zog so stark, daß sie an den Rand des Ufers gezerrt wurde.

Sie rief: »Uzun! Hilf mir! Ein Fisch!« Plötzlich sprang etwas Silbriggrünes aus dem Wasser und tauchte mit lautem Aufklatschen wieder ein. Der kleine Musikant ließ alles fallen, was er gesammelt hatte, und eilte Haramis aufgeregt schnatternd zu Hilfe. Die beiden mühten sich nach Kräften. Sie kreischten, als ihnen die Angel beinahe aus den Händen rutschte. Der Fisch kämpfte jedoch so heftig, daß sie nahe daran waren, sich geschlagen zu geben.

Doch Haramis schrie: »Nein! Du sollst uns *nicht* entwischen, du bist unser *Abendessen*!« Und bei diesen Worten hörte das Tier auf zu zappeln. Sie zogen es an Land. Es war ein schillernder Garsung, der Haramis bis zur Hüfte reichte.

»Vielleicht braucht Ihr den Haken gar nicht, Prinzessin«, neckte Uzun sie, »wenn Ihr dem Abendessen befehlen könnt, aus dem Wasser zu kommen.«

»Ich hoffe, es war nur ein Zufall«, lachte Haramis. »Ich könnte den Gedanken nicht ertragen, ein intelligentes Wesen zu verspeisen, das die menschliche Sprache versteht – oder, noch schlimmer, einen verwunschenen Prinzen!«

»Wie in den alten Balladen?« sagte Uzun. »Das halte ich für unwahrscheinlich. Es ist ein ganz und gar normaler Garsung, und er wird köstlich schmecken – und es wird noch genug übrigbleiben für Frühstück und Mittagessen. Oh, das habt Ihr gut gemacht, Prinzessin. Sehr gut!«

Schmunzelnd blickten sie sich an. Doch dann sah Haramis auf den großen Fisch hinunter, und ihre Freude verwandelte sich in Niedergeschlagenheit. Sie sagte: »Uzun? Wei – weißt du, was man als nächstes tun muß? Um ihn – zuzubereiten?«

Kleinlaut, mit offenem Mund, schüttelte Uzun den Kopf.

Haramis seufzte. »Macht nichts. Versuch und Irrtum sollen eine wirkungsvolle Lernmethode sein.«

Uzun warf ihr einen zweifelnden Blick zu. »Es könnte auch nicht schaden, um eine göttliche Eingebung zu beten.«

12

Anigel hatte einen außergewöhnlichen Traum, und darin geschah etwas, das in der gesamten Menschheitsgeschichte der Halbinsel noch nie vorgekommen war: Der Regen wollte nicht kommen.

Statt der gewohnten Stürme, die von Süden her übers Meer anrollten und Zinora und Var und Ruwenda und Labornok und Raktum und die Inseln von Engi zweimal im Jahr unter Wasser setzten, brannte die Sonne monatelang unentwegt von einem wolkenlosen Himmel hernieder, und ein heißer Wind blies Tag und Nacht und dörrte die kleinen Nationen mit seinem erbarmungslosen, tödlichen Hauch aus. Die gesamte Halbinsel war verwüstet: Ruwenda aber, das keine Küste hatte, litt am meisten.

Anigel stand in ihrem Schlafgemach in der Zitadelle am Fenster und beobachtete, wie der breite Mutar aufgrund der langen Trockenheit zu einem schmalen Rinnsal zusammenschrumpfte, ebenso der Skrokar, der Virkar und der Bonorar, was wiederum dazu führte, daß der Wunsee, den die Flüsse speisten, völlig austrocknete. Man konnte also die riesigen Baumstämme aus den Tassalejo-Wäldern nicht mehr zu den Sägewerken flößen. Der Handelsverkehr auf den Flüssen kam völlig zum Erliegen; die Bauernhöfe im Grenzland waren von der Dürre schwer betroffen; ganze Horden gräßlicher, ausgehungerter Skritek wüteten kreuz und quer durch Ruwenda.

Anigels Eltern, König Krain und Königin Kalanthe, kamen zu ihr. Sie brachten die Herrscher der fünf anderen Nationen mit. Man bat Anigel, doch etwas zu tun, damit der Regen wieder einsetzte. Sie antwortete, sie wisse nicht, wie sie es anstellen sollte, und sie gingen verzweifelt wieder hinaus.

Im Traum suchte Kadiya sie auf, um ihr mitzuteilen, daß der Schlickboden der Feuchtgebiete in Ruwenda völlig ausgetrocknet sei. Blumen und Gräser verwelkten und trügen weder Blüten noch Früchte. Saftige Pilze verdorrten, nahrhafte grüne Flechten schrumpften zusammen, und die Bäume im Dschungel warfen die Blätter ab.

»Bete!« bedrängte Kadiya sie, und sie betete, das Drillingsamulett in den fiebrigen Händen haltend. Doch der heiße Wind blies nur noch heftiger um die Zitadelle, und Kadiya stürmte wütend aus dem Zimmer. Im Traum sah Anigel überall die Leichen armseliger Kreaturen, Berge aus Haut und Knochen. Und das alles war allein ihre Schuld.

Haramis kam zu ihr, um sie zu warnen; daß als nächstes die Menschen stürben: alle Menschen, die auf der Halbinsel lebten, sowie die Eingeborenen in den Sümpfen und in den Bergen. Die Schwester deutete aus dem Fenster, das nach Norden lag, in die Richtung, in der sowohl die Weiße Frau als auch der Schwarze Zauberer angeblich lebten. Nur diese beiden würden überleben, warnte Haramis, wenn Anigel nicht den Regen brächte.

Der Tod würde aus jener Richtung über sie kommen – nicht in Form eines trockenen, heißen Windes, sondern als riesiger Feuersturm, der sich im letzten großen Kampf zwischen der Erzzauberin Binah und Orogastus entzündet hatte. Das Feuer würde die bekannte Welt verschlingen, wenn sie, die kleine hilflose Anigel, ihm nicht Einhalt geböte.

»Aber ich kann es nicht!« stöhnte sie. Entsetzen lähmte sie bis in die Tiefen ihrer Seele. »Ich habe es versucht, aber ich weiß nicht, wie ich es machen soll! Mein Herz zerbricht vor Kummer, und ich habe so schreckliche Angst, und – *ich kann einfach nicht*!«

Die Könige und Königinnen der Halbinsel, ihr Vater Krain und ihre Mutter Kalanthe und die tapfere Kadiya und die kluge Haramis blickten sie halb verächtlich, halb mitleidig an. Dann schlossen sie Anigel allein in ihrem Gemach ein. Sie war in Ungnade gefallen. Schluchzend warf sie sich gegen die Tür, doch niemand kam. Dann blickte sie erneut aus dem Fenster und sah eine Wand aus Flammen, die sich über den gesamten Horizont erstreckte und höher aufragte als der Hohe Turm der Zitadelle. Das Feuer kam brüllend direkt auf sie zu, und sie schrie und schrie ...

»Wacht auf! Weint nicht, mein Liebling, es ist alles gut!«

Die Flammen waren zinnoberrote, schwarzgestreifte Lilien, die auf und ab hüpften, sobald Anigel sich unruhig in der geflochtenen Hängematte, die an ihren Ranken befestigt war, von einer Seite auf die andere drehte. Sie befand sich in einem Raum, der aus Steinquadern mit eingemeißelten Ornamenten gemauert war, inmitten blühender Pflanzen. Immu hielt Anigel fest und drückte sie sanft wieder in die Hängematte, damit sie nicht herausfiel.

»Ein Traum – es war nur ein Traum«, summte die Eingeborene. »Ihr seid in Sicherheit Sicherheit Sicherheit, meine Kleine. Bei Freunden hier in Trevista.«

Nachdem Anigel sich schließlich beruhigt hatte, stieg sie, am ganzen Leib zitternd, aus der Hängematte und setzte sich auf einen Steinblock. Immu wusch ihr das Gesicht mit einem Schwamm ab, kämmte ihr die Haare und zog ihr das rosa Satinkleid an. Leise sagte die Prinzessin: »Ich möchte dir meinen Traum erzählen. Ich *muß* ihn dir einfach erzählen.«

Immu bestand darauf, ihr zunächst etwas zu essen zu bringen, auch wenn Anigel keinen Appetit hatte. Und sie fügte hinzu: »Ich werde auch noch meine beste Freundin mitbringen, die hier wohnt. Wenn dein Traum irgendeine Bedeutung hat, ist sie diejenige, die ihn deuten kann, nicht ich.«

Immu verschwand durch den Eingang, vor dem ein fast undurchsichtiger Vorhang aus faserigen Flechten hing. Anigel atmete tief ein, ergriff ihr Amulett und zwang sich zur Ruhe. Sogleich ging es ihr besser. Sie sah sich in dem Raum um. Obwohl er kein Dach hatte, sah sie über sich Ranken mit schattenspendenden Blättern. Sie waren immerhin so kräftig, daß man zwei Hängematten daran befestigen konnte. Die Wand hinter den Hängematten war überwuchert mit den prächtigen, orangefarbenen Lilien, die ständig in Bewegung waren. Bei näherem Hinsehen entdeckte Anigel, daß es sich um insektenfressende Blüten handelte. Wie klug, auf diese Art für einen von Käfern ungestörten Schlummer zu sorgen! ... Am Abend zuvor war sie mit Immu aus ihrem Versteck unter dem Wagenkasten hervorgekommen. Da sie nicht sicher waren, ob das Drillingsamulett sie noch unsichtbar machte, hatten sie sich zunächst vergewissert, daß alle Soldaten das Flußschiff verlassen hatten und an Land gegangen waren. Die beiden Flüchtenden hatten sich ans Ufer des Kanals unterhalb der Kaistufen geschlichen, wo Immu den Stammesbrüdern und -schwestern auf der anderen Uferseite in ihrer Sprache ohne Worte mitgeteilt hatte, daß sie ihre Hilfe benötigten. Zur gleichen Zeit waren mehrere Boote der Nyssomu mit den Vorräten, die die Erkenntnisreiche zugesagt hatte, unterwegs zum Lager der Labornoki. Unter den Bootsleuten befanden sich zwei Vettern von Immu, Sithun und Trezilun, die Anigel und Immu ohne große Schwierigkeiten fanden. Sie waren guter Dinge und stellten nachdrücklich fest, daß die beiden Frauen *nicht* unsichtbar seien. Das hatte Anigels Verdacht bestätigt. Während sie auf dem Fluß waren, hatte sie sich überlegt, daß das Amulett sie nur dann beschützte, wenn sie in Lebensgefahr schwebte. Der Bernstein hatte ihnen auf der qualvollen, dreitägigen Fahrt von der Zitadelle nach Trevista nicht die Annehmlichkeiten gewährt, um die Anigel ihn gebeten hatte.

»Nun, jetzt seid ihr jedenfalls fürs erste in Sicherheit«, hatte Trezilun ihnen versichert, als er ihnen ins Boot half. Es war ein Einbaum, etwa sieben Ellen lang, mit hochgezogenen Enden, an denen Glühwurm-Laternen hingen. Das Schandeck war mit Blumen geschmückt. Die beiden Vettern trugen Girlanden um den Hals und hatten sich Blüten ins wuschelige Haar zwischen den hochstehenden Ohren gesteckt.

Auf der kurzen Überfahrt auf die andere Seite des Kanals hatte sich Anigel die ganze Zeit auf den feuchten Boden des Bootes gekauert, weil sie befürchtete, sie könnten am Ende doch noch von einem Feind erspäht werden, der Alarm schlagen würde. Sie wußte nur zu gut, daß sich Orogastus mit seinen beiden Handlangern an Bord des ersten Flußbootes befand. Wenn der Zauberer nun an Deck käme und sie erspähte?

Aber nichts dergleichen war geschehen. Sie gingen in Karonagira, einer Siedlung der Nyssomu, an Land. Immus Vettern führten sie über gepflasterte Straßen, die nur zum

Teil von wuchernden Pflanzen befreit worden waren. Es war, als liefen sie durch ein riesiges, dunkles Treibhaus. Immer wieder huschten kleine Gestalten mit Irrlichtern vorbei, doch keine wagte sich in die Nähe der Neuankömmlinge. Kein Lichtstrahl drang aus den alten Gebäuden, die gespenstisch im Mondlicht aufragten und so hübsch mit blühenden Nachtschattengewächsen umrankt waren, daß Anigel anfangs dachte, die Blüten seien nicht echt. Die Nyssomu in Trevista waren fürwahr mit Blumen gesegnet! Sie trugen sie am Körper, schmückten ihre Boote damit und wohnten in einem Meer von Blumen. Sithun und Trezilun hatten sich von ihren Passagieren vor einer bescheidenen Steinbehausung mit Gartenveranda verabschiedet, die einen Blick über den Kanal freigab. Es war offensichtlich niemand zu Hause, doch das hatte Immu nicht gestört. Obwohl sie selbst im schwachen Licht des Mondes ganz gut sehen konnte, hatte sie sich Sithuns Laterne ausgeliehen, damit die Prinzessin sich in der fremden Umgebung nicht fürchten mußte. Nachdem sie den Schlafraum für Gäste gefunden hatte, war sie eifrig darauf bedacht, das erschöpfte Mädchen zum Schlafen zu bewegen ...

»Und jetzt fängt dein eigentliches Abenteuer an«, ertönte eine sanfte Stimme hinter Anigel.

Mit einem kleinen Aufschrei sprang die Prinzessin von ihrem Sitz. Dann mußte sie lachen, als sie sich umdrehte und sah, daß die Sprecherin auch eine Nyssomu war, noch ehrwürdiger als Immu. Sie trug ein Gewand aus Grasgeflecht, an dem zahllose, tellergroße weiße Blüten saßen, die mit Dornen festgesteckt waren. Auch seitlich über den Ohren trug sie zwei große Pompons aus denselben Blüten. Um den Hals hatte sie keine Girlande, sondern eine Platinkette, an der ein Gegenstand hing, der wie ein kleines, verziertes Stielmonokel aussah.

Die Eingeborene hob das Glas an ein Auge und betrachtete Anigel eingehend, wobei die gelbe Pupille in grotesker Vergrößerung erschien. »Ihr seid also das Mädchen, das so wichtige Träume träumt.«

Die Stimme kam ihr bekannt vor. Anigel hatte sie tags

zuvor noch in ihrem Versteck auf dem Flußboot gehört. »Und Ihr seid Frotolu, die Erkenntnisreiche! Ich habe Euch in der anderen Kleidung nicht erkannt.«

»Für euch Menschen«, sagte die Frau freundlich, »sehen wir Nyssomu alle gleich aus.«

»Ich bitte Euch um Vergebung, wenn ich Euch gekränkt habe, Erkenntnisreiche. Und ich danke Euch, daß Ihr uns beherbergt habt.«

»Aber Ihr habt nicht friedlich geschlafen.«

»Ich hatte einen grausigen Traum«, sagte die Prinzessin. »Den schlimmsten Alptraum, den ich je hatte. Würdet Ihr mir gestatten, daß ich ihn Euch erzähle, damit Ihr ihn mir erklären könnt?«

Frotolu lächelte. Dabei blitzten ihre beiden fangartigen unteren Schneidezähne auf. »Wir werden sehen, ob das möglich ist. Wir wollen auf die Terrasse gehen, wo Immu Euch das Essen richtet.«

Anigel zögerte. »Ich danke Euch, aber ich habe keinen rechten Hunger. Und wenn wir nach draußen gehen, kann uns jeder, der über den Kanal fährt, sehen. Wenn nun der Zauberer Orogastus oder seine Günstlinge mich nun entdecken –«

»Wir befinden uns auf einer der inneren Inseln. Fürs erste seid Ihr hier in Sicherheit. Setzt Euch hierher und eßt und erzählt Frotolu den Traum.«

Als die Prinzessin die Mahlzeit sah, die Immu zubereitet und auf einem zierlichen Tisch aus behauenem Stein aufgebaut hatte, war sie zu Tränen gerührt. Auf der dreitägigen Fahrt von der Zitadelle stromaufwärts hatte sie sich von den Vorräten ernährt, die Immu mitgenommen hatte: schreckliche getrocknete Wurzeln, ekelhaft süßliche, ledrige Beeren und nichts als Wasser. Das Amulett hatte ihr Flehen nach wohlschmeckenderer Nahrung überhört. Hier in Trevista hatte sie erwartet, mit ungenießbaren Nyssomu-Gerichten bewirtet zu werden, die ihre empfindlichen Geschmacksnerven noch mehr angreifen würden – doch sie erlebte eine Überraschung.

»Oh, Immu! *Richtiges Essen!*«

Tonschüsseln und Tafelgeschirr waren fremdartig, die Mahlzeit selbst jedoch war ein Frühstück, wie sie es von der Zitadelle gewohnt war: kleine heiße Reisküchlein, mit Honig von Wasserbienen beträufelt, ein Omelett aus geronnener Milch, gefüllt mit frischen Pilzen, herzhaft gewürzte Bratwürstchen, Ladu-Marmelade und ein Topf dampfenden Darson-Tees. Von allem war reichlich vorhanden, und die Prinzessin schlang es gierig hinunter wie eine Verhungernde, die sie ja auch war. Ihren Dank brabbelte sie mit vollem Mund, während Immu die Beleidigte spielte.

»Richtiges Essen, fürwahr! Törichtes, verwöhntes Mädchen. Ihr denkt wohl, die Nyssomu ernähren sich nur von Wurzeln und Beeren und Wasser aus den Sümpfen!«

Anigel schämte sich. »Ich fürchte, ich habe mir noch nie Gedanken darüber gemacht, was die wilden Seltlinge essen. Immu, es tut mir so leid. Ich hätte mich dafür interessieren sollen, so wie Kadiya ...«

»Macht nichts, Liebes.« Frotolu, die Erkenntnisreiche, beäugte sie abermals durch ihr Stielglas und lächelte. »Immu und Frotolu wissen, daß in deinem Herzen nichts Böses ist, nur die Unbesonnenheit der Jugend.«

»Aber wie seid Ihr an diese Nahrungsmittel gekommen?« wollte Anigel wissen.

»Fragen Fragen Fragen!« fauchte Immu. »In der Versorgungsstelle der Edelleute drüben in Lusagira, wenn Ihr es unbedingt wissen wollt. Ich bat Sithun und Trezilun, ordentlich was zu stehlen, denn ich wußte doch, wie sehr Ihr gelitten habt, als Ihr unsere Reisevorräte auf dem Fluß essen mußtet. Das hier wird auf unserem Weg nach Noth eine Weile vorhalten. Aber irgendwann werdet Ihr die erlesenen Wünsche Eures zarten Magens überwinden müssen und mit den Dingen vorliebnehmen, die das Land hervorbringt.«

»Ich hoffe, das werde ich auch«, sagte die Prinzessin zwischen zwei Schlucken Tee. »Wenn mein Hunger nur groß genug ist! Aber sag mir – hast du wirklich eine Möglichkeit herausgefunden, wie wir zum Sitz der Erzzauberin gelangen können?«

»Dank Frotolu. Sie hat Freunde bei den Uisgu, die damit

einverstanden sind, Euch in einem von Rimoriks gezogenen Boot mitzunehmen.« Die Prinzessin schnellte auf ihrem Sitz in die Höhe, fiel vor der Erkenntnisreichen auf die Knie und küßte ihr die runzligen Klauenhände. »Habt Dank, gute Frau! Ich danke Euch von ganzem Herzen, und ich werde einen Weg finden, wie ich Euch belohnen kann.«

Die Alte schnalzte abwehrend mit der Zunge und befreite sich von Anigel. »Kind, die einzige Belohnung für Frotolu wird die Erfüllung Eurer Bestimmung sein.«

»Ihr – Ihr wißt etwas darüber?«

»Frotolu kennt die Prophezeiungen, denen zufolge die Drei Blütenblätter des Lebendigen Drillings unsere geliebten Irrsümpfe aus tödlicher Gefahr befreien sollen. Und es sieht ganz so aus, als wärt Ihr eine der Auserwählten.«

Anigel errötete und wandte sich ab. »Ich wünschte, es wäre nicht so. Ich habe große Angst – bin nicht so tapfer und so klug wie meine Schwestern. Und mein Traum hat mir gesagt, daß ich versagen werde.«

Frotolu lachte. »Ach, wirklich? Ich schlage vor, Ihr trinkt Euren Tee und schildert uns Euren Traum.«

Sie setzten sich an den Tisch, und Anigel beschrieb ihren Alptraum in allen Einzelheiten, während die Erkenntnisreiche mit dem Stielmonokel spielte und das Mädchen immer wieder in Augenschein nahm. Anigel war zu schüchtern und wagte nicht zu fragen, was das Glas offenbarte oder warum es anstelle des Zeigestocks aus Schilfrohr benutzt wurde, mit dessen Hilfe Frotolu im Herzen des Prinzen hatte lesen können.

»Frotolu wird Euch sagen, warum!« sagte die alte Frau. Anigel war verblüfft. »Das Glas ist ein Hilfsmittel aus der Zeit des Versunkenen Volkes. Man kann damit seine Gedanken auf den Geist eines anderen richten. Doch der Benutzer lernt von ihm, und nach geraumer Zeit muß man es nicht immer einsetzen. Hätte der boshafte Zauberer das Glas gestern gesehen, dann hätte er es an sich genommen, auch wenn der Prinz es ihm verboten hätte. Deshalb nahm Frotolu das Schilfrohr, dem kein Mensch einen besonderen Wert beimißt.«

»Aber jetzt verwendet Ihr das Glas«, sagte Anigel.

»Ja, mein Kind. Früh am Morgen sind die Sinne der Älteren noch nicht geschärft, und wir benötigen jede nur denkbare Hilfe ... Aber erzählt uns Euren Traum zu Ende.«

Und Anigel berichtete. Das Wiederaufleben jeder Einzelheit setzte ihr so zu, daß sie kalkweiß wurde und ihre Erzählung fast nicht zu Ende brachte. Am Schluß lehnte sich die Erkenntnisreiche zurück. Sie hatte die großen Augen geschlossen, und die breiten Lippen formten tonlose Worte. Anigel wartete, von banger Ehrfurcht erfüllt. Rings um die Terrasse lärmten Vögel und Insekten in einem Blütenmeer, und aus dem Wasser des Kanals sprangen silberne Fische. Dann öffnete Frotolu die Augen mit einem hörbaren Plop.

»Wißt Ihr, was der Traum zu bedeuten hatte?« fragte Anigel ängstlich.

»Aber ja! In aller Regel ist es jedoch so, daß die Wissende, die nach Dingen dieser Art gefragt wird, die Träumerin auffordert, den Traum selbst zu deuten. Oder die Weise murmelt ein paar glattzüngige Phrasen vor sich hin in dem Sinne, daß schon alle zur rechten Zeit verstehen werden, was es bedeutet. Aber Frotolu will nicht mit Euch spaßen, Prinzessin! Euer Pfad wird schwierig genug sein, und das Beste, was ich für Euch tun kann, ist, Euch offen heraus zu sagen: Euer Traum bedeutet, daß Ihr feige seid, und daß Ihr Euch gern vor Eurer harten Bestimmung drücken möchtet.«

»Aber das *wußte* ich doch schon!« jammerte die Prinzessin.

»Schsch, ganz ruhig jetzt. Hört die Erklärung. Träume werden uns mitunter von den Herrschern der Lüfte geschickt – der Traum, den Ihr geträumt habt, ist ungewöhnlich. Die meisten Träume entstehen in unserem Unterbewußtsein. Und ein unangenehmer, wichtiger Traum wie dieser bedeutet, daß Euer eigentliches Ich – Euer wichtigster Teil, derjenige, der dem Ebenbild Gottes am nächsten kommt – besorgt ist über Euer Verhalten. Er soll eine Warnung für Euch sein, Euch aber zugleich drängen, Euch zu bessern: ehrlich zu sein gegenüber den edelmütigen Beweggründen, die Euch antreiben, und Eigennutz und Feigheit zu überwinden!«

»Aber ich weiß nicht, wie!«

»Es wird Euch mitgeteilt werden«, sagte die Erkenntnisreiche sanft. »Ihr habt Euren Pfad bereits beschritten. Frotolu hat das alles durch ihr Glas gesehen. Was jetzt not tut, ist, daß Ihr auf Eurem Pfad *fortschreitet* – Tag für Tag, entschlossen und zuversichtlich.«

Die Prinzessin blickte sie voller Zweifel an. »Aber das hört sich zu einfach an.«

Frotolu und Immu mußten herzhaft lachen. Zuerst war Anigel verletzt, dann wütend, und am Ende mußte auch sie mit ihnen lachen.

»Ihr seid auf wunderbare Weise und mit der Hilfe guter Freunde dem Tode entronnen.« Frotolus Gesicht war wieder ernst. »Die nächsten Schritte, die Ihr unternehmen müßt, sind klar vorgezeichnet. Ihr müßt mit Entschlossenheit vorgehen, ob Ihr Angst habt oder nicht. Man muß sich seiner Angst nicht schämen, Prinzessin. Wir können uns nicht dagegen wehren. Aber hin und wieder haben wir die schwere Pflicht, trotz alledem weiterzumachen.«

Die Prinzessin sah auf ihre Hände hinunter, die sie krampfhaft im Schoß verschränkt hatte. »Ich – ich will es versuchen.«

»Gut.« Frotolu erhob sich. »Das Boot der Uisgu, das wir angefordert haben, wird heute abend hier sein. Bis dahin müßt Ihr Euch zurückziehen. Jener üble Zauberer hat einen seiner Günstlinge in der Garnison zurückgelassen – wir nehmen an, daß er die Suche nach Euch und Euren Schwestern aufnehmen soll. Aber Ihr werdet unterwegs nach Noth sein, noch ehe der Mond aufgeht. Wenn alles gut geht, solltet Ihr den Wohnsitz der Weißen Frau in etwa vier Tagen erreicht haben.«

Anigel war bei dem Gedanken, daß sie ihre Fahrt so bald schon wieder aufnehmen sollte, ganz niedergeschlagen. Doch als sie sprach, schwang in ihrer Stimme ein wenig gesunde Ironie mit. »Es wäre sehr tröstlich, wenn ich mich jetzt ausweinen, meine Toten beklagen und mich selbst bemitleiden könnte. Auf dem Boot konnte ich nicht weinen, weil mein Schluchzen uns verraten hätte. Doch nun sieht es so aus, als hätte ich keine Zeit dafür. Na ja, vielleicht haben die Träume aber auch den Sinn, daß ich in jenem Schattenland die Möglichkeit habe, mir die Augen aus dem Kopf zu heulen, mich zu verkriechen und Nacht für Nacht mit meinem Schicksal zu hadern, und dort ist es weder Sünde noch Schwäche. Doch wenn ich wach bin, werde ich mein Bestes tun, um einfach ... weiterzumachen!«

»Das ist Anigel, wie ich sie kenne«, triumphierte Immu.

Die Erkenntnisreiche lächelte zustimmend. »Euer Unterbewußtsein will Euch helfen. Wenn Ihr Euren Alpträumen die Stirn bietet, werdet Ihr gewiß lernen, sie weniger zu fürchten.«

Eine Spur der alten Panik tauchte augenblicklich wieder in Anigels Gesicht auf. Sie wandte sich an ihre alte Freundin. »Aber du wirst während der ganzen Fahrt an meiner Seite sein, Immu, nicht wahr? Wenn ich allein wäre – glaube ich nicht ...«

»Ich werde Euch lieben und Euch dienen alle Tage«, sagte Immu. Sie legte den Arm um das Mädchen an ihrer Seite und küßte sie auf die Wange. »Selbstverständlich werde ich mit Euch nach Noth gehen, und ich werde Euch begleiten, ganz gleich, wohin uns die Weiße Frau schickt. Aber es wird eine Zeit kommen – und sie kommt für uns alle –, da Ihr fest auf eigenen Beinen stehen müßt.«

Anigel verbarg ihr Gesicht an der Schulter ihrer alten Amme. »Aber nicht so bald. Bitte, noch nicht so bald.«

13

Als Kadiya erwachte, dämmerte es bereits, und der Geruch von gebratenem Fisch weckte einen Hunger in ihr, den sie beinahe als Schmerz empfand. Offenbar hatte Jagun es gewagt, ein kleines Feuer zu entfachen, und nun war er mit dem Rösten einiger Garsunge beschäftigt, von denen der größte nicht einmal so lang wie ihre Hand war.

Kadiya kroch durch das dichte Buschwerk, das ihr Lager umgab, und kam ans Ufer. Dort rieb sie sich Gesicht und Hände mit Blättern ab. Sie sehnte sich nach dem Warmwasserbecken in der Zitadelle, in dem sie mit ihren Schwestern Sport getrieben und schwimmen gelernt hatte, nach einer Handvoll süß duftender Kristalle aus dem Süden, die man ins Wasser streuen konnte, bis der Körper von wohlriechendem Schaum umgeben war. Obwohl die Kleidung der Seltlinge aus einem festen Gewebe bestand, zeigte ihr Gewand Risse, und das Fett, mit dem sie sich einreiben mußte, roch inzwischen ranzig. Das lange Haar konnte sie nur mit einem dicken Schilfhalm im Nacken zusammenbinden.

Als sie zum Lager zurückkehrte, hielt Jagun ihr auch schon einen aufgespießten Garsung entgegen. Sie aß ihn mit den Fingern. Das heiße Fett tropfte ihr auf die Hände, die sie rasch ableckte.

Jagun schwieg, während sie aß. Auch als sie aufstanden und ihre Spuren so gut wie möglich verwischten, war er nicht sehr gesprächig. Sie gingen wieder zum Boot und zogen es ins offene Wasser. Kadiya überzeugte Jagun, daß es besser sei, wenn auch sie während der Fahrt mit Hand anlegte. Er tauschte das Ruder gegen eine Stange aus und reichte Kadiya ein entsprechendes Gegenstück.

Der Umgang mit der Stange war nicht neu für Kadiya, und doch merkte sie, daß es eine Zeitlang dauerte, bis sie mit dem erfahrenen Jagun einen gleichmäßigen Rhythmus gefunden hatte. Und dann stellte sie fest, daß der gemeinsame Schlag wie hypnotisierend wirkte. Stab eintauchen, kräftig durchdrücken, wieder eintauchen. Sie saß vorn im Boot und warf regelmäßig einen Blick auf den Funken, der sich in ihrem Amulett regte.

Hin und wieder legten sie eine Rast ein. Einmal hielten sie an, um die Wurzeln einer bestimmten Lilienart aus dem Wasser zu ziehen. Die riesigen Blüten waren noch nicht aufgegangen, so daß man die Wurzeln unbesorgt essen konnte. Zusammen mit dem Rest des Garsung ergaben sie eine Mahlzeit, die sie gegen Mitternacht einnahmen.

Der Abend war in völligem Schweigen verlaufen. Kadiya spürte ein ständiges Unbehagen. Selbst der hypnotisierende Rhythmus der Stangen konnte ihre Angst vor einem unsichtbaren, stummen Angriff nicht vertreiben. In seinem Stamm war Jagun wegen seiner Fähigkeiten im Fährtenlesen hoch geschätzt, und sie konnte sich darauf verlassen, daß er bei jeder natürlichen Bedrohung sofort aufmerksam würde. Doch jene Attacken kamen nicht von außen; das, was sie fürchtete, kam aus dem Innern, dessen Existenz ihr erst bewußt wurde, als es zum ersten Mal in Erscheinung trat.

»Jagun.« Sie sprach sehr leise, kaum lauter als das Summen der vielen Insekten ringsum. »Was liegt vor uns?« Wie sehr wünschte sie sich in diesem Augenblick, der großen Landkarte mehr Aufmerksamkeit geschenkt zu haben, die, in verblassenden Farben, die Wand der Ratskammer in der Zitadelle bedeckt hatte.

»Wir sind auf dem Weg zum Goldsumpf«, sagte er. »Zuvor laufen wir Vurenga an ...«

»Wo dein Stamm lebt!«

»Ja. Ich gehöre den Stämmen an, die an der Peripherie leben. Was dahinter liegt, haben selbst von den Urahnen nur wenige gesehen. Ich kann nicht sagen, was wir dort vorfinden werden. Wir müssen uns ganz auf das Amulett verlassen, das Ihr um den Hals tragt.«

»Ist es vielleicht Uisgu-Gebiet?« drang sie in ihn.

»Ein Teil davon, ja, aber dort sind auch jene finsteren Gegenden, in denen die Wasserbestien ihre Landmarken aufstellen. Darüber gibt es Geschichten in Hülle und Fülle.

Inwieweit sie allerdings der Wahrheit entsprechen, wissen wir nicht. Aber wir müssen durch dieses Gebiet, um nach Noth zu kommen, denn wenn wir den längeren Weg nähmen, könnte es sein, daß uns unsere Verfolger entdecken.«

»Warst du schon einmal in Noth, Jagun?«

»Ja, einmal. Es war, als Ihr noch ein kleines Kind wart. Wir Jäger sind dazu verpflichtet, sobald wir unsere Fähigkeiten für gut genug ausgebildet halten, uns zur Weißen Frau aufzumachen, damit sie uns den Freibrief für die Sümpfe erteile. Damals hat sie mir aufgetragen, mich an den Hof Eures Vaters zu begeben, um dort als Jäger zu dienen und auf den Tag der Not, den sie vorhergesagt hatte, zu warten – auf den Tag, den wir gerade hinter uns haben. Außerdem sind wir verpflichtet, ihr über jede neue Entdeckung zu berichten, die wir über das Versunkene Volk machen ...«

»Neue Entdeckungen?« Kadiyas Interesse war geweckt. »Dann gibt es noch Neues zu entdecken, Jagun? So viele Jahrhunderte sind vergangen, seit dein Volk begonnen hat, die Sümpfe zu durchforschen. Was sollte es denn noch zu finden geben?«

Jagun zögerte einen Augenblick. Und als er ihr antwortete, geschah es spürbar widerwillig. »Weitsichtige, die Versunkenen besaßen Geheimnisse, die weit über unsere Vorstellungskraft hinausgehen. Es ist auch wahr, daß jedes Kunstwerk aus vergangener Zeit, das anders ist als die bisher gefundenen, der Weißen Frau nach Noth gebracht werden muß. Einige behält sie, und wir wissen, daß diese Sachen gefährlich sind und daß sie die ihnen innewohnenden Geheimnisse zu unserem Schutz einsetzt.«

Kadiya spürte deutlich, daß er nicht mehr über dieses Thema sagen wollte. Doch wenn er die Erzzauberin gesehen hatte, konnte er ihr gewiß ein paar kleine Einblicke gewähren, mit deren Hilfe sie sich auf ihre Begegnung vorbereiten konnte.

»Wie ist sie, Jagun? Ich weiß, daß sie große Zauberkraft besitzt, aber wie unterscheidet sie das von anderen? Es heißt, Orogastus verfüge über einen Körper wie jeder andere Mann, aber er habe ein königliches Auftreten und könne einen Menschen mit Augen ansehen, denen nichts verborgen bleibt. Doch in Erzählungen wird der Feind immer größer. Wenn Orogastus wirklich mehr ist als ein gewöhnlicher Mann, was ist dann die Erzzauberin?«

»Königstochter, sie ist die Hohe Frau, die Hüterin. Sie kennt das Leben und den Tod, hat aber weder mit dem einen noch mit dem anderen etwas zu tun. Denn Leben und Tod sind uns allen gemeinsam. Sie hat sich nicht verändert, seit mein Volk sie zum ersten Mal erblickt hat. Sie erhebt nicht die Hand, um dem Tod Einhalt zu gebieten, und sie ruft kein neues Leben hervor. Nein, denn sie hält das Gleichgewicht, und wir gehen entsprechend unserer Natur mit der Vergänglichkeit der Zeit um. Sie allein bewahrt die Sümpfe vor Invasionen, und jetzt ist das Gleichgewicht gestört und muß wiederhergestellt werden. Eine Sache, Königstochter, für die Ihr auf die Welt gekommen seid ...«

Kadiya hatte ihre Stange tief eingetaucht, zog sie jedoch nicht aus dem Wasser, sondern drehte sich im Boot halb um, um Jagun anzusehen.

»Dafür bin ich auf der Welt?« Ihre Stimme wurde lauter.

»Ihr drei seid zu diesem Zweck auf die Welt gekommen, Weitsichtige. Die Zeit vergeht, und selbst der härteste Stein muß am Ende dem Fluß der Zeit nachgeben. Sie, die in Noth lebt, schaut beizeiten in die Zukunft. Daher ist es ihre Pflicht, sich auf den bevorstehenden Winterregen vorzubereiten, wenn sie dunkle Wolken aufziehen sieht. Vor dem Tag Eurer Geburt, Königstochter, wurden ein paar Auserwählte aus meinem Stamm und ein paar Uisgu nach Noth gerufen. Man warnte sie vor einer nahenden Finsternis. Sie, die in der Vergangenheit zwischen uns und allen Vorzeichen gestanden habe, sei diesmal nicht in der Lage, eine Mauer der Stärke zu errichten. Dennoch versprach sie uns: Menschen der nachfolgenden Generation würden das Gleichgewicht wiederherstellen.«

Kadiya biß sich auf die Unterlippe. Abermals loderte Wut in ihr auf, deren Glut sie sorgsam in ihrem Innern genährt hatte.

»Eine Warnung – sie hätte *uns* ebensogut warnen können!«

»Weitsichtige, dies ist das erste Mal seit Stammesgedenken, wie es die alten Lieder meines Vaters verkünden, daß die Weiße Frau von Noth je einem anderen mit ähnlich großer Macht begegnet ist. Mag sein, daß er sogar noch mächtiger ist, als ihr bisher bekannt war. Ihr wollt, daß Voltrik mit seinem Blut für die Greueltaten an Eurem Stamm bezahlt ... vielleicht ist das nur der kleinste Teil dessen, was Ihr zu fordern habt, ehe alles zu Ende ist.«

»Ich habe keine Zauberkraft ...«, begann Kadiya.

»Schaut hinüber zu jenen Schilfrohren«, sagte Jagun und deutete mit dem Kopf nach rechts. »Eins kann man herausziehen und ohne große Mühe brechen. Drei zieht man heraus und dreht sie zu einer Kordel zusammen, mit der man Wild fangen kann. Ihr seid eine, ihr seid eins von dreien ...«

Kadiya zog ihre Stange unwirsch aus dem Wasser. »Haramis, Anigel und ich sollen das Seil sein?« Sie lachte. »Ich fürchte, mit einer solchen Schlinge kannst du nicht gerade fachmännisch jagen!«

Was war schon Zauber – sie besaß keine Zauberkraft, und Anigel hatte bestimmt noch nie in ihrem seicht dahinplätschernden Leben den Wunsch gezeigt, mit vergessenem Wissen zu spielen. Zauberkraft! Sie wollte sich die Magie nicht als Waffe vorstellen. Voltrik sollte ihr vor die Füße kommen, wenn sie echten Stahl in Händen hielte! Sie wußte nicht, wie oder wann das geschehen würde, aber sie glaubte daran, daß es dazu käme. Und dann würde sie sich nicht auf irgendeine zweifelhafte Zauberei verlassen, um zu tun, was getan werden mußte!

Manchmal konnte sie diese Gedanken auf der langen Fahrt durch die Dunkelheit nicht ertragen. Doch sie zwang ihre Aufmerksamkeit stets erneut auf die Dinge, die um sie herum vorgingen. Zweimal rasteten sie im Schutz eines Hügels, um sich auszuruhen und etwas zu essen. Sie rieb die schmerzenden Arme und Schultern, doch sie hütete sich, laut zu klagen: Jagun und sie redeten überhaupt nur wenig miteinander.

Einmal hörten sie einen schrillen Schrei, der die Stille der Nacht zerriß. Kadiya blieb ruhig, obgleich sie so etwas noch nie zuvor gehört hatte. Sie hatten unter den herabhängenden Zweigen einer Wasserweide angehalten, so daß sie beschattet und geschützt waren. Über ihnen leuchtete das Dreigestirn, und ein schwarzer Schatten zog vorüber, bei dessen Anblick das Mädchen vor Ehrfurcht tief einatmete. Das Flügeltier dort oben war anscheinend größer als das Boot unter ihren Füßen, und mit seiner Flügelspanne löschte es für einen Augenblick den Glanz der Sterne aus. Sie hatte keine Ahnung, was es sein könnte; sie hatte noch nicht einmal davon erzählen gehört.

Es schrie noch einmal und verschwand. Dennoch machte Jagun keinerlei Anstalten, das Versteck zu verlassen. Kadiya hörte ihn ganz leise zischen. Er flüsterte: »Der Var – er ist auf Jagd!« In der Stimme des Jägers schwang ein Unbehagen mit, wie es jemand empfindet, der einem übermächtigen Feind gegenübertreten muß.

»Der Var?«

»Er fliegt nicht zufällig hierher, denn er ist ein Wesen aus dem Zentrum des Unbekannten.« Es war, als spräche er zu sich selbst. »Was führt ihn in dieses Land? Fürwahr, die Welt muß sich in furchtbarem Aufruhr befinden.«

Schließlich nahmen sie ihre Fahrt wieder auf, nur etwas langsamer. Kadiya bemühte sich nach Kräften, kein Geräusch zu machen. Noch einmal hörten sie den mißtönenden Schrei, jedoch weiter im Norden, aus der Richtung, in die sie fuhren.

Sobald die Sonne aufging, suchten sie sich ein Lager. Zuerst wollte Kadiya dem hohen Ufer fernbleiben, auf das Jagun zusteuerte, denn es mochte sein, daß darauf wieder Ruinen standen, und sie hatte nicht vergessen, was sie an der letzten Stelle dieser Art vorgefunden hatten. Jagun gab jedoch nicht nach.

Er deutete auf ein paar Wirbel auf der dunklen Wasseroberfläche.

»Saugnäpfe – offenbar ein ganzes Nest. Sie würden sich niemals in der Nähe eines ehemaligen Lagers aufhalten.«

Sie legten an der Insel an, und Jagun verschwand, das Blasrohr in der Hand. Kadiya machte sich daran, Treibholz zu sammeln, das der Fluß in der Regenzeit angeschwemmt hatte. Sie schichtete das Holz sorgfältig zu einem zündfertigen Stoß auf, der möglichst unauffällig brennen sollte. Dann setzte sie sich, um auf Jagun zu warten, und nahm mit allen Sinnen ihre Umgebung wahr. Die Gerüche des Sumpfes vermischten sich. Da gab es den Duft der Blumen, einen Hauch Verwesung und Verrottung, sogar Spuren von Moschus. Obwohl sie nicht die Gabe hatte, die Jagun und andere Jäger bis zur Vollkommenheit beherrschten, versuchte Kadiya nun, diese feinen Geruchsfetzen voneinander zu unterscheiden, zu erkennen, und jeden so gut sie konnte zu bestimmen.

Und sie lauschte. Überall pulsierte das Leben, das zu immer grelleren Lauten erwachte, je höher die Sonne stieg. Sie erkannte das Klippklapp eines Raspelkäfers. Weiter entfernt zwitscherten noch halb verschlafen ein paar Vögel. Das Leben im Sumpf war mannigfaltig, und sie und ihre Artgenossen waren nur Eindringlinge hier. Es würde mehr als eine Lebensspanne, wie sie jenen von ihrem Blute zustand, in Anspruch nehmen, um auch nur einen Bruchteil des Lebens in den Sümpfen zu erforschen.

Kadiya nahm das Amulett in die Hand und hielt es in den ersten Sonnenstrahl, der auf ihr Lager fiel. Die kleine Knospe darin war fest geschlossen – obgleich der Lichtfunke an ihrer Spitze noch immer zu sehen war. Tiefschwarz – die Blume war so schwarz, wie man es zuvor noch bei keiner anderen Pflanze gesehen hatte. Sie war das Zeichen ihres Hauses – auch wenn in den ältesten Legenden nicht ein Grund dafür zu finden war.

Sie hatte Jagun nicht kommen hören, und doch war er plötzlich da. Er hatte zwei Karuwale mitgebracht, aus deren offenen Mäulern Wasser troff. Er hatte das Blasrohr noch in der Hand und schaute nicht in Kadiyas Richtung, sondern über die Schulter zurück auf den Pfad, auf dem er gekommen war.

Sie hätte bis zehn zählen können, während er dort stand. Dann sah sie, daß sich die angespannte Schulterpartie etwas lockerte. Noch einmal ließ er den Blick von rechts nach links wandern, so weit er den Kopf wenden konnte, ohne dabei jedoch den Weg, auf dem er gekommen war, aus den Augen zu lassen. Schließlich sank er mit einem Seufzer zu Boden.

Seine Haut war grau geworden während der Strapazen ihrer Fahrt. Er hatte die Karuwale fallen lassen, ohne sie eines Blickes zu würdigen, als wäre sein Waidmannsglück nicht länger von Bedeutung.

Nachdem Jagun das Blasrohr auf einem Oberschenkel abgelegt hatte, löste er ein großes, unförmiges Bündel von seinem Gürtel, das er in ein Blatt gewickelt hatte. Rasch öffnete er es. Angeekelt schreckte Kadiya zurück. Der Gestank war durchdringend, und Kadiya hatte das Gefühl, das Ding, das ihn ausgelöst hatte, was auch immer das sein mochte, sei ihr direkt ins Gesicht geschleudert worden. Das Ding sah aus wie grüngelbes, hartgewordenes Gelee.

»Skritek-Brut.« Jagun ließ es liegen und wischte sich die Hand heftig an einem Grasbüschel ab. »Sehr jung noch, aber tödlich genug.«

Kadiya konnte den Blick nicht abwenden. Daß die Skritek sich so weit nach Süden vorgewagt haben sollten, um einen Pfosten zur Warnung aufzustellen, war wider alle Vernunft. Daß sie jedoch hier ablaichten – das konnte einfach nicht sein!

»Dort war die Futterstelle eines Var«, fuhr Jagun fort. »Er hatte – hiervon gefressen.«

»Wie weit fliegt so ein Ding?« fragte sie.

»Wenn er eine Brut in voller Größe trägt? Dann kann er nicht weit von den nächsten Skritek-Lagern entfernt sein ...«

Kadiya überlegte, welche Bedrohung dahintersteckte. »Demnach ziehen die Skritek gen Süden?«

Jagun hob das ausgebreitete Blatt auf und achtete sorgsam darauf, daß er den Inhalt nicht berührte. Er entfernte sich vom Lager, hob mit Hilfe eines Stockes ein Loch aus, warf die stinkenden Überbleibsel hinein und bedeckte sie mit Erde, die er fest andrückte.

Seine Stimme klang hart, als er zurückkehrte und sagte: »In den Sümpfen gibt es viele Wege, und die meisten kennen wir gut. Aber niemand kann das ganze Land hier einnehmen. Es gibt weiche Schlammstellen, die jeden Eindringling verschlingen. Die können wir nicht durchqueren. Was dahinter liegt ...« Er zuckte mit den Schultern.

Sie aßen etwas. Kadiya übernahm die erste Wache,

während Jagun sich ausruhte. Es fiel ihr schwerer denn je zuvor, wach zu bleiben, auch als sie ihre Gedanken auf die Frage lenkte, was wohl dahinterstecken mochte, wenn die Skritek absichtlich die Grenzen ihres Gebietes veränderten. Und als Jagun ihren Platz einnahm, fiel sie sogleich in den tiefen Schlaf eines Menschen, der seinen Körper bis an die Grenzen belastet hatte.

Am späten Nachmittag weckte Jagun sie. Er war noch einmal auf Jagd gewesen, und diesmal brachte er nicht nur ein paar süße Lilienwurzeln, sondern auch noch einen Garsung mit, bei dessen bloßem Anblick ihr das Wasser im Munde zusammenlief. Sie aßen langsam, jeden Bissen auskostend, verließen dann ihr Versteck und folgten dem verheißungsvollen Funken in Kadiyas Amulett.

In dieser Nacht sahen sie weder den Var, noch irgendeine andere Spur am Wegesrand außer dem gewöhnlichen Sumpfbewuchs mit seinen Bewohnern. Sie befanden sich inzwischen in der Nähe des Goldsumpfes – immerhin so nah, daß sie einen kurzen Blick auf die weiten Felder der in leuchtenden Farben blühenden Schilfgräser werfen konnten, die diesem Gebiet seinen Namen gegeben hatten.

Als der heraufziehende Morgen sie daran erinnerte, daß sie sich ein Versteck suchen mußten, konnten sie an einem Ort rasten, der sich erheblich von den unbequemen Lagerplätzen abhob, die sie bislang aufgesucht hatten. Denn es ertönte ein heulender Schrei, der von Jagun lebhaft beantwortet wurde.

Sie hatten eine Stelle erreicht, an der ein kleinerer Fluß in den breiten, seichten Strom mündete. Jagun steuerte ihr Boot direkt auf diese offene Uferstelle zu. Sogleich tauchten auf beiden Ufern Seltlinge auf, die Kadiya an der gewebten Kleidung als Nyssomu erkannte. Doch sie redeten Jagun nicht in der Handelssprache an. Kadiya konnte daher nur wenige Wörter verstehen. Jagun brachte das Boot mit dem Bug voran näher an das linke Ufer. Einer der Eingeborenen stieg vorsichtig hinein, nahm Kadiya den Stab aus der Hand und bedeutete ihr, sich zu setzen. Dann stieß er das Boot mit kraftvollen Schwüngen vorwärts.

So kam sie nach Vurenga, der ersten und einzigen echten

Nyssomu-Siedlung, die sie je gesehen hatte. Diejenigen, die in Trevista ihren Handelsinteressen nachgingen, lebten hier in den Ruinen, in denen es jedoch kein Zeichen einer anderen als ihrer eigenen Geschichte gab. Ihre auf Pfählen errichteten Häuser bedeckten eine weite Wasserfläche. Jedes Haus stand in der Mitte einer Plattform, die sich ungefähr fünf Ellen über dem Wasserspiegel befand. An zwei Seiten dieser Plattform waren Boote vertäut, die ähnlich aussahen wie das, in dem sie hergekommen waren.

An den Seiten der Langhäuser standen in regelmäßigen Abständen Töpfe, in denen Kletterpflanzen wuchsen. Diese hatten die Außenwände bereits so stark überwuchert, daß es aussah, als bestünden die Wände nur aus Blattwerk. Zu dieser Jahreszeit wurden die Ranken von schweren gelben Blütendolden, die ins Scharlachrote übergingen, nach unten gezogen. Kadiya wußte, daß aus den Blüten ein stärkendes, wohlschmeckendes Getränk hergestellt wurde. An den Ufern des kleinen Sees, auf dem das Dorf errichtet worden war, erblickte sie Getreidefelder neben Pferchen für die beiden Nutztierarten, die die Nyssomu züchteten – Muths und Kobare. Sie waren größer als ihre wilden Artgenossen in den Sümpfen.

Das Boot, in dem Kadiya und Jagun saßen, legte an einem der Langhäuser an. Aus allen Gebäuden waren inzwischen Eingeborene getreten. Die Vier jedoch, die Kadiya und Jagun erwarteten, fielen durch ihr hohes Alter auf. Zwei von ihnen waren Frauen, deren Gesichter mit kleinen, schillernden Ornamenten verziert waren und deren Grasgewänder an den Kanten mit kleinen Muscheln oder winzigen Glitterstückchen besetzt waren, die sie möglicherweise in den Ruinen gefunden hatten. Die größte und imposanteste Frau trat in diesem Augenblick vor, um sie zu begrüßen.

»Ich grüße Euch, Erste des Hauses.« Jagun sprach langsam, und diesmal konnte Kadiya jedes Wort verstehen. »Mögen Jene-Die-Wir-Nicht-Nennen dem Stamm und seinen Nachfahren Ehre und Wohlleben schenken.« Die Nyssomu neigte den Kopf mit derselben Anmut, die Kadiya an ihrer Mutter beobachtet hatte, wenn sie bei einem offiziellen Anlaß Botschafter empfing.

»Die Erste des Hauses bietet Euch ein Dach über dem Kopf, Jäger«, sagte sie.

Dann stellte Jagun Kadiya vor: »Erste, dies hier ist die Königstochter aus dem Großen Ort. Viel Böses ist in unser Land eingedrungen. Die Weiße Frau hat sie nach Noth gerufen, damit sie sich Rat hole.«

Der Eingeborene, der Kadiyas Stange übernommen hatte, reichte ihr die Hand und half ihr auf die Plattform. Nun stand sie der Frau gegenüber, die Jagun so respektvoll begrüßt hatte. Höfische Manieren und Gebräuche waren Kadiya von Kind auf eingedrillt worden; für einen richtigen Hofknicks jedoch brauchte man ein feierliches Gewand. Einer Eingebung folgend benutzte Kadiya statt dessen eine Gebärde, die sie in Trevista gesehen hatte, wenn zwei Eingeborene sich trafen. Sie legte die Handflächen aneinander und neigte den Kopf.

»Ich, Kadiya, Tochter des Königs Krain, wünsche allen in diesem Stamm Wohlergehen.«

Zu ihrer Erleichterung antwortete die Frau mit einer Geste, die Kadiya kannte – sie hielt eine Handfläche hoch. Kadiya legte rasch eine Hand darauf.

»Ruht Euch aus, Königstochter«, sagte die Frau mit dem typischen Lächeln der Seltlinge, bei dem die Lippen weit auseinandergezogen wurden. Dann wurde sie schnell wieder ernst. »Ja, der Tod lauert überall, und Dank sei Jenen-Die-Wir-Nicht-Nennen, daß Ihr sicher hier angekommen seid. Wasserbestien ziehen durch unser Land.« Sie zögerte, bevor sie fortfuhr. »Da draußen gibt es vieles, was aus der Finsternis kommt. Doch unserem Stamm könnt Ihr vertrauen, Königstochter. Erlaubt uns, Euch als Gast aufzunehmen.«

Das Innere des Nyssomu-Hauses bestand aus lauter Doppelräumen, die sich zu einem Korridor hin öffneten. Kadiya hatte den Eindruck, daß jeder einer bestimmten Familie oder Gruppe zugedacht war. Männer waren nicht zu sehen, doch neben jeder Tür standen eine oder mehrere Frauen, die den Kopf neigten, als Kadiya und ihre Gastgeberin vorübergingen. Sie gelangten an eine Tür am Ende des Korridors, und Kadiya konnte die überraschende Feststellung machen, daß

Luxus, wenn auch nicht von der Art, wie sie ihn gewohnt war, hier nicht unbekannt war. Ein geschnitzter Holzbottich (dem Aussehen nach hätte er aus einer der Ruinen stammen können) wartete auf sie. Er war mit klarem Wasser gefüllt, auf dem blau-violette Blütenblätter schwammen, die Kadiya als eine der Handelswaren aus Trevista wiedererkannte. Zwischen den Händen zerrieben und auf den Körper aufgetragen verliehen sie der Haut nicht nur einen anhaltenden Duft, sondern hatten darüber hinaus auch eine reinigende Wirkung. Überglücklich streifte Kadiya die Kleider ab und stieg in den Bottich. Sie schrubbte sich mit duftenden Blütenblättern und wusch sich die zerzausten, fettigen Haare. Ah, es war schön, wieder sauber zu sein!

Ihre Gastgeberin hatte sich auf eine Bank an der gegenüberliegenden Wand gesetzt. Nach und nach betraten sechs weitere Eingeborene den Raum, die ebenso eindrucksvoll auftraten und die gleiche Kleidung trugen wie die Erste des Hauses, neben der sie Platz nahmen. Kadiya empfand ihre Anwesenheit nicht als störend. An diesem Ort herrschte eine Atmosphäre der Ruhe und des Friedens, die sich wie sanfter Kräuterbalsam auf die offene Wunde ihrer unmittelbaren Vergangenheit legte.

Eine jüngere Frau brachte Kadiya eine lange Robe aus fein gewobenem Gras, die sie überziehen sollte. Dann stand ihre Gastgeberin auf und deutete auf einen gepolsterten Hocker. Als Kadiya darauf Platz nahm, brachte eine andere Frau ein Tablett, auf dem Schalen aus getrockneter, hübsch geschnitzter Korfor-Rinde standen.

Nachdem alles aufgetragen war und alle ein Trinkgefäß in der Hand hielten, neigte die Gastgeberin ihre Schale ein wenig, so daß ein oder zwei Tropfen zu Boden fielen. Die anderen folgten ihrem Beispiel, auch Kadiya, die versuchte, aufmerksam jeden Punkt der Etikette zu befolgen, womit sie die Anerkennung dieser Wesen zu erlangen hoffte. Wie oft war sie bei Zeremonien in der Zitadelle ungeduldig gewesen, mitunter so unaufmerksam, daß sie sich einen Verweis durch die Mutter zuzog; doch in diesem Augenblick wußte sie genau, daß sie jede Geste ausführen mußte, die man von ihr erwartete und die den Nyssomu gefallen würde. Die Gastgeberin nahm einen kleinen Schluck aus ihrer Schale und reichte sie Kadiya, die rasch ihrem Beispiel folgte. Nachdem sie so die Trinkgefäße getauscht hatten, trank Kadiya, wiederum ihrer Gastgeberin folgend, die Schale aus. Ein warmes Gefühl der Entspannung durchströmte sie.

»Das Böse ist da«, sagte ihre Gastgeberin in die Stille hinein. »Die Blutfresser ziehen durchs Land, und mit ihnen kam einer, der nicht hier beheimatet ist und der Gedanken verwirren kann. Wir haben Nachrichten erhalten aus den Gebieten weiter flußabwärts. Viele Angehörige unseres Stammes sind aus Trevista hierher gekommen, denn der Ort ist nun von jenen besetzt, die mit dem Tod handeln. Wir haben der Weißen Frau von Noth eine Botschaft gesandt. Aber bisher ist noch keine Antwort eingetroffen ...«

»Erste des Hauses«, sagte Kadiya und beugte sich auf ihrem Hocker vor. »Jene, die in Trevista eingedrungen sind, kennen sich in den Sümpfen kaum aus. Doch sie werden von einem Teufel angeführt, der in unbekannter Magie bewandert ist, und einer seiner Diener zieht mit den Skritek. Dennoch glaube ich nicht, daß Soldaten, die an die Ebenen von Labornok gewöhnt sind, im Land der Sümpfe kämpfen können. Euer Volk, das alle Windungen und Biegungen kennt, kann sich gewiß gegen sie erheben und diesen Teil des Landes befreien ...«

Doch die Gastgeberin schüttelte bedächtig den Kopf. »Königstochter, es ist bei uns nicht Brauch, gegen jene in den Kampf zu ziehen, die in unser Land eindringen. Wir verteidigen uns zwar, doch wir bringen nicht den Tod über andere.«

Kadiya biß sich auf die Lippe. Sie hatte die Gelegenheit, die Streitmacht des Feindes zu vernichten, bereits so klar vor Augen gehabt: Sie würde die Nyssomu einsetzen, die jeden Trick und jeden Schrecken, den diese Gegend bereithielt, gegen den Feind richten könnten, wenn sie nur wollten! Tief in ihrem Inneren regte sich abermals Zorn. Was sollte sie nur tun? Wie oft schon hatte sie sich in der Vergangenheit von ihrer Ungeduld hinreißen lassen; diesmal jedoch durfte ihr auf keinen Fall ein Fehler unterlaufen.

Sie nestelte an ihrem Amulett.

»Die Weiße Frau von Noth hat mich zu sich gerufen«, sagte sie mit aller ihr zu Gebote stehenden Vorsicht. »Sie war lange Zeit die Hüterin dieses Landes. Vielleicht hat sie eine Antwort.«

Die Nyssomu-Frau nickte beifällig. »Das stimmt, Königstochter. Sie, die größer ist als alle anderen Lebewesen, beherrscht viele fremde Mächte. Wir werden Euch nach bestem Vermögen helfen, zu ihr zu gelangen.« Und damit mußte Kadiya sich zufriedengeben.

14

Uzun spielte auf seiner Pfropfflöte die Melodie des Liedes »Weiher im Rot der sinkenden Sonne«. Haramis mochte es sehr gern. Es war die traurige, ergreifende Ballade von einem einsamen Flußschiffer, fern von zu Haus und den Seinen. Als das Echo des letzten silberhellen Tons in den frostigen Felsen verklungen war, sagte die Prinzessin: »Das war wirklich wunderschön, alter Freund.«

»Ich wünschte, ich hätte weiterspielen können«, sagte Uzun entschuldigend, »aber meine Finger sind so steif, daß ich sie kaum bewegen kann.« Er kuschelte sich noch tiefer in seinen pelzgefütterten Mantel und rückte mit den nassen Stiefeln näher an das kleine Lagerfeuer. Die Nacht zog schnell herauf, und mit ihr kam ein kalter Wind von den Gletschern herab, der wie ein scharfes Messer in die bloße Haut schnitt. »Mach dir nichts daraus, Uzun. Ich glaube, wenn du länger gespielt hättest, wäre ich vor lauter Schwermut in Tränen ausgebrochen. Der Flußschiffer in dem Lied hat wenigstens die Hoffnung, zu seiner Familie in die Heimat zurückzukehren, für mich aber gibt es kein Zuhause, und die ich liebte, sind tot.«

»Eure Schwestern vielleicht nicht, meine Prinzessin.«

Sie warf einen Blick über den kahlen, felsigen Abhang am anderen Ufer des Vispar, dessen Flußbett sie immer höher hinauf ins Ohoganmassiv gefolgt waren. Über Graten, die bereits im Schatten lagen, ragte der majestätische Gipfel des Rotolo auf, der sich rotglühend vom späten Licht der Sonne vor dem mit Wolkenfetzen überzogenen Abendhimmel abhob. »Ich bete, Kadiya und Anigel mögen noch am Leben sein«, sagte Haramis. »Aber du weißt so gut wie ich, daß Kadiya bereit war, im Kampf gegen eine überwältigende Übermacht in Tapferkeit zu sterben. Und was Anigel betrifft, würde es mich nicht wundern, wenn sie vor Angst umgekommen wäre!« Heftig blinzelnd versuchte sie, die plötzlich aufsteigenden Tränen zu unterdrücken. »Die armen kleinen Närrinnen!« Schnell lenkte sie ihre Gedanken zurück auf die gegenwärtigen Probleme. »Im übrigen kann es sein, daß wir ihnen bald folgen, wenn diese elendigen Drillingssamen uns noch höher in die Berge hinaufführen. Hier gibt es schon fast kein Feuerholz mehr und weder eßbare Wurzeln noch Beeren. Im Fluß leben keine Fische, seitdem das Wasser weiß ist und obendrein einen merkwürdigen Beigeschmack hat. Weißt du, was diese pulvrige Masse darin ist?«

»Ich finde, es schmeckt felsig«, sagte Uzun. »Jedenfalls, wenn es giftig wäre ...«

»...wären wir schon tot«, stimmte Haramis ihm zu. »Aber mir schmeckt es trotzdem nicht. Und ich mache mir Sorgen um dich, Uzun; die Kälte hier oben ist nichts für dich, denn dein Körper ist nicht für solche Höhen geschaffen.«

»Mir geht es ganz ausgezeichnet!« protestierte Uzun. »Ich muß mich nur ein wenig aufwärmen und meine Stiefel trocknen.«

»Aber sie werden immer wieder durchnäßt werden, wenn wir morgen erst einmal durch matschige Schneefelder stapfen«, stellte Haramis klar. »In meinen Adern fließt wärmeres Blut als in deinen, Uzun, und ich kann es aushalten. Aber du bist ein Nyssomu, geboren für ein Leben in den warmen Sümpfen. Ich habe beobachtet, wie dein Gesicht im Verlauf des heutigen Tages vor Schmerzen immer grauer wurde, und deine Schritte sind langsamer geworden.«

»Ich halte Euch also auf«, murmelte er unglücklich.

»Das ist nicht so wichtig, ich habe es nicht eilig, mich zu Tode zu frieren, weiß Gott! Aber ich halte es für unwahrscheinlich, daß es dir besser geht, je kälter es wird. Dein Zustand wird sich eher verschlechtern.«

Sie erhob sich von ihrem Platz am Feuer, legte mit einem Ruck die Fausthandschuhe ab und begann, ihm die Stiefel von den Füßen zu ziehen. »Wir müssen sie ausziehen, an deinen Füßen trocknen sie nie.«

»Nicht doch, nein – ich muß *Euch* dienen! Niemals sollt Ihr *mir* dienen!«

»Sei ruhig«, befahl sie mit aufgesetzter Strenge. Nachdem

sie ihm die Stiefel, die durchnäßten Felleinsätze und die Graswattierung abgestreift hatte, die im trockenen Zustand zwar isolierte, jetzt aber zu einer nutzlosen Masse an seinen Klauenfüßen zusammengeschrumpft war, zog sie ihm ihre warmen Fäustlinge wie Hausschuhe über die Füße. Dann stellte sie seine Fußbekleidung sorgfältig auf, daß die spärliche Wärme des Feuers sie durchdringen konnte, und gab ihm einen Schluck aus dem kleinen, rußgeschwärzten Topf, in dem sie den Darson-Tee aufbrühten. Der alte Seltling stieß einen Seufzer aus. »Jetzt geht es mir schon viel besser. Trotzdem hättet Ihr Euch nicht erniedrigen dürfen ...«

Sie legte ihm einen Finger auf die Lippen. Er verstummte. »Jetzt hör mir mal zu, Uzun. Ich habe sehr sorgfältig über die ganze Sache nachgedacht, und ich bin zu einem Entschluß gekommen. Mein Wunsch ist es, daß du jetzt zurückgehst, denn du hast mich begleitet, so weit es dir möglich war. Ich werde jedoch allein weitergehen.«

»Nein! Nein!« schrie er und verschüttete in seiner Erregung etwas Tee.

»Habe ich nicht gesagt, daß mein Entschluß feststeht?« sagte sie. »Wir wissen, daß wir beinahe den Teil des Gebirges erreicht haben, in dem kein Lebewesen – außer vielleicht den märchenhaften Augen im Wirbelwind – lange überleben kann. Unsere Wegzehrung ist fast verbraucht, und es gibt keine Möglichkeit, hier oben noch etwas Eßbares zu finden. Bald wachsen nicht einmal mehr Zwergenbäume, und wir werden kein Feuerholz mehr haben. Wenn mir etwas Großes vorherbestimmt ist, wie die Weiße Frau gesagt hat, dann können wir davon ausgehen, daß die Herrscher der Lüfte mich irgendwie beschützen und am Leben erhalten, solange ich den Drillingssamen folge. Aber du, mein Freund, mußt umkehren. Es ist meine Aufgabe, und ich muß sie allein bewältigen. Die Erzzauberin hat es mir gesagt. Hat sie dich nicht auch wissen lassen, daß du mich verlassen mußt, noch ehe ich das Ziel erreicht habe?«

Uzun neigte schweigend den Kopf. Er wischte sich die tränennassen Augen am Ärmel ab. Dann schlürfte er langsam aus ihrem gemeinsamen Teetopf.

»Wenn du von hier aus zurückgehst«, fuhr Haramis fort, »kannst du in einem halben Tag die Schneefelder hinter dir lassen. Nach einem weiteren Tagesmarsch erreichst du den fruchtbaren Teil der Vispar, wo es Garsung und andere Fische im Überfluß gibt. Dort findest du auch reichlich reife, nahrhafte Beeren, und die Nächte sind frostfrei. Du kannst dem Fluß in südlicher Richtung folgen, bis du auf freundliche Uisgu stößt, und sie werden dich in ihren Booten mitnehmen nach Trevista, zu deinem Stamm.«

»Aber ich kann Euch doch nicht alleinlassen! Die Heilige Dreieinigkeit weiß, daß ich im Freien ein erbärmlicher Versager bin, aber Ihr – vergebt mir, wenn ich es sage, Prinzessin! – Ihr seid in dieser Wildnis noch weniger als ich in der Lage zu überleben!«

»Ich brauche jetzt keine besonderen Überlebensfähigkeiten. Es gibt keine Fische mehr auszuweiden, keine Sumpfgurpse zu fangen, keine Wildpflanzen mehr zu suchen oder zuzubereiten. Die Nahrung, die mir in meinem Bündel bleibt, wird mich eine Weile vor dem Verhungern bewahren, und ich habe gelernt, so lange zu warten, bis sich die Verunreinigungen des Flußwassers abgesetzt haben, ehe ich es trinke. Ich kann mehr oder minder behende einen Felsen erklimmen – immerhin habe ich vor kurzem genug Übung gehabt –, und die Samen werden zweifellos einen trockenen Unterschlupf für mich finden, in dem ich mich zumindest in den nächsten paar Tagen zum Schlafen niederlegen kann, bis die Landschaft ganz im Schnee versinkt. Wenn ich bis dahin mein Ziel noch nicht erreicht habe ...« Sie zuckte mit den Schultern. »Nun, vielleicht werden die Augen im Wirbelwind Mitleid mit mir haben und mich in eines der sagenumwobenen grünen Täler hoch droben im Ohoganmassiv bringen, in denen die Vispi angeblich zwischen heißen Quellen und blühenden Blumen leben sollen, während Schneestürme über sie hinwegfegen, ohne ihnen zu schaden.«

Uzun sagte mit leiser, nachdenklicher Stimme: »Um ehrlich zu sein, ich habe mich schon gefragt, ob die Weiße Frau uns auf den Weg zu einem solchen Ort geschickt hat.«

»Was weißt du über die Vispi?«

»Sie kommen niemals aus den Bergen heraus. Sie verkaufen wertvolle Metalle und Edelsteine an die Uisgu. Diese geben die Waren an die Nyssomu weiter, und von dort finden sie ihren Weg zu den Menschen, entweder auf dem Jahrmarkt in Trevista oder auf den kleineren Märkten der Grenzdörfer. Sie erhandeln damit vor allem Haustiere – besonders die kräftigeren Pelztiere wie Volumner, Togense und Dannlinge. Außerdem brauchen sie Salz und alle Arten von Süßigkeiten – Honig von Wasserbienen ist das wichtigste Handelsprodukt der Uisgu – und ein paar andere Produkte.«

»Wie sehen sie aus?«

»Kein Nyssomu hat eine Begegnung mit ihnen überlebt, denn ihr Land ist für die Stämme aus den Sümpfen tabu.«

»Da ihr ohnehin erfrieren würdet, noch ehe ihr sie erreicht hättet, ergibt das durchaus einen Sinn«, murmelte Haramis.

Uzun fuhr fort: »Die Uisgu aus dem Grasland behaupten, die Vispi seien größer als Menschen, aber schlanker. Sie sind tatsächlich Menschen, denn sie tragen ihre Jungen aus, bis der Körper voll ausgebildet ist, und legen keine gefräßigen Larven wie die erbärmlichen Skritek. Die Augen im Wirbelwind, diese Wächter der Gebirgspässe, die einst dazu beitrugen, unser Land vor Invasionen zu schützen, gehören angeblich zu den Vispi und dienen der Weißen Frau.«

Haramis sagte: »Einige unserer Wachtposten aus den Bergvesten erzählten von Vispi, die auf Neuschnee tanzten. Sie sagten, sie seien wunderschön.«

»Es heißt auch, sie seien das älteste Volk. Aber das weiß niemand so genau. Unsere Geschichtenerzähler sagen, daß sie in tiefen Tälern an den Flanken der Berge Rotolo, Gidris und Brom leben. Dort sollen heiße Quellen entspringen und dampfende Flüsse rauschen, die die schreckliche Kälte mildern und die Gegend fruchtbar machen, so daß Pflanzen wachsen können. Und überall im Lande der Vispi soll es Eishöhlen geben, die langsam schmelzen und Juwelen und Klumpen von Gold und Platin sowie Basersteine zutage fördern, die von den Bergflüssen bergab geschwemmt werden. Einige dieser Eishöhlen haben angeblich den Versunkenen gehört, und es kommt vor, wenn auch sehr selten, daß die

Vispi ein altes Gerät des Versunkenen Volkes zum Verkauf anbieten.«

»Faszinierend«, murmelte Haramis. Sie schürte das Feuer mit der eisenbeschlagenen Spitze ihres Wanderstabes und warf noch nicht angebrannte Zweige auf den spärlichen Haufen glühender Holzkohle. Sie schwieg für geraume Zeit. Dann sagte sie plötzlich: »Uzun, würdest du versuchen, deine Hellsichtigkeit für mich zu benutzen?«

»Um Eure Schwestern zu suchen?«

»Nein, nicht sie, sondern die Vispi.«

Er rang nach Luft. »Ich – ich kann es versuchen. Wenn sie wirklich den Stämmen angehören, sollten sie eine gewisse Ausstrahlung haben, wie andere Lebewesen auch.«

Wortlos deutete sie auf den Teetopf, in dem noch immer eine dunkle Flüssigkeit fingerdick den Boden bedeckte. Uzun nickte und hob ihn auf. Er schwenkte den Tee in dem Gefäß, daß er immer schneller rotierte, und schaute in den kleinen Wirbel. Dann wurde sein Körper steif und der Blick starr und leer; öliger Schweiß trat ihm auf die Stirn.

Haramis wartete. Der rosige Schimmer, der die schneebedeckten Gipfel überzogen hatte, verblaßte und wurde grau. Am Himmel zeigten sich jetzt ein paar lange, gekörnte Zirruswolken, die aus dem Süden heranzogen – Vorboten des Winterregens. In manchen Jahren setzten die Stürme schon frühzeitig ein. Wenn es dazu kommen sollte, wäre es ihr sicherer Tod ...

»Movis«, flüsterte Uzun.

Haramis fuhr zusammen und packte ihn bei der Schulter. »Hast du etwas gesehen?«

»Movis«, wiederholte er. Mit großen, goldenen Augen blickte er sie an, als er wieder zu sich kam und den Teetopf langsam absetzte. »Der Name ihrer großen Niederlassung ist Movis, und sie liegt über uns in Richtung Westen.«

»Hast du es klar gesehen?« fragte sie ihn, und auf dem Gesicht zeichnete sich ihre innere Erregung ab. »Wie weit ist es noch von hier aus?«

»Das kann ich nicht sagen, ich weiß nur, daß es dort, irgendwo in dieser Richtung liegt. Die Vispi sind in der Lage, den Ort vor suchenden Augen völlig zu verbergen, wenn sie wollen, doch als ich Euren Namen nannte, gewährten sie mir einen kurzen Blick auf Movis ... und sagten, daß sie Euch erwarten.«

Haramis spürte, wie ihr Herz heftig schlug. Mit der bloßen Hand langte sie unter ihrem Gewand nach dem Bernsteinamulett, das warm auf der Haut lag. Movis! Ein Ort, der tatsächlich existierte und nicht einem dubiosen Fiebertraum der sterbenden Erzzauberin entsprungen war! Die kleinen geflügelten Samen hatten sie also doch nicht in die Irre geleitet, sie war unterwegs zu einem wirklichen Ziel. Zumindest konnte sie es hoffen ... Zu Uzun sagte sie: »Du hast mir einen großen Gefallen getan. Das, was du gesehen hast, gibt mir neue Hoffnung, während ich bisher eigentlich nur unsicher war. Ich muß gestehen, Uzun, daß ich schon die Befürchtung hegte, die Weiße Frau sei nur eine kranke, falsche Hexe, die mich in den sicheren Tod schickte.«

»Movis ist noch weit«, sagte der kleine Musikant und legte die Stirn in Sorgenfalten. »Es ist gewiß mehrere Tagesreisen entfernt, durch ziemlich unwegsames Gelände.«

»Meine Samen werden mich führen«, sagte sie lächelnd. »Ich werde den Ort schon finden, hab keine Angst, und die Vispi, die dort leben, werden mir sicher auf der Suche nach dem Dreiflügelreif helfen.«

»Mir schien, als wollten sie mir ihre gute Absicht kundtun«, gab Uzun zu. Er bewegte die Füße, die noch immer in Haramis' Fellhandschuhen steckten, und die Sorge verschwand allmählich aus seiner Miene.

»Vielleicht wird am Ende noch alles gut.« Er gähnte – und entschuldigte sich sofort bei der Prinzessin.

Sie lachte nur. »Du bist in Ordnung, daran besteht kein Zweifel. Doch selbst wenn ich dein liebes Gesicht und deine Musik vermissen werde, erweist du mir den größten Dienst, wenn du umkehrst. Du kannst anfangen, über diese Fahrt eine Ballade zu dichten, die gesungen wird, wenn ich Königin von Ruwenda bin. Ich glaube fast, so wie du mitunter sprichst, arbeitest du schon daran.«

»Nun gut«, seufzte Uzun. »Ich kehre um. Ihr werdet gewiß

viel schneller ohne mich vorankommen. Ich kann Euch nun leichten Herzens verlassen, denn ich hoffe, daß die Vispi von der Erzzauberin angewiesen wurden, Euch zu helfen. Und während ich gen Süden gehe, werde ich hin und wieder versuchen, Euch mit Hilfe meiner Hellsichtigkeit zu sehen, und mich vergewissern, ob Ihr in Sicherheit seid.«

»So soll es sein«, sagte Haramis. Sie hob seine Stiefel und Fellsocken auf, die jetzt fast trocken waren. »Steck sie tief in deinen Schlafsack, und sie werden ganz trocken, während du schläfst.«

Sie half ihm, in den Daunensack zu kriechen, und er rollte sich auf der anderen Seite des Feuers so ein, daß er mit dem Rücken zu einer Felswand lag. Noch ehe Haramis ihren eigenen Schlafsack ausgerollt und den Teerest getrunken hatte, war er eingeschlafen und schnarchte.

Sie säuberte den Lagerplatz und ging dann langsam zum Fluß hinunter. Rauhreif legte sich bereits auf die nackten Felsen, und zwischen den scharfen Graten leuchteten Schneefelder im Zwielicht. Sie füllte ihren größten Bocksbeutel zur Hälfte und schauderte, als das eiskalte Wasser ihr über die Finger lief. Gegen Morgen, nach Frost und Tau, würde sich der graue Schlamm, der im Wasser schwamm, abgesetzt haben, und man konnte das Wasser trinken.

Vor ihren Füßen blinkte etwas auf, und sie sah, daß es eine kleine Pfütze war, in der sich ein einzelner Stern spiegelte. Das ideale Gefäß für Seher ... *Ob ich diesen Zauber auch zuwege brächte? Und überhaupt, ist Hellsehen wirklich Magie, oder ist es eine geistige Fähigkeit, ebenso wie die Telepathie der Seltlinge? Ich frage mich, ob ich meine Schwestern sehen kann ... Obwohl ich weiß, daß sie schon tot sein könnten, spüre ich doch, daß sie es nicht sind. Selbst wenn ich sie nicht sehe, beweist das natürlich nichts. Angenommen, die Erzzauberin hat eine Art Barriere um uns drei errichtet – eine Art Zauberhülle –, um Anhänger aus Labornok wie diesen Orogastus zu täuschen, der uns aufspüren und umbringen würde? Wenn ich jedoch nach meinen Schwestern suchte, deren Bestimmung mit der meinen verbunden sein soll, würde mich die Barriere vielleicht nicht aufhalten ... Es kann nicht schaden, wenn ich es versuche.*

Sie kniete sich neben die Pfütze und beugte sich ein wenig vor, sorgfältig darauf achtend, daß sie das Licht des Sterns nicht mit ihrem Körper auslöschte, und sprach ein kurzes Gebet. Dann verscheuchte sie alle anderen Gedanken und konzentrierte sich einzig und allein auf den schwachen Silberfunken auf der Wasseroberfläche und auf das Gesicht ihrer Schwester Kadiya.

Kadi ... Kadi ... Lebst du noch? Zeig dich mir!

Ein Lächeln. Intensiver Duft nach parfümiertem Wasser, Seifenblasen, rostbraunes Haar auf dem Wasser ...

Nichts.

Haramis hockte sich auf die Fersen. Für einen Augenblick, für den Bruchteil einer Sekunde nur, hatte sie offenbar gewisse schwer definierbare Bilder vor Augen gehabt. Kadiya war jedoch nicht wirklich erschienen; es waren bruchstückhafte Wahrnehmungen, die sicher nur ihrer eigenen, durch Müdigkeit überreizten Vorstellung entsprungen waren.

Sie seufzte. Nun, sie hatte nicht erwartet, dabei Erfolg zu haben. Die Kraft des Sehens war eine Fähigkeit der Seltlinge, die den Menschen fehlte. Sie war eine Närrin, daß sie sich hier halb erfroren neben einen Bergfluß hockte, statt sich in ihren Schlafsack zu kuscheln, wo solche Märchen hingehörten. Sie seufzte noch einmal und ging mühsam den Berg hinauf und legte sich schlafen.

15

Das Boot der Uisgu glitt rasch im Licht des Dreigestirns dahin. Anigel wurde mit einem unterdrückten Aufschrei wach. Abermals hatte sie von Dürre und Feuer geträumt, nun schon die vierte Nacht hintereinander. Sie lag naßgeschwitzt und starr vor Schreck in ihrem Schlafsack, in den Immu sie fest eingewickelt hatte. Verflucht sei dieser Traum! Wie *töricht* von ihr, diese schmerzliche, unwirkliche Situation immer aufs neue zu durchleben. Sie griff nach dem Drillingsamulett, das sich warm in die eiskalte Handfläche schmiegte, und fragte, warum ihr das Unterbewußtsein erneut den ekelhaften Alptraum geschickt hatte. Sie wußte doch, was er zu bedeuten hatte! Sie hatte sich ihren Schwächen gestellt und versprochen, tapfer zu sein, oder? Warum hörten die Geister nicht auf, sie zu quälen? Es war gemein!

Bewußt schob sie alle Gedanken an die furchtbaren Traumbilder beiseite und konzentrierte sich auf das Hier und Jetzt.

Sie saß in einem Boot, das an beiden Enden spitz zulief und etwa die Länge eines Einbaums der Nyssomu hatte; jedoch war es nicht aus dem Stamm eines Kalabaumes geschnitzt, sondern bestand aus langem Schilfrohr, das man gebündelt und wie einen großen Korb fest miteinander verflochten hatte. Auf der Innenseite war es mit einer harten Substanz beschichtet. Das Boot der Uisgu wurde von zwei Rimoriks gezogen – stromlinienförmigen Pelztieren, größer als Menschen, mit kahlen Schädeln und riesigen schwarzen Augen. Zwischen beachtlichen Klauen an den Pfoten saßen Schwimmhäute. Der Körper war grün gesprenkelt, und die einzigen Geräusche, die sie von sich gaben, waren Zischlaute. Sie mochten die Menschen nicht und hatten ihre Fangzähne entblößt, als Anigel versucht hatte, sich mit ihnen anzufreunden. Man hatte den Tieren ein doppeltes Geschirr angelegt, das am Vordersteven des Bootes festgemacht war. Lebb und

Tireb, die beiden Bootsführer der Uisgu, lenkten die Wasserpferde mit Zügeln, die auf beiden Seiten des Bugs durch Ringe liefen. Anigel durfte das kleine Strohlager im schmalen Heck des Bootes nicht verlassen, damit sie die Rimoriks nicht durch ihre menschliche Ausstrahlung in Aufregung versetzte. Sie hielten etwa alle sechs Stunden bei einem Uisgu-Dorf an, um die ermatteten Tiere gegen frische auszutauschen und den beiden Fahrern Gelegenheit zu geben, sich abzuwechseln.

Drei Tage fuhren sie nun schon durch den Goldsumpf, eine fremdartige Landschaft, in der tagsüber eine glühende Hitze herrschte. Außer dichten Vogelschwärmen, Fliegen mit durchsichtigen Flügeln – manche mit einer Flügelspanne von einer halben Elle – und unzähligen Fischen sahen sie nur wenige der hier lebenden Tiere. Die scharfkantigen Gräser waren zuweilen mehr als mannshoch und trugen gefiederte, goldgelbe Blütenstände. Zunächst folgte ihr Boot einem schmalen Kanal durch eine dicht mit Gras bewachsene Gegend nördlich von Trevista. Die Windungen führten immer wieder in eine andere Richtung, und Anigel verlor schließlich die Orientierung. Am zweiten Tag gelangten sie in ein Gebiet, in dem das Gras kürzer und die Wasserwege nicht so deutlich zu erkennen waren. Hier schwammen die Rimoriks durch die pfadlose, überflutete Prärie einfach geradeaus, und das Boot rauschte über das Gras, als befände es sich auf einer glatten Straße, ohne mit dem Wasser in Berührung zu kommen. Die Stellen, an denen sie rasteten, waren stets kleine, aufragende Inseln, die dicht von Hartholzbäumen und Buschwerk überwuchert waren, an denen mannigfaltige Blüten und Früchte hingen. Hier lagen die kleinen Dörfer der scheuen Uisgu, die sich von rohem Fisch, dem im Überfluß vorhandenen Produkt der Wildnis, und einem »heiligen« braunen Getränk ernährten, dem sogenannten Sanguon. Immu wollte sich nicht näher über dessen Zusammensetzung auslassen und verbot Anigel zugleich, davon zu kosten. Im Gegensatz zu den Nyssomu benutzten die Uisgu kein Feuer. Sie wohnten in Grashütten, die in der gleichen Weise geflochten waren wie ihre Boote. Diese standen auf Stelzen, damit sie während der Monsunregen nicht überschwemmt wurden. Die Uisgu waren viel kleinwüchsiger als ihre Verwandten, die Nyssomu, und trugen nichts außer goldenem, mit Juwelen besetzten Schmuck, den sie von den Vispi in den Bergen im Norden erhandelten, und einem kurzen, rockähnlichen Schurz. Um die vorstehenden Augen malten sie sich bunte Ringe, und die blanke Brust der männlichen Stammesangehörigen zierte eine Zeichnung von drei sich überschneidenden Kreisen. Der Körper war meist von kurzem Haar bedeckt, das mit einem schweren Öl getränkt war, von dem ein durchdringender Geruch nach Moschus ausging. Anigel fiel der Geruch jetzt kaum noch auf; doch als sie noch vor wenigen Tagen im Haus der Erkenntnisreichen zum ersten Mal den beiden Uisgu-Bootsleuten Lebb und Tirebb begegnet war, hatte sie ihren Abscheu vor dem glitschigen Händedruck der beiden unterdrücken müssen. Kein Wunder, daß so mancher rauhbeinige Ruwendianer nur von den Schlüpfrigen Teufeln sprach, wenn die Rede auf die kleinen Seltlinge kam! Die Bootsleute sprachen einen anderen Dialekt als Immu und konnten sich kaum mit ihr verständigen. Doch es bestand ohnehin kein Grund für eine Unterhaltung. Die beiden Uisgu wußten genau, wo die Ruinen von Noth lagen, und sie hatten Frotolu versprochen, die Prinzessin und Immu so schnell wie möglich dorthin zu bringen.

Nach Einbruch der Dunkelheit, sobald die Nebel über der Prärie die Sicht auf die Sterne freigaben, die das Doppelte ihrer normalen Größe zu haben schienen, ertönte im Goldsumpf ein Orchester nächtlicher Geräusche, ganz anders als am Unteren Mutar und in Trevista.

Hier in der baumlosen Weite heulten oder brüllten keine großen Tiere; die Sumpfgeräusche waren eher wie Klangstöße und Synkopen Hunderter kleiner Trommeln, alle in einer anderen Tonhöhe, die mit ständig wechselnden Melodien das Zischen des Bootes durch das Schilfmeer begleiteten. Das Geräusch war hypnotisierend, und Anigel spürte, wie sie wieder einnickte.

Keine Träume, nur keine Träume, lautete ihre schwache Bitte, und sie überließ sich dem Vergessen. Als sie erwachte, hatte das Boot bereits angehalten, und sie fühlte sich ausgeruht. Es dämmerte.

Drei merkwürdige kleine Gesichter starrten sie in einer Mischung aus Faszination und Entsetzen über die Bordwand hinweg an. Sie ähnelten den Nyssomu, doch die aufrecht stehenden Ohren waren größer, ebenso wie die scharfen Zähne. Auf Kopf, Hals und Wangen wuchs geschmeidiges, öliges Fell. Der eine hatte gelbe Ringe um die Augen; die der anderen waren rosa und ocker.

Die Prinzessin stieß einen kurzen, überraschten Schrei aus, und die drei Gesichter entschwanden sofort ihren Blicken.

»Oh, tut mir leid«, sagte sie sanft. »Habt keine Angst, ihr kleinen Uisgu. Ich weiß, daß ich häßlich und riesengroß für euch bin, aber ich tue euch nichts zuleide.«

Der Reihe nach tauchten die drei Seltlinge, deren Köpfe denen menschlicher Säuglinge ähnelten, wieder auf. Die Uisgu-Kinder sprachen aufgeregt schnatternd aufeinander ein und debattierten offenbar darüber, welches Monstrum sie da schlafend in einem Boot am Strand gefunden hatten.

»Es ist alles in Ordnung«, beruhigte Anigel sie. Sie hielt das Drillingsamulett an der Kette hoch – und plötzlich schien alles eine Erklärung gefunden zu haben.

Die drei jungen Uisgu stießen einen fröhlichen Triller aus und entblößten die winzigen Fangzähnchen in einem breiten Grinsen. Sie krabbelten auf das Schandeck und wären auch zu ihr ins Boot gestiegen, doch sie lachte und sagte zu ihnen: »Nein, nein. Wartet hier, bis ich mir etwas angezogen habe. Dann könnt ihr mich in euer Dorf führen. Ich nehme an, Immu und Lebb und Tirebb sind schon unterwegs und kümmern sich um frische Rimoriks und haben mich Langschläferin zurückgelassen!«

Sie schob den Schlafsack beiseite und richtete sich auf. Dann zog sie ein weiches Grasgewand über ihr Hemd. Sie hatte die Stammeskleidung, die Frotolu ihr geschenkt hatte, zunächst nur widerstrebend angezogen; es hatte sich jedoch gezeigt, daß das hellgrüne Gewand viel kühler als ihr zerfetztes, schmutziges Hofkleid war, und seine langen, glockenförmigen Ärmel und die weite Kapuze schützten sie vor der erbarmungslosen Sonne im offenen Grasland. Auch ihre ruinierten Pantinen hatte sie gegen wadenhohe Schnürstiefel eingetauscht, über die robuste Galoschen gezogen wurden. Die Reisekleidung wurde vervollständigt durch einen Gürtel aus geflochtenen Fasern, an dem eine große Ledertasche hing. In dieser trug die Prinzessin ihr Taschentuch, einen Kamm, ein Messer und ein paar andere notwendige Dinge.

Einer der jungen Uisgu hatte seinen Platz auf der Reling verlassen. Nun tauchte er kichernd wieder auf und überreichte ihr eine Kette aus weißen Wachsblüten, die einen würzigen Duft ausströmten. Anigel bedankte sich bei dem kleinen Wesen, formte die Blumen zu einer Girlande und setzte sich das Geschenk aufs Haar. Dann kletterte sie aus dem Boot und folgte dem Trio auf einem schmalen Pfad.

Das Dorf war nicht weit entfernt und bestand aus fünf Pfahlbauten und dem hier üblichen Schutzraum unter freiem Himmel, der sich auf ebener Erde befand und an dem sich die Uisgu in der trockenen Jahreszeit trafen, um beisammen zu sein, zu beraten, Mahlzeiten zuzubereiten und zu essen. Immu, Lebb und Tirebb hatten ihr Frühstück aus dem Topf der Gemeinschaft bekommen. Der Häuptling des Dorfes begrüßte Anigel mit einer freundlichen Ansprache, die sie allerdings nicht verstand, und erteilte Anweisungen, auch ihr etwas zu essen zu geben.

Sie hatte sich inzwischen an die rohen Fischstücke gewöhnt, die in sauren Fruchtsaft eingelegt wurden, bis sie weiß und mürbe waren und ähnlich schmeckten wie gekochter Fisch. Sie nahm auch Melonenstücke und eine Handvoll wohlschmeckender Blaknüsse, befolgte jedoch Immus Rat und lehnte höflich den ihr angebotenen heiligen Sanguon ab.

»Die Leute sagen, Noth sei nur wenige Stunden von hier entfernt«, teilte Immu der Prinzessin mit. »Ein paar Meilen hinter dem Dorf endet der Teil des Goldsumpfes, den die Rimoriks schwimmend durchqueren können. Das Wasser wird dort sehr flach. Wir werden uns einen Weg nach Osten zum Nothar bahnen und ihm eine Zeitlang folgen müssen, um den Sitz der Erzzauberin zu erreichen. Die Uisgu wagen es in aller Regel nicht, sich ihrem Bereich ohne Aufforderung zu nähern, aber ich habe ihnen erklärt, wer Ihr seid und warum die Weiße Frau Euch zu sich gerufen hat.«

Der Häuptling, gut zu unterscheiden von den anderen acht erwachsenen Männern des Dorfes durch üppigen Goldschmuck an Hals und Armen, durch einen Schurz aus glitzernden Fischschuppen und dreifache weiße Ringe um die Augen, trat auf die Prinzessin zu, nachdem sie mit ihrer Mahlzeit fertig war, und hielt ihr in seiner eigenen Sprache eine langatmige Rede. Anigel gab sich alle Mühe, nicht zurückzuschrecken, als er mit den Klauenhänden nach dem Drillingsamulett griff, das sie um den Hals trug, um es seinen Stammesgenossen zu zeigen.

Die kleine Gruppe der Uisgu tat leise murmelnd ihre Bewunderung kund, wurde jedoch vom Geschnatter der drei Kinder unterbrochen, die offensichtlich die älteren Stammesangehörigen darüber in Kenntnis setzten, daß sie Anigel schon längst erkannt hatten.

»Die Uisgu, die im westlichen Teil der Irrsümpfe leben, stehen in engem telepathischen Kontakt mit ihren Stammesbrüdern und -schwestern«, erklärte Immu der Prinzessin mit leiser Stimme. »Dieser Häuptling sagt, daß Ihr nicht das einzige Blütenblatt der Drillingslilie auf dem Weg nach Noth seid. Es ist noch eine unterwegs – ohne Zweifel Eure Schwester Kadiya –, die die Gefahren des Schwarzsumpfes überlebt hat. Sie und ihr Gefährte – das muß Jagun sein – sind in ein Nyssomu-Dorf am Zusammenfluß von Nothar und Oberem Mutar gelangt.«

»Wie wunderbar!« rief Anigel. »Wir können in Noth auf sie warten!« Immus Gesichtszüge drückten Zweifel aus. »Das muß die Erzzauberin entscheiden.«

Wieder sprach der Häuptling, und jetzt deutete er stirnrunzelnd auf den nördlichen Himmel. Dann wischte er sich die Handflächen an der behaarten Hüfte ab – ein Zeichen außerordentlichen Mißfallens.

»Bei der Heiligen Blume!« stammelte Immu. »Er sagt, daß sich eine *dritte* Person, die das Drillingsamulett trägt, vor über einer Woche von Noth aufgemacht habe, um nach Norden ins Vorgebirge und von dort hinauf zu den Schneefeldern des hohen Ohoganmassivs zu gehen. Er sagt, es sei sehr – sehr unklug von dieser Person, sich in dieses Gebiet zu begeben, da die Vispi unter Androhung von Todesqualen allen anderen Rassen den Zugang untersagt haben.«

»Das kann nur Haramis sein!« rief Anigel. »Und sie wäre nicht dort, wenn die Weiße Frau sie nicht geschickt hätte! Aber wie konnte sie ...«

»Schsch«, warnte Immu. »Sagt nichts mehr.« Sie bedankte sich bei den Dorfbewohnern mit einer kleinen Rede. Dann bedeutete sie Lebb und Tirebb, daß es an der Zeit sei, weiterzufahren. Ein Paar frischer Rimoriks war bereits angeschirrt.

Der Häuptling trat ihnen höflich in den Weg. Er erteilte eine knappe Anweisung, und eine Eingeborene reichte ihm ein kleines, mit einem Pfropfen verschlossenes Fläschchen, das leuchtend rot bemalt war und in einem geknüpften Tragenetz steckte. Das überreichte er Anigel mit einer feierlichen Geste.

»Ist es Sanguon?« fragte die Prinzessin Immu flüsternd.

»Ja. Und diesmal müßt Ihr es annehmen, denn es ist ein besonderes Geschenk, das sie nur selten Angehörigen einer anderen Rasse machen – ganz zu schweigen von Menschen. Den Herrschern der Lüfte sei Dank, daß sie nicht von Euch verlangen, davon zu trinken ...«

Anigel neigte den Kopf und dankte dem Stamm. Obwohl sie ihre eigene Sprache benutzte, hatte es den Anschein, als würden die Uisgu ihre Worte verstehen. Eine runzlige Alte trottete hinter ihnen her, als sie zurück zum Boot gingen, klopfte Anigel auf die Schulter und zeigte immer wieder mit aufmunterndem Lächeln auf die kleine Flasche.

»Sanguon!« sagte sie. »Sanguon! Sanguon ka poru ti!«

Sie stiegen ins Boot, die Uisgu-Fahrer in den Bug, Immu und Anigel nahmen ihre gewohnten Plätze im Heck ein. Als sie von der Insel ablegten, winkten ihnen die Dorfbewohner am Ufer zum Abschied nach. Die krächzige Stimme der Alten rief ein letztes Mal: »Sanguon ka poru ti!«

»Was bedeuten ihre Worte?« fragte Anigel. Sie hielt das

Trinkgefäß auf dem Schoß und untersuchte die merkwürdigen Knoten des Netzes, in dem es steckte.

»Sie sagt ›Sanguon verleiht Kraft und Mut‹«, übersetzte Immu nur zögernd. »Deshalb nennen sie es einen geweihten Trank.«

»Aber das ist doch wundervoll!« rief die Prinzessin erleichtert. »Ich will gleich etwas davon trinken, denn ich muß gestehen, daß mich die Absicht auf eine Begegnung mit der Weißen Frau vor Angst fast verrückt macht.«

Immu wandte sich ab. Wie zu sich selbst sagte sie: »Zwischen den Uisgu und den Rimoriks besteht eine seltsame Symbiose, bei der die einen den anderen helfen und sie achten. Die Eingeborenen und die Tiere sind Freunde im Herzen, nicht Herren und Haustiere. Die Rimoriks sind stark und mutig, während die schwächeren Uisgu intelligenter sind. Ihre Verbindung wird in regelmäßigen Abständen durch den Genuß von Sanguon bekräftigt, dem Trank, den beide miteinander trinken ... und darin ist das Blut der beiden Rassen vermischt.«

Die Prinzessin saß wie versteinert da. Unwillkürlich hatte sie ihr Amulett in die Hand genommen.

»Ich kann nicht sagen«, schloß Immu, »ob der Trank nun Mut verleiht oder nicht. Mein Stamm, die Nyssomu, betrachten ihn im allgemeinen mit Grauen. Jene, und es sind nur wenige, die es gewagt haben, davon zu trinken – die Rimorik-Fahrer unter uns –, wurden sonderbar. Gewiß ist ein starker Zauber darin enthalten, aber für Euch ist es wohl ratsam, Ihr gebt das Geschenk an die Erzzauberin weiter, oder Ihr holt Euch zumindest ihren Rat über seine geheimen Kräfte ein.«

»Das – das werde ich tun«, sagte Anigel. Lange saß sie schweigend da, blickte mal auf das scharlachrote Gefäß, mal auf die Landschaft, die vor ihnen lag. Am nördlichen Horizont konnte man mittlerweile hoch aufragende Berge erkennen.

Nachdem fast eine Stunde verstrichen war, wandte sich Anigel an Immu und lächelte. »Die Herrscher der Lüfte mögen wissen, ob dieser Sanguon-Trank wirklich demjenigen das Rückgrat stärkt, der ihn trinkt. Aber mir ist etwas

Seltsames widerfahren ... Ich habe allein dadurch, daß ich hier gesessen und ihn in Händen gehalten habe, meine Angst vor der Begegnung mit der Weißen Frau überwunden. Und das ist fürs erste an Zauber genug.«

Die Ruinen von Noth erstreckten sich zwar über ein weites Gebiet, waren jedoch weitaus weniger erhaben als die von Trevista, stellte Anigel ein wenig enttäuscht fest. Das Boot der Uisgu glitt zwischen zerfallenen, überwucherten Steingebäuden hindurch zu einer Lagune, die über und über mit gelben Säckelblumen bedeckt war. Ihr Gestank war atemberaubend, denn sie waren bis an die Staubgefäße mit verwesender Insektenbeute angefüllt. Das Boot legte an einem überraschend sauberen, kleinen Anlegesteg an. Das Gras auf dem leicht ansteigenden Ufer dahinter war kurzgeschnitten. Aus der üppig wuchernden Dschungelvegetation waren hübsch angelegte Blumengärten herausgeschnitten. Zahme Togense mit langen Hälsen watschelten umher, als wären sie im Hof eines Freisassen auf dem Zitadellenberg. Hier und dort pickten sie Gras oder einen anderen Leckerbissen auf. Ein paar Dutzend Ellen weiter oben, am Ende einer aus groben Steinplatten bestehenden Treppe, stand ein kleines Haus, wie Anigel es noch nie zuvor gesehen hatte. Das Dach bestand aus einer dicken Schicht trockenen Grases. Die Wände zwischen den dunklen Holzbalken waren weiß verputzt, und aus einem gemauerten Schornstein stieg eine dünne Rauchfahne. Die Fenster waren in einem Rautenmuster bleiverglast. Auf den Fensterbänken standen Blumenkästen, und hölzerne Fensterläden waren dafür vorgesehen, daß man sie bei stürmischem Wetter vor den Glasfenstern verriegeln könnte. Die zweigeteilte Haustür befand sich genau in der Mitte der Hausfront. Nur die untere Hälfte war geschlossen. Neben der Haustür stand eine Bank aus Weidengeflecht, auf der ein kleines Tier mit gestreiftem Fell schlief. Davor hatte man ein Spinnrad, einen Korb voll Wolle und eine Schale mit Spindeln gestellt. Das Ganze wirkte nach den düsteren Ruinen der verlassenen Stadt so anheimelnd und wenig bedrohlich, daß Anigel sich laut fragte, ob sie an der richtigen Stelle gelandet seien.

Immu befragte Lebb und Tirebb, die es erstaunlich eilig hatten, ihre Passagiere aussteigen zu lassen, um sich zurückzuziehen. Die beiden kleinen Wesen nickten vehement und zeigten auf das Haus. Einer von ihnen warf die beiden Reisebündel an Land, und der andere stieß den zischenden Pfeifton aus, der den Rimoriks signalisierte, daß sie losschwimmen sollten. »Na schön!« Immu beobachtete mit offensichtlicher Bestürzung, wie rasch sich das Boot entfernte. »Was soll man *dazu* sagen!«

Anigel stand bereits auf der Gartentreppe. Sie rief: »Komm schnell! Du glaubst nicht, was hier oben wächst!«

»Komm komm komm«, brummelte Immu vor sich hin und folgte Anigel auf ihren kurzen Beinen. Zwischen dem Ufer und dem Haus gab es mehrere kleine Bäume, die mit runden, orangefarbenen Früchten schwer beladen waren. Von ihnen verdeckt wurde eine andere Pflanze, die Anigel jetzt mit ehrfürchtiger Bewunderung betrachtete.

Es war eine zwei Ellen große Drillingslilie voll riesiger Blüten. Immu fiel auf die Knie und brach in Tränen aus. »Es ist wahr! Wir haben sie gefunden! Oh, den Herrschern der Lüfte sei Dank!« Die Prinzessin kniete nieder, um ihre Freundin zu trösten; doch im nächsten Augenblick fuhren sie vor Schreck zusammen und klammerten sich aneinander, als plötzlich ein Schatten über sie fiel. Eine Gestalt hatte sich zwischen sie und die leuchtende Mittagssonne gestellt.

»Hohe Frau?« wagte Immu als erste die zitternde Stimme zu erheben.

Die Gestalt trat zur Seite, und Licht fiel auf das Gesicht einer alten Frau, ein Gesicht, das so zerfurcht, so runzlig und verbraucht war, daß es beinahe keine Konturen mehr hatte – wenn nicht die blaßblauen Augen gewesen wären, die tief in ihren Höhlen saßen. Die Alte trug einfache Kleidung aus grob gesponnenem Tuch und auf dem üppigen weißen Haar eine Haube aus besticktem Batist. Die Hand, die sie ihnen reichte, war abgemagert. Dicke Adern traten hervor, und die Gelenke waren angeschwollen. Sie trug einen Ring aus filigranem, mit Bernstein besetztem Platin. In dem glitzernden Stein saß eine versteinerte Drillingslilie.

»Ich bin die Erzzauberin Binah«, sagte sie. »Seid willkommen.«

Während Immu wie gelähmt auf dem Boden sitzen blieb, stand Anigel mühsam auf. Sie spürte, wie das Amulett auf ihrer Brust anfing zu brennen, und sie zog es an der Kette hervor. Im Bernstein pulsierte ein Licht im Rhythmus ihres Herzens, und die Knospe in seinem Innern hatte sich verändert: Sie war ein wenig aufgesprungen.

Die alte Frau drehte sich lächelnd um und bedeutete Anigel, ihr zu folgen. Die Erzzauberin schlurfte nach vorn gebeugt vor ihr her, als habe sie Schmerzen, und stützte sich auf einen silbernen Stab. Die Prinzessin folgte ihr ohne eine Spur von Angst. Wer sollte auch vor dieser armen, sterbenden Weißen Frau Angst haben?

»Oh, du würdest dich wundern«, antwortete die Erzzauberin mit einem Kichern, das sich anhörte wie trockenes Laub, das über Steine geweht wird. »Aber du sollst keine Angst vor mir haben, mein Kind. Ich bin deine Großmutter, die dich liebt. Hab Vertrauen zu mir.«

»Ja«, sagte Anigel.

Die Erzzauberin blieb vor der großen Drillingslilie stehen. »Es ist die einzige Pflanze dieser Art, die noch in unserem Lande blüht, und obwohl sie so aussieht, als sei sie stark, wird sie sterben, wie ich.«

Entsetzt schrie Anigel auf. Doch die alte Frau hob einen Finger an die Lippen. »Eine andere Drillingslilie wird ihren Platz einnehmen, so Gott will. Du weißt, wovon ich spreche, Tochter?«

»Ja«, pflichtete das Mädchen ihr bei. »Aber ich bin ein Schwächling, und vielleicht werde ich Euren großen Plan durcheinanderbringen, wenn ...«

»Schweig«, mahnte Binah. »Sinnlose Spekulationen dieser Art rufen möglicherweise genau den Mißerfolg hervor, den sie anprangern! Du mußt dich in heiterer Gelassenheit üben, mein Kind, denn das steht einer wahren Königin zu Gesicht. Schau, wie frohgemut diese Blumen sind: Sie entnehmen Blättern und Wurzeln Nahrung, drehen ihr Gesicht stets der Sonne entgegen und hüten tief in ihrem Herzen die Samen.

Und sie werden frohen Mutes sterben, denn sonst werden ihre Samen niemals freigelassen.«

Anigel schüttelte verblüfft den Kopf. »Bitte, Hohe Frau ... Es tut mir leid, wenn ich den Eindruck erwecke, ein wenig langsam zu denken. Ist es mir denn bestimmt, für mein Land zu sterben?«

»Ich weiß es nicht«, sagte die Erzzauberin. »Was ich weiß ist, daß du ein großes Werk vollbringen mußt, das sich dir noch offenbaren wird. Und du wirst ein Zeichen erhalten: einen Talisman, der dir signalisiert, daß der endgültige Kampf um Ruwenda, und um deine Seele, kurz bevorsteht. Deine Schwester Haramis hat sich bereits auf die Suche begeben. Deine Schwester Kadiya wird in Kürze aufbrechen, um nach ihrer Bestimmung zu suchen. Jede von euch wird ihren Talisman finden. Und die Drei Blütenblätter des Lebendigen Drillings werden zu gegebener Zeit noch einmal zusammentreffen. Weiter als bis zur Vollendung kann ich nicht sehen.«

Anigel war kreidebleich geworden, doch sie stand ruhig da und hielt ihr Drillingsamulett weiterhin fest umklammert. »Wird mich dieses Geschenk, das ich am Tage meiner Geburt von Euch erhalten habe, auf meiner Suche geleiten?«

»Ja, und auch das hier.« Die Erzzauberin pflückte ein breites Blatt von der großen Drillingslilie und reichte es Anigel. Mit der anderen Hand deutete sie darauf. »Auf diesem Blatt befindet sich der Abdruck unseres Landes. Schau genau hin! Seine Adern und Rippen stellen die Landkarte von Ruwenda dar. Hier an der Spitze liegt Noth, und die goldene Ader, die sich von dort hinabwindet, ist der Wasserweg, dem du folgen mußt, um deinen Talisman zu finden. Zuerst den Nothar flußabwärts, dann den Oberen Mutar hinab in den Unteren.«

Anigel betrachtete das Blatt mit einer Mischung aus Verwirrung und Interesse. »Aber die goldene Ader führt bis in den Blattstiel hinab! Schaut – hier umfließt der Mutar die Zitadelle, und diese Markierung muß der Wunsee sein, und dahinter ist der Große Mutar, der durch das Gebiet der Wyvilo und der wilden Glismak fließt!« Furcht trat in die Augen des Mädchens. »Muß ich *dorthin* gehen? Bis in den dunklen Tassalejo-Wald?«

»Es sieht so aus«, sagte die Erzzauberin. »Ich wußte es auch erst, als ich das Blatt pflückte.« Sie schüttelte den Kopf. »Das ist ein sehr langer Weg! Meine arme Kleine ... aber es geht nur flußabwärts, also wirst du schneller vorankommen als bisher.«

»Und die Aufgabe, die ich erfüllen muß ...«

»Wird dir offenbar werden.« Die alte Frau verzog für einen Augenblick das Gesicht vor Schmerz, und sie taumelte. Immu, die sich respektvoll im Hintergrund gehalten hatte, stürzte nach vorn und ergriff einen Arm der Weißen Frau. Anigel nahm den anderen, und gemeinsam halfen sie der Erzzauberin in ihr kleines Häuschen, setzten sie auf einen großen Polsterstuhl und brachten ihr eine Tasse Wasser.

»Macht euch keine Sorgen, meine Lieben«, sagte die alte Frau. »Ich werde euch nicht wegsterben. Mein Werk ist noch nicht getan. Ich bin nur sehr, sehr müde.«

Anigel zögerte, dann öffnete sie ihre Gürteltasche und nahm die kleine, scharlachrote Sanguon-Flasche heraus. »Das wurde mir von den Uisgu geschenkt. Es soll Kraft und Mut spenden ...«

»Das Geschenk war für dich«, sagte Binah erschöpft. »Behalte es, aber verwende es nur, wenn es notwendig wird.«

»Wann wird das sein?« fragte Anigel. Aber Binah hatte die Augen geschlossen, und der Kopf war ihr auf die Brust gesunken. Sie atmete langsam und laut.

»Könnt Ihr mir nicht wenigstens sagen, wo ich meinen Talisman finden soll?« flehte Anigel sie an.

»Am ... Ende des Stieles.« Die Stimme war kaum hörbar.

»Aber Ihr habt mir nicht gesagt, was der Talisman ist!« rief Anigel voller Verzweiflung.

Die Erzzauberin seufzte.

»Bitte!« Die Prinzessin war völlig in Tränen aufgelöst. »Sagt mir nur, was es ist, wonach ich suchen soll!«

»Das Dreihäuptige Ungeheuer«, flüsterte Binah. Und dann war sie fest eingeschlafen.

16

Grünstimme blieb vor der Tür des königlichen Schlafgemachs stehen. Verlegen lächelnd öffnete er die Tasche an seinem Gürtel und entnahm ihr drei merkwürdig geformte Masken, mit denen man den unteren Teil des Gesichts bedecken konnte. Die eine Maske war grün, die zweite blau und die dritte schwarz-silbern mit reichen Verzierungen – offenbar für den Meister selbst.

»Wir sollten sie anlegen, ehe wir uns König Voltrik nähern«, erklärte Grünstimme entschuldigend. »Der Wundbrand im königlichen Fleisch ist weiter fortgeschritten – es stinkt schlimmer als aus einer Sickergrube. Selbst dem stärksten Mann wird speiübel dabei, und Schwächlinge werden auf der Stelle ohnmächtig. Die aromatischen Kräuter, die ich in die Masken gesteckt habe, werden uns etwa eine halbe Stunde vor den ungesunden Ausdünstungen bewahren. Reicht diese Zeitspanne für Euer Vorhaben, Großer Meister?«

Orogastus nickte. Er blickte mit stählernen Augen über den Rand der Maske, und selbst wenn er vor der grausamen Aufgabe, die vor ihm lag, zurückschreckte, so ließ er es sich nicht anmerken. Nicht einmal seine telepathischen Günstlinge konnten ein Anzeichen von Schwäche entdecken.

Der königliche Arzt – betrunken, stöhnend und schlotternd vor Angst um seinen Kopf – hatte Grünstimme nur widerwillig seine Diagnose mitgeteilt, als der Zauberer mit seinem Trupp noch eine halbe Tagesreise von der Zitadelle entfernt war: Trotz Verabreichung der Goldenen Zauberpille war der Wundbrand an Voltriks Hand weiter fortgeschritten, und der König schwebte ganz eindeutig in Lebensgefahr. Dem Arzt fehlte es einfach an Mut, seinem Patienten die einzige Behandlung angedeihen zu lassen, die ihn hätte retten können.

Als diese unheilvolle Nachricht Orogastus übermittelt wurde, hatte er die Rudergänger mit Peitschenhieben antreiben lassen, daß sie das Boot bei hoher Geschwindigkeit innerhalb von fünf Stunden nach Hause ruderten. Ein halbes Dutzend Menschenleben hatte es gekostet. Nun mußte der Zauberer persönlich den König retten, dessen Tod das Ende all seiner ehrgeizigen Pläne bedeutet hätte.

»Öffne die Tür«, befahl Orogastus.

Grünstimme gehorchte mit einer Verbeugung.

Das Schlafgemach, in dem einst König Krain gewohnt hatte, war für den neuen Bewohner in aller Eile im roten Farbton Labornoks neu eingerichtet worden. Es war jetzt sehr dunkel. Die einzige Lichtquelle bildeten die glühenden Kohlen in der Feuerstelle und eine einzelne Kerze auf einem Tisch, auf dem auch eine Schüssel, Wundverbände und andere medizinische Geräte und Tinkturen standen, mit denen der königliche Arzt vergeblich versucht hatte, die infizierte Hand des Königs zu behandeln. Das riesige Bett stand auf einem Podest in der Mitte des Raumes und war von leeren Stühlen umgeben. Die Bettvorhänge waren zurückgezogen.

Orogastus erteilte rasch mit leiser Stimme seine Anweisungen.

»Grünstimme, du schaffst die beiden großen Bodenkandelaber nahe ans Bett und zündest die Kerzen an. Dann räumst du den Tisch ab und stellst ihn in Höhe des verletzten Arms neben das Bett des Königs. Blaustimme, du bereitest das Zaubergerät vor. Sieht so aus, als wären wir fast zu spät gekommen.«

Zwischen den Laken regte sich etwas und stöhnte. »Wer ist da? Bist du es wieder, verdammter Bader? Willst du mich wieder mit deiner dilettantischen Fummelei quälen? Raus mit dir! Laß mich wenigstens in Frieden sterben!«

»Ich bin es, mein König«, sagte Orogastus. »Und Ihr werdet nicht sterben.« Er hob den linken Arm des Königs mit größter Vorsicht hoch; dennoch entfuhr dem Monarchen ein verzweifelter Schmerzensschrei.

»Hurensohn! Laßt mich in Ruhe! Eure Zauberpille hat mir nur einen einzigen Tag geholfen. Dann wurden meine Schmerzen schlimmer denn je. Oh, Zoto, hab' Erbarmen – es ist *ihr* Werk! Es sind die Prinzessinnen! Sie haben mich aus der Ferne mit einem Fluch belegt! Es ist ihre Rache, die mich martert und mir zum Verhängnis wird.«

»Er phantasiert«, sagte Orogastus. Aus einer Tasche in den tiefen Falten seines Gewandes zog er ein Kästchen aus grünem Malachit und öffnete es. Es enthielt sechs winzige Kügelchen, die im Kerzenschein einen transparenten Goldton annahmen.

»Nur noch die Hälfte übrig«, murmelte der Zauberer nachdenklich. Er holte eine Kugel heraus und steckte die anderen sorgfältig wieder weg. Dann nahm er einen Becher Wasser und überredete König Voltrik, die Goldene Pille zu schlucken. Kurz darauf gab der Monarch erregte Laute von sich, schien sich dann jedoch zu entspannen.

Jetzt schnitt Orogastus den dicken Verband um die Hand des Königs mit einem kleinen scharfen Messer auf. Er legte den ausgestreckten Arm auf den Tisch, packte ihn vollständig aus und legte die Wunde bloß. Der ganze Arm fühlte sich heiß an, rote Streifen zogen sich vom Handgelenk zur Armbeuge. Die Hand war stark geschwollen, die Fingerspitzen schwarzblau angelaufen, und das Fleisch löste sich im Bereich des Bisses von den Knochen und verströmte einen Gestank, der sogar durch die Kräutermasken drang. Der Zauberer gab Blaustimme die Verbände, damit er sie verbrannte. Seinem zweiten Assistenten, der einen Lederbeutel ausgepackt und den Inhalt auf dem Tisch ausgebreitet hatte, erteilte er knappe Anweisungen. Nun bedeutete Orogastus Grünstimme, den Arm festzuhalten, und stellte sich neben den Kopf des Königs. Voltrik war hager, das Gesicht rot mit triefenden Augen, der einst makellose Bart ungekämmt und verfilzt.

»Was tut Ihr?« schrie der Monarch und schoß aus den feuchten Kissen hoch. »Laßt meinen Arm los, ihr verräterischen Würremer! Ich weiß, wer ihr seid! Euch haben die drei Hexen von Ruwenda geschickt, damit ihr mich umbringt!«

»Schaut mir in die Augen«, befahl Orogastus. »Seht her, und Ihr werdet von Eurem Leiden erlöst.« Der maskierte Hexenmeister nahm den schweißnassen Kopf des Königs in beide Hände und drehte ihn so, daß sich ihre Blicke kreuzten.

Voltrik stöhnte, stieß dann einen tiefen Seufzer aus und sank zurück auf die Bettlaken. Er hatte das Bewußtsein verloren. Orogastus ging wieder an den Tisch und nahm ein Gerät in die Hand. Es sah aus wie ein Würfel, hatte an einer Seite jedoch eine schnabelartige Öffnung. Auf der silberblau schimmernden Oberseite saßen mehrere Reihen schwarzer und roter, warzenähnlicher Ausbuchtungen, unter denen geheimnisvolle Zeichen standen, sowie ein eingesetzter Miniaturrahmen, in dessen Mitte statt eines Bildes eine eintönige graue Fläche zu sehen war. Als der Zauberer mit den Fingern über die Warzen fuhr und mal auf diese, mal auf jene drückte, wurde die leere Fläche in dem kleinen Rahmen hell, und tanzende Zeilen farbiger Hieroglyphen erschienen. Die assistierende Stimme schwieg vor Ehrfurcht still. Eine der roten Warzen leuchtete auf und wurde golden.

»Halte den Arm jetzt ganz ruhig«, befahl Orogastus. »Stimmt den Heilgesang an, aber wendet die Augen ab, denn diese Maschine des Versunkenen Volkes kann denjenigen, der ungeschützt zusieht, blenden, wenn sie in Betrieb ist.«

Der Zauberer stellte das Gerät im Abstand von einer Handspanne unterhalb des Ellenbogens an den verwundeten Arm, und die Stimmen begannen gemeinsam zu singen. Dann nahm er ein merkwürdiges Visier zur Hand und setzte es sich auf. Nun waren alle Vorbereitungen getroffen, und er konnte auf die größte Warze der Maschine drücken. Ein greller, blauweißer Lichtstrahl, nicht dicker als ein Flachsfaden, sprang aus der hervorstehenden Tülle. Orogastus führte das Gerät so, daß der Strahl langsam den Arm des Königs in einem spitz zulaufenden V durchtrennte. Es gab ein scharfes, zischendes Geräusch. Rauchschwaden zogen durch den Raum. Der Strahl flackerte noch einmal auf, um dann zu verlöschen. Voltriks Arm war abgetrennt. Im Holz der Tischplatte sah man eine schmale, schwarze Furche in V-Form eingebrannt. Der Heilgesang war beendet.

»Es ist vollbracht.« Orogastus nahm das Visier ab und untersuchte den Armstumpf. Die großen Blutgefäße waren ausgebrannt, doch das Fleisch um die beiden weißen Knochen glänzte hellrot.

»Gut. Die tödliche Fäulnis war noch nicht in den Arm gezogen. Jetzt kann die heilende Wirkung der Goldenen Pille einsetzen, da sie nicht mehr gegen einen tödlichen Giftherd in der verletzten Hand ankämpfen muß.« Er drückte auf eine Warze, und alle erleuchteten Felder erloschen.

»Blaustimme, wickle das abgetrennte Glied ein und verbrenne es. Gib acht, daß du dich nicht besudelst. Dann pack meine Geräte aufs sorgfältigste wieder ein. Grünstimme, du wischst den Tisch ab. Dann säuberst du die unverletzte Haut des Armes mit starkem Branntweingeist. Nimm einen Schwamm und tupfe damit auch über Stirn und Schläfen des Königs. Und hole frisches Bettzeug und ein sauberes Nachtgewand für ihn aus dem Wäscheschrank dort drüben. Senge am Feuer neue Verbände an und lege sie locker um den Armstumpf, damit noch vorhandene, ungesunde Flüssigkeiten abfließen können, ehe die Wunde genäht werden kann. Später werde ich dir und diesem Dummkopf von Arzt weitere Anweisungen erteilen, wie ihr den Stumpf zu pflegen habt. Diese sind dann unbedingt zu befolgen.«

»Der Bader soll verschont werden?« Grünstimme war leicht überrascht. »Willst du etwa Süppchen löffeln, Kleider wechseln und den königlichen Nachttopf leeren, du Narr? Und jetzt kümmere dich um den König.«

Während die beiden Stimmen Voltrik versorgten, trat Orogastus ans Doppelfenster des Schlafgemachs, schob den schweren roten Vorhang heftig zur Seite und sperrte die Fensterflügel weit auf. Draußen schien hell die Sonne. Eine leichte Brise wehte von Norden her. Nachdem das verfaulte Fleisch den Flammen übergeben und der Gestank endlich abgezogen war, nahm Orogastus die Maske ab. Seine ansehnlichen Gesichtszüge waren ausgemergelt und blaß. Die fest zusammengepreßten Lippen verliehen ihm ein grimmiges Aussehen. Es hatte auf Messers Schneide gestanden, aber nun würde der König sich bei sorgfältiger Pflege und entsprechendem guten Zureden schnell erholen. Abermals näherte sich der Zauberer der königlichen Bettstatt.

»Voltrik – hört mich an!« sagte Orogastus leise und eindringlich.

Der König murmelte: »Ich höre.«

»Ihr wart an der Schwelle des Todes, mein Lehnsherr, aber ich habe Euch gerettet, als alle anderen die Hoffnung längst aufgegeben hatten. Ihr bleibt am Leben. Dennoch müßt Ihr noch Schmerzen erdulden. Aber in ein paar Wochen werdet Ihr wieder bei Kräften sein. Ich, Orogastus, verspreche Euch dies hoch und heilig.«

»Danke«, flüsterte der König. Er hatte die Augen geschlossen. Die hektische Röte war ihm aus dem Gesicht gewichen. »Habt Ihr die Hand abgenommen?«

»Ja, Herr.«

Der König seufzte. »So soll es sein. Wenigstens habe ich nicht die Schwerthand verloren, Zoto der Mitleidigen sei Dank – und Euch.« Er stöhnte ein wenig, als die Stimmen ihn frisch anzogen und ihm saubere Kissen unter den Kopf und den neu verbundenen Arm legten. Der Zauberer persönlich zog dem König die Decke über die Brust, woraufhin dieser die Augen öffnete und mit noch schwacher, aber im Tonfall beinahe normaler Stimme sagte: »Schickt Eure Diener fort. Ich möchte mit Euch über lebenswichtige Dinge reden.«

Orogastus wandte sich an seine Untergebenen: »In einer Stunde breche ich auf und kehre zu meinem Turm auf Mount Brom zurück. Sorgt dafür, daß meine Eskorte mit schweren Waffen ausgerüstet wird und die schnellsten und stärksten Fronler reitet.«

»Ja, Allmächtiger Meister«, sagten die Stimmen und gingen hinaus.

»Ihr geht fort ...? « Der König war enttäuscht.

»Meine Stimmen werden dafür sorgen, daß es Euch an nichts fehlt. Ich muß zurück nach Labornok, um den Eisspiegel in meiner Bergfeste zu befragen. Allein mit Hilfe dieser Vorrichtung kann ich herausfinden, wo Eure Feinde sich aufhalten.«

Der König atmete heftig. »Darüber wollte ich mit Euch reden. Gab es in Trevista keine Neuigkeiten über die drei flüchtigen Mädchen?«

»Nein. Die Anführerin der Eingeborenen hat es rundheraus abgelehnt, sich an irgendeiner Suche zu beteiligen. Sie sagt, wenn wir den Versuch unternehmen, das Volk in den Sümpfen zu zwingen, wird der gesamte Handel zwischen ihnen und uns eingestellt.«

Der König fluchte mit schmerzverzerrter Miene. »Wir müssen diese Prinzessinnen einfach finden!«

»Meine Gehilfen und ich haben unsere okkulten Kräfte bis aufs äußerste angestrengt, um nicht nur die Stadt der Seltlinge, sondern ganz Ruwenda bis in die hintersten Winkel abzusuchen. Unsere Bemühungen hatten keinen Erfolg. Irgendein mächtiger Zauber verhüllt mein Zweites Gesicht, auch wenn es kraft geistiger Vereinigung verstärkt wird. Es heißt, die drei Prinzessinnen tragen Amulette, die Knospen der Schwarzen Drillingslilie enthalten. Vielleicht werden sie dadurch geschützt. Diese Pflanze wird mit der Hexe Binah in Verbindung gebracht, Ruwendas Hüterin, und es ist denkbar, daß sie die kläglichen Überreste ihrer Kraft darauf konzentriert, ihre Mündel zu schützen.«

»Wird Euer Spiegel in der Lage sein, diese – diese Trübung zu beheben?«

»Ganz ohne Zweifel. Er besitzt die Zauberkraft der Versunkenen. Kein Zauber der bekannten Welt kann seine Hellsichtigkeit zunichte machen. Er kann fünftausend Meilen weit schauen – bis an die westliche Grenze des Kontinents, wo die gefiederten Barbaren leben. Habt keine Angst, mein König. Ich werde die Prinzessinnen entdecken, ganz gleich wo sie sich versteckt halten.«

»Ihr spürt also die Teufelinnen auf. Und dann? Sie können längst entwischt sein, noch ehe Ihr nach Ruwenda zurückkehrt, um sie zu jagen.«

Orogastus lachte. »Mein König, überlaßt alles mir. Rotstimme ist in Trevista geblieben und wartet gemeinsam mit den Truppen der Garnison auf Anweisungen. Wenn ich die Mädchen entdeckt habe, werde ich meinen Helfern die Verstecke bekanntgeben. Dann werden wir auf der Stelle unsere Suchtrupps losschicken. Die Stimmen werden sie führen, und ich werde sie über jede Bewegung der Prinzessinnen auf dem laufenden halten, bis Eure Feinde schließlich gefaßt sind und die Behandlung erfahren, die sie verdient haben.«

»Gut. Gut.« Der König schwieg eine Zeitlang. Dann sagte er: »Nicht wahr, die Mädchen haben dafür gesorgt, daß ich den Wundbrand bekam?«

»So etwas kann durch Zauberei hervorgerufen werden, es kann aber auch unter normalen Umständen vorkommen. Wie dem auch sei, Sire, Ihr werdet bald wohlauf sein. Unglücklicherweise kann die Krankheit, an der Ihr gelitten habt, nur durch sehr drastische Eingriffe geheilt werden.«

Der König hatte die Augen wieder geschlossen. Ein schiefes Lächeln umspielte die blutleeren Lippen. »Aber Ihr seid zur rechten Zeit eingeschritten. Und deshalb wird sich mein lieber Sohn Antar ohne die Krone begnügen müssen, die er bereits in seiner Reichweite wähnte.«

Der Zauberer bemühte sich um einen neutralen Tonfall. »Der Kronprinz hat sich in Trevista würdig und ehrenhaft verhalten und betet für Eure Genesung.«

»Hmmmpf! Eure Grünstimme hat mir weitergegeben, was sein Bruder ihm über die Begegnung zwischen Antar und der Erkenntnisreichen der Seltlinge telepathisch übermittelt hat. Verdammt, der Kerl klappte vor ihr zusammen wie ein Hochzeitskuchen vor dem Monsun!« Der König riß die Augen weit auf. »Was glaubt Ihr, Zauberer? Ist mein Sohn mir treu ergeben?«

»Wir werden es herausfinden, mein König. Prinz Antar wird gewiß einen der Suchtrupps anführen, die wir zur Verfolgung der drei Prinzessinnen aussenden.«

17

Als Haramis am nächsten Morgen aufwachte und ihr die Sonne ins Gesicht schien, wußte sie sogleich, daß irgendetwas ganz und gar nicht in Ordnung war. Es dauerte eine geraume Weile, bis sie sich so weit besonnen hatte, um zu erkennen, daß es die Stille war, die sie störte. Uzun stand immer vor ihr auf, so daß sie in der Regel von den Geräuschen wach wurde, die er, vor sich hin summend, bei seiner Arbeit verursachte. Doch jetzt stand die Sonne schon hoch, der Wind hatte sich gelegt, die Vögel schwiegen, und von Uzun war nicht einmal ein Schnarchen zu hören.

Haramis wandte den Kopf und warf einen Blick auf seinen Schlafsack, in dem sich der Körper des kleinen Gefährten deutlich abzeichnete. Er lag noch genauso an den Findling geschmiegt wie am Abend, als er sich hingelegt hatte. Zögernd nur schälte sich Haramis aus ihrem Schlafsack, denn sie spürte, daß es trotz der strahlenden Sonne viel kälter war als in der Nacht zuvor. Sie blinzelte in den wolkenlosen Himmel, und jetzt erst wurde ihr bewußt, daß die Wolkenkonstellation, die sie am Tag zuvor gesehen hatte, der unmittelbare Vorbote kalter Witterung gewesen war. Haramis kroch zu Uzun hinüber und zog den oberen Teil seines Schlafsackes zurück, um sein Gesicht freizulegen. Es war völlig ruhig und ausdruckslos, und Haramis war überzeugt, einen Toten vor sich zu haben.

»O ihr Herrscher der Lüfte«, flüsterte sie entsetzt. »Ich hätte ihn gestern schon zurückschicken müssen – nein, vor Tagen!«

Sie packte den kleinen Seltling bei den Schultern und schüttelte ihn heftig. »Bitte, Uzun, wach auf! Du darfst nicht tot sein! Bitte!«

Sein Körper pendelte willenlos hin und her. Tief in ihrem Innern meldete sich ein Rest Vernunft und rief ihr in Erinnerung, daß ein Körper nach dem Tode steif wird. Vielleicht war er am Ende doch noch am Leben ... Sanft legte sie ihn auf den Boden, zog ihren linken Handschuh aus und hielt die Hand direkt über seinen Mund. Es schien eine Ewigkeit zu dauern, bis sie seinen Atem an ihrer Handfläche spürte, und noch länger bis zum nächsten Atemzug. Er lebte noch, aber sie mußte ihn an einen wärmeren Ort bringen, und zwar bald.

Sie wickelte den Schlafsack wieder fest um seinen Körper, ging zurück an ihren Schlafplatz und zog sich die Stiefel an. Dann stellte sie ihr Bündel und ihren Wanderstab an dem Felsen neben Uzuns Schlafsack ab und warf abermals einen ängstlichen Blick gen Himmel. Sie war sich ziemlich sicher, daß es heute nicht schneien würde und sie mit ein wenig Glück am Abend schon wieder hierher zurückgekehrt wäre. Sie ging davon aus, daß ihr Gepäck unberührt hier liegenbleiben könnte, denn es gab in diesem Gebiet keine Tiere, die sich darüber hermachen würden.

Sie warf sich das Reisebündel ihres Gefährten über die Schulter und nahm Uzun mitsamt Schlafsack auf den Arm. Dann schüttelte sie so gut es ging den Schnee ab und stopfte den fest verschnürten Musikanten mit viel Mühe in ihren eigenen Schlafsack. Diese zusätzliche Isolierung mochte helfen, auch wenn das unförmige Bündel nicht gut zu tragen war. Zum Glück war Uzun nicht schwer, und es ging bergab.

Haramis lief, so schnell sie konnte, und sie kam gut voran, vor allem an den Abhängen, wo sie gleiten und rutschen konnte. Sie drückte Uzun fest an sich, bis sie die Fersen wieder so weit eingraben konnte, daß sie Halt fand. Im Laufe des Vormittags verließen sie die Schneefelder, und gegen Mittag waren sie wieder an der Stelle, an der sie die vergangene Nacht verbracht hatten.

Es war eine trockene, windgeschützte Felsnische, die bei ihrer Ankunft von der Mittagssonne überflutet war. Sogar die Felswände fühlten sich warm an. Haramis setzte Uzun an der Rückwand ab und ging hinaus, um nach Brennholz zu suchen. Als sie das erste Mal hier gewesen waren, hatte Uzun noch das Holz gesammelt; sie konnte sich zum Glück daran erinnern, in welche Richtung er geschaut hatte und daß er nicht lange hatte suchen müssen.

Als sie zurückkam, prüfte sie erneut Uzuns Zustand. Er war noch nicht bei Bewußtsein, doch es schien ihr, als ginge sein Atem etwas schneller. Das wertete sie als gutes Zeichen. Sie schichtete das Feuerholz möglichst nahe bei Uzun auf, jedoch nicht so, daß es gefährlich werden konnte. Dann kochte sie Wasser und goß Tee auf. Uzun schlief noch, als der Tee fertig war; sein Duft erinnerte sie daran, daß sie den ganzen Tag noch nichts gegessen oder getrunken hatte. Also schlürfte sie ein wenig von dem heißen Getränk und aß einen Happen aus Uzuns Vorrat. *Er wird auf seinem Weg in den Süden nicht so viel brauchen. Er wird in Gegenden kommen, in denen er sich Nahrung verschaffen kann.* Dann, als sie sich selbst wieder gestärkt fühlte, ging sie mit dem Teetopf zu Uzun hinüber, richtete ihn auf und flößte ihm tropfenweise Tee ein.

Zu ihrer großen Erleichterung setzte er sich etwas weiter auf, als er die warme Flüssigkeit zwischen den Lippen spürte. »Langsam, Uzun«, murmelte sie. »Trink nur.«

Er gehorchte, und sie drängte ihn, noch ein paar Schlucke zu nehmen, ehe er matt den Topf beiseite schob und murmelte: »Zu müde.«

»Auch ich bin müde«, stimmte Haramis ihm zu. Und das war nur allzu wahr. Sie war erschöpft. Sie trank den Rest des Tees, lehnte sich mit dem Rücken gegen den Fels und bettete Uzun auf ihren Schoß. Vielleicht würde es helfen, wenn er ihre Körperwärme spürte; in ihren Adern floß warmes Blut, das doch ein wenig Wärme abgab. Und es tat so gut, die Sonnenstrahlen zu spüren. Sie schloß die Augen und hielt das Gesicht dem Licht entgegen …

»Prinzessin!« Das Bündel auf ihrem Schoß rutschte aufgeregt hin und her. »Wieso sitzen wir hier herum? Uzun schüttelte heftig den Kopf, als er versuchte, sich zurechtzufinden. »Wo sind wir? Was ist geschehen?«

Haramis blinzelte und hatte Mühe, einen klaren Gedanken zu fassen. Sie war es nicht gewohnt, tagsüber zu schlafen – zumindest nicht, wenn sie nicht krank war –, und sie fühlte sich wie zerschlagen, als hätte man sie betäubt oder vergiftet. »Tee«, murmelte sie. »Ich brauche Tee.« Sie tastete nach der

Teeschale neben sich und machte Anstalten sich zu erheben.

Doch Uzun wickelte sich aus den beiden Schlafsäcken. »Ich werde das machen.« Er nahm ihr die Schale aus der Hand, häufte frisches Holz auf das Feuer und setzte neues Wasser zum Kochen auf. Soweit sie es mit verschlafenen Augen erkennen konnte, war Uzun völlig wiederhergestellt. War es demnach möglich, daß Seltlinge erfroren und wieder auftauten, ohne Schaden zu nehmen? Es war schier unglaublich. Es hatte den Anschein, als wäre Uzun jetzt in der Lage, allein zurückzukehren. Er brachte ihr den Tee, den sie langsam schlürfte. Und allmählich spürte sie, wie ihre Lebensgeister wieder erwachten. Sie leerte die halbe Schale und reichte sie Uzun, der den Rest trank.

»Uzun«, begann sie und konnte es kaum erwarten, ihm die Einsichten mitzuteilen, zu denen sie während ihres schweren Transports den Berg hinab gelangt war. »Ich glaube wirklich, daß wir zuviel in der Bibliothek und im Musikzimmer gesessen haben. Wir haben uns benommen wie ein idiotisches Heldenpaar auf großer Fahrt – als wäre uns der Erfolg vorherbestimmt und als könnten wir daher das Gehirn und unseren gesunden Menschenverstand abschalten. Die Weiße Frau hat gesagt, daß ich mich von dir trennen muß, ehe ich meine Suche erfüllen kann. Sie hat damit jedoch gewiß nicht gemeint, daß ich dich in kalte Gegenden schleppen soll, deren Temperatur dein Körper nicht aushält, und zulassen, daß du erfrierst.«

Der Seltling schaute sich prüfend um. »Ich kenne diesen Ort. Aber es ist nicht da, wo wir gestern unser Nachtlager aufgeschlagen haben?«

»Nein«, erwiderte Haramis. »Das hier war vor zwei Nächten unser Lager. Ich bin heute morgen aufgewacht und fand dich halb erfroren – zuerst dachte ich sogar, du seist wirklich tot! Deine Haut war so kalt wie die Luft, und dein Atem ging so langsam, daß es eine Zeitlang dauerte, bis ich merkte, daß du noch am Leben warst.« Ein Schauer lief ihr bei der Erinnerung über den Rücken. »Dann habe ich dich in unsere beiden Schlafsäcke gepackt und dich hierher getragen in der Hoffnung, daß du wieder auftaust und am Leben bleibst.« Sie atmete tief ein. »Dank der Dreieinigen Gottheit ist nichts passiert. Es geht dir doch gut, nicht wahr?« fügte sie ängstlich hinzu.

Uzun war nach ihren Worten sichtlich erschüttert. Nach kurzem Nachdenken nickte er. »Ja, es geht mir ganz gut«, sagte er. »Ich friere noch ein wenig, aber es ist nichts Ernstes. Wenn wir nachher aufbrechen, wird es schon wieder gehen.«

»Gut«, sagte Haramis. »Jetzt, da du unterhalb der Schneegrenze bist, kannst du allein nach Trevista zurückgehen, während ich meine Reise fortsetze.« Sie kramte in seinem Bündel nach der Angelausrüstung. »Und jetzt lege dich erst mal wieder in die Schlafsäcke und ruhe dich aus. Ich werde versuchen, ob ich nicht einen oder zwei Fische zum Abendessen angeln kann. Wenn ich genug fange, haben wir beide auch für morgen etwas zu essen.«

»Aber, Prinzessin«, protestierte Uzun, »Ihr verliert mindestens zwei Tage. Und vielleicht habt Ihr am Ende nicht genug Samenkörner, die Euch führen.«

»Die beiden Tage sind bereits verloren, alter Freund«, seufzte Haramis. »Selbst wenn ich mich sofort wieder auf den Weg bergauf machte, wäre ich nicht in der Lage, das Lager von gestern abend noch vor der Morgendämmerung zu erreichen – vorausgesetzt, ich könnte bei Mondlicht ebenso schnell voranschreiten wie am hellichten Tage, was ich stark bezweifle. Aber für morgen brauche ich kein neues Samenkorn – ich habe auf meinem Weg hierher sorgfältig auf Wegzeichen geachtet, so daß ich die Strecke auch ohne Hilfe zurückverfolgen kann. Und es sieht nicht so aus, als würde es diese Nacht schneien. Und das wiederum bedeutet, daß ich nur meinen alten Spuren folgen muß. Mach dir also um mich keine Sorgen, bleib nur am Feuer sitzen und ruhe dich aus. Bei der Dreieinigen Gottheit, Uzun, du wärest beinahe gestorben!«

»Glaubt Ihr etwa nicht, daß ich liebend gern in Euren Diensten sterben würde?« fragte Uzun in beleidigtem Ton.

»Doch, dessen bin ich mir ziemlich sicher«, fuhr Haramis ihn verärgert an. »Genau das meinte ich, als ich davon sprach, daß unsere Köpfe voll sind von alten Balladen. Ich kann dir versichern, daß man, wenn man durch den Schnee stapft und einen Freund aus Kindertagen auf den Armen hält, der nahe daran ist zu sterben, nur weil man zu töricht war zu erkennen, daß ihm die Kälte nicht bekommt, daß man sich dann nicht gerade damit aufhält, Verse für ein Lied über seinen heldenhaften Tod zu dichten. Ich war dumm genug, daß ich nicht gemerkt habe, wie schlecht es dir ging, und *du* warst dumm genug, es mir nicht zu sagen. Dein Kältetod würde Ruwenda ganz und gar nicht nützen, und mich hätten Kummer und Schuldgefühle von meinem eigentlichen Ziel abgelenkt. Mit dem Verlust von zwei Tagesreisen ist dein Leben nicht teuer erkauft. Mag sein«, fuhr sie gedankenverloren fort, »daß eine Königin zuweilen das Leben eines ihrer Untertanen opfern muß, aber, bei den Herrschern der Lüfte, wenn ich es schon tun muß, dann nur aus einem triftigen Grund!«

»Ihr würdet mir also die Chance verweigern, Euch treu zu dienen bis zu meinem Tode?« Uzun klang verletzt.

»Ganz und gar nicht«, versicherte Haramis ihm. »Ich habe einfach nicht das Gefühl, daß *jetzt* schon die Zeit gekommen ist, da du für mich sterben mußt. Und wer, frage ich dich, wer soll, wenn du jetzt stirbst, mein Oberhofmusikant werden, wenn ich erst auf dem Thron sitze – und wer soll meinen Kindern das Spiel auf der Pfropfflöte beibringen?«

Bei diesen Worten hellten sich Uzuns Gesichtszüge merklich auf. »Sehr schön, Prinzessin, es soll sein, wie Ihr es wünscht. Ich werde in meine Heimat zurückkehren und warten, bis Ihr den Thron besteigt und ich meinen Dienst bei Euch wieder aufnehmen kann.«

»Auch ich freue mich auf jenen Tag«, sagte Haramis lächelnd, während sie den zweiten Schlafsack fest um ihn herum stopfte. »Schlaf jetzt, mein Freund.« Uzuns Augenlider bebten und fielen schließlich zu. Haramis strich ihm mit der Hand über die Stirn. Seine Haut fühlte sich jetzt viel wärmer an; er würde wieder gesund werden. Sie mußte Tränen der Erleichterung unterdrücken, als sie zum Fluß hinabging, um zu angeln.

»Prinzessin, wacht auf!« Uzun rüttelte Haramis heftig an der Schulter. »Heute wird es Schnee geben, und Ihr müßt so schnell wie möglich aufbrechen.«

Haramis schlug die Augen auf, und siehe da, der Himmel war von bleischweren, grauen Wolken verdunkelt, die offenbar nur auf den richtigen Augenblick warteten, um das Land unter ihrer Schneelast zu begraben. Sie stöhnte und richtete sich mühsam auf. Sie war noch immer erschöpft von den Anstrengungen des vergangenen Tages. Als sie Uzun auf den Armen trug, hatte sie Muskeln einsetzen müssen, die sie nie zuvor benutzt hatte. Jetzt schmerzten sie die Arme von den Achseln bis in die Fingerspitzen.

Uzun huschte geschäftig um das Feuer herum und bereitete Tee, den er ihr reichte. »Prinzessin«, fragte er und sah sich um, »wo ist Euer Bündel?« Haramis trank ihren Anteil in hastigen Schlucken. »Ich habe es gestern an unserem Lager liegenlassen – ich glaube, ich mache mich lieber auf den Weg, damit ich es wiederfinde, ehe es begraben wird!« Sie stand auf, rollte rasch ihren Schlafsack zusammen und band ihn sich um die Hüfte. »Und du siehst auch besser zu, daß du bald von hier fortkommst, Uzun; du willst gewiß nicht im Schnee steckenbleiben!«

»Wohl wahr«, stimmte Uzun ihr zu und drückte ihr ein großes Stück Wegzehrung in die Hand. »Eßt das unterwegs, und mögen die Herrscher der Lüfte Euch beschützen.«

»Und dich auch, mein Freund.« Haramis nahm Uzun fest in die Arme. Sie trennte sich nur ungern von ihm. Dann ließ sie ihn los und machte sich auf den Weg bergan. *Zumindest muß ich kein schwebendes Samenkorn beobachten, so daß ich besser darauf achten kann, wohin ich meine Füße setze,* dachte sie. *Wenn doch der Schnee nur noch ein wenig auf sich warten ließe …*

Sie kam ziemlich schnell voran, da sie nicht so schwer beladen war wie beim ersten Aufstieg und jetzt den Weg genau kannte. Als der Schneefall einsetzte, hatte sie bereits die halbe Strecke zurückgelegt; und als sie den Felsen erreichte, an dem sie zwei Nächte zuvor mit Uzun gelagert hatte, war ihr Gepäck nur unter einer knöcheltiefen Schneeschicht begraben. Sie legte es frei, aß noch ein wenig von ihrer Wegzehrung und baute sich auf der Windschattenseite des Felsens eine Höhle, in der sie schlafen konnte. Es wurde stockfinster, aber bei der Schneemenge, die vom Himmel fiel, glaubte sie nicht, ein Feuer in Gang halten zu können. Also kroch sie in den Schlafsack, nahm ihr Bündel mit hinein und wartete auf den Schlaf.

Ihre Nerven jedoch, die sie den ganzen Tag mit dem ewigen *spute dich, spute dich, spute dich* vorangetrieben hatten, kamen nicht so bald zur Ruhe. Noch nie hatte sich Haramis so einsam und verlassen gefühlt. Plötzlich wurde ihr klar, daß sie *überhaupt* zum ersten Mal allein war. Vor der Invasion hatte sie immer die Eltern, die Schwestern, Uzun und die anderen Bewohner der Zitadelle um sich gehabt. Dann war Uzun an ihrer Seite gewesen, außer in den Stunden, die sie bei der Erzzauberin zugebracht hatte. Während es Zeiten in ihrem Leben gegeben hatte, in denen sie sich nach mehr Ungestörtheit gesehnt hatte, war sie sich jetzt, da sie alle Ruhe hatte, die sich ein Mensch nur wünschen konnte, nicht mehr so sicher, ob es ihr so unbedingt behagte.

Es gab noch andere Dinge außer ihrer Einsamkeit, die sie beunruhigten. Vor allem Uzun machte ihr Sorgen. Sie betete zu den Herrschern der Lüfte, daß er sicher aus den Bergen zurückfinden möge. Doch jetzt, da sie Zeit hatte, über die Lage nachzudenken, und nichts anderes tun konnte als denken, kamen ihr verschiedene Fragen in den Sinn. Warum hatte Uzun ihr nicht gesagt, daß er nicht mehr weiterkonnte, ehe er vor Kälte erstarrte? Warum hatte die Erzzauberin sie nicht gewarnt, daß sie Uzun zurücklassen müsse, bevor sie in die Schneefelder kam, statt ihr einfach zu sagen, der betagte Musikant werde sie verlassen, noch ehe sie ihren Talisman gefunden hätte? Abgesehen von der großen Hilfe, die beide für sie bedeutet hatten – immerhin hätte Uzun sterben können!

Natürlich war es ebensogut auch ihr Fehler; auch sie hatte die Lage schlecht beurteilt, aber die beiden anderen waren älter. Hätten sie es nicht besser wissen müssen?

Ich bin Königin von Ruwenda, dachte sie nüchtern, *und ich trage die Verantwortung, aber ich brauche noch immer Ratschläge, auf die ich mich verlassen kann – doch bis zu welchem Grad kann ich den beiden vertrauen? Uzun scheint sich seiner Grenzen ebensowenig bewußt zu sein wie Kadiya, und wenn doch, würde er sie nicht ohne weiteres zugeben. Was die Erzzauberin betrifft – hat sie nicht erkannt, wie empfindlich Uzun auf Kälte reagieren würde, oder hielt sie ihn einfach nicht für wichtig genug, um sich darüber Sorgen zu machen?*

Auch ihre geliebten Eltern, mußte sie nun zu spät erkennen, waren wohl kaum Meister in weltlicher Weisheit und Diplomatie gewesen. Labornoks gieriges Interesse an Ruwenda war bei Hofe in Ruwenda allgemein bekannt gewesen; und selbst wenn Haramis sich unter keinen Umständen mit Voltrik verheiraten wollte, hätten ihre Eltern zumindest eine gewisse Verhandlungsbereitschaft vortäuschen können. Oder sie hätten ihrer Sorge über den großen Altersunterschied zwischen Voltrik und Haramis Ausdruck verleihen und statt dessen eine Verbindung mit Voltriks Sohn vorschlagen können. Wie war noch sein Name? Ach ja, Prinz Antar. Und wenn Ruwenda unbedingt eine Allianz mit Var wünschte - eine Idee, die gewiß nicht von der Hand zu weisen war –, dann war Haramis ja nicht die einzige Tochter. Haramis fiel es schwer, sich Kadiya als Gattin ganz gleich welches Prinzen vorzustellen; Anigel hingegen wäre eine ausgezeichnete Braut für eine diplomatische Verbindung. Sie war so freundlich und nachgiebig, daß sie wohl mit jedem auskommen würde. *Und wenn ich in der Lage bin, mir das alles in meinem Kopf auszumalen,* dachte Haramis, *was haben meine Eltern und ihre Ratgeber dann nur getan? Sich auf die Weiße Frau verlassen? Sieht ganz so aus,* schloß sie, *als müsse man unbedingt die Fähigkeiten der Menschen wie auch ihre Absichten in Erwägung ziehen, wenn man sich von ihnen beraten läßt oder auf ihre Hilfe angewiesen ist.* Gab es jetzt überhaupt noch jemanden, der ihr helfen konnte? Während Haramis über diese Frage grübelte, schlief sie ein.

18

Prinzessin Anigel schwanden beinahe die Sinne, als sie aus dem Munde der Weißen Frau vernahm, welchen Talisman sie suchen mußte. Ein Dreihäuptiges Ungeheuer! Diese Aussicht hätte sogar die mutige Kadiya oder die selbstsichere Haramis erschreckt. Daß man ausgerechnet von ihr, Anigel, erwartete, ein solches Wesen ausfindig zu machen und es zu unterwerfen, war lächerlich. Nein, es war einfach unmöglich!

Das sagte sie auch Immu, da die Erzzauberin eingeschlafen war und nicht geweckt werden konnte. Doch die Eingeborene riet dem vor Zorn heftig weinenden Mädchen zu Geduld.

»Es gibt viele Arten von Ungeheuern«, sagte Immu. »Und nicht alle sind wie die Skritek und haben glühende Augen und reißende Fangzähne und Klauen. Das Wort hat viele Bedeutungen. Solange Ihr Euren Talisman noch nicht mit eigenen Augen gesehen habt, Prinzessin, solltet Ihr Euch mit Eurem Urteil lieber zurückhalten, ob Ihr davor Angst habt oder nicht.«

Immus gesunder Menschenverstand war der Prinzessin ein Trost, wenn auch ein bitterer. Da die Weiße Frau schlief und ihre Besucherinnen allem Anschein nach vergessen hatte, machten die beiden es sich in ihrem Häuschen bequem, erfrischten sich, stellten sich ein köstliches Mahl aus der gutbestückten Speisekammer zusammen und legten sich schließlich zum Schlafen auf den Boden vor der Feuerstelle, jede auf eine Seite des Stuhls der Weißen Frau, damit sie zur Stelle wären, wenn sie in der Nacht Hilfe brauchte.

Am Morgen war die Erzzauberin verschwunden.

Desgleichen das Häuschen, der saubere Hof mit den graspickenden Togensen, die Schwarze Drillingslilie und der kleine Obstgarten. Sogar die Steintreppe und die Anlegestelle, an der sie ihr Boot verlassen hatten, waren fort.

Anigel und Immu lagen in ihren Schlafsäcken aus Pflanzendaunen auf einer Böschung im Dschungel unter den riesigen Blättern eines Braddosch, einer Pflanze, die von den Nyssomu wegen ihres schützenden Blattwerks und der süßen, saftigen Früchte »Freund des Reisenden« genannt wurde. Der einzige Hinweis darauf, daß sie sich nicht mitten in einer Wildnis befanden, waren die Ruinen von Noth, die sie von der kleinen Lagune aus, an deren Strand das Häuschen gestanden hatte, durch die Blätter hindurch auf der anderen Seite des Flusses erblickten.

Anigel machte ihrer Enttäuschung Luft und brach über die erschreckende Entdeckung in lautes Wehklagen aus. Im ersten Augenblick fragte sie sich sogar, ob ihre gestrige Begegnung mit der Erzzauberin nicht nur ein Traum gewesen sei. Doch dann fand sie unter ihrem Schlafsack ein großes grünes Blatt, auf dem sich eine goldene Ader auf verschlungenen Pfaden von der Spitze zum Stiel hinzog; und Immu, die in der Nähe des Ufers herumstöberte, rief plötzlich:

»Seht seht seht! Die Weiße Frau hat uns ein Geschenk hinterlassen!«

Noch immer schniefend, kroch Anigel aus ihren Decken und ging ans Ufer der Lagune. Dort lag inmitten hoch aufragenden Röhrichts und scheußlicher gelber Wasserpflanzen ein Boot. Es bestand nicht aus Schilfrohr wie die Boote der Uisgu und wie das Boot, das sie nach Noth gebracht hatte, sondern war größer und aus einem Kala-Stamm geschnitzt, wie die Nyssomu ihre Boote bauten. Einbäume dieser Art traf man gewöhnlich auf den Wasserwegen rund um die Zitadelle an. Allerdings war an diesem Einbaum etwas anders: Zusätzlich zu den üblichen Rudern und Dollen (die man abmontiert und an den Innenwänden des Schiffsrumpfes festgebunden hatte) saßen am Heck stabile Beschläge, an denen ein Paar Zügel befestigt waren, und am Bug zwei nebeneinanderliegende Ringe, durch die zwei Lederriemen ins Boot führten, die auf der vorderen Ruderbank lagen. Die langen Lederriemen hingen vom Boot herab ins trübe Wasser.

Anigel betrachtete diese Vorrichtung eine Zeitlang und fragte sich, wozu sie wohl gut sei. »Du weißt nicht zufällig ...« Und dann stieß sie einen schrillen Schrei aus, als zwei große, mit grüngesprenkeltem Fell bewachsene Schädel aus dem Wasser kamen – aalglatt, widerlich, mit großen schwarzen Augen, borstigen Schnurrhaaren und Mäulern, die sich zu einem feindseligen Zischen geöffnet hatten, so daß man deutlich die Fangzähne sah.

»Rimoriks!« sagte Immu. »Oh, Liebes …«

»Aber – aber es sind keine Uisgu da, die sie lenken«, stammelte die Prinzessin.

»Und doch sieht es so aus, als habe die Erzzauberin dieses sehr leistungsfähige Transportmittel für uns vorgesehen.«

Anigel biß sich auf die Lippe. Sie konnte Immu nicht in die Augen schauen. »Glaubst du, du kannst es?«

»Nein, Prinzessin Anigel«, sagte die Seltlingfrau feierlich. »Diese Kreaturen arbeiten nur für Freunde, mit denen sie den heiligen Sanguon trinken.« Am ganzen Leibe zitternd wandte sich Anigel an die beiden Wassertiere. »Hat euch die Erzzauberin geschickt, uns zu helfen?« fragte sie.

Als Antwort erhielt sie nur ein bösartiges Zischen. Die Rimoriks sprangen ungeduldig im Wasser auf und ab. Man konnte das Geschirr sehen, mit dem sie am Einbaum festgemacht waren. Das Boot schaukelte jetzt wild auf den von ihnen verursachten Wellen und zerrte an der Leine, mit dem es an einem Felsen am Ufer vertäut war.

Anigel schloß die Augen. »Immu, kannst du denn nicht den Sanguon trinken?«

»Nein, mein Kind.« Die Stimme der alten Amme war zärtlich. »Die Uisgu haben ihn *Euch* geschenkt … und nun wissen wir, wofür.« Immu ließ die Prinzessin stehen und ging die Böschung hinauf, um die Sachen zusammenzusuchen. Sie brachte noch ein paar Braddoschfrüchte mit, die ihr Frühstück ergänzen sollten. Als sie zurückkam, packte sie alles in den Einbaum und reichte der Prinzessin das scharlachrote, bauchige Sanguonfläschchen.

Anigel nahm es entgegen. Die Augen waren verschleiert und die Wangen tränennaß. Sie entfernte den Stöpsel und hielt das kleine, in einem Netz steckende Gefäß in die Höhe, damit die Rimoriks es sehen konnten. »*Ich* muß trinken – nicht wahr?«

Die großen Wassertiere versanken im Wasser, und nur die Nasen und die dunklen, mißtrauischen Augen waren noch über der Wasseroberfläche. Dort verharrten sie regungslos und sahen Anigel an.

Anigel fuhr mit einer Hand an das Drillingsamulett. Mit der anderen hob sie den Bluttrank an die blassen Lippen. Sie nahm einen kleinen Schluck ...

Siehst du, Bruder, wie die Menschenfrau sich vor uns fürchtet. Noch größer ist ihre Angst vor dem Sanguon, und doch hat sie davon getrunken. Menschenfrau! Hörst du uns? Willst du unsere Freundin sein?

»Ja«, flüsterte Anigel.

Dann tauche zwei Finger in den Sanguon, wate ins Wasser und gib uns von deinem Trank ab.

Wie betäubt folgte sie den Worten. Sie steckte den Saum ihres Graskleides in den Gürtel und stieg ins Wasser. Der warme Schlick des Lagunenbodens quoll ihr zwischen den nackten Zehen hindurch. Als das Wasser ihr bis zu den Knien reichte, blieb sie stehen und streckte die Hand aus. Von den Fingern tropfte bräunliche Flüssigkeit.

Die beiden grüngesprenkelten Tiere glitten auf sie zu, stützten sich im seichten Wasser auf die vorderen Läufe und rissen die Mäuler mit den blitzenden Zähnen weit auf. Spitz zulaufende Zungen entrollten sich wie Peitschen – Organe, die den geschuppten Körper eines Fisches wie Wurfspeere durchbohren konnten. Anigel hatte das Gefühl, sie sähe sich selbst aus der Ferne zu, als wäre sie Zuschauerin eines phantastischen Schauspiels, in dem das Mädchen dort im Wasser und die Rimoriks nur eine Rolle spielten. Zuerst spürte der eine, dann der andere Finger eine dieser schrecklichen Zungen. Und als die Rimoriks die Flüssigkeit geschluckt hatten, war es, als verwandelten sich ihre Gesichtszüge. Sie strahlten nicht länger Grausamkeit, sondern Freundlichkeit aus, und Anigel fürchtete sich nicht mehr vor ihnen.

Sie verschloß das Trinkfläschchen wieder und steckte es in ihre Gürteltasche, in der auch das Blatt der Schwarzen Drillingslilie einen sicheren Platz gefunden hatte. Sie fühlte sich benommen. Die Farbe des Blattwerks im Marschland, die

Algen auf der Lagune, sogar das Braun des Einbaums schienen intensiver und von größerer Leuchtkraft zu sein. Sie nahm nie erahnte Geruchsnuancen wahr und hörte eine Vielfalt seltsamer Geräusche so überdeutlich, daß es im ersten Moment in den Ohren schmerzte. Selbst die Haut, die sich beim leichten Hauch einer Brise zusammenzog, kribbelte, und die Kleidung war plötzlich kratzig und schwer. Die Beine hingegen, die im Wasser standen, empfanden die Strömung als angenehm, und der Schlamm schmiegte sich glatt und samtweich um die Füße.

Der Sanguon wird dich verändern.

Der Sanguon verleiht dir eine größere Empfindsamkeit, die deine schwach ausgebildeten menschlichen Sinne zunächst belasten wird. Dieses Unwohlsein wird aber vorübergehen. Du wirst dich stark und mutig fühlen, wie wir.

»Ja ... ich spüre es schon.«

Das ist gut so. Das bedeutet, daß wir wirklich mit einem Menschen Freundschaft schließen können. Du wirst uns an deiner Intelligenz teilhaben lassen, so wie wir dir von unserer Kühnheit und unserer Stärke etwas abgeben.

»Ihr sprecht von meiner Intelligenz, von der ich selbst nie geglaubt habe, daß ich sie besäße. Aber ich will mein Bestes tun, so zu sein, wenn ihr mir nur zu mehr Mut verhelft, denn ohne ihn nützt mir die ganze Klugheit nicht, meine Suche zu erfüllen.«

Die Weiße Frau hat uns gebeten, dir zu helfen. Wir werden tun, was uns möglich ist.

»Habt ihr Namen?«

Du könntest sie nicht aussprechen. Nenn uns einfach Freunde.

»Was – was sollen wir jetzt tun?«

Anigel hörte im Geiste, wie die Rimoriks lachten. Doch die gute alte, verschrobene Immu war es, die antwortete.

»Tun tun tun! Und Ihr wollt die Kluge sein ...? Daß ich nicht lache! Der Tassalejo-Wald ist mehr als dreihundert Meilen weit weg, und wir können unsere Suche erst beginnen, wenn wir dort sind. Ich würde vorschlagen, Ihr begebt Euch ins Boot, Dummchen, nehmt die Zügel in die Hand und seht zu, daß wir hier wegkommen!«

Die Rimoriks wußten offenbar genau, welchen Weg sie einzuschlagen hatten. Sie richteten sich nach den Angaben, die Anigel vom Blatt der Schwarzen Drillingslilie ablas. In völliger Unbekümmertheit eilten sie den Nothar flußabwärts, denn der Feind aus Labornok konnte sich auf diesen Gewässern nicht aufhalten. Von Anigels Schwester Kadiya war keine Spur zu sehen. Auch die Rimoriks konnten ihr nicht sagen, was aus ihr geworden war. Als der Einbaum in den breiteren Oberen Mutar kam, wies Anigel die Tiere an, von jetzt an nicht mehr so schnell, sondern mit größerer Umsicht weiterzuziehen und in Ufernähe zu bleiben, damit etwaige Suchtrupps des Feindes sie nicht so leicht entdecken konnten. Tatsächlich sahen sie in den Gewässern oberhalb von Trevista ein halbes Dutzend Boote, vollbeladen mit Fährtensuchern aus Labornok. Aber die Feinde waren so sehr mit ihren Aufgaben beschäftigt, daß sie den Einbaum nicht bemerkten, obwohl ein feindliches Boot nur wenige Ellen entfernt an ihnen vorbeifuhr.

Jeden Abend fanden sie einen geschützten Lagerplatz. Anigel stieg in das seichte Wasser und schirrte die Tiere aus, die dann verschwanden, um auf Jagd zu gehen. Einen Teil ihrer Wasserbeute brachten die Rimoriks ihrer neuen Freundin, und morgens fanden die Frauen einen frischen Fang zum Frühstück neben ihrem Lager. Doch bevor Anigel den Rimoriks das Geschirr wieder anlegen konnte, mußte sie Sanguon trinken und auch den Tieren etwas davon abgeben.

Am vierten Morgen ihrer Reise stromabwärts wachte die Prinzessin in der dunklen Stille vor der Morgendämmerung auf, in jenem Moment, wenn die Tiere der Nacht endlich zur Ruhe kommen und jene, die bei Tag unterwegs sind, sich noch nicht regen. Schwere Nebel hüllten ihr winziges Lager auf einer kleinen Insel am äußeren Rand von Trevista ein. Es tropfte von den Blättern. Ein Wassertropfen, der vom umgedrehten Boot, das ihnen Schutz bot, herabgefallen war, hatte Anigel aufgeweckt. Wieder einmal hatte sie traumlos geschlafen.

Sie lag in ihrem Daunenschlafsack und hörte nichts außer dem unregelmäßigen Platschen herabfallender Tautropfen und Immus leichtem Schnarchen. Sie hielt ihr warmes Amulett fest in der Hand. Keine Träume von Dürre und Feuer. Seit der Nacht, als sie mit Immu auf dem Boden des verzauberten Häuschens der Weißen Frau eingeschlafen waren, hatte sie nicht mehr von Dürre und Feuer geträumt. Wie seltsam, daß es ihr noch nicht aufgefallen war ...

Bin ich wirklich von meiner Feigheit geheilt? fragte sie sich. Nein, das war unmöglich. Sie wußte, daß sie noch immer schreckliche Angst hatte – Angst davor, von den Soldaten aus Labornok gefangengenommen und getötet zu werden, Angst vor dem pfadlosen Tassalejo-Wald und den gräßlichen, unbekannten Ureinwohnern, die darin hausten, am meisten quälte sie jedoch die Angst vor dem scheußlichen Talisman, den sie suchte, dem Dreihäuptigen Ungeheuer.

Dennoch hatte sie keine Alpträume mehr – keine Warnungen, die aus ihrem Unterbewußtsein drangen. Was hatte das zu bedeuten? Sie überlegte, ob sie Immu danach fragen sollte, doch die Eingeborene schlief tief und fest und murmelte hin und wieder etwas in ihrer eigenen Sprache. Die Prinzessin brachte es nicht übers Herz, sie zu wecken.

Mit dieser Frage im Kopf glitt Anigel wieder in den Schlaf hinüber.

Im Bereich des Unteren Mutar gab es viele Flußschiffe, die mit Truppen und Versorgungsgütern beladen flußauf, flußab fuhren. Es sah so aus, als hätten die Eroberer die gesamte Handelsflotte Ruwendas mobilisiert – zu welchem Zweck, das konnten Anigel und Immu sich nicht vorstellen. Eines Nachmittags kamen sie nur mit knapper Not davon, als sie um eine Flußbiegung fuhren und direkt auf eine ganze Reihe feindlicher Labornoki-Flußschiffe zuhielten, mit denen sie unweigerlich kollidieren mußten. Anigel griff nach ihrem Amulett und versuchte, sich und ihre Gruppe unsichtbar zu machen, doch der Zauber wollte nicht wirken. Ehe sie in Panik geraten konnte, änderten die Rimoriks ganz plötzlich den Kurs, bogen in rechtem Winkel ab und verbargen ihren Einbaum hinter einem großen schwimmenden Baumstamm. Die Männer aus Labornok, die von der Sonne im Westen halb geblendet wurden, fuhren nichtsahnend weiter. Als sich der Einbaum den stärker bewohnten Gebieten oberhalb der Zitadelle näherte, veranlaßte Anigel die Rimoriks, durch abgelegene Seitenarme und tote Wasser zu schwimmen, damit sie außer Sichtweite des Feindes blieben. Ihr Glück kam ihnen allmählich übernatürlich vor. Sie fuhren nicht so schnell wie von Trevista nach Noth, denn sie konnten die Tiere nicht auswechseln, wie die Uisgufahrer Lebb und Tirebb es getan haten; sie kamen dennoch zügig voran. Außerdem blieb ihnen dank der natürlichen Stärke der Rimoriks so manche Gefahr, der Bootsfahrer sonst ausgesetzt waren, erspart, etwa die riesigen fleischfressenden Milingalfische, die den Unteren Mutar im Bereich des Schwarzsumpfes unsicher machten. Die meisten Wassertiere gingen den großen Kannibalen mit dem grünen Fell in weitem Bogen aus dem Weg.

Die erste richtige Katastrophe kündigte sich an, als sie ein paar Meilen flußaufwärts von der Zitadelle eine Pause einlegten. Sie wollten auf den Einbruch der Nacht warten, um den Burgberg im Schutze der Dunkelheit zu umfahren. Da entdeckte Anigel, daß die rote Sanguonflasche leer war. Der Pfropfen hatte sich gelockert, so daß die wertvolle Flüssigkeit ausgelaufen war.

»Das ist ja schrecklich!« jammerte die Prinzessin. »Daß es ausgerechnet hier geschehen muß, im gefährlichsten Bereich des Flusses, wo die feindlichen Soldaten allgegenwärtig sind! Ohne den Sanguon werden uns die Rimoriks nicht einmal erlauben, das Boot zu besteigen. Du erinnerst dich doch noch an den Morgen, an dem ich das Ritual vergaß – sie fletschten die Zähne, als wäre ich eine völlig Fremde! Oh, Immu, was sollen wir nur tun? Wenn die Rimoriks uns nicht helfen, werden wir nie und nimmer den Tassalejo-Wald erreichen.«

Immu sagte: »Wir können nur eins tun. Ihr müßt neuen Sanguon herstellen.«

»Aber wie denn?« fragte das Mädchen gereizt. Doch dann riß sie die Augen weit auf, denn ihr war klargeworden, was sie zu tun hatte. »Aber das kann ich nicht!« stöhnte sie. »Nicht einmal mir selbst kann ich es antun – geschweige denn *ihnen*.«

»Was Euer Blut betrifft, kann ich Euch helfen«, sagte Immu. »Es tut nicht einmal weh, nach dem ersten Stich. Aber mit Euren netten Freunden und ihren messerscharfen Zähnen müßt Ihr allein fertig werden. Mit Haut und Haaren würden sie mich verschlingen, wenn ich mit meinem Messer auch nur in ihre Nähe käme.«

Nach einer Pause, in der die Prinzessin ihren Ekel überwinden mußte, gab sie schließlich nach. Immu sammelte ein paar dicke Blätter von einer bestimmten Pflanze und drückte deren Saft aus. Dann stach sie mit ihrem kleinen scharfen Dolch in eine Ader am Handgelenk der Prinzessin. Anigel gab keinen Ton von sich. Die Flüssigkeit aus dem Blatt wurde auf die Wunde geträufelt und verhinderte die Gerinnung des Blutes, so daß schon bald ein schalenförmiges Drogoblatt mit dem Blut der Prinzessin gefüllt war, das Immu in die Sanguonflasche schüttete. Sie wusch den Einstich mit reinem Tauwasser ab, drückte eine Heilpflanze darauf und umwickelte das Handgelenk der Prinzessin mit einem festen Verband.

»So!« Die Seltlingfrau zog den Knoten am Grasverband fest. »Aber wie Ihr die Rimoriks zur Ader lassen wollt, ist mir schleierhaft.«

»Ich werde sie fragen«, sagte Anigel. Und die Tiere teilten ihr durch Telepathie mit:

Holt ein tellerförmiges Blatt ins Boot.

Die großen Tiere waren nicht eingeschirrt und paddelten um das Heck des Bootes, dessen vordere Hälfte auf dem Trockenen lag. Als Anigel ins Heck kroch, das ins Wasser ragte, kamen sie näher. Nacheinander tauchten sie auf, bissen sich in die krallenartigen Vorderflossen und ließen das Blut auf das Drogoblatt tropfen. Nachdem es gefüllt war, schwamm ein Rimorik fort und kam mit einem rotblühenden Sumpfkraut zurück, das er mit Stumpf und Stiel ausgerissen hatte.

Zerstampft eine Knolle dieser Pflanze und vermischt sie mit dem Blut. Auf diese Weise wird Sanguon hergestellt. Die Sumpfbewohner seihen die Flüssigkeit gewöhnlich noch durch, aber das ist eigentlich nicht nötig.

»Ich danke euch, meine Freunde«, sagte Anigel.

Sie befolgte ihre Anweisungen, und als sie fertig war, hatte sie die Trinkflasche wieder mit dem braunen, salzig-süßen, geheiligten Trank gefüllt. Anigel machte es inzwischen nichts mehr aus, davon zu trinken. Mehr noch, die Tatsache, daß sich ihre Sinneswahrnehmungen nach dem Genuß von Sanguon mit jedem Mal verbesserten, war ihr zu einer lieben Gewohnheit geworden, und sie wurde morgens erst dann richtig wach, wenn sie sich mit den Rimoriks verbrüdert hatte.

Viel später, in den frühen Morgenstunden des darauffolgenden Tages, die noch im Schutz der Dunkelheit lagen, als sie die gefährliche Umrundung des Zitadellenberges fast hinter sich hatten und nun rasch durch abgelegene Wasserläufe am Rande des Grünsumpfes dahinzogen, wollte Anigel von Immu wissen, ob der Sanguon ihr Wesen verändert habe. Bei den Nyssomu, die den Trank zu sich nahmen, war dies angeblich der Fall.

Immu sagte: »Ihr seid dieselbe liebenswerte Person, die ich immer schon geliebt habe – reifer vielleicht und welterfahrener durch unsere Fahrt, und weniger mäkelig mit dem Essen und nicht annähernd so wählerisch, wenn es darum geht, wo Ihr Euer Haupt zur Nacht bettet oder Eure Notdurft verrichtet. Außerdem seit Ihr eine verteufelt gute Bootsfahrerin geworden. Ob Euresgleichen das allerdings als Verbesserung empfinden würde, kann ich nicht sagen.«

Über die Schulter hinweg sagte Anigel: »Seit wir Noth verlassen haben, hatte ich keine Alpträume mehr. Glaubst du, das bedeutet, daß ich mutig geworden bin, Immu?«

»Mutig oder übermütig«, sagte die alte Frau griesgrämig. Sie fürchtete um ihr Leben und klammerte sich am Boot fest, als es im Zickzackkurs durch dichtes Kalagehölz nördlich des Großen Dammes schoß. Ausnahmsweise gab es in dieser Nacht keinen Nebel, und das Dreigestirn schimmerte durch die langen Moosranken an den Ästen. »Seht Euch doch nur an, Prinzessin, Ihr haltet die Zügel wie eine erfahrene Volumner-Führerin, und wir rasen schneller durch die Dunkelheit als marodierende Skritek! Lang, lang ist's her, als es für Euch noch ein waghalsiges Unterfangen war, einen neuen Schritt auf dem Tanzboden oder einen ungewohnten Stickstich zu versuchen.«

»Und dennoch verspüre ich Angst, Immu.«

»Natürlich. Ich auch – und aus gutem Grund! Wenn Ihr diese vermaledeiten Bestien nicht langsamer schwimmen laßt, werden wir noch an einem Baum enden, und die Nachtsänger werden sich über unsere gebrochenen Knochen lustig machen.«

Anigel zügelte die Rimoriks ein wenig. »Sie können im Dunkeln sehen. Hier droht uns keine direkte Gefahr. Obschon sie nicht weit weg ist. Ich – ich spüre es.«

»Mag sein.«

»Glaubst du, daß meine Schwestern auch nach ihren furchtbaren Talismanen suchen?«

»Wahrscheinlich.«

»Es ist grausam von der Weißen Frau, uns zu trennen!« rief Anigel plötzlich mit lauter Stimme. »Wir sind zusammen zur Welt gekommen. Wir waren ein Leben lang zusammen. Es wäre so viel leichter gewesen, wenn sie uns unsere Suche gemeinsam hätte unternehmen lassen. Wenn wir einander hätten helfen können!«

»Ohne Zweifel«, murmelte Immu schwach. Der Kopf sank ihr schwer auf die Brust, und die langen Ohren, vom Fahrtwind nach hinten geweht, lagen eng an dem schmutzigen Batist ihrer alten Hofhaube an, die sie nicht ablegen wollte. »Aber die treuen Diener sind Euch geblieben.«

Die Prinzessin verkniff sich die neuerliche Klage, die ihr auf der Zunge lag. Immu hatte recht, viele Eingeborene hatten ihr geholfen, ganz zu schweigen von den Rimoriks. Ihre beständigste Helferin und Weggefährtin jedoch war Immu – und wieviel echte Zuneigung hatte Anigel selbst ihrer lieben alten Amme gezeigt, seit sie sich auf diese schreckliche Fahrt begeben hatten? Sie hatte sich um Immu nie Sorgen gemacht und nie darüber nachgedacht, wie verschreckt die alte Frau wohl war, und wie elend sie sich fühlen mußte. Und jetzt waren sie beide den ganzen Tag und den größten Teil der Nacht wach gewesen. Immu hatte sich geweigert, dem Vorschlag Anigels zu folgen und während der nächtlichen Fahrt zu schlafen. Anigel war noch immer energiegeladen und aufgeregt und wollte weiterfahren. Die Rimoriks, die ihre Eile spürten, waren willig. Nur Immu war völlig entkräftet …

Sucht uns einen sicheren Rastplatz, teilte sie den Tieren mit.

Ja, Freundin, war die Antwort. Und der Einbaum verlangsamte die Fahrt, wendete und glitt durch einen dichten Vorhang von Nachtschattenranken. Vor ihnen lag ein hoher, trockener Hügel. Als das Boot über den Grund schleifte, schnaubte Immu. Mit einem Ruck hob sie den Kopf und schlug die Augen auf.

»Wach auf, Immu«, sagte Anigel mit weicher Stimme. »Zeit, schlafenzugehen.«

19

Kadiya wußte, daß man sie wie hochstehende Gäste behandelte und ihnen alle Ehre erwies, und der geduldige Teil in ihr, so klein er auch war, sagte ihr, daß sie auch nicht mehr erwarten durfte. Dessenungeachtet machte sie am zweiten Tag nach ihrer Ankunft im Dorf der Nyssomu doch noch einen letzten Versuch, ihre Gastgeber für eine kriegerische Unterstützung zu gewinnen. Schließlich brauchte nicht nur sie selbst verläßliche Verbündete; auch die Bewohner des Dorfes sollten sich auf das Schlimmste vorbereiten, auf die Wahrscheinlichkeit nämlich, daß die Feinde aus Labornok auch hierher vordringen würden.

Sie bat um eine weitere Unterredung mit der Ersten des Hauses und bemühte sich, ihr Ungestüm, mit dem sie ihre Forderung nach dem ihrer Meinung nach Notwendigen vorzubringen pflegte, zu zügeln.

»Verehrteste«, sagte sie und zwang sich, ruhig und gelassen zu sprechen, »diese Menschen, die jetzt in Euer Land kommen, sind nicht so wie wir Ruwendianer. Erlaubt mir, daß ich Euch offen ihre Untaten schildere.«

Sie verkrampfte plötzlich die Hände, die bisher entspannt in ihrem Schoß gelegen hatten, so fest ineinander, daß es schmerzte. Sie mußte zweimal schlucken, ehe sie mit der Schilderung des scheußlichen Todes ihres Vaters begann. Das Bild, das sie mit ihren Worten heraufbeschwor, verwandelte ihren Abscheu erneut in Wut.

Es war schwierig, in den Gesichtszügen von Seltlingen zu lesen. Kadiya beobachtete die Erste sehr genau und suchte nach einem Anzeichen von Mitgefühl, nachdem sie ihr die schrecklichen Ereignisse so tapfer dargestellt hatte.

»So haben sie unsere Leute behandelt, die sie nach ehrlichem Kampf gefangengenommen hatten«, schloß sie ihren Bericht ab. »Hohe Frau, Euer Volk verachten sie noch mehr – was glaubt Ihr, würden sie hier tun, wenn sie Euer Dorf einnähmen? Die Sümpfe hüten Eure Geheimnisse und waren immer Euer Schutzwall. Aber diese Eindringlinge aus Labornok haben einen Zauberer bei sich, gegen dessen Willen der Schutz der Erzzauberin nichts ausrichten kann. Der ehrliche Streit mit Stahl, Schwert gegen Schwert, ist eine Sache. Der Kampf gegen schwarze Magie ohne geeignete Waffe bedeutet soviel wie eine Niederlage, noch ehe die Schlachthörner erklingen. Das hier ist Euer Land, noch dazu ein Land, das den Eindringlingen völlig unbekannt ist. Allem Anschein nach haben sie sich bereits mit den Skritek verbündet, die gewiß ebenso bösartig sind. Dem aber kann man Euer Wissen um die Eigenarten des Sumpfes entgegenhalten. Das eine sage ich Euch – auch wenn Eure Sitten es nicht zulassen, sich unserer Sache anzuschließen, nehmt Eure eigene in die Hand!«

Die Erste schwieg eine Zeitlang, ehe sie antwortete. Und während sie schwieg, schöpfte Kadiya neue Hoffnung. Vielleicht würde die Eingeborene am Ende doch einen Sinn in ihren Worten erkennen. Soll Hamil ruhig Trevista einnehmen; soll er die Skritek rufen; wenn sich indes die Nyssomu erhöben und das Land selbst als Waffe einsetzten, gäbe es gewiß eine Chance ...

Die Antwort der Ersten fiel jedoch sehr förmlich und ohne erkennbare Wärme aus. »Königstochter, Euer Volk und wir aus den Sümpfen sind in der Tat viele Jahre gut miteinander ausgekommen. Schreckenstaten wie jene, über die Ihr mir berichtet habt, hat es allen alten Zeugnissen zufolge niemals zwischen uns gegeben. Da die Erschlagenen Eurem Stamm angehörten, ist es durchaus verständlich, wenn Ihr jede nur mögliche Hilfe sucht, um sie zu rächen. Doch wenn wir auch Freunde sind, gibt es für uns eine ältere Gehorsamspflicht, ein Bündnis aus alter Zeit, das in den Händen der Hohen Frau von Noth liegt. Sie hat Euch und Eure Schwestern zu sich gerufen. Es mag wohl sein, daß sie schon einen bestimmten Plan hat. Ich kann Euch jedoch versichern, daß man uns vorgewarnt hat. Noch vor der Zeit, als Euer Volk hierher kam, haben die Sumpfbewohner den Krieg kennengelernt ...«

Mit starrem Blick schaute sie an Kadiya vorbei, als ob sie

hinter ihr etwas Bedeutsames sähe. »Vor langer Zeit gab es hier ein Abschlachten ohnegleichen. Wie, glaubt Ihr denn, wurde dieses Land zu dem, was es ist: aufgespalten in viele Teile, verwüstet und voller Gefahren, die uns viele Jahrhunderte davon abhielten, bestimmte Pfade zu betreten? Jener Krieg war nicht unser Krieg, aber wir sind seine Kinder – und als von denjenigen, die ihn austrugen, niemand mehr übrig war, standen wir, die Nachgeborenen, vor einer unbekannten Welt, die wir uns untertan machen mußten. Damals nahmen wir es auf unseren Eid, daß nie wieder ein Krieg wie dieser durch die Schuld eines Nyssomu ausbrechen sollte. Wir verdanken der Hohen Frau von Noth unser Leben. Mit ihr haben wir lange Frieden gehalten. Wenn wir angegriffen werden, kämpfen wir, doch wir bringen keinen Krieg über andere. Ihr werdet Eure Antworten in Noth finden, Königstochter.«

So kam es, daß Kadiya sich allein mit Jagun wieder auf den Weg machte. Je weiter sie kamen, um so fremdartiger und bedrohlicher wurde das Land. Bis auf die Blüten waren die meisten Pflanzen im Wald des Schwarzsumpfes von unterschiedlichem Grün gewesen. Hier im Goldsumpf hatte das hohe Schilfgras gelbe Rispen, die diesem Teil der Sümpfe seinen Namen gaben. Auch hier erhoben sich Inselchen aus der mit grünem Schaum bedeckten Wasseroberfläche, auf denen es große, fleischblättrige Büsche gab, wie man sie anderswo nicht fand. Sie waren gelblichweiß und rot geädert und sahen aus wie infizierte, nicht verheilende Wunden, und es entströmte ihnen ein Gestank, der offenbar Insekten anzog. Je weiter Jagun und die Prinzessin mit ihrem Boot in dieses Gebiet eindrangen, desto heimtückischer wurden die pflanzlichen Wucherungen. Sie hörte, wie Jagun schnaufte, und versuchte, das Gleichgewicht zu halten, um die vorsichtigen Ruderbewegungen des Jägers auszugleichen. Am Ufer einer kleinen Insel kam etwas auf sie zugeschwommen, das wie eines jener unheilvollen Blätter aussah. Jagun hatte seine Ausrüstung im Dorf noch durch einen Speer mit kurzem Heft ergänzt. Jetzt streckte er ruckartig den Arm vor, schob die Klinge unter den Rand des dahinziehenden Blattes und schleuderte es in hohem Bogen zurück auf das schlammige

Ufer. Als das Blatt durch die Luft flog, konnte Kadiya fransenartige Tentakel erkennen, die vergeblich nach Beute suchten. Als die Kreatur dann an Land aufprallte, schlang sie sich sogleich um ein bemoostes Holzstück.

»Schnafen«, sagte Jagun knapp. »Wir müssen uns in dieser Gegend vor ihnen in acht nehmen. Sie spritzen aus ihren Klauenfüßen Gift unter die Haut, und wenn sie sich einmal festgekrallt haben, kann man sie nicht wieder entfernen.«

Jagun hatte beschlossen, als sie das Nyssomudorf verließen, den Weg bei Tage fortzusetzen, da sie inzwischen weit genug von allen bekannten Routen entfernt waren. Darüber war Kadiya froh, denn dieser Teil der Sümpfe barg wohl so manche heimtückische Falle.

Das Amulett lag warm an ihrer Brust und war ein getreuer Führer. Dem Funken nach zu urteilen, stimmte die Richtung noch, in der sie fuhren. Stunde um Stunde stakte Kadiya im gleichbleibenden Rhythmus und paßte sich dem Schwung Jaguns an. Hin und wieder unterbrachen sie die Fahrt, um zu rasten.

Wenn Haramis sich Gefahren stellen mußte, wogegen hatte sie wohl zu kämpfen? Und Anigel ... Hatte man ihre Schwester tatsächlich gefangengenommen? Diese Gedanken ließen Kadiya nicht los, doch irgendwie spürte sie immer deutlicher, daß die Schwestern aus der Zitadelle hatten fliehen können und keine hilflose Beute von König Voltrik geworden waren.

Im Laufe des Nachmittags hatte sich der Himmel allmählich bezogen, und es dämmerte bereits, als Jagun ein zähes Grasbüschel wand, um das Boot festzumachen. Schon tauchten jene Irrlichter auf, die von Sumpfgasen erzeugt werden. An diesem Abend versuchten sie gar nicht erst, an Land zu gehen, sondern aßen von dem Proviant, den sie mitgenommen hatten. Jagun sagte:

»Schlaft.«

Schlafen! Wie um alles in der Welt sollte man hier schlafen können; hier, im Dunkeln, wo man nicht wußte, welche Bedrohung auf dem einen oder anderen Ufer auf einen lauerte? Doch ob sie wollte oder nicht, ihr fielen die Augen zu ...

Was nun kam, war eher eine Vision als ein Traum. Kadiya

erblickte eine Stadt – es war nicht Trevista, sondern eine viel jüngere, die großzügiger angelegt war. Es gab jedoch keine Wachen, weder auf den Wällen noch an dem offenen Tor, das vor ihr auftauchte. War es Noth? Sie wollte hineingehen – die Stadt schrie förmlich nach ihr. Es war wie eine Verheißung.

Dann verlor sich die Vision in einem tieferen Traum, an den sie sich nicht mehr erinnern konnte, als sie aufwachte. Sie erhob sich in der Morgendämmerung und stellte fest, daß Jagun bereits auf den Beinen war und etwas aus einem Proviantbeutel herausholte. Kurz darauf machten sie sich wieder auf den Weg zum Wohnsitz der Erzzauberin. Am frühen Nachmittag hatten sie ihn dann endlich vor Augen.

Es war nicht die Stadt, von der Kadiya geträumt hatte, die sich jetzt vor ihnen erhob, als sie sich ihrem Ziel näherten. Sie erblickten nur einen einzelnen Turm, der sich hoch über dem gefiederten, golden glänzenden Gras erhob. Kadiya starrte hinauf, während Jagun die letzten Windungen des Flusses hinter sich brachte. Ihr Boot knirschte an der Längsseite, denn es war diesmal kein schlammiges Ufer, an dem sie anlegten, sondern ein mit Steinquadern befestigter Kai.

»Das ist Noth«, sagte Jagun. »Von hier aus dürft nur Ihr, die Ihr gerufen wurdet, weitergehen. Ich werde auf Euch warten.«

Der gepflasterte Weg war nicht breiter als das Boot, mit dem sie hergekommen waren. An seinem Ende stand der Turm. Er hätte aus einem einzigen Granitblock von der Größe eines Berges gehauen sein können, so hoch wie die großen Bäume in den königlichen Wäldern des Südens. Die gewaltige Tür stand offen.

Obwohl das Licht von außen nicht sehr weit in das Gewölbe des Eingangs eindrang, hatte der Turm äußerlich nichts Bedrohliches an sich. Und doch fühlte sich Kadiya wie ein Kind, das unangenehme Fragen zu erwarten hatte, weil es ungehorsam war. Sie weigerte sich jedoch, ihr Unbehagen zu zeigen und ging fest entschlossen weiter.

»Willkommen, Kadiya.«

Die Stimme hallte in diesem schmalen Eingang nicht wider, und die Worte waren nichts anderes als eine übliche

Begrüßungsfloskel. Dennoch hatte Kadiya, als sie weiterging, die eine Hand am Messer und die andere fest über dem Amulett geschlossen, das im Rhythmus ihres Herzschlags warm auf ihrer Haut pulsierte. Dann betrat sie die Kammer am Ende des Flurs. Dort stand ein Stuhl mit einer hohen Lehne, wie ihn ihre Mutter und ihr Vater bei offiziellen Anlässen und Audienzen benutzt hatten. Darin saß die Hohe Frau, die über Noth (und vielleicht auch andere Orte) herrschte.

Die langgliedrigen Hände fuhren über den Knien auf und ab, um die Kanten eines in tiefen Falten herabfallenden Mantels zu glätten, der schwarz wie eine Sturmnacht war. Silberne Runen tauchten aus den Falten auf, kamen und gingen wie die Wellen auf einem Teich, in den man einen oder mehrere Kiesel geworfen hat.

Ihrer Körpergröße nach zu urteilen gehörte diese Frau gewiß nicht zu den Seltlingen. Stehend hätte sie wahrscheinlich sogar Kadiya um Haupteslänge überragt. Ihre Gesichtszüge waren weder jung noch alt, vom Alter unberührt, aus den Augen jedoch sprachen sowohl Wachsamkeit als auch unbeugsamer Wille.

»Kadiya!« Sie neigte den Kopf, doch es war keine warmherzige Begrüßung. Die Wut, die Kadiya in ihrem Innern hegte, sprengte beinahe die Fesseln. Wie gern hätte sie dieser ungerührten Fremden ihren ganzen Zorn und ihre Verletztheit entgegengeschleudert, um aus deren Munde zu hören, warum ihr Zauber versagt hatte. Hätte sie nicht irgendwie die Feinde von Ruwenda fernhalten können? War denn diese stolze Frau von Noth so viel weniger als Orogastus? Ihre Zauberkraft hatte gerade zu dem Zeitpunkt versagt, als sie am dringendsten gebraucht wurde! Kadiya war nur mit Mühe in der Lage, diese scharfen Töne zu unterdrücken. Statt dessen neigte sie den Kopf, so verdreckt er auch von der Reise durch den Sumpf war.

»Hohe Frau.«

Sie spürte, daß es ihr nicht zustand, anzuklagen oder Vorwürfe zu machen. Es war hier etwas, das ihre Gefühle gefangenhielt, so wie es ihrem Körper ergangen wäre, wenn man ihr die Handgelenke am Eingang zum Turm in Ketten gelegt hätte.

»Alles hat einmal ein Ende«, fuhr die Stimme ungerührt fort. Die beinahe durchsichtigen Hände waren zur Ruhe gekommen. »Wir gestalten die Zeiten, also verändern sie sich. Was ist schon ein Jahr für einen Berg? Was bedeutet die Zeit zwischen Sonnenaufgang und Sonnenuntergang für die Drafferfliege, die nur einen einzigen unserer Tage lebt, die ebenfalls gezählt sind? Jedem von uns – sei es Pflanze, Vogel, Insekt, Stein, seien es stolze Männer oder Frauen – setzt die Zeit ein Ende. Also gibt es für jene unter uns, die in allem noch einen Sinn sehen, viel zu tun, wenn auch in scheinbar bescheidenstem Ausmaß.«

Sie wandte den Blick ab, der bis jetzt auf Kadiyas Augen geruht hatte, und schaute um sich, als wäre sie überrascht und vermisse einen gewohnten Anblick, oder als sähe sie etwas Ungewöhnliches. »Ich habe hier Wache gehalten. Ja, hier habe ich behütet, was dem Lichte gehört. Es war einmal eine große Wasserfläche, von Inseln gekrönt. Jede Insel für sich war ein wunderschöner Edelstein. Dort lebten jene« – hier führte sie die Hände zusammen, als wollte sie ein schützendes Dach formen – »die mich für eine große Aufgabe ausersehen hatten, denn das Böse kam näher und mit ihm eine Veränderung, und ich arbeitete daran, eine starke Abwehr zu errichten.«

Sie seufzte. »Jene Zeiten von Not und Elend gingen vorüber. Dann wagten sich die, die ihr Seltlinge nennt, hervor, und für sie blieb ich die Hüterin, obwohl sie nicht von meiner Art waren. Die Zeiten wurden immer schwerer, das, was war, bröckelte ab. Zuletzt kam euer Volk hierher. Ich prüfte ihre Gedanken und ihre Herzen und befand sie würdig, den Weg des Lichts zu beschreiten, und meine Tage waren noch nicht vorüber ...«

»Und dann kam Voltrik, der so ist wie die Skritek!« entfuhr es Kadiya. »Wo war denn da Euer Schutz?«

»Noch einmal haben sich die Mächte der Finsternis erhoben«, stellte die Erzzauberin richtig. »Gegen die muß meinesgleichen immer ankämpfen. Mit den Eindringlingen kam einer, der in der Ältesten Kunde gut bewandert ist.« Sie neigte den Kopf ein wenig. »Dieses eine Mal mag er der Sieger sein. Nur eine einzige Verteidigung konnte ich errichten, als ich das Schicksal voraussah. Du bist eine von dreien, und eine jede von euch besitzt eine unentwickelte Begabung, eine noch unerkannte Gabe. Ihr werdet die sein, die die Mächte der Finsternis am Ende zu Fall bringen – wenn ihr den Preis der Zeit zahlen könnt.«

»Und welcher Preis ist das?« Kadiya hatte das Kinn trotzig vorgestreckt. Noch wollte sie der Erzzauberin nicht zu erkennen geben, wie beeindruckt sie war.

»Daß ihr euren Talisman findet ... und ihn zur rechten Zeit benutzt.«

»Talisman?« Kadiya zog ihr Amulett hervor, ohne die Kette vom Hals zu nehmen. »Aber das hier habe ich doch schon – und eigenhändig von Euch, Hohe Frau, wenn es stimmt, was erzählt wird.«

»Nein, das war nur dein Führer hierher. Du mußt deine eigene Kraft – und deinen Verstand – benutzen, um den Talisman zu finden, der euch Macht verleihen wird. Waffen waren seit jeher deine Stärke: Das ist der direkte und schnelle, aber oftmals der gefährlichste Weg zum Erfolg. Es gibt andere Wege, einen Kampf zu gewinnen.«

Die Erzzauberin erhob sich vom Thron und stellte sich hoch aufgerichtet vor Kadiya. Ihre Bewegungen waren nicht die einer alten Frau. Im Gegenteil, sie wirkte so entschlossen wie jemand, der eine Aufgabe vor sich hat, die er auch erfüllt. Kadiya merkte plötzlich, daß sie einen Schritt hinter der Erzzauberin zurückgeblieben war, und legte einen Schritt zu, so daß sie nebeneinander aus dem Turm von Noth ins Freie traten.

Hier schlug die Erzzauberin die Falten ihres Mantels zurück. Im hellen Tageslicht lief das Silber in Wellen über die Falten. Sie hielt eine Pflanze in der Hand. Kadiya hätte nicht sagen können, wo sie sie gepflückt hatte. Bei der Heiligen Blume – es war eine märchenhafte Drillingslilie. Geschwind brach die Erzzauberin den Stiel in der Mitte durch, drei Handbreit über den haarfeinen Wurzelfäden.

»Er wird ab jetzt dein Führer sein – und mit seiner Hilfe sollst du das Dreilappige Brennende Auge suchen.«

Sie warf den Stengel ins Wasser. Kadiya sah, wie er senkrecht herabfiel und pfeilschnell neben dem Boot, in dem Jagun lag und allem Anschein nach schlief, ins Wasser tauchte. Aber was in aller Welt war ein Dreilappiges Brennendes Auge? Die Erzzauberin mußte es ihr erklären! Kadiya war müde nach der Fahrt durch die Sümpfe, auf der sie einem magischen Funken zum Wohnsitz einer ohnmächtigen Hexe gefolgt war. Sie brauchte mehr Informationen, wenn sie ihre Suche fortführen sollte ...

Plötzlich stand Kadiya allein auf dem gepflasterten Weg. Niemand war neben ihr, und sie hatte das sichere Gefühl, daß sie, wenn sie in den Turm zurückstürmte und ihn von oben bis unten durchsuchte, seine Herrin nicht mehr vorfände.

Widerwillig und wütend ging sie zum Boot. Jagun war wach geworden und richtete sich auf, Kadiya jedoch blickte ins offene Wasser hinter ihm. Dort, zwischen den trüben Wellen, die das schaukelnde Boot aufgeworfen hatte, sah sie einen leuchtenden Faden. Es war ein grünliches Licht, von einem Grün, wie sie es noch nie in den Sümpfen gesehen hatte: Es war reiner und heller und glitzerte wie ein Edelstein. An der Spitze jedoch war der Stiel schwarz, was nur dann zu erkennen war, wenn sich das Licht auf ihm brach. Als sie in das Boot stieg und nach einem Paddel griff, bewegte sich dieser Faden aus Grün und Schwarz – nicht so schnell wie ein Lebewesen, sondern er paßte sich der Geschwindigkeit an, in der sie paddelten.

Kadiya stieß einen tiefen Seufzer aus. »Wir haben einen neuen Führer, Jagun, und ein neues Ziel. Laß uns aufbrechen.«

20

Heulend fegte der Wind vom Berg herab durch die Talschlucht und trieb bereits ein paar spitze Graupelkörner vor sich her. Am Himmel waren an diesem Spätnachmittag noch blaue Stellen zu sehen, im Süden hingegen über den höchsten Gipfeln des Ohoganmassivs – dem Mount Brom, dem Mount Gidris und dem Mount Rotolo – hatten sich im Laufe des Tages Wolken zusammengeballt. Gewiß würde es vor Anbruch der Dunkelheit noch Sturm geben, einen Vorboten der Wintermonsune, die in zwei Wochen einsetzen würden.

Orogastus war nach seinem achttägigen Ritt von der Zitadelle hierher unsagbar erschöpft. Er hatte seine bewaffnete Eskorte in der Ebene von Labornok zurückgelassen und näherte sich jetzt allein seinem Heiligtum hoch oben auf dem Mount Brom. Tief in seinen Pelzmantel vergraben sprach er über Telepathie mit seinem schwachen Reittier und den beiden Packfronlern, die hinter ihm hertrotteten.

Vorwärts! Vor euch liegt eine warme Scheune, es gibt reichlich Futter zu fressen und Wasser zu trinken. Seht her – ich zeige sie euch! ... Folgt dem Pfad! Klettert nur weiter! Wir werden sie zu sehen bekommen, wenn dieser Zick-Zack-Pfad die Felsnase da vorn umrundet hat. Da! Da! Sputet euch!

Die drei Fronler hoben die Köpfe, so daß die goldenen Spitzen ihrer Geweihe im Licht der untergehenden Sonne glänzten. Ihre Nüstern bebten, denn dank der Kunst des Zauberers konnten sie bereits das Futter wittern, das in der Feste am Ende des steilen Pfades auf sie wartete.

Ein schneeweißer Turm mit schwarzen Zinnen und reich verziertem schwarzem Maßwerk um die Fensterrahmen tauchte vor ihnen auf, versteckt in einer Nische des Mount Brom. Die Tiere, in die wieder Leben gekommen war, begannen zu traben und fielen schließlich in vorantreibenden Galopp. Ihre Beinsehnen knackten, und mit erwartungsvoll erhobenen Schweifen legten sie die letzten paar hundert Ellen zum Ziel zurück. Vor dem jähen Abgrund, an dem der Pfad endete, kamen sie schnaubend und prustend zum Stehen. Unter ihnen gähnte eine steil abfallende Bergspalte von etwa einer Meile Tiefe und fünfzig Ellen Breite, und aus diesem Schlund scholl das Donnern eines reißenden Gletscherbaches empor. Die Feste des Zauberers lag jenseits des Abgrunds, und es hatte den Anschein, als habe sie überhaupt keinen Zugang. Der Himmel hatte sich inzwischen zugezogen, und es war sehr kalt geworden.

Orogastus nahm eine kleine Silberpfeife aus seiner Gürteltasche und blies hinein. Ein hoher, dünner Ton erklang, der im Heulen des Windes nahezu unterging. Im Nu erhellten sich die dunklen Fenster des Turmes. Licht drang auch aus der sich öffnenden Tür des fernen Torhauses. Ein rumpelndes Geräusch war zu vernehmen. In der Felswand direkt unter dem Tor kam eine quadratische Öffnung zum Vorschein, aus der eine schmale Brücke ausgefahren wurde, deren Unterseite einen höchst merkwürdigen Rahmen hatte. Unter fortwährendem Gepolter fuhr sie aus, bis sie die Kluft zwischen dem Pfad und dem Turm überspannte. Orogastus stieg ab und verband den drei Fronlern die Augen. Dann führte er sie zu Fuß über die schmale Verbindung, die nur ein niedriges Geländer hatte und kaum einen Schritt breit war. Der Wind zerrte an seinem Pelzmantel und brachte die Konstruktion unter seinen Füßen heftig ins Wanken. Ein falscher Tritt hätte sie allesamt in den Tod gerissen. Mit Hilfe seiner magischen Kräfte verlieh Orogastus der Brücke Stabilität und sprach in Gedanken beruhigend auf die Tiere ein. Sie folgten ihm bereitwillig, auch als die ersten Schneeflocken herabwirbelten. Schließlich kamen sie sicher im Torhaus an. Der Zauberer verriegelte die Tür von innen und drückte auf eine Einrichtung an der Wand, die die Zauberbrücke wieder in die Felswand zurückgleiten ließ.

Daheim!

Mit einem Ausruf der Erleichterung warf er die schweren Felle ab. Die Fronler wieherten und tobten ein wenig, und er lachte, als er ihnen die Augenbinden abnahm, sein Reittier absattelte und die Lasten von den Packtieren nahm. Dann führte er die treuen Tiere einen Korridor entlang, der von merkwürdigen Lampen erhellt wurde, die ohne Feuer brannten. Sie kamen in einen Stall, der, obwohl aus dem lebenden Felsen gehauen, trocken und mit allem ausgestattet war, was für das Wohlergehen der Fronler notwendig war. Gutgelaunt brummelte er vor sich hin, als er sie fütterte und ihnen Stroh gab. Gewöhnlich wurde diese Arbeit von seinen drei ergebenen Dienern erledigt; sie waren jedoch unten in der Zitadelle von Ruwenda geblieben, pflegten König Voltrik und warteten auf seine Befehle. Also mußte der Meister persönlich für die Tiere und für sich selbst sorgen. Er kannte sich sehr gut in häuslichen Pflichten aus, denn die drei Stimmen hatte er erst vor zehn Jahren in seine Dienste genommen. Bis dahin hatte Orogastus seine wohldurchdachte Wohnstatt allein bewohnt, die er nach eigenen Anweisungen von Voltriks Handwerkern hatte errichten lassen.

Als er jetzt die steinerne Wendeltreppe zu seinen Gemächern, die sich auf halber Höhe des Turmes befanden, hinaufstieg, war er froh, daß außer ihm niemand da war. Die vergangenen zehn Wochen waren die schwierigsten und anstrengendsten seines Lebens gewesen – zunächst der Tod des alten Königs und Voltriks Thronbesteigung, dann die Vorbereitungen auf die Invasion und der Marsch nach Ruwenda. Der Sieg selbst war paradoxerweise leicht gewesen; nur die sonderbare Wunde des Königs und die Flucht der drei Prinzessinnen hatten den großen Plan des Zauberers vereitelt.

Nun, die Stimmen hatten ihm versichert, daß Voltrik sich endlich auf dem Wege der Besserung befand, und wenn alles gut ging, würden die Verstecke der Mädchen schon bald kein Geheimnis mehr sein. Er wollte sich um *diese* Angelegenheit sofort kümmern und seine eigenen menschlichen Bedürfnisse so lange zurückstellen, bis er den Eisspiegel befragt hatte.

Er betrat seine Gemächer und ließ die Proviantbündel neben der Feuerstelle des Speisezimmers zu Boden gleiten. Dort verweilte er nur so lange, bis er den vorbereiteten Holzstapel in der Feuerstelle mit seinem magischen Funkensprüher angezündet hatte. Dann eilte er in seine Schlafkammer, legte die verschmutzte Reisekleidung ab, schlüpfte in die schwarz-silbernen Gewänder und setzte den Kopfschmuck auf. In diesem Aufzug pflegte er die hochfeierlichen Beschwörungen vorzunehmen.

Er wollte sich keine Zeit für ein Bad lassen, sondern wusch sich nur den schlimmsten Schmutz mit dem Schwamm ab und bat die Mächte der Finsternis um Vergebung. Als ihm der Gedanke durch den Kopf schoß, daß es IHNEN vielleicht wirklich lieber sein könnte, wenn er in verschmutztem Zustand mit ihnen Kontakt aufnähme, mußte er lächeln. Das feinmaschige Metallnetz seiner zeremoniellen Robe legte sich eiskalt auf die nackte Haut, so daß er beim Anziehen zusammenfuhr. Dabei vergaß er, die entsprechenden Beschwörungsformeln zu sagen. Seine mit einer Silberschicht versehenen Lederhandschuhe und die wirkungsvolle sternengleiche Kopfbedeckung, zu der eine Halbmaske gehörte, waren wärmer. Seine Sandalen aber, die er gewöhnlich bei Ritualen anzog, ließ er stehen und schlüpfte statt dessen in pelzgefütterte Stiefel, ehe er sich auf den Weg zum Tunnel machte, der tief in den Berg hinein zur Schwarzen Eishöhle führte.

In der kalten, feuchten Luft der Felsröhre war sein Atem sichtbar. Mit schnellen Schritten ging er durch den lampenhellen Schacht und betete, der Eisspiegel möge ihm unverzüglich und ohne Verzögerung seine Wohltaten erweisen. Bei den ungewöhnlichen Geräten der Versunkenen konnte man nie wissen. Selbst wenn man sich an die vorgeschriebenen Rituale hielt und mächtige Beschwörungsformeln sang, hatte das Zauberding hin und wieder seine Mucken. Aber bitte – nicht heute abend, nicht jetzt, da er so erschöpft und hungrig war und fror!

Er kam zu der massiven Tür, die selbst bei wärmstem Wetter mit Reif bedeckt war. Er nahm sich zusammen und murmelte die erste Beschwörungsformel. Er bat das Versunkene Volk um Vergebung, daß er ihre ewige Ruhe störe, gemahnte sie jedoch in strengem Ton, ihm im Namen der Mächte der Finsternis zu dienen. Dann öffnete er die Tür. Die Schwarze Eishöhle war unverändert. Genauso, wie er sie vorgefunden

– bestellt! – hatte, als er zum ersten Mal mit dem damaligen Kronprinzen Voltrik nach Labornok gekommen war. (Danach erst hatte Orogastus befohlen, die Feste zu errichten, um die Höhle zu schützen und dafür zu sorgen, daß er jederzeit Zugang zu ihren Wundern hatte.) Es war ein hohes Gewölbe, das grob aus dem mit Quarzadern durchzogenen Granit des Mount Brom gehauen worden war. Hier und da war schwarzes Eis durch die Felswände gedrungen. Der Boden war mit seltsamen schwarzen Kacheln ausgelegt, die wie Obsidian schimmerten. Dasselbe Material, dem Eis sehr ähnlich, war dazu verwendet worden, Myriaden von Nischen und winzigen Räumen einzusetzen, die alle mit einer Tür versehen waren. Darin hatte er zunächst die phantastischen Geräte gefunden, die ihn zwar von der eher abstrakten Zauberei, die er bei Bondanus gelernt hatte, weggeführt, ihm aber paradoxerweise den Einfluß über das Königreich Labornok sichergestellt hatten. Viele Fächer waren mit Geheimschlössern versehen, die er nicht hatte öffnen können. Andere wiederum – wie der Raum mit dem Eisspiegel – hatten ihre Geheimnisse bereitwillig preisgegeben.

Er hob die silberbehandschuhten Hände und sprach mit lauter Stimme: »O Ihr Mächte der Finsternis! Abermals danke ich Euch für Eure großartigen Gaben. Laßt sie mich nutzen, ohne Schaden zu nehmen.« Dann schob er eine schmale Obsidiantür zur Seite und betrat den Spiegelraum.

Er war nur wenige Schritte tief. Die Innenwände waren zum größten Teil dick mit einer Schicht Rauhreif überzogen, hinter der sich wer weiß welche mysteriösen Geräte verbergen mochten, die den runden Spiegel selbst umgaben. Er zitterte vor Kälte und Erwartung, denn er wußte, daß sein großer Plan, die Welt zu beherrschen, sehr wahrscheinlich nicht in Erfüllung gehen würde, wenn der Spiegel ihm nicht antworten wollte. Also sprach er die Beschwörungsformel:

»Oh mächtiger Spiegel aus Eis! Weitsichtiges Auge der Versunkenen! Wache auf und beantworte meine Fragen!«

Er wartete.

Zunächst zeigte ihm die graue, mattglänzende Oberfläche nur sein eigenes Spiegelbild: einen großen, breitschultrigen

Mann, eingehüllt in fließendes Silber und Schwarz, gekrönt mit einem sternenfunkelnden Diadem, an dem eine Silbermaske hing, die die obere Gesichtshälfte verdeckte. Dann begann es im Herzen des Spiegels zu glühen ... und eine Stimme war zu vernehmen. Sie war schwach und rauh wie die eines Sterbenden, und sie hatte keinen menschlichen Klang.

»Antworte. Bitte fragen.«

Orogastus war wie versteinert. Obwohl er halb erfroren war, rann ihm hinter der Silbermaske Schweiß von der Stirn herab in die Augen. Jetzt kam der kritische Augenblick. Wenn er die Anfrage nicht richtig formulierte, würde sich der Spiegel beleidigt abschalten und mindestens zwei Tage ruhen, in denen er sich von dem Affront »erholte«. Im Geiste brachte Orogastus den Mächten der Finsternis noch ein Gebet dar. Dann sprach er, ohne sich die innere Erregung anmerken zu lassen: »Halte Ausschau nach drei Menschen. Lege gegenwärtige Position der drei auf Karte fest.«

Der Spiegel wurde hell. Silberblaue Schatten wirbelten über die Scheibe. »Anfrage bestätigt. Namen der drei Personen«, hieß es.

»Prinzessin Anigel von Ruwenda. Prinzessin Kadiya von Ruwenda. Prinzessin Haramis von Ruwenda.« Während er sprach, achtete er darauf, das Bild jeder einzelnen vor sein geistiges Auge zu rufen.

»Taste ab«, sagte der Spiegel. Und Orogastus wurde vor Erleichterung fast ohnmächtig. Es würde funktionieren ...

Der Spiegel sagte: »Objekt eins: Prinzessin Anigel von Ruwenda. Standort: Sa vierzig-zwei, Lo siebzig-eins, zehn auf Grid Oma.« Es folgte das übliche unverständliche Kauderwelsch; doch unmittelbar darauf tauchte ein wunderschönes Kartenschaubild auf. Auf dem Mutar unterhalb der Zitadelle, nur ein paar Meilen oberhalb des Wunsees, blinkte ein Licht. Orogastus übte sich in heldenhafter Zurückhaltung. Ein unrechtes Wort oder eine falsche Bewegung konnte den Spiegel unwiederbringlich auslöschen. Mit äußerster Konzentration prägte er sich den angegebenen Standort ein. Kurz darauf verschwand die Landkarte. Statt dessen zeigte der

Spiegel ein bewegtes Bild des Mädchens in Farbe, als ob sie in der grauen Eisfläche lebte. Anigel saß im Bug eines Einbaums und hielt zwei Leinen in der Hand, eine Art Zügel. Das Fahrzeug wurde mit hoher Geschwindigkeit durch das Wasser gezogen. Im Heck des Bootes saß eine Eingeborene, die über die Schulter nach hinten in das Rot des Sonnenuntergangs blickte und gut verständlich sagte: »Es ist wohl besser, wenn wir für die Nacht das Ufer anlaufen, Liebes. In der Lagune da drüben gibt es sicher genug Fische für die Rimoriks.«

Dann verschwand das Bild.

»Objekt zwei: Prinzessin Kadiya von Ruwenda«, sagte der Spiegel leise. »Standort Mo zwanzig-neun vier, Vi neunzig-fünf fünf auf Grid Oma.« Das Blinklicht ortete die Flüchtende genau westlich des von Skritek bewohnten Dschungels, der unter dem Namen Dornenhölle bekannt war. Orogastus unterdrückte einen Ausruf. Dann beobachtete er fasziniert, wie auf dem Spiegel das Bild des zweiten Drillings auftauchte. Sie kniete gerade in der herabsinkenden Dämmerung im Uferschlamm und versuchte, mit der Rinde von Rankpflanzen ein Feuer anzufachen. Im Hintergrund war ein Seltling damit beschäftigt, etwas aus einem Eingeborenen-Boot zu holen.

Kadiya sagte: »Ich habe jetzt so lange gepustet, bis ich blau angelaufen bin, Jagun, aber ich kriege dieses abartige Zeug nicht zum Brennen. Versuch du es lieber.«

Das Bild verschwand.

»Objekt drei: Prinzessin Haramis von Ruwenda. Standort: Pa vierzig-zwei drei, No sechzehn acht auf Grid Oma.« Das Signallicht auf der Landkarte blinkte in einer höchst außergewöhnlichen Position auf – hoch oben auf dem Abhang des Mount Rotolo, des zweithöchsten Gipfels der Ohogan-Kette, in der Nähe des Quellgebiets des Vispar und nur eine oder zwei Meilen von der geheimen Niederlassung der Vispi-Seltlinge entfernt. Der Zauberer hielt den Atem an, als nun das letzte Bild auf dem Spiegel erschien. Es war sehr dunkel an diesem in purpurähnliches Dämmerlicht getauchten Ort, den er schließlich als Schneehöhle erkannte, von der aus man einen Gletscher im Zwielicht sehen konnte. Ein Schatten löste sich aus dem Dunkel. Allmählich konnte man die Silhouette einer jungen Frau ausmachen, die, in einen weißen Mantel gehüllt, nach draußen blickte. Haramis sagte: »Ob ich die Nacht überleben werde? Sie sind da draußen und warten auf mich – die Augen im Wirbelwind –, und die Samen der Drillingslilie, die mich an diesen eisigen, todbringenden Ort geführt haben, sind bis auf einen alle verbraucht. Das ist das Ende. Ich habe nichts mehr zu essen, und der Schnee ist mittlerweile so tief, daß ich nicht mehr weitergehen kann. Wenn die Vispi selbst kein Mitleid mit mir haben und mich retten, dann habe ich auf meiner Suche nach dem Dreiflügelreif versagt.«

Das Bild verschwand.

Dann folgten die unvermeidlichen, schicksalhaften Worte der Zaubervorrichtung: »Schpaicher Energie vorübergehend erschöpft. Wiederaufladephase.« Damit gingen Bild und Stimme des Eisspiegels aus.

»Dank sei allen Mächten der Finsternis, als da sind Schtroom, Akkumulus Internus und Schpaicher«, sang Orogastus und machte eine tiefe Verbeugung. »Dank auch dem Großen System, das durch sie arbeitet, in alle Ewigkeit, so sei es.«

Dann wandte er sich ab, trat bescheiden in den Hintergrund, schloß die Obsidiantür zum Spiegelraum und zog sich in seine Gemächer zurück.

Viel später, nachdem Orogastus gegessen und sich in einem Holzzuber gewaschen hatte, setzte er sich vor das lustig prasselnde Feuer in seinem Arbeitszimmer und schlug das alte *Buch über die Prophezeiungen der Halbinsel* auf. Er hatte sich einen leichten Branntwein eingeschenkt und schlürfte ihn genüßlich. Draußen heulte ein Schneesturm um die Zinnen des Turmes.

Der Dreiflügelreif …

Ja, er war hier neben zwei anderen merkwürdigen Symbolen erwähnt – dem Dreilappigen Brennenden Auge und dem Dreihäuptigen Ungeheuer. Die Hinweise waren unklar, aber es hatte den Anschein, daß die drei dazu bestimmt waren, zusammenzukommen und damit irgendein klimatisches Ereignis auszulösen.

»Kann es sein«, sann der Zauberer nach, »daß die anderen beiden Prinzessinnen auch auf der Suche nach ihren Talismanen sind, ebenso wie Haramis? Und wenn die Mädchen sie gefunden und sich wieder vereint haben, können sie *dann* so viel Macht haben, Labornok zu besiegen?« Eine Zeitlang starrte er in die Flammen, ehe er einen Entschluß faßte, was zu tun sei. Die Notwendigkeit, sich Kadiyas und Anigels zu entledigen, lag auf der Hand; Kronprinzessin Haramis indes war eine Sache für sich ...

Er richtete sich in seinem Stuhl auf, schloß die Augen und legte die Fingerspitzen auf die Schläfen. »Meine Stimmen!« hob er an. »Hört mich!«

Vor seinem geistigen Auge nahmen drei Gestalten Form an, eine rote, eine blaue und eine grüne, die allmählich die Gesichtszüge seiner drei verhüllten Gehilfen annahmen. Sie hatten keine Augen, doch ihre Mienen wirkten eilfertig.

»Meister, wart Ihr erfolgreich?«

»Ja. Seid bereit für die Sendung! Hier ist der derzeitige Standort von Prinzessin Anigel ... und hier befindet sich Kadiya.«

»Wir haben Eure Sendung erhalten, Allmächtiger Meister. Und Prinzessin Haramis?«

»Auch sie habe ich gefunden. Doch hört! General Hamil soll sich mit mindestens der halben Armee aufmachen, um Kadiya zu verfolgen, die in ein sehr gefährliches Gebiet vorgestoßen ist. Rotstimme soll Hamil treffen und ihn begleiten und sich mit mir an jedem zweiten Tag in Verbindung setzen, bis sie aufgegriffen ist.«

»Wie Ihr befehlt«, sagte Rotstimme.

»Die Suche nach Prinzessin Anigel«, fuhr Orogastus fort, »soll von Prinz Antar und seinen Rittern durchgeführt werden. Blaustimme wird ihn begleiten.«

»Vor vier Tagen ist der Prinz mit seinen Leuten aus Trevista zur Zitadelle zurückgekehrt«, sagte Blaustimme. »Es sollte uns nicht allzu schwerfallen, Anigel zu finden, wenn sie so nah bei uns ist, wie Ihr sagt.«

»Nichts ist einfach, solange die Erzzauberin Binah im Spiel ist«, ermahnte Orogastus ihn in aller Schärfe. »Bedenkt, daß sie die Prinzessinnen mit ihren letzten Zauberkräften beschützt. Und sollten sie Erfolg haben und gewisse machtvolle neue Talismane finden, genannt das Dreilappige Brennende Auge und das Dreihäuptige Ungeheuer, wird sich ihre Zauberkraft beträchtlich vergrößern. Es ist unbedingt erforderlich, die drei Prinzessinnen zu fangen und zu töten und mir die Talismane zu überbringen.«

»Verstanden«, sagten die Stimmen gleichzeitig.

»Für Blaustimme habe ich noch weitere Anweisungen«, fügte der Zauberer hinzu. »Sie betreffen den Prinzen.«

»Ich glaube, ich weiß bereits, woran Ihr denkt, Meister.« Blaustimme ließ ein freudloses Kichern hören. »Es wäre traurig, wenn der Prinz durch ein Mißgeschick umkäme, nachdem er seine Pflicht getan hat.«

»Es darf keinen Hinweis auf deine Beteiligung geben«, warnte ihn Orogastus.

Dann meldete sich Grünstimme: »Und ich soll mich der Truppe anschließen, die Prinzessin Haramis verfolgt, Meister?«

»Nein. Du bleibst bei König Voltrik und sorgst dafür, daß er sich vollständig erholt. Ermutige ihn durch die Erfolgsberichte, die ich dir übermittle.«

»Aber Haramis ...«

»Ich beabsichtige, mich persönlich um Prinzessin Haramis zu kümmern«, sagte Orogastus.

21

Eines Morgens, als die Hänge des Mount Rotolo in perlmuttfarbenen Nebel gehüllt waren, warf Haramis das letzte Samenkorn aus. Beim Erwachen hatte sie das merkwürdige Gefühl gehabt, es sei wärmer geworden. An den Wänden der winzigen Eishöhle, in der sie – erstaunlich fest – geschlafen hatte, glitzerte Schmelzwasser. Der pelzgefütterte Mantel, den sie um den Schlafsack gewickelt hatte, war völlig durchweicht. Er war mindestens doppelt so schwer und daher fast unbrauchbar geworden, denn sie hatte keine Möglichkeit, ihn zu trocknen. Mit Hilfe ihres kleinen Messers hatte die Prinzessin daraufhin ihren wasserdichten Schlafsack an der Seite und unten aufgetrennt und sich auf diese Weise eine Art Umhang hergestellt, der zwar etwas steif, aber wetterfest war. Nach dem Frühstück, bestehend aus einem Schluck eiskalten Wassers, hatte sie das letzte Samenkorn freigelassen und war aus der Höhle gestolpert, um ihm durch knöcheltiefen, nassen Schnee zu folgen.

Träge flog es dahin, immer darauf bedacht, sich ihrem Schrittempo anzupassen. Nie war es mehr als eine Armlänge voraus, denn durch den dichten Nebel konnte sie nicht weiter sehen. So stapfte sie voran und stützte sich schwer auf ihren eisenbeschlagenen Stab. Undeutlich nahm sie wahr, daß ihr zunehmend schwindliger wurde in der dünnen Luft, aber es schien ihr nicht wichtig zu sein. Alles war in weite Ferne gerückt und verschwommen. Sie achtete kaum noch darauf, wohin sie die Füße setzte, solange nur das schwebende Samenkorn in Sichtweite blieb.

Oft stolperte sie und fiel hin. Ihr Anzug aus weißer Wolle, ihre Stiefel und ihre Handschuhe wurden nach jedem Sturz nasser. Feuchtigkeit kroch auch an die Stellen ihres umgearbeiteten Schlafsacks, an denen das Futter aus Pflanzendaunen ungeschützt war. Es dauerte nicht lange, und er war so schwer, daß ihr unter der Last der Rücken schmerzte. Als

Haramis abermals stürzte, ließ sie das Ding einfach liegen. Die Luft war inzwischen so warm, daß sie ihn nicht mehr brauchte.

Das Samenkorn. Das geflügelte Samenkorn. Nur das sah sie noch, es war das einzige, worauf sich ihr benebelter Geist noch konzentrieren konnte. Sie ging immer weiter, kletterte immer höher. Zuweilen lag der Schnee knietief, dann wieder niedriger; aber er war überall schwer und naß und blieb an ihren Stiefeln kleben, so daß sie das Gefühl hatte, als wären ihre Beine aus Blei.

Nach etwa drei oder vier Stunden änderte sich das Wetter auf unheilvolle Weise. Haramis war wie betäubt und merkte nicht, daß der Nebel seine Perlmuttfarbe verloren und ein immer bedrohlicheres Grau angenommen hatte, und daß die Luft allmählich immer kälter wurde. Sie hatte jegliches Gefühl in Händen und Füßen verloren. Aber das war ihr ebenso gleichgültig wie der dumpfe Schmerz im leeren Magen.

Und dann begann es zu schneien.

Sie blieb stehen, unfähig zu erkennen, was geschah. Waren es Samen? War die Welt voll von schwebenden flaumigen Drillingssamen? Und welches war ihr magischer Führer? Der da? Nein ...

Der Nebel lichtete sich, als der Schneefall heftiger wurde, und Haramis konnte noch einmal einen Blick auf die hoch aufragenden Felswände und Klippen des Berges werfen, den sie erklomm. Wind kam auf und wehte ihr Schneeflocken ins Gesicht. Sie stellte fest, daß sie ihren Stab verloren hatte. Und auch das voranfliegende Samenkorn war verschwunden.

Fort wie all die anderen – diesmal aber nicht am Ende eines Tages, nachdem es sie zuerst zu einem sicheren Unterschlupf geführt hatte, sondern hier, am Kamm eines messerscharfen Felsgrates, dessen Schneebelag der Wind hinweggefegt hatte. Das letzte Samenkorn, weggeweht ... Damit also fand ihre Suche ein Ende.

Stechende Schneeflocken wehten ihr ins Gesicht, trieben ihr Tränen in die Augen, die ins Leere blickten, Wangen und Nase prickelten. Dann wurden sie taub. Eine tödliche Lethargie machte sich in ihr breit, und ihr war, als hätte sie nur noch den einen Wunsch zu schlafen. Wozu sollte sie sich weiter abmühen? Jeder Atemzug war wie ein Schwerthieb. Ihr Herz pochte, als wollte es ihr die Rippen brechen. Hände und Füße waren eiskalt.

Ich werde zum Kamm hinaufgehen, sagte sie zu sich. *Nur noch zwanzig Schritte. Und da will ich noch ein letztes Mal einen Blick über mein Königreich werfen.*

Der Wind versuchte, ihr entgegenzutreten. Wie ein riesiges, wütendes Tier heulte er und drängte sich gegen sie. Er schien wie eine Wand, die jeden weiteren Schritt unmöglich machte. Sie duckte sich, hob erst den einen Fuß, dann den anderen, warf den Körper nach vorn, legte sich mit all ihrer schwindenden Kraft gegen den Wind.

Vater! Mutter! Bald komme ich zu euch, denn ich habe versagt. Ich habe mir so sehr gewünscht, daß der Traum wahr würde, daß diese verrückte Suche auf magische Weise erfüllt würde. Ich wollte so gern glauben, daß die arme alte Erzzauberin meine Bestimmung kannte. Aber es sieht so aus, als habe sie es nicht gewußt. War wohl nichts mit der Zauberei! Habe ich es doch gleich geahnt!

Wind.

Schnee.

Kälte.

Und ihr Körper bewegte sich noch, fast jenseits aller Schmerzempfindungen. Mit den Zähnen zog sie sich einen vereisten Handschuh aus und ließ ihn fallen; dann steckte sie die bloße eisige Hand in ihre schneeverkrustete Tunika, tastete ein letztes Mal nach ihrem Drillingsamulett und bat noch einmal um ein wenig Körperkraft.

Laß es mich nur bis zum Kamm oben schaffen. Noch fünf Schritte, die anstrengendsten, schrecklichsten, die sie je unternommen hatte ... *Gott, hilf der, die Dir vertraut hat ...* noch einen Schritt ...

Geschafft!

Oben auf dem Felsgrat war eine Art Felsbrüstung, nur leicht mit Schnee bedeckt. Als sie sich aufrichtete, schien der Wind nachzulassen; der Schneesturm peitschte ihr nicht mehr entgegen. Hinter ihr, über dem Weg, den sie gekommen war, lag noch immer das wirbelnde Grau des Sturmes; vor ihr jedoch tat sich blauer Himmel und das Panorama blendender, schneebedeckter Gipfel auf, die sich bis weit nach Westen erstreckten. Die steile Vorderseite des Kammes fiel zu ihren Füßen in einen Abgrund, der ins Unendliche zu reichen schien, da seine Tiefen in Dunst verschwanden.

»Da bin ich«, flüsterte sie, und Schwindel überkam sie. Sie schwankte und verlor beinahe das Bewußtsein. Doch die Hand, die sich um das Amulett geschlossen hatte, war nicht mehr ohne Gefühl. Sie spürte eine zunehmende, schmerzhafte Wärme; und statt sich dem willkommenen Tod hinzugeben, zwang sie sich, die Augen noch ein letztes Mal zu öffnen.

Auf dem Kamm, nicht einmal einen Steinwurf entfernt zu ihrer Rechten, trudelte ein schneebeladener Wirbelwind, der in der Sonne wie Diamantstaub glitzerte.

Haramis fiel auf die Knie und starrte ihn an, vollkommen hilflos. Er schwankte und wirbelte und wuchs zu einem gigantischen weißen Kegel an, der sich auf der Spitze drehte. Und in diesem Wirbelwind waren Augen. Augen so grün wie Eis. Unzählige Augen. Augen, die sie anblickten. »Ich suche den Dreiflügelreif«, flüsterte sie.

Wir sind seine Wächter, wir sind gekommen, Euch kennenzulernen.

»Seid gegrüßt«, sagte Haramis würdevoll. Dann ließ sie sich dankbar vornüber in tiefe Dunkelheit fallen.

Was nun folgte, war eine Phase heftiger Träume, in der sie zunächst große Schmerzen litt, um dann eine grundlegende Erleichterung und Linderung zu erfahren. Die Augen im Wirbelwind bewohnten ihre Träume, zuweilen waren sie furchterregend, dann wieder freundlich. Sie gehörten großen, anmutigen Geschöpfen in lohfarbenen, fließenden Gewändern, außerordentlich reich mit Juwelen geschmückt. Sie flüsterten ihr etwas zu und dienten ihr und ermahnten sie, dies oder jenes zu tun, während sie wie ein kleines Kind gehorchte.

Sie fragte sie, wer sie seien, und sie sagten ihr, daß sie die Ersten Menschen seien, die das Zepter Der Macht der Versunkenen schon seit undenklichen Zeiten bewahrten.

Sie fragte, ob das Zepter der Talisman sei, den sie suche, und sie teilten ihr mit: *In gewisser Weise ja, und auch wieder nicht. Denn in dunklen Zeiten der Vergangenheit wurde das Dreiteilige auseinandergenommen. Seine Glieder wurden verstreut, um zu verhindern, daß es in die Hände des Bösen geriete.*

Immer noch im Traum, fragte Haramis die Augen, ob sie die Hüter des Dreiflügelrings, ihres Talismans, seien.

Ja, dieses Eine von Dreien haben wir in einer Eishöhle aufbewahrt. Die anderen beiden Teile wurden von der Weißen Frau weit fortgeschickt. Andere sollten sich darum kümmern bis zu der Zeit, da ihre Macht dahinschwinden würde und das Zepter gebraucht würde, um das große Gleichgewicht der Welt wiederherzustellen.

Haramis sagte: »Meine Schwestern suchen die anderen Talismane.«

Ebenso wie der Böse in diesen Zeiten, der auch jetzt seinen Blick auf dir ruhen läßt in der Hoffnung, daß du deine Suche erfolgreich beendest ...

Haramis war, als würde sich die Farbe eines auf ihr ruhenden Augenpaares von eisgrün in sternenweiß verwandeln. Diese Augen beobachteten sie nicht, sie funkelten sie an; und sie erblickte die ebenmäßigen Gesichtszüge eines Mannes, der sie anlächelte. Sie fragte: »Ist er das?«

Und sie sagten: *Ja.*

Im Traum streckte ihr der Mann eine Hand entgegen, und sie lächelte zurück. Er sagte: »Ich bin nicht der, als den man mich hinstellt. Laß dich nicht täuschen. Diese Kleinen verstehen nur einen Teil des großen Ganzen. Hebe dein Urteil auf, bis du mich wirklich kennenlernen kannst, und entscheide dann selbst.«

Haramis wachte in einem schmalen Bett auf, das ringsum von gazeartigen Vorhängen umgeben war. Verwundert fragte sie sich, warum ihr so warm war, bis sie feststellte, daß die Wärme aus der Matratze unter ihr drang. *Das Hypokaustum wärmt das Bett von unten sowie die Fußböden,* vernahm sie eine sanfte Stimme. *Durch seine Leitungen strömt Dampf aus heißen Quellen, und auf diese Weise heizen wir unsere Wohnungen.*

Die Bettvorhänge teilten sich, und Haramis erblickte eine

Eingeborene aus einer Rasse, die ihr bisher unbekannt war. Das Gesicht war nicht so breit wie bei den Nyssomu, und Mund und Nase waren menschenähnlicher. Die riesigen Augen, die eher grün als golden waren, und die Ohren, die aus einer Masse welligen, platinfarbenen Haars herausragten, kennzeichneten sie als Angehörige der Seltlingrasse. Die Hände hatten ebenfalls drei Finger; die Klauen waren aber verkümmert und ähnelten schon eher Fingernägeln – wären sie nicht so dick und offensichtlich von Natur aus dazu geeignet zuzugreifen.

Als die Eingeborene lächelte, sah Haramis, daß sie keine Fangzähne, sondern kleine, ebenmäßige Zähne hatte. Die Prinzessin rief sich die wohlklingende Stimme der Vispifrau aus ihrem Traum in Erinnerung; Minuten später erst fiel ihr auf, daß sich die Lippen der Frau beim Sprechen nicht bewegten.

Aber natürlich nicht, kam die fröhliche Bestätigung. *Ihr würdet unsere Sprache nicht verstehen, deshalb benutzen wir die Sprache ohne Worte! Ich bin Magira, und ich grüße Euch, Prinzessin Haramis vom Drilling. Nun steht auf und laßt mich Euch beim Ankleiden helfen, denn Ihr habt Euch soweit erholt, und unser Volk möchte Euch kennenlernen, bevor Ihr Eure Suche fortsetzt.*

»Aber du kannst mich verstehen ...« Die Prinzessin war noch nicht ganz zu sich gekommen und konnte zwischen Traum und Wirklichkeit nicht unterscheiden. Magiras Worte über die »Fortsetzung ihrer Suche« waren alles andere als ermutigend.

So wie Ihr sprecht, Prinzessin, wiederholt Ihr im Geiste Eure Gedanken. Wir Vispi haben keine Schwierigkeiten, Euch zu verstehen ... Seid Ihr mit diesem Gewand einverstanden? Ich glaube, Ihr werdet es sehr bequem finden, und der schwarze Pelzbesatz paßt gut zu Eurem Haar.

»Ja, danke. Das Kleid ist wunderbar.«

Haramis ließ sich von Magira ein fließendes, mit weichem schwarzen Fell besetztes Gewand aus blaßblauem Stoff überziehen. Es lag wie Samt auf der Haut, war aber nicht so schwer. Halsausschnitt, Ärmelstulpen und Saum waren mit breiten Stickborten aus Silbergarn verziert, in die unzählige

Saphire und Mondsteine eingearbeitet waren. Sie zog Stiefel aus silbrigem Leder an, legte sich einen silbernen Gürtel um, an dem eine Tasche hing, die mit Zuchtperlen bestickt war. Dann ließ sie sich von der Vispifrau zwei dicke Zöpfe flechten und mit einem blauen Band binden.

Unser Vispiblut ist sehr warm, und wir benötigen wesentlich leichtere Kleidung, als Menschen sie hier tragen müssen. Nehmt auch diesen Mantel und die Handschuhe, und ich führe Euch zur Versammlungshalle von Movis. Es ist nicht weit von hier.

Folgsam schlüpfte Haramis in die juwelenbesetzten Handschuhe, während Magira ihr einen wunderschönen Mantel aus schwarzen und weißen Fellen über die Schultern warf und ihr die Kapuze aufsetzte. Dann folgte die Prinzessin der Vispifrau aus der Schlafkammer, eine Steintreppe hinab, auf die Licht aus schmalen, verglasten Fenstern fiel, in eine Vorhalle. Sie traten ins Freie.

»Das also ist Movis!«

Haramis blieb im Portikus stehen und ließ ihren Blick über die Stadt gleiten, von der sie angenommen hatte, daß sie nur eine Legende sei. Die Luft leuchtete golden; offenbar stand der Sonnenuntergang kurz bevor. Der Prinzessin bot sich ein überwältigender Anblick: Hunderte kunstfertig gebauter Steinhäuser mit zum Teil beeindruckenden Ausmaßen und eine Reihe anderer, wesentlich größerer Gebäude, die einen zentralen Platz säumten.

Überall stiegen Dampfwolken auf – nicht nur aus den Schieferdächern der Wohnhäuser, sondern auch aus Spalten in den Pflasterstraßen und aus kleinen Kästen, die in jedem Vorgarten und Vorhof standen. Niedrige Bäume und sauber angelegte Gärten umgaben jedes Haus, man sah jedoch weder Menschen noch andere Lebewesen. Über allem lag ein merkwürdiges Licht, das keine Schatten warf, denn kein Sonnenstrahl erreichte den Talboden. Eine helle Wolkenschicht, die wie eine goldene Zimmerdecke von Hunderten weißer Dampfsäulen gestützt wurde, lag über dem ganzen Tal von Movis. Die unteren Berghänge waren grün und in Terrassen angelegt; weiter oben war alles schneebedeckt. Von einem großen Gletscher ergoß sich wie ein langer weißer Schal ein Wasserfall.

Unsere Leute haben ein festliches Abendessen für Euch vorbereitet, und sie warten auf Euer Erscheinen, sagte Magira.

»Das hört sich wundervoll an«, sagte Haramis und mußte sich beeilen, um mit der langbeinigen Vispifrau Schritt halten zu können, die jetzt rasch die gewundenen Straßen hinabschwebte. Ihre gazeartigen Gewänder umspielten sie wie helle Fahnen im Wind. »Mir ist, als wäre ich sehr hungrig; vielleicht macht es die Luft hier.«

Ihr habt fünf Tage geschlafen, Prinzessin.

»Oh!« sagte Haramis.

In dieser Zeit haben unsere Pfleger sich um Euch gekümmert und Euer erfrorenes Fleisch und die anderen Verletzungen geheilt. Gewiß habt Ihr in Euren Träumen ihre Fürsorge gespürt.

»Ja, und ich habe auch von einem anderen geträumt.«

Magira verlangsamte den Schritt und blickte die Prinzessin aus smaragdgrünen Augen an. Ihre Gedanken nahmen einen beunruhigenden Unterton an. *Wir wissen, daß der Böse mit Euch in Kontakt getreten ist. Er kann Euren Aufenthaltsort einzig und allein mit Hilfe seines Eisspiegels herausfinden, allerdings nicht jederzeit, sondern nur in Abständen von zwei oder mehreren Tagen, denn Ihr seid durch Euer Amulett vor der natürlichen Hellsichtigkeit jener, die Böses gegen Euch im Schilde führen, geschütztt.*

»Dennoch konnte er mich im Traum erreichen?«

Nachdem er erfahren hatte, daß Ihr hier seid, war es möglich. Wenn Ihr wach gewesen wärt, hättet Ihr natürlich nicht zuhören müssen.

Haramis unterließ es, weiter über Orogastus zu sprechen, und gab einem äußerst seltsamen Gefühl nach, das der Zauberer in ihr wachgerufen hatte. Statt dessen fragte sie Magira: »Sag, kann sich dein Volk hier im Tal selbst versorgen?«

Wir züchten Getreide, das in dem gedämpften Licht hier gedeiht, und wir halten auch Haustiere – Togense und Dannlinge in der Stadt, und die größeren Volumner und ein paar Fronler außerhalb, die wir im Sommer auf die Weiden lassen und während der Regenzeit und der winterlichen Schneefälle in Höhlen unterbringen. In den Höhlen wachsen nahrhafte helle Flechten und Pilze. Ihr würdet unsere Tiere des Nachts drollig finden, denn das Winterfutter läßt ihre Zähne, Geweihe und Hufe in der Dunkelheit leuchten.

»Sind das Tiere, die ihr durch euren Handel bezieht?«

Ja, denn sie vermehren sich in den Bergen nur langsam.

Haramis hob eine Hand, und die Perlen, die auf den Handschuh genäht waren, leuchteten. »Handelt ihr nur mit Juwelen und wertvollen Metallen?«

Magira lachte. *Es reicht vollkommen, Prinzessin, denn alle Stämme der Eingeborenen lieben diesen Schmuck. In früheren Zeiten erstreckte sich unser Handelsnetz vom Ohoganmassiv bis hin zum Tassalejo-Wald, wobei die scheuen kleinen Uisgu seit jeher unsere Mittelsmänner zu anderen Volksstämmen waren. Seitdem Menschen nach Ruwenda kamen, hat sich die Art und Weise des Handels verändert, denn die Menschen versorgen uns heute mit mehr Tieren und Süßigkeiten, als die Eingeborenenstämme allein es je vermocht hätten. So kam es, daß die Vispi es zu Wohlstand gebracht haben.*

»Aber noch immer verwehrt ihr anderen den Zutritt zu eurem Land.«

Magira zog kaum wahrnehmbar die Schultern hoch. *Es gibt nur wenige Täler mit heißen Quellen, und das Leben hier ist in einem sensiblen Gleichgewicht. Wir, das Erste Volk, waren für dieses Klima geschaffen, das einst fast überall auf der Welt herrschte. Als es sich im Laufe der vergangenen Jahrhunderte veränderte, nahmen wir an Zahl ab, obwohl es uns gelang, unsere Kultur zu bewahren. Mit der Zeit schlossen sich andere Volksstämme, die von uns abstammten, der abscheulichen Gründungsrasse in dem Gebiet an, das heute Irrsümpfe genannt wird. Aber das Hochgebirge gehört uns, und wir schützen es mit furchterregenden Scheingebilden, wie den Augen im Wirbelwind. Und da wir ein Volk der Drillingslilie sind und dem Befehl der Weißen Frau unterstehen, bewachen wir auch den Vispir-Paß zwischen Ruwenda und Labornok …*

Haramis blieb stehen und wandte sich vorwurfsvoll an ihre Begleiterin. »Wo wart ihr denn, als die Armee des Königs Voltrik bei uns einmarschierte?«

Ach … die Hohe Frau hat uns nicht rechtzeitig vor den Plänen Eures Feindes gewarnt, und als die Paßwächter der Vispi kamen, wurden ihre Scheingebilde von der Macht des Zauberers durchdrungen. Er befahl den Soldaten aus Labornok, die Trugbilder zu ignorieren und die Wesen aus Fleisch und Blut, die sie begleiteten, zu erschlagen. Die Eindringlinge erschlugen alle Vispi-Wachtposten in unseren Dörfern am Paß – ungefähr dreihundert Seelen.

»Das tut mir leid«, sagte die Prinzessin ernst. »Das habe ich nicht gewußt. Nur sehr wenige Informationen über die Invasion erreichten uns in der Zitadelle, denn die Eindringlinge marschierten mit tödlicher Schnelligkeit. Sie überrannten das Volk, noch ehe ihm klarwurde, was geschah. Auch jetzt weiß ich nicht, was aus unseren Leuten im Dylex Gebiet geworden ist, oder aus den abgelegenen Gütern im Süden ...«

Schließlich kamen sie zu einem sehr großen Gebäude, dessen Fenster in der Dämmerung hell leuchteten. Leise drang Musik durch die Mauern an ihr Ohr. Als Magira die Türen schwungvoll öffnete, blickte Prinzessin Haramis erstaunt auf die vielen Eingeborenen, die sich dahinter versammelt hatten. Es waren Hunderte, die an runden Tischen saßen oder aber auf einer leeren Fläche in der Mitte zu einer getragenen Melodie tanzten.

Am anderen Ende der Halle erhob sich eine breite Empore, auf der Vispi in vornehmen Gewändern saßen. Über ihnen an der Wand hing ein Banner mit einer großen Schwarzen Drillingslilie, von glitzernden Diamanten gesäumt. Die Bewohnerinnen von Movis trugen die gleiche Kleidung wie Magira – fließende Gewänder in Pastelltönen, mit Juwelen übersät. Der männliche Teil der Bevölkerung trug zum größten Teil Roben aus dunklem Mitternachtsblau mit weißen Tuniken und hohen weißen Stiefeln. Ihre perlenbesetzten Gürtel, Kragen und Armbänder glitzerten in allen Regenbogenfarben im Schein Tausender kleiner Pechlampen, die von der hohen Decke herabhingen.

Ein wahrer Tumult brach aus, als Magira ihren Gast zu den Würdenträgern auf der Empore geleitete. Haramis spürte, wie sich ihr ein Schleier vor die Augen legte. Schwindel erfaßte sie. Hätte Magira sie nicht gestützt, wäre sie ins Wanken geraten. Diese unzähligen Ausrufe, die sie sowohl im Geiste als auch über das Gehör vernahm! Nie zuvor hatte sie dergleichen erlebt. Sie fühlte sich körperlich angegriffen, innerlich wie äußerlich. Obgleich sie wußte, daß die Angreifer es gut mit ihr meinten, war sie überwältigt.

Halt! Unbewußt stieß sie in Gedanken diesen Schrei aus.

Die Anwesenden reagierten bestürzt.

Schweigen, spürbare Zerknirschung.

Zitternd vor Erleichterung sagte sie: »Ich danke euch. Ich freue mich über eure Begrüßung, aber ich fürchte, ich habe mich noch nicht an die Art gewöhnt, wie ihr es ausdrückt.«

Ein Mann von äußerst ehrwürdigem Äußeren, dessen Augen nicht grün, sondern mattweiß waren, erhob sich von seinem Platz am Kopfende des Tisches und wandte sich an Haramis. Sie wußte, daß er blind war. Sie wußte auch, daß er sie sehen konnte.

Liebe Prinzessin, verzeiht! Es war nicht unsere Absicht, Euch zu erschrecken. Wir haben uns durch unsere Freude über Euer Erscheinen mitreißen lassen. Ich begrüße Euch im Namen aller Vispi. Ich bin Carimpol, Das Offene Ohr von Movis. Wir warten schon lange auf Euch. Wir wußten, daß die fliegenden Samen Euch zu unserer Stadt führen würden ... wenn Ihr stark genug wärt, ihnen zu folgen. Wir haben Euch auf Eurem Weg hierher beobachtet, von dem Zeitpunkt an, als Ihr Noth verlassen habt. Wir haben gesehen, wie Ihr unter Mühsal, Müdigkeit und Entmutigung gelitten habt. Wir haben gesehen, wie Ihr die schneebedeckten oberen Regionen erreicht habt, in denen Euch Eure große Intelligenz nicht mehr von Nutzen war, sondern wo einzig und allein Eure Willenskraft und körperliche Ausdauer Euch am Leben erhielten.

Doch dann sah es so aus, als würdet Ihr schwach und verzagtet, wie es denjenigen, die viel Zeit mit Nachdenken verbringen, oftmals ergeht, wenn sie den Körper vernachlässigen, der nicht fähig zu sein scheint, den brennenden Geist zu erhalten, der ihm innewohnt. Wir haben für Euch in dieser Eurer höchsten Not gebetet, ebenso die Weiße Frau, und aus uns habt Ihr vielleicht neue Kraft geschöpft und den Körper gezwungen, dem Geist zu folgen, und habt damit Eure schwere Prüfung überstanden. Ihr habt unsere inneren Grenzen erreicht – erst von da an durften wir Euch zu uns holen.

Haramis vernahm viele murmelnde Gedanken, die sie ganz sacht erreichten und ihr alles Gute wünschten. Kaum hörbar sagte sie: »Es – es war Euch untersagt, mir zu einem früheren Zeitpunkt zu helfen?«

Ja. Für Euch war der Weg selbst von großer Bedeutung. Er war ein wesentlicher Bestandteil Eurer Aufgabe.

»Und jetzt – habe ich mein Ziel erreicht? Ihr habt den Dreiflügelring und gebt ihn mir?«

Am morgigen Tag werden wir damit beginnen, Euch zu zeigen, wie man die großen Vögel beherrscht, die ihr Menschen Lämmergeier nennt. Euer Talisman befindet sich ein paar Meilen von hier in einer Eishöhle auf Mount Gidris. Ein Lämmergeier wird Euch zu der Höhle bringen. Mehr kann ich Euch über das Ziel Eurer Suche nicht sagen. Der Besitz des Dreiflügelreifs allein besagt jedoch noch nichts. Man muß ihm Macht verleihen. Wie das zu bewerkstelligen ist, wissen wir nicht.

»Die Erzzauberin sagte mir, ich solle mit dem Talisman zu ihr zurückkehren, wenn ich mich selbst überwunden hätte. Aber sie sagte mir auch, daß mein Schicksal mit dem meiner beiden Schwestern verbunden sei, und daß wir nur dann Erfolg hätten, wenn keine von uns versagt. Soll ich denn Kadiya und Anigel helfen?«

Haramis von der Lilie, wir wissen es nicht. Ich glaube, das werdet Ihr allein entscheiden müssen.

»Ich bin die älteste von uns dreien, und ich habe immer die Verantwortung für die anderen übernommen. Bei den Eingeborenen in den Sümpfen gibt es eine Prophezeiung, der zufolge eine Frau aus Ruwenda den Thron von Labornok stürzen soll. Allem Anschein nach soll ich diese Frau sein, denn die Krone Ruwendas ist dem Gesetz nach mir bestimmt, und ich habe auch die Verpflichtung, unser besiegtes Land zu befreien.«

Der große Vogel wird Euch hintragen, wohin Ihr wollt. Doch wir können Euch weiter keinen Rat geben. Jetzt, da Eure Wunden verheilt sind, können wir nur Euer Erscheinen feiern und dafür sorgen, daß Ihr Euch so bald wie möglich wieder auf den Weg machen könnt. Doch zunächst einmal bitte ich Euch, hier bei uns am Tisch Platz zu nehmen. Fünf Tage habt Ihr ausschließlich Flüssigkeit zu Euch genommen, und wir haben versucht, Gerichte zuzubereiten, die Eurem menschlichen Geschmack zusagen.

»Ich danke Euch«, sagte Haramis. »Ich werde mich Euch gern anschließen.«

Offenes Ohr klatschte in die Hände. *Dann laßt die Festbraten und Pasteten zu uns bringen, die Honigfrüchte und den Glühwein! Und laßt uns wieder Musik hören und tanzen und uns freuen, denn unsere Prinzessin nähert sich ihrem Ziel, und die Welt ist damit der Rückgewinnung des verlorenen Gleichgewichts um vieles nähergerückt ...*

Gepriesen seien die Weiße Frau und die Herrscher der Lüfte und die Dreieinigkeit über allem!

Hochrufe erfüllten die Festhalle, Seitentüren flogen auf, und herein kam ein Zug von Köchen und Gehilfen, die schwere Platten und dampfende Krüge vor sich her trugen. Die Musiker begannen wieder zu spielen, und alle Anwesenden eilten an ihre Tische.

Prinzessin Haramis zog ihre Handschuhe aus und löste ihren Umhang. Dann sank sie dankbar auf den Sitz, den ihr Das Offene Ohr Carimpol anwies. Magira setzte sich neben sie. Für einen Augenblick spürte Haramis erneut eine Leichtigkeit im Kopf und schloß die Augen; es war, als könnte sie durch die Mauern der Halle hindurchsehen. Die Wolken hatten sich mit anbrechender Nacht tiefer über das Tal gesenkt. Leise fiel Schnee herab. Doch er schmolz, sobald er in die warme Luft über den Dächern eintauchte, und verwandelte sich in Regen, der auf das Dorf der Vispi fiel. Leicht zunächst, dann immer heftiger klopfte er gegen die Fenster, als fordere er, eingelassen zu werden. Mit dem platschenden Regen vermischte sich die ferne Stimme eines Mannes, der sie beim Namen rief.

Haramis öffnete die Augen wieder, um an der Helligkeit und der Freude ringsum teilzuhaben. Sie hörte nichts außer den geselligen Vispi und der Musik – ein seltsames Klingeln, halb in den Ohren, halb im Geiste. Man reichte ihr einen Kristallbecher mit funkelndem Wein. Sie nahm einen tiefen Schluck und versuchte zu lächeln.

22

Nun, da man ihn ausgeschlossen hatte, war der Zauberer eher belustigt als verärgert. »Genieße getrost die Gesellschaft deiner Vispifreunde, Haramis! Ich werde dich jedoch immer wieder rufen, und die Zeit wird kommen, da du wirst antworten müssen.«

Orogastus war in seiner Feste auf Mount Brom in Sicherheit vor dem frühen Schneesturm, der noch immer um den Turm wütete, und so begann er, in seiner Bibliothek nach neuen Erkenntnissen über die Natur der drei mysteriösen Talismane zu suchen.

Wie stets war auch jetzt wieder das *Buch der Prophezeiungen der Halbinsel* seine wichtigste Quelle. Er fand darin einen Eintrag, in dem die Talismane beim Namen genannt wurden, und den Hinweis, daß sie sich wieder vereinen und ein Wunder vollbringen würden. In einer anderen Prophezeiung, die er schon seit langem kannte (und die er wohlweislich auch König Voltrik zu Ohren hatte kommen lassen), waren die Drei Blütenblätter des Lebendigen Drillings recht kühn als diejenigen bezeichnet worden, die den Thron von Labornok »auslöschen« würden; in dem Buch stand indes nichts über eine Verbindung zwischen den Prinzessinnen und den Talismanen. Nachdem er den uralten Band zur Seite gestellt hatte, machte er sich in seiner umfangreichen Sammlung von Nachschlagewerken über Zauberei und Mythen auf die Suche nach entsprechenden Hinweisen.

In den vielen Büchern aus Labornok entdeckte er nichts, und auch beim Durchstöbern der Bücher aus Var und Raktum, von denen er nicht ganz so viele Bände besaß, hatte er kein Glück. Die älteste aller Quellen, eine Inkunabel mit dem Titel *Enzyklopädie der Mächte der Finsternis*, die er aus seinem fernen Heimatland Tuzamen mitgebracht hatte, erwähnte das Thema dummerweise nur am Rande. Unter der Überschrift »Dreiteiliger Talisman« fand er lediglich eine kurze

Erklärung, die lautete: »Ein Gegenstand, dem große Macht innewohnt, vermutlich den Vispi durch das Versunkene Volk vor undenklichen Zeiten anvertraut.«

Ja! Aber was sollte er *vollbringen*?

Er setzte seine Suche auch in Büchern fort, die nichts mit Zauberei zu tun hatten. Und schließlich stolperte er in einem dünnen, von Weberlingen angeknabberten Traktätchen über Eingeborenenstudien vom Inselfürstentum Engi (ausgerechnet!) zufällig über einen Hinweis auf »das große Dreiteilige Zepter Der Macht, das die Vispi, der älteste Eingeborenenstamm, bewahrten, bis es eines Tages, da die Zeit erfüllt ward, angefordert würde.«

Das Wiederauftauchen dieses rätselhaften Gegenstandes war also von den Versunkenen verfügt worden, so behauptete das Buch; was genau er vollbringen sollte, wußte kein Mensch, doch es würde die Grundfesten der Welt erschüttern.

»Also haben wir drei Talismane und drei Prinzessinnen, die sie suchen«, sagte der Zauberer vor sich hin. Er klappte das letzte Buch zu und stand vom Tisch auf.

Er verschränkte die Hände hinter dem Rücken, trat ans Fenster der Bibliothek und blickte in den Schneesturm hinaus. So ganz unzeitig war er nicht, sollte doch der Wintermonsun in zehn Tagen einsetzen. Man konnte ihn daher nicht eindeutig irgendeiner Zauberei zuschreiben – oder auch den Vispi, diesen Unglücksschmieden, die ach so gute Freunde der Erzzauberin Binah waren, und die, den Worten großer Erzähler zufolge, in der Lage waren, in gewisser Weise das Wetter zu beeinflussen.

Nichtsdestotrotz unterstrich dieser Schneesturm die Dringlichkeit seiner Nachforschungen, die Notwendigkeit, die Prinzessinnen zu besiegen, noch ehe er hier oben in den Bergen von den großen Winterstürmen festgehalten wurde.

»Drei Talismane, früher einmal zu einem Zepter zusammengefügt und den Vispi anvertraut, jetzt aber offenbar auseinandergekommen und über Ruwenda verteilt. Und die sogenannten Drei Blütenblätter des Lebendigen Drillings, die Prinzessinnen, die vielleicht, wenn sie die Talismane wieder zusammenbringen, irgendeinem großen Drei-in-Einem Macht verleihen können ...«

Ein Gefühl der Unentschlossenheit, das den Zauberer schier verrückt machte, nagte an ihm. Es war klar, daß es hier um mehr als nur das bloße Überleben Labornoks oder seines Königs ging: Es ging um seine eigenen großen Ambitionen, fürwahr! Wäre es nicht besser, die Prinzessinnen noch so lange am Leben zu lassen, bis sie ihre Suche vollendet hatten, und damit die Gewähr zu haben, alle drei Talismane in den Händen zu halten? Oder war sein erster Impuls der richtige – daß die drei Prinzessinnen um jeden Preis von ihrem Erfolg abgehalten werden mußten, da *sie* allein dem magischen Drei-in-Einem Macht verleihen konnten?

Mehr Wissen! Er brauchte mehr Informationen, ehe er endgültig entscheiden konnte.

Orogastus wirbelte herum und ging mit großen Schritten zur Feuerstelle, deren Flammen seinem weißen Haar einen gespenstischen Glanz verliehen. Er spannte sich an, breitete die Arme weit aus, schloß für einen Moment die Augen und sprach die Zauberformel. Als er die Augen wieder aufschlug, funkelten hinter seinen Pupillen Sterne, die die Flammen verblassen ließen.

Dann nahm Orogastus Kontakt zu Grünstimme in der Zitadelle auf und befahl ihm, in der dortigen großen Bibliothek auf die Suche zu gehen und alle Informationen zu sammeln, die er über die Talismane, den Lebendigen Drilling oder das Dreiteilige Zepter der Vispi auftreiben könnte. Grünstimme sollte unter den Besatzern aus Labornok die intelligentesten Helfer auswählen.

»Aber zieh niemanden aus Ruwenda in dieser Angelegenheit zu Rate«, warnte ihn der Zauberer. »Und laß dir von denjenigen, die dir bei der Suche helfen, die stärksten Eide schwören, daß sie die Sache geheimhalten werden, unter Androhung des königlichen Mißfallens.«

»Zu Befehl, Allmächtiger Meister.«

»Nun sage mir, wie das Befinden König Voltriks ist.«

»Er macht Fortschritte«, sagte Grünstimme. »Die gute Nachricht, daß Ihr in Eurem Turm angekommen seid und die drei Prinzessinnen mit Hilfe des Eisspiegels ausgekundschaftet habt, hat ihn über alle Maßen erfreut. Er gratuliert Euch und spendet Euch königlichen Beifall und sendet Euch seine persönlichen guten Wünsche. Er freut sich, daß Ihr weiterhin bestrebt seid, die Suche nach den Flüchtenden zu leiten. König Voltrik befahl uns, ihn zum Fenster seines Zimmers zu tragen, damit er den beiden Suchtrupps seinen Segen erteilen konnte, als sie aufbrachen. An jenem Tag nahm er seine erste vollständige Mahlzeit zu sich.«

»Sehr gut. Und nun berichte mir alles, was mit der Besetzung und Befriedung zusammenhängt.«

»In der Zitadelle selbst und in der Umgebung ist alles sehr ruhig. Die nicht am Kampf beteiligten Angehörigen der Mittelklasse Ruwendas und die Freisassen des Zitadellenhügels haben Labornok den Treueid geschworen, wenn auch widerwillig. Es gibt keinen organisierten Widerstand gegen unsere Herrschaft. Die meisten der überlebenden Adligen im Süden des Reiches sind in die Sümpfe geflohen, aber sie stellen keine ernsthafte Bedrohung dar. Die Dylexdörfer, die nicht niedergebrannt wurden, sind inzwischen alle besetzt bis auf die fernen Enklaven Prok und Goyk. Die Ernte und die Nahrungsmittelproduktion wurden in vollem Umfang wieder aufgenommen. Während der Regenzeit mag es unter den Einheimischen die eine oder andere Knappheit geben, aber unsere Besatzungsarmee wird ausreichend versorgt sein.«

»Das hört sich gut an. Und der Exporthandel?«

»Der Markt in Trevista wurde wieder eröffnet. Der Handel mit Arzneien, Gewürzen, Essenzen und Farbstoffen beträgt ein Viertel der Vorkriegsrate. Die Handelsmeister gehen davon aus, daß sich die Lage in der nächsten Saison wieder verbessert. Der Handel mit Bauholz ist bis zum Ende der Regenzeit praktisch eingestellt. Die Stadt Tass, in der die Holzprodukte gesammelt werden, war nicht direkt von Kampfhandlungen betroffen, und die dort lebenden Handwerker haben sich ohne Blutvergießen ergeben. Doch es hat Verzögerungen gegeben bei dem Versuch, sie wieder zum Arbeiten zu bringen. Große Mengen Nutzholz und rohe

Baumstämme haben sich auf den Lagerplätzen in Tass und am nördlichen Ende des Sees in der Nähe des Großen Dammes angesammelt. Damit der Handel wiederaufleben kann, müssen sich die Karawanen aus Labornok wieder in Bewegung setzen. Und das wird in der Trockenzeit zu Beginn des Jahres geschehen.«

Orogastus seufzte. »Sehr gut. Ich bin zufrieden mit dir, Stimme. Du wirst in zwei Tagen wieder von mir hören.«

»Ganz wie es Euch beliebt, Allmächtiger Meister.« Das Bild Grünstimmes verschwand.

Nun ließ Orogastus sein weitsichtiges Auge kurz gen Westen schweifen, wo er General Hamils große Flotte ausmachte, die sich auf dem Weg stromaufwärts Richtung Trevista befand. Der Zauberer machte sich nicht die Mühe, mit Rotstimme in Verbindung zu treten. Dazu wäre noch Zeit genug, wenn die Truppe bis zur Dornenhölle vorgedrungen wäre. Bis dahin hätte er den Weg, den Prinzessin Kadiya eingeschlagen hatte, mit Hilfe seines Eisspiegels, den er alle zwei Tage befragte, herausgefunden und eine Strategie für ihre Gefangennahme ausgearbeitet.

Blaustimme hatte bereits berichtet, daß es der Truppe unter Prinz Antars Führung am ersten Tag ihrer Suche nicht gelungen war, eine Spur von Prinzessin Anigel zu finden. Das war für Orogastus nicht weiter überraschend. Aus seinem Zauberspiegel war ihm ihre ungewöhnliche Transportart bekannt – offensichtlich eine Neuheit, die die Erzzauberin persönlich arrangiert hatte. Mit starken Rimoriks als Zugtieren vor einem Einbaum hatte Anigel ohne Zweifel eine gute Distanz zwischen sich und den Feinden auf dem Zitadellenhügel geschaffen. Nun, da die zweitägige Ruhepause, die der Eisspiegel forderte, vorüber war, konnte er ihren neuen Standort herausfinden und vielleicht daraus schließen, wohin sie auf der Suche nach ihrem Talisman fuhr.

Der Zauberer kam in Robe und Maske erneut zur Schwarzen Eishöhle und sprach zu dem wunderbaren Gerät: »O du mächtiges Werkzeug der Versunkenen, beantworte meine Fragen!«

Allmählich – ach, so langsam! – wurde die graue Oberfläche hell wie eine Kerze, deren Docht gefährlich kurz abgeschnitten wurde. Die Stimme klang wie heiseres Flüstern.

»Antworte ... bitte ... fragen.«

Verflucht! Die helle Fläche flackerte. Vielleicht hätte er das Gerät nach der ersten, ziemlich ausgiebigen Befragung länger ruhen lassen sollen. Sei's drum, das half jetzt auch nicht mehr. Er würde nach Anigel fragen und die anderen beiden Prinzessinnen fürs erste außer acht lassen. Sie waren ohnehin nicht erreichbar, wohingegen Anigel sich durchaus in Prinz Antars Reichweite aufhalten mochte.

»Halte Ausschau nach einer Person, solange es die Mächte der Finsternis zulassen«, intonierte Orogastus. »Bestimme den gegenwärtigen Standort dieser Person auf der Karte.«

»Anfrage ... bestätigt. Name der Person.« Die unheimliche Stimme wurde kräftiger, und der Wirbel im Eisspiegel nahm fast die üblichen Formen an.

»Prinzessin Anigel von Ruwenda.« Orogastus rief sich das Bild des Mädchens ins Gedächtnis und hielt den Atem an.

»Prüfe.«

Die Landkarte erschien. Das Bild war nicht ganz so hell und deutlich wie beim letzten Mal, aber es reichte aus. Anigel befand sich etwa auf der Mitte des Wunsees am Westufer des Grünsumpfes. Sie steuerte offenbar die Stadt Tass am Ende des Sees an. Es gab keinen anderen Ort, zu dem sie hätte fahren können. Doch welch ungewöhnliches Ziel!

»Prinzessin Anigel von Ruwenda. Standort: Sa fünfzig-eins zwei, La zwanzig-zwei vier auf Grid Oma.«

Dann erschien das Bild der Prinzessin in matten, aber deutlich zu unterscheidenden Farben. Der von Rimoriks gezogene Einbaum fuhr gemächlich durch das dichte Buschwerk am westlichen Seeufer des Grünsumpfes, wo kleine, auf Bäumen lebende Blutsauger – schleimige, flache Kreaturen, in der Größe von Münzen – die Prinzessin und Immu plagten. Sie fielen von den Blättern herab ins Boot.

»Wenn Ihr diese Blutsauger schon als schlimm empfindet«, sagte Immu im Eisspiegel zu dem angeekelten Mädchen, »dann wartet nur, bis wir den Tassaleyo-Wald erreichen!«

»Aha!« frohlockte Orogastus. »Jetzt habe ich dich!«

Der Eisspiegel tadelte ihn umgehend: »Falscher Befehl. Benutze Entschlüssler zum Überprüfen des Programms. Aufladephase.«

Er schmollte, und das Bild verschwand.

Das aber änderte nichts an der gehobenen Stimmung des Zauberers. Er hatte die Schlüsselinformation, die es ihm ermöglichen würde, Anigels Gefangennahme vorzubereiten, und seine Stimme tönte von einem Ende der kalten Höhle zum anderen, als er den Mächten der Finsternis seinen Dank ausrief.

23

Die merkwürdige kleine Schwimmwurzel führte Kadiya und Jagun nur ein kurzes Stück den Nothar hinunter, und dann bog sie nach links in einen namenlosen Zufluß ab. Jetzt näherten sie sich in der Tat einem verbotenen Territorium: der heimtückischen Wildnis, die sich Dornenhölle nannte.

Sie mußten versuchen, im offenen Wasser zu bleiben, um das zarte Gebilde, das sie leitete, nicht aus den Augen zu verlieren. Zuweilen gelangten sie an seichte Stellen und waren gezwungen, zu Fuß durch das Wasser zu waten und das Boot hinter sich herzuziehen. Wenn sie wieder einmal eine offene Wasserfläche überqueren mußten, besann sich Jagun auf seine Fähigkeiten als Fährtensucher und bedeckte das Boot mit einem Stapel roh geschnittenen Schilfrohrs, damit es so aussah, als wären sie dahintreibende Sumpfpflanzen.

Zweimal an diesem ersten Tag legte sich Kadiya flach auf den Bauch und blinzelte durch das provisorische Strohdach des Bootes. Jagun legte sich neben sie, und gemeinsam beobachteten sie kleinere Skritek-Gruppen. Kadiya hielt sich die Hand vor den Mund, denn ihr Magen rebellierte jetzt. Vieles hatte sie über die abscheulichen Kreaturen gehört, die sie zu sehen bekam, doch ihre Vorstellungen waren weit hinter dem zurückgeblieben, was sie jetzt erblickte.

Die ersten Skritek schienen zu Fuß auf der Jagd zu sein. Sie hatten Junge bei sich. Hier, in ihrem eigenen Reich, erlegten sie ihre Opfer nicht immer durch Ertränken, sondern machten sich kühn auf die Suche nach Beute. Sie hatten sich in zwei Gruppen aufgeteilt: Die eine ging voraus und baute sich auf einem Geröllhaufen auf, während die andere mit den dreizehigen Füßen stampfend auf sie zukam und mit groben Speeren und Keulen auf die Pflanzen zu ihren Füßen eindrosch. Tiere brachen aus ihren Verstecken, sprangen, rannten, versuchten zu fliehen, während die Skritek sich vom Geröllhaufen herab reiche Beute sicherten. Sie warteten auch nicht, bis sie die Opfer in ihr Lager geschafft hatten, sondern fraßen sie auf der Stelle, teilweise noch lebend, auf und stritten sich um die Anteile. Als Kadiya dies sah, mußte sie ihre Übelkeit bekämpfen und die bittere Galle, die ihr hochgekommen war, hinunterschlucken. Aber sie zwang sich, hinzuschauen. Denn das hatte Jagun ihr beigebracht: Lerne die Gepflogenheiten deines Feindes gut kennen, sein Kommen und Gehen, wie er ißt, wie er schläft, alles, was zu seinen Gewohnheiten gehört; nimm es auf und merke es dir. Während sie sich noch vor den Sumpfungeheuern verbargen, schwamm ihre Leitwurzel herbei – durch einen Instinkt getrieben, wenn man so wollte –, um sich in Sicherheit zu bringen. Sie blieb unter dem Dach stehen, das seitlich über das Boot hinausragte.

Auf die zweite Skritek-Gruppe stießen sie erst später, kurz vor Sonnenuntergang. Diesmal ertönten keine krächzenden Schreie, keine dumpfen Schläge auf Pflanzen. Sie gingen leichten Schrittes und verfolgten offensichtlich eine Spur, die Kadiya von ihrer Stellung aus nicht sehen konnte. Und sie hatten noch jemanden bei sich! Einen Menschen. Kadiya rang nach Luft, und Jagun gab ihr ein warnendes Zeichen.

Es war sicherlich ein Mann, der mit den Skritek auf Spurensuche war, und nicht ein Gefangener. Er war ganz in Rot gekleidet, wenn auch völlig verdreckt vom Morast der Sümpfe. Er hatte eine Kapuze über den Kopf gezogen, die vorn bis zum Mund reichte und das halbe Gesicht verbarg. Er trug ein Schwert und hatte einen kurzen Speer in der Hand. Er sprach mit seinen Kumpanen in gutturalen Lauten, bei deren Klang Kadiya sich fragte, wie er sie wohl erzeugte. Offensichtlich diskutierte er mit einer der Wasserbestien – er deutete in eine Richtung, während der Skritek eine andere einschlagen wollte. Und er setzte in dieser nichtigen Meinungsverschiedenheit seinen Willen durch.

In der gesamten Geschichtsschreibung, in allen bekannten Legenden, in den Überlieferungen der Nyssomu und Uisgu, des Polders und der Zitadelle hatte es noch nie einen Waffenstillstand zwischen den Skritek und einer anderen Rasse gegeben. Jetzt erwies es sich, daß Jagun recht hatte. Irgendwie hatte Voltrik oder Orogastus es geschafft, diese Scheusale in seinen Dienst zu stellen. Ihr Ruf als Verräter hingegen war wohl begründet. Es war ein tapferer Mann, der da mit ihnen zog, selbst wenn er einer blutigen Sache diente. Sein vertrauliches Verhalten war ein Hinweis darauf, daß es mit Sicherheit mehr als Waffengewalt oder wortreiche Überzeugungskraft war, die ihn schützte.

Das muß eine der Stimmen sein! Kadiya lief ein Schauer über den Rücken. Sie hatte eine Hand flach auf der Brust über dem Amulett liegen. *Verbirg uns,* bat sie wortlos. *Schütze uns!*

Was oder wen diese Gruppe jagte, stand für Kadiya außer Zweifel. Sie wußte nicht, wohin Haramis oder Anigel geraten waren, aber sie selbst war hier. Diese Bande von Skritek, die in Begleitung eines von Orogastus' Dienern Spuren erschnüffelten, waren darauf aus, sie zu finden. Es grenzte an ein Wunder, daß der Gehilfe des Zauberers sich nicht plötzlich ihrer Gegenwart bewußt wurde. Orogastus verfügte gewiß über andere Suchmethoden außer dem Hör- und Geruchssinn. Sie konnte kaum glauben, daß die Untiere vorbeigingen, ohne Alarm zu schlagen. Doch der Zauber der Schwarzen Drillingslilie war nicht leicht zu brechen.

Kadiya rutschte ein Stück nach vorn und schaute ins Wasser. Die Leitwurzel verharrte dort so unbeweglich, als läge sie auf einem Tisch. Kadiya zog ihr Amulett hervor. Ein starkes Leuchten ging davon aus, und das grüne Licht unter Wasser schien im gleichen Rhythmus zu pulsieren. Ein Zittern durchlief die Wurzel, und sie erwachte wieder zum Leben. Ursprünglich hatte sie direkt auf das Ufer gezeigt, an dem der Pfad entlanglief, doch jetzt änderte sie ihren Kurs, bis sie sich parallel zum gegenüberliegenden Ufer befand. Kadiya sah, daß Jagun zum Paddel griff, und spürte, wie das Boot sich entsprechend in Bewegung setzte.

Sie hielten sich dicht am Ufer, stets auf der Hut vor der leisesten Bewegung. Hin und wieder hielten sie an, damit Jagun mit Hilfe seines Riech- und Hörsinns die Umgebung prüfen konnte. Man hörte nur das übliche Summen von Insekten und das Fiepen von Schlammbewohnern – die üblichen Tagesgeräusche.

Jegliche Zuversicht, die sie daraus hätten ziehen können, wurde jäh zerstört. Nicht nur, daß sie das Ende des breiteren Wasserweges erreichten – es tauchte auch noch eine Barriere vor ihnen auf, eine Insel, die hoch aus dem Wasser ragte. Die wegweisende Wurzel zeigte schnurgeradeaus in ein Land voller Schrecken. Nur wenige Fuß über ihnen hatten sich schwarze, verrottete Baumskelette ineinander verflochten, die das Netzwerk einer Rankenart stützten. Der Boden diente aufgeblähten, kugelförmigen Pflanzen von blauroter Färbung als Untergrund.

Jagun deutete auf eine dieser Pflanzen, die in der Nähe ihres Bootes auf dem Wasser dahintrieb. »Das da sind Mörder, die sich von der Schlechtigkeit dieses Bodens ernähren. Meidet sie wie ein vergiftetes Messer, Königstochter.«

Es herrschte absolutes Schweigen hier in diesem Land, das außer dem Bösen kein Leben dulden konnte oder wollte. Doch die Leitwurzel änderte nicht ihre Richtung. Wohl oder übel mußten sie geradeaus gehen.

Es roch durchdringend nach Fäulnis, und Kadiya mußte würgen. Es hätte Jaguns warnender Berührung nicht bedurft. Zwischen den toten Bäumen bewegte sich etwas, dann ein Zischen – und eine Skritek tauchte auf.

Sie machte nicht gerade den Eindruck, als wäre sie auf fröhlicher Wanderschaft, sie schleppte sich eher vorwärts, stützte sich auf einen Stab und schwankte hin und her. Der Körper war weder geschmeidig noch schlank. Das grünliche Fleisch war aufgedunsen, der Bauch wölbte sich stark, so daß die Kreatur einen kopflastigen Eindruck machte. Als sie sich einmal an einen verkümmerten Zweig eines abgestorbenen Baumes klammern wollte, zerfiel er zu Staub. Die Skritek sank auf die Knie. Obwohl sie sich ungeheuer abmühte, kam sie nicht wieder auf die Beine. Sie kroch daher zu einem etwas stabileren Baum, um sich daran hochzuziehen.

Sie zitterte am ganzen Körper. Aus ihrem offenen Maul ertönte ein heiserer Schrei. Unter dem überhängenden Bauch kam etwas Weißes zum Vorschein, das strampelte, als habe es ein Eigenleben. Es fiel zu Boden und hoppelte davon. Ein zweites, drittes folgte, und Kadiya zählte insgesamt zehn

Stück dieses dicken, weißlichen, wurmähnlichen Gezüchts, die alle etwa so groß waren wie der Kopf eines menschlichen Säuglings.

Die Skritekmutter brach an dem Baum zusammen, den sie umklammert hielt, und die Jungen, die offensichtlich etwas gefordert hatten, drehten sich fast gleichzeitig um und fielen über die Kreatur her, die sie zur Welt gebracht hatte. Es bestand kein Zweifel: Sie fraßen sie.

Jagun kroch zu Kadiya hin. »Die Neugeborenen sind gefräßig.« Er flüsterte kaum hörbar. »Und dieses unglückliche Muttertier hatte kein Fleisch bei sich, um die Gier der Brut zu stillen.«

Zwei oder drei der widerlichen Larven hatten bereits den Kadaver der Skritek verlassen. Zwei kamen auf Kadiya und Jagun zugehoppelt. Kadiya konnte beim besten Willen kein Anzeichen für einen richtigen Kopf an ihnen erkennen, obwohl sie das vordere Ende des Körpers etwas höher trugen. Sie taumelten hierhin und dorthin und konzentrierten sich schließlich auf die Richtung, in der das Boot lag. Sie begannen, zum Ufer zu kriechen.

Jagun handelte blitzschnell. Sein Blasrohr war bereit, und der erste Pfeil drang tief in den Körper der ersten Larve. Ihm folgte ein zweiter, der ebenso leicht die nächste traf. Die Brut schlug mit der Körperfront auf den Boden und blieb regungslos liegen.

Jagun zog seinen Jagdbeutel langsam zu sich heran und kramte daraus einen vielfach zusammengelegten Streifen hervor aus einem Stoff, der kunstfertig und durchsichtig wie ein Schleier gewoben war. Er teilte ihn in zwei Hälften, von denen er eine Kadiya reichte und ihr bedeutete, sie solle seinem Beispiel folgen. Er wand sich den Stoff so um den Kopf, daß er Augen, Nase und Mund bedeckte. Bevor er voranging, überprüfte er den Knoten, mit dem Kadiya ihren Streifen festgezogen hatte.

Noch mehr Skriteklarven kamen auf das Boot zu. Sie hatten den vorderen Körperteil aufgerichtet, als folgten sie der Witterung nach Beute. Diesmal zielte Jagun nicht auf sie, sondern auf die blauroten Knollen, die ringsum wuchsen. Die erste

Kugel, in die sein Pfeil drang, explodierte, als wäre unter ihrer Schale eine verborgene Kraft eingeschlossen gewesen. Eine blaue Staubwolke wurde freigesetzt, der immer wieder neue Wolken folgten. Schließlich hingen die Sporen über dem Ufer wie dichter Nebel. Jagun schob das Boot wieder in die Mitte des Wasserlaufs zurück und hielt diesen Abstand zum Ufer, bis die Wolke sich in Fetzen auflöste und herabsank. Dort, wo die Skritekbrut herumgekrochen war, lagen jetzt Klumpen einer schleimigen Gallertmasse, die allmählich in den Boden eindrang.

Kadiya langte ins Wasser und fischte die Wurzel der Drillingslilie heraus. Wie von unsichtbarer Hand gezogen, deutete sie mit der Spitze nach vorn. Dann glitt sie ihr aus der Hand und flog durch die Luft, als hätte sie sie von sich geworfen. Es war unmißverständlich: Die Wurzel lag jetzt auf jenem übel verschmutzten Ufer, auf dem sich die Leiche der Skritekmutter befand, und ihre Spitze zeigte ins Landesinnere. Die Prinzessin sah Jagun an. Er zuckte mit den Schultern.

Dann sagte er, und seine Worte wurden von der provisorischen Maske, die er immer noch trug, gedämpft: »Dort ist sie nun, die Dornenhölle, Weitsichtige. Es sieht ganz so aus, als hätten wir keine andere Wahl und müßten hineingehen.«

Daß ihnen nichts anderes übrigblieb, lag auf der Hand. Sie mochte es drehen und wenden, wie sie wollte: Sie durfte den Pfad, den der magische Wegweiser der Erzzauberin ihr bestimmt hatte, nicht verlassen. Mit steifen Gliedern kroch sie ans Ufer. Die Wurzel der Drillingslilie glitt stetig vorwärts, machte jedoch um die runden, giftigen Gewächse einen weiten Bogen.

»Was liegt vor uns?« fragte Kadiya, als sie sich den zweiten Jagdbeutel über die Schultern legte.

Jagun schüttelte den Kopf. »Unbekanntes Land, Königstochter. Wenn wir Glück haben, werden wir vielleicht das Gebiet der Uisgu erreichen.«

Vorsichtig ging sie um eine der blauroten Kugeln herum und gab sich alle Mühe, nicht zu dem Baum hinüberzuschauen, unter dem die halb abgenagten Knochen der Skritekmutter lagen.

»Glück?« Die Prinzessin lachte bitter auf. »Darauf kann sich auf die Dauer niemand verlassen.«

Sie kamen an einen mit grünem Schaum bedeckten Kanal, an dessen Ufern Schilfgras stand. Ein abgestorbener Baum war umgestürzt und überspannte den Wasserlauf von einem Ufer zum anderen. Abdrücke im Schlamm deuteten darauf hin, daß er als Brücke diente. Kadiya hielt an, um die Drillingswurzel aufzuheben, da sie befürchtete, sie könnte ausrutschen und ins Wasser fallen und damit verlorengehen. Steif und gerade lag sie auf der Hand. Aus der Spitze drang so etwas wie eine dünne schwarze Flamme; und obwohl sich kein Lüftchen regte, wehte sie in die Richtung, die sie einschlagen mußten: in eine Wildnis riesiger Dornfarne, doppelt so hoch wie ein ausgewachsener Mann.

Stunde um Stunde setzten sie ihren Weg fort. Dann endlich sagte Jagun: »Hier wollen wir die Nacht verbringen.«

Die Stelle, zu der die Leitwurzel sie geführt hatte, lag etwas erhöht. Hier wuchsen keine Dornfarne, und auch von giftigen Knollen war nichts zu sehen. Sie waren von scheußlichem Gras mit messerscharfen Kanten umgeben, als sie auf einen hohen, unregelmäßig geformten Hügel gelangten. Obwohl sie seit ihrer Abreise von Noth nur wenige Anzeichen für Ruinen gesehen hatten, war ihnen jetzt klar, daß dieser Erdwall von intelligenten Wesen und nicht von der Natur aufgeworfen worden war. Kadiya klammerte sich an einen kleinen Busch, an dem sie sich hinaufziehen konnte, und löste dabei einen Wurzelballen mit Erde. Darunter entdeckte sie Gestein, das allem Anschein nach behauen war. Es war nicht der dunkle Granit, den sie sonst von den Ruinen kannte, sondern ein viel ebenmäßigeres Mineral. Es war so glatt, daß sie sich verwundert fragte, wie die Grassoden wohl darauf hatten Wurzeln schlagen können. Und im Licht der untergehenden Sonne glänzte es eigenartig.

»Was ist das hier?« Sie zeigte Jagun ihre Entdeckung. Vielleicht hatte die Wurzel sie zu einem so gewaltigen Bauwerk geführt, daß sie sich nicht einmal annähernd vorstellen konnte, was es zu bedeuten hatte oder wie man es benutzte. Als sie noch mehr Erde abkratzte, wurde immer deutlicher, daß die

Ruine gewiß nicht aus Stein bestand. Die Oberfläche fühlte sich wie glattgeschliffen an.

Jagun betrachtete ihre Entdeckung und wandte rasch den Blick ab. »Es ist von den Versunkenen.« Er vollzog eine kleine Geste in der Luft und starrte unentwegt auf die Drillingswurzel, die Kadiya in Händen hielt. Die schwarze Flamme, die ihnen den Weg gezeigt hatte, blieb noch eine Weile schräg stehen; dann richtete sie sich auf und erlosch mit grünlichem Glimmen.

Plötzlich spürte Kadiya, daß die schmerzliche Last des Zweifels, die sie so lange in ihrem Bann gehalten hatte, von ihr abfiel. Sie zog sich zur Spitze des Hügels hinauf und befand sich plötzlich am Rande einer Mulde, die eine riesige Schüssel hätte sein können, wo sie nur mit Mühe das Gleichgewicht halten konnte. Die Seiten fielen jäh nach unten ab, und offenbar hatten häufige Erdrutsche, die durch Stürme verursacht worden waren, die Oberfläche in großen Bereichen von Grassoden und Geröll befreit. So weit ihr Auge reichte, konnte sie weder Vertiefungen noch Erosionen in dieser glatten Fläche entdecken. Kadiya staunte und mußte plötzlich lachen.

»Jäger, dieses Land birgt viele Überraschungen. Vielleicht lacht uns am Ende doch das Glück, denn ich spüre ...« sie breitete die Arme weit aus und atmete tief ein. Das Versunkene Volk schien mit ihrer Anwesenheit hier einverstanden zu sein, sie sogar zu begrüßen. Kadiya war froh, daß ihr eine Last abgenommen worden war. An diesem Ort hatte sie das Gefühl, als wären Dunkelheit und Schrecken, die sie gequält hatten, klein und in weite Ferne gerückt. Sie spürte die Müdigkeit der Reise nicht mehr, nur eine zunehmende Erregung und den festen Glauben, daß, was immer vor ihnen liegen mochte, ihren Zwecken gewiß dienlich sein würde.

24

Mit einem Suchtrupp aus zwanzig Rittern und sechzig Soldaten machte sich Prinz Antar auf, Prinzessin Anigel zu verfolgen. Auch des Zauberers Blaustimme kam mit. Er sollte den Prinzen über den Aufenthaltsort der Prinzessin auf dem laufenden halten, den sein hellsichtiger Meister ihm auf telepathischem Wege mitteilen würde. Die Männer aus Labornok verließen die Zitadelle in drei großen Flußschiffen, die mit kleinen Hilfsbooten ausgerüstet waren. Die Reittiere der Ritter wurden auf Befehl des Prinzen zurückgelassen – eine Entscheidung, die Sir Rinutar, Sir Karon und ihre Kameraden mit lautem Murren zur Kenntnis nahmen, wenngleich sie auch nicht sagen konnten, wie und wo sie die riesigen Schlachtrösser in den pfadlosen Irrsümpfen hätten reiten wollen. Jedes Flußschiff hatte drei Rudermannschaften an Bord, die schichtweise mit doppelter Geschwindigkeit rudern sollten. Die großen Boote flogen förmlich über die ruhigen Wasser des Unteren Mutar und des Wunsees. Unmittelbar nach der zweiten erfolgreichen Spiegelbefragung beschloß Orogastus, daß Handelsmeister Edzar sich ebenfalls dem Suchtrupp anschließen sollte. Er hatte im Umgang mit den eingeborenen Wyvilo, den Holzlieferanten des Tassaleyo-Waldes, ebenso viel Erfahrung wie mit den Nyssomu aus Trevista. Über Blaustimme, der dabei als Medium diente, hatte sich Edzar mit dem Zauberer beraten und einen Plan ausgeheckt, den er für narrensicher hielt.

Die Streitmacht aus Labornok näherte sich jetzt rasch der Stadt Tass, der einzigen größeren menschlichen Niederlassung am Ufer des Sees. Der wichtigste Holzumschlagplatz von Ruwenda war eine Ansammlung ziemlich schäbiger Docks, Lagerhäuser und Hütten. Sie lag auf einer Insel, die rundherum von Schwimmbäumen umgeben war, die große Becken bildeten, in denen die unbehauenen Stämme Platz fanden. Handelsmeister Edzar erklärte den Rittern, daß viele dieser rohen Hölzer zu Flößen zusammengesetzt und in der Regenzeit, wenn die vorherrschenden Winde günstig waren, nach Norden an Lagerplätze am oberen Ende des Sees transportiert würden. Das wertvollere behauene Nutzholz und die geschälten Rundhölzer wurden das ganze Jahr über auf Flußschiffe geladen und zu den Holzverarbeitungsplätzen im Norden befördert, von wo aus man sie in der trockenen Jahreszeit in Karren über die Handelsstraße abtransportierte.

Die Mannen des Prinzen saßen auf dem Vorderdeck des Flaggschiffes unter einem Segel, das ihnen Schutz vor den sengenden Strahlen der Sonne über dem See bot. Sie waren des Reisens und der Belehrungen durch den neunmalklugen Händler überdrüssig. Sie konnten nichts tun als trinken und die Landschaft betrachten – am liebsten aber hätten sie die Jagd sofort aufgenommen.

Die erste Suchaktion nach Prinzessin Anigel in den Irrsümpfen nahe der Zitadelle und des Großen Dammes wäre beinahe zu einem Fiasko geworden. Die Männer waren Reiter, keine Seeleute, und wußten nicht, wie eine Suche zu Wasser vonstatten ging. Zwanzig Hilfsboote, besetzt mit jeweils einem kommandierenden Ritter, drei Bewaffneten und drei Rudergängern, hatten sich in völliger Unordnung unter dem Befehl ihrer unerfahrenen Kapitäne in den Irrsümpfen im Kreise gedreht. Es hatte Händel gegeben, wer nun die Gegend um die Zitadelle absuchen und wer weiter weg suchen sollte, wer die offenen Kanäle und wer die undurchdringlichen Dickichte übernehmen sollte, in denen es von giftigen Wasserwürmern, Nesseltieren und gefräßigen Milingalfischen nur so wimmelte.

Stunden wurden damit vergeudet, immer wieder dasselbe leicht zugängliche Gebiet zu durchkreuzen, während man andere Stellen unberührt ließ, bis der Kapitän des Flaggschiffes Prinz Antar taktvoll vorschlug, man sollte die Boote doch lieber von Seeleuten als von Rittern befehligen lassen. Es wäre wohl auch ratsam, der Mannschaft, die die Prinzessin zuerst aufspüren würde, eine hohe Belohnung zu versprechen. Dann erst wurde eine gründliche Suche durchgeführt, die unglücklicherweise erfolglos blieb. Prinz Antar machte nicht den Eindruck, als wäre er durch ihren Mißerfolg entmutigt. Jetzt, da sich der Trupp einer Gegend näherte, in der die Suche erfolgversprechender schien, wurde Antar zunehmend mürrisch und gereizt. Schon flüsterte der ungehobelte Sir Rinutar einigen seiner Vertrauten zu, der Prinz beteilige sich offenbar nicht gerade mit Leib und Seele an der Suche. Zufällig vernahm der gutmütige, königstreue Sir Penapat die gehässigen Bemerkungen, die er ihnen sehr verübelte. Er drohte sogar, Rinutar den Kopf abzuschlagen.

Eine Meuterei konnte nur durch persönliches Einlenken des Prinzen verhindert werden, der die Ordnung mit Hilfe seines Marschalls, Sir Owanon, wiederherstellte. Dann zog sich der Prinz auf seinen einsamen Posten am Bug des Flaggschiffes zurück, wo ihn niemand zu stören wagte. Dort blieb er, bis das Schiff die Anlegestelle erreichte.

Der Prinz rief Handelsmeister Edzar zu sich, der ihm noch einmal die Landkarten vorlegen sollte, um seinen Plan der gesamten Ritterschaft darzulegen. Damit wollte er Mißverständnisse vermeiden, wenn sie an Land gingen. Edzar trug noch immer seinen goldbestickten, grünen Heroldsrock, hatte jedoch sein orangefarbenes Gewand gegen eines aus leuchtendem Purpurrot eingetauscht und seinen Blätterhut gegen einen anderen mit noch breiterem Rand aus kompliziert verwobenen, langen Kiefernnadeln, verziert mit großen kirschroten Blüten.

»Wie Ihr hier seht, edle Herren«, begann er, »speisen drei große Flüsse, einschließlich des Unteren Mutar, den Wunsee. Aber es gibt nur einen Abfluß, den Großen Mutar, der in den Tassalejo-Wald fließt. Er ist der einzige Zugang zu jener schaurigen Wildnis. Wenn der Große Orogastus seine Vision richtig gedeutet hat, befindet sich Prinzessin Anigel auf dem Weg in den Wald. Und um dorthin zu gelangen, muß sie *hier* vorbeikommen.«

Sein Finger zeigte auf den Abfluß am südlichen Ende des Wunsees, der auf der Karte die Bezeichnung Tassfälle trug.

Unbemerkt hatte sich die schlaksige, schwermütige Gestalt Blaustimmes in den Vordergrund geschoben. Lichtscheu wie eine Larve, hielt er sich normalerweise in der Kapitänskajüte des Flußschiffes auf; nun aber, da sie den Ort Tass beinahe erreicht hatten, tauchte er wieder an Deck auf.

»Werter Handelsmeister, der Eisspiegel meines allmächtigen Meisters sieht nicht nur, sondern hört auch, was in großer Entfernung geschieht. Diese Wahrnehmungen dauern nur eine Minute. Dennoch hat mein Meister bei der zweiten Spiegelbefragung deutlich vernommen, wie Prinzessin Anigels Dienerin ihre bevorstehende Fahrt in den Tassalejo-Wald erwähnte.«

Der Prinz beugte sich stirnrunzelnd über die Karte. »Wenn wir sie an den Fällen verpassen, werden wir sie auf dem Großen Mutar flußabwärts verfolgen müssen. Bis zur Regenzeit verbleiben uns weniger als zwei Wochen ... und welche Boote sollen wir, bei Zoto, dort unten benutzen?«

Edzar sagte: »Ich glaube, wir können unsere Boote über den Hebezug für Baumstämme hinunterlassen. Das müßte möglich sein. Doch die Wyvilo haben viel schnellere Boote, die am Fuß der Fälle vertäut liegen. Normalerweise fahren Menschen nicht damit. Das heißt, Menschen aus Ruwenda. Wenn wir es jedoch für notwenig halten, die Prinzessin den Großen Mutar hinab zu verfolgen, könnten wir versuchen – hm –, die Wyvilo zu überreden, uns zu befördern.«

Sir Rinutar kicherte mit verschlagenem Lächeln. »Ja, und wer will sich schon weigern, so netten Kerlen wie uns zu helfen?«

Er hatte sein Schwert geschärft, mit dem er jetzt einen leichten Bogen durch die Luft beschrieb, so daß die Spitze auf der Knollennase des Handelsmeisters zu liegen kam. Edzar geriet ins Stottern, und die Ritter lachten.

Blaustimme sagte: »Ich bin dazu ermächtigt, den Seltlingen im Wald einen gewissen Zauber vorzuführen, falls sie zögern sollten, uns zu helfen. Mit meiner Art der Überzeugung und Sir Rinutars werden wir wohl keine großen Schwierigkeiten haben, uns zusätzliche Transportmöglichkeiten zu sichern, sollte dieser Fall eintreten ... Natürlich werden wir, wenn Meister Edzars Plan gelingt, Prinzessin Anigel hier an den Fällen ergreifen.«

Sir Owanon, der sowohl ein guter Freund des Prinzen war

als auch sein stellvertretender Kommandeur, war ein jüngerer Mann mit humorvollen, intelligenten Gesichtszügen. Er hob jetzt warnend den Finger. »Horcht! Ist das der Wasserfall, den ich da höre?«

»Ja, Mylord, in der Tat«, erwiderte der Händler. »Die Tassfälle sind für Wasserfahrzeuge gänzlich unpassierbar. Riesige Wassermengen stürzen sechzig Ellen in die Tiefe, auch in der trockenen Jahreszeit. Dahinter fließt der Große Mutar breit und gemächlich dem Meer entgegen. Die Holzfäller der Wyvilo haben keine Probleme, ihr Holz stromaufwärts bis zu den Fällen zu bringen. Es ist ein komischer Anblick, wenn die seltsamen, nichtmenschlichen Wesen in einer langen Reihe hintereinander auf einem schwimmenden Baumstamm von riesigen Ausmaßen sitzen und ihn unter barbarischen Gesängen stromaufwärts staken.«

»Und sich dabei ohne Zweifel kluge Methoden ausdenken, wie sie dem nächstbesten unglücklichen Menschen, der ihnen begegnet, die Leber herausschneiden können«, sagte Sir Karon langsam. Die meisten Ritter lachten grimmig.

»Nein, nein, Mylords«, protestierte Edzar. »Trotz ihrer scheußlichen äußeren Erscheinung sind die Wyvilo – eh – relativ zivilisiert. Ihr meint ihre Vettern, die Glismak, die weiter im Süden leben. *Sie* sind es, die kannibalischen Neigungen frönen ...«

»Bei den Eiern von Zoto!« ertönte ein lauter Ausruf. »Müssen wir etwa gegen Menschenfresser kämpfen?«

»Kannst ja den Mantel anbehalten, Stolafat, wenn dir bei dieser Aussicht der Arsch auf Grundeis geht«, spottete Rinutar.

»Genug jetzt«, unterbrach Prinz Antar das Geplänkel. »Meister Edzar, erläutert uns noch einmal Euren Plan, den Ihr für so narrensicher haltet.« Und an seine Mannen gewandt, fuhr er fort: »Gebt acht und hört mit dem Gezänk auf!«

Edzar schwenkte wichtigtuerisch die Karte und breitete sie noch einmal aus. Er bedeutete allen, näher zu treten. »Seht her. Die Insel, auf der sich Tass befindet, liegt nicht weit vom östlichen Ufer des Sees entfernt. Die Durchfahrt im Osten ist gänzlich von Schwimmbäumen versperrt. Im Westen gibt es weniger Schwimmbäume, denn dort erheben sich die Felsen, die Fangzähne der Munjuno, durch die das Wasser über Stromschnellen fließt, ehe es über den Rand des Falles in die Tiefe stürzt. Das westliche Ufer besteht an diesem Punkt aus blankem Fels und ist ziemlich unzugänglich. Am östlichen Ufer wiederum ist dichter Dschungel, in den nur die Holzrutsche führt, die vom großen Holzhebezug an der Klippe zur kleinen Bucht gegenüber von Tass führt, wo das Holz zu Wasser gelassen wird. Hierher, auf diese Strecke im Osten, müssen wir unseren Hinterhalt legen.« Er zeigte zuerst auf die Karte, dann über ein riesiges Labyrinth aus schwimmendem Holz hinweg auf das östliche Ufer, das ihrem Anlegeplatz gegenüberlag. Der Prinz und seine Mannen konnten eine Reihe skelettartiger Waggons auf der Holzrutsche erkennen, deren Räder übermannshoch waren. Doch es hatte den Anschein, als wären weder Menschen noch Zugtiere dort beschäftigt, und das Ufer sah erst recht verlassen aus.

»Der Krieg hat den Handel in Tass zum größten Teil zum Erliegen gebracht«, erklärte Edzar. »Die Ruwendianer, die in der Regel im Sägewerk unterhalb der Fälle, am großen Hebezug und auf der Holzrutsche arbeiten, sind noch nicht wieder an ihren Arbeitsplatz zurückgekehrt. Lord Zontil, einer der zuverlässigsten Adjutanten General Hamils, wurde mit der Errichtung einer Garnison beauftragt. Er geht davon aus, daß er die Lage bis zum Ende der Regenzeit fest im Griff hat. Das Holz, das Ihr jetzt im Wasser seht, wird bis dahin ans nördliche Ende des Sees gebracht worden sein. Und bis zur Trockenperiode im Frühjahr dürfte die Holzproduktion wieder normal verlaufen.«

»Hört auf, uns mit Euren merkantilen Nebensächlichkeiten zu langweilen, Händler!« sagte Sir Rinutar und schlug ungeduldig mit der flachen Hand auf die Karte. »Könnt Ihr garantieren, daß das entflohene Weibsbild auf keinem anderen Weg zum Tassaleyo-Wald gelangen kann als über diese – diese Holzrutsche?«

Edzar richtete sich auf. Er fühlte sich in seinem Stolz tief gekränkt. »Selbstverständlich. Das Hochland von Ruwenda ist hier von einem endlosen, unüberwindbaren Steilabhang begrenzt. Vor undenklichen Zeiten haben die Seltlinge einen schmalen Fußpfad in das Kliff östlich der Fälle geschlagen. Den großen Holzaufzug und die Sägemühle, die vom herabfallenden Wasser angetrieben wird, haben die ersten Menschen errichtet, die nach Ruwenda kamen. Sie benutzten Fundamente, die angeblich vom Versunkenen Volk zurückgelassen wurden. Vom Wunsee zum Großen Mutar gibt es keinen anderen Weg als über den Hebezug oder den Pfad. Und die Prinzessin gelangt nur über die Holzrutsche zu einem von beiden.«

Die drei Flußschiffe des Suchtrupps wurden jetzt am größten Dock von Tass vertäut. Auch hier herrschte verdächtige Untätigkeit. Am Kai standen waffenstarrende Soldaten aus Labornok Wache, während sauertöpfisch dreinschauende Ruwendianer die Leinen vertäuten und die Laufplanken ausrichteten. Ein Adliger aus Labornok in kunstvoll gearbeiteter Rüstung wartete in Begleitung einiger Offiziere ungeduldig, daß die Anlegemanöver endlich beendet wären, damit er den Prinzen begrüßen konnte.

Dieser jedoch beugte sich über die Landkarte und erteilte Anweisungen. »Dann werden wir also folgendermaßen ausschwärmen: Wir teilen die Truppe in drei Kompanien auf – Owanon führt die erste, Dodabilik die zweite und Rinutar die dritte. Eine Kompanie soll sich am Anleger der Holzrutsche, eine in der Mitte, wo der Pfad abzweigt, und eine oben am Holzhebezug aufstellen.«

»Und Ihr, mein Prinz, habt Ihr nicht die Absicht, selbst eine Kompanie anzuführen?« Sir Rinutars Worte trafen wie winzige Giftpfeile, denn ihr unleugbar ironischer Unterton war nicht zu überhören.

»Nein«, entgegnete Antar kühl. »Blaustimme und ich werden das Unternehmen von einem günstigen Punkt aus koordinieren. Er kann kurze Entfernungen mit seiner Hellsichtigkeit überbrücken. Auch Penapat wird bei uns bleiben, denn die Bißwunde, die ihm ein Wasserwurm zugefügt hat, ist noch nicht verheilt. Er soll sich um die Signaloffiziere und die Boten kümmern, die meine Befehle übermitteln werden. Wir müssen auf jeden Fall dafür sorgen« – der Prinz blickte Blaustimme, der sich in der Nähe aufhielt, fest an –, »daß Prinzessin Anigel uns nicht wieder durch die Finger schlüpft.«

Es war kurz nach Mittag an ihrem dritten Tag auf dem Wunsee. Das Grollen der Tassfälle hing in der Luft wie ferner Donner, der Klippenrand lag hinter einem Schleier von funkelndem Dunst. Anigel und Immu hatten sich der Insel von Tass aus mit größter Vorsicht genähert, und ihr Boot lag nun verborgen unter den herabhängenden Zweigen eines Baumes, der aus einer Spalte der Klippe wuchs, die das westliche Ufer säumte.

Das Versteck war umgeben von Felsen, die hoch aus dem Wasser ragten. Zwischen ihnen und der Insel, die nicht einmal zweihundert Ellen entfernt lag, markierten die fünf spitzen Fangzähne der Munjuno den Punkt über den Fällen, hinter dem es kein Zurück mehr gab. Ein kleines Boot konnte nördlich der Felsen noch gegen die Strömung ankämpfen und sicher die Schwimmbäume am gegenüberliegenden Ufer erreichen; wenn man aber südlich der Fänge hinüber wollte, würde man unweigerlich in schnellere Strömungen geraten und über den Wasserfall in die Tiefe gerissen.

»Wir müssen nur warten, bis es dunkel wird«, sagte Immu und breitete im grünen Schatten ein frugales Mittagessen aus, »und dann fahren wir oberhalb der Fänge hinüber. Am Ufer dort drüben gibt es einen Weg, etwa eine Meile lang. Wir folgen ihm bis zu einem steilen Pfad, der zum ruwendianischen Sägewerk am Fuße der Fälle hinunterführt. Dort werden wir ein neues Boot stehlen.«

»Aber die Rimoriks ...!« rief Anigel.

»Aber aber aber! Wir lassen die guten Tierchen frei, und sie schwimmen in ihre Heimatgewässer zurück. Habt Ihr geglaubt, Ihr könntet sie als Haustiere behalten?«

Anigel ließ den Kopf hängen. »Ich habe überhaupt nichts geglaubt.«

Immu klopfte ihr auf die Schulter. »Nehmt es nicht so schwer. Der Große Mutar ist sehr seicht, abgesehen vom Hauptkanal. Wir können uns ein Floß bauen und flußabwärts staken, wenn es sein muß – schließlich werden wir eine Eurer großen Ängste hinter uns lassen, denn die Truppen von Labornok werden nicht einmal auf den Gedanken kommen, uns im Tassaleyo-Wald zu suchen. Wenn wir Glück haben, respektieren die Wyvilo Euer Drillingsamulett ebenso wie die Uisgu und werden Euch bei Eurer Suche helfen.«

Auf ihren getrockneten Wurzeln kauend, warf Anigel ihrer Amme einen zweifelnden Blick zu. »Glaubst du das wirklich? Ich habe gehört, sie seien Menschen gegenüber sehr feindselig, außerdem schrecklich anzuschauen.«

»Sie sind nicht gerade so geartet, daß Ihr sie zu einem großen Ball in der Zitadelle einladen würdet«, gab Immu zu. »Bei den Nyssomu gibt es welche, die behaupten, Angehörige unserer Rasse seien vor Ewigkeiten von den Skritek geraubt worden. Sie seien dazu gezwungen worden, sich mit ihnen zu vereinigen, und dieser Paarung entstammen sowohl die Wyvilo als auch ihre primitiveren Nachbarn, die Glismak.«

»Wie sehen sie aus?« fragte Anigel und leckte sich die Finger ab.

»Ich habe nie einen gesehen, aber es heißt, daß sie die äußere Erscheinung der Skritek, Nyssomu und Uisgu miteinander vereinen.« »Iiihh!« stöhnte die Prinzessin.

»Wie immer sie auch aussehen mögen«, fuhr Immu tadelnd fort, »auch die Wyvilo gehören zum Volk der Weißen Frau. Sie verehren die Schwarze Drillingslilie. Und deshalb können wir hoffen, daß sie uns freundlich empfangen.«

»Diese Glismak – sind sie unfreundlich zu Menschen?«

Immu seufzte. »Wie die Skritek, diese Scheusale der Irrsümpfe, hassen die Glismak alle Lebewesen außer sich selbst. Wir müssen beten, daß Euer Talisman ...«

»Schau doch nur!« schrie Anigel plötzlich und deutete über das Wasser. »Oh, sieh nur! Eine ganze Flotte von Booten kommt hinter der Insel hervor – *und das erste Boot trägt das Banner von Labornok!*«

Immu legte die Hand über die Augen und starrte in die flimmernde Helligkeit. Kein Lufthauch regte sich, und es war sehr heiß. »Seid Ihr sicher?«

»Ja, und ob. Der Sanguon schärft alle Sinne.« Sie sank zurück, vor Schreck leichenblaß. »Das ist ein Suchtrupp, der mich verfolgt, und sie fahren auf das östliche Ufer zu.«

»Bei der Heiligen Blume!« brummte Immu. »Sie haben uns den Weg abgeschnitten. Wenn wir nur früher angekommen wären.«

»Sie dürfen mich nicht fangen! Gibt es denn keinen anderen Weg hinunter?«

Immus ganzes Gesicht legte sich in Falten, als sie angestrengt nachdachte. »Runter runter runter. Ich kenne nur den einen Weg.« Doch dann veränderte sich ihre Miene, und sie packte das Mädchen mit ihrer kleinen Klauenhand an der Schulter, während sie mit der anderen über den Rand des Bootes ins Wasser zeigte. »Aber *sie* kennen vielleicht einen anderen Weg.« »Die Rimoriks?« flüsterte Anigel.

»Versucht es wenigstens«, fauchte Immu sie an.

Die Prinzessin beugte sich über den Bootsrand. Die Zügel des Geschirrs, das die Wassertiere trugen, waren für die Fahrt über den See sehr lang gelassen, denn das Wasser war an dieser Stelle sehr tief. Die Rimoriks waren außer Sichtweite und suchten kühleres Wasser auf.

Meine Freunde. Ich muß Euch etwas sehr Wichtiges fragen.

Zuerst sah sie einen dunklen Schatten, dann einen zweiten. Die beiden glatten, grüngesprenkelten Köpfe tauchten aus dem Wasser, fast ohne Wellen aufzuwerfen. Die Tiere entblößten ihre Fangzähne in einer Weise, vor der Anigel einst zurückgeschreckt war, von der sie aber inzwischen wußte, daß es ihre Art zu lächeln war.

Menschenfreundin, stelle deine Frage.

»Wißt ihr, wo wir jetzt sind?«

Natürlich. Am Rand des Großen Weißen Fallenden Wassers. Habt Ihr noch mehr Fragen?

»Gibt es einen Weg dort hinunter? Zum Großen Mutar?«

Ja. Es gibt einen Weg vom Breiten Flachen Wasser ins Wasser, das zum Meer fließt.

»Immu!« rief die Prinzessin. »Sie sagen, es gibt einen Weg!«

»Fragt sie, ob sie uns dorthin bringen können.« Immus Stimme klang gepreßt, rauh.

»Könnt ihr uns im Boot da hinunterbringen?«

Wenn Ihr wollt.

»Bei der Insel dort drüben wimmelt es von bösen Menschen auf anderen Booten. Könnt ihr uns so fahren, daß sie uns nicht fangen?«

O ja. Wollt Ihr jetzt sofort aufbrechen? Wenn ja, müssen wir zuerst Sanguon miteinander trinken.

»Sie sagen ja!« rief Anigel und strahlte vor Freude. »Sie fragen, ob wir jetzt gleich aufbrechen wollen! Oh, es ist wunderbar. Was soll ich ihnen sagen, Immu?«

Die Eingeborene blinzelte mit den großen gelben Augen. Ihr Blick heftete sich auf die Augen des Menschen, den sie liebte. Sie sah die einst zarte Haut, die jetzt von der Sonne verbrannt und von Insekten zerstochen war, die Haare, die stets mit gesponnenem Gold verglichen wurden und sich jetzt in übelriechendes Stroh verwandelt hatten, die blauen Augen, einst voller Furcht, die jetzt vor Eifer strahlten ...

»Mein liebes Kind, natürlich müßt Ihr ihnen sagen, daß sie uns hinbringen sollen.« Nach diesen Worten machte sich Immu in aller Ruhe daran, das Essen wieder einzupacken. Dann band sie die beiden Bündel mit Hilfe der Riemen an einer Ruderbank fest.

Anigel hatte das Sanguonfläschchen aus ihrer Gürteltasche geholt.

Zunächst nippte sie daran, dann ließ sie die Rimoriks trinken. »Jetzt sind wir soweit. Setz dich an deinen Platz, Immu.«

Die Prinzessin ging wieder zur Ruderbank des Steuermanns am Bug und ergriff die Zügel. Sie schlug die Lederriemen einmal um jede Hand, die bereits mit Schwielen übersät waren, um sie fest im Griff zu haben. In Gedanken rief sie:

Alsdann, meine Freunde, auf geht's!

Die beiden kräftigen Tiere tauchten unter, stießen sich mit den krallenartigen Flossen ab und zogen das lange, schlanke Boot aus seinem Versteck ins offene Wasser des Sees. Sie vollzogen eine langgestreckte Kurve und schwammen mit ihrer gewaltigen Kraft gen Süden – direkt durch die Fänge der Munjuno auf die Kante des riesigen Wasserfalls zu.

Prinz Antar lehnte an einer Mauerbrüstung und sah zu, wie seine Ritter und die Soldaten aus den Booten stiegen und sich an der Holzrutsche verteilten. Er hatte mit Blaustimme und dem humpelnden Sir Penapat im höchsten Gebäude von Tass Stellung bezogen, einem etwa fünfzehn Ellen hohen Leuchtturm auf einer Erhebung im Westen der kleinen Inselsiedlung.

Es war so heiß, daß der Prinz und der Ritter nur noch mit Tunika und Stiefeln bekleidet waren. Sie beobachteten den Schauplatz von der äußeren Brüstung des Leuchtturms aus. Blaustimme hingegen trug nicht nur seinen Umhang, sondern hatte obendrein noch die Kapuze aufgesetzt. Seine dürre Gestalt saß auf einem Hocker neben der großen Lampe, die außer Betrieb war, und verfolgte mit Hilfe seines Zweiten Gesichts die Verteilung der Truppen am Ufer.

»Hier möchte ich nicht leben«, sagte Penapat.

»Warum nicht, Peni?« Antar ließ den Blick müßig über die Dächer unter ihnen schweifen, aus denen nur hier und da dünner Rauch aufstieg. Lord Zontil hatte ihm gesagt, daß der größte Teil der Bevölkerung während der Regenzeit Tass verließe, bis auf die Flößer. Bedingt durch den Krieg hatte der Auszug früher stattgefunden.

»Zu laut«, stellte der große Mann fest. »Der Wasserfall. Tut mir in den Zähnen weh.«

»In den *Zähnen* ...«

»Spürt Ihr es nicht? Ein Laut, der so tief ist, daß man ihn kaum noch als Laut bezeichnen kann. Er dringt durch den Fels empor und erschüttert den ganzen Leuchtturm und meinen Körper und tut mir in den Zähnen weh.«

Antar fing an zu lachen – dann brach er abrupt ab, denn er hatte draußen auf dem See etwas gesehen. »Mein Gott!« stöhnte er. »Peni, sei so gut und sieh dir das da draußen mal an. Siehst du auch, was ich sehe?«

»Ein kleines Boot«, bestätigte Penapat. Die Miene des großen Mannes drückte ein gewisses Vergnügen aus. »Es sollte nicht hinter die Felsen dort fahren. Der Handelsmeister hat gesagt, daß da draußen eine starke Strömung herrscht, die einen über die Fälle zieht.«

»Blauer!« brüllte der Prinz. »Komm hierher, aber schnell!«

Blaustimme erhob sich mit offensichtlichem Widerwillen. Doch Antar zog ihn höchst unfein an die Brüstung des Leuchtturms und zeigte auf das fahrende Boot.

»Das Boot da! Wer sitzt darin?« wollte Antar wissen.

Blaustimme schürzte die Lippen. »Ihr habt mich aus meiner Trance gerissen, Prinz. Das ist *sehr* gefährlich ...«

Antars Hand, die sehr stark war, schloß sich noch fester um den hageren, blaugekleideten Oberarm. »Das Boot, du Stück Wurremscheiße! Schnell!«

Die Augenhöhlen des Hellsehers wurden im Nu schwarz und leer. Die dünnen Lippen bebten. »Mylord – ich – *ich kann nicht sagen, wer im Boot sitzt.*«

»Anigel!« schrie der Prinz. »Es ist die Prinzessin!«

Das Boot, das erstaunlich rasch vorankam, befand sich nun direkt hinter den Fängen. Zwei kleine Gestalten waren darin zu sehen, die eine weit vorn und hoch aufgerichtet, die andere kauerte mittschiffs. Eine leichte Brise war aufgekommen und vertrieb den Dunst, der die Kante des Wasserfalls verschleiert hatte. Man konnte sie jetzt vom Leuchtturm aus deutlich erkennen: eine nahezu schnurgerade verlaufende, blauschwarze Linie, die an der tödlichen Kante weiß gesäumt war. Dahinter blickte man in die Leere des Himmels und sah in der Ferne dunstverhangene Bäume. Bei näherem Hinsehen gewahrte Antar für einen Augenblick zwei dunkle Gestalten vor dem dahinschießenden Boot, die durch die Gischt an der Kante pflügten. Dann hob der schlanke Einbaum für einen Moment vom Wasser ab, der Bug ragte in die dünne Luft, das Heck blieb noch auf dem Wasser, ehe es sich neigte und den Blicken entschwand.

25

Unermüdlich flog der Lämmergeier über die Gipfel und Eisfelder der Ohogan-Kette – so hoch, daß Haramis in der dünnen Luft Schwierigkeiten beim Atmen hatte. Schon bald nachdem der riesige Vogel Movis verlassen hatte, wurde sie schläfrig und war froh, als sie sich im Schutz der tiefen Federhöhle zwischen seinen Flügeln in ihren dicken Pelzmantel kuscheln und schlafen konnte.

Sie merkte nicht, als sie den Mount Rotolo überflogen und sich langsam dem hoch aufragenden Mount Gidris näherten, der in dicke Wolken gehüllt war. Der Lämmergeier kämpfte Stunde um Stunde gegen starken Wind an, doch bei Einbruch der Dunkelheit hatte er sein Ziel noch immer nicht erreicht.

Haramis erwachte, als der Vogel durch dichtes Schneetreiben zu Boden schwebte. Wie die Vispi ihr beigebracht hatten, ließ sie zuerst vor ihrem geistigen Auge ein klares Bild des Tieres entstehen: das eindrucksvolle, mit einem Schopf gekrönte, schwarzweiße Antlitz, die wie schwarzer Marmor glänzenden Augen und den großen Schnabel mit den scharfen Zähnen. Dann dachte sie seinen Namen: *Hiluro!*

Ja, ich höre, Haramis.

Sie vernahm seine Antwort mit ihrem geistigen Ohr, dessen Gebrauch Magira ihr geduldig beigebracht hatte. Für Haramis war das Erlernen der Sprache ohne Worte eine seltsame Erfahrung gewesen; ihre ersten Versuche waren völlig fehlgeschlagen. Dann geschah es eher unbeabsichtigt, daß sie Magira ansprach. Nach einigen weiteren, mehr dem Zufall überlassenen Erfolgen konnte sie nachvollziehen, was sie tat. Seither lief der Vorgang fast wie von selbst ab. Man hielt einfach dieses geistige Ohr »offen«, nachdem man zunächst in Gedanken die entsprechende Person angerufen hatte.

Nachdem Haramis gelernt hatte, zuverlässig jemanden in Gedanken anzusprechen, hatte Magira ihr den Lämmergeier vorgestellt, der ihr auf dem folgenden Abschnitt ihrer Suche sowohl Reittier als auch Weggefährte sein sollte.

Der große Vogel war zu Boden geglitten und auf dem Schieferdach gelandet, sobald Magira ihn gerufen hatte. Er besaß eine Flügelspanne so breit wie das Haus, und die gigantischen Füße mit den schwarzen Krallen hätten einen gestandenen Mann in Rüstung mit der Leichtigkeit einer Nachtjubilante ergreifen können, die einen Baumgurps packt. Doch trotz seines furchterregenden Aussehens hatte der Vogel Magira mit herzlicher Zuneigung begrüßt.

Ich erzähle Euch jetzt eines der großen Geheimnisse des Bergvolkes, hatte Magira der Prinzessin mitgeteilt und dabei den geneigten Kopf des Vogels gestreichelt. *Ihr wißt, daß wir für Gegenden geschaffen sind, die über und über mit Eis und Schnee bedeckt sind – das waren diese großen Tiere auch. Als die Versunkenen das widerwärtige Fleisch der Gründungsrasse zum Ersten Volk umgestalteten, schufen sie gleichzeitig die Var, die ihr Menschen Lämmergeier nennt, aus einer minderwertigen Vogelrasse. Volk und Var waren daher Neugeborene in dieser Welt. Die Versunkenen wußten wohl, daß wir Vispi Helfer brauchten, wenn wir uns in einer im Eis verschlossenen Welt fortbewegen wollten. Wir haben nur wenige Städte, und die liegen weit auseinander, aber mit Hilfe unserer großen Freunde können wir ungefährdet große Entfernungen zurücklegen. So wie Ihr es tun müßt, um Eure Aufgabe zu erfüllen ...*

Der Lämmergeier, der trotz des Schneesturms sicher landete, pickte mit dem großen Schnabel an die frostweiße Wand des steilen Felsens. Das Eis zerbrach. Dahinter tauchte eine dunkle Öffnung auf. »Ist hier die Stelle, an der mein Dreiflügelreif versteckt ist?« fragte Haramis.

Nein. Das ist ein Unterschlupf für die Nacht. Wir brauchen beide etwas zu essen und eine Rast, und Ihr seid hier in Sicherheit, während ich auf die Jagd gehe. Ich bin bald wieder hier. Hiluro erhob sich erneut in die Lüfte.

Haramis zog ihr Schwarzes Drillingsamulett aus dem Mieder. Es strahlte hell wie eine Laterne und erleuchtete den Boden zu ihren Füßen, als sie über abgebröckelte Eisstücke ins Innere der dunklen Höhle stapfte.

Der Raum war riesig und zum größten Teil trocken, wenn auch der Wind Schneeflocken hinter ihr hereinwehte. Zwischen herabgefallenen schwarzen Steinblöcken, die mit dicken weißen Quarzadern durchsetzt waren, lag ein anderes Material, das den gleichen warmen Glanz wie ihr Amulett ausstrahlte. Haramis wußte, daß sie auf eine Goldader schaute.

Die Prinzessin ließ ihr Bündel liegen und folgte eine Weile dem Schein ihres Amuletts. Überall stieß sie auf zutage getretenes Gold. Hier und da lagen sogar große Klumpen auf dem Boden.

Doch ganz hinten, am Ende der Höhle, machte sie ihre interessanteste Entdeckung.

In einer roh behauenen Felsnische fiel das flackernde Licht des Amuletts auf eine sehr dunkle, glänzende Oberfläche. Als sie näher herantrat, stieß sie auf eine Wand aus absolut glattem schwarzem Eis, in dem sie sich mit dem leuchtenden Amulett in der Hand spiegelte.

Ein Eisspiegel ...

War es nicht das, was der Zauberer Orogastus Gerüchten zufolge für seine Hellseherei benutzte?

Sie stellte diese Frage ihrem Spiegelbild auf der dunklen Eisfläche, einer großen, hübschen jungen Frau mit blassem, von schwarzem Haar umrahmten Gesicht. Der weiße Pelz ihrer Kapuze lag wie Lichtschein um ihren Kopf. Die Strahlung des Amuletts, die vom Spiegel reflektiert wurde, zog ihren Blick immer wieder an, sobald sie in eine andere Richtung schaute.

Sie starrte auf den goldenen Schein des Amuletts, und es war, als würde das Spiegelbild vor ihr verschwimmen und sich in eine andere Person verwandeln: in einen in seltsame Roben gekleideten Mann. Er trug einen Kopfschmuck, der wie ein großer silberner Stern anmutete. Er lächelte sie an und streckte ihr die Hand entgegen, bereit, ihr seine Geheimnisse zu enthüllen, sein Wissen mit ihr zu teilen, seine Zauberkraft ...

Haramis!

»Orogastus«, flüsterte sie, in plötzlicher Erkenntnis

erstarrt. Allem Anschein nach reichte er ihr die Hand, durch den Spiegel aus schwarzem Eis hindurch ...

Haramis!

Der Ruf, den sie im Innern vernahm, war nichtmenschlich, vertraut, drängend.

Hiluro?

Haramis, kommt zurück. Sofort!

Auf der Eisschicht war wieder ihr eigenes Spiegelbild zu sehen. Völlig ausgekühlt wandte sie sich um und eilte zurück, um Hiluro zu beruhigen. Die Art, wie er ihren Namen in der Sprache ohne Worte gerufen hatte, hallte noch in ihrem Kopf nach und verscheuchte alle anderen Gedanken.

26

Jagun machte keinen Versuch, ein Feuer in Gang zu setzen, sondern stand einfach da und ließ die Arme hängen. Er erweckte den Eindruck, als stehe er am Ende eines Pfades vor einer unüberwindbaren Mauer. Kadiya betrachtete ihn mit Unbehagen. So hatte sie Jagun noch nie erlebt. Gerade als sie ihn fragen wollte, was mit ihm los sei, wandte er sich hastig um, schlug die Krallen in die Erde und arbeitete sich an den oberen Rand der schüsselähnlichen Mulde zu ihr hinauf. Langsam schritt er den breiten Rand ab, dabei richtete er den Blick jedoch nicht nach unten auf den Pfad, dem seine Füße folgten, sondern hatte den Kopf hoch erhoben und wandte ihn langsam nach links und nach rechts. Die angespannte Körperhaltung zeigte deutlich, wie sehr er bestrebt war, zu hören, zu sehen, zu erfahren. Als er die Runde beendet hatte, trat er wieder neben Kadiya.

Sie fragte ihn: »Was ist das, Jagun?«

Im ersten Augenblick dachte sie, er wollte ihr nicht antworten. Er hob den Kopf und blickte ihr tief in die Augen.

»Weitsichtige, für jeden von uns gibt es verborgene Dinge. Wir befinden uns in einem Land, das mir ebenso fremd ist wie Euch. Doch mir scheint, es wird noch merkwürdiger.«

»Haben wir etwas zu befürchten?« wollte sie wissen.

»Ich weiß nicht.« Er zog seinen Beutel zu sich heran und wühlte hastig darin herum. Er holte etwas zu essen hervor – trockene Küchlein und zwei kleine geräucherte Fische, die so mürbe waren, daß sie bei der ersten Berührung auseinanderfielen. Erneut wunderte sich Kadiya, daß Jagun kein Feuer gemacht hatte, aber irgend etwas gemahnte sie zur Vorsicht, und sie fragte nicht nach. Obwohl die Nächte in diesem mit Wasser vollgesogenen Land eher naßkalt waren, fror sie jetzt nicht so wie sonst. Es kam ihr eher so vor, als hüllte die Mulde sie mit einem Rest Sonnenwärme ein.

Jetzt spürte sie die Belastungen, die der vergangene Tag

mit sich gebracht hatte. Obwohl die Gedanken an die Larven und die giftigen Kugeln, an denen sie vorbeigekommen waren, durch aufsteigende Müdigkeit verdrängt wurden, brachte sie nicht die Energie auf, die Nachtwachen einzuteilen. Das Gefühl der Sicherheit, das sie hier oben am Rande der Mulde vom ersten Augenblick an ergriffen hatte, war wie ein warmer Umhang, der einen furchtlosen Schlaf verhieß.

Träumte oder wachte sie? Beides hätte sie nicht mit Sicherheit beschwören können. Als es dunkler wurde und Nebelschwaden von einer Seite der Mulde zur anderen über sie hinwegzogen, lag sie ganz ruhig da.

Die Wurzel, die sie bis hierher geführt hatte, steckte neben ihrem Kopf mit dem unteren Ende in einem Erdklumpen, die schwarze Spitze ragte heraus. Eine Flamme war nicht zu sehen. Und doch war es nicht ganz dunkel. Zunächst gewahrte sie einen Schein, den sie nur aus den Augenwinkeln wahrnahm. Wenn sie schnell den Kopf wandte, um ihn näher zu betrachten, verschwand er oder schien sich so weit außer Sichtweite zu begeben, daß er nur eine Ahnung blieb.

So ging es eine Zeitlang. Dann schlugen die Lichter Wurzeln. Sie waren mindestens ebenso groß wie Jagun – dünne Säulen aus einem Wirbel zarter Farbtöne, die so blaß waren, daß man sie kaum voneinander unterscheiden konnte.

Zunächst blieben sie einfach stehen, ohne ein für Kadiya erkennbares Muster zu bilden; dann begannen sie zu schwanken und erhoben sich in die Luft. Kadiya verstand nicht, warum sie sich so bewegten, war sich indessen sicher, daß sie ein kompliziertes Muster woben, in dessen Mitte sie und Jagun sich befanden. Dennoch kam keine Furcht in ihr auf. Schließlich erkannte sie keine Säulen mehr, sondern sah nur noch wirbelnden Dunst, der langsam um den Abhang auf der gegenüberliegenden Seite der Mulde kreiste.

Der Nebel leuchtete, und in ihm tauchte eine wunderschöne Stadt auf – die Stadt, von der sie geträumt hatte, bevor sie nach Noth gekommen war! Ihr war, als hätte sie diese Stadt einmal gekannt und wäre dort glücklich und zufrieden gewesen, und sie wünschte sich nichts sehnlicher, als sich auf die Suche nach ihr zu begeben.

Von irgendwoher vernahm sie Gesang. Die Musik war ganz anders als das, was ein Barde aus Ruwenda einer Harfe je hätte entlocken können. Sie erweckte eine neue Sehnsucht in Kadiya. Doch dann verschwand die Vision.

Kadiya richtete sich auf. Plötzlich war ihr kalt. Mit beiden Händen erfaßte sie das Amulett. Das Gefühl, Schutz und Trost gefunden zu haben, war nicht mehr da. Statt dessen erschien vor ihrem geistigen Auge blitzartig das Bild des kranken Landes, durch das sie hierhergekommen waren ... und sie merkte, daß ein neuer Morgen angebrochen war.

In ihrer Nähe regte sich etwas. Jagun stand abmarschbereit da und winkte sie zu sich, noch immer jenen seltsam freudlosen Ausdruck auf dem Gesicht. Kadiya stand auf, nahm die Wurzel an sich, warf sich den Beutel über die Schulter und schickte sich an, erneut aufzubrechen. Die beiden Wanderer blickten den Hügel hinab, der die große Mulde einfaßte. Nebel stieg aus den Sümpfen empor, und man hatte nicht den Eindruck, als ginge bald die Sonne auf, um den Dunst wegzubrennen. Die Wurzel in Kadiyas Hand erwachte zu neuem Leben, entwischte ihr rasch durch die Finger und begann, den Abhang auf der gegenüberliegenden Seite hinabzugleiten.

»Gehen wir.« Jaguns Stimme war so ausdruckslos wie seine Miene. Über die Mahlzeit verlor er kein Wort, sondern deutete wortlos nach vorn, wo erneut Dornfarne und die scheußlichen Kugeln, die sich dazwischen niedergelassen hatten, auf sie warteten. Mühsam schleppten sie sich voran, noch langsamer jetzt, da sie im Zickzack den giftigen Kugeln ausweichen mußten.

Nach einiger Zeit kamen sie zu einem baumlosen, offenen Gelände, das mit einem Teppich aus pelzigem gelben Schaum bedeckt war. Hier gab es säulenartige Erhebungen, die wie winzige Lehmpfeiler anmuteten. Sie standen in einer Reihe und führten in eine Art gerodetes, planiertes Feld, das sich nun vor ihnen ausbreitete. Doch Jagun gemahnte Kadiya zur Vorsicht, denn es war ein Treibsumpf. Hier genügte ein einziger Fehltritt, und man wäre für immer vom Erdboden verschluckt.

Jagun stöberte in seinem Jagdbeutel und zog ein Paket heraus. Nachdem er es auseinandergeschnürt hatte, kamen vier ovale, tellerähnliche Gegenstände zum Vorschein. Sobald sie von ihren Schnüren befreit waren, öffneten sich die Ovale und schwollen in der feuchten Luft an, bis aus ihnen bootsähnliche Blätter geworden waren, die sich an den Kanten nach oben bogen. Die Jäger nannten sie Sumpflöffel. Kadiya hatte sie bereits benutzt, stets mit größter Vorsicht und nur in Begleitung von Jagun. Sie setzte sich auf einen runden Erdhügel und schnürte sich die Sumpflöffel unter die Füße. Sie trat auf, um zu prüfen, ob die Riemen an den Fußgelenken fest saßen, ehe sie sich vorsichtig hinter Jagun auf den Weg machte, wobei sie darauf achtete, genau seinen Fußspuren zu folgen. Die Leitwurzel glitt bereits vor ihm über den heimtückischen Untergrund. Kadiya spürte, wie der Boden unter den Füßen nachgab. Sie schritten jetzt rasch aus. Flankiert wurden sie weiterhin von den plumpen, übermannshohen Säulen.

Der Nebel waberte inzwischen so dicht, daß sie das Ufer der Dornenhölle, von dem sie aufgebrochen waren, nur sehr verschwommen wahrnahmen. Zuweilen schienen sogar die Lehmpfeiler gänzlich im Dunst zu verschwinden. Mit jedem Schritt spürte sie, daß die Füße allmählich einen immer festeren Stand bekamen. Ein großer Nebelschleier vor ihr geriet mit einemmal ins Schwanken, als wäre er irgendwo hängengeblieben, befreite sich jedoch und trieb davon.

Die letzte Säule tauchte auf. Doch es war keine Säule. Lehmklumpen, hart wie gebrannter Ton, waren von ihr abgesprungen, und was dort stand, war unverkennbar eine – wenn auch nicht gerade riesige – Gestalt.

Es war nicht das Bildnis eines Seltlings. Von den Formen her glich sie Kadiyas Gestalt, obwohl sie eher einen männlichen Eindruck machte. Die Statue war unbekleidet bis auf einen kunstvoll gearbeiteten Helm, auf dem eine Krone saß, und drei Schärpen oder Gürtel. Die Gurte lagen jeweils über einer Schulter, kreuzten sich über der Brust und mündeten in einen breiten, mit einer Schnalle geschlossenen Hüftgurt. Der Körper selbst glänzte elfenbeinfarben, als wäre er poliert.

Kleine Plättchen oder Schuppen in allen Schattierungen von Grün, Gold und Blau bedeckten Schärpen und Gürtel.

Das, was auf den ausgestreckten Händen des Standbildes lag, zog Kadiyas Blicke auf sich und ließ sie nicht wieder los.

Sie hatte in den vergangenen Tagen fürwahr Grausames gesehen. Der abgeschlagene Kopf jedoch, den das Standbild in Händen hielt, lief dem Gefühl, das die Statue an sich in ihr erweckte, so zuwider, daß sie zutiefst erschrocken war. Ihr wurde übel bei dem Anblick, denn der Kopf gehörte weder einem Skritek noch einem Seltling. Obgleich er haarlos war und der runde Schädel sich übermäßig ausbeulte, war es möglicherweise doch der Kopf eines Mannes ihrer eigenen Rasse.

Sie trat ein wenig zurück, um das Gesicht der Statue besser sehen zu können. Irgendwie erwartete sie eine grimmige Miene, wie die der Feinde aus Labornok, als sie sich in der Zitadelle in Greueltaten übten.

Aber das Gesicht, das von dem kunstvoll gearbeiteten Helm überschattet wurde, war ruhig und strömte Kraft und heitere Gelassenheit aus. Das Standbild mochte als unheilverkündende Mahnung oder als Denkmal für einen Sieg errichtet worden sein; je länger Kadiya jedoch in jene Augen blickte – die rechts an ihr vorbeistarrten, da der Kopf leicht gedreht war –, um so mehr gelangte sie zu der Überzeugung, daß das, was sie dort vor sich sah, einen Richter aus uralter Zeit darstellte, der für alle Ewigkeiten als Warnung dort stehen sollte.

Die Augen waren nicht einfach glatt ausgemeißelt. Man hatte jeweils einen dunklen Stein in die Höhlen eingesetzt, in dem, ebenso wie im Herzen der Drillingslilie, eine Spur Gold zu sehen war.

»Die Sindona!« Jagun sprang mit einem Satz von der Statue weg. »Wir befinden uns auf dem Verbotenen Weg!« Seine Miene drückte Ehrfurcht und blankes Entsetzen aus.

Kadiya konnte den Blick nicht von den Augen der Gestalt wenden. »Wer ist das?«

Statt zu antworten bückte sich Jagun und hob ein Stück der festen Lehmkruste auf, die offenbar von der Figur abgekratzt worden war. »Das hier hat jemand vor nicht allzu langer Zeit getan. Allerdings – Skritek waren es nicht. Sie würden nicht wagen, ihre Krallen daran zu legen! Wer aber kann es gewesen sein?«

»Bitte, Jagun, sag mir, was dieses Standbild darstellt!« flehte Kadiya mit erhobener Stimme.

Jagun blinzelte. »Wächter des Versunkenen Volkes – jener, die Erde und Wasser beherrschten ...« Er verstummte und packte Kadiya am Arm. »Seht nur!«

Auf einem Klumpen des harten Lehms ganz in ihrer Nähe lag die Drillingswurzel. Die kleine Flamme brannte und zeigte nicht mehr geradeaus, sondern in die Richtung, in die das Standbild blickte. Jagun steckte das Ende seines Speers in den gelben Moorboden. Es sank etwa um Handbreite ein und stieß dann auf Widerstand, obwohl die Oberfläche nicht anders aussah als der Morast, den sie so vorsichtig durchquert hatten. Kadiya sah zu, wie der Jäger weiterging und sich mit dem Speerende vorantastete. Die Wurzel pendelte hin und her, als wollte sie Jagun folgen, Kadiya jedoch nicht hinter sich zurücklassen.

Zauberei – alles Zauberei! Die alte Ungeduld flackerte wieder auf. Doch bis hierher hatte die Leitwurzel sie nicht zum Narren gehalten. Innerlich widerstrebend folgte die Prinzessin dem Jäger und schlug ebenfalls die neue Richtung ein. Die Sumpflöffel unter ihren Füßen sanken nicht tief ein, und die Wurzel schoß davon wie ein freigelassener Jagdhund.

Es dauerte nicht lange, da tauchten im gelben Morast hier und da Steine auf, die einmal zu einem Straßenpflaster gehört haben mochten. Die beiden drangen durch den letzten, sich lichtenden Nebel und kamen zu einer Stelle, an der frisches, rauhes Gras wuchs, wie sie es aus den Poldern im Nordosten kannten. Andere Pflanzen gab es nur vereinzelt, und als Kadiya die Drillingswurzel aufhob, zerstach sie sich die Hände an den Dornen.

Sie hatte ständige Schmerzen in Rücken und Beinen, denn sie hatte den Körper auf ihrem Weg durch den Morast unbewußt angespannt. Jetzt stolperte sie zweimal hintereinander und sank auf die Knie. Im Nu war Jagun mit einer Wasserflasche in der Hand bei ihr. Kadiya nahm dankbar ein paar Schlucke. Dann setzte sie sich, um sich zwischen den Grasbüscheln auszuruhen. Es dauerte keine Minute, und sie war eingeschlafen.

Sie erwachte, als ihr Licht in die Augen schien, und sie blickte verwirrt in den klaren Himmel über sich. Sie hatte geträumt, sie wäre in ihrer Kammer im Frauenturm der Zitadelle. Doch über ihr war keine geschnitzte Zimmerdecke. Sie richtete sich auf und stöhnte, als sie spürte, wie steif ihr Rücken war.

Rings um die grasbewachsene Stelle, auf der sie lag, standen Bäume. Die glatten Stämme waren grünlich-braun, und die bläulichen, grün umrandeten Blätter raschelten, als eine leichte Brise aufkam. Sie war allein, obwohl Jaguns Beutel in Sichtweite lag. Ein Blabatvogel saß auf einer bogenförmigen Brombeerranke und schnappte nach einer hellroten Beere. Der Vogel nahm keine Notiz von Kadiya, als sie aufstand und sich streckte. Die Drillingswurzel steckte aufrecht neben der Stelle, an der ihr Kopf gelegen hatte, und bebte leicht.

»Na ... na ... na ...«

Diesen Laut erkannte Kadiya sofort. Die Nyssomu redeten nie laut, doch zuweilen summten sie zufrieden vor sich hin. Jagun bog gerade um einen großen Brombeerstrauch. In der einen Hand hielt er eine Ranke, von der ein paar ovale, scharlachrote Früchte herabhingen, reif bis zum Zerplatzen.

Kadiya verschlang die erste Frucht beinahe in einem Stück und hatte sich schon eine zweite gepflückt, ehe sie in der Lage war, eine Frage zu stellen. »Wo sind wir?«

Jagun schälte sorgfältig ein weiteres Stück seiner Ernte – ein langes Stück Kalmus. Er zuckte mit den Schultern, um anzudeuten, daß er es auch nicht wisse. Kadiya, die sich angewöhnt hatte, sich in allen Fragen, die Kenntnisse der Sümpfe voraussetzten, auf ihn zu verlassen, konnte es nicht fassen, daß sie sich verlaufen haben sollten. Sie kaute ein wenig Kalmusmark und spuckte es aus, nachdem sie den süßen Saft herausgesogen hatte.

»Wir befinden uns jenseits aller mir bekannten Pfade, Weitsichtige. Ich weiß nur, daß wir hier auf Stein sitzen.« Er stieß mit dem Ende des Kalmus auf die Grasnarbe. »Und die da«, er nickte zu der aufrecht stehenden Wurzel hinüber, »hat uns hergeführt.«

»Wieder Ruinen.«

Jagun hatte sich neben seinem Kalmusstück der Länge nach auf den Boden gelegt und hob behutsam mit dem Messer ein Stück Gras hoch. Darunter befand sich in der Tat eine steinerne Oberfläche mit dunklen Flecken. »Es ist wohl eine Straße.« Er deutete nach vorn, wo zwischen den Bäumen eine Lücke zu erkennen war.

»Eine Straße, die die Sindona gebaut haben?«

Jagun wandte den Blick von ihr ab und starrte auf das Loch, das er gegraben hatte, als wäre es ein Fehler gewesen.

Als er jetzt sprach, kamen seine Worte nur sehr zögerlich und stockend, als gäbe er die Information nur widerwillig von sich. »Die Versunkenen - und mit ihnen die Wächter, die Sindona – beherrschten einst alle Wasser und Inseln. Wir waren ihre Geschöpfe, sie hatten uns erdacht und eigenhändig geformt. Die Mächte der Finsternis erhoben sich. Tod kam über das Land. Aber noch ehe die Altvorderen fortgingen, riefen sie uns zu sich und sagten uns, wir seien frei. Nur ein paar Dinge mußten wir ihnen schwören ...«

Jagun sah auf das Messer, das er in den Händen hielt, und drehte und wendete es immer wieder.

»Die Sindona sind geblieben, um das zu bewachen, was die Versunkenen zurückgelassen haben. Es gab gewisse Dinge und Kenntnisse, die sie nicht mitnehmen oder zerstören konnten. Die Straße dort« – er machte eine vage Handbewegung zu den lehmbedeckten Wächtern – »führt zu einem dieser bewachten Orte.«

Er ließ den Grassoden, den er ausgegraben hatte, wieder in das Loch fallen. »Königstochter, Euer Vater hatte Lehnsmänner, die ihm dienten bis in den Tod. Obwohl wir, die Eingeborenen, anderen zu Treue verpflichtet sind, bindet uns unser Eid nicht minder. Ich aber, Weitsichtige, habe diesen Schwur jetzt gebrochen! Dort drüben, unter jenen Bäumen, befindet sich der Verbotene Weg. In der vergangenen Nacht habe ich den Großen Ruf ausgesandt. Ich erhielt keine Antwort. Ich konnte mit keinem Späher der Stämme Verbindung aufnehmen. Wir haben die Grenze überschritten, die meiner Rasse gesetzt ist. Sie geht« – er deutete mit der Messerspitze auf die Wurzel – »und Ihr müßt folgen. Ich weiß nicht, ob ich in der Lage sein werde, Euch zu begleiten. Ich dachte, wir würden zu den Uisgu gehen, doch nun sind wir an diesem Ort. Und es war jemand hier, der Lamaril, den Ersten Wächter, freigelegt hat. Nicht einmal die Skritek würden es wagen, sich seiner Macht zu stellen ... Nein, ich habe keine Antwort auf meinen Ruf erhalten. Aber dort drüben« – wieder fuhr er mit dem blanken Stahl seines Messers durch die Luft, der trotz des schwachen Sonnenlichts geheimnisvoll aufblitzte – »dort drüben brannte in der Nacht ein Feuer. Weit hinten zwischen den Bäumen, am Rand des Verbotenen Weges.«

Kadiya war verblüfft. »Ich habe geschlafen ...«

Zum ersten Mal schaute Jagun weniger grimmig drein. »Weitsichtige, Ihr habt einen Teil des Tages und die ganze darauffolgende Nacht hindurch geschlafen. Heute ist der zweite Tag nach unserer Ankunft.«

Kadiya runzelte die Stirn. »Du hättest mich wecken sollen.«

»Nein, ganz und gar nicht. Ich weiß nicht, was vor uns liegt, außer vielleicht, daß es noch gefährlicher sein wird als alles, was wir bisher erlebt haben. Jeder Jäger würde lieber einem Skritek gegenübertreten, als den Verbotenen Weg zu beschreiten. Ihr müßt Euch der Zukunft mit aller gebotenen Kraft des Geistes und des Körpers stellen, und deshalb habe ich Euch schlafen lassen.«

»Das Feuer, das du gesehen hast ...«

Jagun warf ihr einen finsteren Blick zu. »Die Feuer, die unser Volk entzündet, sind klein. Das Feuer, das ich gesehen habe, war groß. Um es in Gang zu halten, war die Arbeit vieler Hände nötig.«

»Voltriks Leute?«

»Wenn sie es sind, dann warten sie dort, wo sie«, er deutete auf die Wurzel, »uns hinführen soll.« Schweigend gingen sie nebeneinander her, doch es war deutlich zu spüren, daß Jagun immer aufgeregter wurde.

Auch Kadiyas Nerven waren zum Zerreißen gespannt. Sie stand nahe davor, die kleine Leitwurzel zu zerbrechen. Doch es gelang ihr nicht, sie zu zerstören. Sie stand im Bann der Erzzauberin und mußte den Talisman suchen, das mysteriöse Dreilappige Brennende Auge, und sie konnte ihrem Auftrag nicht zuwiderhandeln.

Plötzlich schrie Jagun laut auf, langte nach seinem Jagdbeutel und zerrte einen goldenen, mit roten Steinen besetzten Armreif hervor. Kadiya hatte dergleichen erst zweimal gesehen: einmal, als Jagun zur Zitadelle gekommen war, um von ihrem Vater offiziell begrüßt zu werden; dann noch einmal anläßlich eines Singstückes, das seine Leute aufgeführt hatten. Damals hatte er einen ähnlichen Reif um den Oberarm getragen. Wahrscheinlich hatte er den heiligen Gegenstand im Dorf der Nyssomu bekommen.

Jetzt drehte er ihn in den Händen und stöhnte, als seine Finger über die glatte Oberfläche strichen. Dann packte er den Armreif mit festem Griff; die angespannten Muskeln in den Schultern verrieten, wie sehr er sich anstrengte. Sein Gesicht war eine Maske des Grauens.

Der Armreif zersprang. Jagun schleuderte die Teile von sich. Ein grausiges Trillern entfuhr seinen Lippen. Auch das hatte sie schon einmal gehört – immer dann, wenn ein Mitglied seines Stammes gestorben war und das Floß, das die Leiche trug, zum geheimen Ort der Beisetzung gerudert worden war.

»Jagun?« sprach sie ihn vorsichtig an.

Sein Gesichtsausdruck war wie versteinert.

Nie zuvor hatte sie diese Kälte bei ihm erlebt.

»Jagun ist tot«, sagte er tonlos. »Er hat keinen Namen mehr. Er ist eidbrüchig geworden, ein Ausgestoßener, einer, der nicht sprechen kann und mit dem nie wieder jemand sprechen wird. Wir sind gekommen, um das verbotene Schweigen zu brechen. Die Hohe Frau von Noth hat das Recht, das Leben aus uns herauszupressen.«

»Auch wenn wir der Leitwurzel folgen, die sie uns gegeben hat?« fragte Kadiya aufgebracht. Machte er etwa *ihr* einen Vorwurf, obwohl sie doch fürwahr keine Schuld traf? Das

Amulett an ihrer Brust wurde wärmer. »Ich gehe weiter!« rief sie. Einen Augenblick später kam sie jedoch ins Straucheln und konnte sich nur mit Mühe aufrecht halten. Das Gefühl, das nun von ihr Besitz ergriff, war ihr so fremd, daß sie schreien wollte, doch sie konnte keinen Ton herausbringen. In diesem Augenblick befiel sie namenlose Angst, und sie begann, am ganzen Leib zu zittern.

Angst wovor? fragte sie sich. Sie hielt sich an einem Busch fest, um Halt zu gewinnen. Wie üblich begann sie, sich über das Angstgefühl zu ärgern. Mit gezücktem Messer drehte sie sich um. Neben ihr lag Jagun im Gras, das die uralte Straße bedeckte. Die dünnen Finger krallten sich hilflos in seine Brust. Sein Atem ging in kurzen, flatternden Stößen.

»Jagun!« Kadiya sank neben ihm auf die Knie. Er öffnete den Mund, und ein kleiner Tropfen Speichel drang aus seinem Mundwinkel.

»Zurück!« Die Stimme versagte ihm. Wie ein Besessener breitete er die Arme aus und versuchte unter großer Mühe, sich aufzurichten. »Bring mich ... zurück!«

Kadiya steckte den Dolch in die Scheide und schob ihm die Hände unter die Achseln. Sie nahm ihre ganze Kraft zusammen und zog ihn fünfzig Ellen über die Grasnarbe, weg von der alten Straße, auf der die Wurzel stand und sie drängte weiterzugehen.

Die Wurzel war stehengeblieben, aber sie winkte, als wollte sie Kadiya auffordern weiterzugehen. Kadiyas Angst war von ihr gewichen, als wäre eine Tür ins Schloß gefallen. Sie nahm ihr Amulett in die Hand. Es leuchtete in allen Farben und war warm, jedoch nicht bedrohlich. Es schien sie eher ermutigen zu wollen.

Von den Bäumen her kam Wind auf. Jagun hustete und stützte sich ab, damit er aufrecht sitzen konnte.

»Eine Schranke ...«, keuchte der Jäger. »Ich kann diesen Weg nicht gehen.« Der Kopf sank ihm auf die Brust. Das Gesicht war ausdruckslos. Er sah sich einem Hindernis gegenüber, zu dessen Überwindung ihm die Kraft fehlte, und er hatte keine Waffe mehr.

»Weitsichtige ...«, Schmerz lag in seiner Stimme. »Es ist

verboten – nur Ihr allein könnt gehen. Aber ich schwöre Euch, wenn es einen Weg gibt, auf dem ich zu Euch gelangen kann, werde ich ihn finden!«

»Ich ...« Nun waren es ihre Lippen, die erstarrt waren. »Jagun – paß auf dich auf.«

Er machte eine Geste, die Kadiya beruhigen und ermutigen sollte. Dann wandte er sich um und kroch davon. Nach kurzer Zeit stand er auf und winkte ihr zu. Sehr wahrscheinlich würde er die nähere und weitere Umgebung durchstreifen, um einen Weg zu finden, der überwand, was sie voneinander trennte.

Im Gras bewegte sich etwas. Die Wurzel pendelte hin und her. Es hatte den Anschein, als wäre sie verärgert und wollte Kadiya auffordern, etwas zu tun.

Die Prinzessin warf sich Jaguns Beutel über die Schulter. Dann folgte sie der Leitwurzel unwillig und schleppenden Schrittes zu den Bäumen. Der Wind, der ihr jetzt stetig entgegenwehte, brachte einen ekelerregenden Gestank mit sich, der weder nach Skritek noch nach den Sümpfen roch. Zweimal schaute sie zurück, in der Hoffnung, Jagun zu sehen, doch er war verschwunden.

Wie dem auch sei, vor ihr war etwas, ein schwaches Glimmen am Fuße eines Baumes. Sie bückte sich und hob einen sauber gearbeiteten Pfeil auf, dessen Schaft und Federn die Farbe getrockneten Blutes hatten. Sie hatte einen ähnlichen schon einmal gesehen, ja ... während der Eroberung hatte sie geholfen, die Vorräte der Bogenschützen in der Zitadelle wieder aufzufüllen, indem sie alle feindlichen Pfeile auflas, die weder Kerben aufwiesen noch an Mauern zerbrochen waren. Dieser Pfeil stammte nicht aus den Sümpfen, sondern von den Eindringlingen! Auf welchem Wege war er hierher geraten? Und warum lag er so ausgerichtet – als wäre er ein Führer wie ihre Wurzel?

Sie wollte ihn schon von sich schleudern, überlegte es sich dann aber noch einmal. Rasch hatte sie ihn wieder an seinen Platz gelegt, diesmal mit der Spitze in entgegengesetzter Richtung.

Warum hatten die Feinde die Schranke überwinden können, die Jagun abgewehrt hatte? Das Amulett mußte der Schlüssel für sie selbst sein – aber was trugen Hamils Mannen bei sich außer dem Stahl, den sie bereits in schändlicher Weise mit Blut besudelt hatten? War auch hier wieder die finstere Macht des Zauberers am Werk?

Nach ein paar Schritten stieß sie auf einen Stiefelabdruck im feuchten Boden. Und dahinter – Kadiya mußte die aufkommende Galle hinunterschlucken, als sie einen toten Skritek erblickte, der dort auf einer Seite lag, als hätte man seinen Körper mit Fußtritten aus dem Weg geschafft. Die Kreatur hatte keine sichtbare Wunde; nirgendwo war Blut zu sehen.

Entschlossen wandte sie sich ab und ging weiter, im Flüsterton ihre Schritte zählend. Mit äußerster Wachsamkeit versuchte sie, ihre Umgebung in sich aufzunehmen. Wieder verpestete ein beißender Geruch die Luft. Sie blickte nach rechts. Ein Seltling, dessen dichte Körperbehaarung ihn als Uisgu auswies, war an einen Baum gebunden. In diesem Fall war nur zu deutlich, wie er gestorben war – ein leichter Tod war es sicher nicht gewesen.

Nicht weit hinter dem ersten Uisguopfer war der Boden erneut aufgewühlt, und es roch stark nach Feuer. Ganze Büsche waren ausgerissen worden. Der Grassoden war aufgescharrt, und ein dritter gemarterter Eingeborener lag da. Sie brachte es nicht über sich, genauer hinzusehen. Als jedoch ein kläglicher Schrei ertönte, mußte sie zu dem Uisgu hingehen. Er versuchte, die gekrümmte Hand zu heben. Aus dem zerschmetterten Gesicht blickte sie ein Auge an.

Wieder suchte Kadiya Halt in ihrem Zorn.

»Wer hat das getan?« Sie zögerte – wie konnte sie diese schrecklichen Verletzungen lindern? Sie hatte nichts ...

Die Hand bewegte sich. Offenbar konnte der verletzte Mund keine Worte mehr hervorbringen. Der Uisgu strengte sich noch mehr an: eine kleine Geste hin zu ihrem Messer.

Endlich begriff sie, worum er sie bat. Das Herz drohte ihr zu zerspringen. Seit jeher hatten Waffen sie begeistert. Einoder zweimal hatte sie sich auf einen Schwertkampf eingelassen, wenn sie den Waffenmeister hatte überreden können. Jagun hatte ihr außerdem ein paar Messertricks der Seltlinge beigebracht – aber *darauf* war sie nicht vorbereitet. Wieder dieser schwache Schrei, die kleine Handbewegung ...

Kadiya biß die Zähne zusammen und packte ihren Dolch mit beiden Händen. Noch etwas fiel ihr ein – Worte, die Jagun gesagt hatte, als er einen verirrten Fronler gefunden hatte, der sich in einer Saugzwinge verfangen hatte, aus der man ihn nicht befreien konnte.

»Geh hin in Frieden ...« Sie stieß mit der Klinge zu und spürte, wie sie in lebendes Fleisch eindrang. Dann schluckte sie – und schluckte noch einmal.

Kadiya kam wieder auf die Füße und stolperte weiter. Weit weg wollte sie sein, frei. Doch als ihr Blick nach unten wanderte, sah sie, daß die Wurzel stetig weiterglitt. Daß sie sich einer Gefahr näherte, war nicht schwer zu erraten, und sie war darauf so jämmerlich wenig vorbereitet wie die Garnison in der Zitadelle, als die Eindringlinge sie überrannten.

Kadiya sah, daß unter den Bäumen vor ihr Dunst aufzog, der an manchen Stellen auslappte und einen Nebelfinger vorschob. Die Wurzel zog unbeirrt weiter, und Kadiya war überrascht, als ihre Spitze sich aufrichtete, grün aufleuchtete, nach links schwenkte und auf zwei Bäume deutete, die größer waren als alle Bäume, die sie je gesehen hatte. Kadiya vernahm einen dünnen, hohen Pfiff und sprang instinktiv zur Seite. Im selben Augenblick prallte etwas auf den Baumstamm, vor dem sie stand. Dicker, öliger Rauch kräuselte sich in die Höhe. Sie warf sich der Länge nach auf den Bauch und robbte trotz ihrer Rückenschmerzen in den Schutz eines großen Brombeerstrauches.

Wieder ertönte der Pfiff, gefolgt von einem gedämpften Laut, der eine Antwort hätte sein können. Kadiya wurde unter dem Gewicht des Beutels auf dem Rücken, der sich an einer Brombeerranke verfangen hatte, mit dem Gesicht nach unten gedrückt und konnte sich nicht rühren. Rauch drang ihr in die Nase und verschlug ihr den Atem. Sie mußte husten, doch es verschaffte ihr keine Erleichterung. Das starke Husten war jedoch ihre Rettung. Die Brombeerranken lösten sich bei der ruckartigen Bewegung, und sie fiel vornüber in ein dunkles Loch. Schützend streckte sie eine Hand vor, die nicht über Rinde oder Zweige, sondern über Stein strich.

Als der Jagdruf zum dritten Mal hinter ihr erklang, schlängelte sie sich wie ein Wurm ins Dunkle. In heillosem Entsetzen sagte ihr eine innere Stimme, daß sie in eine Falle ging, doch sie kroch weiter.

Jeden Augenblick rechnete sie damit, von ihren Verfolgern eingeholt zu werden, die sie an den Fußgelenken packen und aus diesem Loch ziehen würden, wie einen Saugnapf. Irgendwie gelang es ihr, sich fortzubewegen. Plötzlich griffen ihre ausgestreckten Hände ins Leere, und sie stürzte und stürzte ...

Dann wurde es hell, und zugleich tauchte Kadiya in Wasser ein. Es war jedoch nicht das schlammige, dunkle Naß der Sumpftümpel. Es war kristallklar. Nur sie selbst brachte Schmutz und Erdklumpen mit, die beim Kriechen an ihr hängengeblieben waren. Obwohl Jaguns Beutel sie nach unten zog, wollte sie den Ballast nicht abwerfen, sondern trat und strampelte heftig, um an die Oberfläche zu gelangen. Ihr Blick fiel auf einen grünlichen Schimmer. Also hatte sie ihren Wegweiser nicht verloren! Die Wurzel schwamm vor ihr her.

Der Teich war von einer Mauer umgeben. Platschend stützte sie sich auf den Rand und zog sich mühsam aus dem Wasser. Auf allen vieren kroch sie über ein stahlblaues Mosaik. Kein Grashalm wuchs hier, nichts, was den Teich und das klare Wasser hätte verunreinigen können. Vor ihr tauchte eine Treppenflucht auf, die auf beiden Seiten von Statuen gesäumt war.

Kadiya stand auf. Was ihr zuerst auffiel, war die absolute Stille an diesem unbekannten Ort. Nun, da sie nicht mehr im Wasser war und ihr eigenes Platschen aufgehört hatte, war die Oberfläche vollkommen glatt. Beherzt warf sie einen Blick über die Treppe nach oben. Nicht einmal andeutungsweise war Bewuchs zu sehen – nur die Reihen der Statuen, die Jagun Sindona genannt hatte. Im Licht, das sich über diesen Ort ergoß, glitzerten die Juwelen der leblosen Figuren so stark, daß es in den Augen schmerzte. Die Sindona, deren Blicke auf ihr zu ruhen schienen, waren trotz der einheitlichen Kleidung nicht alle männlich. Sie strahlten eine derart lebendige Aura aus, daß Kadiya nicht überrascht gewesen wäre, wenn sie sich bewegt oder gar gesprochen hätten – vielleicht, um ihr den Eintritt zu verwehren, vielleicht, um sie willkommen zu heißen.

Sie blickte an ihrem zerschundenen, aufgeschrammten Körper hinunter, betrachtete die zerrissene Nyssomu-Kleidung, die den Kampf gegen die Wildnis nicht unbeschadet überstanden hatte. Seltsamerweise fühlte sie sich jedoch wie neugeboren, kräftiger. Es drängte sie, weiterzugehen und sich diesen Ort anzuschauen, der in keiner Legende oder Reisebeschreibung erwähnt war.

Am Ende der Treppe blieb Kadiya vor einer Figur stehen, die größer war als sie selbst – sie mochte die Größe jener Rasse haben, die sie erschaffen hatte. Kadiya warf einen Blick auf das vom Helm überschattete Antlitz.

»Wer seid Ihr?« Ihre Worte klangen schroff, zu sehr nach Herausforderung an diesem Ort der Stille und Schönheit. Rechnete sie denn mit einer Antwort des stummen Wächters?

Natürlich konnte er keine Antwort geben. Dennoch vernahm sie einen merkwürdigen Laut, als hätte man einen schalldämmenden Vorhang beiseite geschoben. Es war ein kristallener Ton, wie das Geläut winziger Glöckchen. Vögel zwitscherten, und mit einem Lufthauch wehte ihr ein Duft entgegen, der jenen erstickenden Gestank restlos verbannte, vor dem sie in das Versteck geflohen war.

Sie schaute nach vorn und sah, daß sich dort eine weitere Treppe befand, die noch breiter als die erste war, jedoch keine Wächterstatuen hatte. Sie führte hinauf ins Freie, wo sich eine Parklandschaft erstreckte, die sich niemand hätte vorstellen können, der in den Sümpfen um Ruwenda geboren war. Hier gab es sonderbare Pflanzen im Überfluß. Unbekannte reife Früchte hingen seltsamerweise Seite an Seite neben den Blüten, aus denen sie sich entwickelten. Über allem strahlte ein azurblauer Himmel. Der Garten war wie verzaubert, eingehüllt in Magie, und Kadiya wagte nicht, ihn zu betreten. Auf der letzten Stufe der zweiten Treppe lag die Leitwurzel. Der grüne Schimmer an ihrer Spitze begann wie ein geschliffener

Smaragd zu funkeln. Kadiya blinzelte ungläubig. Sie war nicht mehr allein.

Die Gestalt, die durch den Garten auf sie zukam, gehörte offensichtlich demselben Volk an wie die Statuen, obgleich sie statt Helm und Waffengurt eine gazeartige Robe trug.

Eine Frau – konnte es sein? Kadiya hätte es nicht sagen können. Aber sie wußte, daß hier ein Wesen vor ihr stand, dem selbst die Erzzauberin ihre Huldigung entgegengebracht hätte. Prinzessin Kadiya sank auf die Knie.

»Tochter der Dreifaltigkeit, was hat Euer Volk getan, daß das Große Gleichgewicht der Welt aus den Fugen geraten ist? Daß Tod und Schmerz hier eindringen – in diese letzte Feste?«

Kadiya konnte nicht glauben, daß man sie anklagte – dieses Wesen wollte einfach nur die Wahrheit wissen. Langsam erhob sie sich.

»Zunächst einmal« – sie bemühte sich, den gleichen leichten Tonfall anzuschlagen wie die Frau, die vor ihr stand – »bin ich die Tochter des Königs Krain von Ruwenda. Jene aus Labornok haben unter Führung von Voltrik durch Verrat und Waffengewalt und vor allem mit Hilfe der Kenntnisse eines bösen Zauberers Verwüstung über mein Land gebracht. Mit Unterstützung durch Jagun, den Jäger vom Stamme der Nyssomu, konnte ich aus der Zitadelle fliehen, als sie dem Feind in die Hände fiel. Dann ging ich zur Erzzauberin, die in Noth regiert. Dort wurde mir das hier überreicht.« Sie hob die Wurzel auf und hielt sie in der ausgestreckten Hand. »Außerdem hat sie mir eine heilige Aufgabe übertragen – ich muß nach einem bestimmten Talisman suchen. Es ist prophezeit worden, daß Ruwenda nur durch eine Frau aus unserem Haus Gerechtigkeit zuteil werden kann. Die Erzzauberin hat mich und meine Schwestern als Blütenblätter der Lebendigen Drillingslilie bezeichnet. Wir sind zu dritt – obwohl ich mir im Augenblick nicht sicher bin, ob die anderen noch leben. Und diese kleine Dreiblattwurzel hat mich hierher geführt.«

»Die Erzzauberin von Noth«, sagte die Gestalt in der Robe bedächtig. »Es ist lange her, seit sie jemanden hierher an den Ort der Erkenntnis geschickt hat. Aber wenn sie es tut, können wir davon ausgehen, daß draußen über dem Land Schatten der Finsternis liegen. Nach uraltem Brauch muß das Leben hier so sein ...« Die Fremde hielt eine Hand horizontal in die Höhe und setzte die andere senkrecht darunter. »Wer sich mit den Mächten der Finsternis einläßt, zerstört das Gleichgewicht. Schon einmal ist dies geschehen, und es gab einen mächtigen Kampf, und die Erde zerbarst. Was trocken war, wurde zu Wasser, Wasser wurde zu Land, und das Erobernde Eis legte sich wie ein Leichentuch über alles.«

Kadiya fragte: »Wie war es möglich, daß jene aus Fleisch und Blut den Weg hierher fanden und die Schranke überschritten, die den Nyssomu fernhielt?«

»Königstochter, selbst das kleinste Loch in einer Mauer kann sich ausweiten, bis diese zusammenbricht. Jener Zauberer, den Ihr als Euren Feind bezeichnet, will hoch hinaus und hat vieles gelernt.

Er hat seinen Gefolgsleuten, die die passenden Schlüssel für unsere uralten Tore haben, einen gewissen Schutz geboten. Königstochter« – die Frau deutete auf die Wurzel, die noch auf Kadiyas Hand lag – »beendet Eure Fahrt hier an diesem Ort. Wenn die Erzzauberin von Noth Euch auserwählt hat, dann werdet Ihr in den Kampf hinausziehen. Ob Ihr allein bleibt oder nicht, wird unter anderem davon abhängen, was Ihr unternehmt.«

»Sind wir hier am Ort der Erkenntnis nicht sicher?«

»Nicht vor den Dingen, die über uns gekommen sind – denn auch ich wurde aufgrund der Bedrohung durch die Mächte der Finsternis gerufen.« Sie hob den Kopf, als lauschte sie. »Alsdann! Sie haben nicht so viel Macht, wie sie glauben. Der Geheimgang, auf dem Ihr hierhergekommen seid, ist verschlossen, und sie tappen jetzt mit ihren Skritek im dunkeln. Der alte Schutz hält am Ende doch.«

»Was suchen sie?«

»Das, was sie für einen Schatz halten, Königstochter. Doch wonach die Truppen von Labornok und die Skritek gieren, berührt ihren Meister nicht. Er sucht, was verboten ist, und seine Gefolgsleute sind sehr geschwächt. Sie würden auch ohne die Dinge, die seine Gier befriedigen, zur Zitadelle zurückkehren.«

»Und was ist mit dem Talisman, den ich suche?« rief Kadiya. Sie ließ die Drillingswurzel fallen, und diese bewegte sich nicht; der grüne Schimmer war verblaßt. »Wo ist das Dreilappige Brennende Auge, das ich auf Geheiß der Erzzauberin finden soll?«

»Schaut in Euch, Königstochter – öffnet Herz und Seele weit.«

Kadiya starrte sie an. »Ich habe keinen magischen Talisman! Ich habe keine Armee! Ich habe nicht einmal ein Schwert ...«

»Das alles existiert, Königstochter.« Die Antwort klang frostig. »Schaut in Euch, und Ihr werdet sehen!«

Und sie verschwand.

Kadiya sank auf die Knie. Es gab nun nichts mehr in diesem Wundergarten, was sie hätte verzaubern können. Man hatte sie aufgegeben; sie war verloren. Die verschrumpelte Wurzel der Schwarzen Drillingslilie war das einzige, was ihr geblieben war.

Zauberei! Sie schlug mit beiden Fäusten auf das Pflaster ein, bis schließlich der Schmerz der aufgerissenen Hände ihre blinde Wut durchbrach. Schaut in Euch, schaut in Euch! In ihr herrschte Zorn! Sie beugte sich vor und griff nach der Wurzel, die sie zum Narren gehalten und an diesen unsinnigen Ort geführt hatte. Sie versuchte, sie zu zerbrechen. Doch die Wurzel leistete Widerstand.

Eine von dreien.

Wie aus dem Nichts tauchte dieser Satz auf und brachte eine Saite in ihr zum Klingen. Kadiya blickte rasch auf. War die Wächterin zurückgekehrt? Nein, da waren nur dieser alberne Garten und die wertlose Leitwurzel.

Mit aller Kraft schleuderte Kadiya die Wurzel von sich. Sie flog mit der Präzision eines von Jagun abgeschossenen Pfeils durch die Luft, drehte sich einmal im Fluge und landete mit dem Wurzelende nach unten auf einem Fleckchen freigelegter Erde zu ihren Füßen. Dort blieb sie, schwankend noch, aufrecht stehen. Kadiya rappelte sich auf in der Absicht, sie endgültig zu zerstören. Doch sie zögerte. Vor ihren Augen wurde die Wurzel dicker, größer, breiter. Neugierig ging Kadiya in die Hocke und sah zu. Unterhalb der Spitze sprossen zwei kleinere Äste hervor, die zu Querhölzern wurden. Der Stiel unter ihnen wurde noch umfangreicher, bis am Ende ein dicker, dunkler Zylinder aus ihm geworden war. Genau an der Spitze entstanden Knospen – so sah es zumindest aus, denn dort wuchsen drei eng miteinander verbundene Kugeln.

Kadiya beobachtete den Vorgang verwundert. Sie konnte kaum glauben, was sie da sah.

In den drei Kugeln bewegte sich etwas, die schwarze Hülle brach auf und enthüllte ...

Drei Augen.

Das erste war ein Auge des Sumpfvolks, gelblich-grün. Das zweite war von leuchtendem Braun – und Kadiya hätte nur in einen Spiegel schauen müssen, um zu erkennen, daß es wie ihre Augen aussah. Das dritte war silberblau und hatte eine enorm geweitete Pupille, in deren Tiefe ein goldenes Feuer funkelte.

Das Amulett auf Kadiyas Brust begann zu brennen.

Noch ehe sie danach greifen konnte, sprang der Drillingsbernstein wie ein lebendiges Wesen auf, die goldene Halskette riß entzwei, das Amulett flog zum Dreilappigen Auge und setzte sich auf die Stelle, an der die Kugeln miteinander verbunden waren.

Wie die drei Augen sich geöffnet hatten, schlossen sie sich wieder und hinterließen drei nichtssagende schwarze Kugeln. Das Mädchen umschloß den Stengel zwischen Kugelwölbung und aufgegangenen Blättern. Und im Bewußtsein, das Richtige zu tun, zog sie daran.

Was sie aus dem Boden zog, war nicht das Wurzelende der zerstörten Pflanze, sondern ein glänzendes Schwert! Hinzu kam, daß sich der Griff so wunderbar in ihre Hand legte, als wäre es für sie allein geschmiedet worden. Kadiya betastete die drei Kugeln am Knauf.

»Das Dreilappige Brennende Auge.« Sie war überwältigt vor Freude. Doch dann stellte sie fest, daß die strahlende

Waffe an den Kanten stumpf war und keine Spitze hatte! »Ihr Herrscher der Lüfte, was für ein Schwert soll denn das sein? Wie soll ich dieses Ding gegen meine Feinde einsetzen?«

Eine sanfte Stimme, kaum mehr als ein Hauch an ihrem Ohr, sagte: *Lerne.*

27

»Was macht ihr denn?« schrie Anigel den dahineilenden Rimoriks in panischer Angst zu. »Den Weg können wir nicht nehmen – wir werden umkommen!«

Doch die Tiere reagierten nicht und schwammen eher noch schneller. Das Boot schoß förmlich durch das Wasser dahin. In ihrer Not konnte die Prinzessin nur noch die Füße gegen den Bug stemmen und mit aller Kraft an den Zügeln ziehen. Sie konnte und wollte es einfach nicht hinnehmen, daß diese freundlichen Tiere, diese treuen Wesen, die sie die lange Strecke bis hierher begleitet hatten, das Boot mit seiner wertvollen Fracht jetzt direkt auf die Kante der Tassfälle zusteuerten.

Anigel sah den Abgrund immer näher kommen. Sie war nicht mehr in der Lage, auch nur einen Laut über die Lippen zu bringen, unfähig, einen einzigen zusammenhängenden Gedanken zu fassen, den sie den Rimoriks hätte übermitteln können, um sie von ihrer selbstmörderischen Absicht abzubringen. Selbst das Drillingsamulett war außer Reichweite, denn sie hatte die Zügel so fest um die Handgelenke gewunden, daß sie schon fürchtete, die Arme würden ihr aus den Gelenken springen. An Immu dachte sie überhaupt nicht, so sehr war sie mit dem Gedanken an ihren unmittelbar bevorstehenden Tod beschäftigt.

Das Geräusch des Wasserfalls schwoll zu lautem Tosen an. Der von den Fällen aufsteigende Wasserdampf durchnäßte Kleidung und Haar. Anigel heftete den Blick fest auf die sich nähernde Kante, an der das Schwarzblau des tiefen Sees in ein prächtiges Gemisch aus Blau, Aquamarin, Grün und schließlich Weiß überging. Als das Boot die Kante erreicht hatte, verlangsamte es plötzlich die Fahrt. Anigel ließ die Zügel los, warf sie ins Boot und hielt sich am Bordrand fest. Sie rang nach Luft, als zwei große, dunkle Gestalten auftauchten, einen Schwall Gischt, klar wie Diamanten, aufwarfen und auf Nimmerwiedersehen abtauchten. Plötzlich hing das Boot mit dem Bug, in dem sie saß, in der Luft. Sie konnte einen kurzen Blick hinab in die Tiefe werfen, hinter den weißen Wirbel des Wasserfalls, und sah einen großen azurblauen Teich, an dessen linkem Ufer kleine Häuschen standen. Der Teich mündete in einen breiten, weitverzweigten Wasserweg, der wie ein silbernes Band im hellen Sonnenlicht glänzte und sich durch die dunkelgrüne Weite des Tassaleyo-Waldes wand, bis er sich in purpurrotem Dunst in der Ferne verlor. Dieses Bild hatte sie gestochen scharf vor Augen, und im Geiste hörte sie Immu und die beiden Rimoriks, die ihr zuriefen: *Hab Vertrauen!*

Dann kippte das Boot, und sie tauchten ein in die schäumende Gischt und Hunderte kreisrunder Regenbogen und stürzten durch eine furchtbare, tosende, gleißende Welt, die sich alsbald in weißes Nichts auflöste.

Anigel hatte einen neuen Traum. Ihre Mutter, Königin Kalanthe, folgte mit schnellen Schritten einem Pfad durch eine Landschaft, die Anigel noch nie gesehen hatte. Sie sah aus wie ein Wald in einer Trockenzone. Kalanthe trug ihre Krönungsrobe und die ehrfurchtgebietende Staatskrone. Anigel war weit hinter ihr zurückgeblieben und mußte laufen, um die Königin einzuholen. Sie rief ihrer Mutter zu, sie solle warten – doch Kalanthe konnte sie nicht hören. Anigel mußte noch schneller laufen, und sie tat es mit pochendem Herzen und brennenden Lungen. Sie hatte Schmerzen in den Beinen und hätte am liebsten bei jedem Schritt aufgeschrien, wenn sie nur genug Atem gehabt hätte. Sie hätte aufgeben mögen, sich verzweifelt auf den Boden werfen und die Königin davoneilen lassen; doch sie zwang sich weiterzugehen.

Und dann blieb die Königin wie durch ein Wunder stehen, drehte sich um und wartete lächelnd auf Anigel, die mit letzter Kraft auf die Mutter zustolperte und ihr in die Arme sank, weinend vor Glück.

»Meine liebe kleine Tochter«, sagte Kalanthe. »Ich hatte solche Angst, auch du würdest nicht kommen. Deine Schwestern sind andere Wege gegangen, weißt du. Aber jetzt wird alles gut werden, sobald wir dich hergerichtet haben.« Die Königin führte ihre Tochter zu deren größter Verwunderung an einen Bach, öffnete einen Samtbeutel und holte Seife, ein weiches Tuch und einen Elfenbeinkamm hervor. »Wir müssen dich säubern«, sagte Kalanthe, »und dein Haar richten und kostbare Kleider für dich aussuchen, damit deine Untertanen dich erkennen.«

Der Waschlappen wusch den Schmutz von Anigels Gesicht. Immer fester rieb er, bis die Haut brannte und die Prinzessin aufschrie ...

Und erwachte.

Sie lag am Ufer eines Flusses auf einem dicken, weichen Moosteppich. Ein winziges Wesen mit gelbgestreiftem Fell, spitz zulaufendem Gesicht und großen schwarzen Augen leckte mit rauher Zunge Anigels Wange ab. Als sie einen Schrei der Überraschung ausstieß, schlug das kleine Ding quiekend Alarm und trippelte eilig ins dichte Unterholz. Ein unbekannter weißer Vogel trällerte dicht über ihr auf einem Ast des Baumes, unter dem sie lag, ein kompliziertes Lied, das sich wie ein helles Band durch fernes Donnergrollen wand. Der Fluß, der nur ein paar Ellen entfernt war, hatte eine Vielzahl kleiner Arme, die zu beiden Seiten des breiten, sich windenden Hauptstroms ein wahres Netz von Wasserläufen bildeten. Überall waren Schlammzonen und niedrige Inseln zu sehen.

Ich lebe!

Diese Tatsache wurde ihr erst allmählich bewußt, und sie bewegte abwechselnd Arme, Beine, Finger. Schließlich richtete sie sich langsam auf. Das Graskleid hing ihr in Fetzen vom Leibe, ebenso das abgetragene, linnene Unterkleid. Die Füße steckten noch in den festen Lederstiefeln der Erkenntnisreichen, die Galoschen hingegen waren zerrissen. Der Gürtel mit Tasche war noch da, und das Drillingsamulett hing ihr an der Kette um den Hals. Ihre Haut war schmutzverkrustet, aber trocken. Sie mußte also schon eine Zeitlang hier am Ufer gelegen haben. Sie konnte sich nicht daran erinnern, wie sie hierher gekommen war.

Mit vorsichtigen Schritten ging sie über verrottendes Treibholz ans Ufer. Von hier aus konnte sie den Fluß stromaufwärts gut überblicken. Der nördliche Horizont wurde von einem hohen grünen Wall begrenzt, der aus dem Wald herausragte und von einem silbrigen Streifen in zwei Hälften geteilt wurde – dem Wasserfall, der mindestens eine Meile entfernt war. Der große blaue Teich am Fuße des Wasserfalls war nicht zu sehen, ebensowenig die Gebäude, die sie nur einen Augenblick gesehen hatte, bevor sie über die Kante stürzte. Vor ihr lag nur der breite, seichte Fluß, der sich in unzählige, miteinander verflochtene Arme teilte. Er zog sich durch einen dichten Wald, dessen leuchtendes blaugrünes Blattwerk in Farbe und Struktur so ganz anders war als die Dschungelwälder der Irrsümpfe. Schon der Geruch war anders – strenger, harziger, und gelegentlich mischte sich ein Hauch von einem unbekannten Blumenduft hinein.

»Ich lebe«, sagte sie verwundert. Dann streckte sie die zerkratzten, schmutzverkrusteten nackten Arme aus und rief laut: »Ich lebe!«

Im selben Augenblick überkam sie ein Schuldgefühl. Immu! Wo war Immu? Und ihre beiden treuen Rimorik-Freunde? Suchend schaute sie nach rechts und links am Ufer entlang, sah aber nur langbeinige, zinnoberrote Vögel mit speerähnlichen Schnäbeln, die in den Untiefen herumstaksten. Panik drohte sie zu überwältigen. Sie lebte noch, ja; jedoch mutterseelenallein im Tassaleyo-Wald und ohne die geringste Ahnung, was sie nun tun sollte.

Sollte sie rufen? Und wenn der feindliche Suchtrupp ihr gefolgt war und irgendwo lauerte und lauschte? Sie wußte nicht, wo sie hingehen sollte: Am Ufer führte kein Pfad entlang. Es gab nur die kleine Lichtung mit dem verrottenden Treibholz, umgeben von dichtem Buschwerk und weiter landeinwärts die massigen Stämme hoch aufragender Bäume.

Waren Immu und die Tiere tot?

Ein furchtbarer Gedanke schoß ihr durch den Kopf. Sie erinnerte sich an Immus merkwürdige, beinahe resignierte Haltung, als sie die Sachen für ihr Mittagessen oben auf dem See wieder eingepackt hatte. Immu hatte die Pakete an der

Ruderbank festgebunden! Das hatte sie vorher nie so gemacht. Hatte sie gewußt, welch schrecklichen Fluchtweg die Rimoriks wählen würden?

»Blieb sie aus Liebe bei mir?« fragte sich Anigel flüsternd. »Hoffte sie, daß ich den Sturz überleben würde, da der Sanguon mir die Kraft von Rimoriks verliehen hatte – wohl wissend, daß sie selbst in den sicheren Tod ging?« Sie spürte, wie sich ihr Herz verkrampfte. Oh, Immu. Liebe alte Freundin. Doch sie durfte nicht anfangen, sinnlos zu flennen! Es war an der Zeit, weiterzumachen ... Warum nahm sie nicht einfach einen Schluck vom heiligen Trank, um zu Kräften zu kommen, und versuchte dann, die Rimoriks wieder herbeizurufen.

Sie fand einen moosbedeckten Stein im Schatten, öffnete die Gürteltasche und holte das scharlachrote Fläschchen hervor. Sie zog den Stopfen heraus und führte das Gefäß an die Lippen, schloß die Augen und sandte ein stummes Stoßgebet aus. Dann rief sie in Gedanken: *Freunde!*

Plötzlich ein Aufplatschen im Wasser.

Anigel öffnete die Augen und sah zwei glatte Köpfe im Hauptlauf des Flusses, nur einen Steinwurf vom Ufer entfernt. Sie stand auf und wartete, bis die beiden Gestalten über Sandbänke und Nebenarme hinweggesetzt hatten. Mit jedem unbeholfenen Stoß ihrer Flossen schaufelten sie immer neuen Schlamm auf ihre glänzende Haut. Schließlich waren die beiden Rimoriks bei ihr und ruhten sich im seichten Wasser aus. Aus riesigen schwarzen Augen sahen sie Anigel feierlich an.

Menschenfreundin, wir haben deine Freundin vom Sumpfvolk gesucht.

»Immu ... habt ihr sie gefunden?«

Nein. Wir haben sehr lange gesucht. Aber das Wasser-Das-Zum-Meer-Fließt ist breit und hat viele Seitenarme, in die der Körper Eurer Freundin getrieben sein kann.

Anigels Augen brannten, und sie preßte die Faust an die Lippen, um einen Schrei zu unterdrücken. »Ihr Körper ...! Ihr glaubt also nicht, daß sie die Fälle überlebt hat?«

Wir haben gesucht. Wir haben sie nicht gefunden. Jetzt wird es Zeit weiterzuziehen. Eure menschlichen Feinde kommen Die-

Große-Ranke-Die-Bäume-Zum-Himmel-Trägt herunter. Sie werden Euch fangen, wenn wir Euch nicht wegbringen.

Anigel hatte verstanden. Die Feinde benutzten also den Holzhebezug ins Tal des Großen Mutar. Einem ersten Impuls nachgebend, wollte sie den Rimoriks schon befehlen, die Suche nach Immu wieder aufzunehmen; doch vor ihrem geistigen Auge sah sie ihre gute alte Amme scheltend einen Krallenfinger heben. Sollte Immus Opfer vergeblich gewesen sein? Sie war nicht aus einer Laune heraus gestorben, um ein Allerweltsmädel zu trösten. Ihre große Geste sollte der Beweis für ihre liebevolle Unterstützung einer Prinzessin sein, die eine Aufgabe hatte und nicht davor zurückschrecken durfte, sich den schlimmsten Tragödien oder Gefahren zu stellen. Immu war tapfer in den Tod gegangen. Es war nun an Anigel, rasch weiterzumachen, jetzt, da sie ihrem Talisman so nahe war.

»Habt ihr das Boot gefunden?« fragte sie die Rimoriks.

Euer Boot ist zerschellt. Wir fanden den Beutel Eurer Freundin, nicht Euren eigenen. Wir haben uns ein Boot genommen, das dem Waldvolk gehört. Es liegt hier in einem Versteck.

Sie watschelten und wälzten sich ungefähr ein Dutzend Ellen flußabwärts und bogen dann ins tiefere Wasser eines schmalen Nebenarms. Anigel blieb nichts anderes übrig, als in den Fluß zu steigen und ihnen zu folgen. Der Schlamm auf dem Grund war weich und zäh wie Leim, und sie wagte nicht stehenzubleiben, aus Angst, sie könnte einsinken und nicht wieder loskommen. Heftig planschend holte sie die Rimoriks ein, als diese gerade ein recht geräumiges Boot mit dem Bug voran aus der Mündung des Nebenarms in hüfttiefes Wasser schoben.

Es war merkwürdig gebaut, etwa doppelt so lang wie der Einbaum, allerdings schmaler. Das weiße Gerippe schien aus weichen Knochen oder Spindelbaumholz gefertigt und mit getrockneten Sehnen zusammengebunden. Der harte, aber elastische Rumpf war fast durchsichtig, beinahe wie trübes, biegsames Glas. Das merkwürdige Material war stückweise zu einem hübschen Muster zusammengenäht. Auf die Nähte hatte man helles, wasserfestes Harz aufgetragen. Das Boot war anscheinend sehr leicht, denn es lag hoch über dem Wasser.

Anigel ließ sich hineinfallen. Immus durchnäßter Beutel lag bereits im Boot. »Wir haben keine Zügel, Freunde. Und ihr habt offensichtlich euer Geschirr verloren. Wie soll ich lenken?«

Sie grinsten Anigel an. *Dieses Boot muß nicht gezogen werden. Es ist leicht wie eine Nußschale. Wir werden nebenherschwimmen und es voranstoßen, und Ihr müßt uns sagen, in welche Richtung.*

Die Prinzessin setzte sich und öffnete ihre Gürteltasche. Sie zog das Blatt der schwarzen Drillingslilie heraus, das noch nicht verwelkt war. Zum ersten Mal bemerkte sie, daß die goldene Ader, die den Teil ihrer Reise markierte, der bereits hinter ihr lag, verblaßt und braun geworden war. Unterhalb eines gelblichbraunen Fleckens, der den Wunsee darstellen sollte, drehte und wand sich die goldene Ader über eine Strecke, die so lang war wie Anigels kleiner Finger, ehe sie in den recht kurzen, stark gekrümmten Stiel mündete.

»Wir haben noch ein schönes Stück Weg vor uns«, sagte sie zu den Tieren. »Aber es sieht so aus, als blieben wir immer auf dem Großen Mutar. Ich nehme an, wir müssen so schnell wie möglich weiterziehen und den feindlichen Soldaten immer möglichst weit vorausbleiben, bis ich ein magisches Zeichen erhalte.«

Wollt Ihr, daß wir Euch zum Waldvolk am Fluß bringen?

»Nun ja ...« Anigel zögerte. »Das habe ich mir noch nicht überlegt. Ist vielleicht besser. Es sind Wyvilo, nehme ich an. Haben sie Dörfer?«

Es gibt nur einen Ort, an dem sie leben. Wir bringen Euch dorthin.

»Sehr schön«, sagte die Prinzessin.

Die Rimoriks, die sich außerhalb ihres gewohnten Elementes vorwärtsbewegen mußten, knurrten und bellten vor Anstrengung, als sie das Boot über immer neue Schlammstellen schieben und stoßen mußten. Wo es ihnen möglich war, ließen sie es durch kleinere Nebenarme gleiten. Schließlich erreichten sie den Hauptflußlauf. Dort tummelten sich die großen Tiere sichtlich erleichtert ein paar Minuten im dunklen, klaren Wasser, ehe sie ihren Platz rechts und links des Bootes einnahmen und ihre Fahrt flußabwärts begannen. Auch ohne Anigels Drängen trieben sie das Boot rasch voran.

Anigel vermutete, daß es spät am Nachmittag war. Sie öffnete Immus durchnäßtes Bündel und breitete den Schlafsack ihrer Amme und ein paar Kleidungsstücke zum Wechseln aus, damit sie trockneten. Zum Glück war Anigel von kleiner Statur, und Immus Sachen würden ihr passen. Sie fand einen weichen, breitrandigen Grashut, einen kleinen Regenumhang aus Leder und ein zusätzliches Paar Galoschen, das sie über die Schnürstiefel ziehen konnte. Der Reiseproviant an Wurzeln ging langsam zur Neige, und Anigel legte den Rest sorgfältig in der heißen Sonne zum Trocknen aus. Das Fruchtleder hatten sie schon lange verzehrt und sich zum größten Teil von wilden Früchten und Nüssen sowie von ihrem Anteil an der Beute der Rimoriks ernährt. Sie würde nur mit größter Vorsicht die Früchte unbekannter Pflanzen ernten. Wie oft schon hatte Immu die verlockendsten Dinge als tödliches Gift bezeichnet! Dank den Herrschern der Lüfte und Immus feuerschlagendem Werkzeug aus Eisen (das man wieder benutzen konnte, sobald der feuchte Zunder trocken wäre) würde sie in der Lage sein, ihren Fisch zu kochen, und müßte ihn nicht roh essen. Schließlich zählte Anigel noch das kleine Messer und die anderen Dinge in ihrer Gürteltasche zu ihrem Schatz; einen Kamm, ein Taschentuch, das sie jeden Tag auswusch, eine kleine Tasse und ein Stück Seife.

»Meine Reichtümer, meine königlichen Gewänder und meine üppigen Nahrungsvorräte«, verkündete sie und ließ ihren Blick über die armselige Sammlung gleiten, die im Boot vor ihr ausgebreitet lag. »Und zwei zuverlässige Gefolgsleute, die mir beistehen. Was will eine Prinzessin mehr?« Aufseufzend legte sie sich an eine freie Stelle im Boot und bedeckte das Gesicht mit dem Hut. *Freunde, ich glaube, ich schlafe ein wenig.*

Sie sagten: *Das ist gut für Euch.*

Anigel, die zum ersten Mal, seit sie von Noth aufgebrochen waren, von der anstrengenden Aufgabe befreit war, steuern zu müssen, fiel in einen leichten, traumlosen Schlummer. Sie war so erschöpft, daß sie nicht einmal um Immu trauern konnte. Erst Stunden später wachte sie wieder auf, als die Rimoriks an einer kleinen, schmalen Insel anlegten, auf der das Gras in weichem, sauberen Sand und nicht auf schlammigem Untergrund wuchs. Der Abend war sehr warm, auf der Insel jedoch wehte eine kühle Brise, die die stechenden Insekten in der Bucht hielt. Das Flußbett des Großen Mutar war breiter geworden, während sie flußabwärts gefahren waren. Jetzt konnte man kaum das gegenüberliegende Ufer erkennen. Der Wald zu beiden Seiten verlor sich nahezu im aufsteigenden Dunst. Aus weiter Ferne drang Trompetenschall an ihr Ohr, der Schrei irgendeines großen Tieres. Doch Anigel vertraute darauf, daß ihre Freunde einen sicheren Platz ausgesucht hatten, wo sie die Nacht verbringen konnte.

Ein kleiner Braddosch-Strauch wuchs auf ihrer Insel. Schlaftrunken gratulierte sie den Rimoriks, daß sie ihn gefunden hatten. Sie entblößten kurz die Fangzähne und schwammen fort, um zu jagen. Die Prinzessin aß ein paar süße, saftige Früchte, machte sich unter dem »Freund der Reisenden« aus dem Schlafsack ein Nest und kroch hinein.

Sie fiel erneut in einen traumlosen Schlaf.

Die Truppe des Prinzen verbrachte den ganzen nächsten Tag damit, den großen Teich am Fuße der Tassfälle zu durchsuchen. Sie hatten jedoch kein Glück und fanden weder den Körper der Prinzessin noch den ihrer Gefährtin. Der Fluß hatte die Überreste ihres Einbaums beim verlassenen Sägewerk angespült, und die Ritter waren sich untereinander einig, daß niemand die Fahrt über den Wasserfall überlebt haben konnte. Doch ihre Meinung zählte ja nicht. Die Entscheidung, ob die Jagd abgebrochen werden sollte, oblag einzig dem Zauberer Orogastus. Blaustimme würde am nächsten Morgen telepathisch Kontakt mit seinem Meister aufnehmen, wenn der allwissende Eisspiegel gnädigst neue Erkenntnisse zutage gefördert hätte.

Der Suchtrupp schlug sein Lager am Ufer des Teiches auf – Ritter, Krieger und die Mannschaften der Flußschiffe, die sich nur unter Zwang an der Suche nach den Körpern beteiligt hatten. Die Soldaten aus Labornok, die an diesem Abend um die Lagerfeuer herum saßen (der finstere Chor unheimlicher Schreie in der Nacht, die aus dem Wald hinter dem Sägewerk drangen, bot die Gewähr, daß sich keiner von ihnen weit entfernte), unterdrückten nur mühsam ihre Erleichterung. Nun, da die Prinzessin mit Sicherheit tot war, freuten sie sich darauf, zu den Annehmlichkeiten der Zivilisation in der Zitadelle zurückkehren zu können. Die meisten Ritter waren enttäuscht, da ihnen die Möglichkeit verwehrt worden war, Ruhm zu erlangen. Es war unwahrscheinlich, daß die Truppe noch weiter den Großen Mutar flußabwärts ziehen würde auf der Suche nach dem mysteriösen Talisman, den der Zauberer um jeden Preis haben wollte.

Allen andersartigen Erwartungen zum Trotz hatte man nur drei Boote der Wyvilo am unteren Anleger vorgefunden, und es tauchten keine Eingeborenen auf, die als Führer hätten dienen können. Handelsmeister Edzar drückte die Befürchtung aus, die Seltlinge aus dem Wald könnten sich in ihr großes Dorf zurückgezogen haben, nach Let, als die Invasion aus Labornok den Holzhandel zum Erliegen brachte. Es bestand nur wenig Hoffnung, daß sie vor Beginn der nächsten Trockenzeit wieder flußaufwärts kommen würden.

Prinz Antar zog sich in dieser Nacht in sein großes Zelt zurück und lehnte selbst die wohlgemeinten Aufmunterungsversuche Sir Owanons und seiner treuen Freunde ab. Sein Kummer über den augenscheinlichen Tod der Prinzessin war ein offenes Geheimnis, denn Sir Penapat hatte in seiner Einfalt allen, die es hören wollten, bereitwillig ausgeplaudert, wie aufgewühlt Antar darüber war, daß das Boot über den Wasserfall gespült worden war.

Am folgenden Morgen wurde Blaustimme telepathisch von Orogastus gerufen und zog sich in sein kleines Zelt zu einer längeren Besprechung zurück. Antar durfte solange draußen warten und ergriff die Gelegenheit, gemeinsam mit Sir Owanon das mit Wasserkraft betriebene Sägewerk und den Hebezugmechanismus, der sie den steilen Abhang hinabtransportiert hatte, genauer in Augenschein zu nehmen.

»Diese Hebevorrichtung ist außerordentlich geschickt

angelegt«, bemerkte der Prinz und streckte den Hals, um die gewundenen Stahlseile des Aufzugs besser sehen zu können. »Man muß nur einen einzelnen riesigen Baumstamm oder einen Stapel Nutzholz auf die Ladefläche legen. Das gewaltige Gegengewicht und das Rollensystem sorgen dafür, daß die Zugtiere oben in der Lage sind, auch die schwerste Ladung ohne große Mühe hochzuziehen.«

»Genial, diese Ruwendianer«, sagte Owanon. »Wir haben allerdings ähnliche Maschinen in den Werften in Derorguila, wenn auch nicht ganz so große.«

Antar erwiderte leise: »So gewaltig der Hebezug auch sein mag, er wird kaum die großen Flußschiffe bewältigen können, die uns bis ans Ende des Sees gebracht haben, selbst wenn wir sie unter großem Kraftaufwand über die Holzrutsche brächten. Gewiß könnten wir die kleinen Boote herunterlassen. Aber sie würden nicht ausreichen, unsere gesamte Truppe und die notwendige Verpflegung den Großen Mutar flußabwärts zu transportieren.«

Owanon nickte zustimmend. »Unsere Expedition ist in der Tat steckengeblieben.«

»Genau das soll Blaustimme dem Zauberer von mir ausrichten. Ich beabsichtige nicht, eine hoffnungslose Suche durch den Tassaleyo-Wald zu veranstalten, nur um diesen magischen Talisman zu suchen, nach dem er so giert. Allerdings würde ich es ihm durchaus zutrauen, daß er uns zu einem solchen Abenteuer zwingt. Ich verlasse mich auf Euch und auf Dodabilik, daß Ihr mich unterstützt, wenn ich es ablehne, unsere Truppe noch weiter zu führen.«

»Das versteht sich doch von selbst, mein Prinz.«

Antars Miene im offenen Visier seines blaulackierten Helms war ernst. »Ich fürchte, der Zauberer wird den Mißerfolg unserer Expedition dazu benutzen, mich in den Augen meines Vaters, des Königs, noch weiter herabzusetzen. Die hinterhältige Krämerseele von Zauberer wußte nur zu gut, daß ich nicht gern die Verfolgung wehrloser Frauen aufnehme. Hinzu kommt mein Zusammenbruch auf dem Leuchtturm gestern ...«

Owanon schwieg taktvoll.

Der Prinz blickte seinen Gefährten mit einem Ausdruck an, der sowohl traurig als auch selbstironisch war. »Wissen alle, daß ich mich in sie verliebt habe, Owanon?«

»Jawohl, mein Prinz. Aber die Besseren unter ihnen denken deshalb nicht schlechter von Euch. Man kann gegen die Regungen des Herzens nicht viel ausrichten. Und Ihr habt König Voltriks Befehle haargenau befolgt. Kein ehrlicher Mann kann behaupten, daß Ihr Eure Pflicht vernachlässigt hättet.«

»Nur Orogastus«, entgegnete der Prinz bitter. »Er hat mich von Anfang an gehaßt und beneidet. Er hat den König davon überzeugt, daß ich zu unreif sei, größere Staatsangelegenheiten in die Hand zu nehmen. Diese verdammte Invasion ... die ungeheuerliche Grausamkeit, mit der wir die besiegten Ruwendianer behandelt haben ... das alles war ein Werk des Zauberers! Er hat meinen Vater zu seinem Geschöpf gemacht, er spielt mit seinen Ängsten und fördert seine niedrigsten Instinkte.«

Erneut zog Owanon es vor zu schweigen.

»König Voltrik war nicht immer so grausam«, sagte der Prinz. »Als ich ein kleiner Junge war und meine Stiefmutter Shonda noch lebte, war er ein edler Kronprinz, ein liebender Gemahl und Vater, ein Mann von heiterem und freundlichem Gemüt. Erst nachdem Orogastus aufgetaucht war, wurde seine Seele vergiftet. Vater mußte zu lange auf seinen Thron warten, und die glücklose Shonda war unfruchtbar, und der Zauberer förderte und hegte jede böse und außergewöhnliche Regung, die meinem Vater in den Sinn kam. Sogar den Plan, Shonda zu töten.«

Owanon sagte gutmütig: »Diese traurigen Dinge sind allgemein bekannt, mein Prinz. Doch Euer Vater duldet keine Kritik an Orogastus – und er ist der König.«

»Ja«, seufzte Antar. »Nur zuweilen, wenn ich an die schreckliche Szene denke, als er das Herrscherdiadem von der Stirn des sterbenden Königs Sporikar riß, oder an seine entsetzliche Schadenfreude über das Blutvergießen, das mit unserem Eindringen in Ruwenda bevorstand, dann fürchte ich, daß der Zauberer ihn zum Wahnsinn getrieben hat. Doch diese Mutmaßung allein wäre natürlich Hochverrat.« Owanons Miene war finster. »Ihr wärt mit Eurer Vermutung nicht der einzige. Es gab in unserer Armee viele, die die Invasion von Ruwenda für unklug hielten. Aber ich fürchte, die Dinge müssen noch schlimmer kommen, ehe die Lage besser wird.« In diesem Augenblick sah er, daß ein Mann auf sie zulief, und er warnte den Prinzen, still zu sein.

Es war Rinutar, der mit klappernder Rüstung heraneilte. Das Gesicht hatte er zu einem boshaften Grinsen verzogen. »Mein Prinz! Erstaunliche Neuigkeiten! Der Große Orogastus hat herausgefunden, daß Prinzessin Anigel noch lebt. Sie befindet sich auf dem Großen Mutar und fährt flußabwärts. Man hat Euch befohlen, ihr zu folgen, jedoch nur mit Euren Rittern und jeweils einem Diener. Und jetzt kommt das Merkwürdigste! Der Zauberer befiehlt, man solle die Prinzessin nicht länger an ihrer Suche hindern oder gar töten. Im Gegenteil – man solle ihr lange Zügel lassen! Und erst nachdem sie ihren magischen Talisman gefunden habe, sollten wir sie ergreifen und umbringen.«

Antar starrte den Ritter wie vom Donner gerührt an. »Sie lebt«, flüsterte er.

»So sagt der Eisspiegel.« Rinutars Grinsen war anmaßend. »Mir schwante doch, daß Ihr Euch freuen würdet ... wenn Ihr es noch einmal bei ihr versuchen könntet.«

28

Der Lämmergeier teilte Prinzessin Haramis mit: *Dort unten ist die Höhle, die Ihr sucht.*

An diesem Morgen, nachdem der Sturm sich verzogen hatte, war der Südhang des Mount Gidris gleißend hell. Haramis war geblendet. Auch als sie die Augen mit der behandschuhten Hand schützte, konnte sie die Stelle nicht erkennen, auf die Hiluro hingewiesen hatte. Doch der große Vogel schraubte sich langsam immer weiter hinab, und was soeben noch konturloses Funkeln gewesen war, entpuppte sich als eine weite Mulde unterhalb des Berggipfels, in der ein riesiger Gletscher seinen Anfang nahm.

Der Eisstrom stürzte zunächst über einen steilen Abhang, um dann sanft ins Becken von Ruwenda abzufallen und in riesige Eisblöcke zu zerbersten, die teilweise mit Neuschnee bedeckt waren. Die Risse und Spalten des Eisfalles leuchteten in allen nur denkbaren Blautönen ... genau in der Mitte jedoch gewahrte sie einen goldenen Schein.

Als der große Vogel näher heranflog, sah Haramis, daß es eine aufgeworfene milchigweiße Felsspitze war, die mit goldenen Tupfern übersät war. Was von weitem wie eine zerbrechliche Nadel ausgesehen hatte, stellte sich schon bald als eine Gesteinsformation von etwa achtzig Ellen Höhe und fünf Ellen Breite heraus, die offenbar aus weißem Quarz bestand, in dem wertvolle Metalle funkelten. Der Gletscher hatte die Felsnadel im Laufe der Jahrtausende abgeschliffen und ihr so das Aussehen eines schlanken Turmes verliehen, der sich tapfer bemühte, über die chaotischen, gefrorenen Seen hinauszuragen. Auf halber Höhe befand sich eine Öffnung in der Felsspitze, vor der ein schmaler Sims zu sehen war.

Ihr müßt absteigen, wenn ich darüber schwebe, teilte Hiluro Haramis mit. *Auf dem schmalen Gesims kann ich nicht landen.* Der riesige, schwarz-weiße Vogel glitt hinab. Lange Eiszapfen hingen wie glitzernde, mannshohe Fangzähne vor dem Eingang der Höhle. Das kleine Gesims bestand zum größten Teil aus spiegelglattem Eis, in dem Goldkörnchen und weiße Felsbrocken eingeschlossen waren.

Haramis berührte ihr Amulett, sandte ein stummes Gebet zum Himmel und umklammerte Hiluros gefiederten Hals, bis sie die Hände fest ineinander verschränken konnte. So hing sie am Hals des Vogels und konnte nichts sehen, der Pelzmantel wogte um sie herum, und die Spitzen ihrer Stiefel zeigten nach unten. Außerdem vernahm sie neben dem schrillen Pfeifton der Luft, die durch die Flügelfedern fuhr, ein Donnergrollen, begleitet vom grausigen Zusammenspiel verschiedener tiefer Töne, als spielte ein Riese auf seiner Fiedel.

Endlich spürte sie festen Grund unter den Füßen. Sie entspannte sich, glitt langsam hinab, die Hände noch am Hals des Vogels, und ließ los. Als sie die Augen öffnete, sah sie die riesige Gestalt in den Himmel steigen, während sie selbst unsicher auf den Knien schwankte, direkt vor dem Eingang zu ihrem Ziel: einer Höhle aus glitzerndem Eis mit goldumrahmtem, mannshohen Eingang – so sah es zumindest aus.

Von Ehrfurcht ergriffen, schaute Haramis sich um. Die Felsspitze mitten im Gletscher bebte wie eine Stimmgabel im stetigen Mahlstrom des Eises, der die Luft mit einem großartigen Klang erfüllte. Wie viele Jahrtausende mochte das Eis an dieser harten, von Goldadern durchzogenen Quarzmasse genagt haben, ehe sie ihre gegenwärtige schlanke Gestalt erhielt? Aus nächster Nähe sah der felsige Turm unglaublich zerbrechlich aus. Vor dem Höhleneingang lagen große, unförmige Goldklumpen, und die Eiszapfen, die den Zugang zum Teil versperrten, begannen im hellen Sonnenlicht zu schmelzen.

Haramis kam auf die Beine, schlitterte vorsichtig zwischen den tropfenden Eiszacken hindurch und betrat das Innere der Höhle, deren Wände und Decke mit Streifen aus schwarzem Eis überzogen waren.

Ein blasser Schimmer unter der Eisschicht im hinteren Teil der Höhle zog ihre Aufmerksamkeit an. Sie ging darauf zu und spürte, wie das Drillingsamulett an ihrer Brust warm wurde, als schickte es einen Ruf aus. Sollte der schimmernde Gegenstand der für sie bestimmte Talisman sein? Sie trat näher an die große dunkle Eisfläche heran, um das, was darunter leuchtete, zu betrachten. Sie konnte es noch immer nicht deutlich erkennen, doch das Amulett wurde immer wärmer. Sollte ihr Talisman im Eis eingeschlossen sein? Wenn ja, wie konnte sie ihn herausbekommen?

Sie machte noch einen Schritt auf den mysteriösen Schimmer zu. Der Drillings-Bernstein brannte jetzt auf der Haut. Sie zog die Handschuhe aus und angelte die Kette des Amuletts mit einem Finger unter ihrer Tunika hervor. Die Blüte blitzte auf wie eine Flamme, und das Amulett war so heiß, daß sie es kaum noch berühren konnte. Vorsichtig zog sie die Kette über den Kopf und hielt sie in die Höhe. Das Amulett baumelte vor ihrem Gesicht hin und her, blieb jedoch nicht am Ende der Kette hängen, sondern strebte von ihr weg, angezogen vom Schimmer in der Wand. Das Funkeln der eingeschlossenen Drillingslilie verwandelte einen ganzen Bereich der Wand in strahlendes Gold. Das Licht schmerzte in den Augen, die jetzt nichts weiter sahen als einen großen goldenen Punkt, der von einem hellblauen Kranz umgeben war.

Das Amulett zog Haramis noch ein paar Schritte zur Wand hin. Vor der starken Hitze, die es ausströmte, mußte sie den Kopf abwenden. Aus den Augenwinkeln, außerhalb des Bereichs, in dem das Licht sie blendete, konnte sie sehen, wie Wasser in einem dünnen Strahl an der Wand herabrann. Das Amulett brachte das Eis zum Schmelzen!

Plötzlich blitzte inmitten des Goldes etwas Silbernes auf, das unter dem Eis freigelegt wurde und zu Boden fiel. Der Glanz des Amuletts wurde schwächer. Es kühlte rasch ab und hing wieder an der Kette herab. Haramis bückte sich geschwind, um das aufzuheben, was da freigelegt worden war, bevor es in der Pfütze auf dem Boden der Höhle wieder einfrieren konnte. Noch ehe sie das Ding näher in Augenschein nehmen konnte, spürte sie sein Gewicht.

Geduldig wartete sie ab, bis sie wieder klar sehen konnte.

Ihre Augen schmerzten, und sie unterdrückte den Wunsch, sie zu reiben. Trotz der Schmerzen spürte sie jedoch, wie sich tief in ihrem Herzen ein überwältigendes Gefühl der *Richtigkeit* ausbreitete. Für den Bruchteil einer Sekunde verstand sie das Muster der Welt und ihren eigenen Platz darin. Sie wußte alles, hatte Macht über alles, befehligte alle. Sie hatte erreicht, was schon immer ihr erklärtes Ziel gewesen war ...

... doch nur für einen Augenblick. Dann war das übersinnliche Gefühl vergangen.

Sie stand in der Eishöhle, die jetzt nur noch indirekt durch das Sonnenlicht draußen beleuchtet wurde, und merkte, daß sie wieder normal sehen konnte. In der Hand hielt sie einen Stab aus silberweißem Metall, etwa eine halbe Elle lang. An einem Ende befand sich ein kleiner Ring, gerade groß genug, daß man die Halskette hindurchziehen konnte, am anderen Ende eine Art Reif, durch den Haramis beide Fäuste hätte stecken können. Aus dem oberen Rand dieses Diadems ragte etwas hervor, das sie zunächst für eine Blüte aus demselben weißen Material hielt; bei näherem Hinschauen jedoch sah sie, daß das, was sie versehentlich für Blütenblätter gehalten hatte, drei kleine, aufgerichtete Flügel waren.

Der Dreiflügelreif.

Ihr Talisman. Endlich.

Dann wirst du wissen, daß der Endkampf um Ruwenda und um deine eigene Seele kurz bevorsteht ...

Die Worte der Erzzauberin schienen in der Höhle aus Gold und Kristall widerzuhallen. Zu Tode erschrocken fuhr Haramis zusammen und rief: »Wer ist da?«

Doch sogleich wurde ihr bewußt, daß sie noch immer allein war, und im Geiste versuchte sie erneut das Gefühl unglaublicher Macht zu erhaschen, das sie durchdrungen hatte, nachdem sie den Talisman aus seinem eisigen Gefängnis befreit hatte.

Das Amulett und der Talisman begannen gleichzeitig zu glimmen. Einem Reflex folgend, ließ Haramis beide Teile fallen und hob die Hände schützend vor die Augen. Dennoch konnte sie einen glühenden Strahl erkennen. Sie hielt die Augen bedeckt, bis das Licht schwächer wurde. Als sie langsam die Hände sinken ließ, nahm sie ihre Umgebung wie durch einen Schleier wahr, war jedoch nicht völlig geblendet. Rasch kniete sie nieder, um das Amulett und den Talisman zu suchen, in der Hoffnung, daß sie nicht beschlossen hatten, im Boden einzufrieren. *Glauben sie, ich sei ihrer nicht wert?* fragte sie sich ängstlich.

Zu ihrer großen Erleichterung lagen sie frei auf der Eisfläche. Doch waren sie jetzt miteinander verbunden: Das Drillingsamulett hatte sich zwischen den Flügeln des Stabes eingenistet.

Es war eine Quelle der Macht. Des Zaubers ...

Ja – das *war* Zauber!

»Und wie soll ich lernen, diese Macht einzusetzen?« Sie starrte auf die drei Flügel. »Die Weiße Frau sagte, es gäbe für meine Schwestern zwei andere Talismane, und wenn wir alle drei unsere Suche erfolgreich beendeten, würde die Lösung kommen. Aber das allein sagt mir nicht viel.«

Ihr war plötzlich, als schwebten in dem silbrigen Reif unter den Flügeln perlmuttfarbene Dämpfe. Wie in Trance merkte Haramis, daß sie dem Talisman befahl: »Zeig mir, ob meine Schwestern Erfolg hatten!«

Da sah sie Kadiya.

Die Schwester war umringt von vielen Eingeborenen – dem kleinen Wuchs nach zu urteilen waren es Uisgu – und hielt mit einer Hand einen schimmernden Gegenstand in die Höhe, der wie ein Gnadenschwert anmutete, das eine Klinge ohne Spitze und einen Knauf besaß, der drei miteinander verbundenen Früchten glich. Die Seltlinge ließen sie hochleben.

»Ja«, murmelte Haramis, »es war anzunehmen, daß du dich durchschlagen würdest. Aber unsere arme kleine Anigel ... Wo bist du, Ängstliche?«

Kadiyas Bild verschwand aus dem Kreis. Statt dessen tauchte ein neues Bild auf, das zunächst nicht zu erkennen war – doch dann stockte Haramis der Atem.

Anigel! Wehendes blondes Haar, fort waren die Pausbacken und die vornehme Blässe – das Gesicht war hager, gerötet und freudig erregt. Saphirblaue Augen wurden schmal und warfen rasche Blicke nach rechts und links – eine

Wachsamkeit, die Haramis nie für möglich gehalten hätte. Ani, in Lumpen gekleidet, saß in einem Boot, das in rascher Fahrt auf einem Fluß dahinfuhr und eine weiß schäumende Heckwelle hinter sich zurückließ. Ani, ängstliche kleine Ani, mit grimmigem Lächeln auf den Lippen, während wild aussehende Wassertiere das Boot mit haarsträubender Geschwindigkeit anschoben ...

»Das kann nicht sein!« rief Haramis aus.

Das Bild erlosch.

Haramis starrte auf den leeren Dreiflügelreif. Sind diese Bilder echt? Kann man den Talisman so einfach befehligen?

Ein drittes Bild: die Erzzauberin, zu Bett liegend, eindeutig schwächer als zu dem Zeitpunkt, da Haramis ihr persönlich begegnet war. Sie hielt die Augen geschlossen. Ihre Haut war wächsern. Obwohl sich die faltigen, eingesunkenen Lippen nicht bewegten, war es Haramis, als hörte sie sie sprechen: *Ihr müßt alle drei die euch vorbestimmten Aufgaben erfüllen, vor allem euch selbst beherrschen, ehe Ruwenda das Joch Labornoks abwerfen kann und das Gleichgewicht der Welt wiederhergestellt wird. Und wenn eine versagt, versagen alle ...*

»Aber es ergibt keinen Sinn!« protestierte Haramis. »Ich bin die Königin von Ruwenda; es ist allein meine Pflicht. Und in der Prophezeiung Eures Volkes heißt es, daß *eine* Frau König Voltrik zu Fall bringen wird – nicht drei!«

Die sterbende Erzzauberin öffnete die unergründlichen Augen. Die Lippen bewegten sich nicht.

Aber ich habe Euch auch gesagt, daß Voltrik nicht Euer ärgster Feind ist ... Das Bild der Erzzauberin verschwand.

Im Eisspiegel an der Wand, in dem der Talisman gelegen hatte, flackerte es. Haramis blickte auf und sah das lächelnde Antlitz eines weißhaarigen Mannes.

Sein Alter konnte man nicht schätzen; die Zeit hatte keine Spuren in seinen feinen Gesichtszügen hinterlassen. Er trug schwarze Gewänder mit silbernen Ornamenten und saß an einem Tisch, auf dem merkwürdige Geräte standen. Vor ihm lagen ein dickes Buch und eine Tafel, die zur Hälfte beschrieben war. In der einen Hand – wie stark sie war! – hielt er einen Griffel, in der anderen eine halb aufgegessene, rosige

Ladufrucht. Es war dieser vertraute Gegenstand – kaum denkbar in der Hand des Bösen –, der Haramis dazu brachte, sein Lächeln zu erwidern.

»Prinzessin Haramis.« Seine Stimme war so deutlich, als stünde er neben ihr. »Seid willkommen in unserer Gesellschaft.«

»Und welche Gesellschaft soll das sein?« erwiderte sie und preßte die Lippen zusammen. »Die von Mördern aus Labornok? Im Gegensatz zu Euch, Orogastus, bin ich bei der Wahl meiner Gesellschaft sehr vorsichtig!«

Der Zauberer lachte und legte Griffel und Frucht nieder. »Ihr habt einen vortrefflichen Geist, Verehrteste. Zugegeben, König Voltrik und General Hamil und ihresgleichen sind nicht gerade die Gesellschaft, die ich mir ausgesucht hätte – wenn ich die Wahl gehabt hätte.«

»Die Wahl?« fragte Haramis voller Skepsis.

Orogastus fuhr ausgesucht freundlich fort: »Die Gesellschaft, in der ich Euch willkommen hieß, ist die der mächtigen Zauberer. Ich muß gestehen, daß sich unsere Zahl in letzter Zeit ein wenig verringert hat. Es bleiben nur noch Ihr, ich und Binah – jene, die Ihr die Erzzauberin nennt. Und ich fürchte, daß bald nur noch Ihr und ich übrigbleiben.«

»Habt Ihr vor, die Weiße Frau zu töten, jetzt, da sie zu schwach ist, sich zu verteidigen?« Haramis Stimme war kalt.

»Mein liebes Kind – natürlich nicht! Ich bin kein bestialischer Mörder. Nein, Binah ist von Alter und Tod gezeichnet.« Traurig und nachdenklich blickte er vor sich hin. »Ich fürchte, das kommt irgendwann auf uns alle zu. Vor etwa dreißig Jahren gab es auf der Welt nur noch zwei Personen, die Macht hatten: meinen Mentor Bondanus und Binah. Bondanus gab seine Macht an mich weiter. Binah zog es gegen jede Vernunft vor, ihre Macht zu verwässern und sie Euch dreien zu hinterlassen.«

»Um Ruwenda zu retten!« rief Haramis.

»Ruwenda ...« Der Zauberer schüttelte den Kopf und lächelte ironisch. »Euer Talisman hat die Macht, so viel mehr zu tun, als nur Ruwenda zu retten! Binahs Vorstellungsvermögen schwindet dahin wie ihr Leben. Sie weiß in der Tat nicht, über welche Macht der Dreifaltige Talisman verfügt! Doch vor Euch, Haramis, liegen Jahrhunderte, in denen Ihr sie untersuchen und nutzen könnt.«

»Jahrhunderte?« Haramis kniff die Augen halb zu. Darauf war sie noch nicht gekommen. *Wird durch den Umgang mit Zauberei das Leben verlängert – und gleich so lange?*

»Jahrhunderte«, wiederholte Orogastus mit fester Stimme. »Natürlich immer unter der Voraussetzung, daß Ihr Euch nicht versehentlich damit umbringt.« Er deutete auf den Talisman, den sie in der Hand hielt.

Idiotin! sagte Haramis zu sich. *Sitzt hier und hältst ihn offen vor dich hin! Offensichtlich hat er ihn erkannt. Aber wodurch? Was weiß er wirklich darüber? Die Erzzauberin kann es mir allem Anschein nach nicht beibringen, und ich habe keine Zeit, durch Versuch und Irrtum selbst herauszufinden, wie man ihn verwendet – zumindest dann nicht, wenn ich mein Königreich und meine Schwestern retten will.*

»Der Dreiflügelreif«, sagte Orogastus lächelnd. »Ich bin froh, daß Ihr ihn gefunden habt. Ich habe ein paar Bücher, in denen die Rede davon ist, und ich habe ihn mir schon immer ansehen wollen.«

»Ihr habt Bücher darüber?« fragte Haramis. *Ich wünschte, er ginge fort und ich könnte seine Bibliothek durchforschen!* »Was steht darin?«

»Ziemlich viel. Zuviel, fürchte ich, um es Euch hier und jetzt erklären zu können – Ihr würdet zu einem Eiszapfen, noch ehe ich Euch einen Bruchteil der Informationen mitgeteilt hätte.« Er deutete auf ihre Umgebung. »Ihr wart so vertieft in unser köstliches Gespräch, daß Ihr die Zeit vergessen habt.«

Haramis schaute rasch um sich. Er hatte recht; die Sonne stand tief, und die Höhle wurde allmählich dunkel und kalt. Sie blickte wieder in den Spiegel. Die Kleidung von Orogastus schien leicht zu sein, und um ihn herum war es sehr hell.

Er winkte sie zu sich. »Kommt zu mir, Haramis, in meinen Turm hoch oben in den Bergen. Laßt Euch von mir zeigen, wie man den Talisman benutzt. Es wäre schön, hier oben

Gesellschaft zu haben. Mount Brom liegt nicht gerade am Wege, und ich habe nur selten Besucher hier.«

»Ihr wollt nicht meine Gesellschaft«, sagte Haramis und sah ihm dabei direkt in die Augen. »Ihr wollt nur den Talisman.«

Zu ihrer Überraschung begann Orogastus zu lachen, und er meinte es ehrlich. »Ich vergaß, wie neu das alles für Euch ist. Niemand kann Euch den Talisman nehmen. Er ist an Euch gebunden, und demjenigen, der versuchen würde, ihn Euch zu nehmen, bliebe nur der Tod. Aber Ihr wißt fast nichts über den Gebrauch des Talismans. Ihr habt Hellseherei mit ihm betrieben!« Er lachte. »Der geringste unter den Geisterbeschwörern der Seltlinge kann es, wenn er nur ein mit Wasser gefülltes Blatt vor sich hat ... Nein, Haramis, Ihr wißt nichts. Aber ich will Euch unterrichten. Ich habe eine große Bibliothek und unzählige magische Geräte des Versunkenen Volkes. Ich bitte Euch nur, mir die Freude zu machen, mein Wissen mit Euch zu teilen. Ihr habt den Ruf, recht gelehrt zu sein – dann wißt Ihr doch wohl, wieviel Freude es bereitet, nach Wissen zu trachten? Habt Ihr nie die köstliche Befriedigung erfahren, die man empfindet, wenn eine Sache, die unklar war, plötzlich einen logischen Zusammenhang erfährt, den Ihr versteht?«

»Ja.« Haramis mußte unwillkürlich zustimmend nicken. »Ich weiß, wovon Ihr redet.«

»Dann kommt zum Mount Brom«, lud Orogastus sie ein. »Mit dem Talisman könnt Ihr Euren Lämmergeier auffordern, Euch zu meinem Turm zu bringen – und kommt rechtzeitig zum Abendessen.«

Also weiß er nicht, daß Hiluro hier ist, dachte Haramis. *Immerhin ist er nicht allwissend.*

Orogastus wurde ernst. »Ich schwöre bei den Mächten, derer wir teilhaftig sind, daß ich nicht versuchen werde, Euch den Talisman gewaltsam zu entreißen, noch will ich Euch in irgendeiner Weise Schaden zufügen. Mögen meine Kräfte mich für immer verlassen, wenn sich dieser Eid als falsch herausstellen sollte.« Er legte die Hand aufs Herz.

»So sei es«, murmelte Haramis instinktiv, da diese Formel

ihr nach jahrelangem Bezeugen von Eiden geläufig war. Der Eisspiegel verdunkelte sich.

So, und was nun? fragte sie sich. *Gehe ich zu ihm oder zur Erzzauberin, bleibe ich hier oder mache ich mich auf die Wanderschaft, um zu sehen, was ich allein tun kann?*

Keine der beiden letzten Alternativen war auch nur im geringsten verlockend. Außerdem hatte die Erzzauberin ihr nicht wortwörtlich aufgetragen, auf der Stelle zurückzukehren. »Wenn du dein Ziel, den Dreiflügelreif, erreicht hast, kehre zu mir zurück«, war das, was Binah gesagt hatte. Hatte sie damit lediglich den physischen Besitz des Talismans gemeint oder gehörte die Fähigkeit, ihn anzuwenden, auch zum Erreichen des Zieles?

Da Binah mir in der Vision soeben nicht aufgetragen hat zurückzukehren, mag es ihre Absicht sein, daß ich den Gebrauch des Talismans beherrschen soll – und vielleicht ist es jetzt an der Zeit, daß ich mich Orogastus stelle ...

Gewiß war der Zauberer gefährlich, doch in seinem Turm war es zumindest warm, und etwas zu essen gäbe es sicher auch. *Die Erzzauberin hat mir gesagt, ich solle seine Schwächen kennenlernen*, dachte Haramis. *Vermutlich ist es ein Teil meiner Bestimmung – wie schön, wenn meine Bestimmung zur Abwechslung in einer gemütlichen Umgebung stattfindet! ... Und falls ich auf Mount Brom in Schwierigkeiten gerate, kann ich jederzeit Hiluro bitten, mich davonzutragen.*

Plötzlich spürte sie, daß die Felsspitze immer heftiger vibrierte. Von draußen vernahm sie Rufe. Die tiefen, donnernden Töne des mahlenden Gletscherstroms vermischten sich mit den hellen Schreien des Lämmergeiers, der warnend kreischte.

Haramis! Kommt heraus! Gefahr! Große Gefahr!

Sie zog die Halskette durch den kleinen Ring ihres Talismans, steckte den Stab ins Mieder ihres Kleides und ging mit vorsichtigen Schritten zum Eingang der Höhle. Die Eiszapfen waren durch die Erschütterungen allesamt abgebrochen, und die Höhle in der Felsspitze begann mit einemmal zu schwanken und zu beben wie ein Boot auf unruhigem Wasser. Haramis hob die Arme. Eine vertraute schwarz-weiße

Gestalt stieß aus der Sonne herab. Haramis spürte, wie sich ihr etwas um den Körper legte und sie vom eisigen Gesims fortriß. Gold blitzte auf, alle Farben des Regenbogens stoben krachend durcheinander, und der Himmel kreiste blauviolett hinter dem großen, mit einem Kamm versehenen Kopf.

Dann setzte der Lämmergeier zu einem langsamen Gleitflug an, hob eine Klaue und hielt Haramis fürsorglich fest, während sie in die weiche Kuhle zwischen seinen ausgebreiteten Flügeln hinabstieg. Sie wagte einen kurzen Blick auf die Stelle, an der die Quarzspitze gestanden hatte. Jetzt entstellten nur noch Felsbrocken, dunkler als Eis, die Oberfläche des Gletschers, und nur ein paar Goldstückchen glitzerten in der untergehenden Sonne.

29

Eine Nacht verging, in der Kadiya zwischen den Sindona auf der obersten Treppenstufe schlief. Sie hatte nach Herzenslust ihren Hunger an den Gaben des Gartens gestillt, jedoch stets mit dem Gefühl, daß es falsch war, dort zu verweilen. Die lebende Wächterin war nicht wieder aufgetaucht. Kadiya rechnete nicht mit ihr, als sie jetzt dalag, eine Hand fest um das Amulett geschlossen, und immer aufs neue in eine Art Halbschlaf sank.

Fest stand, daß die Eindringlinge irgendwie einen Weg in dieses verbotene Land gefunden hatten. Und was war mit Jagun – würde er einem Suchtrupp in die Hände fallen und ebenso erbärmlich enden wie der Uisgu, der sie um Barmherzigkeit angefleht hatte?

Wohin sollte sie jetzt gehen? Sollte sie auf dem Weg zurückgehen, den sie gekommen war, und sich jenen stellen, die sie hierher verfolgt hatten und möglicherweise nur darauf warteten, sie zu erniedrigen? Das wäre reine Dummheit. Doch ohne Führer da draußen in diesem fremden Garten ziellos umherzulaufen würde ihr auch nicht viel nützen. Zu ihrer Rechten erhob sich eine hohe Mauer; an der würde sie entlanggehen.

Am Abend zuvor hatte Kadiya Jaguns Beutel, der arg mitgenommen aussah, geleert und trocknen lassen. Einige kleinere Päckchen, die völlig durchweicht waren, als sie den Beutel aus dem Teich gefischt hatte, mußte sie zurücklassen. Im Garten hatte sie sich mit eßbaren Knollen versorgt, hatte unbeholfen ein Netz aus Gras für Früchte geflochten und die Wasserflasche wieder gefüllt. Es gab nichts, was sie hier noch hielt. Dennoch drehte sich Kadiya noch einmal um und warf einen Blick in den Garten. Mochte es auch verboten sein, ihn zu betreten – da war etwas, das nach ihr verlangte und sie allem Anschein nach trotz des frostigen Benehmens der Wächterin willkommen hieß.

Kadiya warf sich seufzend den Beutel über die Schulter. Für ihren Talisman hatte sie sich eine provisorische Scheide ausgedacht, die sie um eine Schulter schlingen konnte, und der stete Druck seines Gewichts versicherte ihr, daß zumindest ein Teil ihrer Suche bewältigt war. Ein einziges Schwert! Was sie wirklich brauchte, war eine ganze Armee! Sie ging ein gutes Stück an der Mauer entlang, die schließlich vor einem großen Tor endete. Kadiya sah einen weitläufigen Park vor sich, und im Hintergrund erhob sich eine strahlende Stadt. Ehrfürchtig trat sie durch das Tor und näherte sich dem Ort. Die stillen Häuser erstickten fast unter grünem Bewuchs; und Gras und Ranken überwucherten die Straßen. Dennoch gab es unter dieser überbordenden Vegetation keinerlei Anzeichen von Verfall. Die Mauern, die durch das Gestrüpp zu sehen waren, bestanden nicht aus Stein, sondern vielmehr, dessen war Kadiya sicher, aus demselben merkwürdigen Material wie die Mulde, in der sie mit Jagun übernachtet hatte.

Plötzlich wußte Kadiya, daß sie die Stadt aus ihrem Traum vor sich sah. Hinter den Häusern ragten hohe Mauern empor, die den Ort umschlossen. Sie gelangte in eine breite Allee und ging staunend weiter. Die Gebäude rechts und links waren ebenmäßig gestaltet, Eingänge und Fenster von Reliefs mit rätselhaften Mustern umrahmt. Die Allee führte sie schließlich an ein Tor, das beinahe so hoch wie ein dreistöckiges Gebäude war. Es stand offen, und Kadiya trat hinaus in eine völlig andere Welt, in der wieder der Sumpf vorherrschte. Die Straße indes – oder das, was von ihr übriggeblieben war – führte mitten hinein. Was die Zeit innerhalb der Stadtmauern nicht angerührt hatte, war hier bezwungen worden.

Glücklicherweise war der ausgewaschene Pfad noch begehbar. Kadiya schaute rechts und links des Weges auf den verhängnisvollen gelben Schaum, doch der Weg selbst bot den Füßen offenbar festen Halt. Sie blieb stehen und brach einen kräftigen Zweig von einem Busch ab, mit dem sie die Stellen prüfte, auf die sie treten wollte.

Sie war ein gutes Stück in den Sumpf vorgedrungen, als sie sich umwandte und einen Blick zurückwarf. Sie schüttelte den Kopf, denn sie wollte ihren Augen nicht trauen: Hinter ihr lagen Ruinen! Selbst die Mauer war zerfallen und von üppigem Dschungel überwuchert. Blendwerk! Doch was *war* Blendwerk – der geheimnisvolle Garten und die Traumstadt oder das hier? War alles, was ihr widerfahren war, Zauberei gewesen? Auf ihrer Schulter jedoch ruhte das Gewicht des Talismans, und sie hob die Hand, um nach den Knoten des Dreilappigen Brennenden Auges zu tasten.

Sie mochte wohl einige Stunden gegangen sein, ohne etwas Ungewöhnliches zu sehen. Sie vernahm nichts als die normalen Geräusche des Sumpfes. Nach dem Stand der Sonne, die hier immer ein wenig verschleiert zu sein schien, war es Mittag oder ein wenig später. Vor ihr lag ein Dickicht aus Dornfarn und hohen Brombeersträuchern. Und dann hörte sie es – das deutliche Klippklapp eines Raspelkäfers, dreimal in vertrautem Rhythmus ausgestoßen. Jagun! Es konnte nur Jagun sein!

Zwischen den Büschen bewegte sich etwas, und das Gesicht ihres guten alten Freundes tauchte auf. Er lächelte. Ein Auge war dunkelblau unterlaufen. Es war deutlich zu sehen, daß eine schwere Zeit hinter ihm lag, denn er hatte sich um den Oberarm nahe dem Schultergelenk mit Schilf eine dicke Schicht zermahlener Blätter gebunden, und seine Bewegungen waren unbeholfen.

Außerdem verschwendete er keine Zeit mit der Begrüßung:

»Sie sind hier – die Skritek und Soldaten.«

Kadiya dachte an jene bemitleidenswerten Gestalten, die sie am Straßenrand hatte liegen sehen – ebenso an das in weiter Ferne lodernde Feuer und an den Pfeil, der – wem auch immer – die Richtung weisen sollte ...

»Ich habe Zeichen gesehen, die darauf hindeuten, daß der Feind in der Nähe ist.« Jaguns Gesicht versteinerte sich zu einer Maske, und seine Aufmerksamkeit galt nicht wirklich ihr. Er hing seinen Gedanken nach. »Das Fest des Dreigestirns steht kurz bevor«, flüsterte er, »und Dunkelheit braut sich zusammen! Doch bald wird es Feuer im Überfluß geben, und es wird nur durch Blut gelöscht werden ...«

Das Fest des Dreigestirns. Es wurde in der Zitadelle stets sehr feierlich begangen. Die Barden hatten seltsame alte Lieder gesungen, zu deren Klängen man ein Boot, beladen mit Blumen und brennenden dreizackigen Kerzen, den Fluß hinabtreiben ließ. Es war eine Zeit, in der die Bedrohung durch uralte Dämonen mit Hilfe gemeinsamer Willensanstrengung vertrieben wurde. Und wenn dann die drei Gestirne nah beieinander in mystischer Vereinigung hoch am Himmel standen, waren die Menschen froh über ihr mildes Licht und stimmten Lieder an. Doch was bedeuteten Jaguns Worte? Hatte er möglicherweise einen großen Kampf vorhergesehen, der zur Zeit der traditionellen Festlichkeiten bevorstand? Ein Kampf, in dem sie ihren Talisman zur Rettung Ruwendas einsetzen konnte?

Doch ehe Kadiya Jagun weiter befragen konnte, sagte er: »Die Skritek – und mit ihnen die Stimme des Zauberers und eine Truppe menschlicher Soldaten – haben ein Dorf der Uisgu überfallen. Sie haben Feuer gelegt und Zauberkräfte aus der Luft herbeigerufen. Die Stammesangehörigen, die sie noch als Gefangene halten, werden bald den Skritek zum Fraß vorgeworfen.«

»Sie suchen mich!« rief Kadiya. »Darum verfolgen sie die armen Uisgu!«

»Eure Gefangennahme wäre zwar ein großer Triumph für sie, doch es ist mehr als das, was sie anzieht.« Mit einem Kopfnicken deutete er hinter sich, wo die Stadt im Garten hinter einem Trugbild versteckt lag. »Ihr wart dort. Habt Ihr Eure Aufgabe erfüllt?«

Wortlos zog Kadiya den Talisman hinter ihrem Rücken hervor und hielt ihn hoch, damit er ihn sehen konnte.

Obwohl sie Jagun von Kindesbeinen an kannte, hatte sie noch nie diesen Ausdruck freudiger Erregung auf seinem Gesicht gesehen. Er streckte eine Hand vor, als wollte er die Waffe berühren, hielt jedoch mitten in der Bewegung inne. Die schwarzen Lappen am Knauf blieben geschlossen und glänzten matt, doch die Klinge zog auch das schwächste Sonnenlicht auf sich.

Kadiya hielt ihm das Schwert hin. Tränen rannen ihm über

die Wangen. Er fiel vor ihr auf die Knie. »Der Talisman! Oh, Weitsichtige ... Ihr habt ihn gefunden!«

»In meinem Volk heißt es«, sagte sie langsam, »daß ein Schwert mit abgebrochener Spitze Gnade bedeutet.« Sie schüttelte den Kopf. »Nicht allen werde ich Gnade gewähren. Aber dir –« Sie zögerte, ehe sie Jagun mit dem Schwert leicht am Kopf berührte. Und von irgendwoher, sie wußte nicht von wo, kamen Worte der Lossprechung:

»Mein lieber Freund, sei guten Mutes. Nimm deinen ursprünglichen Namen wieder an! Trage den heiligen Armreif der Nyssomu. Du hast keinen Eid gebrochen – du bist dem Lauf der Dinge gefolgt, so wie sie sein mußten. Deine Seele sei ab sofort von aller Last befreit.«

Dann tat Jagun etwas, was Kadiya nie zuvor gesehen hatte. Als er zum ersten Mal zur Zitadelle kam, um mit ihrem Vater, König Krain, zu sprechen, hatte er den Monarchen mit hoch erhobenen Händen gegrüßt. Ebenso hatte er in dem Dorf, in dem sie Rast gemacht hatten, der Ersten des Hauses Ehre erwiesen. Doch jetzt neigte er den Oberkörper nach vorn, bis er mit Armen und Stirn den Boden berührte.

»Für immer Euer gehorsamer Diener, Trägerin des Lichts und der Hoffnung, Beschützerin und Verteidigerin – Seelenverwandte des Versunkenen Volkes!«

Verwirrt hielt Kadiya den Talisman in die Höhe. Es war, als würfe ein fernes Echo Jaguns Worte zurück. Dennoch spürte sie innerlich Widerwillen. Am liebsten hätte sie das Zauberschwert wieder in den Boden gesteckt, damit es zu dem wurde, was es einmal war – der Wurzel der Schwarzen Drillingslilie.

»Jagun, ich weiß nicht, was du meinst ...«

Mühselig rappelte er sich wieder auf und sah ihr fest in die Augen – der kernige Tierhüter und Königliche Jäger, wie sie ihn kannte. »Herrin der Augen, es ist nun an Euch zu lernen. Niemand soll fürderhin gerufen werden, dem es nicht bestimmt ist zu dienen.«

»Ich weiß nicht, wie ich diesen Talisman einsetzen soll«, protestierte sie.

Noch nie in ihrem Leben hatte sie sich so verloren gefühlt.

Selbst die Wut, die ihr zuvor immer Kraft verliehen hatte, fehlte ihr.

»Auch das werdet Ihr erfahren. Jetzt müßt Ihr die eigentliche Arbeit leisten, für die ihr ausersehen seid.«

Sie atmete tief ein und steckte den Talisman wieder in seine provisorische Scheide. »Nun gut. Diese umzingelten Uisgu«, sagte sie dann. »Wo sind sie?«

»In der Nähe des Oberen Mutar. Ich hörte, wie sie Den Ruf ausschickten, es dauert jedoch zu lange, bis andere Stammesmitglieder darauf reagieren können. Die Skritek« – er zog die Lippen zurück und zeigte die scharfen Spitzen seiner kleinen Reißzähne, die so anders als Kadiyas Zähne waren – »sind nicht leicht unter Kontrolle zu halten. Man muß sie mit Blut belohnen ... und mit Fleisch.«

Kadiya schluckte. Doch sie fragte entschlossen: »Gibt es eine Möglichkeit, wie wir den gefangenen Uisgu helfen können?«

»Weitsichtige, das halte ich für ein unmögliches Unterfangen. Doch Euch wurde der Verbotene Weg geöffnet, und Ihr tragt bei Euch, was dreifaltig ist. Wir werden sehen.«

»Dann laß uns aufbrechen«, sagte sie.

Sie folgten nicht mehr der Straße, sondern wählten einen gewundenen Pfad durch das zerklüftete Land der Dornenhölle. Gegen Abend suchten sie sich einen Lagerplatz, da sie dem Pfad über Land des Nachts nicht folgen konnten. Ehe sie sich jedoch zur Ruhe begeben konnten, brachte ein Lufthauch die Andeutung eines vertrauten, furchterregenden Gestanks mit sich. Skritek waren in der Nähe!

Auf Jaguns Anraten rieben sie sich mit Blättern ein, deren beißender Geruch ihren Körpergeruch überlagern würde. Dann ließ er sich auf den Bauch fallen. Kadiya folgte seinem Beispiel und kroch hinter ihm her durch das Unterholz. Sekunden später hockten sie Schulter an Schulter im Schutz der baumstammdicken Stiele von Riesenfarnen und schauten auf eine Lichtung.

Es sollte wohl ein Lager sein. Eine Handvoll Männer in rostiger Rüstung saß dort – Soldaten aus Labornok. Zwischen ihnen und der Stelle, an der Kadiya und Jagun sich verborgen hielten, hatte man Speere in den Boden gerammt und mit Ranken zusammengebunden, wodurch ein Pferch entstanden war. Ein Verschlag für die Gefangenen. Etwa ein Dutzend eingeborener Frauen, keine Männer, saßen oder lagen in kleinen Gruppen innerhalb des Käfigs beisammen. Zwei von ihnen hielten ein Kind in den Armen. Bei ihrem Anblick zog sich Kadiyas Herz zusammen. Mit der Hand tastete sie nach ihrem Talisman-Schwert und zog es heimlich aus der Scheide.

Ein schwacher Klagelaut ertönte, und eine Eingeborene legte einem Kind die Hand über den Mund. Vier Skritek standen an den Ecken des Verschlags Wache. Einer von ihnen warf den Kopf mit dem langen, vorstehenden Unterkiefer hoch und brüllte. Dann zielte er mit seinem Speer auf die Uisgu, die ihr weinendes Kind in den Armen hielt.

Kadiya senkte das Schwert, ließ jedoch die linke Hand auf seinem Knauf ruhen, während die rechte an die Dolchscheide fuhr. Kadiya hatte in der letzten Festsaison bei einem Schausteller auf dem Jahrmarkt einen bestimmten Dolchwurf gesehen, den sie sich in langen Übungsstunden selbst antrainiert hatte. Sie wußte, daß sie den Hals des Skritek-Wächters, der ihnen am nächsten stand, treffen konnte! Wenn sie doch nur vier oder fünf Bogenschützen als Rückendeckung hätte!

Aber sie hatte nicht ... und sie mußte sich notgedrungen beherrschen. Die anderen Skritek lachten und schienen ihren Kameraden anzuspornen, seinen Speer auf die kauernde Mutter und das Kind zu werfen.

Kadiya packte Jagun beim Arm. Konnten sie denn *gar nichts* tun?

Für den Bruchteil einer Sekunde öffnete er die linke Hand, und Kadiya sah einen grünen Klumpen, den er mit größter Sorgfalt festhielt. Es war ein Aworik, ein merkwürdiger Pilz, den man nur selten fand, der jedoch allen, die von einem der großen Räuber der Sümpfe verfolgt wurden, ein guter Freund war.

Doch der Feind regte sich zuerst. Zwei menschliche Soldaten kamen aus den Dornfarnen und schleiften einen Uisgu hinter sich her. Der Skritek, der die Mutter bedroht hatte, zögerte und ließ den Speer sinken.

Während die Invasoren ihre Aufmerksamkeit auf den neuen Gefangenen richteten, zog Jagun sein Blasrohr heraus. Er erhob sich auf ein Knie, schleuderte mit aller Kraft den Aworik von sich, wobei er auf eine Stelle zwischen den menschlichen Soldaten und dem Gefangenenverschlag zielte. Der spröde Pilz brach auseinander, sobald er den Boden berührte. Aus seiner Hülle flogen Myriaden von Sporenträgern, scharf wie Rasierklingen und ungeheuer schnell. Im Nu ließen sich die gefangenen Uisgu zu Boden fallen und bedeckten die großen Augen. Die Skritek und die Krieger aus Labornok hingegen waren überrumpelt. Diejenigen, die nicht auf der Stelle erblindeten, verfielen in Raserei, als die winzigen Aworik-Klingen die verletzlichen Körperteile ritzten, ehe sie zu Boden sanken.

Jagun hatte bereits sein Blasrohr im Anschlag, und Kadiya vernahm das Zischen des ersten Giftpfeils. Allerdings konnte sie seinen schnellen Flug nicht mit den Augen verfolgen. Ein Skritek fiel. Mit dem Talisman in der einen und dem gezückten Dolch in der anderen Hand sprang Kadiya auf. Der erste Skritek, auf den sie traf, taumelte blind umher, den Speer über dem Kopf schwenkend. Die Prinzessin warf den Dolch in der Weise, wie sie es lange geübt hatte. Er wirbelte durch die Luft und traf das Scheusal am weichen Hals. Es brach zusammen und wälzte sich im Todeskampf hin und her. Die anderen beiden Skritek fielen durch Jaguns Giftpfeile. Ein Soldat mit blutüberströmtem Gesicht kam mit gezücktem Kurzschwert auf sie zu. Doch Kadiya erwartete ihn bereits und hatte ihr Talisman-Schwert wie ein geübter Lehnsmann hoch erhoben. Sie holte aus und spürte im ganzen Körper die Erschütterung, als der Talisman den Brustkasten des Mannes zerschmetterte. Er fiel nieder und erstickte am eigenen Blut. Einen Augenblick stand sie wie gelähmt und konnte kaum glauben, daß sie das Zauberschwert so fachgerecht hatte benutzen können.

Schreie und Rufe wurden laut. Jaguns Pfeile forderten ihren Tribut unter den Soldaten aus Labornok. Sterbende

Skritek brüllten, mit den langen Armen und Beinen um sich dreschend, und gruben die Krallen in die Erde. Kadiya hob das Schwert noch einmal und stieß mit dem stumpfen Ende in die geflochtenen Seile, die die Wand des Verschlags bildeten. Die Ranken teilten sich, als wären sie geschmolzen und nicht geschnitten worden.

»Raus!« schrie sie den Frauen im Verschlag zu. Die meisten hatten sich bereits erhoben. Kadiya zeigte mit dem Schwert auf das Dornfarn-Dickicht. »Lauft! In die Dornfarne!«

Sie flohen. Kadiya folgte dicht hinter ihnen, jeden Augenblick einen Angriff von Skritek oder Soldaten erwartend. Jagun kam als letzter. Er hatte den Dolch der Prinzessin noch aus dem Fleisch des Ungeheuers gezogen, das sie getötet hatte.

Kadiya und die Uisgu gelangten an einen großen Fluß, ohne Zweifel der Obere Mutar. Am Ufer lag eines jener großen Frachtschiffe, wie sie die Händler benutzten. Daneben schwamm ein Floß. Vier Soldaten standen Wache, leicht verstört durch den Tumult, den sie von ferne hörten. Ein einzelner Skritek kam gerade aus dem Wasser und trug einen zappelnden Fisch zwischen die Kiefer geklemmt.

»Jagun!« Kadiya erkannte sofort die Gefahr. Sie brauchte den Jäger mit seinen Giftpfeilen. Sie allein war der Situation, der sie sich gegenübersah, nicht gewachsen. Doch Jagun war hinter ihnen zurückgeblieben, weil er sichergehen wollte, daß man sie nicht verfolgte.

Die Soldaten aus Labornok kamen mit gezückten Schwertern auf sie zu und wollten sie umzingeln. Die Eingeborenen schrien auf, als der riesige Skritek auf sie zuplatschte.

Kadiya spürte plötzlich, wie der Schwertknauf in ihrer Hand heiß wurde. Sie mußte umgreifen und faßte das Schwert am stumpfen Ende der Klinge an. Als sie es in Augenhöhe hob, sah sie, daß die drei Augen am Knauf geöffnet und auf den Schwertträger gerichtet waren, der ihr am nächsten stand.

Er stieß einen heiseren Schrei aus und taumelte zurück, ließ seine Waffe fallen und schlug die Hände vor die Augen. Kadiya wußte nicht, was geschehen war – sie konnte es nur ahnen. Sie hielt den Talisman einem anderen Soldaten entgegen. Dieser schrie auf und stolperte über den geblendeten Kameraden, der im Nu herumwirbelte und den dritten Kameraden mit einem tödlichen Schlag niederstreckte. Kadiya richtete das Schwert auf den letzten Mann. Doch der hatte gesehen, was den anderen widerfahren war, duckte sich und warf sich nach vorn, um die Prinzessin zu packen. Mit einem Aufschrei krümmte er sich zusammen. Einer von Jaguns Giftpfeilen steckte ihm im Nacken. Im Fluß klatschte es gewaltig auf, nachdem ein zweiter Pfeil den Skritek getroffen hatte. Als Jagun herbeieilte, hackten die beiden überlebenden, geblendeten Soldaten noch immer wie Verrückte aufeinander ein. Jagun rief Kadiya und den Uisgu zu, sie sollten auf das Floß steigen. Er durchtrennte das Tau mit Kadiyas Dolch und warf ihn dann an Bord. Zwei Uisgu hatten Schwerter zur Hand genommen, und die anderen begannen, das Floß mit Stangen vom Ufer abzustoßen.

»Schnell!« rief Jagun. »Es kommen noch mehr Skritek! Legt ab!«

Kadiya beeilte sich, den Verwundeten an Bord zu helfen. Die Stangen tauchten ein, und das Floß setzte sich in Bewegung. Eine der Eingeborenen stimmte den eintönigen Singsang der Flußbewohner an, und die Uisgu an den Stangen reagierten mit schnelleren Stößen. Dann erfaßte sie die reißende Strömung.

»Jagun!« schrie die Prinzessin. Doch er schüttelte nur den Kopf. Er drehte ihr den Rücken zu, um sich fünf Skritek zu stellen, die heulend aus den Farnen hervorbrachen. Hilflos mußte Kadiya mit ansehen, wie er das kleine Blasrohr den bedrohlichen Ungeheuern entgegenhob ... dann schwamm das Floß um eine Flußbiegung, und Jaguns tapfere Gestalt war ihren Blicken entschwunden.

Die beiden Schwerter, Kadiyas Dolch und der Talisman, waren die einzigen Waffen, die sie besaßen. Das Fell der Uisgu war völlig durchnäßt, und sie hatten nichts, was sie überziehen konnten. Es waren insgesamt elf Frauen und die beiden Kleinkinder. Vier Eingeborene trugen blutverschmierte Verbände aus Blättern; die meisten anderen versorgten die Schnitte, die ihnen die Aworik-Samen zugefügt hatten, oder die Prellungen, die sie in der Gefangenschaft erlitten hatten.

»Hohe Frau?«

Kadiya trauerte um Jagun, hob jedoch jetzt den Kopf. Eine der Uisgu hatte sich neben sie gesetzt.

»Ich bin Nessak von Dezaras, einst Erste des Hauses und Hüterin des Rechts. Sie alle« – mit ausgestrecktem Arm zeigte sie auf die anderen – »stammen ebenfalls aus dem Dorf Dezaras. Das Unglück ereilte uns, als wir unterwegs waren. Die Menschensoldaten lieferten unsere Männer den Skritek aus, und wir sollten bewacht werden. Diese Eindringlinge sind auf der Suche nach Geheimnissen, Hohe Frau, von denen wir nichts wissen. Wir sind unter Eid verpflichtet, den verbotenen Ort des Versunkenen Volkes nicht zu betreten – jenen Ort, der schon seit undenklichen Zeiten verschlossen ist. Als wir nicht über Dinge sprechen konnten, von denen wir nichts wissen, befahl der Mensch, der die anderen anführte – ein ganz in Rot gekleideter Mann –, man solle uns so lange festhalten, bis weitere Menschen und Skritek kämen, um die Finsternis gegen das Licht zu erheben. Dieser Mann ging hinunter zum Fluß, kurz bevor Ihr gekommen seid und uns gerettet habt ... Nun stehen wir für immer in Eurer Schuld, Hohe Frau, und wir danken Euch, daß Ihr uns befreit habt. Wollt Ihr uns sagen, wer Ihr seid und woher Ihr kommt?«

»Ich bin eine Tochter des verstorbenen Königs Krain und heiße Kadiya. Diese Diener des Bösen haben uns unser Land genommen. Mein Vater starb unter ihren grausamen Händen, ebenso wie alle, die ihm dienten. Auch meine Mutter.«

Einen Augenblick mußte sie innehalten und blickte mit stumpfen Augen auf den Talisman nieder. Hätte sie ihn doch nur gehabt, als die Feinde die Zitadelle einnahmen! Er hatte jene Soldaten irgendwie in die Flucht geschlagen – was hätte er erst König Voltrik selbst antun können?

»Es gibt eine Prophezeiung«, fuhr die Prinzessin fort und strich mit der Hand über die geschlossenen Augen des

Schwertknaufs, »der zufolge eine Frau aus meinem Hause jene Diener des Bösen besiegen wird. Meine beiden Schwestern und ich machten uns auf Geheiß der Erzzauberin Binah auf den Weg, jener, die Ihr die Weiße Frau nennt, um das zu suchen, was unseren Stamm rächen soll.«

Zum ersten Mal seit Tagen, so schien ihr, mußte sie wieder an Anigel und Haramis denken. Wie mochte es ihnen ergangen sein? Waren sie tot, war sie die einzige Überlebende, die tödliche Rache für ihr Haus nehmen konnte?

»Anigel ... Haramis ...« Sie sprach ihre Namen laut aus, als wollte sie die Schwestern rufen.

In ihrer Hand regte sich etwas. Rasch ließ sie den Schwertknauf los. Zwei Augen öffneten sich! Augen? Nein, es war etwas anderes, zwei winzige Bilder – Visionen! Sie sah Haramis, die eine voll erblühte Schwarze Drillingslilie in der Hand hielt. Und daneben Anigel, in deren hohlen Händen etwas Ähnliches lag. Nun stand für Kadiya fest, daß ihre Schwestern noch am Leben waren und daß sie irgendwo auf sie und auf die Stunde ihrer gemeinsamen Bewährung warteten. Sobald alle Zweifel verflogen waren, schlossen sich die Augen und ließen die Oberfläche des Knaufs wieder glatt aussehen. Kadiya seufzte.

»Hohe Frau«, sagte die Uisgu feierlich. »Unverkennbar seid Ihr die Trägerin des Lichts und der Hoffnung – die Herrin der Augen, die mit dem Versunkenen Volk verwandt ist.«

Kadiya schüttelte heftig den Kopf. »Nein, Hüterin des Rechts, ich behaupte nicht, mit den Großen aus alten Zeiten verwandt zu sein, obwohl das hier« – sie fuhr mit der Hand an ihren Talisman – »aus alten Zeiten stammen mag. Ich weiß nicht, wie ich Licht oder Hoffnung tragen kann. Das einzige, dessen ich mir sicher bin, ist, daß ich König Voltrik und seinen Zauberer Orogastus erledigen will, und wenn ich es allein tun muß.«

»Hohe Frau«, sagte Nessak sanft. »Ihr seid nicht allein. Jene Bösen, die uns gefangennahmen, haben den großen Eid gebrochen und ihre Bestrafung erhalten. Ihr wart am Ort der Erkenntnis und seid, ohne Schaden zu nehmen, an den Sindona vorbeigekommen. Ihr seid *uns* gesandt worden. Ihr seid die Herrin der Augen – die Langersehnte. Also sollen sich die Uisgu erheben und Euch helfen, obwohl es uns von jeher verboten ist, Krieg zu führen. Dunkelheit legt sich über das Land, das große Gleichgewicht ist zerstört worden, und von dem bevorstehenden Kampf kann sich niemand fernhalten! Sobald wir Dezaras erreicht haben, wird Der Ruf ergehen, und das Volk der Uisgu wird an Eurer Seite marschieren.«

Kadiya hielt den Atem an. Das, was sie Jagun vorgeschlagen hatte und was angeblich niemals geschehen durfte, sollte wahr werden. Wenn die Seltlinge sich erhöben, würden sie die Irrsümpfe selbst als Waffe gegen die Eindringlinge richten. Ihr Wille verfestigte sich. Es würde zum offenen Krieg kommen, und wenn sie das Geheimnis ihres Talismans beherrschte, würden sie den Krieg gewinnen ...

Sie verkrampfte die Hände, und die Fingernägel gruben sich tief in die Handflächen. Zeit – sie brauchte nicht nur Zeit, sondern auch Wissen. Sie betete, ihre neuen Verbündeten möchten es ihr auf irgendeine Weise vermitteln.

30

Die Rimoriks schwammen noch drei weitere Tage flußabwärts und schoben Anigel im Boot vor sich her. Zuweilen zog der Hauptstrom am bewaldeten Ufer entlang, und die Prinzessin blickte voll Ehrfurcht auf die fremdartigen Bäume. Manche waren sehr hoch, und ihre Äste wanden sich nach oben wie die Schlangenarme eines Tänzers. Andere wiederum hatten seltsam geriffelte Stämme, die aussahen, als hätte man Tausende von Ringen übereinandergestapelt, und die sich, dem Gesetz der Schwerkraft zum Trotz, mal hierhin, mal dorthin neigten. Es gab massive, gedrungene Bäume, ungeheuren Knollen gleich, breit über dem Erdreich und nach oben hin spitz zulaufend, und dort breitete sich eine possierliche Krone aus winzigen Ästchen aus, deren Blätter immerfort zitterten. Wunderschöne Gondabäume, viel größer allerdings als die in den Irrsümpfen, deren Holz zum Bauen sehr geschätzt wurde, standen hier in Gruppen beisammen. Ihre hohen, säulenartigen Stämme waren breiter als das große Haupttor der Zitadelle und bildeten stille grüne Arkaden, die von schräg einfallenden goldenen Sonnenstrahlen erhellt wurden. Anigel sah Bäume, an denen prächtige, scharlachrote und orangefarbene Blüten im Überfluß hingen. Man konnte meinen, sie stünden lichterloh in Flammen. Es gab plumpe Bäume mit häßlichen Blättern, knorrigen Ästen und durchlöcherten Stämmen, die wahre Kolonien lärmender Nachtjubilanten beherbergten. Die Artenvielfalt der Bäume war überwältigend. Am Ende atmete sie erleichtert auf, als der Hauptstrom des Flusses sie weit vom Ufer wegführte.

Man konnte deutlich erkennen, daß das breite, nahezu wasserlose Bett des Großen Mutar während der Regenzeit randvoll war. Je weiter sie flußabwärts kamen, um so mehr Treibholz versperrte die Durchfahrt. Die trockenen, ausgeblichenen Äste trugen häufig ein herrliches Gewand aus blühenden Ranken. Riesige Vogelschwärme lebten hier im Tiefland. Sie fanden ihre Nahrung in den Schlammzonen und Untiefen und stoben laut schreiend und kreischend auf, wenn das Boot rasch durch ihre Mitte glitt. Hin und wieder tauchten dicke, graue Vierfüßer mit aufgerissenen Mäulern auf, die von Sumpfpflanzen lebten, oder geschmeidige, fischfressende Raubtiere, riesigen Pelriks gleich. Die Rimoriks grüßten sie wie Freunde. Oft tauchten die harmlosen, gelbgestreiften kleinen Lebewesen auf, die Anigel im Tassaleyo-Wald geweckt hatten. Sie schwärmten im Uferdickicht aus und lebten auch auf den Inseln im Fluß. Menschen sah sie nicht. Anigel fragte ihre Freunde danach. Sie sagten, die Wyvilo wohnten nun schon seit vielen Jahren nur in einem einzigen großen Dorf. Sie suchten Sicherheit in der Gemeinschaft, ähnlich wie bestimmte Fischarten oder Vögel, denn sie wurden immer aufs neue von ihren Vettern, den Glismak, heimgesucht, die flußabwärts und in den Tiefen des Waldes lebten.

Vor langer Zeit, so sagten die Rimoriks, hatten die Wyvilo keinen ständigen Wohnort und lebten in kleinen Familienverbänden. Sie vermochten ihren viel plumperen Glismak-Feinden ziemlich leicht auszuweichen, da sie nie zweimal an derselben Stelle übernachteten. Doch nachdem die Wyvilo begonnen hatten, mit den Menschen Handel zu treiben, hatten sie viele Gegenstände angesammelt und waren nicht mehr in der Lage umherzuwandern. Sie wurden immer reicher, während ihr Leben in immer größere Gefahr durch die neidischen Glismak geriet.

Aber sie wollen nicht mehr zu ihrem früheren Leben zurück. Das wäre schlimmer für sie als der Tod. Wir können das nicht verstehen.

»Aber ich«, sagte die Prinzessin zu den Rimoriks. »Die Geschichte der Menschen ist ganz ähnlich. Manchen Menschen wohnt etwas inne, das sie antreibt, sich immer weiter zu verbessern, mehr zu lernen, sich noch mehr anzustrengen, noch höher hinaus zu klettern. Nicht alle Menschen sind so, aber der innere Drang wird einfach von Eltern auf Kinder übertragen, was nicht unbedingt schlecht ist. Das große Geheimnis der Erde besteht darin, daß sie mit ihrer treibenden Kraft die Lebewesen – vor allem denkende Menschen – anspornt, immer komplizierter zu werden, obwohl man eigentlich annehmen sollte, daß sie irgendwann einmal genug davon haben, stets nur vorwärts zu drängen, und lieber wieder in Einfachheit zurückfallen wie Feuer, wenn es zu Asche wird. Die Alten unter uns werden in der Tat müde. Aber es gibt anscheinend immer wieder junge Leute, die begierig sind, voranzukommen und immer besser zu leben.«

Menschen und Eingeborene sind demnach verwandt.

»Ich – ich denke schon. Aber ich weiß es nicht genau. Von den Eingeborenen – jenen, die ihr das Volk nennt – heißt es bei unseren Weisen, daß sie wirklich zu dieser Welt gehören. Wir Menschen nicht.«

Die Rimoriks lachten. *O ja, Ihr gehört dazu.*

Anigel tadelte sie. »Ich bin keine Gelehrte, doch ich habe es von den besten Lehrern gelernt. Meine Schwester Haramis, die sehr klug ist, hat mir versichert, daß es stimmt. Und das glauben nicht nur die Menschen von Ruwenda, sondern auch andere menschliche Völker.«

Menschen haben diese Welt bewohnt, noch vor dem Sumpfvolk, vor dem Bergvolk, vor dem Waldvolk. Nur die großen Wasserbestien wandelten vor ihnen auf der Welt.

Anigel war skeptisch. »Woher wißt ihr das? Ihr seid nur Tiere!«

Abermals lachten die Rimoriks und wollten nicht länger über das Thema sprechen. Kurz darauf erhaschte Anigel einen ersten Blick auf die Niederlassung der Wyvilo, und sie konnte nicht länger über die Mysterien nachdenken.

Die Wyvilo wußten offenbar, daß sie auf dem Weg zu ihnen war. Eine Flotte von über dreißig schlanken, durchscheinenden Kanus legte vom Ufer ab und kam in großer Eile auf sie zu. Jedes Boot wurde von mehreren Dutzend Eingeborenen gepaddelt. Am Bug stand jeweils ein stolzer Steuermann, der seiner Mannschaft durch Gesten die Richtung wies.

»Ich glaube, wir halten lieber an«, sagte Anigel zu den Rimoriks. Ihr war unbehaglich zumute. »Bei der Heiligen Blume! Das sind aber viele! Würdet ihr – würdet ihr den Kopf aus dem Wasser strecken, um zu zeigen, daß ihr mich schützt?«

Kurz hintereinander tauchten die beiden großen Tiere prustend und platschend aus dem Wasser auf, grinsten die Prinzessin an und wandten sich der näherkommenden Flotte zu.

Die Wyvilo hatten ihr Dorf auf einer großen Freifläche errichtet. Anigel erfuhr später, daß es sich um eine Insel handelte, die von künstlich ausgehobenen Kanälen umgeben war. Kleine Docks, an denen viele der leichten, leuchtenden Boote vertäut waren, ragten wie Borsten vom Ufer ins Wasser. (Von den Rimoriks wußte sie, daß die Kanus aus den Schwimmblasen eines riesigen Flußfisches hergestellt wurden.) Die wunderschönen Häuser aus geschälten Baumstämmen waren ausnahmslos auf Pfählen errichtet und hatten Strohdächer, Fensterläden sowie Balkons und umlaufende Veranden in allen Formen und Größen. Auf diesen drängten sich die Zuschauer. Die meisten Wohnstätten waren hoch über dem Boden durch recht wackelig aussehende Laufplanken miteinander verbunden.

Ein Teil des Ortes, der am weitesten flußabwärts lag, war offensichtlich vor kurzem noch von einem Feuer heimgesucht worden. Man war gerade dabei, rußgeschwärzte Gebäude abzureißen, und neue Rohbauten erhoben sich bereits aus den Ruinen. Seltsamerweise standen im Dorf der Wyvilo überhaupt keine Bäume; auf dem Festland allerdings gab es sehr viele Sträucher und kleinere Gärten, und auf vielen bemoosten Strohdächern wuchsen Blumen.

Als das erste Kanu der Wyvilo noch etwa zehn Ellen von Anigels Boot entfernt war, änderte es die Richtung und hielt an. Die übrigen Kanus legten neben ihm an und bildeten eine feste Reihe von überfüllten Booten. Seltlinge, die völlig anders aussahen als alle, die Anigel bisher kennengelernt hatte, starrten sie neugierig an.

Sie waren größer als die Nyssomu und Uisgu, die im Norden der Sümpfe lebten, und besaßen die Statur eines kräftigen, ausgewachsenen Menschen. Die Köpfe waren länglich, nicht rund, und die Nasen glichen kleinen Schnauzen. Die Augen der Wyvilo wiederum erinnerten an Eingeborene;

doch sie hatten senkrechte Pupillen wie die Skritek, soweit Anigel dies vom Hörensagen wußte. Die offenen Mäuler der glotzenden Wyvilo enthüllten gewaltige Zähne. Die Haut war teilweise behaart und teilweise mit Hautplättchen bedeckt, braun-glänzenden Schuppen gleich. Das Waldvolk trug prächtig gefärbte Lendentücher und war mit einer Fülle von Halsketten, Armbändern, Brusttüchern, Fußringen und anderem Schmuck behängt – einiges davon aus Gold oder Platin, mit blitzenden Juwelen besetzt. Auf Schnüre aufgezogene Handelsperlen aus blauem Glas schienen ebenso beliebt zu sein wie wertvolles Metall. Anigel sah einen Eingeborenen, der stolz den verzierten Brustharnisch eines ruwendianischen Ritters zur Schau trug; ein anderer wiederum hatte sich den Fransenschal einer Frau aus den Poldern um die breiten Schultern gelegt.

Während die Flotte näherkam, hatte sich die Prinzessin in aller Ruhe die Haare gekämmt und Immus Lederumhang angezogen, um ihren schäbigen Aufzug zu verbergen. Jetzt richtete sie sich vorsichtig im Boot auf, die Rimoriks zu beiden Seiten, und hob beide Hände. Der Umhang öffnete sich und enthüllte das Drillingsamulett, das auf ihrer Brust leuchtete.

Die Wyvilo in den Booten stießen wie aus einem Munde einen verhaltenen Schrei aus. Krallen zeigten auf Anigel, und diejenigen, die im hinteren Teil der Boote saßen, drängten sich zusammen und reckten die Hälse, damit sie besser sehen konnten. Dabei murmelten und riefen sie in ihrer gutturalen Sprache wild durcheinander.

»Ich komme in Freundschaft«, sagte Anigel. »Ich suche einen magischen Talisman, das Dreihäuptige Ungeheuer.«

Im Nu verstummte das Waldvolk. Erneut sperrten sie die Mäuler auf und betrachteten Anigel aus hervortretenden goldgelben Augen.

Die Prinzessin wartete. Schließlich sagte sie: »Gibt es unter euch jemanden, der mit mir reden kann?«

Ein außerordentlich vornehm geschmückter Steuermann machte eine abrupte Handbewegung. Rasch glitt sein Boot aus der Reihe vor und näherte sich dem der Prinzessin.

»Sasstu-Cha spricht«, deklamierte er mit belegter und nahezu unverständlicher Stimme in der Sprache der Halbinsel. Er hatte die braun behaarte Stirn in grimmige Falten gelegt. Sein Kragen aus gehämmertem Gold war mit Edelsteinen in allen Farben besetzt. Dazu trug er einen vornehmen ruwendianischen Hut aus cremefarbenem Brokat mit einer Brillantbrosche und wehenden roten Federn sowie ein dazu passendes Lendentuch aus Brokat. »Sasstu-Cha ist Sprecher von Let«, krächzte er. »Wer seid Ihr? Und warum sucht Ihr die Unterstützung der Wyvilo?«

»Ich bin Prinzessin Anigel von Ruwenda. Ihr wißt vielleicht, daß mein Land von feindlichen Menschen erobert worden ist, die aus dem Norden kamen.« Sie hob das Drillingsamulett, als sie fortfuhr. »Die Hüterin unseres Landes, die Weiße Frau, hat mich ausgesandt, einen Talisman zu suchen. Durch ihn soll mein Volk von den Sklavenketten der Eroberer befreit werden. Habt Ihr von diesem Dreihäuptigen Ungeheuer gehört?«

Der Sprecher zögerte. »Wir wissen, daß es so etwas gibt. Doch es ist kein Talisman. Es befindet sich eine halbe Tagesreise flußabwärts, dann noch einige Stunden Fahrt den Kovuko-Strom hinauf – im Gebiet der Glismak.«

Die Prinzessin hielt den Atem an, woraufhin der Wyvilo ein Lächeln zeigte. »Könnt Ihr mir einen Führer zur Verfügung stellen, der mich dorthin bringt?« fragte sie.

»Nein.«

Anigel schwenkte ihr Amulett. »Ich fordere es von Euch! Bei der Heiligen Blume!«

Die Wyvilo stießen einstimmig einen lauten Seufzer aus.

Verzweifelt zog die Prinzessin das Blatt der Schwarzen Drillingslilie aus der Hüfttasche und hielt es weithin sichtbar in die Höhe. Die Stimmen der Eingeborenen wurden lauter, und diesmal schwang eindeutig Angst mit.

»Aber ich muß dorthin! Helft mir«, bat Anigel.

»Wenn Ihr den Kovuko hinauffahrt, begebt Ihr Euch unweigerlich in Gefahr«, sagte Sasstu-Cha. »Die Bäume dort sind ebenso gefräßig wie die Glismak selbst. Es gibt keinen unter uns, der es wagen würde, Euch zu begleiten. Selbst wenn es ein Ort wäre, den der Himmelsgott uns nicht verboten hätte, könnten wir nicht gehen. Vor vier Sonnen griffen die Glismak Let an und brannten viele Häuser nieder. Wenn die Trockenzeit zu Ende geht, machen sie das immer, denn sie wissen wohl, daß wir aufgrund unseres Handels mit den Menschen eine sehr reiche Beute sind. Sie werden schon bald zurückkehren und uns erneut angreifen. Alle Wyvilo müssen wie ein Mann zusammenstehen und die Heimat verteidigen. Nicht einmal die heilige Schwarze Drillingslilie kann uns von dieser Pflicht abhalten.«

Anigel richtete sich zu ihrer vollen Größe auf und atmete tief ein. »Nun gut. Dann werde ich mit meinen Rimorikfreunden allein fahren. Wollt Ihr mir nicht wenigstens genaue Anweisungen über die Gegend geben, damit ich diesen Kovuko-Strom bald finde?«

»Ja, gern. Auch Nahrung und saubere menschliche Kleidung, wenn Ihr es wünscht.«

»Das wäre mir recht. Ich möchte Euch noch um einen Gefallen bitten. Ich werde von anderen Menschen verfolgt, meinen Feinden. Ich möchte Euch bitten, ihnen nicht zu sagen, wohin ich gegangen bin.«

»Wir werden nicht sprechen«, sagte Sasstu-Cha. Er schwang den Arm hoch zum Zeichen für seine Ruderer. »Sasstu-Cha bittet Euch nun, ihm zu folgen, Prinzessin Anigel von Ruwenda. Nehmt für eine Nacht die bescheidene Gastfreundschaft von Let an, bevor Ihr auf Eurem Weg weiterzieht. Und wenn Ihr Euren magischen, befreienden Talisman findet, denkt nicht nur an Euer eigenes bedrohtes Heim, sondern schenkt auch dem unsrigen einen kurzen Gedanken.«

31

Die Uisgu waren, was ihren Lebensraum betraf, sehr empfindsam. Die geringste Veränderung innerhalb der Sümpfe spürten sie sofort. Es dämmerte bereits, als die Eingeborenen an den Stangen (sie hatten auf ihrer Fahrt flußabwärts häufig gewechselt) plötzlich das Floß anhielten. Kadiya sah, wie sie die Köpfe zusammensteckten und in ihrem Dialekt miteinander flüsterten.

Nessak, die der Handelssprache mächtig war, stellte sich neben Kadiya. »Hohe Frau, vor uns sind wieder Feinde. Die meisten haben ihr Lager in der Flußbiegung aufgeschlagen. Wir müssen einen Weg finden, wie wir sie umgehen können, sonst nehmen sie uns mit Freuden erneut gefangen.«

Kadiya nickte. Sie mußte sich wohl auf die Erfahrung der Eingeborenen zu Land und zu Wasser ebenso verlassen wie auf Jagun.

Jagun ... die Erinnerung an ihn schmerzte noch immer. Trotz all ihrer Hoffnungen war er an den Ufern des Mutar nicht wieder aufgetaucht. Auch die Uisgu hatten keinen Ruf von ihm erhalten. Doch die Prinzessin ließ den Gedanken, er könnte tot sein, nicht zu.

»Gibt es denn eine Möglichkeit für uns, die Feinde zu umgehen?« fragte Kadiya.

Der Nebel lichtete sich bereits und zog in Schwaden über den Fluß und die Ufer, immer wieder andere Stellen verhüllend. Nach ihrer Flucht hatten sie kein Anzeichen von Ruinen mehr gesehen.

Nessak schüttelte langsam den Kopf. »Hohe Frau, die bösen Menschen haben Skritek bei sich. Andererseits sind sie jedoch sehr geschwächt, und es gibt noch andere Gefahren hier. Wir befinden uns im Jagdrevier der Looru. Deshalb« – sie machte eine kleine Handbewegung – »müssen wir uns nach Einbruch der Nacht nicht nur vor Menschen und Wasserbestien verstecken.«

Looru! Kadiya hatte von diesen wilden Nachtfliegern schon in frühester Kindheit gehört. Mit den Looru pflegten die Ammen ihren Schützlingen Angst einzujagen, wenn sie sich nach Sonnenuntergang noch im Freien aufhielten. Jagun hatte sie jedoch auf ihrer Fahrt durch dieses Land noch nicht erwähnt. Vor einigen Jahren hatte man Kadiya einmal gut gegerbte Stücke ledriger Looru-Flügel in Trevista auf dem Markt als eine Art Rarität feilgeboten. Jetzt aber blickte sie mit Bangen hinauf in den immer dunkler werdenden Himmel. Looru waren Blutsauger, die sich an Menschen oder Tieren festkrallten, um sie bis auf den letzten Blutstropfen zu leeren. Überdies hatten sie Krallen, mit denen sie jeder Beute, die sich in ihre Nähe wagte, das Herz aus dem Leibe reißen konnten.

»Hohe Frau!« Eine der Uisgu, die vorn auf dem Floß stand, rief sie leise an. »Seht nur, dort!«

Sie waren, nachdem sie die Flucht ergriffen hatten, den Windungen des Flusses gefolgt, der sich immer weiter verzweigte. Jetzt schien sich der Flußlauf allmählich wieder zu begradigen. Über dem linken Ufer lag ein Schein, der gewiß nicht von Sumpfpflanzen, sondern vielmehr von Feuer oder einer anderen künstlichen Lichtquelle erzeugt wurde. Zugleich drangen Laute zu ihnen herüber – ohne Zweifel ein Schlachthorn, das zum Sammeln blies. Dann hörten sie laute Männerstimmen über einem brummenden Ton.

Die Uisgu brachten das Floß mit hastigen Stößen ans gegenüberliegende Ufer.

»Die Feinde werden angegriffen!« Nessak sprach jetzt lauter. »Mag sein, daß es Looru sind, Hohe Frau.«

»Wenn sie so dumm sind, diesen Raubtieren auch noch den Weg zu beleuchten«, kommentierte Kadiya, »dann verhalten sie sich in dieser Umgebung fürwahr einfältig wie Säuglinge. Die Skritek hätten sie warnen sollen ...«

Nessak gab einen Laut von sich, der sich wie bitteres Lachen anhörte. »Hohe Frau, diese Männer von weither würden dem Geschwätz der Wasserbestien ohnehin keine Beachtung schenken. Sie glauben eher, daß man die Warnungen eines Sumpfbewohners nicht ernst nehmen muß. Es herrscht kein Einvernehmen unter ihnen, nur der Zwang, gemeinsam Blut vergießen zu müssen, um die Herren zufriedenzustellen.«

»Können wir den Angriff der Looru nicht nutzen«, sagte Kadiya, und ihre Gedanken überschlugen sich, »um an ihnen vorbeizukommen?«

Nessak überlegte. »Das ist vielleicht eine Chance für uns. Wir könnten es immerhin versuchen ...«

Sie berührten das linke Ufer. Kadiya und einige andere griffen rasch nach den dort wachsenden Schilfrohren und schnitten so viele wie möglich ab. Sie warfen die Bündel den anderen zu, die rasch begannen, das Floß als schwimmenden Unrat zu tarnen, wie man ihn oft den Fluß hinabtreiben sah. Das einzige Hindernis für dieses Vorhaben bestand in seiner Größe, denn die schwimmenden Inseln hatten in der Regel bei weitem nicht die Ausmaße wie die Holzplattform, auf der sie geflohen waren.

Nachdem sie es so gut wie möglich präpariert hatten, stakten zwei Uisgu das Floß in die Strömung zurück, die hier so gemächlich dahinzog, daß sie nur mit nervenzehrender Langsamkeit vorankamen. Das Feuer im Lager des Feindes loderte immer heller. Die Uisgu lagen unter dem aufgeschichteten Schilfrohr flach auf dem Floß, beobachteten jedoch das gegenüberliegende Ufer mit bangen Augen.

Offenbar hatten die Eindringlinge aus ihren früheren Kämpfen mit den Looru bereits etwas gelernt. Einige Männer schwenkten Fackeln, und neben ihnen stand jeweils ein Kamerad mit gezücktem Speer oder Schwert. Ein paar Bestien waren auf dem Boden in einen Kampf verwickelt. Ein Skritek traktierte den Kopf eines Ungeheuers mit deftigen Hieben. Ein Soldat, dessen Verband am Bein sich allmählich rötete, hob ein leichtes Schwert, als wäre es ein Jagdmesser, und heftete damit einen wild schlagenden Flügel an die Erde.

Die Haltung dieser dreckverkrusteten Soldaten aus Labornok in ihren verrosteten Rüstungen und zerfledderten Helmbüschen hatte nun nicht mehr viel mit Stolz oder Selbstbewußtsein gemein. So mancher trug einen Verband, und die bloßen Hautstellen fast aller Männer waren übersät mit Blasen und gerötet von zahllosen Insektenstichen. Unter einem Baum, an dessen Stamm ein dürftiges Schutzdach befestigt war, lagen mindestens vier reglose Gestalten.

Offensichtlich wurde das Lager, so groß es auch war, gezielt angegriffen. Kadiya stieß das Ende ihrer Stange mit aller Kraft ins linke Ufer, um das Floß zu beschleunigen. Einige der Uisgu folgten ihrem Beispiel. Doch sie kamen nur langsam voran.

Die Looru sahen inzwischen wohl ein, daß der Kampf gefährlicher war, als sie ursprünglich angenommen hatten. Als der Schwarm sich rasch entfernen wollte, fing ein Looru durch eine gut gezielte Fackel Feuer. Die brennende Kreatur fiel kreischend auf ihre Angreifer nieder, die auf Rache aus waren. Mit den Krallen eines Flügels verhakte sich das Tier im Kiefer eines Kriegers und riß ihm den Helm vom Kopf. Der Mann schrie in Todesangst ein letztes Mal auf. Dann stürzte der Looru kopfüber zu Boden und begrub seine menschliche Beute unter dem brennenden Körper.

Für Kadiya war jetzt der günstige Augenblick gekommen, unentdeckt am Lager vorbeizufahren. Kein Krieger hielt sich in Ufernähe auf, und obwohl die Oberfläche des dunklen Wassers von Lagerfeuer und Fackeln erhellt wurde, schienen weder Soldaten noch Skritek in ihre Richtung zu schauen. Doch die Hoffnung trog. Das Floß begann plötzlich unter ihnen zu wanken und trieb auf das rechte Ufer zu. Da Kadiya es zunächst für eine tückische Strömung hielt, versuchte sie mit ihrem Stab dagegenzuhalten. Da hob sich, kaum eine Armeslänge entfernt, die Tarnung, die das Floß bedeckte. Sie hörte den Aufschrei einer Uisgu und sah, wie ein großer, schuppiger Arm aus dem Wasser langte und auf die aufgehäuften Schilfrohre eindrosch.

Im selben Augenblick wurde ihr die Stange aus den Händen gerissen. Sie ließ gerade rechtzeitig los, um nicht über Bord gezerrt zu werden. Das Floß schwamm jetzt unaufhaltsam auf den Kampfplatz zu.

»Wasserbestien!« hauchte Nessak. »Unter uns – sie ziehen uns!«

Es war zwecklos, sich gegen Kreaturen zu verteidigen, die

mit dem Wasser so vertraut waren, daß sie lange Zeit ungesehen unter der Oberfläche lauern konnten. Und sie wagten auch nicht, über Bord zu springen und fortzuschwimmen, denn die Feinde würden sie nur zu rasch unter Wasser ziehen.

Kadiya konnte sich denken, was geschehen war. Die meisten der schlauen Teufel aus dem Sumpf hatten sich ins Wasser verzogen, als die Looru angriffen, und es den Menschen überlassen zu kämpfen. Gemessen an der Geschwindigkeit, mit der das Floß jetzt auf das Ufer zuhielt, befand sich eine stattliche Anzahl dieser Tiere im Fluß.

Das Chaos im Lager begann sich aufzulösen. Mehrere Looru lagen am Boden. Der Schwarm der Ungeheuer war inzwischen davongeflogen, um sich zu einem neuerlichen Angriff zu sammeln.

Kadiya, die die Szene genau beobachtete, bemerkte, daß eine ganz in Rot gekleidete Gestalt in den Feuerschein trat, die Kapuze tief ins Gesicht gezogen. Das mußte die Stimme des Zauberers sein, die so lange nach ihr gesucht hatte! In der einen Hand hielt er einen Stab, den er senkrecht in die Höhe hob und mit dem unteren Ende in den Untergrund rammte. Ein Soldat eilte herbei und half ihm, die Stange im Boden festzutreten. Am oberen Ende, genau über dem Lagerfeuer, befand sich eine kreisrunde Platte.

Rotstimme trat zurück. Er öffnete die Hand, und ein Lichtstrahl blitzte auf. Es gab eine kleine Explosion. Orangegelbe Flammen zuckten am Rande der Platte auf, und sie begann sich unter ohrenbetäubendem Quietschen zu drehen. Die in der Nähe lauernden Flugtiere schrien verängstigt auf und erhoben sich alle zugleich in den nächtlichen Himmel, wo sie im Nu verschwunden waren. Das wirbelnde Feuerwerk flackerte und quietschte noch ein paar Minuten, erlosch zu einem Funkenregen und erstarb schließlich ganz.

Der Mann in Rot trat langsam ans Ufer und wartete auf das einlaufende Floß. Kadiya hörte nicht, daß er etwas rief, doch sogleich versammelten sich ein paar Männer in zerrissenen Offiziersmänteln mit angelaufenen Abzeichen um ihn herum.

Befehle wurden laut, und von der Stelle, an der gerade noch ein Kampf stattgefunden hatte, kamen Soldaten herbeigelaufen. Kadiya sah eine Handvoll abgerissener Bogenschützen, die Pfeile im Anschlag. Doch ein Offizier in unversehrter, kunstvoll gearbeiteter blutroter Rüstung hob einen Arm, und sie schossen nicht. Keine der Uisgu hatte sich aus ihrem Versteck erhoben, doch Kadiya bezweifelte nicht, daß diejenigen, die dort am Ufer standen, sich ihrer Gegenwart wohl bewußt waren. Auf allen vieren stiegen die Skritek nun mit triumphierendem Grinsen ans Ufer und legten das riesige Floß auf Grund. In ihren großen Augen spiegelte sich der rote Schein von Feuer und Fackeln wider.

Der Offizier, den Kadiya jetzt als General Hamil erkannte, wandte sich Rotstimme zu und sagte etwas. Sogleich rief der Handlanger des Zauberers in der Handelssprache:

»Ans Ufer mit euch, Abschaum der Sümpfe! Oder wollt ihr, daß sich unsere Verbündeten hier nehmen, was sie haben wollen?« Er deutete kurz auf die gierig wartenden Skritek.

Das Schilfrohr hob sich, und die Uisgu krochen heraus. Nur Kadiya folgte nicht sofort. Sie nahm ihren Talisman in die Hand. Es mußte noch eine Möglichkeit geben ... Skritek packten die Uisgu und warfen sie an Land. Rotstimme beachtete ihre Gefangennahme nicht weiter. Er starrte auf die Stelle, an der sich Kadiya noch immer verborgen hielt, und runzelte die Stirn. Der Talisman schien sie irgendwie zu schützen.

Die Stimme sagte etwas zu General Hamil, und der Offizier wandte sich um. Eine Uisgu, die ein Kind auf dem Arm trug, war gestolpert und ihm vor die Füße gefallen, als die Skritek sie an Land gestoßen hatten. Hamil blieb stehen, packte das schreiende Kind, entriß es den hilflosen Armen der Mutter und warf es einem Skritek zu. Das Untier brüllte vor Entzücken und fing die Belohnung lässig in der Luft auf.

Kadiya brach unter dem Schutz des Schilfrohrs hervor, den Talisman in der Hand. »Nein!« schrie sie.

»Ergreift sie!« rief Hamil.

Ehe sie sich rühren konnte, krallte sich ein Skritek, der auf das Floß gestiegen war, um ihre Arme und drehte sie ihr auf den Rücken, daß es schmerzte. Man zerrte sie vom Floß ans Ufer. Der Talisman fiel in den Schlamm. Ein Skritek blieb stehen, um ihn aufzuheben, schrie jedoch gellend auf und zog sich eilig zurück. Über dem inzwischen rotglühenden Knauf standen Rauchwölkchen.

Kadiya wurde vor den General und Die Stimme gestoßen. Wütend ob ihrer Ohnmacht hatte sie die Zähne fest zusammengepreßt. Hamils Visier stand offen, und das, was darunter zum Vorschein kam, hatte nur noch wenig Ähnlichkeit mit der glänzenden Erscheinung, die er damals in der Zitadelle gewesen war. Unter dem Stoppelbart an Kinn und Wangen zeichneten sich Bisse ab, die teilweise stark angeschwollen waren. Ein Stich am linken Auge drückte das Augenlid so stark herunter, daß er kaum sehen konnte. Aber er lächelte und begann jetzt laut zu lachen.

»Nun, Stimme«, wandte er sich an seinen Gefährten. »Hier haben wir das, was diese verdammte Schlammschlacht rechtfertigt. Prinzessin Kadiya! Das Glück ist uns wahrlich hold heute nacht!«

Eine Hand schnellte vor, und Fingernägel gruben sich ihr grausam in die Wangen, als der General ihr Gesicht umfaßte und in die Höhe zog.

»Sumpfgurps«, sagte er voller Zufriedenheit. »Fern von Samt und Seide, was? Es hat nicht lange gedauert, bis Ihr zum Schlammkriecher wurdet – Weichlinge, alle, wie ihr da seid!« Er ließ von ihr ab und schlug ihr heftig ins Gesicht. Unwillkürlich traten ihr Tränen in die Augen.

Hamil schnaubte verächtlich. »Wein dir ruhig die Augen aus dem Kopf, Mädel. Für Leute Eures Schlages gibt es keine Gnade.« Er blickte Rotstimme an und fügte stirnrunzelnd hinzu: »Die Frauen aus Krains Geschlecht sollen also das große Labornok zu Fall bringen?« Seine Hand fuhr erneut nieder und landete hart auf Kadiyas Schulter. Er drehte sie so, daß sie den Gehilfen des Zauberers ansehen mußte. »Ist es das hier, wirklich das, was dein großer Herr und Meister uns als tödliche Gefahr angekündigt hat? Daß ich nicht lache!«

Rotstimme schaute nicht auf Kadiya, sondern auf den Talisman, der in greifbarer Nähe lag. Er bückte sich, um ihn aufzuheben, zog sich jedoch wieder zurück und runzelte die Stirn.

»Wovor hast du Angst, Stimme?« fragte der General aufgeräumt. »Das ist der Talisman! Das Zauberding, das dein Meister so heftig begehrt. Nimm ihn doch, Mann. Worauf wartest du noch?«

Rotstimme erstarrte. Er schien zu wachsen und breiter zu werden. Aus den Augenhöhlen seiner Maske traten blendendweiße Strahlen hervor, und selbst General Hamil schloß sich den ängstlichen Ausrufen seiner Männer an.

»Hamil!« Wie vom Nachtwind getragen drang eine neue Stimme an Kadiyas Ohr, an die sie sich jedoch erinnerte. Der Zaubergehilfe sprach mit der Stimme seines Herrn. »Du hast gute Arbeit geleistet, besser als du denkst. Aber sieh dich vor. Was dort vor dir liegt, ist an deine Gefangene gebunden. Weder du noch irgendein anderer, der nicht über die alten Kenntnisse verfügt, kann damit umgehen – nur sie allein. Rotstimme, folge mir! Prinzessin Kadiya soll den Talisman zur Zitadelle zurückbringen, und du gibst acht, daß sie ihn nicht benutzt.«

Rotstimme sackte zusammen. Die Augen waren wieder dunkel, und er flüsterte: »Ja, Meister.«

Hamil spuckte laut und vernehmlich aus. Der Speichel traf genau hinter dem Schwertknauf auf den Schlamm. »Also ist sie durch Zauber an diesen Stock gebunden. Nun, Stimme, wie gedenkst du dieses Problem zu lösen? Es gehört offensichtlich zu der Art von Kriegsführung, wie sie dein Meister bevorzugt.«

Der Gehilfe des Zauberers zog ein Stück Kordel hervor. Sie bestand nicht aus geflochtenen Fasern, sondern war ähnlich wie die Haut eines kleinen Sumpfwurms in seltsamen Farben marmoriert. Kadiya sah, daß Rotstimme das eine Ende in eine kleine Schlinge legte, die er anschließend unter Gemurmel zwischen Daumen und Zeigefinger hin und herrollte. Mit der Sorgfalt eines Fischers, der einen wachsamen Teichbewohner anlocken will, ließ er mit viel Geduld die Schlinge hinab, bis sie über den Knauf des Talismans glitt. Als sie an der richtigen Stelle saß, zog er sie mit einem Ruck zu. Nachdem er sich vergewissert hatte, daß seine Schlinge festsaß, zog er das stumpfe Schwert hoch und ließ es vor sich baumeln. Hamil streckte leichtfertig die Hand danach aus. Doch die Stimme entzog es ihm. »Edler General, es ist fürwahr gebunden. Legt Eure Hand darauf, und Ihr seid gefangen.«

Der General schnaubte verächtlich.

»Ihr habt die Befehle meines Herrn und Meisters vernommen«, fuhr Rotstimme fort. »Diesem Ding hier wohnt große Macht inne, die er gern besäße. Und da es an die Prinzessin gebunden ist, will er sie ebenfalls.« Hamil betrachtete Kadiya gedankenverloren. »Aber was ist, wenn sie irgend etwas ausheckt, um das verdammte Ding zu benutzen?«

Durch die Sehschlitze seiner Maske betrachtete Rotstimme die Prinzessin aufmerksam. »Edler General, wir wissen nicht, wozu sie fähig ist. Mein Meister hat mir jedoch etwas gegeben, womit ich sie unterwerfen kann.« Das Schwert pendelte an der bunt schillernden Haut hypnotisierend hin und her. Rotstimme langte mit der anderen Hand unter seinen Umhang und zog einen kleinen weißen Gegenstand heraus, mit dem er Kadiyas Stirn berührte.

Kadiya wollte aufschreien, doch die Stimme versagte ihr. Es war, als hätte eine beißende Kälte sie getroffen und bis ins Mark zu Eis gefrieren lassen. Die Starrheit breitete sich im ganzen Körper aus. Sie versuchte, sich zu bewegen, doch ihr Körper reagierte nicht.

Die Stimme nickte. »Genau so. Eine Zeitlang, General, kann sie keinen Schaden mehr anrichten – doch es hält nicht ewig. Der Zauber wirkt nur ein einziges Mal, und ich habe nur diesen einen bei mir. Es gibt allerdings noch eine Möglichkeit, sie zu bezwingen. Was gebunden ist, kann gelöst werden – aus freien Stücken. Doch den Willen eines anderen zu brechen, braucht seine Zeit. Wir müssen darauf achten, daß dieser Talisman bei ihr bleibt, bis die Zeit reif ist, daß sie ihn uns freiwillig überläßt.«

»Freiwillig?« Hamil starrte ihn ungläubig an und lachte. »Oh, dafür kann gesorgt werden, und ob!«

Eine wahre Flut von Befehlen ertönte. Mit dem Talisman auf dem Rücken verschnürte man Kadiya wie einen schwerfälligen Stoffballen. Dann wurden Stangen durch die Seile gesteckt, und zwei Soldaten trugen sie wie eine Jagdtrophäe davon.

Die Uisgu vom Floß waren erneut zusammengetrieben worden. Man legte ihnen Schlingen um den Hals und band sie hintereinander. Immerhin wollten ihre Häscher in dieser Nacht offenbar nicht weiterziehen. Es mochte ihnen töricht erscheinen, das Lagerfeuer zu verlassen, nachdem sie einen Angriff der Looru abgewehrt hatten. Zwischen den Farnen standen ein paar fest verwurzelte Bäume, an denen man die Halsschlingen der Gefangenen befestigte. Nicht weit von ihnen entfernt hockten sich Skritek nieder, unterhielten sich grunzend und beäugten die Gefangenen mit gierigen Blicken.

Kadiyas Gedanken arbeiteten nur träge. Vor ihrem geistigen Auge tauchte ein sonderbares Bild auf: Jemand kämpfte sich mühsam Schritt für Schritt durch eine große Schneeverwehung. Sie dachte über General Hamil nach. Er war ein geeignetes und bereitwilliges Werkzeug in den Händen König Voltriks. Von ihm ging etwas Böses aus, das jedoch nicht die überirdische Düsternis besaß wie Rotstimme und sein Meister. Es war vielmehr Brutalität, die in gewisser Weise noch schlimmer wirkte, denn sie war durch und durch menschlich. Dennoch hielt sie es für wahrscheinlicher, *ihn* beeinflussen zu können als die Marionette des Zauberers ...

Sie versuchte, ihre Wut zu gebrauchen, wie so oft schon, um sich von der tödlichen Kälte zu befreien. Doch sie saß in der Falle. Auch vom Talisman, an den man sie so sorgfältig gefesselt hatte, drang keine Wärme zu ihr durch. Sie schloß die Augen und versuchte angestrengt, einen klaren Gedanken zu fassen, doch ihre zu Eis erstarrten Nerven schienen sie nur zur Aufgabe zu drängen.

Neben ihr raschelte es. Ihr fiel auf, daß sie seit geraumer Zeit das Grunzen der Skritek nicht mehr gehört hatte. Sie öffnete die Augen, als ein nach Branntwein stinkender Atem ihre Wangen streifte. Eine Hand, rauh und hart, legte sich ihr auf die Lippen, und starke Finger krallten sich in ihre Haare.

»Prinzessin!« Es war ein vergiftetes Flüstern. »Was habt Ihr von dem Schatz in den Ruinen dort im Sumpf gesehen? Wo ist diese alte Vettel aus den Legenden, die mit Zauberkraft spielt und die angeblich die mächtigsten Vorrichtungen des Versunkenen Volkes gesammelt hat? Orogastus will alles allein besitzen. Ja, mir kann man nichts vormachen! Anders als Voltrik, der mittlerweile vielleicht schon tot ist, und dieser dumme Junge, der sein Sohn ist. Doch der Zauberer sitzt weit weg von hier in seinem Turm, und seine Stimme ist nichts als ein Schwächling und Dummkopf, wenn er nicht gerade vom Geist seines Meisters besessen ist. Verratet mir die Geheimnisse, die Ihr erfahren habt! Erkauft Euch einen sauberen Tod, Königstochter. Wenn überhaupt, bin ich der einzige, der ihn Euch gewähren kann.«

Hamil! Dieser Mann spielte ein doppeltes Spiel ...

Die Hand gab ihren Mund frei, doch die Finger krallten sich weiterhin in ihr Haar. Seltsamerweise erschien es ihr, als hätten die Drohungen des brutalen Generals einen Teil der eisigen Verzauberung durchbrochen, durch die sie zur Ohnmacht verdammt war. Also herrschte unter den Feinden kein Einvernehmen mehr! Wie konnte sie sich das zunutze machen? Es fiel ihr schwer, einen klaren Gedanken zu fassen.

»Oder würdet Ihr lieber den Skritek die Stirn bieten, Schlammkriecherin? Nun, wir können morgen früh eine hübsche Vorstellung für Euch veranstalten. Eine, bei der Ihr die Zuschauerin seid.«

Er lockerte den Griff, und plötzlich war sie wieder allein. Für einen Mann seiner Größe konnte er sich erstaunlich geräuschlos fortbewegen, doch sie lag auch nicht weit von seinem Zelt auf der Erde. Sie nahm einen zweiten Schatten wahr, der ihr jedoch nur so nahe kam, daß sie sein zischendes Flüstern verstand:

»Soso! Hamil glaubt also, er sei dem Meister ebenbürtig! Als wäre er jemals vonnöten gewesen oder König Voltrik oder Prinz Antar, nachdem dieses Land einmal darniederlag. Was Ihr bei Euch tragt, Mädel, ist das, was wirklich zählt! Orogastus wäre durchaus bereit zuzulassen, daß Ihr Euren Blutzoll vom König Labornoks einfordert, wenn Ihr ihm gegenüber ehrlich seid.«

Rotstimme kroch näher heran. Eine Hand legte sich ihr auf

die Schulter, sehr nahe am Knauf des Talismans. »Seht, ich will ehrlich sein. Ich kann Euch vom Zauber erlösen, der Euch einfriert. Wir können weit weg sein, ehe der Morgen graut, über den Hamil so töricht daherredete, wenn Ihr nur den Talisman an mich binden wolltet.«

Sie nahm all ihre Kraft zusammen und brachte keuchend hervor: »Ich bin keine Närrin, getreuer Diener eines schlechten Herrn!«

»Schlecht? Aber nicht doch, Prinzessin. Ihr werdet feststellen, daß Orogastus ein ausgesprochen gefälliger Freund ist. Eure Schwester Haramis ist bereits seine Trinkschwester und lernt von ihm Wunderdinge, von denen Eure Erzzauberin nicht einmal zu träumen wagte. Sie hat eine Vorliebe und Talent dafür, die Prinzessin Haramis, und sie sieht die Dinge bereits mit den Augen des Meisters. Ihr könnt Euch ihr anschließen. Mein Meister wird nichts dagegen unternehmen, wenn Ihr König Voltrik und Hamil erledigt. Sie beginnen ihn zu ermüden. Ihr könnt Königin sein, wenn Ihr wollt – Herrscherin über zwei Länder, und Eure Schwester wird auf einem Zauberthron sitzen und nach den Sternen greifen.«

Seine Worte hatten etwas Verlockendes. Daß Orogastus seiner Verbündeten aus Labornok müde war, konnte man sehr gut verstehen. Und daß er glaubte, er könnte sie, eine Prinzessin, dazu benutzen, sowohl über Ruwenda als auch über Labornok zu herrschen – ja, auch das war sicherlich denkbar. Natürlich war es eine Lüge zu behaupten, Haramis hätte sich Orogastus unterworfen. Dennoch sollte sie Zeit gewinnen.

»Ich ... Ich kann nichts hergeben ... wenn ich so gefesselt bin«, gab Kadiya zu bedenken.

Der Laut, den Rotstimme ausstieß, klang beinahe wie Kichern.

»Prinzessin, Ihr könnt Eurem Talisman auch dann befehlen, wenn Ihr in Fesseln liegt. Löst durch Worte und Gedanken, was Ihr bei Euch tragt, und dann werde ich *Euch* befreien.«

Natürlich glaubte sie ihm nicht. Es blieb jedoch nur wenig Zeit zum Nachdenken, und ihre Gedanken arbeiteten noch immer zäh und langsam ... Plötzlich erinnerte sie sich – erinnerte sich an eine Klinge, die einer Wurzel entsprungen war. Sie mochte zwar ein Zauberschwert tragen, doch es war irgendwo verwurzelt – und genau das wußte der Gefolgsmann des Zauberers nicht.

»Ich erteile Euch ... die Erlaubnis, es zu ziehen.« Worte kamen ihr über die Lippen, die sie zuvor nicht im Kopf gehabt hatte. »Stoßt die Klinge mit dem stumpfen Ende in die Erde.«

Sie vernahm seinen beschleunigten Atem. Daß er ihr Glauben schenkte, war ein Wunder, doch darüber konnte sie jetzt nicht nachdenken. Sie spürte, wie der Talisman zwischen ihren Schulterblättern herausgezogen wurde. Er leuchtete jetzt nicht; er blieb stumpf. Rotstimme stand auf. Kadiya sah zu, wie er die Klinge aufrecht in den Boden steckte, genau wie sie es ihm gesagt hatte.

Und plötzlich war da ein strahlender Glanz, die Klinge wurde dünner, schlank wie ein Halm, nur die drei lappigen Ausbuchtungen blieben unverändert. Kadiya hörte die eigene Stimme voll Ingrimm flüstern:

»O lebendiger Talisman, O Wurzelstock der Schwarzen Drillingslilie, mögest du das Symbol für die Stärke unseres Hauses sein, wie du es seit undenklichen Zeiten gewesen bist!«

Auf ihren Befehl hin öffneten sich die Kugeln. Die drei Augen lebten auf. Sie wandten sich Rotstimme zu, der wie versteinert dastand. Für den Bruchteil einer Sekunde leuchteten seine Augen auf wie Sterne, als der Zauberer aus der Ferne versuchte, in ihn zu dringen. Doch Orogastus war nicht schnell genug.

Einem Auge des Talismans entströmte gleißend helles Licht, dem sich ein grüner Strahl aus dem Seltlingsauge und ein goldener Speer aus dem Menschenauge anschloß.

Und Rotstimme brannte lichterloh.

Er krümmte sich vor Schmerz, als die magische Strahlung ihn umfing. Eine dreifarbige, flammende Säule hüllte seinen Körper ein. Er hatte nicht einmal Zeit zu schreien. Das Feuer verschwand so plötzlich, wie es gekommen war, und auf dem Boden lag Asche, über der sich dünne Rauchfahnen kringelten.

An der Stelle, an der das Dreilappige Brennende Auge gestanden hatte, steckte der Talisman, leblos und stumpf.

32

Nie zuvor hatte Prinz Antar unglücklichere Tage und Nächte erlebt als am Großen Mutar. Die Sonne brannte gnadenlos auf ihn und seine Gefährten herab und röstete sie wie Feiertogense. Sie hatten nur die sieben größten Holzboote mitgenommen (da sie jene der Wyvilo für zu zerbrechlich und wackelig hielten) und sie bis obenhin mit der auf dreiundvierzig Mann geschrumpften Truppe und den notwendigen Vorräten vollgestopft. In ihrer Unerfahrenheit schlugen die Eindringlinge ihr Lager vor allem auf den breiten Flußufern auf, die viel zu heiß und schlammig waren und überdies verseucht mit schleimigen Blutsaugern, Stechmücken und kleinen, gelbgestreiften Parasiten, die Löcher in die Vorratssäcke nagten. Die Mahlzeiten, die von ungelernten Soldatenköchen zubereitet wurden, waren in der Regel entweder angebrannt oder noch roh. Zwei Männer litten bereits an der roten Ruhr, da sie von giftigen Früchten gekostet hatten. Ihrer bequemen Zelte und Faltbetten beraubt, die zu groß für die Boote waren, mußten Ritter wie gemeine Soldaten auf dem Boden schlafen und konnten sich nur mit ihren Umhängen zudecken.

Als die heruntergekommene Truppe schließlich den ansehnlichen Wyvilo-Ort Let erreichte, der ihnen wie der Palast von Derorguila vorkam, erteilten ihnen die verfluchten Seltlinge nicht einmal die Erlaubnis, an Land zu gehen.

Die Wyvilo trafen die Menschen aus Labornok in der Mitte des Flusses und zeigten sich völlig unbeeindruckt vom Angebot des Prinzen, sie für ihre Mühe ordentlich zu belohnen. Der Sprecher erklärte, das Dorf habe keine Zeit für Gäste. Man erwarte, jederzeit von den feindlichen Glismak überfallen zu werden. Die Menschen müßten weiterziehen. Man könne weder Führer noch Nahrungsvorräte zur Verfügung stellen. Sir Rinutar fühlte sich berufen, die versammelte Flotte des Waldvolkes und ihren Sprecher gründlich zu schmähen. Er drohte ihnen den magischen Zorn des mächtigen Orogastus an, welcher durch Blaustimme über die Wyvilo kommen werde, wenn sie nicht unverzüglich den Forderungen Labornoks nachkämen.

Rinutars Freund, Sir Karon, der sich von den anmaßenden Primitiven nicht unter Druck setzen lassen wollte, erhob sich schwerfällig in seinem Boot, zückte sein Schwert und forderte den Sprecher Sasstu-Cha zu einem Zweikampf auf. Daraufhin zogen die scheinbar unbewaffneten Eingeborenen blitzartig kleine Wurfmaschinen hervor und bombardierten die sieben Boote Labornoks mit einem Sperrfeuer vortrefflich gezielter Kieselsteine.

Der Prinz und die meisten Ritter trugen dank ihrer Rüstungen kaum Verletzungen davon (obwohl Sir Penapat, der Pechvogel, nur mit knapper Not einem Stein ausweichen konnte, der ihm beinahe ein Auge ausgeschlagen hätte); doch die einundzwanzig Soldaten, die als Lehnsmänner dazu verpflichtet waren, an dieser Fahrt teilzunehmen, und die sich ihrer Rüstung aufgrund der Hitze und der anstrengenden Ruderarbeit zum größten Teil entledigt hatten, zogen sich so manche Prellung und Fleischwunde zu.

Für Sir Karon kam der Angriff so überraschend, daß er das Gleichgewicht verlor und mit seinem heftigen Gezappel das Boot so stark ins Wanken brachte, daß es mit lautem Aufklatschen umkippte. Das Schwert noch über dem Kopf schwingend, verschwand der eisenbewehrte kühne Recke auf Nimmerwiedersehen in den Tiefen des Großen Mutar. Seinem Gefährten, dem Ritter Sir Bidrik, erging es nicht anders. Blaustimme, ebenfalls ein Passagier des gekenterten Bootes, gelangte mit einer für einen derart mageren Menschen bemerkenswerten Schwimmkraft an die Wasseroberfläche und schwamm auf das Boot des Prinzen zu. Sir Owanon zog ihn an Bord. Die drei abgeladenen Ruderer strampelten wie wild um sich und riefen um Hilfe, denn sie konnten nicht schwimmen, und ihr Boot trieb außer Reichweite flußabwärts. Sie wurden schließlich von ihren Kameraden an Bord anderer Boote in Sicherheit gebracht.

Die Wyvilo hatten sich dieses Schauspiel teilnahmslos angesehen, die Schleudern im Anschlag.

»Geht«, befahl Sprecher Sasstu-Cha noch einmal. »Wir werden euch nicht weiter schaden, wenn ihr unverzüglich verschwindet.«

Prinz Antar flüsterte Blaustimme, der triefend vor ihm stand, zu: »Kannst du diese Seltlinge da nicht verzaubern und ihnen unseren Willen aufzwingen?«

»Mitnichten, hoher Herr«, sagte Blaustimme und wrang in aller Ruhe seine Hemden über dem Bootsrand aus. »Die Zaubergeräte, die ich hätte benutzen können, liegen inzwischen bei den verstorbenen Lords Karon und Bidrik auf dem Grund des Großen Mutar.«

»Nun gut«, seufzte der Prinz. Den Ruderern rief er zu: »An die Riemen!«

So geschah es, daß der Suchtrupp in Schmach und Schande weiter flußabwärts zog, bis es dunkelte und der Prinz meinte, man sei weit genug von Let entfernt. Sie steuerten eine einladende kleine Bucht direkt am Hauptstrom an, die ein sandiges, seichtes Ufer hatte, auf dem sie ihr Lager aufschlugen und ein Feuer entfachten.

Sieben Soldaten hatte es schwer getroffen. Sie konnten weder im Kampf noch zur anstrengenden Ruderarbeit eingesetzt werden und wurden daher von weiteren Pflichten entbunden. »Morgen«, teilte Prinz Antar ihnen mit, »werdet ihr mit zwei weiteren Verwundeten, die besser bei Kräften sind, ein Boot nehmen und zurück nach Tass rudern. Richtet den Kapitänen und dem Handelsmeister aus, daß sie des Todes sind, wenn sie nicht auf unsere Rückkehr warten – selbst für den Fall, daß wir nicht zu Beginn der Regenzeit zurück sein sollten.«

Unter den Rittern und Soldaten erhob sich bei diesen Worten lautes Gemurmel, doch der Prinz beachtete es nicht. Er rief Blaustimme zu sich. »Rufe deinen finsteren Meister, er möge den Aufenthaltsort der Prinzessin für uns auskundschaften, damit wir wissen, wohin wir uns morgen begeben sollen. Bitte Orogastus ebenfalls, meinen Vater, König Voltrik, darüber in Kenntnis zu setzen, daß ich seine Befehle und die seines Truchsessen auch weiterhin getreulich befolge.«

Mit diesen Worten wandte sich der Prinz ab und stapfte schweren Schrittes über den mondhellen Strand, um allein zu sein. Die anderen Männer kamen ihren Pflichten nach, in Trübsinn versunken, mit Ausnahme von Blaustimme, der sich unter die herabhängenden Zweige einer Baumgruppe am Rande des Strandes zurückzog. Dort kniete er nieder und verfiel in eine Art Trancezustand.

»Allmächtiger Meister, hört mich an!«

»Ich, Orogastus, höre dich, meine Stimme.«

»Ach, Herr, unser Unternehmen hat in Let, dem Dorf der Wyvilo, einen schweren Rückschlag erlitten. Die Seltlinge griffen uns unerwartet mit einem Sperrfeuer von Geschossen an. Dabei kenterte das Boot, in dem ich saß. Die gesamte Zauberausrüstung ging verloren, und die Ritter Karon und Bidrik wurden vom Gewicht ihrer Rüstung ins Wasser gezogen und ertranken. Außerdem sind sieben Männer so übel zugerichtet, daß sie in Begleitung von zwei anderen, weniger verwundeten Männern nach Tass zurückkehren müssen, und Sir Penapat hat ein blaues Auge so groß wie eine Ladufrucht, da er von einem Kieselstein getroffen wurde.«

Orogastus mußte diese Neuigkeiten zunächst einmal verarbeiten. »Der Prinz und die anderen siebzehn Ritter sind noch unversehrt?«

»Sehr wohl, Großer Herr. Und zwölf Soldaten – obwohl die meisten von ihnen Prellungen davongetragen haben und sich bitterlich beklagen.«

»Ich habe Prinzessin Anigel ausfindig gemacht. Sie hat ihr Lager an der Mündung eines kleinen Flusses ein Stück weiter flußabwärts aufgeschlagen und beabsichtigt, morgen diesem Wasserlauf stromaufwärts zu folgen und zu Fuß weiterzugehen, sobald sie ihr Boot nicht mehr benutzen kann. Wenn Soldaten und Ritter gleichermaßen mit doppelter Geschwindigkeit rudern, benötigt euer Suchtrupp ungefähr fünf Stunden, um den Fluß zu erreichen. Du wirst Prinz Antar befehlen, beim Morgengrauen abzulegen und Anigel so rasch wie möglich zu folgen – aber sorge dafür, daß sie nicht angegriffen wird, ehe sie sich den Talisman beschafft hat, der nun nicht mehr weit weg sein kann.«

»Ich werde Eure Befehle an den Prinzen weiterleiten, Meister.«

»Übermittle dem Prinzen ferner die gute Nachricht, daß sein Vater, der König, fast vollständig wiederhergestellt ist. Des weiteren hat General Hamil Prinzessin Kadiya in seiner Obhut und wird in Kürze ihren Talisman, das Dreilappige Brennende Auge, übernehmen.«

»Meister ...« Blaustimme taumelte. »Heute abend, als wir hier anlandeten, spürte ich plötzlich eine Art geistiger Verwirrung. Es – es war, als wäre meinem Roten Bruder, der General Hamil begleitet, ein Unglück widerfahren.«

»Ja, Blaustimme, du mußt jetzt tapfer sein. Dein Bruder hat sein Leben für mich hingegeben.«

»Oh, wehe!«

»Die Mächte der Finsternis werden seine Lebensenergien empfangen und sie aufleuchten lassen. Und ihr beiden Stimmen, die ihr noch verblieben seid, sollt eine noch größere irdische Belohnung erhalten, wenn das Ziel, dem mein ganzes Streben gilt, erreicht ist ... Doch nun denke wieder an die andere Sache bezüglich Prinz Antar, die du noch auszuführen hast.«

»Ich warte nur auf den geeigneten Augenblick, Allmächtiger Meister. Der gefügige Sir Rinutar, ein Mann ganz nach Eurem Geschmack, wird ins Vertrauen gezogen, sobald die Tat vollbracht ist. Er wird unseren Trupp sicher zurückführen, wenn der Talisman erst einmal in unseren Händen ist.«

Die geistige Stimme des Zauberers verlor nun den letzten Rest von Wohlwollen und verkündete mit furchtbarer Entschlossenheit: »Es ist von größter Wichtigkeit, meine Stimme, daß Anigels Talisman nicht verlorengeht.«

»Großer Herr, ich verstehe.«

»Kadiyas Talisman ist fast sichergestellt. Der von Prinzessin Haramis wird bald der meine sein – vielleicht sogar noch vor Morgengrauen! Doch diese beiden können ihre wahre Macht allein durch den dritten entfalten, den du mir bringen mußt.«

»So wahr ich lebe«, versprach Blaustimme, »werde ich ihn

Euch zu Füßen legen. Und wenn alles gutgeht, wird Prinz Antar den morgigen Sonnenuntergang nicht erleben.«

»Ich bin zufrieden. Leb wohl, Blaustimme.«

Der Handlanger des Zauberers ging ins Lager zurück, wo der Soldat, der an diesem Abend Kochdienst hatte, einen Eintopf aus getrocknetem Fleisch und Gemüse, garniert mit Rückenspeck, zubereitete, während ein anderer versuchte, auf einem rußgeschwärzten Gitter Brote zu backen. Die Gerüche waren nicht gerade einladend.

Blaustimme faßte sich ein Herz und trat auf den Prinzen zu. Der abwesende Ausdruck auf Antars Gesicht verschwand. Es klang beinahe eifrig, als er fragte: »Hast du Neuigkeiten?«

»Sehr wohl, Hoher Herr. Die flüchtige Prinzessin ist uns nur um acht Stunden voraus. Sie nähert sich dem Ziel ihrer Suche, und morgen oder übermorgen ist es soweit, daß wir sie ergreifen können.« Die Stimme fuhr fort, ihm von der Genesung des Königs zu berichten, und daß der Zauberer die beiden anderen Talismane so gut wie sicher in seiner Hand habe. Den Tod seines Gefährten, des dritten Handlangers, erwähnte er nicht. Der Prinz hörte nur mit halbem Ohr zu und ging dann, ohne ein Wort zu verlieren, zu seinen Männern, um das erbärmliche Mahl mit ihnen zu teilen.

In dieser Nacht zog ein schweres Gewitter über den Tassaleyo-Wald – der erste echte Vorbote der Regenzeit, die nach dem offiziellen Kalender in sechs Tagen beginnen sollte, nach dem Dreigestirnfest. Die Männer aus Labornok erwachten vom Donner und beeilten sich, die Boote umzudrehen und unter ihnen Schutz zu suchen. Doch erneut wurde ihnen die mangelnde Erfahrung in der Wildnis zum Verhängnis. Die flache Sandbucht, die so friedlich dagelegen hatte, wurde von den rasch anschwellenden Fluten des Großen Mutar überschwemmt. Fluchend und knurrend mußten die Männer die Boote wieder aufrichten. Sie kletterten hinein und paddelten in ein angrenzendes Dickicht, das inzwischen auch unter Wasser stand. Dort verbrachten sie die Nacht. Sie dösten mehr schlecht als recht unter ihren triefenden Umhängen, während der Sturm über sie hinwegfegte, und mußten zwischendurch die Boote leerschöpfen. Prinz Antar war ebenso durchnäßt und elend wie der geringste unter den Soldaten. Dennoch dachte er nicht an sein eigenes Unbehagen, sondern saß schlaflos in seinem Boot und fragte sich, wie es Prinzessin Anigel wohl in dieser endlosen, stürmischen Nacht ergehen mochte.

Freundin, tönte es vom Wasser her. *Freundin, wacht auf. Der Morgen graut. Ihr batet uns, Euch zu wecken. Wacht auf!*

Anigel, die in einem hohlen Baum lag, streckte sich und gähnte. Sie lag auf trockenem, sauberen Holzmehl, dem Produkt von Holzwürmern, die noch immer emsig um sie herum und über ihr daran arbeiteten, den abgestorbenen Waldriesen in ein Häufchen Humus zu verwandeln. Die Haare, der Schlafsack und die hübsche neue Kleidung, die sie von den Wyvilo bekommen hatte, waren wie mit Mehl überpudert – ein geringer Preis für einen behaglichen Unterschlupf während des Sturms.

Sie hatte wieder geträumt, die Erinnerung daran verblaßte jedoch mit dem Ruf der Rimoriks. Sie hatte die Tiere gebeten, sie früh zu wecken, denn sie wußte, daß sie nicht mehr weit vom Ziel ihrer Suche entfernt sein konnte. Am Abend zuvor, als sie für einen Augenblick vom Krachen eines Donners geweckt worden war, hatte sie gesehen, daß ihr Drillingsamulett feurig glühte; die winzige Blüte im Innern des Bernsteins war fast vollständig erblüht.

Eilig fuhr sie sich mit dem Kamm durchs Haar, um wenigstens einen Teil des Holzmehls zu entfernen. Dann nahm sie den Sanguon aus der Gürteltasche. Das Blatt der Schwarzen Drillingslilie, mit dem sie die Trinkflasche umwickelt hatte, sah nicht mehr frisch und grün aus; der obere Teil, in dem die Blattader braun geworden war, verwelkte bereits, und nur ganz unten war es noch feucht und lebendig. Die goldene Linie, die sie von Noth hierher geleitet hatte, führte jetzt nur noch durch den kurzen, gebogenen Stengel.

Wir haben einen Fisch für Euch, Freundin. Kommt her und holt ihn Euch.

Anigel sammelte ihre Sachen ein, blickte sich kurz um und

zwängte sich aus dem hohlen Baum ins Freie. Die beiden Rimoriks warteten neben dem Boot auf sie, das halb auf dem Trockenen lag. Ein dicker Winju-Fisch lag auf dem Moos. Nebelschwaden waberten unter den Bäumen ringsum, und die großen Farne und Büsche im Unterholz tropften, obwohl der Regen längst aufgehört hatte. Der Himmel schien klar, und die weißen Vögel begrüßten den heraufziehenden Morgen mit ihrem Gesang. Anigel stellte fest, daß der Flußarm viel mehr Wasser führte als zum Zeitpunkt ihrer Ankunft am Abend zuvor. Das war günstig: Es bedeutete, daß sie in ihrem Boot noch weiter flußaufwärts fahren konnte.

»Habt Dank, meine Freunde«, sagte Anigel. »Doch ich glaube, ich esse nur die Pastete, die ich von den Wyvilo bekommen habe, und ein paar Beeren zum Frühstück. Es wäre nicht leicht für mich, bei dieser Feuchtigkeit ein Feuer zu machen, und ich möchte mich gern so rasch wie möglich auf den Weg machen.«

Das ist wohl ratsam, antwortete ein Rimorik.

Der zweite fügte hinzu: *Wir wissen, daß Eure Feinde sich in rascher Fahrt auf dem Wasser-das-in-die-See-fließt nähern. Unsere Freunde haben uns berichtet, daß die Menschen sehr naß und sehr verärgert sind, und daß sie mehr denn je begierig sind, Euch einzufangen.*

Anigel seufzte. »Merkwürdig, aus irgendeinem Grund fällt es mir schwer, mich jetzt über sie zu ärgern. Ich fürchte mich nicht einmal mehr vor dem Dreihäuptigen Ungeheuer! Doch ich glaube kaum, daß es etwas mit Tapferkeit zu tun hat. Ich bin diese Suche einfach leid und will sie unbedingt zu einem Ende bringen. Wenn ich den Talisman habe ... nun, vielleicht werde ich mir *dann* Sorgen machen, wie ich mich vor dem Feind in Sicherheit bringen und zu meinen Schwestern zurückkehren kann.«

Die Tiere nahmen das Heck des Bootes zwischen ihre starken Kiefer und zogen es ins Wasser.

Trinkt Sanguon mit uns, dann sind wir schon unterwegs.

Sie vollzog das Ritual und stieg anschließend ins Boot. Sie machten sich auf den Weg den Strom aufwärts, den die Wyvilo Kovuko nannten. Langsam stieg die Sonne höher, und das dichte Laub des Tassalejo-Waldes begann zu dampfen. Es wurde drückend heiß, und Anigel legte außer dem neuen Unterkleid, das sie unter ihrer Jagdtunika trug, und Immus breitrandigem Hut alle Kleidungsstücke ab.

Es hatte sie überrascht, daß die Häuser des Waldvolkes so reich mit menschlichen Luxusgegenständen ausgestattet waren. Die bescheidenen Nyssomu aus Trevista stellten ihre Haushaltsgegenstände und Gewänder zum größten Teil selbst her; doch die Wohnstätten, die sie kurz in Let zu sehen bekommen hatte, waren vollgestopft mit allen möglichen Gegenständen aus Ruwenda und Labornok – eisernen Kesseln und Silberlöffeln, ausgefallenen Öllämpchen und vergoldeten Kandelabern, wertvollen Ledermöbeln, Röstpfannen und Fleischgabeln, Tapeten und Gemälden, Plüschtieren, Teppichen, Harfen, Mandolinen und Dudelsäcken, Kissen aus Satin, Porzellan und fein geschliffenen Gläsern, Spielkarten, Spielbrettern und jedem nur denkbaren Zierat und Schnickschnack, den die Handwerker der Randgebiete sich je ausgedacht hatten. Sprecher Sasstu-Cha und seine Frau besaßen sogar eine Sitzbadewanne aus Kupfer, auf die sie sehr stolz waren. Anigel hatte sich darin mit duftender Seife gewaschen. Die sauberen Kleider, die sie trug, gehörten den halbwüchsigen Kindern des Sprechers, die für eine bestimmte Art menschlicher Kleidung geradezu schwärmten.

Nachdem Anigel sich an die abstoßenden Gesichter und die ziemlich verdrießliche Art im Umgang mit anderen gewöhnt hatte, mochte sie die Wyvilo ganz gern. Sie waren ehrlich und arbeiteten in der Trockenzeit hart. Während der Regenzeiten fochten sie nicht enden wollende Kämpfe mit ihren ärmeren Vettern, den Glismak, aus. Der Sprecher vertraute ihr an, die menschlichen Händler hätten bedauerlicherweise nur eine Art von Waren mit einem Embargo belegt: Die Wyvilo durften für das Holz aus ihren Wäldern keine Waffen einhandeln.

»Ruwenda und Labornok halten im eigenen Interesse an dieser Politik fest«, hatte Sasstu-Cha ihr gesagt. »Wenn wir moderne Waffen hätten – wie Schwerter und stählerne Lanzenspitzen und starke Armbrüste – wären wir in der Lage, die Glismak ein für alle Mal zu besiegen und unser Herrschaftsgebiet den gesamten Großen Mutar hinab bis ins Land Var auszudehnen, und könnten unser Holz leichter und mit größerem Gewinn an die Bevollmächtigten des Königs Fiodelon verkaufen.«

Anigel hatte daraufhin nicht so recht gewußt, was sie sagen sollte. »Ich finde es nicht richtig, Eurem Volk die Mittel zur Verteidigung vorzuenthalten. Andererseits erhebt mein kleines Land Anspruch auf den nördlichen Tassaleyo, und unsere Wirtschaft ist vom Holzexport abhängig. Es gibt gewiß eine Kompromißlösung, bei der sowohl die Wyvilo als auch die Ruwendianer in Sicherheit leben und gedeihen können.«

»Wenn es sie gibt, könnt nur ihr Ruwendianer sie finden.«

»Aber wir sind nicht länger an der Macht. Ihr wißt, daß Labornok uns vernichtet hat!«

»Seid Ihr dessen so sicher? Was ist mit dem Talisman, den Ihr sucht? Ist er denn nicht dazu bestimmt, uns zu befreien?«

»Das Dreihäuptige Ungeheuer?« Anigel lachte kurz auf. »Glaubt Ihr wirklich, ich könnte so etwas zähmen und in den Kampf gegen unsere Feinde schicken?«

»Nein«, sagte der Sprecher. »Nicht, wenn Eure Suche bei dem Dreihäuptigen Ungeheuer endet, das wir kennen.«

Er lehnte es rundheraus ab, das fragliche Ding näher zu beschreiben. Doch kurz vor ihrer Abreise aus Let gab er ihr folgende Worte mit auf den Weg: »Bald wird das Fest des Dreigestirns begangen. Wenn die Himmelskörper bei Nacht aufgehen, könnt Ihr beobachten, daß sie einander immer näher kommen. Am Ende vereinigen sie sich, was nur einmal in tausend Leben vorkommt. Sollte es geschehen, daß die Monde sich in diesem Jahr vereinen, wird gewiß ein großes Wunder geschehen. Und es könnte Euch betreffen, O Blütenblatt des Lebendigen Drillings ...«

Anigels Boot zog den Kovuko hinauf, und der Wald an beiden Ufern veränderte sein Gesicht – er wurde trockener, das Unterholz lichtete sich. Hier wuchsen viele hoch aufragende, säulenartige Bäume; doch es gab auch andere, die höchst ungewöhnlich aussahen. Sie waren etwa dreimal so hoch wie ein Mensch und glichen eher Krautköpfen als Bäumen. Direkt über dem Erdreich öffnete sich eine Rosette aus dicken Blättern, die bei manchen Bäumen rötlich grün war, bei anderen wiederum in allen Regenbogenfarben schillerte. Aus der Rosette ragte ein stämmiger, fleischiger Strunk hervor, an dem kurze Äste mit kleineren Blättern und Blüten in leuchtend süßlichem Rosa oder Magentarot und hängenden Fruchtdolden saßen, die sehr köstlich dufteten. Am oberen Ende des Strunks befand sich noch ein Büschel größerer, nach oben gerichteter Blätter, die eine Art Kelch bildeten. Trotz ihres fremdartigen Aussehens machten die Bäume einen einladenden Eindruck. Sie muteten wie riesige Pokale mit kunstvoll verzierten, juwelenbesetzten Stielen an.

Entzückt ließ Anigel anhalten und schlug vor, ein paar Früchte von diesen seltsamen Bäumen zu pflücken.

Mitnichten, Freundin. Es wäre Eure letzte Mahlzeit.

»Oh! Sind die Früchte giftig?«

Sie sind köstlich. Aber der Baum benutzt sie, um seine Beute zu ködern.

Schaudernd vor Angst fielen Anigel Worte des Sprechers Sasstu-Cha ein: »Die Bäume in jener Gegend sind so gefräßig wie die Glismak selbst ...«

»Sie – sie würden mich *fressen?*«

Oder uns, Freundin. Jedes Lebewesen, das dumm genug ist, die verlockenden Angebote zu berühren, die an ihren Strünken hängen.

Sie zogen weiter flußaufwärts. Der Flußlauf verengte sich zusehends, und immer mehr Felsen behinderten die Durchfahrt. Die säulenartigen, »richtigen« Bäume wurden mehr und mehr von den Pokalpflanzen und vielen anderen Arten von finsterem Aussehen verdrängt. Das Land zu beiden Seiten des Flusses stieg an, und sie fuhren in eine breite, feuchte Schlucht. Merkwürdig, Anigel vernahm kein Vogelgezwitscher und sah auch keine anderen Tiere. Im Wald war es sehr still. Man hörte nur das Murmeln des Flüßchens. In weiter Ferne ertönte ein Schrei, der plötzlich abbrach.

Als die Sonne beinahe im Zenit stand, zogen die beiden Rimoriks das Boot an eine Stelle unterhalb großer Flußsteine, über die das Wasser hinabschäumte. Seit über einer Stunde hatten sie das Boot langsam vor sich her geschoben. Das flache Wasser, in dem sie nicht mehr schwimmen konnten, bereitete ihnen größte Mühe. Die Ufer stiegen allmählich an, und das Land wurde felsiger. Nun richteten die beiden grüngesprenkelten Tiere ihre großen dunklen Augen auf die Prinzessin und sprachen die Worte aus, die sie voller Angst erwartet hatte:

Freundin, wir können Euch nicht weiter begleiten.

»Ja, ich verstehe. Das Wasser oberhalb der Stromschnellen ist viel zu seicht.«

Langsam zog sie ihre Jagdkleidung an. Die freundlichen Jugendlichen der Wyvilo hatten ihr blaue Stiefel, eine knielange Tunika aus blauem Leder und einen reich verzierten Gürtel geschenkt, an den sie ihre Gürteltasche gehängt hatte. Die Litze, mit der ihr neues Unterkleid besetzt war, lugte unter den Ärmeln und dem Saum der Tunika hervor, was kein Jäger je zugelassen hätte, doch es störte sie nicht; sie hatte sich so sehr nach etwas Weichem, Sauberen auf der Haut gesehnt. Sie überprüfte ihre Vorräte und beschloß, Immus Regenumhang zurückzulassen. Die Kleidung war wasserdicht genug, falls es wieder einen Sturm geben sollte, und es machte ihr nichts mehr aus, wenn Hände oder Gesicht naß wurden.

Sie schnallte ihr Bündel um und setzte Immus Grashut auf. Dann fiel ihr ein, den kleinen Dolch so einzustecken, daß sie ihn leicht herausziehen konnte. Sie wandte sich an die Rimoriks:

»Meine lieben Freunde, was werdet ihr nun tun? Eure Heimat ist so weit entfernt, daß ich keine Möglichkeit sehe, wie ihr je dorthin zurückkehren könnt. Und das ist meine Schuld. Ist es euch möglich, allein in diesem Wald zu leben?«

Hier lebt keiner von uns. Nur entfernte Verwandte. Aber das macht nichts. Wir wollen hier beim Boot auf Euch warten, bis Ihr Eure Suche beendet habt. Dann werden wir alle zusammen in unser Land zurückkehren.

Tränen verschleierten Anigel die Sicht. Sie stolperte, als sie ins Wasser stieg und jedem Tier einen Kuß auf den nassen, glänzenden Kopf drückte. Sie tranken noch einmal Sanguon miteinander.

Wieder ertönte in weiter Ferne ein Todesschrei, der jetzt von den Wänden der tiefen Schlucht widerhallte. Anigel tat so, als hörte sie ihn nicht, und setzte ihr Bündel wieder auf. Undeutlich zeichnete sich ein Pfad oberhalb der Stromschnellen ab, der am Ufer parallel zum Fluß verlief und stromaufwärts führte. Mit einem letzten Gruß verabschiedete sie sich von ihren Freunden und machte sich allein auf den Weg in den Wald.

33

Haramis wachte mit den entsetzlichsten Kopfschmerzen auf, die sie je erlebt hatte. Stöhnend richtete sie sich in dem großen Bett auf und hielt sich den dröhnenden Schädel mit beiden Händen. Sie schalt sich eine Närrin, als sie versuchte, sich an alles zu erinnern, was am Abend zuvor geschehen war. Doch Schmerz und Übelkeit übermannten sie.

Hatte er sie verzaubert, ihre Willenskraft gelähmt, sie betrogen und verführt?

»Wie eine Fliege, die einem Weberling ins Netz geht, habe ich mich von ihm umgarnen lassen! Ich war unbekümmerter, als Kadiya es je sein könnte, und noch dümmer als Anigel! Oh, mein Kopf!«

Mit trübem Blick nahm sie ihr Gefängnis in Augenschein.

Eine Wand des Gemachs bestand aus behauenem Stein und war mit Wandteppichen behangen. Durch zwei kleine, bleiverglaste Fenster konnte sie graues Tageslicht und dichtes Schneetreiben erkennen. Frische Kerzen in vergoldeten Wandleuchten erhellten die anderen Wände, die mit reich verzierten Holzverkleidungen versehen waren, auf denen Gemälde fremdartiger Landschaften hingen. In einer mit bunten Kacheln umrahmten Feuerstelle, deren Kaminböcke auf sonderbare Art gearbeitet waren, brannte ein lustiges Feuer. Doch zu ihrer Überraschung spürte sie, daß auch aus einem kleinen, in die Wand eingelassenen Gitter neben dem Bett Warmluft strömte.

Ihr Blick fiel auf die Tür. Sie bestand aus massivem Gondaholz, in das ein Sternmuster geschnitzt war, hatte eiserne Türbänder und Scharniere und ein massives Blechschloß.

Eingeschlossen. Sie saß in der Falle.

Warum?

Das mit einem Baldachin versehene Bett mit der Daunendecke, den weichen Laken und den schweren Brokatvorhängen ...

Sie erinnerte sich, daß Orogastus sie hierher geführt hatte, als ihr die Sinne zu schwinden drohten. Lange hatten sie am Feuer gesessen und miteinander geredet und einen Becher warmen Branntweins nach dem anderen geschlürft. Lachend hatte er die Tür geschlossen, dann war das Klick des Schlosses zu hören. Aus irgendeinem unerfindlichen Grund war sie in Tränen ausgebrochen. Auf der Bettkante überkam sie ein Schwindelgefühl, und sie hatte sich mit letzter Kraft die Kleider ausgezogen und sich der Dunkelheit überlassen.

Gift. Hatte er versucht, sie zu vergiften, sie zu berauben?

Zitternd hob sie die Hand. Doch der Talisman hing noch immer an der goldenen Kette sicher zwischen ihren Brüsten. Der Stab. Der Dreiflügelreif.

»Dank sei den Herrschern der Lüfte ...«

Es klopfte an der Tür.

»Verschwindet«, stöhnte sie. »Könnt Ihr mich nicht in Ruhe sterben lassen?«

»Haramis, Ihr sterbt nicht«, sagte Orogastus gelassen. »Macht die Tür auf.«

»Ihr habt mich doch eigenhändig eingesperrt, Schuft!«

»Werft einen Blick auf den Tisch vor dem Feuer, Haramis.«

Langsam, damit ihr der hämmernde Schädel nicht in tausend Stücke zersprang, richtete sie sich auf und schlüpfte unter den Decken hervor. Auf dem Läufer neben dem Bett standen Hausschuhe aus schwarzem Fell, und auf einer Bank daneben lag säuberlich zusammengelegt ein Morgenmantel aus schwerem, gesteppten schwarzen Samt. Nachdem Haramis es geschafft hatte, diese Sachen anzuziehen, wankte sie zum Feuer hinüber. Ein rot gepolsterter Ledersessel stand dort vor einem anmutigen Tischchen, auf dem ein Korb mit Brötchen, ein vergoldetes Silbergestell mit Marmeladentöpfen aus Kristall sowie ein großer Silberkrug, aus dessen Tülle es würzig durftete, bereitstanden. Auf einem zusammengelegten Mundtuch aus feinem Leinen lag ein großer Messingschlüssel.

»Bitte, laßt mich herein«, sagte der Zauberer. »Es betrübt mich, daß Ihr leidet. Ich schwöre, daß ich nichts Böses im Schilde führe.«

Belog er sie? Machte es ihr etwas aus? Was immer er ihr

auch angetan hatte, schlimmer als es bereits der Fall war, konnte es nicht kommen. Sie nahm den Schlüssel, ging mit unsicheren Schritten zur Tür, und nach einigen nervösen Versuchen gelang es ihr aufzuschließen.

Orogastus drehte den ringförmigen Türgriff von außen und trat ins Zimmer - ein großer, ganz in Weiß gekleideter Mann. Haramis spürte, wie ein starker Arm sie stützte und zum Stuhl vor dem Fenster führte. Sie ließ sich hineinfallen.

»Ihr hättet die Tür ganz einfach selbst öffnen können«, murmelte sie vorwurfsvoll. »Leugnet es nicht! Ihr hättet sie nicht einmal mit Euren Blitzen aufbrechen müssen. Welches Schloß könnte schon einem Zauberer widerstehen? Ihr oder einer Eurer dienstbaren Geister muß bereits in diesem Raum gewesen sein, denn das Feuer brennt und der Tisch ist gedeckt!«

Er schüttete etwas heiße Flüssigkeit in die Tasse. Es war Darsontee, dessen Duft ihre Laune ein klein wenig hob.

»Ich habe hier keine Diener. Und ich war nicht in diesem Zimmer, obwohl ich das Feuer zum Brennen und das Essen auf den Tisch gebracht habe. Das ist etwas, was ich als notwendige Zauberei bezeichnen würde.« Seine tiefe Stimme klang fröhlich. »Ich gebe zu, ich hätte das Schloß gewaltsam öffnen können, aber so behandelt man wohl kaum einen Gast. Nun trinkt Euren Tee und eßt etwas. Ich versichere Euch, daß es Euch danach besser gehen wird. Und wenn Ihr dann der Meinung seid, mir verzeihen zu können, kommt in meine Bibliothek im Hauptturm, und wir werden unser Gespräch dort wieder aufnehmen, wo wir in der vergangenen Nacht stehengeblieben sind.«

Sie betrachtete ihn mit tiefem Unbehagen. »Und wenn ich es ablehne, Eure Gastfreundschaft länger in Anspruch zu nehmen?«

Er neigte den Kopf nach vorn und verbarg sein Gesicht. »Euer Lämmergeier schläft oben auf diesem kleinen Turm. Er wird sofort kommen, wenn Ihr ihn ruft. Das Zimmer auf der gegenüberliegenden Seite des Flurs hat einen Balkon, der zwar mit Schnee und Eis bedeckt ist, doch genug Platz bietet, daß Ihr Euren Lämmergeier besteigen und davonfliegen könnt, wohin Ihr auch wollt ... wenn Ihr es wirklich wollt.« Er ging durch die offene Tür und schloß sie leise hinter sich.

Haramis stand vom Tisch auf und trat an ein Fenster. Trotz des Schneegestöbers konnte sie den dunklen Abgrund erkennen, der die Flanke des Mount Brom spaltete und den Turm des Zauberers vom passierbaren Bereich auf der anderen Seite trennte. Wie war *er* von der Zitadelle aus hierher gekommen? Er konnte doch gewiß nicht fliegen! Und worüber hatten sie eigentlich in der letzten Nacht gesprochen? Haramis konnte sich noch genau daran erinnern, daß Orogastus, als sie gestern abend zum Turm gekommen war, in der offenen Tür des Torhauses gestanden hatte – seine Gestalt erschien vor dem erleuchteten Hintergrund als schwarze Silhouette. Er hatte sie wie einen langerwarteten Gast willkommen geheißen. Er war höflich, aber nicht unverschämt, und machte ganz und gar nicht den Eindruck eines Zauberers, sondern vielmehr den eines wohlsituierten Herrn in einem recht ungewöhnlichen Herrenhaus.

Sein langes Haar war so weiß wie helle Sommerwolken und umrahmte ein reifes, aber faltenloses Gesicht. Die Augen, die in ihren Träumen und Visionen wie unheilvolle Sterne gefunkelt hatten, schienen jetzt eher die Farbe von sehr tiefem Wasser zu haben. Er trug eine locker gegürtete Tunika, eine enge Hose und weiche Schuhe – alles in makellosem Weiß. Um den Hals trug er eine Platinkette mit einem großen Medaillon, auf dem ein vielstrahliger Stern zu erkennen war.

Er hatte den zuvorkommenden Gastgeber gespielt, hatte ihr Teile des Turmes gezeigt, wie das Sonnenzimmer, das Musikzimmer (das hatte sie überrascht), die große Bibliothek und schließlich sein privates Arbeitszimmer. Dort hatte ein knisterndes Feuer jeden Gedanken an den heulenden Schneesturm draußen verbannt. Der Fußboden war mit Fellen ausgelegt, und ein Tisch war für ein Essen zu zweit im Kerzenschein gedeckt. Orogastus hatte ihr eigenhändig ein einfaches Abendessen zubereitet. Und dann hatten sie auf dem Fell vor dem Fenster gesessen und Branntwein getrunken ...

»Was habe ich ihm erzählt?« fragte sie sich. Daran konnte sie sich nicht erinnern.

Langsam aß sie ein Brötchen und trank den Tee fast bis zur Neige.

Eine kleine Tür, die sie vorher nicht bemerkt hatte, führte zu einem angrenzenden Bad, das klug eingepaßt und kostbar eingerichtet war. Lichter ohne Flammen gingen flackernd in Kristallschalen an, als sie den Raum betrat. Wände und Boden waren blaßgrün gekachelt und fühlten sich warm an – wahrscheinlich beheizt durch ein zentrales Hypokaustum, vermutete sie. Ihr Blick fiel auf einen hohen, goldgerahmten Spiegel und einen Frisiertisch mit goldenen Kämmen und Bürsten, einer stattlichen Sammlung ausgefallener Toilettenartikel, kleinen Tiegeln mit Kosmetika, Fläschchen mit Duftessenzen, die man dem Badewasser beigeben konnte, sowie Körperpuder mit einer Puderquaste aus Daunen. Heißes und kaltes Wasser floß automatisch aus vergoldeten Hähnen in eine Wanne aus grünem Stein, die so groß war, daß man beinahe darin schwimmen konnte. Das Wasser stellte sich von selbst wieder ab, als die Wanne voll war. Stapelweise lagen weiche Handtücher bereit. Statt eines Abtritts gab es ein Wasserklosett – ein exotischer Luxus, von dem sie schon gehört, den sie aber noch nie gesehen hatte.

Haramis ließ sich glücklich in das warme Wasser gleiten. Doch zur Sicherheit behielt sie auch im Wasser den Talisman an der Kette um den Hals.

Anschließend ging sie zu Orogastus. Sie hatte die Reitkleidung angezogen, die sie bei den Vispi geschenkt bekommen hatte. Das schwarze Haar hing ihr, zu einem Zopf geflochten, über den Rücken. Sie fand den Zauberer in der Bibliothek. Er war in ein großes Buch vertieft und notierte sich etwas mit einem Griffel auf einer merkwürdig glimmenden Tafel. Als sie auf ihn zutrat, legte er ein ledernes Lesezeichen mit Fransen zwischen die Seiten und klappte das Buch zu. Die Tafel berührte er an einer Ecke mit einem Finger; sie verblaßte, und die Schrift verschwand.

»Laßt Euch von mir nicht stören«, sagte sie höflich. »Wenn Ihr weiterlesen wollt, würde ich mir gern ein paar Eurer seltenen Bücher näher anschauen.«

»Eure Neigung zur Wissenschaft ist auf der ganzen Halbinsel berühmt, Gnädigste. Das war einer der Gründe, warum mein Herr und Meister, König Voltrik, um Eure Hand angehalten hat.«

Sie lachte kurz auf. »Das ist ein Grund, fürwahr!« Wie zufällig beugte sie sich vor, um die Tafel zu untersuchen. »Was ist das? Ich sah, wie Ihr Worte darauf geschrieben habt, und dennoch ist die Tafel jetzt leer.«

Mit gleichgültiger Miene antwortete er: »Es ist eines jener Geräte des Versunkenen Volkes, die allesamt magische Kräfte besitzen.«

»Dessen bin ich mir nicht so sicher«, sagte sie langsam. *Es fühlt sich nicht an wie ein magisches Gerät,* dachte sie. Orogastus sah sie argwöhnisch an, daher wechselte sie schnell das Thema. »Ihr sagtet mir, Ihr könntet viele Dinge aus dem Besitz der Versunkenen Euer eigen nennen.«

»Ja.«

Sie nahm die Tafel ohne Eile in die Hand. »Wie funktioniert das?«

»Ein andermal«, sagte er freundlich und versuchte, ihr die Tafel zu entwinden. Doch Haramis hielt sie fest und zog sie an sich, so daß sie dem Zauberer aus den Händen glitt und leicht den Talisman berührte, den Haramis vor der Brust hängen hatte. Ein Funke sprang vom Stab auf die Tafel über, und im Nu war das Glimmen auf der Tafel erloschen. Haramis setzte sie hastig ab. *O nein,* dachte sie voller Unbehagen. *Ich wollte sie nicht zerstören, aber wird er das glauben – oder wird es ihm etwas ausmachen?*

Orogastus bereitete es offensichtlich große Schwierigkeiten, sich zu beherrschen. Haramis schob sich nervös ein paar Schritte zurück, um Abstand von ihm zu gewinnen, und steckte den Dreiflügelreif in ihr Mieder.

Er nahm die Tafel in die Hand und drückte mit dem Finger auf mehrere Stellen, doch sie leuchtete nicht wieder auf. »Sie ist tot«, preßte er zwischen den Zähnen hervor und hob den Blick, um Haramis anzufunkeln.

Sie hatte sich bereits eine Entschuldigung zurechtgelegt für den Schaden, den sie unabsichtlich verursacht hatte, wurde jedoch wütend, als sie ihn so sah. Sie warf ihm einen bösen

Blick zu, und ihre Stimme wurde schärfer. »Tot?« fauchte sie ihn an. »Dieses Gerät war nie lebendig! Meine Eltern sind tot – und zwar auf Eure Veranlassung!«

Er schwieg.

Sie wandte sich abrupt von ihm ab und trat an das große Fenster der Bibliothek. Der wilde Tanz der vom Wind getriebenen Schneeflocken spiegelte den Tumult wider, der plötzlich in ihr ausgebrochen war. Seit dem Fall der Zitadelle hatte sie noch nicht viel Muße gehabt, über die Ereignisse an jenem Tag nachzudenken, und sie gehörten gewiß nicht zu den Dingen, an die sie gern einen Gedanken verschwendete. Doch in diesem Augenblick brachen die Erinnerungen wie eine Flut über sie herein: der Bericht des Schildknappen über die Ermordung des Vaters, der Anblick der verblutenden Mutter … Tränen rannen Haramis über die Wangen.

»Haramis.«

Sie fiel ihm ins Wort. »Was für eine Närrin war ich doch! Ihr habt mich hierher gelockt mit Euren schwarzen Künsten, und weil ich jung und dumm bin, konntet Ihr meine Ängste einlullen und mich vergessen lassen, wer Ihr in Wirklichkeit seid. Und wer *ich* bin!«

Er war hinter sie getreten, legte ihr die Hand auf die Schulter und drehte sie zu sich herum. Er sprach mit sanfter Stimme, beinahe traurig, und tief in seinen Augen bemerkte sie winzige silberne Spiegelungen vom Schneesturm.

»Erinnert Ihr Euch nicht daran, daß ich Euch die Handfläche küßte und Euch sagte, wie sehr ich Euch von dem Augenblick an liebte, in dem der jämmerliche Voltrik mir Euer Bild zeigte? Und erinnert Ihr Euch nicht mehr daran, daß ich Euch sagte, wie gern ich Euch als diejenige anerkennen möchte, die dazu bestimmt ist, die Macht mit mir zu teilen?«

»Ihr seid der Feind der Erzzauberin, die unser Königreich so lange vor seinen Feinden beschützt hat. Leugnet es, wenn Ihr es wagt! Ihr allein seid verantwortlich für die Zerstörung des Gleichgewichts in der Welt, derjenige, der die Mächte der Finsternis verehrt! Ihr wollt meinen Talisman stehlen, und die meiner Schwestern …«

Er küßte sie.

Einen Augenblick erstarrte sie in seinen Armen. Doch seine Lippen waren weich, und Wärme strömte von ihnen durch ihren Körper. Schwindel erfaßte sie. Alles wirbelte wie wild um sie herum – nur er schien der einzig feste Punkt im Raum zu sein. Sie schlang die Arme um ihn und hielt sich an ihm fest. Der Talisman an ihrer Brust erwärmte sich durch die aufwallenden, ungewohnten Energien, die zunächst von ihm auf sie übergingen, dann jedoch mit steigender Intensität zwischen ihnen hin und her wogten, bis Haramis das Gefühl hatte, Lippen und Körper gingen in Flammen auf.

Im Geist hörte sie seine Stimme. *Wir beide sind mächtige Zauberer, Haramis – dazu auserkoren, die Sterne zu beherrschen! Sie haben dich belogen, die da sagten, ich sei böse. Es ist nicht wahr. Ich suche Weisheit, Wahrheit und Macht – und die Freude, die damit einhergeht. Hör mir nur zu! Laß mich dir erklären, warum deine armen Eltern sterben mußten, warum ich König Voltrik gestattete, seine Eroberung auszuführen, warum du und deine Schwestern verfolgt wurden. Laß mich dir die wahre Bedeutung der drei Talismane und des Dreifachen Zepters der Macht zeigen! Und dann entscheide selbst ... mit deinem Verstand, der dem meinen so ähnlich ist. Ich habe über Meilen hinweg nach dir gerufen und dich zu mir hergezogen. Du bist aus freien Stücken gekommen! Du weißt es! Du weißt, daß ich dich liebe. Jetzt habe den Mut, mich auch zu lieben! Jetzt, Haramis. Jetzt ...*

Haramis erwachte aus ihrer Starre. Sie hob den Kopf und befreite sich sanft aus seiner Umarmung. Sie war verwirrt und spürte ein merkwürdiges Ziehen im Körper.

»Was hast du mit mir gemacht?«

»Haramis, du liebst mich. Dein Körper hat es mir gesagt, auch wenn dein Herz versucht, es zu leugnen ...«

»Nein! Nein ...«

Doch sie klammerte sich erneut an ihn. »Mir ist kalt, so kalt.«

Schneeflocken trieben gegen die Fensterscheiben und glitten daran herab. Sie versuchten, das Glas zu durchdringen und Haramis zu erreichen, sie mit ihrer unverdorbenen Reinheit zu bedecken und die letzte schwelende Glut auszulöschen, die in ihr zu einem lodernden Feuer erwacht war. Sie sah die Weiße Frau, die einsam und unter Schmerzen starb. Sie sah ihr eigenes Bild in einem Spiegel aus schwarzem Eis.

Sie sah ihn.

»Laß uns in dein Arbeitszimmer gehen«, sagte sie schließlich. »Da ist es viel wärmer. Ich will hören, was du mir zu sagen hast.«

Doch in dieser Nacht, allein in ihrem Zimmer, dachte sie an ihre Eltern und weinte sich in den Schlaf.

34

Anigel ging langsam und stetig bergan, den Windungen des Wasserlaufs folgend. Nach geraumer Zeit fiel ihr auf, daß sie durch denselben wundersamen Wald ging, von dem sie nach der Überwindung der Tassfälle geträumt hatte. Und – ja, sie hatte es nur vergessen – in der vergangenen Nacht war er ihr erneut im Traum erschienen: jener Wald, durch den ihre Mutter, die Königin, mit Staatskrone und allen königlichen Insignien schritt, und sie, Anigel, ihr in weitem Abstand folgte und mit aller Kraft versuchte, sie einzuholen.

Im Hier und Jetzt gab es keine Königin. Ihre arme Mutter war tot. Und die Krone hatte Haramis bei sich, die Thronerbin – wenn sie überhaupt noch lebte.

Der Pfad wurde steiler, und Anigels Herz pochte vor Anstrengung. Gott sei Dank standen die scheußlichen Pokalbäume hier nicht mehr so dicht! Statt dessen entdeckte sie eine neue Baumart, die immer zahlreicher vorkam und so bedrohlich wirkte, daß Anigel sich hütete, sie zu berühren oder auch nur in ihre Nähe zu kommen. Es waren große, stämmige Bäume mit einer schweren Krone aus zähen grünen Blättern. In den glatten Stämmen befanden sich überall eiförmige, etwa ellenlange Öffnungen, die wie senkrecht stehende Münder aussahen, deren Ränder mit blanken grünen Dornen bewehrt waren und sich ohne Unterlaß öffneten und schlossen. Es war, als atmeten die Bäume. Die Bewegung wurde von leisen Tönen begleitet, die wie das Pfeifen einer Brise oder wie schrille, kalte Musik klangen. Anigel wußte sogleich, daß diese Bäume Kannibalen waren, schlimmer noch als die Pokale. Mit den gähnenden, zahnbewehrten schwarzen Schlünden verlangten sie nach Beute: Die Bäume spürten ihre Gegenwart. Sie wollten sie.

»Ihr Herrscher der Lüfte, was für scheußliche Dinger!« Anigel nahm ihr Amulett in die Hand, da die Angst sie erneut zu überwältigen drohte. Und dann gelangte sie allmählich zu einer neuen, grausamen Erkenntnis. Schauer liefen ihr über den Rücken, und sie vermochte kaum einen Schritt weiterzugehen. Auf ihren bloßen Armen bildete sich eine Gänsehaut. Wo war der Pfad?

Verschwunden!

Unter ihren Füßen war nichts als urwüchsige Vegetation. Wie lange schon hatte sie den Pfad verlassen? Sie wußte es nicht. Sie hatte nur darauf geachtet, daß sie dem Flußlauf folgte. Vor Schreck wie gelähmt, umringt von unheimlichen Bäumen, wußte sie nicht, wohin sie sich wenden sollte. »Weiße Frau!« rief sie verzweifelt aus. »So hilf mir doch!«

Das Amulett in ihrer geballten Faust war sehr warm geworden. Als sie es schließlich fallen ließ, begann der Honigbernstein trotz des hellen Tageslichts zu leuchten. Das Brummen und Stöhnen der Bäume mit den schrecklichen Fangzähnen übertönte beinahe den plätschernden kleinen Bach.

Das Blatt. Werft das Blatt.

»Wie bitte? Was habt Ihr gesagt?« Sie wirbelte herum und suchte die Person, die da gesprochen hatte. Doch es war niemand da. »Hohe Frau – seid Ihr das?«

Das Blatt der Schwarzen Drillingslilie. Werft es von Euch. Laßt Euch von ihm führen.

Die Hände zitterten Anigel so stark, daß sie kaum die Gürteltasche öffnen konnte. Wolken hatten sich vor die Sonne geschoben, und eine düstere Dämmerung senkte sich über die Schlucht. Anigel fröstelte. Das Blatt – es raschelte, als sie es herauszog. Seine Oberfläche war jetzt völlig trocken, das Grün zu einem stumpfen Gelbrot verfärbt. Nur am äußersten Zipfel des Blattstengels war ein winziges Fleckchen Gold zu sehen, das auch ohne Sonneneinstrahlung glitzerte.

Werft es fort …

Sie stellte sich auf die Zehenspitzen und warf das Blatt hoch in die Luft. Obwohl Windstille herrschte, schwebte es langsam davon und führte Anigel am Ufer des Flüßchens entlang weiter stromaufwärts. Sie folgte ihm wie eine Schlafwandlerin. Das Blatt wurde schneller. Sie begann zu laufen. Bergauf. Der Weg wurde immer steiler. Das Unterholz dichter, dunkler. Vor ihr segelte nur das tanzende Goldstückchen über braunem Untergrund und zog sie weiter.

Sie gelangte auf eine Lichtung am Ende der Schlucht, die von moosbewachsenen Felswänden eingeschlossen war. Als kleines, schmales Rinnsal, das aus luftiger Höhe herabfiel und die Lichtung in feinen Nebel hüllte, entsprang an dieser Stelle der Fluß.

Und neben dem Wasserfall stand ein Baum.

Es war das größte Lebewesen, das Anigel je gesehen hatte. Neben ihm erschienen die anderen Waldriesen wie unbedeutende Strohhalme. Selbst wenn sich dreißig Männer im Schulterschluß vor diesen Baum gestellt hätten, wären sie nicht in der Lage gewesen, den Umfang seines Stammes zu erreichen. Er war von derselben Gattung wie die dornschlündigen Kannibalen, die ihren Weg bisher gesäumt hatten, doch in seinem mächtigen Stamm befand sich zwischen zwei vorspringenden Wurzeln nur eine einzige Öffnung, in der ohne weiteres ein kleinerer Baum dieser Art Platz gefunden hätte. Anigel war so beeindruckt, daß sie ihre Furcht völlig vergaß. Langsam ließ sie den Blick nach oben wandern und sah, daß der Baum die Klippe, von der das Wasser herabfiel, überragte.

Und dieser Baum hatte nicht nur ein belaubtes Haupt, sondern deren drei.

Als Anigel auf ihn zutrat, bemerkte sie, daß sich das mit Fangzähnen bewehrte Maul fortwährend öffnete und schloß, öffnete und schloß, immer schneller. Ein tiefer Brummton begleitete das Atmen, und Ohren, die weniger wachsam waren als ihre, hätten ihn vielleicht sogar überhört. Im Inneren des Schlundes gewahrte Anigel im Gegensatz zu der Finsternis in den kleineren Bäumen einen prächtigen goldenen Glanz, ähnlich dem ihres Amuletts.

Das Dreihäuptige Ungeheuer enthielt ihren Talisman.

Sein Atem ging immer schneller, denn es hatte Angst.

»Vor mir«, sagte Prinzessin Anigel, »Angst vor mir!«

Wie durch ein Wunder wußte sie genau, was sie zu tun hatte. Am Fuße des kleinen Wasserfalls lagen ganze Stapel abgestorbenen Holzes, Überreste von Bäumen, die während der Regenzeit von der Flut hier angeschwemmt worden waren. Sie hob ein dickes, etwa armlanges Holzscheit auf und ging direkt auf den klaffenden Schlund zwischen den Wurzeln zu.

Der Glanz im Innern der Baumhöhle verstärkte sich, und das Amulett glühte. Ruhig hielt sie das Holz mit beiden Händen waagerecht vor sich hin. Sie beobachtete eine Zeitlang, in welchem Rhythmus sich der Schlund öffnete und schloß, dann stieß sie mit einer raschen Bewegung die Arme zwischen die dornigen Kiefer.

Der Baum wollte das Holz verschlingen. Es gelang ihm nicht. Das Holzstück war zwischen den Rändern seiner Höhle eingekeilt und hielt sie offen.

Der Baum brüllte.

Anigel wußte jedoch, daß er damit nicht Wut, sondern Angst zum Ausdruck brachte. Sie hatte das Holzscheit losgelassen, und der Baum versuchte nun mit aller Macht, den Fremdkörper zu zerbrechen. Das Holz verbog sich und begann zu splittern, doch der Schlund blieb eine Zeitlang aufgesperrt ...

Gerade lange genug, daß Anigel sich über die stacheligen Zähne beugen und den Gegenstand ergreifen konnte, der hinter ihnen lag. Lange genug, daß sie zurückspringen und sich außer Reichweite bringen konnte, ehe das Holzscheit mit lautem Krachen brach. Der Schlund schloß sich und öffnete sich nicht mehr. Die Kanten der Rinde hatten sich zu einem Knoten zusammengezogen, der kaum breiter war als Anigels Fäuste.

Die Prinzessin hielt eine Krone in der Hand, eine offene, halbrunde Tiara aus silbrig glänzendem Metall, die sechs kleine und drei größere Zacken besaß. Sie war prächtig gearbeitet und mit ungewöhnlichen Schneckenornamenten verziert, mit Muscheln und Blumen in Rocaille. In jedem der drei größeren Zacken saß ein stilisiertes, wunderliches Antlitz. Unter einem dieser unheimlichen Häupter befand sich eine Öffnung – und Anigel wußte, was dort hineinpaßte.

Sie zog sich ans Ufer zurück, setzte sich auf einen Felsen, nahm den Hut vom Kopf, löste die Kette ihres Drillingsamuletts und ließ den goldumrahmten Bernstein auf die Krone hinabgleiten. Er paßte wie angegossen in das Loch auf der Vorderseite der Krone, und als er an seinem Platz war, konnte man ihn nicht mehr entfernen. Die versteinerte Blüte im Amulett war jetzt bis auf eine leichte Wölbung der Blütenblätter geöffnet.

Anigel setzte die Krone auf und ging zum Baum zurück.

Er war still, und sein Schlund blieb geschlossen.

»Jetzt gehört der Talisman mir«, sagte Anigel zu ihm. »Du hast den Schatz wohl behütet, aber ich bin diejenige, für die er bestimmt war. Du mußt keine Angst haben. Ich werde dich hier in Frieden lassen.«

Sie drehte sich um. Seltsam, ihre Augen hatten sich mit Tränen gefüllt. Sie spürte ein neues, schweres Gewicht in der Magengrube und hatte das unbestimmte Gefühl, daß ihr noch etwas bevorstand – etwas Schreckliches. Sie dachte: ich habe meinen Talisman – doch es ist nur einer von dreien. Was ist mit meinen Schwestern?

Im selben Augenblick waren der Baum, die Lichtung und der Wasserfall verschwunden.

Blitzartig erschien ihr das Bild eines anderen Ortes, eine Szene tief im Sumpf, der mit riesigen Dornfarnen überwuchert war. Kadiya!

Die Schwester kroch tränenüberströmt und ihren Trotz herausschreiend mitten durch eine Meute bewaffneter Männer, Ritter aus Labornok. Sie trug kein Drillingsamulett, doch sie preßte eine Art Schwert ans Herz, dessen Knauf in pulsierendem Bernsteinlicht glühte. Im Hintergrund stand ein großes, abscheuliches Wesen mit orangeglühenden Augen und blutigen Zähnen.

Ehe Anigel bei dem grauenhaften Anblick zu einem Schreckensschrei ansetzen konnte, war das Bild verschwunden. Statt dessen erblickte sie ein behaglich eingerichtetes Turmzimmer in einer unbekannten Feste mit kostbaren Wandbehängen, Fellen auf dem Boden und einem Tisch, auf dem sich alte Bücher stapelten. Auf Kissen vor der Feuerstelle saß ein gutaussehender Mann mit schneeweißem Haar, der ein schwarz-silbernes Gewand trug, an seiner Seite eine wunderschöne junge Frau mit dunklem Haar.

Er küßte die Handfläche ihrer linken Hand. In der Rechten hielt sie einen Stab aus hellem Metall. An seiner Spitze war ein silbriger Reif zu erkennen, den drei gefaltete Flügel krönten. Und die Frau war Haramis ...

Nein! Nein!

Anigel riß sich die Krone vom Kopf und schleuderte sie auf den bemoosten Waldboden.

Nein – die Visionen stimmten nicht! Die tapfere Kadiya in den Händen der Labornoks, bedroht durch Skritek? Die kluge Haramis in Harmonie vereint mit dem bösen Zauberer Orogastus? Niemals! Niemals!

Und wenn die beiden nun doch verloren wären, wer sollte dann die Frau sein, die nach der Prophezeiung Labornok besiegen und Ruwenda wiederherstellen sollte? Sie selbst etwa? Lächerlich! Ein Witz! Ein ausgesprochen grausamer Witz ...

Sie warf sich zu Boden und schluchzte, als bräche ihr das Herz, und kroch von der abgeworfenen Krone weg, als wäre sie wahrhaftig so widerwärtig wie ihr Name. Das also war ihr Talisman! Das Ende ihrer langen Suche, die Erfüllung des feierlichen Auftrags der Weißen Frau! Ein Talisman, der Lügen verbreitete – der Alpträume spann, schlimmer als ihr ängstliches Ich sie jemals hätte erfinden können. Er war nichts weiter als ein Ungeheuer.

Doch hatte Königin Kalanthe im Traum nicht gesagt, ihre Schwestern seien andere Wege gegangen? Sie, Anigel, sollte gereinigt und vorbereitet werden – worauf?

Allmählich ließ das Schluchzen nach, ihr Atem beruhigte sich und wurde regelmäßiger, und Anigel schlief ein.

Eine Stunde später erwachte sie plötzlich. Hatte sie ein Geräusch vernommen? Vielleicht einen dieser geheimnisvollen Schreie? Sie war sich nicht sicher. Einerlei, es ging ihr viel besser. Sie wusch sich Gesicht und Hände im Bach und aß etwas. Dann nahm sie die Krone an sich und betrachtete sie eine Zeitlang. Die drei wunderlichen Antlitze schienen schüchtern zu lächeln.

Es ist ein Zeichen, schloß sie. *Und ein Werkzeug. Eine Eigenschaft habe ich bereits kennengelernt – es kann Visionen heraufbe-*

schwören. Doch ob diese Visionen nur die Verkörperung meiner eigenen Ängste sind oder ob sie die Wahrheit widerspiegeln, weiß ich nicht. Aber ich werde es herausfinden.

Sie setzte sich die Krone fest auf den Kopf, stülpte Immus Hut darüber und ging auf dem Weg zurück, den sie gekommen war.

»Mein Prinz, die Boote können nicht weiterfahren.« Es war der Hauptmann, der das Leitboot den Kovuko hinaufgestakt hatte, der die unangenehme Nachricht laut kundtat, woraufhin der ungeordnete Zug überladener Boote sich in einem felsigen Teich unter einer Stromschnelle versammelte, wo der Fluß kaum knietief war.

Antar, seine Ritter und Blaustimme versammelten sich, um zu beratschlagen, während die erschöpften Ruderer sich bei einem Bad im Wasser erfrischten. Schmatzend verzehrten sie einen Teil ihrer spärlichen Ration und legten sich in den Schatten merkwürdiger Pokalbäume. Unter den Kriegern aus Labornok war niemand, der die wahre Natur dieser Pokale kannte; sie hatten sich indes wohl die Lehre zu Herzen genommen, keine unbekannten Früchte zu essen, und ließen die Angebote der Bäume unangetastet.

»Von hier aus müssen wir zu Fuß gehen«, sagte Antar. »Wegen der drückenden Hitze möchte ich vorschlagen, daß wir unsere Rüstungen bis auf Helme, Brustschilde und Rückenstücke ablegen –«

»Mein Prinz!« rief der Hauptmann plötzlich vom gegenüberliegenden Ufer herüber. »Ich glaube, ich habe Fußspuren der Flüchtenden gefunden!«

Sie wateten alle durchs Wasser zum anderen Ufer, und da, in einem Feld unter großen, schlaff herabhängenden Wedeln von Futterfarnen entdeckten sie eines jener seltsamen Boote der Wyvilo. Ein kleiner Regenumhang aus Leder, typisch für die Nyssomu, lag säuberlich zusammengefaltet am Boden.

»Das ist ein Umhang, wie man sie in Trevista trägt«, sagte der Hauptmann. »Ich erinnere mich gut an die Prägeverzierungen an der Kapuze. Umhänge dieser Art wurden auf dem

Markt von Lusagira angeboten. Er könnte der Prinzessin gehören.«

Blaustimme drängte sich zwischen den Rittern hindurch und trat vor. »Gebt ihn mir. Ich will ihn einer Prüfung unterziehen.«

Er hielt das Kleidungsstück fest in den knochigen Händen, warf den geschorenen Kopf in den Nacken und schloß die Augen. »Mächte der Finsternis, hört mich an! Enthüllt Eurem Bittsteller, wer diesen Umhang getragen hat.« Er hielt ihn unter seine Nase und sog den Geruch ein. Dann sprach er mit völlig veränderter Stimme: »Immu hat ihn getragen, eine Dienerin der königlichen Familie von Ruwenda, und Anigel, Prinzessin von Ruwenda.«

»Bei Zotos Gedärmen!« rief Sir Rinutar begeistert. »Endlich eine echte Spur des Weibsbilds! Ich war schon fast überzeugt, daß wir hinter einem Phantom herjagen.«

Blaustimme öffnete die Augen, setzte sich die Kapuze auf und warf den Umhang wieder in das durchsichtige Kanu. »Die Prinzessin hat ihn vor knapp zwei Stunden noch getragen. Wir haben sie fast eingeholt. Wir müssen umgehend weiterziehen und dürfen keine Zeit verlieren.«

»Nun gut«, sagte der Prinz. »Hauptmann, sammelt Eure Männer. Und ihr, meine Gefährten, macht euch fertig ...«

Ein Schrei ertönte unter den Pokalbäumen auf der anderen Seite des Flusses. Laut fluchend wirbelte der Prinz herum. Er sah einen Soldaten schreiend und fluchend zum Ufer laufen. Der Hauptmann eilte hinüber, um zu prüfen, was vorgefallen war. Die Gruppe der Ritter folgte ihm.

»Er hat unseren armen Gomi gefressen!« verkündete der Mann mit wildem Blick. »Hat ihn glatt verschluckt wie Nebelbeerenmarmelade!«

Alle begannen laut durcheinander zu reden, doch der Hauptmann forderte zwei Soldaten auf, ihre Waffen zu nehmen, und sagte zum Prinzen: »Laßt mich hingehen und die Sache untersuchen.«

Nach wenigen Augenblicken kam er zurück und berichtete mit versteinerter Miene: »Es war einer der Bäume, die wie Tassen aussehen, mein Prinz. Der Söldner Gomladik hat es gewagt, sich an einem Stamm zu entleeren, und Zeugen zufolge kamen vier schlanke Arme wie große Würmer aus der offenen Krone des Baumes, packten ihn und hoben ihn in die Höhe.«

Der Prinz und die Ritter begleiteten den Hauptmann jetzt zur Baumgruppe, wo die Pokalbäume dastanden, als wäre nichts geschehen. Ein Baum wurde von zwei Soldaten bewacht. Die oberen Blätter hatten sich zu einem großen Ball geschlossen, aus dessen Nähten Blut und andere Körpersäfte drangen, die am Stamm herabrannen und zwischen den Blättern, die am Boden lagen, kleine Pfützen bildeten. Der Anblick flößte ihnen allen Abscheu und Entsetzen ein; ehe man jedoch ein weiteres Wort darüber verlieren konnte, wurden neue Rufe laut unter den Männern, die am Ufer zurückgeblieben waren.

»Zu den Waffen! Zu den Waffen! Feindliche Eingeborene in Sicht!«

Vergessen war der vom Baum verschlungene Gomladik. Antar, Sir Owanon und der Hauptmann liefen allen voran zum Ufer und erteilten laute Befehle. In wenigen Augenblicken hatten die Soldaten die Holzboote an Land gezogen und so rasch wie möglich am Ufer aufgestapelt, um eine behelfsmäßige Barrikade zu errichten. Die Ritter setzten ihre Helme auf und zogen ihre Schwerter, während die Soldaten sich so gut sie konnten bewaffneten und die Armbrust in Bereitschaft brachten. Proviantsäcke, abgelegte Kleidung und ein Rest von Ausrüstungsgegenständen lagen am Ufer verstreut oder trieben gemächlich flußabwärts.

Plötzlich war es sehr still.

»Blaustimme«, flüsterte der Prinz hinter seinem umgedrehten Boot hervor, »kannst du den Feind mit deiner Hellsichtigkeit erspähen?«

»Augenblick ... einen Augenblick.« Der Günstling des Zauberers lag am Ende der Barrikade, eingeklemmt zwischen Sir Rinutar und einem Soldaten, in einer denkbar ungeeigneten Haltung für den Trancezustand. Er nahm sich zusammen, die Augenhöhlen schienen leer zu werden, und er erstarrte. »Ja, ich sehe sie! Sie lauern am gegenüberliegenden Ufer unter den Mörderbäumen. Es sind zwanzig ... vierzig .. Ihr Mächte der Finsternis, bewahret! Es sind ihrer so viele, daß ich sie kaum zählen kann! Und es sind nicht etwa Wyvilo, mein Prinz. Diese Eingeborenen sind größer und allesamt noch schrecklicher anzusehen – kein Zweifel, es sind Kannibalen, Glismak!«

»Das reicht«, sagte Antar. Und zu den anderen gewandt: »Männer, nur Mut. Es sind wilde Seltlinge, und sie sind uns trotz ihres furchtbaren Äußeren unterlegen. Wir können immer noch den Sieg davontragen.«

»Seht«, sagte Sir Owanon ruhig. »Da kommen die ersten.«

Sechs Gestalten schlichen durch die Farne im Unterholz und stellten sich am gegenüberliegenden Ufer auf, keine zehn Ellen entfernt. Sie sahen weniger menschenähnlich aus als die Wyvilo und waren größer als Menschen. Sie hatten lange Speere mit Steinspitzen bei sich. Sie trugen keine Kleidung; manche jedoch waren mit Juwelen geschmückt. An Gürteln hingen Steinkeulen und anderes Kriegsgerät. Der Kopf der Glismak mündete in einer Schnauze, und die Zähne, vor allem die beiden vorderen vorstehenden Reißer, waren lang und scharf. Die tiefliegenden, rotglühenden Augen saßen in einem Kranz glänzender Hautplättchen; diese am Körper fest angewachsenen Schuppen zogen sich über den Kopf bis hinunter zur Schulterpartie, zum Rücken und auf die Oberarme. Die dreigliedrigen Hände und Füße hatten sowohl Schwimmhäute als auch Krallen. Auf dem Bauch, der wie der größte Teil der Gliedmaßen und das Gesicht mit dichtem roten Fell überzogen war, befanden sich nur vereinzelt ein paar Schuppen. Am Rand der Hautplättchen, die bei jedem Tier in Farbe und Muster anders waren, wuchs nur spärliches Fell. Die Glismak besaßen in der Tat eine wilde Schönheit – neben ihrer Aura des absoluten Selbstvertrauens.

Einer der sechs trat vor und setzte mit heiserer Stimme zu einer Rede an, bei der er den Speer über dem Kopf schwenkte. Nachdem er seine Ansprache beendet hatte, schleuderte er mit voller Wucht die Waffe von sich, und die Steinspitze bohrte sich tief ins harte Holz des Einbaums, hinter dem der

Prinz lag. Die anderen fünf Glismak hoben ebenfalls ihre Waffen zum Wurf.

»Bogenschützen«, rief Antar, »fertig zum Abschuß.«

Eiserne Pfeile hagelten auf die Glismak nieder. Fünf von ihnen fielen unter scheußlichem Gebrüll. Der sechste stieß einen Laut aus wie Trompetenschall, der aus hundert Kehlen wiederholt wurde, und setzte in weiten Sprüngen über das Wasser. Der Rest der Horde stürmte brüllend und kreischend aus dem Pokalwald auf der anderen Seite. Sie warfen Speere und drohten mit anderen Waffen.

In Sekundenschnelle war die kleine Truppe aus Labornok umzingelt. Die Armbrüste konnten auf die geringe Entfernung nicht eingesetzt werden, und die Soldaten kämpften mit Kurzschwertern oder Dolchen, während die Ritter mit ihren großen Doppelschwertern heftig um sich schlugen, hackten und hieben, bis sie unter dem bloßen Gewicht der Glismakkörper zusammenbrachen.

Dem Hauptmann gelang es, zwei Ungeheuern den Bauch aufzuschlitzen, bevor ein drittes mit weit aufgerissenem Maul hinter ihm auftauchte und seinem Hals einen tödlichen Biß versetzte. Die wenigen Soldaten, die nicht innerhalb der ersten Minuten bereits überwältigt waren, rannten um ihr Leben. Doch es half ihnen nichts: Die langbeinigen Tiere jagten hinter ihnen her, stellten sie und zogen ihnen mit den Krallen das Fleisch von den Knochen. Die Gefallenen wurden auf der Stelle gerissen, und noch während des Kampfes begann ein teuflisches Festmahl. Das grausige Gebrüll der Glismak übertönte die Schreie der sterbenden Soldaten.

Inzwischen waren Prinz Antar und seine Ritter überwältigt.

Merkwürdigerweise wurden sie jedoch von den Feinden weder zerfleischt noch ihrer Rüstung beraubt. Man nahm ihnen lediglich die Schwerter ab und band ihnen Hände und Füße mit Streifen aus ungegerbtem Leder zusammen. Dann wurden sie wie Puppen aufgehoben und rasselnd und fluchend auf einen großen, blutigen Stapel geworfen.

Einige siegreiche Glismak begannen nun zu singen und miteinander um den Haufen hilfloser Menschen zu tanzen, die alle Hoffnung aufgegeben hatten und ihre letzten Gebete sprachen. Andere Menschenfresser wiederum machten sich daran, am Ufer trockenes Treibholz zu sammeln, das sie mit den Booten zu einem hohen Scheiterhaufen aufschichteten, den sie anzündeten. Es war klar, daß der nächste Gang ihres Festessens gebraten werden sollte.

»Der Herr habe Erbarmen mit uns allen«, stöhnte Prinz Antar, der ganz oben auf den verschlungenen Leibern der Gefangenen lag. »Und möge er den Zauberer Orogastus verdammen, der uns in diesen unwürdigen Tod geschickt hat, in den tiefsten der zehn Höllenschlunde.«

Der Gesang und das Gebrüll der Glismak brachen abrupt ab.

Sie hörten auf zu tanzen. Jene finsteren Gesellen, die noch immer mit ihren Leckerbissen aus rohem Fleisch beschäftigt waren, ließen von ihrem grausamen Mahl ab und blickten erstaunt auf. Die Wilden standen jetzt ohne Ausnahme reglos da und starrten mit aufgerissenen Mäulern auf etwas, das sich offenbar stromabwärts auf sie zubewegte. Antar wand sich in seinen Fesseln und konnte schließlich mit eigenen Augen sehen, wer dort kam.

Es war eine Frau.

Sie stand auf dem kleinen Uferpfad, ein Dutzend Ellen von den aufgeschichteten Leibern der Ritter entfernt und in Reichweite eines Glismak. Sie trug Jagdkleidung aus himmelblauem Leder und auf dem Rücken ein Bündel. In der einen Hand hielt sie einen breitrandigen Grashut, in der anderen eine Rute, die wie ein Wanderstab geschnitzt war. Das goldgelbe Haar fiel ihr in schimmernden Wellen über den Rücken. Auf dem Kopf saß eine merkwürdig gearbeitete Krone aus glänzendem weißen Metall, in die vorn ein Drillingsbernstein eingelassen war. Ihre Miene war zu einer Maske aus Schrecken und leidenschaftlicher Wut verzerrt. Tränen rannen ihr über die Wangen.

Das Herz drehte sich Prinz Antar im Leibe herum. Er kannte dieses Gesicht, und es war das schönste, das er je gesehen hatte, und das einzige, das er je wirklich geliebt hatte. Es war keine geringere als Prinzessin Anigel, die hier durch einen unglücklichen Zufall auf einen Schauplatz des Grauens geraten war. Bestimmt würden die Feinde als nächstes über sie herfallen ...

Doch nichts dergleichen geschah. Die Glismak wichen zurück, als Anigel in ihre blutige Mitte schritt, und einige stießen leise Grunztöne aus, ja, manche wimmerten sogar. Sie warf einen Blick auf die menschlichen Knochen, die zerfetzten Kleidungsstücke und den Haufen gefesselter Ritter in ihren Rüstungen, die jetzt in Anbetracht ihrer Kühnheit und des Risikos wie erstarrt waren.

»Was habt ihr nur *getan*?« wollte sie von den Glismak wissen. Obwohl noch immer Tränen auf ihrem Gesicht glänzten, sprach sie mit fester Stimme.

Vereinzelt hörte man die Glismak knurren und unangenehm zischen. Ein Ungeheuer trat aus der Gruppe der Tänzer hervor. Es war größer als alle anderen, sein Gürtel hatte goldene Knöpfe, und sein Steindolch steckte in einer goldenen Scheide. Die Schuppen am Körper waren überreichlich mit grünen, gelben und scharlachroten Mustern bemalt. Der Anführer der Glismak zeigte mit einer blutigen Kralle auf Anigels Krone und brüllte in seiner eigenen Sprache eine Drohung.

»Ich habe das Recht, sie zu tragen«, sagte die Prinzessin unerschütterlich. Sie ließ den Hut fallen und wischte sich mit dem Handrücken die Tränen aus den Augen. »Und ich sage euch, ihr habt etwas Böses getan. Diese Männer hier waren meine Feinde, nicht eure. Sie haben euch kein Leid zugefügt, dennoch habt ihr sie abgeschlachtet und ihr Fleisch gefressen wie die Tiere! Aber ihr seid keine Tiere, ihr seid Lebewesen, die dazu ausersehen sind, dem Dreieinigen Gott und einander zu dienen, und was ihr getan habt, war böse.«

Der Anführer der Glismak stieß einen furchtbaren Laut aus, der wohl ein Lachen sein sollte. Dann hob er die Krallenhände, öffnete das Maul, und seine messerscharfen Zähne leuchteten im dumpfen Licht des Spätnachmittags auf. So näherte er sich der hilflosen Prinzessin. Anigel zeigte mit ihrem Wanderstab auf ihn und sagte ruhig und gelassen: »Ihr Herrscher der Lüfte, verteidigt mich.«

Aus dem verhangenen, finster drohenden Himmel zuckte ein blauer Lichtstrahl herab, der die gefangenen Ritter blendete. Der gleichzeitige Donnerschlag raubte ihnen beinahe das Bewußtsein. Als sie mit Schmerzen in den Ohren wieder zu sich kamen, stand die Prinzessin mit weit aufgerissenen Augen vor einem rauchenden Häuflein Asche, zu dem der Anführer verbrannt war.

Die Horde der menschenfressenden Seltlinge fiel vor Angst und Ehrfurcht der Länge nach auf den Boden.

»Geht fort von hier!« sagte Anigel mit lauter, klarer Stimme. »Geht, und laßt euch hier nicht wieder blicken.«

Ein oder zwei grimmige Gesichter sahen auf. Die Glismak zögerten, da manche noch auf Rache aus waren, doch dann sprangen sie alle miteinander auf und rannten davon, aus voller Lunge aufheulend. Sie überquerten den kleinen Fluß, liefen in den Wald und waren bald nicht mehr zu sehen. Die Prinzessin blickte verwundert und furchtsam auf den rauchenden Kadaver zu ihren Füßen.

Nun rief Antar: »Prinzessin Anigel! Wir hier sind noch am Leben. Wollt Ihr uns nicht befreien?«

Anigel erwachte aus ihren Träumereien und eilte herzu. Mit ihrem kleinen Dolch kappte sie die Lederfesseln. Die Ritter brachten sich wieder in Ordnung, die Unverletzten unter ihnen halfen den Verwundeten, sich ihrer Rüstungen zu entledigen und zum Wasser zu gehen. Nachdem auch Prinz Antar wieder auf den Beinen war, trat er auf Anigel zu und sank vor ihr auf die Knie.

»Prinzessin, ich habe kein Schwert, um mich Euch zu ergeben. Also lege ich, Prinz Antar, Kronprinz von Labornok, mich Euch mit Leib und Seele zu Füßen. Ich kann nicht länger Euer Feind sein. Ihr seid wahrhaft edel und gut, und jene, die mir befohlen haben, Euch zu verfolgen und zu töten, sind böse. Wenn Ihr mich verbrennen würdet, wie Ihr es mit diesem brutalen Kerl hier getan habt, wäre es die gerechte Strafe, die ich verdient habe. Solltet Ihr mich jedoch verschonen, werde ich Euch ein treuer Sklave sein bis ans Ende meiner Tage.«

»Ich auch«, sagte Sir Owanon, trat vor und kniete sich neben den Prinzen.

»Ich auch«, murmelte Sir Penapat, der sich gerade die Wunden auswaschen ließ.

Hier und da ertönte ein weiteres Echo aus den Reihen der Ritter, und diejenigen, die körperlich dazu imstande waren, traten vor und sanken auf die Knie. Nur Sir Rinutar und zwei seiner Gefolgsleute, Onbogar und Turat, blieben aufrecht stehen.

Plötzlich teilten sich die Farne, unter denen Anigels Boot verborgen war, in dem sich kein anderer als Blaustimme versteckt gehalten hatte. Er kletterte heraus, überquerte den Wasserlauf und näherte sich mit einschmeichelndem Lächeln.

»Große und mächtige Frau«, sprach er und verneigte sich tief. »Ich bin Sklave eines anderen Meisters, der mich für alle Ewigkeit an sich gebunden hat. Aber ich schwöre Euch bei seiner Ehre, Euch so gut ich kann zu dienen und Folge zu leisten, und ich stelle meine armseligen Kräfte unter Euren Befehl, wenn Ihr Euch herablassen wollt, sie anzunehmen.«

Während Blaustimme sprach, wandte er sich Rinutar zu, und ihre Blicke kreuzten sich für einen Augenblick. »Und vielleicht mögen diese tapferen Ritter, die davor zurückschrecken, ihren Treueid auf Labornok zu brechen, sich mir anschließen, wenn ich Euch einen Waffenstillstand vorschlage. Wir sind Menschen, die in einem fremden Land heimgesucht wurden, und wir sollten nicht uneins untereinander sein, solange ein derart schrecklicher Feind uns alle gleichermaßen bedroht.«

»Einverstanden«, knurrte Rinutar. »Ich will einen Waffenstillstand schließen, ebenso meine Männer.«

Anigel betrachtete Blaustimme eine Zeitlang und schwieg. Auch die drei anderen nahm sie in Augenschein. Dann sagte sie: »Nun gut. Erhebt Euch, Prinz – und auch diejenigen, die mich jetzt als ihre Herrin anerkennen. In ein paar Stunden ist es dunkel. Wir haben von seiten der Glismak nichts mehr zu befürchten, doch wir können trotzdem nicht an diesem unglückseligen Ort unser Lager aufschlagen. Ich werde mit dem Prinzen beratschlagen und dann entscheiden, was wir tun. In der Zwischenzeit sammelt ihr alle Waffen und Vorräte, deren ihr habhaft werden könnt, ein und holt eure Boote vom Scheiterhaufen. Doch reißt den Holzstoß nicht auseinander. Legt statt dessen die traurigen Überreste eurer Kameraden darauf, und bevor wir diesen Ort verlassen, wollen wir ihn anzünden, ihnen zu Ehren.«

Zustimmendes Raunen folgte ihren Worten. Sie bedeutete Prinz Antar, ihr zu folgen, und ging ein Stück stromabwärts am Ufer entlang. Als sie außer Hörweite der anderen waren, sagte sie:

»Dem Großen in Blau ist nicht zu trauen.«

»Ich weiß. Er ist eine Stimme des abscheulichen Zauberers Orogastus. Wir werden ihn auf unserem Rückweg im Auge behalten müssen ... Ihr wollt nach Ruwenda zurückkehren, Herrin?«

»Auch«, sagte sie. Ihre blauen Augen blickten Antar feierlich an, und ihre Pupillen waren in der Dunkelheit geweitet. »Doch zunächst habe ich eine andere Pflicht. Die Horde der Glismak wird jetzt bestimmt zur Siedlung der Wyvilo nach Let ziehen und sie angreifen. Sie befanden sich auf dem Weg dorthin, als sie auf Euch trafen. Wir müssen so schnell wie möglich nach Let, um das Waldvolk zu warnen, und wir müssen alles tun, ihnen zu helfen.«

»Zu Befehl!« sagte der Prinz voll Bewunderung. »Wir Ritter werden Euch mit unseren Schwertern zur Seite stehen, wenn Ihr Donnerschläge herabruft, um die teuflischen Glismak zu erschlagen!«

Anigel wich mit einem Schreckensruf vor ihm zurück. »Bewahre!«

»Aber wie sollen wir die Wyvilo denn sonst retten, Herrin? Wir sind sechzehn Männer – zwanzig, wenn Ihr die drei Unvereidigten und den Lakaien des Zauberers mitzählt – und einige von uns sind verwundet. Die Glismak müssen hunderte sein. Glaubt Ihr denn, wir können uns einer riesigen Armee Wilder ohne Eure magische Unterstützung entgegenstellen?«

»Ich wußte nicht, daß der Talisman töten würde«, flüsterte sie. Und in ihren Augen lag blankes Entsetzen. »Ich wußte nicht ...«

Antar nahm sie bei der Hand. Wieder rollten Tränen über ihre Wangen. Er hob ihre schwieligen, zerkratzten Finger an die Lippen. »Macht Euch keine Sorgen. Vielleicht könnt Ihr unterwegs versuchen festzustellen, wieviel Macht diesem Talisman innewohnt, und auf diese Weise sanftere Verteidigungsmethoden herausfinden.«

Sie wandte sich ungeduldig von ihm ab und dachte an die vor ihr liegende Aufgabe. »Wir werden heute abend rasten. Morgen ziehen wir so schnell wie möglich weiter bis in die Nacht hinein. Wir müssen Let noch vor den Glismak erreichen.«

»Bei Nacht unterwegs sein?« fragte Antar verdutzt. »Herrin, wir als ungeübte Bootsfahrer können unmöglich den Großen Mutar im Licht des Dreigestirns befahren – und es kann auch wieder Sturm aufkommen.«

Ein zartes Lächeln umspielte Anigels Lippen. »Wir werden den Dienst ausgezeichneter Führer in Anspruch nehmen.«

Sie ging hinunter ans Ufer, immer noch lächelnd, und rief: *Freunde!*

35

Hamil kam mit langen Schritten auf Kadiya zu und baute sich vor ihr auf. Zwei seiner Reiter stellten sich mit Fackeln neben sie. Erneut riß er sie an den Haaren und zwang sie auf die Knie.

Er lachte laut auf, und sie hörte andere Stimmen, die sich ihm anschlossen. »Jetzt zeigst du den richtigen Geist, Tochter des Krain: demütig auf den Knien. Was wird hier gespielt?«

Rasch sah er sich um und versuchte die Situation zu erfassen – das aufrecht stehende Schwert und den widerlichen schwarzen Haufen. Die verkohlten Überreste einer Hand wiesen auf den Gegenstand der Macht, den sie begehrt hatte.

Nach längerem Schweigen lachte Hamil erneut auf, jedoch weniger selbstsicher als zuvor. Inzwischen hatten sich etliche Bewaffnete um sie geschart, doch um das, was auf der Erde lag, machten sie einen großen Bogen.

»So ist das also. Die Stimme hat die Wahrheit gesprochen und selbst nicht daran geglaubt! Stimmt das, du Schlampe?« Der General zerrte Kadiya an den Haaren und schüttelte sie heftig. »Er hat versucht, den Talisman an sich zu nehmen, doch der war an Euch gebunden und hat ihn erschlagen.«

Er ließ sie los und fuhr sich mit dem Finger über die Unterlippe. Kadiya hatte genug über den General gehört, um zu wissen, daß er, auch wenn er sich ungeschliffen gab, gerissener und scharfsinniger war, als es den Anschein hatte.

Der Kreis der Umstehenden öffnete sich, um einem anderen, hoch aufgeschossenen Offizier Platz zu machen. Sein zerrissener Umhang war einst ebenso prachtvoll wie der Hamils gewesen. Er trug keinen Helm, denn er hatte einen schmutzigen Verband um den Kopf, und auf Wangen und Kinn wuchsen graue Bartstoppeln.

»Was nun, mein General?« Die Schärfe, mit der er diese Worte aussprach, ließ vermuten, daß sie zwar Kampfgefährten, nicht unbedingt jedoch Waffenbrüder waren.

Hamil blieb keine Zeit zu antworten, denn aus den Reihen der Umstehenden ertönte eine Stimme:

»Bindet die Hexe ans Schwert, und ab in den Sumpf mit ihr!« Ein zustimmendes Raunen war die Antwort. Dann erteilte ein anderer Reiter einen Rat:

»Hetzt die Skritek auf sie!«

Sein Vorschlag fand noch größere Zustimmung. Die Männer hatten den Kreis erweitert. Die hinteren Reihen, die das Licht der Fackeln und des Feuers nicht mehr erreichte, verschmolzen mit der Dunkelheit. Es war, als spürte man in zunehmendem Maße die Bedeutung jenes verbrannten Körpers.

Hamil bedachte seine Männer mit einem funkelnden Blick, den sie offenbar nur zu gut kannten, denn das Raunen verstummte, als wäre plötzlich eine Tür ins Schloß gefallen. Dann wandte er sich an den großen Offizier.

»Ihr fragt, was nun, Osorkon? Nun, wir haben unsere Befehle. Und wie immer gehorchen wir unseren Befehlen! Wir haben das hier gesucht und gefunden.« Erneut krallte er sich in Kadiyas Haare und hatte sie damit völlig in seiner Gewalt. »Ja, wir haben es gefunden. Und noch etwas haben wir ...« Er deutete auf den Talisman. »Wenn König Voltrik jene belohnt, die ihm eins dieser königlichen Weiber bringen, wie viel wird man erst für einen Schatz bekommen, den unser Truchseß so heiß begehrt?«

»Ein schöner *Schatz*«, Osorkon spuckte dieses Wort förmlich aus, »der bereits einen erledigt hat, der viel mehr über seine Gefahren wußte als irgendeiner von uns.«

»Ja.« Hamil fuhr sich mit der Zungenspitze über die fleischigen Lippen. Er zerrte Kadiya an den Haaren in die Höhe, damit er ihr gerade in die Augen sehen konnte. »Ich glaube, Ihr werdet uns gegenüber jetzt etwas ehrlicher sein. Wir wissen durchaus mit Leuten umzugehen, die nur aus Mut und Eifer bestehen. Sie sind am Ende froh und dankbar, wenn sie uns nur gehorchen dürfen, selbst wenn das bedeutet, daß sie jemanden töten müssen, der ihnen sehr nahe steht.« Er schnippte mit den Fingern. Erneut öffnete sich der Kreis, und ein Skritek trat in gebeugter Haltung vor.

»Pellan!« rief Hamil im Befehlston. Aus den hinteren Reihen der Truppe taumelte eine abgezehrte Gestalt. Kadiya, die dem Handelsmeister zu einer Zeit begegnet war, da er wohlgenährt und geachtet unter seinesgleichen lebte, erkannte ihn zuerst nicht. Er war inzwischen ein menschliches Wrack geworden und sank beinahe in die Knie, als er zu einer förmlichen Verbeugung ansetzte. Das Gesicht, das er dem General zuwandte, schien einem Toten zu gehören.

Hamil beugte sich vor, um den Talisman näher zu betrachten. Er nickte, als habe er genau die Antwort erhalten, die er haben wollte. »Er ist noch dran ...« Trotz der Veränderung, die das Schwert erfahren hatte, lag der Riemen aus Schlangenhaut, den Rotstimme zur besseren Handhabung hergestellt hatte, noch immer unversehrt in einer Schlinge um den Griff. »Pellan, sag diesem hirnlosen Tier, es soll das Schwert nehmen, und binde es dem Mädel wieder auf den Rücken. Nimm aber nur die Kordel in die Hand.«

Der Mann schluckte, als fiele ihm das Sprechen schwer. Dann stieß er eine ganze Reihe gutturaler Laute aus. Der Skritek blickte zuerst ihn an, dann das Schwert, dann Hamil. Er öffnete das Maul und entblößte die Reißzähne, um in seiner brummenden Sprache zu antworten.

Pellans Gesicht war unter der Schmutzschicht, die eine Fahrt durch die Sümpfe unweigerlich nach sich zog, leichenblaß geworden, Kadiya sah, daß seine Hände zitterten und er sie rasch aneinanderpreßte.»Nun?« fragte Hamil nach einem schier unendlichen Moment des Schweigens.

»Edler General – er will es nicht anfassen.« Pellan deutete mit einem Kopfnicken auf das Schwert. »Er sagt, es stammt von den Versunkenen und besitzt ihre Macht.«

»So?« Hamils Miene war unverändert. Er packte die Schlangenhaut und riß die Klinge aus dem Boden. Dann drehte er sich langsam um die eigene Achse, als wollte er sich versichern, daß alle Versammelten genau sahen, was er tat.

»Die Versunkenen«, bemerkte er. »Wir haben vieles über sie vernommen, seitdem wir durch diese Sümpfe paddeln. Schaut nur alle her! Muß sich denn einer, der das Wappen des großen Labornok trägt, vor Legenden fürchten?«

Osorkon hustete. »Und was ist mit ihm?« Er deutete auf die verkohlten Überreste. »Sieht so aus, als enthielten einige Legenden durchaus berechtigte Warnungen.«

Hamil zuckte nicht einmal mit der Wimper, doch Kadiya war sich in diesem Augenblick ziemlich sicher, daß der General seinen ihm direkt Untergebenen nicht mochte. Sie bemerkte auch, daß der Kreis der Soldaten sich allmählich wieder verengte, und vermutete, daß die Geste des Generals ihnen einen Teil ihrer Furcht genommen hatte.

»Der da«, Hamil deutete mit einer Kopfbewegung auf die Asche, »hat mit solchem magischen Kinderkram gespielt. Die Sachen seines Meisters mögen ja sicher genug sein, aber das Ding hier ist aus anderem Stoff. Ein Mann, der bestimmte Waffen handhabt, ohne Verletzungen davonzutragen, wird unvorsichtig. Ich glaube, die Stimme hat sich überschätzt.«

Der General stand nun wieder neben Kadiya. Ein heftiger Schlag auf die Schulter ließ sie herumfahren, und beinahe wäre sie erneut zu Boden gegangen. Doch sie war imstande, aufrecht stehen zu bleiben und spürte, wie das Schwert allmählich wieder zwischen die Seile glitt, mit denen sie gefesselt war.

Hamil hatte sich bereits wieder abgewandt. Er winkte einen Reiter heran, der neben dem nächstbesten Fackelträger stand. Er hob die Hand und zeigte auf den Skritek, der sich seinem Befehl widersetzt hatte.

»Den brauchen wir nicht mehr«, war sein einziger Kommentar.

Der Skritek brüllte und wand sich. Eine Axt mit gefährlicher Doppelklinge tauchte in einer seiner schuppigen Fäuste auf. Der herausfordernde Schrei der Kreatur wurde von seinen Artgenossen beantwortet.

Der Soldat, den Hamil aufgefordert hatte, trat mit gezücktem Schwert einen Schritt vor, bereit zum Schlage. Offenbar war es nicht zum ersten Mal, daß ein Soldat aus Labornok einem ihrer unangenehmen Verbündeten im Zweikampf gegenübertrat.

Der Skritek schleuderte die Axt so schnell und kraftvoll, daß sie im blendenden Licht nur vage wahrzunehmen war.

Der Soldat hatte sich vornübergebeugt, um die Waffe in Kampfhaltung parieren zu können. Zugleich ließ er sein Schwert niedersausen. Dunkles Blut sprudelte hervor. Der Skritek warf den Kopf mit ohrenbetäubendem Brüllen in den Nacken. Das linke Bein war ihm zur Hälfte abgetrennt worden. Schon schnellten die Unterarme mit den scharfen, ausgefahrenen Krallen vor. Eine Klaue verfing sich eher zufällig im Kettenpanzer über der Schulter des Soldaten und riß ihn zu Boden. Noch ehe er vor Schreck und Schmerz aufschrie, hatten seine Kameraden ihre Schwerter gezogen. Auch die anderen Skritek zögerten nicht lange, in den Kampf einzugreifen.

In dem Gefecht, das nun um das Lagerfeuer entbrannte, kämpften und starben Soldaten aus Labornok und Skritek gleichermaßen. Ein Fackelträger vertrieb ein Ungeheuer aus nächster Nähe des Generals; er stieß der Kreatur das brennende Ende der Fackel zwischen die halb geöffneten Kiefer. Je länger das Handgemenge dauerte, um so grimmiger wurde es ausgefochten. Doch es währte nicht lange, und die Horde der Skritek verschwand allmählich im Dunkel des Sumpfes und ließ drei tote Gesellen und zwei lebende zurück. Vier Soldaten lagen regungslos am Boden, andere versorgten blutige Schrammen und ähnliche Verletzungen.

Zu Beginn des Durcheinanders hatte Osorkon Kadiya gepackt und zu Hamils Zelt gezogen, das beinahe einstürzte, als ein Halteseil riß. Er selbst machte keine Anstalten, in den Kampf einzugreifen, sondern sah nur zu. Als es vorbei war, starrte er Hamil mit finsterem Blick an. Er wollte etwas sagen, wartete jedoch ab, bis der General mit einer Handvoll Blättern das Blut von seinem Schwert abgewischt hatte und so nahe herankam, daß niemand außer Kadiya sie hören konnte.

»Unsere Verbündeten verstehen unter ihrem Dienst wohl etwas anderes als wir«, bemerkte Orsokon sarkastisch. »Ihr habt diesen doppelzüngigen Packgurps« – er deutete mit einer Kopfbewegung auf Pellan, der sich zu einem Ball zusammengerollt und in den Schutz des wackeligen Zeltes begeben hatte – »dazu gezwungen, uns bis zum letzten ihm bekannten Punkt des Flusses zu bringen. Das ist jetzt drei oder vier Tage her. Seither haben uns die Ungeheuer geführt.« Er nickte in die Richtung, in der die gefangenen Uisgu aneinandergefesselt lagen. »Rings um uns her brodelt der Sumpf, und seit zwei Tagen sind wir ohne jede Nachricht von unserem Suchtrupp, den wir vorausgeschickt hatten. Ich sage Euch, laßt uns umkehren, jetzt, da wir unser Ziel erreicht haben. Ihr habt das Mädel und das, was sie bei sich trägt.«

Hamil runzelte die Stirn. »Vielleicht gibt es noch mehr Kostbarkeiten.«

»Und was ist, wenn sich die Seltlinge erheben? Wir haben Uisgu gefangengenommen und sind mit ihnen in einer Weise umgegangen, die ihre Stammesangehörigen gegen uns aufbringen wird. Und jetzt haben wir uns auch noch die Skritek zu Gegnern gemacht. Wir wären dumm, wenn wir uns von jenen abhängig machten, die allen Grund haben, uns zu hassen.«

»Seltlinge – diese schleimigen Teufel! Hat sich je einer von ihnen willig gezeigt, Waffen zu tragen? Nein! Es sind kleine, fette Feiglinge, hirnlos wie Scheunentogense. Die Uisgu und sich erheben ...? Unmöglich! Sie können und wollen nicht kämpfen. Stimmt das etwa nicht, du Wurm?« Hamil stieß Pellan mit der Stiefelspitze in die Seite. »Hast du uns nicht von Anfang an gesagt, daß diese Sumpftreter feige Memmen sind?«

Pellan hob den Kopf und zugleich seinen mageren Arm, als wollte er einen Schlag abwehren. »Es ist bisher immer so gewesen, General. Die Skritek kämpfen nur, wenn sie von Feinden der Irrsümpfe angegriffen werden. Untereinander sind sie friedlich, und sie haben noch nie die Waffen gegen Menschen erhoben, die in die Sümpfe kamen. Ich habe gehört, daß sie durch einen uralten Eid gebunden sind, der ihnen den Kampf verbietet.«

Hamil schnaubte verächtlich. »Das Weibsbild hier hat es geschafft, sich einen Weg durch die Dornenhölle zu bahnen, und die Uisgu haben ihr geholfen, sonst wäre sie nicht bis hierher gekommen. Wenn wir sie und die anderen bei uns haben« – er deutete auf die Gefangenen – »werden uns die Uisgu nicht aufhalten.«

Am nächsten Morgen brachen sie das Lager ab und marschierten stromaufwärts, einem ungewissen Pfad folgend. General Hamil redete nicht mit Kadiya, behielt sie jedoch in seiner Nähe, während er den Berichten lauschte, die ihm Soldaten des Flankenschutzes und der Vorhut lieferten. Auf diese Weise bestätigte sich für Kadiya zum ersten Mal, daß die Truppe aus Labornok nicht allein unterwegs war. Etwas – oder jemand – schlich ihnen nach, obwohl die Männer nie zu sehen bekamen, was oder wer es war. Wurden sie von Sumpfbewohnern verfolgt, die sich endlich erhoben hatten, um sich für den Mord an ihren Leuten zu rächen? Konnte sie es wagen, so viel zu erhoffen?

Die Worte eines völlig zerbissenen und dreckverkrusteten Soldaten rissen Kadiya aus ihrer Erstarrung.

»Es war Gam. Ich schwöre es bei Zotos Schild! Nur sein grinsender Kopf vor einem Farnfeld auf einem Pfahl. Und von den Untieren keine Spur. Bloß ein paar undeutliche Fußspuren im Schlamm – und das hier.«

Er hielt dem General etwas hin. Kadiya sah, daß es ein Pfeil war, länger als alle, die sie von den Nyssomu her kannte. Dennoch war der Schaft mit zwei winzigen Farbringen bemalt, einem blauen und einem gelben, und die hatte sie schon einmal gesehen. Jagun! Oder zumindest sein Jagdzeichen.

»Gam also«, wiederholte Hamil gedankenverloren. Mit schmutzigen Fingernägeln kratzte er sich die Stoppeln am Kinn. »Ich habe gesehen, wie er es mit den Westlinger-Piraten aufnahm – zwei auf einen Schlag. Na, ich bin sicher, er hat es ihnen nicht leicht gemacht, ihn zu töten. Waren es Skritek?«

»Die Skritek haben nicht solche Pfeile.« Osorkon hatte ihn an sich genommen. »Sie arbeiten nicht so kunstvoll.«

»Und was hat unsere vornehme Prinzessin dazu zu sagen?« wollte Hamil von Kadiya wissen. Die Träger hatten sie gefesselt auf dem Pfad abgelegt. »Habt Ihr noch einen anderen Freund, der nur darauf wartet, sich in unsere Angelegenheiten einmischen zu können?« Er hob die Hand zum Schlage.

Sie konnte ihm zumindest einen Teil der Wahrheit sagen. »Ich ... habe so etwas ... noch nie gesehen.«

Osorkon ließ dem General keine Zeit, sie zu einer weiteren Antwort zu zwingen.

»Sie mag uns als Köder dienen, wenn sie tatsächlich andere Waffen benutzen. Verschwendet keine Zeit damit, sie hier gesprächig zu machen. Laßt uns sehen, daß wir auf festen Boden kommen, falls ein Kampf bevorsteht. Wir können schwerlich den Anschein von Stärke erwecken, solange wir hier im Schlamm wühlen.«

Plötzlich ertönte von vorn vielstimmiges Gebrüll. Hamil hatte im Nu das Schwert in der Hand, und die Soldaten hinter ihnen scharten sich um ihren Befehlshaber.

»Skritek!« schrie die Vorhut. »Und so, wie sie sich anhören, jagen sie einen armen Teufel vor sich her!«

»Weiter, weiter!« befahl Hamil. »Schließt auf! Vor uns ist der Boden etwas erhöht, und wir brauchen festen Grund unter den Füßen.«

Wieder ertönte der Schrei der Skritek. In Kadiyas Ohren summte es, und sie wurde beinahe ohnmächtig, während ihre Träger weiterhasteten. Sie wurde hin und her geworfen. Die stramm sitzenden Fesseln hatten ihr jegliches Gefühl aus den Armen vertrieben. Selbst wenn sie frei und in der Lage gewesen wäre, den Talisman festzuhalten, war sie nicht sicher, ob sie ihn hätte einsetzen können. Trotz Schmerz, Hilflosigkeit und – ja, auch Angst – hielt sie in ihrem tiefsten Inneren noch immer an der alten Wut fest. Es mußte einen Weg geben, wie sie zurückschlagen konnte! Wenn nur die magische Lähmung aufhören wollte ...

Sie stürmten vorwärts und verließen sich auf die Soldaten des Flankenschutzes, die sie warnen sollten. Sie erreichten jetzt trockenes und relativ offenes Gelände, auf dem nur niedrige Pflanzen wuchsen. Es war jedoch ebenso unheilverkündend wie der Landstrich, den Kadiya mit Jagun bereits durchquert hatte. Hier und da stand ein Geflecht aus dicken, gräulichen Bodenranken, deren Blätter kaum mehr als verschrumpelte Knospen waren und über denen Insektenschwärme tanzten. Unter den schweren Tritten der Soldaten platzten die Knospen auf und verströmten einen widerlichen Geruch.

Plötzlich standen sie vor einem Gebäude.

Es war nicht aus Stein, sondern aus demselben glatten Material wie die Mulde, in der sie mit Jagun übernachtet hatte, und wie der Ort, an dem sie ihren Talisman erhalten hatte. In einer Mauer war ein Torweg freigelassen, in dem sich rechts und links eine Nische mit einer großen Statue befand, ähnlich den Wächtern, die den Verbotenen Weg bewachten. Die Sindona hielten ein Schwert in der Hand. Kadiya blinzelte ungläubig. Die Schwerter – sie waren ohne Spitze, wie das Schwert, das sie auf dem Rücken trug. Die Wächter hatten die Waffen gekreuzt, um den Eintritt zu verwehren.

Hamil blieb stehen und betrachtete, was vor ihnen lag. Als er sprach, spürte man deutlich seinen Eifer. »Bei Zoto – genau das, was ich finden wollte! Eine Stätte der Versunkenen, wahrscheinlich voll mit Schätzen! Hauptmann Loskar, Ihr geht hin und kitzelt die beiden da ein wenig.« Er deutete mit einem Kopfnicken auf die Statuen. »Die anderen halten die Armbrust im Anschlag!«

Wie stark Hamils Macht über seine Soldaten war, zeigte sich darin, daß man ihm trotz der zurückliegenden Katastrophen aufs Wort gehorchte. Ein junger Offizier hob sein Schwert und berührte mit der Spitze den Punkt, an dem sich die stumpfen Klingen der Wächter kreuzten. Es gab einen grellen Mißton, und das Metall sprang klirrend zurück. Die Waffe flog Loskar aus der Hand. Gequält schrie er auf, hielt sich den Schwertarm und fiel auf die Knie.

»Pfeile – eingelegt!« befahl Hamil barsch.

Laut pfiffen die Bolzen, die sowohl Angst als auch Tod verbreiteten, durch die Luft. Zischend flogen sie in die dunkle Öffnung hinter den beiden Wächtern, in der man nichts erkennen konnte. Auf diesen Angriff erfolgte keine Reaktion. Hamil rief den Männern zu, die Kadiya trugen: »Wunit! Wor! Stoßt sie unter die Schwerter der Statuen!«

Die Soldaten nahmen sie an den Stangen hoch und schoben sie durch den Torweg. Als die Wächter nicht reagierten, duckten sich Wunit und ein Dutzend Männer und folgten ihr.

»Es passiert nichts, mein General!« rief Wunit. »Wir brauchen Licht!« Rasch wurden Fackeln angezündet und hindurchgereicht. Im Inneren des Gebäudes war nichts zu sehen – bis auf eine Tür am Ende der niedrigen Eingangshalle, über der eine große Drillingslilie eingraviert war. »Wartet – ich komme mit«, sagte Hamil. Er grapschte nach einer Fackel, bückte sich und trat ein.

In diesem Augenblick erloschen alle Fackeln. Männer schrien durcheinander, das Geräusch sich wälzender Leiber – dann war es still.

Kadiya lag auf dem Bauch und konnte sich nicht rühren. Kein Lichtstrahl drang von außen herein. Das Dunkle vor der geöffneten Außentür mochte ein Vorhang sein, obwohl sie ihn nicht gespürt hatte, als sie hindurchgestoßen wurde. Sie rang nach Atem. Seltsamerweise schien die Lähmung, die sie so stark im Griff gehabt hatte, allmählich von ihr abzufallen. Sie zappelte wie ein Fisch auf dem Trockenen und versuchte, sich aufzurichten. Obwohl die Finsternis fast greifbar war, spürte Kadiya, daß die Angst, die sie seit ihrer Gefangennahme begleitet hatte, nachließ.

Die Prinzessin wand sich auf dem Boden hin und her. Plötzlich konnte sie die Arme seitlich bewegen, und der Talisman lag frei unter ihr. Sie streifte sich die restlichen Seile von den Beinen. Der Boden unter ihr war frei von Staub. Nichts war von außen hereingeweht. Er fühlte sich fast schlüpfrig an und neigte sich in einem immer steiler werdenden Winkel nach unten. Kadiya geriet ins Rutschen, als sie sich mit Hilfe der tauben Arme aufrichten wollte. Immer schneller fiel sie, prallte schließlich, den Talisman fest in der Hand, gegen eine unsichtbare Barriere, die ihren Fall jedoch nur in eine andere Richtung lenkte. Wieder ein Aufprall. Halb ohnmächtig klammerte sie sich an das Zauberschwert, bis sie auf eine letzte Barriere stieß ... Sie segelte durch die Luft und blieb bewußtlos auf einer ebenen Fläche liegen.

Eine Stiefelspitze bohrte sich ihr in die Seite und weckte sie auf. Kadiya mußte mehrmals blinzeln. Es herrschte keine Finsternis mehr. Sie befand sich in einem großen Raum, der von einer nicht erkennbaren Lichtquelle in dämmriges Licht getaucht wurde.

»Die kann ganz schön viel vertragen, General.«

Drei Männer standen dicht bei ihr. Der eine war Hamil, die anderen Wunit und Wor. Der Rest der Truppe hielt sich finster dreinschauend im Hintergrund. Kadiya sah, daß die Soldaten viele Prellungen davongetragen hatten und nun versuchten, ihre Angst zu verbergen.

Sie hob den Kopf. Obwohl sie wieder Kraft in den Armen spürte, konnte sie den Griff des Talismans nicht erreichen, auf dem sie lag.

»Glaubt Ihr, sie weiß, wie man hier wieder rauskommt, Herr?« fragte Wor.

»Das mag wohl sein«, antwortete Hamil. »Auf jeden Fall können wir sie dazu benutzen, diese verdammten Menschenfallen aufzuspüren, falls es noch mehr davon gibt, während wir uns diesen Ort näher ansehen. Los, sie soll sich bewegen.«

Niemand rührte sie an. Sie stand langsam auf und nahm den Talisman in die Hand. Der Kopf dröhnte ihr von den erlittenen Stößen. Benommen fragte sie sich, warum man nicht versucht hatte, ihr das Schwert abzunehmen, und dann fiel ihr ein, daß sie gute Gründe hatten, sich vor der Berührung der unheimlichen Waffe zu fürchten.

Das graue Licht erhellte eine Art Innenhof. Vor ihnen plätscherte Wasser in einem Springbrunnen. Jenseits dieses Brunnens führte eine Treppe nach oben. Kadiya ging hinüber, doch im oberen Bereich herrschte Finsternis, und sie konnte nicht erkennen, wo die Treppe endete.

Auf jeder Stufe glühte eine rote Fußspur.

Hamil ließ sich nicht aufhalten. »Vorwärts!« kommandierte er. Kaum hatte er jedoch den Fuß auf den ersten Abdruck gesetzt, begann er so heftig zu zittern, als wäre er vom Sumpffieber befallen. Kreideweiß im Gesicht taumelte er zurück, zog sein Schwert und schwenkte es vor Kadiya hin und her.

»Zauberei!« krächzte er. »Laßt *sie* vorangehen.« Er stieß Kadiya vor sich her, damit sie auf den Abdruck der nächsten Stufe trat.

Beim Heiligen Drilling! hätte sie beinahe laut geschrien,

denn ein Gefühl wie eine hell auflodernde Flamme durchzuckte sie. Der Talisman, den sie in den Händen hielt, reflektierte die sengende Hitze, doch sie konnte ihn nicht von sich werfen. Sie hörte Hamils erstaunten Ausruf, als sie die fünfte Stufe erreicht hatte und sich außerhalb seiner Reichweite befand. Der glühende Fußabdruck, der sie dort erwartete, verschwand plötzlich und verwandelte sich in einen silbernen Kreis, in dessen Mitte eine Schwarze Drillingslilie prangte, auf die sie einen Fuß setzte.

Hamil hatte die plötzliche Bewegung, die nun folgte, nicht erwartet. Kadiya war frei, genesen von allen Wunden und vom Zauberbann befreit, auf jeder Stufe, die vor ihr lag, erblickte sie dasselbe ermutigende Symbol. Mit jedem raschen Fußtritt auf diese Zeichen baute sich neue Kraft in ihr auf.

Wut stieg in ihr hoch. Wenn sie sich umdrehte, könnte sie alle töten! Nein, das war die Reaktion einer Närrin. Bewaffnete beobachteten sie, zum Teil mit der Armbrust im Anschlag. Sie hatte nur den Talisman, dem sie noch immer nicht über den Weg traute.

Bald erreichte sie einen langgestreckten Raum, in dem die Treppe endete. Die Wände waren kreuz und quer von einem Netz aus rotem Licht überzogen. In der Mitte stand ein einzelner Block aus dem wundersamen, hellen Material, und nur dort leuchtete eine andere Farbe. Denn dort stand, aufragend wie aus einem gut gepflegten Beet, das aus silbrigem Metall geformte Abbild einer großen Pflanze. Einer Drillingslilie. Der Stiel mündete in einer einzigen, fest geschlossenen Knospe.

Hamil war vorsichtig hinter ihr hergeschlichen, gefolgt von seinen Männern. Jetzt trat er mit schweren Schritten vor und schaute zur Pflanze auf, die Hand am Schwertgriff. Obwohl er sich mitten in Feindesland befand und seine Armee völlig aufgerieben war, verriet nichts in seiner Haltung, daß er an sich selbst oder seiner Macht auch nur im geringsten zweifelte. Er funkelte Kadiya an, die ihm entschlossen gegenüberstand, den Talisman in der Hand. »Weiter werden wir nicht gehen«, sagte sie ruhig.

Der General warf einen Blick über die Schulter. Er sagte

nichts, doch Wunit und Wor kamen schnell herbei und stellten sich mit gezücktem Schwert rechts und links neben ihn.

»Ich habe gehört«, sagte Hamil leise, und seine Stimme triefte vor Haß, »daß Blut Macht bedeutet. Das hier sieht aus wie eine Stätte der Macht.« Er erteilte einen knappen Befehl: »Treibt sie zum Altar!«

Sie verfolgten Kadiya mit ihren Schwertspitzen und zwangen sie, sich mit dem Rücken vor den Stein zu stellen, auf dem die Blume wuchs.

»Ich bin ein Mann des Blutes«, verkündete Hamil nun mit lauter Stimme. »Ich habe gelernt, für die Dinge, die ich haben will, mit Blut zu zahlen. Wenn Ihr sterbt, Prinzessin, werdet Ihr nicht mehr an jenen Talisman mit seinen Zauberkräften gebunden sein. Orogastus hat hier keine Macht mehr. Aber ich! Und ich habe vor, Euch die Hand abzuschlagen, die den Talisman trägt, und wenn Ihr verblutet seid, werde ich ihn an mich nehmen.«

Er riß sein Schwert in die Höhe. Über Kadiya ragte die riesige Blüte empor. Aus den Augenwinkeln konnte sie erkennen, daß die Knospe zu beben und aufzubrechen begann. War es eine Blüte, die zum Vorschein kam, oder etwas anderes – eine Art Wächter? Sie war sich nicht sicher, denn das, was sich dort öffnete, war von einem blendenden grünen Schein umgeben.

Die stumpfe Klinge ihres Schwertes erstrahlte ebenfalls in lebhaftem Grün und vereinte ihre Kraft mit der Blüte.

Das pulsierende Licht im Raum machte Kadiya deutlich, daß sich auf dem Altar etwas verändert hatte. Wunit, Wor und die Soldaten flohen leichenblaß mit schreckgeweiteten Augen die Treppe hinab.

Hamil war vor Wut dunkelrot angelaufen. Er griff Kadiya an. Was sie nie zuvor für möglich gehalten hätte, geschah: Der Talisman reagierte und hielt die Klinge des Generals auf. Kadiya hatte das Gefühl, als bewegte sich die Zeit sonderbar – erst schnell wie ein Wirbelwind, dann wiederum, als hingen Bleigewichte an ihr. Sie parierte jeden von Hamils Schlägen. Obwohl er ihr körperlich weit überlegen war, gelang es ihm nicht, sie niederzuschlagen oder den unbesiegbaren Wächter ihres Talismans zu überwinden. Der General legte den Kopf in den Nacken und heulte auf wie ein Tier. Dann drehte er sich zu ihrer größten Verwunderung um und rannte schwerfällig die Treppe hinab.

Kadiya suchte Halt am Altar. Über ihr blühte eine riesige Schwarze Drillingslilie an einem silbernen Stengel. Jetzt wagte sie, hinaufzuschauen. Sie hob den Talisman, und die drei Augen am Knauf öffneten sich und blickten in drei noch größere Augen in der Mitte der Altarblume. Plötzlich war es, als wäre in dem seltsamen Raum ein Fenster geöffnet worden, um das volle Tageslicht hereinzulassen. Die Augen strahlten und schienen ihr tief in die Seele zu schauen.

Sie selbst war nicht mehr wichtig. Es gab keine Kadiya von Ruwenda mehr ... nur die Herrin der Augen.

Doch dann verebbte die ganze Herrlichkeit. Was als Lichtsäule auf dem Altar gestanden hatte, verblaßte und verschwand. Die Schwarze Drillingslilie war nicht mehr da. Kadiya stand allein in dem ansonsten leeren Raum mit ihrem inzwischen stumpfen Talisman.

Sie drehte sich um und ging auf die Treppe zu. Die Farben an den Wänden verblaßten und hinterließen ein trübes Grau. Sie stieg die Treppe hinunter und kam an eine offenstehende Tür. Draußen hörte sie Rufe und das Klingen von Waffen. An Körper und Geist ganz und gar wiederhergestellt, sprang sie hinaus und stürzte sich in den Kampf, der draußen tobte.

Soldaten Labornoks fielen unter Giftpfeilen, die in allen ungeschützten Körperstellen steckten. Hunderte Uisgu brachen gerade aus dem Unterholz hervor und wichen mit merkwürdigen, halb hüpfenden, halb tänzelnden Schritten geschickt den Pfeilen aus. Auch Skritek droschen heftig auf die Seltlinge ein. Hamil, dem man den zerfetzten Offiziersumhang von den Schultern gerissen hatte, wehrte sich gegen drei winzige Uisgu, die ihn mit Speeren traktierten. Der General wollte die Seltlinge mit einem Schwertstreich niederschlagen, doch Kadiya sprang vor, entledigte sich ohne Zögern eines anderen Angreifers, und stellte sich ihm entgegen.

Wenn sie später an diese Szene zurückdachte, hätte sie schwören können, sie sei von einem Geist besessen gewesen.

Sie ließ den Talisman beinahe fallen, doch gerade als Hamil ausholte, um sie zu schlagen, packte sie die stumpfe Klinge und riß sie in die Höhe.

»Werde zu dem, wozu du dich selbst gemacht hast, blutrünstiger Mensch!« rief Kadiya trotz der Anstrengung mit lauter Stimme.

Hamil drehte sich. Er ließ sein Schwert fallen, um sich mit beiden Händen an den Hals zu greifen. Seine Augen loderten auf, Flammen schlugen ihm aus dem Mund und liefen ihm am Körper hinab. Er stieß einen qualvollen Schrei aus. Kadiya schauderte. Das Dreilappige Brennende Auge sah mit seiner geballten Macht auf ihn herab, und der schwere Körper fiel zu Boden. Ihn ereilte dasselbe Schicksal wie Rotstimme: Auch von Hamil blieb nur Asche übrig.

Aus dem Knauf des Talismans leckte eine neue Flamme, die Strahlen aussandte und die Skritek zu vernichten drohte. Sie stürzten davon und folgten den fliehenden Soldaten aus Labornok. Die Flamme erlosch. »Herrin der Augen ...«

Kadiya warf einen Blick auf die jubelnden Seltlingkrieger. »Jagun!« Der Klang dieses Namens schien einer anderen, fernen Erinnerung zu entstammen, einer anderen Zeit. »Du lebst!«

Doch nun sprach eine Stimme, bei deren Klang selbst die Verwundeten aufhörten zu stöhnen.

»Tochter!«

Kadiya wandte sich den Wächtern an der Tür zu. Über ihren edlen Häuptern schwebte ein silbriger Kreis, in dem ein vertrautes, lächelndes Gesicht auftauchte.

»Weiße Frau! Habe – habe ich getan, was ich sollte?«

»Noch nicht.«

Kadiya atmete tief durch. Es klang fast wie ein Seufzer. »Was denn noch? Muß ich das hier« – sie hielt den Talisman hoch – »zur Entscheidung tragen?«

»So sei es«, erwiderte die ruhige Stimme.

»Ich bin, wozu ich bestimmt wurde ...« Das war fast eine Ausrede.

»Auch das soll so sein.«

Sie mußte noch so viel lernen!

»Was erwartet mich noch?«

Sie erhielt keine Antwort. Die Vision verblaßte. Kadiya stand da, und Tränen rannen ihr über das zerkratzte, verwundete Gesicht. Sie hatte einen kurzen Blick auf etwas werfen dürfen, das jenseits ihres Fassungsvermögens lag, nach dem sie selbst jetzt hungern mußte; doch ihr blieb nichts anderes übrig als weiterzumachen. Sie drehte sich um und betrachtete das Schlachtfeld. Dort waren die Uisgu, und in ihrer Mitte stand lächelnd Jagun. Sie hoben die kleinen Hände zum Gruß. Sie hatten mit altem Brauch gebrochen und Sippen und Stämme versammelt, um ein gemeinsames Ziel zu verfolgen. An Kadiya war es nun, den Willen aufzubringen, sich ihrer Sache anzunehmen und sie zu vereinen.

36

Nachdem Prinz Antar den Rimoriks vorgestellt und mit ihren Fähigkeiten vertraut gemacht worden war, beschloß er, man solle mit nur zwei Holzbooten und Anigels durchscheinendem Wyvilo-Kanu fahren und so wenig Vorräte wie möglich mitnehmen, da man so schneller vorankäme. Bevor sich irgend jemand zum Schlafen hinlegen durfte, wurde ein neues Geschirr mit Zügeln für die Rimoriks aus aufgeschnittenen Ledermänteln der Soldaten angefertigt. Man bohrte Löcher in die Bordwände, um die Boote aneinanderbinden zu können. Nach nur fünf Stunden Schlaf machten sie sich auf den Weg.

Da die Rimoriks die Richtung kannten, waren Zügel überflüssig. Solange sie sich noch in seichtem Wasser befanden, waren sie hintereinander vor die Boote gespannt. Dennoch erreichten sie den Großen Mutar in nur drei Stunden. Im tiefen Wasser des Flusses konnten die Tiere nun Seite an Seite ziehen, und auch die Ritter ruderten. Anigels federleichtes Kanu folgte den Holzbooten, in denen das Fußvolk saß. Bei ihr saßen Prinz Antar, der schwerverletzte Sir Penapat, und Blaustimme, der sich als hoffnungslos unbegabter Ruderer erwiesen hatte – wahrscheinlich stellte er sich aber absichtlich so ungeschickt an. Die Anwesenheit des Zauberlehrlings an Bord gab Anigel und Antar zumindest Gelegenheit, ihn im Auge zu behalten. Er benahm sich tadellos. Er saß im Heck neben Sir Penapat und kühlte ihm mit einem Schwamm die fieberheiße Stirn, während der Prinz und die Prinzessin sich Stunde um Stunde leise im Bug unterhielten.

Die Rimoriks kamen so rasch voran, daß alle überrascht waren, als sie sich dem Dorf Let schon in der Abenddämmerung desselben Tages näherten – kurz vor einem zweiten großen Regensturm.

Jedoch nicht vor den Glismak.

»Ihr Herrscher der Lüfte, das kann nicht sein!« rief Anigel, als sie die dicken Rauchwolken sah, die sich vor der untergehenden Sonne auftürmten. Die Boote fuhren noch immer so schnell, daß sie nicht wagte aufzustehen.

»Nutze dein zweites Gesicht und versuche zu erfassen, was dort vor sich geht, Stimme!« befahl der Prinz. »Sag uns, was geschehen ist.«

Anigel war sehr blaß geworden, und als sie nun sprach, flüsterte sie beinahe. »Wartet – *ich* will es versuchen.«

Blaustimme glotzte sie verwundert an, als sie die Augen schloß und wie versteinert dasaß. Ihr schönes Gesicht nahm indes nicht den abstoßenden, hohläugigen Ausdruck an, von dem der Trancezustand der Günstlinge des Zauberers stets begleitet war. Nach einer Weile sagte sie:

»Die Glismak haben den Ort vor etwa einer Stunde von Landseite her überfallen. Ich kann nicht erkennen, ob es dieselbe Horde ist, die auch Eure Mannen angegriffen hat. Ihre Zahl scheint sich verdreifacht zu haben, seit wir sie am Oberlauf des Kovuko gesehen haben ... Sie haben viele Gebäude angezündet ... Ich sehe den Sprecher Sasstu-Cha, und ich will versuchen, mit ihm Verbindung aufzunehmen ...«

Während der Prinz und Blaustimme warteten, sagte Sir Penapat eifrig: »Wenn es zu einem Kampf kommen sollte, könnt Ihr Euch darauf verlassen, daß ich meinen Teil dazu beitrage! Auch einäugig, einbeinig und einarmig kann ich es noch mit jedem von ihnen aufnehmen! Ihr kennt mich ja, mein Prinz.«

»In der Tat, Peni.« Seine Miene war besorgt. »Ich fürchte jedoch, daß es nicht mehr viel für uns zu tun gibt, wenn die Wilden Let bereits überrannt haben.«

Prinzessin Anigel schlug die Augen auf. »Der Sprecher dankt uns für unsere freundlichen Absichten«, sagte sie niedergeschlagen. »Doch sie kämpfen jetzt Mann gegen Mann, und fast ein Drittel der Häuser steht in Flammen. Er steht nahe davor, zu kapitulieren – wie immer, wenn sie überwältigt sind – und eine große Abfindung an die Glismak zu zahlen, die sich dann für ein paar Wochen zurückziehen werden.«

»Aber Prinzessin«, protestierte Blaustimme mit leicht vorwurfsvollem Unterton. »Es liegt in Eurer Macht, sie zu retten. Wenn Ihr nur wollt.«

»Schweig, du hergelaufener Halunke!« zischte der Prinz. »Wie kannst du es wagen, dich in diesem vermessenen Ton an die Herrin zu wenden?«

Anigel starrte Blaustimme mit weit aufgerissenen Augen an, die Unterlippe zwischen die kleinen weißen Zähne geklemmt, und betrachtete ihn wie einen kleinen giftigen Sumpfwurm, der gerade ins Boot geschlüpft war. Doch im nächsten Augenblick sagte sie:

»Er hat recht. Ich könnte die armen Wyvilo retten, wenn ich nur den Mut aufbrächte, mit meinem Talisman todbringende Macht auszuüben. Wenn ich kaltblütig denselben Haß, Ekel und Vernichtungswillen heraufbeschwören könnte, den ich bei dem Massaker unbeabsichtigt auf den Anführer der Glismak gerichtet habe.«

»Dann tut es«, drängte Blaustimme. »Rettet Eure Freunde!«

»Ich – ich traue mich nicht.« Sie begann zu weinen.

Blaustimme zuckte mit den Schultern und lächelte. »Es sind doch nur Seltlinge.«

»Es sind denkende Lebewesen, die es nicht besser wissen!« rief sie. »Die Glismak sind wie böse Kinder und müssen bestraft werden. Man muß ihnen beibringen, sich besser zu verhalten – aber wie können Tote etwas lernen?«

»Während Ihr hier nörgelt und alberne Tränen vergießt, sterben Eure Freunde.«

»Ich kann nichts dagegen tun!«

»Oh, aber gewiß könnt Ihr das.«

Völlig außer sich schrie sie ihn an: »Ich kann es nicht! Ich weiß nicht wie, und das Herz zerreißt mir im Leibe, und ich habe so schreckliche Angst, und ich kann einfach nicht ...«

Mitten im Satz hielt sie inne, als habe sie die schlimmste Gotteslästerung begangen. Entsetzen und Verzweiflung standen ihr ins Gesicht geschrieben, und Antar war versucht, Blaustimme, der Anigel überreden wollte, mit der Faust ins Gesicht zu schlagen. Doch ehe der Prinz handeln konnte, veränderte sich Anigels Gesichtsausdruck erneut. Es war, als hätte man eine Seite im Bilderbuch umgeblättert. Sie beruhigte sich und sagte: »Prinz Antar, wenn ich gehe, werdet Ihr mich begleiten?«

»Nach Let? *Jetzt?*« Doch da er sah, daß sie es bitter ernst meinte, riß er sich zusammen und sagte: »Liebste Herrin, ich werde mit Euch zu den Toren der Hölle gehen, wenn Ihr mich darum bittet.«

Anigel nickte. Mit fremder, sanfter Stimme sagte sie: »Meine Freunde, haltet an.«

Der Zug der drei Boote wurde langsamer, hielt an und begann auf dem unruhigen Wasser zu dümpeln, denn ein frischer Wind folgte ihnen, und am Himmel hinter ihnen türmten sich schwarze, violett umrandete Gewitterwolken auf. In der Ferne grollte ein Donner. Etwa eine halbe Meile voraus auf der rechten Seite stiegen schwarze Rauchsäulen aus der Stadt Let empor, und in einer bestimmten Höhe breiteten sie sich zu einem finsteren Dach über dem Ort aus.

»Sir Owanon!« rief Anigel dem Marschall des Prinzen zu, der im ersten Boot fuhr. »Kappt die Riemen, die Euer Boot mit den Rimoriks verbinden!«

Während dieser sich beeilte, ihrem Befehl nachzukommen, durchtrennte sie selbst die Leine, die ihr Boot mit dem vorausfahrenden verband. *Freunde, schwimmt zu meinem Boot zurück, so daß ich Euch wieder einspannen kann.*

Wir kommen.

Prinz Antar und die anderen hatten noch nicht begriffen, was sie tun wollte, doch als sie weitere Befehle erteilte, wurde ihre Absicht deutlich. »Ihr Männer dort! Paddelt zu unserem Boot und nehmt Sir Penapat und Blaustimme an Bord. Ihr da im Heck von Sir Owanons Boot – löst Euch vom zweiten Boot. Bringt mir die beiden Verbindungsleinen.«

Sie waren eifrig bemüht, der Prinzessin zu gehorchen, während sie die durchtrennten Zügel aus den Mäulern der Rimoriks entgegennahm und mit ihrem kleinen Messer rechts und links Löcher in den stabilen oberen Teil des Schiffsrumpfes bohrte. Dann steckte sie die Lederriemen hindurch und machte einen großen Knoten hinein. Die beiden anderen Leinen band sie den beiden Tieren als provisorische Zügel um.

Die Rimoriks sagten: *Trinkt Sanguon mit uns, und wir sind bereit.*

Sie holte das scharlachrote Gefäß aus ihrer Gürteltasche und nahm einen tiefen Schluck. Die Tiere leckten ihr die Hände, und der Prinz sah verwundert zu.

Sir Penapat befand sich bereits im anderen Boot, nur Blaustimme hockte noch auf seinem Platz im Heck des Kanus und machte keine Anstalten auszusteigen. Jetzt stieß er die beiden Holzboote ab, in denen die anderen Ritter saßen, und die drei Fahrzeuge trieben rasch mit dem Wind ab.

»Ich will ebenfalls bei Euch bleiben, Prinzessin!« rief die Stimme. »Vielleicht braucht Ihr meine Hilfe!«

Prinz Antar rief wütend: »Verlaß das Boot, du Unglücksrabe!« Er drehte sich hastig um und ging drohend auf den Adepten des Zauberers zu. Das federleichte Fahrzeug geriet ins Wanken. Wasser schwappte über die Seitenwände.

Doch es war bereits zu spät. Prinzessin Anigel gab den Rimoriks ein Zeichen, und sie stürmten los. »Ihr anderen begebt euch ans gegenüberliegende Ufer!« rief sie Sir Owanon zu. »Ihr solltet nicht auf dem Wasser sein, wenn der Sturm losgeht. Wenn wir morgen nicht wieder da sind, rettet euch, so gut ihr könnt. Lebt wohl!«

Das helle Kanu schnellte davon. Anigel hatte die Zügel in der Hand. Bald waren die beiden Holzboote außer Sicht.

Antar war durch den plötzlichen Start auf den Boden des Kanus geworfen worden. Eine Zeitlang klammerte er sich einfach an eine Sitzbank, denn er fürchtete, das Kanu könnte jeden Augenblick kentern. Er würde in seiner Rüstung wie ein Stein hinabsinken. Doch das Boot zischte und platschte nur so durch das aufgewühlte Wasser wie ein niedrig abgeschossener Pfeil. Sie fuhren mit einer Geschwindigkeit, die er dem kleinen Fahrzeug nicht zugetraut hätte.

Blaustimme mußte bei ihnen bleiben. Er hatte sich so weit wie möglich verkrochen und die Kapuze über das Gesicht gezogen. Prinz Antar konnte ihn kaum über Bord werfen. Übellaunig brummte er vor sich hin und machte es sich etwas bequemer. Die Prinzessin schenkte keinem der beiden Männer auch nur die geringste Aufmerksamkeit.

Nun geschah es, daß Prinz Antar die Art und Weise zunehmend als kränkend empfand, wie die liebliche Anigel ihn und alle anderen herumkommandiert hatte – nicht, daß er auch nur einen Augenblick in seiner Hingabe an die Prinzessin schwankend wurde; er war mehr denn je entschlossen, für sie zu sterben. Doch sie, die noch im Kerker der Zitadelle einen so rührenden Eindruck hinterlassen hatte, die so schön in den verhängnisvollen Abgrund des Wasserfalls gestürzt war, die einer Göttin gleich die Glismak in die Flucht geschlagen hatte, die noch vor wenigen Augenblicken so jung und verwundbar gegen ihre inneren Teufel angekämpft hatte, sie war nun das Ebenbild einer rachedurstigen Kriegsgöttin, die die Rimoriks zur Eile antrieb. Und tief in seinem Innern betrachtete Antar diese Veränderung mit Verblüffung und ein wenig Furcht.

Anigel hielt die Augen fest geschlossen, und für den Prinzen stand außer Frage, daß sie Visionen des in Let stattfindenden Gemetzels nachhing und den Wyvilo mitteilte, daß sie ihnen zu Hilfe kam.

Und doch – wie wunderschön sie war! Wie liebreizend, selbst in Männerkleidung, mit wehendem Haar und Zauberkrone, die ihr fest auf dem Kopf saß. Ihre Gestalt zeichnete sich vor dem dunkler werdenden Himmel ab, und die tief herabhängenden Wolken färbten sich vom flackernden Schein der Feuer, die im Ort brannten, karmesinrot. Das Blut des Prinzen geriet in Wallung, und er wünschte sich nichts sehnlicher, als aus Liebe zu ihr zu sterben.

Was sollte aus Prinzessin Anigel werden – und aus ihm? Er hatte sich seinem Vater widersetzt, Labornok verraten und sich auf Gedeih und Verderb mit seiner Geliebten verbunden, die gelobt hatte, ihr Land zu befreien. Aber war so etwas denn möglich, selbst mit Hilfe des magischen Talismans? Auch Orogastus beherrschte die Blitze, und Blaustimme hatte dem Prinzen zugesichert, daß der Zauberer inzwischen den Talisman einer königlichen Schwester in seinen Besitz gebracht hatte und bald auch den anderen bekommen würde.

Anigel wollte offenbar zur Zitadelle zurückkehren. Ein solches Vorhaben war jedoch aussichtslos. Über die Hälfte der Invasionstruppen aus Labornok war dort stationiert, und der Rest der Armee, der General Hamil bei seiner Verfolgung von Prinzessin Kadiya begleitet hatte, würde in Kürze aus den Sümpfen zurückkehren. Welche Chance hätte Anigel, selbst mit ihrer neu erworbenen Macht, gegen die volle Schlagkraft von Labornok und die Mächte der Finsternis, über die Orogastus verfügte?

König Voltrik war inzwischen genesen und entschlossener denn je, die drei Prinzessinnen zu töten. Den Treuebruch des Sohnes, den er ohnehin verachtete, würde er kaum als Bagatelle abtun. Der verdammte Hexenmeister wäre bestimmt entzückt! Vielleicht gewänne er sogar so viel Macht über den geistig verwirrten Monarchen, daß dieser ihn als Erben einsetzte. Das mochte es sein, was der Bösewicht von Anfang an geplant hatte!

Wenn Orogastus an die Macht käme und Labornok daran ginge, auch den Rest der Halbinsel zu erobern, könnten Anigel und er dann noch irgendwo in Sicherheit leben? Oder wären sie mit einer Handvoll Getreuer gezwungen, in ein fernes Land zu fliehen, wo ...

Eine Bewegung.

Antar schreckte aus seinen Gedanken auf und blickte sich um. Blaustimme hatte seinen Platz verlassen und kroch auf ihn zu.

»Was willst du?« fragte der Prinz verächtlich. Der Sturm riß ihm die Worte von den Lippen.

»Ich bitte nur um einen Augenblick Gehör, mein Prinz. Ich habe gerade mit meinem allmächtigen Meister telepathischen Kontakt gehabt, und er bat mich, Euch eine Botschaft von größter Dringlichkeit zu übermitteln.«

»Die neuesten Falschheiten deines üblen Geisterbeschwörers interessieren mich einen Dreck. Geh zurück an deinen Platz ... Zurück, sage ich!«

Doch Blaustimme kam immer näher, das knöcherne Gesicht zu einem Lächeln von himmelschreiender Heuchelei verzogen. Die anfängliche Wut des Prinzen verwandelte sich rasch in höchste Alarmbereitschaft. Ehe er jedoch reagieren und das Schwert ziehen konnte, hatte sich der Gehilfe auf ihn gestürzt und sprang wie ein Lossok auf seiner Beute herum, ohne sich um die azurblaue Rüstung des Prinzen zu kümmern.

In der einen Hand hielt er einen langen, schlanken Dolch, den er gegen den Schutzkragen aus Metallplättchen stieß, der den Hals des Prinzen schützte. Der scharfe Stahl drang ein. Wäre der Prinz in diesem Augenblick nicht zur Seite ausgewichen, hätte er ihm den Hals aufgeschnitten. Doch wie es der Zufall wollte, ritzte der Dolch nur die Haut. Nun packte der Prinz die Hand des Angreifers mit seinem Metallhandschuh, und die Klinge wurde zurückgezogen. Die beiden Männer begannen auf dem Boden des Bootes wild um sich zu schlagen.

Prinzessin Anigel ließ die Rimoriks unverzüglich anhalten. Sie sah zu, wie Antar mit Blaustimme rang, und sie klammerte sich am Bordrand des schlingernden und stampfenden Kanus fest ohne sich zur rühren, denn sie fürchtete, sie könnte das Boot zum Kentern bringen. Ebensowenig konnte sie auf Blaustimme einen Blitz herabbeschwören, ohne das gesamte Kanu zu versenken. Sie wußte nicht aus noch ein und konnte nur noch die Weiße Frau anflehen. Doch keine Hilfe war in Sicht.

Blaustimme, dem die Macht seines dämonischen Herrn ungeheure Kräfte verlieh, war es schließlich gelungen, den Prinzen auf den Rücken zu legen und sich rittlings auf ihn zu setzen. Er packte seinen langen Dolch mit beiden knochigen Händen und zielte mit der Spitze langsam auf das Gesicht des Prinzen im geöffneten Visier. Antar hielt die Handgelenke des Zaubergesellen fest umklammert, doch konnte er, auch unter Aufbietung aller Kräfte, nicht verhindern, daß der Dolch sich unaufhaltsam seinen Augen näherte.

Anigel riß sich die Krone vom Kopf und schrie: »Haltet ein! Oh, tötet ihn nicht! Ich werde Euch den Talisman geben!«

Blaustimme hob den geschorenen Schädel. Eine lange Schramme zog sich von einem Ohr bis zur Mitte der Stirn. Blutgerinnsel verliehen dem Gesicht das Aussehen einer mörderischen Maske. Sein brennender Blick traf den der

Prinzessin, und er sprach mit zusammengepreßten Zähnen, den Dolch kaum einen Fingerbreit über Antars rechtem Auge haltend.

»Setzt mir die Krone auf!« Es war die Stimme des Zauberers.

»Nein!« schrie Prinz Antar. »Dann wird er uns beide töten!«

Doch Anigel beugte sich vor, die Krone in den Händen. Das Boot schlingerte heftig. Die ersten steinharten Regentropfen fielen schwer auf die drei nieder, und im Nu glättete sich das unruhige Wasser.

Zu beiden Seiten des Bootes tauchten die beiden Rimoriks auf.

Sie kamen mit den glatten Körpern beinahe gemächlich an die Wasseroberfläche, die großen Kiefer weit aufgerissen – so weit, daß sie den Kopf eines Mannes umfassen konnten. Die langen, mit Widerhaken versehenen Zungen rollten sich wie Peitschen aus. Mit derselben Zartheit, die sie bewiesen, wenn sie Sanguon aus den sanften Händen der Prinzessin entgegennahmen, ringelten sich diese Zungen jetzt um Blaustimmes Unterarme.

Der Mann schrie auf. Er wurde festgehalten. Anigel fiel hintenüber, die Krone noch in der Hand. Antar ließ die Handgelenke der Stimme los, sobald die Tiere auf das Heck zuschwammen; die mächtigen Oberkörper ragten halb aus dem Wasser.

Der Gehilfe des Zauberers schrie sich die Lunge aus dem Leib, während er vom Prinzen weg über die Länge des Bootes geschleift wurde. Mit lautem Aufklatschen verschwand er im schwarzen Wasser hinter dem Heck, und die Rimoriks tauchten ihm nach. Es war, als hielte der Regen für kurze Zeit inne.

Sekunden später tauchten die beiden großen Köpfe grinsend neben Prinzessin Anigel am Bug auf. Ein kleines Stück blauen Stoffs hing einem Tier am Zahn.

Oh, Freunde ...!

Nimm die Zügel wieder auf. Ein großer Sturm ist fast schon über uns. Er wird Euer Boot versenken, wenn wir Euch nicht rasch an Land bringen.

»Seid Ihr verletzt?« fragte die Prinzessin Antar in großer Sorge. »Ich sehe Blut auf Eurem Brustpanzer.«

»Es ist nur von einem Kratzer. Wieder habt Ihr mir das Leben gerettet, liebste Herrin, und ...«

»Auf nach Let!« rief Anigel und schüttelte die Zügel. Sie zischten davon in einer Wolke von Gischt. Der völlig fassungslose Prinz klammerte sich erneut in Todesangst fest.

37

Als Blaustimme versank, entrang sich Orogastus ein gequältes Stöhnen. Schweißgebadet erwachte er aus seinem Trancezustand und sackte auf dem großen Stuhl in seinem Arbeitszimmer zusammen, von wo aus er das Mißlingen der Taktik mitverfolgt hatte.

»Es ist meine Schuld! Ich allein bin dafür verantwortlich! Und jetzt sind zwei Talismane unerreichbar für mich.«

Und wenn seine Berechnungen zum Fest des Dreigestirns richtig waren, dann blieben ihm nur drei Tage und vier Nächte, in denen er seinen großen Plan vielleicht noch retten konnte ...

Da Blaustimme ihn gerufen hatte, war Orogastus aufgrund seiner seherischen Fähigkeiten in der Lage gewesen, den Kampf zwischen der Stimme und dem Prinzen zu verfolgen. Die Prinzessin jedoch wurde vor der übernatürlichen Seherkraft des Zauberers durch das Amulett geschützt, das jetzt in ihrer Talismankrone saß. Und so konnte er nicht erkennen, wer das Boot lenkte. Blaustimme hatte seinen Angriff auf den Prinzen noch hinausschieben wollen, bis sie an Land wären; dem Zauberer hingegen war es günstiger erschienen, den Prinzen auf dem vom Sturm aufgepeitschten Wasser anzugreifen, wo weder befreundete Wyvilo noch Ritter des Königs in der Nähe waren, die ihn hätten warnen oder ihm helfen können.

Doch nun war der Bevollmächtigte des Zauberers tot, und Prinz Antar lebte noch, von der Prinzessin betört und durchaus in der Lage, eine unbestimmte Anzahl Getreuer auf seine Seite zu ziehen. Solange er am Leben war, blieb er ein nicht unbeträchtliches Hindernis für die Absichten des Zauberers.

Seine Gedanken überschlugen sich. Orogastus stand auf und ging unruhig im Zimmer auf und ab. Es schneite nicht mehr, und das verdammte Dreigestirn verwandelte die Feste des Mount Brom in einen Ort von atemberaubender, silbriger Schönheit.

Prinzessin Haramis hatte sich zurückgezogen. Die Unterhaltung mit ihr am heutigen Tag war höchst zufriedenstellend verlaufen. Es sah so aus, als akzeptierte sie inzwischen seine Version von der Invasion durch die Labornoki, nach der König Voltrik und General Hamil für die Grausamkeiten verantwortlich waren, während er persönlich sich nur widerwillig mit ihnen verbündet hatte. Es war ihm gelungen, für nahezu alles eine plausible Erklärung oder Rechtfertigung zu liefern. Glücklicherweise kam es Haramis nicht in den Sinn, mit Prinzessin Kadiya telepathisch in Kontakt zu treten, während diese sich mit General Hamil auseinandersetzte. Orogastus ging davon aus, daß jeder seherische Kontakt mit einer der beiden Schwestern, den Haramis jetzt noch aufnähme, seiner Sache nicht mehr schaden könnte.

Denn ob sie es zugab oder nicht, Haramis hatte sich in ihn verliebt.

Dieses Gefühl wollte der Zauberer lieber nicht genauer untersuchen. Natürlich war es undenkbar, daß er sich in sie verliebte ...!

Dennoch warnte ihn ein kichernder kleiner Dämon tief in seinem Herzen, auf der Hut zu sein. Er hatte nicht die Unwahrheit gesagt, als er Haramis erzählte, er sei nie verheiratet gewesen. Er würde sehr aufpassen müssen. Seinem Verstand war sie gleichgültig, seinem Körper hingegen mit Sicherheit nicht; der kurze Augenblick, als sie füreinander entbrannt waren, hatte an freudiger Erregung alles übertroffen, was er bisher gekannt hatte.

Und das hatte ihn zutiefst erschreckt.

Körperliche Liebe war Zauberern von jeher untersagt – und aus gutem Grund. Sie lenkte die Betroffenen von großen Zielen ab, raubte ihnen die Objektivität, schwächte die Willenskraft und laugte Energien aus, die gesammelt und konzentriert werden mußten, wenn man wirklich mächtig werden wollte ...

Aber er brauchte sie! Und nicht nur wegen des Talismans, den sie besaß. Sie war die Zauberpartnerin, nach der er lange Jahre gesucht hatte, unendlich viel besser als die speichelleckenden Stimmen. Sie war der Schlüssel zum Zepter der Macht, vor dem sich selbst das Versunkene Volk gefürchtet hatte.

Und deshalb würde er Haramis benutzen, sie teilhaben lassen, sich sogar an ihr erfreuen. Doch er durfte sich um nichts in der Welt in sie verlieben. Morgen würde er die Prinzessin zunächst mit weiteren Geräten aus uralten Zeiten blenden, dann ihr Mitgefühl erregen, wenn er ihr noch mehr aus seinem Leben erzählte. Sollte sie ihm dann noch nicht hörig sein, was bei einer so gescheiten jungen Frau durchaus denkbar war, würde er die Schlinge ein wenig lösen, um sie im krönenden Augenblick ein für alle Mal wieder fest zuziehen ...

Orogastus blieb abrupt stehen. Seine Gesichtszüge entspannten sich, und er lächelte. Er ging zu seinem Stuhl zurück, setzte sich und glitt in eine sternäugige Trance hinüber, um seinen einzigen ihm noch verbliebenen Gehilfen in der Zitadelle von Ruwenda zu rufen.

»Höre mich, Grünstimme!«

»Ich höre, Allmächtiger Meister.«

»Hast du etwas Neues in den Büchern der Bibliothek in der Zitadelle entdeckt?«

»Eine Reihe von Hinweisen, die wichtig sein können, Meister. In einer alten Geschichte von Ruwenda heißt es, die frühen menschlichen Siedler glaubten, daß sie im ›Zeitalter des Drillings‹ lebten. Und das Ende dieses ersten Zeitalters und der Beginn des neuen würden von einer bemerkenswerten Katastrophe begleitet, und die Ereignisse fänden an einem Fest des Dreigestirns ihren Höhepunkt, wenn der Himmelsdrilling erschiene ... Man vermutet, daß so etwas wie ein ungewöhnliches astronomisches Ereignis beschrieben ist.«

»Ohne Zweifel. Das ist sehr interessant und bestätigt eine meiner Theorien. Weiter.«

»In einem Buch, in dem angeblich die magischen Praktiken der Uisgu beschrieben werden, steht die grobe Übersetzung eines Liedes. Ich zitiere:

Eins, zwei, drei: drei in einem.
Eins, die Krone der Gemeinen, Geschenk der Weisheit,

Förderer des Geistes.
Zwei, das Augenschwert, Gerechtigkeit und Gnade bringend.
Drei, der Flügelstab, Schlüssel und Vereiniger.
Drei, zwei, eins: eins in drei.
Komm, Drilling. Komm, Allmacht.

Offensichtlich singen die Uisgu dieses Lied zu ihrem Dreigestirnfest in jedem Jahr, ohne die genaue Bedeutung zu kennen.«

»Ich kann mir denken, was es bedeutet«, sagte Orogastus kurz angebunden. »Du hast noch mehr Material gefunden, das meine Untersuchungen auf diesem Gebiet bestätigt. Gut gemacht! Noch etwas?«

»Ja, Meister, noch ein letzter Fund. Ein – ein unheilvolles Omen.«

»Sprich.«

»Es betrifft das sogenannte Dreieinige Zepter der Macht, von dem wir annehmen, daß es die Kombination der Talismane ist. In einem vermoderten Schrank fanden wir vor einigen Tagen zufällig eine Schriftrolle, die nahezu unleserlich war. Erst heute wurde das Pergament sorgfältig aufgedampft. Ich erkannte sofort, daß das Dokument in Tuzameni verfaßt ist, der Sprache Eures Heimatlandes.«

»Das ist höchst ungewöhnlich. Kaum ein Volk der Halbinsel weiß überhaupt etwas von der Existenz meines Landes. Fahr fort.«

»Die Handschrift ist zum größten Teil unleserlich. Doch eine Stelle, in der ein sogenanntes ›Großes Zepter‹ erwähnt wird, ist entzifferbar. Dort heißt es: ›Das Große Zepter, das von den Fortgegangenen zerbrochen und versteckt worden ist, wird wieder auftauchen und die Welt in ihren Grundfesten erschüttern, das Alte erneuern und einen großen Stern zu Fall bringen.‹«

»Ich verstehe.« Orogastus schwieg eine Zeitlang. Dann sagte er wegwerfend: »Es gibt Millionen von Sternen am Himmel, meine Stimme.«

»Ja, Allmächtiger Meister.«

»Wie hat König Voltrik auf die Nachricht von Prinz Antars Untreue reagiert?«

»Er geriet in Rage, als er hörte, daß sein Sohn Prinzessin Anigel Schwert und Herz zu Füßen gelegt hat. Doch entgegen Euren Wünschen will er dem Prinzen die Rechte nicht sofort aberkennen. Antar ist wegen seines guten Charakters und seiner Tapferkeit bei den gemeinen Soldaten beliebt, und er hat zahlreiche adlige Anhänger bei den Verwandten seiner verstorbenen Mutter. Seine Majestät will die Enterbung und Entthronung des Prinzen verschieben, bis die Truppe unter General Hamil wieder in der Zitadelle ist. Dann wird die Zahl derjenigen, die dem Thron loyal gegenüberstehen, größer sein.«

»Unser König handelt weise.« Und Orogastus fügte bei sich hinzu: *Weiser als ich, und mir bleibt ein weiterer großer Schnitzer erspart! Mächte der Finsternis, was ist nur in mich gefahren, daß ich mich so sehr verrechnen konnte?*

Doch die Mächte lehnten es ab, ihn zu erleuchten; und er sagte zu seiner Stimme: »Ich fürchte, du wirst dem König jetzt noch mehr schlechte Nachrichten übermitteln müssen. Hamil ist tot. Doch seine Armee ist zum größten Teil intakt und untersteht jetzt dem Befehl von Lord Osorkon. Du brauchst Voltrik keine Einzelheiten zu berichten – sage ihm, die Situation sei noch unklar –, doch der Auftrag, Prinzessin Kadiya und ihren Talisman zu fangen, ist leider fehlgeschlagen, ebenso wie der gegen Prinzessin Anigel.«

»Meister ...!«

»Und sowohl Rotstimme als auch Blaustimme sind tot.«

»Darf man fragen, auf welche Weise meine Brüder und der Edle General umgekommen sind?«

»Es mag genügen, wenn du König Voltrik sagst, daß sowohl die Rotstimme als auch General Hamil bei dem stümperhaften Versuch, Kadiya zur Übergabe ihres Talismans zu zwingen, ums Leben gekommen sind. Das magische Schwert ist nur an sie gebunden und erschlug die beiden, als sie versuchten, es an sich zu nehmen. Du mußt dem König ausrichten, daß Prinzessin Kadiya fliehen konnte. Doch sage ihm, daß sie tief in die Sümpfe floh und keine Bedrohung mehr für Labornok darstellt.«

»Und soll ich Seiner Majestät auch berichten, was Blaustimme widerfahren ist?«

»Darüber sag nichts. Zu deiner eigenen Information: Blaustimme hat versucht, den Prinzen zu überwältigen, als die beiden sich in einem Boot befanden. Die Stimme scheiterte und ertrank.«

»O weh! Der Blaue war der Tapferste unter uns, und der Rote der Verschlagenste ...«

»Du aber bist der intelligenteste, mein Grüner, und dir bleibt die schwierigste Aufgabe vorbehalten: Du mußt König Voltrik davon abhalten, eine nicht wiedergutzumachende Dummheit zu begehen, bis ich zur Zitadelle zurückkehren kann. Lord Osorkon führt seine Truppe mit doppelten Ruderschlägen zurück. Da der Fluß nach den Stürmen, die in den Bergen bereits niedergegangen sind, schneller fließt, sollten seine Boote innerhalb der nächsten Tage ankommen. Das kannst du dem König sagen.«

»Die Monsunwinde haben auch über dem Gebiet um die Zitadelle die ersten Regenfälle niedergehen lassen, Meister. Bald werden die Wege zu Wasser und zu Lande durch dieses elende Königreich unpassierbar sein. Aufgrund einer gewissen Unruhe unter den Ruwendianern in den Randgebieten hat König Voltrik beschlossen, daß seine gesamte Streitmacht während der Regenzeit hierbleiben soll. Er hat mit seinem Stab bereits Pläne ausgearbeitet, nach denen die Hälfte der Armee in verschiedenen Landhäusern und Dörfern der Ruwendianer untergebracht werden soll und die andere Hälfte auf dem Berg der Zitadelle.«

»Das ist klug von ihm.« *Und noch eine Möglichkeit, die ich hätte voraussehen müssen, um den König entsprechend zu beraten!* »Ich wünsche, daß du, meine Stimme, fortfährst, den Verrat des Prinzen dem König gegenüber bei jeder sich bietenden Gelegenheit zu bedauern. Dränge Seine Majestät, den Prinzen zu enterben, sobald die königstreuen Offiziere eintreffen. Ich muß wohl nicht betonen, daß meine eigenen Pläne, sollte König Voltrik irgend etwas zustoßen, in größter Gefahr sind.«

»Dessen bin ich mir bewußt, Meister. Ich werde mein Bestes tun, den König zu beraten. Doch es wird ihm immer unbehaglicher zumute, je näher das Fest des Dreigestirns rückt. Gewisse Ruwendianische Diener in der Zitadelle haben Seiner Majestät heimlich die düsteren Prophezeiungen im Zusammenhang mit diesem Ereignis kundgetan. Er würde gern nach Labornok zurückkehren ...«

»Er darf die Zitadelle nicht verlassen! Er würde auf der Handelsstraße vom Regen überrascht!«

»Meister, ich habe es ihm gesagt. Dennoch ist er der Meinung, die Zitadelle sei ein Ort mit bösem Omen, uralt und durchdrungen von ruwendianischer Magie...«

»Unsinn! Beruhige ihn. Er weiß, daß meine eigenen Mächte der Finsternis, jene, die ihm den Sieg beschert haben, überlegen sind! Und ich selbst werde bei ihm sein, ehe sich das Dreigestirn vereint!«

»Meister! Aber wie soll das gehen? Es ist eine Reise von acht Tagen von Eurem Turm zur Zitadelle, auch bei schönem Wetter.«

»Mach dir keine Gedanken darüber, wie ich es schaffen werde. Erwarte meine Ankunft auf jeden Fall vor dem Fest, und sage König Voltrik, daß ich komme und daß alles noch gutwerden wird.«

»Allmächtiger Meister, ich werde ihn beruhigen und die traurigen Ereignisse so günstig wie möglich darstellen. Er wird Euch begrüßen und eifrig darauf bedacht sein, Eurem Rat zu folgen.«

»Ausgezeichnet. Lebwohl, Grünstimme.«

»Meister, lebt wohl.«

Nachdem die Vision seines Gehilfen verschwunden war, vergrub der Zauberer das Gesicht in den Händen und blieb noch eine Zeitlang sitzen. Dann kam er wieder zu sich. Ein grimmiger Zug hatte seine Gesichtszüge verhärtet. *Und ob alles gut wird! Zuerst werde ich den Eisspiegel befragen, um Prinzessin Kadiya ausfindig zu machen, und dann werde ich Haramis noch fester an mich binden.*

Als Haramis am folgenden Abend nach einem gemeinsamen Essen mit Orogastus in ihr Zimmer zurückkehrte, fand sie ein Geschenk vor – ein großes, flaches Paket aus schwarzem Tuch, mit einer Silberkordel verschnürt, an dem eine Nachricht von ihm befestigt war:

Liebste,
morgen möchte ich Dir meinen wertvollsten Besitz zeigen, den Eisspiegel, mit dem ich bis ans Ende der Welt sehen kann. Ich habe ihn noch nie einem anderen Menschen gezeigt. Damit die Mächte der Finsternis, die den Spiegel bedienen, nicht gekränkt sind, bitte ich Dich, mich in der Kleidung zu begleiten, die in diesem Paket ist, und die ich persönlich für Dich angefertigt habe, denn ich wage zu hoffen, daß Du inzwischen ebenso wie ich Gefallen an diesen dunklen Mysterien gefunden hast und denjenigen ein wenig beachtest, der sie Dir mit seinem Herzen zu Füßen legen möchte.

Sollte ich zu weit gegangen sein, liebste Prinzessin, und Du ziehst es vor, morgen zeitig von hier aufzubrechen, dann verzeih diese kühne Notiz und entschuldige den Narren, der so lange allein war und auf Dich gewartet hat, der bisher nicht wußte, was Liebe ist.

In Hochachtung, immer Dein
OROGASTUS

Haramis wurde bei dem übertrieben vertrauten Ton unbehaglich zumute. *Glaubt er etwa, ich sei seinem Zauber erlegen und bereit, ihm mein Herz auf dem Silbertablett zu servieren? Bin ich ein Bauernmädchen, das sklavisch dem erstbesten Mann verfällt, der es berührt? Oder glaubt er, ich ließe mich von all den uralten Geräten in seiner Sammlung blenden?*

Haramis dachte über die Dinge nach, die er ihr bisher gezeigt hatte.

Wer weiß, wozu diese Maschinen fähig sind? Sie machten auf mich nicht gerade den Eindruck von Spielzeug ... und das Gerät, das er besonders bevorzugt, das aussieht wie ein Armbrustlager, wirkte ausgesprochen düster.

Andererseits ist er vielleicht doch nicht der Bösewicht, für den ich ihn hielt. Der Arme – welch eine schreckliche Kindheit. Natürlich gibt es keine Entschuldigung dafür, daß er die Invasion durch König Voltrik unterstützt hat. Doch ich vermute, er hätte sich nicht offen gegen die Verrücktheit des Monarchen stellen können, ohne aus Labornok vertrieben zu werden. Und er wußte, daß seine

Bestimmung nicht in seinem eigenen fernen Heimatland lag, sondern genau hier, in diesen Bergen, von wo ihn die Schwarze Eishöhle rief, um ihm ihre Schätze anzubieten.

Wäre ich in seiner Lage gewesen, fragte sie sich, *was hätte ich getan? Hätte ich mich klüger und moralischer verhalten können? Hätte ich es abgelehnt, Zauberin am Hofe eines korrupten Herrschers zu werden, und damit den Ruf meines größeren Schicksals ignoriert?*

Sie öffnete das Paket und begann, die Kleidungsstücke zu untersuchen, mit denen man angeblich den Mächten der Finsternis genehm war. Nachdem sie sie ausgepackt hatte, konnte sie nicht widerstehen, sie anzuziehen, nur um zu sehen, wie sie ihr standen.

Da war zunächst ein pelzbesetztes Unterkleid aus schwarzem Material mit dazu passenden Stiefeln. Darüber zog sie ein Gewand aus silbernen Maschen mit glänzenden schwarzen Applikationen, das sich eiskalt anfühlte. Dann gab es einen schwarzen silberbestickten Mantel mit einer verzierten Schnalle und dem Sternmotiv auf dem Rücken. Zuletzt holte sie einen sehr ehrfurchtgebietenden Kopfschmuck heraus, den sie lange zögernd in der Hand hielt, bevor sie ihn aufsetzte. Es war eine Silbermaske, die sich genau über den oberen Teil ihres Gesichts und unter das Kinn legte, die untere Gesichtshälfte jedoch frei ließ. An den Rändern dieser Maske saßen, beginnend über den Schultern, scharfkantige Strahlen, die nach oben hin sehr lang wurden und den Kopf mit einem großen, leuchtenden Stern umgaben, der ihr langes schwarzes Haar frei über die Schultern fallen ließ. Die Maske war nicht aus Metall, sondern aus weicherem Material, ähnlich versilbertem Leder. Dazu passend gab es Handschuhe mit langen Stulpen.

Nachdem Haramis all diese Gewänder angezogen hatte, verspürte sie den Wunsch, sich alles vom Leibe zu reißen, aus dem Raum zu fliehen und nach ihrem Lämmergeier zu rufen, der sie davontragen sollte. Ihr Talisman, der wie immer an ihrer Brust hing, war eiskalt geworden, und der Bernstein hatte seinen Glanz verloren.

Was mache ich hier? fragte sie sich. *Diese Kleidung fühlt sich fremdartig an. Die Geräte, die er mir bisher gezeigt hat, besitzen keinen Zauber – dessen bin ich mir sicher –, aber mit diesen Kleidern ist etwas ... Existieren die Mächte der Finsternis, von denen er immer redet, wirklich? Er selbst glaubt offenbar daran, und* irgendetwas, *was immer es auch sein mag, verleiht ihm Fähigkeiten, die einem gewöhnlichen Sterblichen überlegen sind. Er mag durchaus in der Lage sein, zu gegebener Zeit die Welt zu beherrschen, wie er es vorhat.*

Fühle ich mich deswegen so zu ihm hingezogen? Er besitzt in der Tat Macht, woher sie auch kommen mag, aber welche Art von Macht ist das? Ist es eine Macht, die ich lernen und gebrauchen kann?

Grauen durchzuckte sie. Sie hob den Talisman vor die Augen, starrte in den Reif und sagte: »Weiße Frau, antworte mir!«

Lange geschah nichts. Dann überlegte sie und zog die silbernen Handschuhe aus. Sogleich erwärmte sich der Stab in ihren bloßen Händen, und der Drillingsbernstein begann mit schwachem Schein zu pulsieren, als sie rief. Allmählich verdichtete sich der perlmutterne Dunst im Reif, und das entstellte Gesicht der Erzzauberin, das auf einem Kissen ruhte, erschien darin. Sie blickte auf. Offenbar litt sie große Schmerzen. Die Augen – dunkle Schlitze, aus denen langsam Tränen rannen – betrachteten Haramis in den Kleidern, die Orogastus ihr geschenkt hatte. »So bald schon?« Ihre Stimme war schwach wie ein Zephir, der durch ein Blumenfeld strich. »Hat er dich so leicht für sich gewonnen? ... Doch nein. Ich schätze dich falsch ein, mein Kind. Ich sehe, daß du noch nicht seinen Weg eingeschlagen hast.«

»Natürlich nicht!« Die Sorge über das Aussehen der Weißen Frau wich der Verärgerung. Die Alte hatte einen Ton angeschlagen wie eine Erwachsene, die ein ungehorsames Kind zurechtweist. Haramis hatte die Erzzauberin nicht angerufen, weil sie sich schuldig fühlte. Sie hatte nichts Falsches getan und schämte sich nicht!

»Ich bin hier, weil man mich eingeladen hat«, sagte die Prinzessin mit höflicher Distanz. »Und weil ich neugierig war, ob überhaupt jemand die Wahrheit über Orogastus kennt. Ich bin hierhergekommen, weil ich selbst sehen wollte, wer er ist – und um seine Schwächen herauszufinden, wie Ihr selbst es mir aufgetragen habt.«

»Es stimmt: Sie zu kennen mag sich als nützlich erweisen. Aber ist es klug, unter seinem Dach zu bleiben?« fragte die Erzzauberin sanft.

»Ich bin hier nicht in Gefahr«, brauste Haramis auf. »Mein Lämmergeier kann mich jederzeit abholen, und Orogastus kann mir meinen Talisman nicht stehlen. Er behandelt mich höflich ...«

»Mehr als höflich.«

Haramis wurde hinter der Maske rot. »Ja«, gab sie zu.

»Ich sehe, daß du beeindruckt bist, Haramis, fasziniert sowohl von dem Mann als auch von seiner Macht. Und du glaubst, daß du ein großes Geheimnis über die Vorrichtungen des Versunkenen Volkes kennst, mit dem Orogastus nicht rechnet – ein Geheimnis, das ihn verwundbar macht.«

»Ja«, sagte Haramis. »Das ist letztlich der Grund, warum ich hierher gekommen bin: um nach Wissen zu suchen. Man kann hier eine Menge lernen. Und je mehr ich lerne, um so mehr Fragen tauchen auf über Ruwenda und seinen Zauber. Aber ich lerne, und alles wird gut werden. Dessen bin ich mir sicher.«

»Ja, alles wird gut werden ... Aber du mußt bald zu mir kommen und dir *meine* Vision anhören. Sie unterscheidet sich grundlegend von der des Orogastus, und manchen mag sie weniger ruhmvoll erscheinen. Doch du mußt dich entscheiden. Zwischen meinem Weg und dem des Zauberers und seinesgleichen gähnt ein tiefer Abgrund. Du solltest beide Wege kennen, bevor du deine Wahl triffst.«

»Ja«, stimmte Haramis ihr zu. »Ich werde bald zu Euch kommen.«

»Warte nicht zu lange.«

Das vom Alter gezeichnete Gesicht verschwand. Der Reif war leer.

Haramis ließ den Talisman wieder an seiner Kette baumeln. Dann trat sie vor den hohen Spiegel in der Schlafkammer und betrachtete die fremde Person, die ihr daraus entgegenblickte. Schwarz und Silber. Die Augen unlesbar, die Gestalt groß und eindrucksvoll. Ja, und furchteinflößend.

Sie wandte sich vom Spiegel ab und zog die dunklen Kleidungsstücke wieder aus. Aber sie wußte, daß sie sie morgen anlegen und mit ihm zur Höhle des Schwarzen Eises gehen würde.

38

Nachdem Sprecher Sasstu-Cha mit Hilfe der Sprache ohne Worte von der bevorstehenden Ankunft des Bootes erfahren hatte, erwartete er zusammen mit einer Abordnung von Dorfältesten Prinzessin Anigel und Prinz Antar an der Anlegestelle, nicht weit vom Schauplatz der Kämpfe entfernt.

Die Wyvilo führten die beiden Menschen unter den Schutz eines nahegelegenen Lagerhauses, da es inzwischen in Strömen regnete. »So werden die brennenden Häuser gelöscht«, bemerkte der Sprecher von Let. »Doch das wird die Glismak nicht abschrecken. Wir haben bereits eine Abordnung von ihnen empfangen, die das Lösegeld gefordert hat. Und wir haben uns bereit erklärt zu zahlen. Sasstu-Cha bedauert, Prinzessin Anigel, Euch sagen zu müssen, daß Ihr zu spät gekommen seid.«

Sie schwieg und ließ sich auf einem Warenstapel nieder. Sie trug noch Immus Hut und Regenumhang, die sie angelegt hatte, bevor sie an Land gingen. Da sie offensichtlich unentschlossen war, trat Prinz Antar vor.

»Vielleicht erinnert Ihr Euch noch an mich. Ich bin Antar, Kronprinz von Labornok, den ihr erst vor wenigen Tagen aus Eurer Stadt vertrieben habt. Ich bin jetzt Diener dieser Großen Herrin, die mir zweimal das Leben gerettet hat, ebenso sind ihr meine Männer ergeben, so sie nicht gefallen sind. Unter Einsatz unseres Lebens sind wir hierher gekommen, um Euch zu helfen. Bevor Ihr Euch Euren Feinden ergebt, laßt Euch von uns erklären, welche Art Hilfe wir anbieten können.«

»Sprecht«, sagte Sasstu-Cha mit der tiefen Stimme eines Seltlings. »Aber Ihr sollt wissen, daß uns über tausend Glismak gegenüberstehen. Etwa ein Drittel unserer Kämpfer ist gefangengenommen, einige wurden bereits gefressen. Und wir können heute abend nicht mehr kämpfen.«

»Das ist nicht nötig«, sagte der Prinz. Er nahm Anigels

Hand und forderte sie sanft auf, sich zu erheben. Dann löste er den Regenumhang, legte ihn zur Seite und setzte ihr den Hut ab.

Beim Anblick des Talismans waren die Wyvilo sprachlos, und ein grauhaariger Alter vergoß ölige Tränen.

»Das Dreihäuptige Ungeheuer!« rief er in der Sprache der Menschen. »Ehre sei der Heiligen Blume, sie hat es aus dem Baum geholt!«

»Und sie hat damit den Anführer einer mächtigen Glismak-Horde erschlagen und seine Krieger mit einem Blitz vertrieben, den sie aus dem Himmel auf sie herabbeschworen hat«, fügte der Prinz hinzu.

Sasstu-Cha fragte die Prinzessin: »Stimmt das?«

»Ja«, antwortete Anigel, deren Augen in seltsamem Glanz erstrahlten. Neue Kraft durchdrang ihren Körper. Der Drillingsbernstein begann im weißen Metall der Krone zu glühen, und man konnte die geöffnete schwarze Blüte darin deutlich erkennen.

»Werdet Ihr unsere fleischfressenden Feinde zu Kohle verbrennen?« fragte der tränenüberströmte Alte begierig.

»Bringt mich zu den Glismak«, sagte Anigel und setzte ihren Hut wieder auf. »Ihr sollt sehen, was ich tun werde.«

An einem Anlegeplatz am anderen Ende des Dorfes, wo ein schmaler Flußlauf Let vom Festland trennte, hatte sich eine riesige Flotte aus grob behauenen Glismak-Kanus versammelt und wartete auf die Beute. Als Anigel dort ankam, hatten die besiegten Einwohner des Dorfes bereits Berge von Futtersäcken und andere Güter aufgestapelt, die vom Häuptling der Glismak, Hak-Sa-Omu, und seinen Untergebenen geprüft wurden.

Etwa hundert feindliche Glismak waren auf der Pier versammelt, schwer bewaffnet, die blutigen Fangzähne fletschend und gleichgültig gegen den Regen. Einige Sieger stromerten durch die noch immer rauchenden Straßen in der näheren Umgebung und durchsuchten die versengten Leichen, die sie als rechtmäßige Kriegsbeute betrachteten. Wieder andere saßen in den Kanus, während sich die überwiegende Mehrheit der Glismak-Armee auf dem Festland zusammengefunden hatte und auf die Verteilung der Beute wartete.

Sprecher Sasstu-Cha wandte sich in der Eingeborenensprache an den Häuptling der Glismak. Es gab einen kurzen Disput, und dann führte man Anigel nach vorn. Sie zog sich den Hut vom Kopf. Der Bernstein in der Krone erhellte den regennassen Anleger wie ein Leuchtfeuer, und beim Anblick des Talismans vereinten sich die Stimmen aller Glismak zu einem einzigen, trotzigen Aufheulen.

»Schweigt!« befahl Anigel. Und das grimmige Volk fügte sich.

Dann begann sie, in der Handelssprache mit ihnen zu reden, doch Antar zweifelte nicht daran, daß alle Versammelten ihre Worte verstehen konnten. Sie sagte:

»Ihr wißt, wer ich bin. Eure Brüder aus dem Tal des Kovuko haben Euch von fern gerufen und berichtet, was ich getan habe. Der Talisman gehört mir, und da ihr alle dem Volk der Heiligen Blume angehört, wißt ihr, daß ich eines der Drei Blütenblätter des Lebenden Drillings sein muß. Und das stimmt fürwahr. Ich bin gewillt, diesem ganzen Land den Frieden zu bringen.«

Ihre Worte gingen in vielstimmigem Gebrüll und Zischen unter, doch sie hob einen Arm. In diesem Augenblick zuckte ein Blitz über den Himmel, und der gleichzeitige Donnerschlag brachte die Glismak zum Schweigen.

»Ihr Glismak seid ein armes Volk. Eure Vettern, die Wyvilo, sind reich. Ihr raubt sie aus und tötet sie, weil ihr es seit uralten Zeiten so macht, und ihr freßt ihr Fleisch, weil es bei euch grausamer Brauch ist seit Generationen. Aber ich sage euch, daß ihr es nicht mehr tun werdet! Ein neues Zeitalter ist angebrochen. Die alten Bräuche sind vergessen und werden nie wiederkommen ...«

Antar, der sie beobachtete und ihr zuhörte, spürte heilloses Entsetzen in sich aufsteigen, denn das schlanke, liebliche junge Mädchen begann sich vor seinen Augen zu verwandeln und wurde von Sekunde zu Sekunde größer. Ihre Kleidung schmolz dahin, und sie trug ein Gewand aus grellen

Blitzen, rot, blau und blendend weiß. Ihre Gestalt überragte das Lagerhaus, neben dem sie stand; sie wuchs in den stürmischen Himmel hinein, die Arme weit ausgebreitet, das Haar in Flammen, der Bernstein auf der Stirn so weißglühend wie eine kleine Sonne, und ihre Stimme klang wie tausend Trompeten.

»Ich will, daß Frieden herrsche zwischen den Glismak und den Wyvilo! Frieden zwischen eurer Rasse und den Menschen! Die Güter des Landes sollen geteilt werden. Die Kinder der Glismak sollen sich nicht mehr im Kriegshandwerk üben wie ihre Väter, sondern sollen lernen zu arbeiten. Niemand soll mehr einen anderen töten, unter Androhung meines Zornes, und ihr sollt nie wieder das Fleisch eines anderen fressen!«

Während die Erscheinung emporwuchs, wurde das Geschrei der Glismak immer lauter, bis ihre wilden Seelen schließlich von panischer Angst ergriffen wurden. Die Glismak in den Booten verhüllten die Augen und kauerten sich nieder, jene auf dem Anlegesteg und jene am gegenüberliegenden Ufer fielen der Länge nach auf den Boden und drückten das Gesicht in den Staub. Nur der Häuptling Hak-Sa-Omu stand noch aufrecht. Die starren Augen traten hervor, das große Maul war weit aufgerissen.

»Nichts, was auf diesem Anleger steht, wird angerührt!« erklärte Anigel.

»Die Glismak werden sich mit leeren Händen zurückziehen und bis zur Trockenzeit in ihrer Heimat bleiben und über meine Worte nachdenken. Wenn auch nur eine Truppe der Glismak es wagen sollte, aufzutauchen und einen Krieg anzuzetteln, werden wir unseren Zorn über sie bringen« – drei wuchtige Donnerschläge hallten in kurzer Abfolge durch die Luft – »und die ungehorsamen Krieger werden es nicht mehr erleben, die Güter zu sehen, die jenen Glismak zuteil werden, die meinen Befehlen gehorchen!«

Die alles überragende Riesin hatte jetzt drei Köpfe, die mit einer Drillingslilie gekrönt waren.

»Wir sprechen jetzt mit Hak-Sa-Omu, dem Häuptling der Glismak! Hörst du uns, Elender?«

Der Anführer wimmerte und stammelte einen kurzen Satz.

Prinz Antar sah, daß er am ganzen Leib, vom geschuppten Kopf bis zu den Krallenfüßen, zitterte.

»Wirst du dein Volk sofort abziehen und ausführen, was wir befohlen haben?«

Die schwache Antwort konnte nur eine Bestätigung bedeuten.

»Wirst du in Frieden warten, bis wir wiederkommen?«

Erneut eine Bestätigung.

»Dann geh!«

Die abschließende Detonation blendete und betäubte alle Zuschauer. Die Erscheinung war verschwunden. Ebenso Anigel.

Hak-Sa-Omu stammelte ein paar schnelle Worte und stieg mit allen Glismak, die noch in Let verweilten, Hals über Kopf in die Kanus, die in fliegender Hast zum Festland flohen. Dort verließen die Glismak ihre Boote und eilten hinaus in die Nacht.

Hinter einem Stapel kunstvoll gefertigter Möbel trat Prinzessin Anigel hervor. Sie trug wieder ihre Jagdkleidung, und das nasse blonde Haar hing ihr wirr ins Gesicht. Sie lächelte die Ältesten der Wyvilo und den Prinzen an, die sie umjubelten.

»Mächtige Herrin«, rief der Sprecher laut und verneigte sich vor ihr, »Ihr habt uns tatsächlich gerettet, wie Ihr es versprochen habt! Vergebt dem unwürdigen Sasstu-Cha, daß er an Euch gezweifelt hat.«

»Ihr habt es geschafft!« rief Antar. »Noch dazu, ohne auch nur einen von ihnen zu töten!«

»Es war dumm von mir, daß ich an diese Möglichkeit nicht früher gedacht habe«, sagte sie ruhig. »Die Glismak sind wie Kinder. Mit Kindern diskutiert man nicht oder versucht, Vernunft anzuwenden, vor allem, wenn sie gerade halsstarrig und mörderisch aufgelegt sind. Das einzige, was man in diesem Fall wirklich tun kann, ist, sie in Schrecken zu versetzen. Wenn sie wieder zur Vernunft gekommen sind, kann man später mit ihnen argumentieren und sie erziehen.«

»So ist es.« Sasstu-Cha nickte. »Jeder, der Kinder hat, weiß das.«

»Ich hätte sie nicht töten können«, gestand Anigel leise, und nur Antar und der Sprecher konnten ihre Worte hören. »Es war jedoch auch nicht nötig. Es scheint, als könnten alle möglichen Gedanken mit Hilfe des Talismans deutlich gemacht werden. Daher habe ich den Glismak, als sie flohen, gesagt, daß sie zu meinem Volk gehören und daß ich sie liebe.«

»Und so werden wir ebenfalls zu Eurem Volke«, sagte der Sprecher. »Und Sasstu-Cha erklärt Euch, siegreiche Prinzessin, daß wir nun in Eurer Schuld stehen, und unsere Ehre gebietet es uns, daß wir Euch für diese beispiellose Tat, die Ihr heute abend vollbracht habt, entschädigen.«

Die anderen Wyvilo, die bei ihnen standen, schlossen sich den Worten des Sprechers an, denn auch diejenigen, die die Sprache der Prinzessin nicht verstanden, konnten sich denken, was gesagt worden war.

Anigel senkte kurz die Augenlider. Es regnete noch, aber nicht mehr so stark, und im Südwesten waren Sterne am Himmel zu sehen. Vor dem Fest des Dreigestirns würde es noch ein paar klare Tage geben.

»Liebe Freunde«, sagte die Prinzessin. »Eure Feinde, die Glismak, waren Erwachsene mit kindlichem Gemüt. Doch ich muß mich jetzt Feinden zuwenden, die fürwahr ausgereift sind – nicht nur, was das Kriegshandwerk betrifft, sondern auch das Ersinnen von bösem Zauber. Sie würden weder vor meiner albernen Horrorschau weichen noch sich durch mein Liebesbekenntnis anrühren lassen. Ich wurde von der Weißen Frau, die wir alle verehren, auf die Suche geschickt. Vor langer Zeit, als meine beiden Schwestern und ich zur Welt kamen, sagte sie, daß uns drei Blütenblätter des Lebenden Drillings ein schreckliches Schicksal erwarte. Aber sie sagte auch, daß alles gut werden würde. Die meiste Zeit während meiner Suche konnte ich nicht glauben, daß letzteres möglich sein könnte. Doch jetzt bin ich bereit, ihren Worten zu vertrauen.«

Sie nahm Antars Hand in die ihre und zog ihn näher zu sich heran.

»Hier steht der nächste rechtmäßige König von Labornok.

Er ist ein guter Mensch. In der Zitadelle von Ruwenda sitzt Voltrik, sein bösartiger Vater. Morgen früh im Morgengrauen werde ich mich auf den Weg zur Zitadelle machen und König Voltrik vom Thron Ruwendas, den er an sich gerissen hat, vertreiben. Sasstu-Cha, wenn Ihr und Euer Volk mich wirklich entschädigen wollt, dann begleitet und verteidigt mich, wenn ich mein Königreich zurückerobere.«

»Wir haben etwa fünfhundert überlebende Krieger, Prinzessin, und sie werden Euch überallhin folgen. Unser Kriegshäuptling Lummomu-Ko ist leicht verwundet und liegt im Krankenhaus. Doch er wird es sich nicht nehmen lassen, sich Euch morgen zu verpflichten. Ihr könnt von uns alles haben, was Ihr wollt.«

Anigel sagte: »Prinz Antar wird den Befehl über diejenigen übernehmen, die mir folgen. Ich danke Euch und Eurem Volk von ganzem Herzen, daß Ihr Euch meiner Sache angeschlossen habt. Doch ich muß Euch warnen, denn meine Feinde sind mächtig ...«

»So wie der Talisman, den Ihr tragt«, sagte Sasstu-Cha.

Die Prinzessin seufzte. Sie nahm die Krone vom Kopf, öffnete ihre Tunika und ließ das kleine Diadem hineingleiten. »Für den Rest der Nacht möchte ich ihn ruhen lassen. Und auch ich brauche Ruhe, denn Ihr glaubt nicht, wie matt ich bin.«

»Ihr und Euer Prinz müßt unbedingt meine Gäste sein«, sagte der Sprecher sogleich. Die anderen Ältesten der Wyvilo lächelten und verbeugten sich, und sie drängten Anigel und Antar gebärden- und wortreich, ihnen zu folgen. Also gingen sie durch die Straße, die von rußgeschwärzten, rauchenden Ruinen gesäumt war, und erreichten den unberührten Teil des Ortes. Kurz darauf verzogen sich die Wolken, und das Dreigestirn tauchte auf und spiegelte sich im ruhigen Wasser des Flusses.

Als Anigel ihre Kleider auszog und sich im Zimmer der ältesten Tochter des Sprechers zur Ruhe begab, die mit Freuden ihr Bett der Retterin von Let zur Verfügung gestellt hatte, konnte sie sich des Gefühls nicht erwehren, daß jemand sie beobachtete. Sie stand auf und warf einen Blick aus dem Fenster, in den Schrank und sogar unters Bett, aber es war niemand zu sehen.

Dann sah sie, daß der Talisman unter den Kleidungsstücken, die sie darüber gelegt hatte, leuchtete.

Widerwillig nahm sie die Krone in die Hand. Sie wollte sie nicht aufsetzen. Hatte sie nicht genug getan für heute? Was wäre, wenn eine neue schreckliche Vision über sie käme, die ihr den Schlaf raubte, den sie so dringend brauchte?

Leg sie an.

»Oh, *Lossok-Mist*!« rief die Prinzessin mißmutig. Sie setzte sich auf die Kante des wunderschönen Bettes im ruwendianischen Stil und drückte sich die Krone leicht aufs Haar.

»Kadi!« schrie sie auf. Beinahe wäre sie vor Glück ohnmächtig geworden, denn in der Vision sah sie ihre Schwester mit leuchtenden Augen und einem breiten Lächeln auf dem schmutzigen Gesicht. Sie saß zusammen mit einer Vielzahl grinsender Uisgu am Lagerfeuer, und in ihrem Schoß glühte etwas, das aussah wie ein stumpfes Schwert mit einem Knauf aus drei dunklen, miteinander verbundenen Kugeln, in deren Mitte sich der leuchtende Bernstein eines Drillingsamuletts befand.

»Es ist aber auch höchste Zeit, daß du mir antwortest!« sagte Kadiya leicht verärgert. »Du warst ja so sehr mit dir selbst beschäftigt, daß du meine Rufe überhaupt nicht wahrgenommen hast. Im übrigen hätte ich es nie für möglich gehalten, solche Worte aus deinem Munde zu hören.«

»Kadi, Kadi!« Anigel weinte und lachte gleichzeitig. »Du lebst und bist in Sicherheit!«

Ihre Schwester schwenkte das leuchtende Ding. »Ja, dank dem Dreilappigen Brennenden Auge, meinem Talisman.«

»Ich habe dich gesehen ...« Anigel zögerte. »Mein Talisman gewährte mir eine Vision, die dich als General Hamils Gefangene zeigte.«

Kadiyas Miene wurde ernst. »Sie haben mich gefangengenommen, eine Bande von Spähern aus Hamils Truppe, kurz nachdem ich meinen Talisman sichergestellt hatte. Ich hatte noch keine Ahnung, was das hier« – sie hielt das

Schwert in die Höhe – »alles tun kann. Des Zauberers Rotstimme hat es als erster erfahren und mußte dafür sein Leben lassen. Danach hat es keiner gewagt, es mir zu nehmen, nur Hamil hoffte, mich zur Aufgabe zwingen zu können. Er hatte Frauen der Uisgu in Händen, die er benutzte, um mich zu erpressen.«

»Oh Kadi – das ist ja ungeheuerlich!«

Kadiya runzelte jetzt die Stirn. »In dem Krieg, den wir führen, gibt es keine Gnade, Schwester mein. Hast du es nicht gerade am eigenen Leib erfahren? Das hier besitzt wahre Macht.« Sie blickte auf das Schwert mit stumpfer Spitze, das sie in Händen hielt. »Doch Macht ist eine Last – man muß sparsam damit umgehen, Anigel, und nur reinen Gewissens. Auch Wut kann dienlich sein, muß allerdings beherrscht werden: Das ist eine Erkenntnis, die ich gewonnen habe.«

»Dann hat dich dein Talisman verändert«, flüsterte Anigel. »So wie meiner aus mir, die ich immer ein wimmernder Feigling war ...«

»Mein Talisman hat mir Macht verliehen, und ich muß lernen, sie im rechten Maß einzusetzen. Hamil und die Skritek, die ihm als ungeheuerliche Waffen dienten – sie wurden verurteilt und werden nie wieder diese Wege beschreiten. Denn auch ein Schwert der Gnade, wie ich es jetzt trage, kann tödlich sein.«

»Ich – ich habe meinen Talisman auch dazu benutzt zu töten«, sagte Anigel stockend. »Aber nur einmal, noch dazu durch Zufall. Ich könnte es wahrscheinlich nicht wieder tun.«

»Ich schon«, sagte Kadiya sehr ruhig. »Wenn es notwendig wäre. Und das mag durchaus der Fall sein. Von Hamils Truppe ist noch ein Rest übriggeblieben, der sich zurück zur Zitadelle begibt. Doch in der Zwischenzeit sammeln sich die Uisgu und die Nyssomu. Es gibt bereits eine kleine Armee, die von Stunde zu Stunde größer wird. Sie haben mich aufgefordert, sie anzuführen. Möge der Talisman die Gewähr dafür sein, daß ich ihnen so gut diene, wie sie uns dienen würden.«

»Wollen sie uns helfen, unser Reich zurückzuerobern?«

»Sie sagen es. Die Uisgu sehen so furchtsam und zerbrechlich aus, wenn man sie auf dem Markt in Trevista sieht – doch sie sind in Wirklichkeit tapfere kleine Burschen und stärker, als sie aussehen. Sie können sehr schnell vorankommen in ihren Booten, die von einer Art riesiger Pelriks gezogen werden ...«

Anigel lachte. »Ich weiß. Ich habe mit diesen Lebewesen Blutsbrüderschaft getrunken und ihre Boote gelenkt.«

Kadiya lächelte. »Das habe ich gesehen. Und morgen brichst du mit deiner Armee zur Zitadelle auf. Und dein Prinzenherz ist dein neuer General!«

Anigel errötete und sagte verärgert: »Er ist nicht mein Herzblatt, jedoch ein ehrenwerter und loyaler Mann, der sich mir für alle Zeiten ergeben hat.«

Dazu sagte Kadiya jedoch nichts, sondern lächelte nur.

Anigel war jetzt eine viel wichtigere Sache eingefallen. »Kadi, ich habe nicht nur dich als Gefangene gesehen, sondern mir wurde noch eine andere schreckliche Vision zuteil. Mein Talisman zeigte mir Haramis mit Orogastus, und sie schien wie verhext von ihm!«

Kadiya wurde todernst. »Zwischen den beiden existiert mehr als nur Verzauberung ... Ani, auch ich habe Haramis gesehen, und ich fürchte, daß sich unsere Schwester ernsthaft in diesen elenden Zauberer verliebt hat. Oder vielleicht auch nur in die Macht, die er mit ihr teilen will.«

»Das ist nicht möglich!«

»Wenn ich es dir sage«, bestätigte Kadiya mit grimmiger Miene. »Ich habe die Weiße Frau heute abend mit Hilfe meines Talismans gerufen. Die Erzzauberin wird sehr bald sterben und möchte, daß Haramis sie pflegt, doch Haramis ist entschlossen, beim Hexenmeister zu verweilen. Ich habe versucht, Hara zu rufen, doch sie hat mir nicht geantwortet. Du kannst versuchen, sie zu erreichen, doch sei nicht überrascht, wenn sie auch mit dir nicht redet. Menschen, die lieben, haben in ihrem Herzen nur Platz für einen.«

»Das ist furchtbar. Die arme Weiße Frau! Und unsere Schwester. Wenn Orogastus sie verführt hat, kann ihr Talisman in seiner Gewalt sein! Was sollen wir tun?«

»Nichts. Die Erzzauberin hat die Aufgabe erfüllt, die sie

sich selbst gestellt hat. Wir drei haben unsere Talismane. Dennoch sind wir frei, du und ich und Haramis, und müssen uns selbst entscheiden.«

Mit bebender Stimme sagte Anigel: »Du – du weißt doch, daß alle drei Talismane zusammenkommen müssen, um ihren großen Zauber richtig zu entfalten. Und es liegt sowohl Böses als auch Gutes in ihrer Macht.«

»Ja. Das habe ich von jemandem gelernt, dem ich auf meiner Suche begegnet bin – ich glaube, es war eine Dienerin der Versunkenen.«

»Der Versunkenen? Aber wie ...«

»Das ist eine lange Geschichte, die warten muß. Ruhe dich jetzt aus, meine tapfere kleine Schwester. Ich werde das auch tun. Wir werden uns bald in der Zitadelle sehen.«

Nachdem diese Vision zu Ende war, versuchte Anigel, Haramis zu rufen. Sie sah sie im Schlaf; doch wie Kadiya bereits vorausgesagt hatte, hörte Haramis den fernen Ruf nicht, da sie völlig versunken war in einen Traum von Orogastus.

Anigel setzte die Krone wieder ab. Ihr Licht war schwächer geworden. »Ich kann nie und nimmer schlafen«, sagte sie zu sich. Doch dann berührte sie nach kurzem Nachdenken das silberne Diadem und bat es, ihr die nötige Ruhe zu gewähren. Sogleich fiel sie sanft in tiefen Schlummer.

Am nächsten Morgen machten sich Anigel, Antar und eine große Flotte der Wyvilo auf, die Ritter abzuholen, die auf dem anderen Flußufer lagerten. Anschließend fuhren sie rasch den Großen Mutar stromaufwärts zu den Tassfällen, wo sie feststellten, daß der Rest der Truppe aus Labornok den früheren Befehl des Prinzen ignoriert und das Lager verlassen hatte.

Ein dritter heftiger Sturm zog auf, als Anigel und Antar mit ihren Leuten am Fuße des Wasserfalls rasteten und überlegten, was zu tun sei. Die Prinzessin warf mit Hilfe ihres Talismans einen Blick auf die Stadt. Der Ort lag nahezu verlassen da. Alle Flußschiffe aus Labornok, die dem Suchtrupp des Prinzen angehört hatten, ebenso wie diejenigen aus der Garnison hatten sich in Erwartung des nahenden Monsuns auf den Weg zur Zitadelle begeben. Es waren keine Feinde oben am Wasserfall, allerdings auch nicht ein einziges großes Schiff, das in der Lage gewesen wäre, Anigels Wyvilo-Armee zur Zitadelle zu transportieren.

»Wir nehmen den Holzhebezug, um hinaufzukommen«, sagte Prinz Antar. »Er kann die Kanus der Wyvilo leicht bewältigen, wenn wir mehrere Fuhren machen. Oben müssen wir warten, bis das Unwetter nachläßt, dann können wir den Wunsee zur Mündung des Unteren Mutar überqueren ...«

»Nein, Prinz.« Lummomu-Ko, der Kriegshäuptling der Wyvilo, trat vor. »Es gibt eine viel bessere Möglichkeit, den See hinaufzufahren. Und wir müssen nicht auf das Ende des Sturms warten.« Er berichtete Antar, was er im Sinn hatte.

Obwohl der Prinz ein durchaus beherzter Mann war, wurde er bleich.

»So etwas ist möglich?« fragte Prinzessin Anigel tief beeindruckt.

»Selbst Menschen haben es schon gemacht«, sagte Lummomu-Ko hochmutig. »Natürlich ist es nicht ungefährlich. Doch wenn wir durchkommen, können wir in nur wenigen Stunden in Ruwenda sein.«

»Dann tun wir es«, beschloß die Prinzessin.

Die ersten Regentropfen fielen auf die kleine Armee. Die Wyvilo schenkten dem keine Beachtung. Sie fühlten sich bei Sonne und Regen gleichermaßen wohl.

Die Prinzessin sprach zu den Rittern: »Meine Menschenfreunde, ihr könnt eure Rüstung zusammenlegen, denn ihr braucht sie eine Zeitlang nicht. Außerdem werden wir unterwegs sein. Wie begeben uns in die Nähe der Zitadelle und verbergen uns in den nahegelegenen Sümpfen. Von dort aus rufen wir alle Adligen, die auf der Flucht sind, zusammen und mit ihnen die einfachen Menschen aus Ruwenda, die sich in den Sümpfen verborgen halten. Sie sollen sich uns bei der Rückeroberung unseres Landes anschließen. Auch meine Schwester, Prinzessin Kadiya, kommt auf dem schnellsten Wege zur Zitadelle und bringt eine große Armee von Uisgu-

Kriegern mit. So Gott will, werden wir am Fest des Dreigestirns bereit sein, den Feind anzugreifen.«

Anigel setzte Immus breitrandigen Hut auf, um sich den stärker werdenden Regen aus den Augen zu halten, und betrat als erste den Aufzug.

An eben diesem Tag paddelte zu später Stunde eine armselige, halb verhungerte Gestalt auf traurigen Treibholztrümmern in das sturmgepeitschte Let. Dort angekommen, verlor sie die Besinnung. Die Dorfbewohner, die sahen, daß sie dem Sumpfvolk angehörte und daher mit ihnen verwandt sein mußte, waren einhellig der Meinung, man müsse ihr helfen. Als sie am nächsten Tag wieder zu sich kam und nach Prinzessin Anigel fragte, waren die Wyvilo erstaunt.

»Die Große Herrin befindet sich auf dem Weg zu ihrer Zitadelle«, sagten die Waldleute. »Sie hat ihren magischen Talisman aufgesetzt und führt eine ganze Armee unserer Stammesbrüder an. Unsere Krieger haben uns gerufen, um uns mitzuteilen, daß sie auf den Flügeln des Sturmes über den See reiten – getragen von großen Holzflößen und mit weit aufgespannten Segeln fahren sie vor dem Wind ... Aber wieso fragt ein armer Wicht wie du nach ihr?«

»Wicht Wicht Wicht!« schimpfte Immu. »Weil sie mich braucht, deshalb!« Und sie veranstaltete einen solchen Aufruhr, daß die Wyvilo schließlich einwilligten, ihr, sobald der Sturm nachließ, ein Kanu zu überlassen, das von drei kräftigen, jungen Wyvilo gepaddelt werden sollte. Und so machte sich Immu auf den Weg, um ihre Prinzessin einzuholen.

39

Orogastus und Haramis gingen gemeinsam zur Schwarzen Eishöhle. Haramis war begierig zu erfahren, ob der Eisspiegel, dessen er sich rühmte, wirklich magische Kräfte besaß, oder ob er nur eine weitere Vorrichtung aus uralten Zeiten war, wie sie vermutete.

Als sie außen vor der mit Rauhreif überzogenen Tür standen und Orogastus die Beschwörungsformel an die Mächte der Finsternis anstimmen wollte, schaute er zufällig auf sie herab und sah in ihre blauen Augen, die unter der silbernen Maske hell leuchteten. Auf ihren leicht geöffneten Lippen lag ein erwartungsvolles Lächeln.

Orogastus fand, sie habe noch nie so schön und aufreizend ausgesehen wie in diesem Augenblick, sternengekrönt und ebenso wie er in Silber und Schwarz gekleidet, dem Symbol für seine Hingabe an die Mächte der Finsternis. Er konnte nicht widerstehen, nahm ihr Gesicht in die behandschuhten Hände und küßte sie. Als sich ihre Lippen nach einer Weile zögernd voneinander lösten, seufzte der Zauberer. »Ich hoffe nur, die Mächte sind nicht verärgert. Aber dein Anblick, so wundervoll und geheimnisvoll und so nah bei mir ... O Haramis, bleib bei mir!« bat er und schloß sie fest in die Arme. »Ich weiß, daß die Weiße Frau dich zu sich gerufen hat. Aber sie würde dich mir wegnehmen und dir immer wieder die alten Halbwahrheiten und Lügen erzählen und versuchen, dich ihrem Willen gefügig zu machen ...«

»Wenn sie nicht geholfen hätte, wäre ich nicht auf der Welt«, erinnerte Haramis ihn. »Ich muß ihre letzten Worte anhören. Sie hat mir meine Schwarze Drillingslilie gegeben und mich auf die Suche geschickt. Ich bin sicher, daß sie mich beschützt und bewacht hat, als ich hoch oben im Gebirge beinahe umgekommen wäre. Ich kann ihre Bitte nicht abschlagen. Wenn das, was du gesagt hast, wahr ist, hast du nichts zu befürchten, wenn ich gehe.«

»Sie ist es, die dir die Krone von Ruwenda vorenthält!«

»Nein. Sie will sie *für* mich aufheben. Und ob mit oder ohne Krone, ich *bin* die Königin von Ruwenda – ganz gleich, wessen Soldaten die Zitadelle besetzt halten!« Sie warf ihm einen herausfordernden, offenen Blick zu. Orogastus seufzte. »Was stehen wir noch hier draußen in der Kälte? Der Eisspiegel wartet auf uns.«

Feierlich rief er die Mächte der Finsternis und wandte sich dabei an Gottheiten, von denen Haramis nicht gerade annahm, daß sie dazu da waren, freundlich auf sie herabzublicken. Der arme, in die Irre geleitete Mann! Doch sie lächelte nicht. Sollte er sie ruhig als Zauberwesen betrachten, während sie weiterhin seine Aufrichtigkeit überprüfte. Sie war immer stärker davon überzeugt, daß viele der außergewöhnlichen Mächte, deren sich Orogastus bediente, ganz und gar nichts mit Zauberei zu tun hatten. Doch selbst wenn das der Fall sein sollte: Immerhin benutzte er diese Macht. *Ob man ihr Zauberei entgegensetzen kann?* fragte sie sich und dachte an seine »Zaubertafel«. *Schon möglich, doch ich werde es lieber nicht an seinem wertvollen Eisspiegel ausprobieren – er würde mich bestimmt auf der Stelle töten, wenn ich ihn zerstörte. Nein, ich werde beobachten und lernen.*

Haramis mußte ihre Ehrfurcht nicht vortäuschen, als er sie in das Gemach führte, in dem sich der Eisspiegel befand, und den ihm innewohnenden Geist rief. Orogastus hatte vorgeschlagen, mit Hilfe des Eisspiegels den Aufenthaltsort ihrer beiden Schwestern ausfindig zu machen. Haramis hatte sogleich zugestimmt, da sie ein schlechtes Gewissen hatte, nicht selbst mit ihrem Talisman nach ihnen gesucht zu haben. Doch nach den Visionen jenes ersten Tages wußte sie, daß sie in Sicherheit waren, und hatte Anigel und Kadiya über ihrer eigenen Beschäftigung, die so viel wichtiger schien, vergessen ...

Nun, nachdem ihr bedeutet worden war zu schweigen, wartete sie, während Orogastus seine Anfrage an den Spiegel richtete (Haramis hielt ihn eindeutig für eine Art Maschine, die nicht einmal in bestem Zustand war). Die Antwort erfolgte im üblichen Kauderwelsch, und im Spiegel tauchte zunächst eine Landkarte auf, dann ein erstaunlich deutliches Farbbild von Kadiya, gefolgt von einer ähnlichen Materialisation von Anigel. Die beiden Schwestern fuhren bei strömendem Regen auf dem Wasser. Keine von beiden sprach ein Wort, obwohl der Spiegel die natürlichen Laute wiedergab, die jede Vision begleiteten.

Kadiya reiste mit einer ganzen Armee von Uisgu-Seltlingen und fuhr in einem Boot der Eingeborenen, das kunstvoll aus Schilfrohr gefertigt war. Die Landkarte im Spiegel zeigte, daß sich diese Uisgu-Flotte im Oberen Mutar kurz vor Trevista befand. Die Strömung im großen Fluß war reißend und führte entwurzelte Bäume und anderes Treibgut mit sich; doch weder dieser Umstand noch der unaufhörliche Regen schien Kadiya oder ihren kleinen Gefährten etwas auszumachen. Einige Uisgu trugen Rüstungen aus goldenen Schuppen, ebenso wie die Prinzessin, und alle Seltlinge waren mit primitiven Waffen ausgerüstet. Kadiya hatte nicht einmal mehr ihren kleinen Dolch, sondern nur ihren Talisman, dieses merkwürdige Ding, das wie ein stumpfes Gnadenschwert aussah.

Die Vision von Anigel war noch besorgniserregender. Der Spiegel zeigte ein stabiles Floß aus großen Baumstämmen, die mit starken Stricken zusammengehalten wurden. Es hatte einen kurzen, stämmigen Mast, und ein großflächiges, quadratisches Segel fing die Wucht des Windes auf und trieb das große Gefährt mit hoher Geschwindigkeit durch riesige Wellenberge voran, daß es in allen Fugen krachte. In einer winzigen Kabine, die nicht geräumiger als eine offene Schachtel war, kauerte Anigel in aller Seelenruhe, durchnäßt bis auf die Haut, die Talismankrone fest auf dem Kopf. Das Floß war am Rand mit groben Halteseilen versehen. An vielen Tauen, die von dieser provisorischen Reling bis zum Mast führten, konnten sich die zahlreichen Passagiere festhalten. Unter ihnen waren gebeugte, verschmutzte Menschen, aber auch hoch aufgeschossene Seltlinge von ungewöhnlichem Aussehen, denen die wilde Fahrt offensichtlich gefiel.

Haramis sagte vorsichtshalber nichts, bevor der Spiegel erlosch, obwohl ihr unzählige Fragen auf der Zunge lagen.

Den Landkarten hatte man eindeutig entnehmen können, daß sich ihre Schwestern auf dem Weg zur Zitadelle befanden, und daß beide ihren Talisman gefunden hatten und benutzten. Hatte die Weiße Frau ihnen besondere Anweisungen erteilt, oder handelten sie aus eigenem Entschluß? War es möglich, daß sie beabsichtigten, mit ihrer Bande von Eingeborenen die schwerbewaffneten Truppen des Königs Voltrik anzugreifen? Waren die Talismane der Grund, warum sie annahmen, ein derart wahnsinniges Unterfangen könnte Erfolg haben?

Offenbar hatte Orogastus ihre Gedanken gelesen. »Deine beiden Schwestern haben ihren Talisman dazu benutzt zu töten«, sagte er, nachdem der Eisspiegel erloschen war.

Vor Schreck wie gelähmt, konnte Haramis ihn nur verständnislos anstarren. Er führte sie aus der Spiegelkammer durch die Höhle hinaus in den Tunnel, durch den sie wieder zurück zum Turm gelangten.

»Kadiya und Anigel gehen fälschlicherweise davon aus, sie könnten Ruwenda befreien, wenn sie die Talismane als Zauberwaffen einsetzen – mit Unterstützung ihrer Seltlingfreunde und des Prinzen Antar, der seinen Vater verraten und sich Prinzessin Anigel angeschlossen hat. Sie hat ihm draußen im Tassalejo-Wald das Leben gerettet, und jetzt ist er hoffnungslos an sie verloren. Natürlich haben deine Schwestern nicht die geringste Aussicht auf Erfolg gegen Voltrik. Sie wissen noch nicht genau, wie ihre Talismane funktionieren und kennen ihre Grenzen nicht. Ohne Zweifel glauben sie, man müßte mit den Talismanen nur Richtung Zitadelle wedeln, und schon fielen ihre Feinde allesamt tot um ... Doch das wird nicht geschehen. Voltrik ist durch meinen starken Zauber geschützt, unter Grünstimmes Befehl.«

»Oh, diese Närrinnen!« stöhnte Haramis. »Ich kann einfach nicht glauben, daß die Erzzauberin ihnen befohlen hat, die Zitadelle anzugreifen. Das war ihr eigener Entschluß!«

»Die Talismane, die Kadiya und Anigel bei sich haben, sollen nicht einzeln eingesetzt werden. Das geht eindeutig aus meinen Untersuchungen hervor. Die Versunkenen haben die drei Geräte als eine Einheit benutzt, als ein großes Zepter der

Macht, um ein geheimnisvolles, allumfassendes Gleichgewicht der Welt herzustellen. Es ist deine Pflicht, Haramis, die Drei-in-Einem wieder zusammenzufügen. Wenn du das in Händen hältst, kannst du eine Welt beherrschen, die in Frieden und Wohlstand neu erstanden ist.«

»Ich? Die Welt beherrschen?« Sie lachte. Ihr Verstand erstarrte bei seinen Worten zu Eis und ließ sie, noch während Orogastus sie aussprach, abprallen. Sie fragte sich, was wohl der große Plan sei, den die Weiße Frau bisher geheimgehalten hatte und den sie jetzt aufdecken wollte.

Ich werde so bald wie möglich zur Erzzauberin gehen, beschloß sie.

Als sie durch den Tunnel eilten, warf sie einen kurzen Seitenblick durch die Sehschlitze ihrer Silbermaske auf Orogastus. Sie sah, daß er seine Lippen fest zusammengepreßt hatte. Er hatte nicht leichtfertig dahergeredet. Er glaubte an das, was er ihr gesagt hatte, und sie tat gut daran, es ernst zu nehmen. Sie würde unverzüglich zur Erzzauberin gehen müssen und von ihr eine Erklärung dieses Zepters der Macht verlangen. Doch was war mit ihren Schwestern? Wenn er es nicht bereits wußte, würde Voltrik bald vom Zauberer erfahren, daß sie sich der Zitadelle näherten. Er würde ihnen seine Armee entgegenschicken – und ohne Zweifel auch Grünstimme.

»Orogastus«, fragte sie, »könntet Ihr Voltrik davon abhalten, meinen armen Schwestern Truppen entgegenzuschicken? Überlaßt es *mir*, sie davon zu überzeugen, daß sie umkehren!«

»Wenn sie sich auf der Stelle in die Tiefen der Sümpfe zurückziehen, befinden sie sich nicht in unmittelbarer Gefahr. Voltriks Soldaten sind nur unter Androhung von Gewalt dazu bereit, während der Regenzeit anzugreifen oder auch nur eine Hetzjagd durchzuführen. Aber glaubst du, deine Schwestern werden auf dich hören?«

»Sie haben es bisher immer so gehalten. Doch jetzt, mit ihren Talismanen ...« Haramis Stimme versagte, und sie schwieg verzagt.

»Ich kann Grünstimme befehlen, deine Schwestern nicht

mit meinen Blitzen oder mit anderen geheimnisvollen Waffen zu erschlagen. Doch ich habe keine Möglichkeit, König Voltrik davon abzuhalten, nach Belieben mit ihnen oder ihrem Seltlingspöbel zu verfahren. Die Talismane werden sie nicht beschützen. Wenn ich in der Zitadelle wäre, könnte ich Voltrik vielleicht überreden. Von hier aus, nur über meine Stimme, ist es mir nicht möglich.«

Sie gelangten ans Ende des Tunnels und betraten den Turm, wo wohlige Wärme sie umhüllte. Haramis blieb im kleinen Vorraum stehen und nahm Orogastus bei den Händen.

»Wir haben dennoch Zeit. Wir beide, und meine Schwestern. Ich weiß nicht, welche Pläne du jetzt hast. Ich will es auch nicht wissen, bis ich mir endgültig über uns beide klargeworden bin. Wenn ich jedoch umgehend zur Erzzauberin fliege und mich dann entscheide, könnten wir uns in der Zitadelle treffen, wo ich dir meine Antwort gebe? Und während du auf mich wartest, würdest du Voltrik davon abhalten, seine Armee gegen Anigel und Kadiya auszusenden? Ich kann sie dazu bewegen umzukehren! Ich weiß, daß ich es kann! Doch zuerst muß ich die Absichten der Erzzauberin in Erfahrung bringen ...«

»*Ich* will dich führen! Ich habe bereits einen Plan ...«

»Nein!« Sie nahm die Sternenmaske vom Gesicht und stand blaß und zitternd vor ihm. Und diesmal gab sie nicht nach, als er sie umarmte und auf den Scheitel küßte.

»Meine Liebste, du sollst tun, was du tun mußt«, sagte er. »Allerdings hat dein Plan einen ernsthaften Fehler. Ich habe keine Möglichkeit, die Zitadelle auf schnellstem Wege zu erreichen. Ich kann keine Lämmergeier befehligen wie du.«

»Ich werde Hiluro bitten, einen seiner Gefährten zu rufen, der dich dorthin bringt.«

Seine Hände schlossen sich fester um sie. »Das würdest du tun? Mir so sehr vertrauen?«

Sie sah mit tränenüberströmtem Gesicht zu ihm auf. »Du bist ein Mann, dessen Herz lange verschlossen war. Vielleicht hast du es mit starken Bollwerken umgeben und bist selbst nicht mehr sicher, was dahinter liegt ... Ich glaube, daß du noch nicht weißt, welchen Weg du gehen sollst. Ebenso wie ich wirst auch du eine Wahl treffen müssen.«

»Ja«, gestand er. Er ließ die Arme sinken und wich ihrem Blick aus.

»Der Lämmergeier für dich wird kommen«, sagte sie. »Wir treffen uns in der Zitadelle, kurz vor dem Fest des Dreigestirns. Warte auf mich.«

Und sie ging fort und ließ ihn stehen. Ihre silberne Sternenmaske lag auf dem Boden und blickte ihn mit leeren Augen an.

40

Die wilde Fahrt der Holzflöße über den Wunsee war noch an demselben Tag, an dem sie begonnen hatte, zu Ende. Die Wyvilo steuerten die Flotte der plumpen Fahrzeuge im Schutz des anhaltenden Sturms in die Inselwelt der Grünsumpfwälder im Delta des Unteren Mutars.

Dort trafen sie auf hundert Boote der Nyssomu, die Prinzessin Anigel mit großer Ehrerbietung begrüßten. Die kleinwüchsigen Sumpfbewohner transportierten sie mit allen Rittern und den Kriegern der Wyvilo über verschwiegene Nebenarme zu einem großen Hügel, den noch nie ein Mensch betreten hatte. An diesem Ort sollte Anigels Armee stationiert werden. Er lag ein paar Meilen von einem Landsitz am Skrokar entfernt, der dem verstorbenen Lord Manoparo, einem Lehnsherrn des früheren Königs, gehört hatte. Das Herrenhaus war von Labornoki-Truppen erobert und besetzt worden; doch die Nebengebäude und der Witwensitz boten der großen Familie Manoparos und den meisten seiner Diener und Gefolgsleute Schutz und Unterkunft.

Die Herrin des Anwesens, Lady Ellinis, war von den ortsansässigen Nyssomu über Anigels Kommen unterrichtet worden. Sie wurde lange nach Einbruch der Dunkelheit zu dem abgeschiedenen Hügel geführt und begrüßte die Prinzessin mit Tränen in den Augen und zurückhaltender Begeisterung.

Lady Ellinis war eine grauhaarige, vornehme Erscheinung, deren Gesichtszüge inzwischen von tiefen Spuren der Trauer gezeichnet waren. Außer ihrem Mann waren noch zwei ihrer Söhne bei der vergeblichen Verteidigung der Zitadelle ums Leben gekommen. Sie saß mit Anigel unter einem Schutzdach, das die Wyvilo in einem triefenden Gondahain errichtet hatten. Sie sprachen über Anigels Plan, gemeinsam mit ihrer Schwester Kadiya und deren Uisgu-Truppe die Zitadelle einzunehmen.

»Daß Ihr das so bald nach der Eroberung wagt, wundert mich«, sagte Ellinis. »Und vielleicht stimmt es ja, daß Voltriks Truppen sich noch nicht völlig verschanzt haben. Seine Armee ist geteilt, sie befinden sich auf unbekanntem Terrain, und die Regenzeit beginnt. Aber trotzdem! Ihr beiden Mädchen seid noch so jung! Völlig unerfahren in Kriegsführung! Und selbst wenn sich unsere besiegten Adligen und Freisassen zusammentun und sich Euch anschließen, wie Ihr glaubt, selbst dann besteht Eure Armee zum größten Teil aus Seltlingen. Meine liebe Prinzessin, ich wünsche nichts sehnlicher herbei als Euren Erfolg. Doch die Männer aus Labornok sind harte Kämpen, und Ihr seid einfach im Nachteil.«

Anigel berührte nur kurz ihre Krone, in der der Drillingsbernstein glühte. »Ich weiß auch nicht, warum ich überzeugt bin, daß der Sieg unser sein wird, aber es ist so. Vielleicht gibt mir dieser Talisman das Vertrauen, ein solch waghalsiges Unterfangen zu versuchen. Ich kann Euch nur sagen, Lady Ellinis, daß ich jetzt, da das Dreigestirn aufeinander zusteuert, einen inneren Zwang verspürt habe, hierher zu kommen und die Feinde anzugreifen, die die Zitadelle besetzt halten. Meiner Schwester Kadiya geht es ebenso.«

Lady Ellinis zog den Mantel fester um sich. Eine kleine Kohlenpfanne, auf der Anigel Darsontee gegen die alles durchdringende Feuchtigkeit aufbrühte, spendete ein wenig Wärme unter dem Schutzdach. Ellinis sagte: »Ich war sehr erstaunt, als ein Nyssomu heimlich zu mir kam, um mir zu berichten, daß Ihr über den Wunsee gesegelt seid. Natürlich können die Seltlinge sich über weite Entfernungen hinweg ohne Worte verständigen, und ich vermute, sie werden die Neuigkeiten inzwischen überall in den Sümpfen verbreitet haben ...«

»Ja, alle Sumpfbewohner wissen es«, stimmte Anigel feierlich zu. »Meine Verbündeten, die Wyvilo, hatten bis zum heutigen Tage nie viel mit ihren Verwandten, den Nyssomu oder den Uisgu, zu tun. Doch die Eroberung unseres Landes durch die Labornoki war nicht nur für die Menschen in Ruwenda eine Katastrophe, sondern auch für die Eingeborenen, die unter uns leben. Deshalb haben die Wyvilo ihren uralten Brauch aufgegeben, und selbst die friedliebenden Nyssomu sind bereit, sich uns anzuschließen und alles zu tun, was ihnen möglich ist.«

Draußen hatte es aufgehört zu regnen, und dichter Nebel hing in der Dunkelheit unter den Bäumen. Die Wyvilo errichteten eifrig noch mehr Schutzdächer aus Buschwerk und Bambus für sich und andere, die später auf dem Hügel eintreffen sollten. Wie alle Sumpfbewohner konnten sie im Dunkeln ganz gut sehen und gingen ihrer Arbeit nach, als wäre hellichter Tag.

Lady Ellinis' Blick fiel auf einen großen Holzfäller der Wyvilo. Sie schauderte. »Ich habe bisher noch nie Seltlinge aus dem Tassalejo-Wald gesehen, und ich muß gestehen, daß ihr Gebaren ziemlich furchterregend ist. Sie sehen natürlich nicht ganz so schrecklich aus wie die Skritek und scheinen recht zivilisiert zu sein. Trotzdem wundere ich mich, daß Ihr soviel Vertrauen in sie setzt.«

Anigel lächelte. »Ihre Mienen sind fürchterlich, doch sie sind von edlem Gemüt und verehren die Schwarze Drillingslilie ebenso sehr wie ihre kleineren Verwandten. Dank der Wyvilo konnten wir den verstreuten Gruppen freier Ruwendianer über die Nyssomu Nachricht zukommen lassen, und sie sind aus allen Richtungen herbeigeeilt, um sich meiner Armee anzuschließen.«

»Meine Leute und meine drei überlebenden Söhne stellen sich unter Euren Befehl«, sagte Ellinis. »Und Ihr könnt Euch an allen Nahrungsmittelvorräten bedienen, die wir vor dem Feind verstecken konnten. Doch es sind bereits mindestens fünfhundert Seltlinge hier, und Ihr sagtet, daß Ihr in den nächsten beiden Tagen dreimal oder viermal so viele Menschen und Nyssomu hier erwartet. Ich fürchte, daß wir nicht genug Proviant haben, um eine solche Menge länger als ein paar Tage zu ernähren.«

»Wir werden nicht so lange hierbleiben. Wenn wir am Fest des Dreigestirns nicht siegen, werden wir uns zurückziehen müssen«, gestand Anigel. »Aber wir *werden* siegen. Ich weiß es!«

Die Prinzessin, die noch immer die blaue Jagdkleidung der

Wyvilo trug, war aufgestanden. Ihr Ausdruck zeugte von einem unbeugsamen Willen. Lady Ellinis staunte, wie sehr sich das Mädchen verändert hatte, das sie vor der Invasion, vor knapp fünf Wochen erst, auf einem Ball im Königshaus als kicherndes kleines Mädchen kennengelernt hatte. Damals war Anigel ein schüchternes Pflänzchen gewesen, mit wenig mehr als Hofklatsch oder der neuesten Mode in ihrem hübschen Köpfchen. Diese neue junge Frau war erschreckend in ihrem heiligen Eifer, und Ellinis wußte nicht so recht, was sie davon halten sollte. Doch die Prinzessin goß ihrem Gast Tee ein und zeigte keine Spur von ihrer alten Flüchtigkeit, sondern bewegte sich anmutig und mit einer Selbstverständlichkeit, als wäre der rußige Kessel ein Silbergefäß und der feuchte, zugige Unterstand das Sonnenzimmer der Königin in der Zitadelle. Allmählich zerstreuten sich Ellinis' Zweifel, und sie machte sich mit dem Gedanken vertraut, daß dieses unmögliche Unternehmen am Ende doch nicht ganz so hoffnungslos ausgehen könnte.

»Dieser Prinz Antar.« Die ältere Frau senkte die Stimme zu vertraulichem Flüstern. »In dem Augenblick, da Ihr uns vorstelltet, war mir klar, daß der junge Mann Euch sehr liebt. Trotzdem empfinde ich es als meine Pflicht, Euch davor zu warnen, ihm zuviel Vertrauen zu schenken.«

Anigel nickte und setzte sich wieder hin. Ihr Gesicht war ausdruckslos. »Er hat mir den Treueid geschworen, ebenso die meisten seiner Mannen. Drei seiner Ritter verweigerten allerdings das Gelöbnis. Sie werden jedoch von den anderen genau beobachtet und von unseren Kriegsberatungen ausgeschlossen.«

»Aber Antar und seine Ritter sind immerhin aus Labornok!«

»Liebe Ellinis, ich bin nicht mehr so einfältig, wie ich es einmal war, und es stimmt, daß der Prinz mir seine Treue noch beweisen muß. Ihr sagt, daß er mich liebt, was stimmen mag. Doch was mich betrifft, ich respektiere ihn mit dem Herzen, bin aber auf der Hut.«

»Gut!« sagte Ellinis ungerührt.

»Doch ich muß Antar in einigen Dingen vertrauen, denn

ich habe von Kriegsführung keine Ahnung. Wenn wir erfolgreich sein wollen, können wir es nur unter seiner strategischen Führung. Ich weiß nicht, wie es tief in seinem Herzen aussieht, doch ich bin überzeugt, daß er ein guter Mensch ist, der im übrigen die Grausamkeit seines Vaters, des Königs Voltrik, bedauert. Er hat mir gesagt, daß es in seinem Volk viele gibt, die denken wie er, und es mag sein, daß wir durch ihn einen Keil zwischen unsere Feinde treiben.«

»Ich will beten, daß Ihr recht habt.«

Sie sprachen noch eine Zeitlang miteinander. Dann war es Zeit für Ellinis zu gehen. Sie küßte Anigel, was die Prinzessin mehr oder weniger erwartet hatte; doch sie war beinahe bestürzt, als sich Ellinis auch tief vor ihr verneigte, bevor sie mit ihrer Dienerin und dem Führer, einem Nyssomu, hinausging.

Antar gegenüber, der eintrat, als Ellinis ging, erwähnte die Prinzessin: »Sie hat mir noch nie soviel Ehrerbietung bezeigt. Im Gegenteil, da sie sehr ernsthaft ist, hat sie mich eigentlich kaum je beachtet!«

»Um so törichter von ihr«, sagte der Prinz und lächelte. »Aber ich komme, um Euch mitzuteilen, daß unser Lager rasch größer wird. Außerdem haben wir inzwischen genug Unterstände, falls der Regen wieder einsetzt.« Seine Miene wurde ernst. »Lummomu-Ko, der Kriegshäuptling der Wyvilo, meint, die Nyssomu seien, wenn auch willig, so doch keine guten Krieger. Sie sind klein, und die einzige Waffe, mit der die meisten von ihnen gut umgehen können, ist das Blasrohr. Bei einem Frontalangriff wären sie nicht zu gebrauchen. Wir können sie nur in Scharmützeln und spontanen Einsätzen verwenden.«

»Dann bezieht diese Überlegungen in Eure Planung ein«, sagte Anigel ruhig. »Habt Ihr genauere Schätzungen, wie viele Menschen wahrscheinlich zu uns stoßen werden?«

»Wenn wir Glück haben, können sich uns bis zum Fest des Dreigestirns sieben- bis achthundert freie Ruwendianer entweder hier anschließen oder den Fluß unterhalb der Zitadelle erreichen. Es werden zum größten Teil Ritter und Soldaten sein, die in die Sümpfe geflohen sind, als die Zitadelle fiel.

Hinzu kommen noch ein paar Edelleute und Bewaffnete aus Landgütern in Randgebieten im Süden, die bei der letzten Invasion nicht mit uns gekämpft haben – ich meine, mit Euren Feinden.«

»Sehr gut. Nun hoffe ich nur noch, daß Graf von Goyk und die anderen Freiherren aus dem fernen Dylex rechtzeitig hier eintreffen« – sie unterbrach sich und wandte sich ruckartig von ihm ab. Ein Anflug von Kummer zog über ihr Gesicht.

Antar, der noch nie etwas über den Grafen von Goyk gehört hatte und nichts über die Rolle dieses Edelmannes in Anigels Plan wußte, erkannte in diesem Augenblick, daß sie sich noch immer davor fürchtete, sich ihm vollends anzuvertrauen. Langsam sank er auf die Knie.

»Herrin, wenn Ihr befehlt, werde ich meinen Getreuen nichts von diesem Grafen sagen. Ich flehe Euch an, habt Vertrauen zu uns – doch wenn Euch das nicht möglich ist, wäre es wohl am besten, wenn Ihr mich und meine Ritter unter Arrest setztet. Dann wäret Ihr frei von allen Ängsten, die unsere Anwesenheit mit sich bringen mag.«

»Euch vertraue ich«, sagte Anigel unglücklich, »und den meisten Eurer Ritter auch. Von Sir Rinutar und seinen Kameraden Turat und Onbogar habe ich das Gefühl, daß sie uns verraten könnten. Ich weiß, sie haben Waffenstillstand geschworen, doch ich fürchte, es war ein großer Fehler, daß wir sie hierher in dieses geheime Lager gebracht haben. Wir hätten sie am Ufer des Sees lassen sollen, wie Lummomu-Ko uns geraten hat.«

Der Prinz neigte den Kopf. »Mag sein. Doch verlassen mitten im Sturm, in einem Sumpf voll unbekannter Gefahren ... sie wären mit Sicherheit umgekommen, noch ehe sie einen Weg zu einer Labornoki-Garnison gefunden hätten. Das habt Ihr selbst eingesehen.«

»Ich möchte nicht, daß sie sterben! Aber ich kann auch nicht zulassen, daß sie uns an König Voltrik verraten.«

Noch auf den Knien ergriff der Prinz ihre Hand. Sie war eiskalt. »Seid guten Mutes. Die drei würden sich schon nach wenigen Minuten verlaufen, wenn sie versuchten, diesen Hügel zu verlassen und die Sümpfe zu durchqueren. Außerdem gibt es hier im Lager niemanden, der ihnen helfen würde zu entkommen. Meine fünfzehn Getreuen und ich werden sie im Auge behalten. Habt keine Angst.«

Sie seufzte und sah ihn wieder an. »Ich glaube, Ihr habt recht. Ich bin gespannt wie eine Bogensehne und fürchte mich vor allem, was uns in den kommenden drei Tagen widerfahren kann. Weder Graf von Goyk, den ich versehentlich erwähnte – ihm gehört das Lehen am äußersten Rande von Ruwenda, weit im Nordosten der Dylex, am Fuße des Ohogangebirges – noch Graf von Prok noch die anderen Lehnsherren der östlichen Lehnsgüter wurden je von Labornok unterworfen.«

»Ich weiß. Das sollte unsere vordringlichste Aufgabe nach dem Wintermonsun sein: dieses Gebiet und den Süden zu befrieden.«

»Als die Wyvilo sich bereit erklärten, mir zu helfen, bat ich sie, auf telepathischem Wege herauszufinden, welche Menschen noch nicht besiegt wären. Über die Nyssomu habe ich anschließend Kontakt mit jenen aufgenommen, die aus der Zitadelle geflohen sind, ebenso wie mit einigen Adligen, auf deren Gütern Garnisonen untergebracht sind, so wie mit Lady Ellinis und einigen freien Gütern im Süden. Das wißt Ihr bereits. Aber meine Freunde, die Wyvilo, haben auch die Vispi gerufen, die Eingeborenen im Hochgebirge. Und die Vispi berichteten uns, daß die Grafschaften Goyk und Prok noch frei seien.«

Er nickte. »Ach so. Und dann haben die Seltlinge in den Bergen natürlich diese Lehnsherren gerufen, damit sie Euch helfen.«

»Graf von Goyk ist ein praktisch denkender Mann. Außerdem ist er mein Großonkel Palundo. Zuerst wollte er nicht glauben, was nichtmenschliche Wesen ihm berichteten – daß meine Schwester Kadiya und ich uns darauf vorbereiteten, die Zitadelle anzugreifen. Doch ich selbst habe die Vispi gerufen und ihnen bestimmte Geheimnisse enthüllt, die allein den Mitgliedern der Königsfamilie bekannt sind, schließlich war Onkel Palundo überzeugt. Als wir mit den Wyvilo Let verließen, machten sich zweitausend bewaffnete

Ritter mit ihren Gefolgsleuten aus Goyk und Prok von ihren fernen Enklaven in schnellen Flußschiffen auf den Weg. Sie müssen eine lange Strecke zurücklegen, doch die Flüsse sind bereits angeschwollen, und gestern haben sie die Burg in Bonor, etwa sechzig Meilen westlich von hier, sicher umfahren. Wenn alles gut geht, werden sie rechtzeitig hier eintreffen, um uns zu helfen.«

Antars Augen leuchteten. »Immer besser! Oh, Herrin, ich kann Euch nicht sagen, wie sehr Ihr mir Mut gemacht habt! Unsere Lage sieht nun nicht mehr so aussichtslos aus. Wir sind zahlenmäßig noch immer unterlegen, doch zumindest werden wir mehr erfahrene menschliche Kämpfer auf unserer Seite haben!« Und er küßte ihr außer sich vor Freude die Hand.

Anigel versteifte sich. Doch als sie seine Enttäuschung wahrnahm, lächelte sie ihn an.

»Ist es denn so ekelhaft, wenn ich Euch berühre?« fragte er traurig.

»Nein. Ganz und gar nicht. Ich war nur – überrascht. Wißt Ihr, ich habe so viele Dinge zu bedenken.«

Sie sah so klein und verwirrt aus, diese junge Frau mit der Zauberkrone, wie sie dort auf einem unbequemen moosbewachsenen Felsen saß, das Gesicht nur vom Schein des Kohlebeckens erhellt, daß sein Herz vor Mitgefühl und Liebe verging, und er stand auf und wandte sich ab. So sah sie nicht die Tränen, die ihm in die Augen gestiegen waren.

»Ja, Herrin. Ihr müßt vieles bedenken. Zuviel für Euer zartes Alter und Eure Feinfühligkeit ...«

»Ich werde es schaffen«, sagte Anigel ziemlich brüsk.

Er wandte sich ihr wieder zu. »Jetzt habe ich Euch gekränkt und möchte mich in aller Bescheidenheit entschuldigen.«

»Es sei Euch gewährt.« Für den Bruchteil einer Sekunde trafen sich ihre Blicke. Dann schaute sie zur Seite und schien wieder geistesabwesend zu sein, und das Gefühl der Verbundenheit, das für einen kurzen Augenblick zum Leben erwachen wollte, erstarb wieder.

Hatte er es wirklich gesehen? Oder war es nur ein Wunschgedanke? Er hätte ihr am liebsten in dieser Minute seine

Bewunderung entgegengeschrien – doch sie hatte die Augen auf die Zeltwand gerichtet und schien mit leerem Blick zu träumen, einen Finger an die silberne Krone gelegt.

»Dann gute Nacht«, sagte er.

Doch Anigel antwortete nicht. Sie konzentrierte sich auf eine Vision ihrer Schwester Kadiya, die ihr gerade in den Sinn gekommen war.

»Was hat Haramis gesagt?«

»Ani, sie hat mir befohlen umzukehren. Befohlen, mir! Als wäre ich noch das ungezogene Kind, das nicht vom Spiel in den Ställen hereinkommen will!«

»Hat sie einen Grund genannt?«

»Sie fürchtet, daß Voltrik bereits weiß, daß wir unterwegs sind, und uns Truppen entgegensendet. Aber das ist lächerlich! Die Nyssomu wüßten sofort, wenn eine größere Truppe Soldaten die Zitadelle verließe. Sie würden uns warnen, und wir könnten uns leicht in den verschlungenen Wasserläufen der Sümpfe verbergen, wo kein Flachländer eine Chance hat, uns zu finden. Natürlich habe ich ihr das gesagt. Doch sie regte sich furchtbar auf und begann, im Namen ihres Amuletts und des Talismans zu schwören, ich würde in mein Unglück rennen und gewiß irgendeinen großen Plan verderben. Als ich sie fragte, ob es ihr Plan oder der des Zauberers sei, nahm sie es mir übel.«

»Kann es sein, daß sie seinem dunklen Zauber erlegen ist, Kadi?«

»Wer weiß ... Hat sie dich mit demselben Unsinn gerufen?«

»Nein. Aber ich war so beschäftigt und abgelenkt heute, daß ich kaum Zeit zum Durchatmen fand.«

»Sollte sie dennoch versuchen, dich zu rufen – antworte ihr nicht!«

»Kadi!«

»Ich weiß, was ich sage. Und sage Hara nichts mehr über unsere Pläne. Sie ist schließlich doch noch zur Erzzauberin gegangen, wahrscheinlich um sich die Vision der Weißen Frau über unser Schicksal und den Zweck unserer Talismane anzuhören. Vielleicht kommt unsere liebestolle Schwester in

Noth wieder zu sich. Aber ich rechne eigentlich nicht damit. Rufe sie nicht mehr. Sie darf von unseren Plänen nichts erfahren, bis wir alle drei uns persönlich treffen und alles überstanden haben.«

»Gut ... ich nehme an, das ist vernünftig.«

»Sie sagte mir auch, daß der Zauberer morgen zur Zitadelle kommen wird.«

»Wie bitte ...? Aber er war doch noch in den Bergen, bei Haramis!«

»Sie leiht ihm einen ihrer Zaubervögel als Reittier. Als ich ihr gegenüber Einwände erhob – tatsächlich habe ich sie betört und hirnlos genannt –, bestand sie darauf, daß sie nur unser Bestes im Sinn habe.«

»Jetzt haben wir auch noch diese Verzauberung, gegen die wir ankämpfen müssen, zusätzlich zu der bewaffneten Macht von Labornok! Oh, Kadi ...«

»Du darfst jetzt nicht den Mut verlieren. Hara ist offenbar der Meinung, daß es mit der Zauberkraft des Orogastus in Wirklichkeit nicht weit her ist. Ihren Worten zufolge beruht seine Hexerei wahrscheinlich auf nichts weiter als irgendwelchen fabelhaften Maschinen des Versunkenen Volkes! Die Blitzschläge, die tropfenden Flammen und der Hagel aus Stahlkugeln, die die Befestigungen der Zitadelle zerstörten, der ohrenbetäubende Schlag, der bis in die Dylex-Orte zu hören war, selbst die Panik, die die Kriegsfronler unserer Ritter ergriff – das alles sei eine Art mechanischer Trick und ganz und gar keine Zauberei ...! Wenn es stimmt, was Haramis sagt.«

»Kadi, ich verstehe das einfach nicht. Da *muß* Zauberei mit im Spiel sein! Unsere Schwarze Drillingslilie ... unsere Talismane ... die Erzzauberin selbst! Magie durchdringt die ganze Welt!«

»Mach dir nichts daraus, Ani. Das einzig Wichtige für uns ist, daß unsere Schwester uns auf keinen Fall aufhalten darf. Also schenke ihren wahnwitzigen Ermahnungen keinerlei Beachtung. Ich habe noch immer einen guten Vorsprung vor Osorkon und seiner Armee, und über dreitausend Uisgu folgen mir. Außerdem habe ich einen Plan ausgearbeitet, wie wir in die Zitadelle eindringen und eine offene Feldschlacht außerhalb der Festung vermeiden können, in der wir mit Sicherheit von Voltriks Reiterei überrannt würden.«

»Oh! Erzähl!«

»Damit du ihn an diesen Witzling Antar ausplapperst? Mitnichten! Du wirst ihn erfahren, wenn sich unsere Armeen am Vorabend des Dreigestirns treffen.«

»Du schätzt mich falsch ein, und auch Antar ...«

»Das will ich hoffen. Und ich hoffe auch, daß ich mich ebenso in unserer Schwester täusche! In der Zwischenzeit sei auf der Hut und komme zu dem Ort, den ich dir jetzt zeige ... Wenn wir dort zusammentreffen, werden wir es so einrichten, daß König Voltrik und Orogastus sich uns zu einer ganz besonderen Feier des Dreigestirns anschließen!«

41

Der Tag zog gerade herauf, als Hiluro über Noth herabschwebte. Haramis hatte sich in den Schlaf geweint und von einer Unterhaltung mit einer empörten Kadiya geträumt, die ihr Mißfallen darüber zum Ausdruck brachte, daß Haramis Geschäfte mit Orogastus betreibe. Kadiya hätte bestimmt versucht, ihn zu erstechen, und wäre für ihre Mühe vom Blitzschlag getroffen worden – wie konnte sie es wagen, das Verhalten ihrer Schwester als leichtfertig abzutun! Jetzt, da das Licht des anbrechenden Tages sie weckte, fühlte Haramis sich wie zerschlagen. Die Gliedmaßen waren steif, doch ihre Lage auf dem Rücken des Vogels ließ nicht viel Bewegung zu. Daher freute sie sich auf die Landung.

Als der Vogel über dem kleinen steinernen Turm seine Kreise zog, in dem die Erzzauberin lebte, schaute Haramis verwirrt hinab. Beim letzten Mal war er grün überwuchert gewesen und hatte in einer mit Wildblumen übersäten Wiese gestanden. Jetzt hingen nur noch ein paar Astskelette am Turm, und vom grünen Rasen war lediglich ein brauner Rest voll stacheligen Unkrauts übriggeblieben. Der Graben war niedrig, und der Wasserrest, der darin stand, war überzogen von übelriechendem Schaum.

»Was ist denn hier geschehen?« fragte Haramis laut. Hiluro zuckte zusammen, und einen Augenblick hatte sie den Eindruck, er wollte ihr antworten. Doch er schwieg.

Ob König Voltriks Soldaten bis hierher vorgedrungen sind? fragte sie sich. *Nein, sie hätten eine andere Art der Zerstörung hinterlassen, wenn sie hier gewesen wären. Sie hätten alles niedergerissen und verbrannt, doch das hier macht eher einen abgestorbenen Eindruck. Es gibt aber keinen natürlichen Grund, daß alles so vertrocknet ist, nicht zu dieser Jahreszeit!*

Sie dachte an die vielen Gärtner, die einst in der Zitadelle angestellt waren. Vielleicht hatten die Diener der Erzzauberin – und sie hatte Haramis gegenüber nur einen, ihren Hausdiener, erwähnt – jetzt, da sie im Sterben lag, einfach nicht die Zeit, sich um die Pflanzen zu kümmern. *Doch selbst wenn das so wäre, müßte es doch nicht so aussehen!* Der Lämmergeier landete am Ende der Zugbrücke, und Haramis stieg von seinem Rücken. Sie war in Gedanken bereits damit beschäftigt, was sie wohl drinnen erwartete. War die Erzzauberin schon tot? *Sie war gestern abend immerhin noch kräftig genug, mich zu rufen,* dachte Haramis.

Ein Gefühl der Dringlichkeit überkam sie, und sie überquerte mit schnellen Schritten die Zugbrücke, eilte durch den Flur, dessen Mosaik unter totem Moos nahezu verschwunden war, vorbei an dem inzwischen ausgetrockneten Springbrunnen durch den Garten, der jetzt nur noch Ödland war, in dem überall abgestorbene Blumen herumlagen. Die Wurzeln steckten noch in der Erde, die sie nicht mehr nährte. Als Haramis die schwarze Holztür erreichte, die zur Kammer der Erzzauberin führte, war sie nicht weiter verwundert, sie weit offenstehend vorzufinden.

Im Innern des Raumes war es stickig und heiß. Ein Seltling – ein Nyssomu, den sie nie zuvor gesehen hatte – hockte am Feuer und legte Torf nach. Er blickte auf, als Haramis' Schatten, der von der hinter ihr aufgehenden Sonne geworfen wurde, auf ihn fiel. »Herrin Haramis«, sagte er. »Willkommen in Noth – sie sagte, daß Ihr rechtzeitig kämet.« Er deutete mit einem Kopfnicken zum Bett.

»Sei gegrüßt ... Du mußt Damatol sein«, sagte Haramis. Die Erzzauberin hatte seinen Namen nur einmal während ihrer letzten Begegnung erwähnt, doch Haramis hatte ihr Leben lang lernen müssen, sich Namen, Gesicht und herausragende Charaktereigenschaften eines jeden zu merken, den sie kennenlernte oder von dem sie hörte. Ihre Eltern hatten es als unerläßlichen Bestandteil ihrer Ausbildung zur Königin erachtet.

»Ja. Herrin.« Der kleine Butler verbeugte sich vor ihr. »Es ist mir eine Ehre, der Hohen Frau Binah zu dienen – und Euch. Sie schläft gerade, aber sie wird bald aufwachen. Möchtet Ihr etwas Tee?«

»Ja«, sagte Haramis dankbar. »Das ist genau das richtige.

Danke, Damatol.« Der Seltling verließ rasch den Raum, und Haramis nahm einen der gepolsterten Stühle und stellte ihn leise neben das Bett, in dem die Erzzauberin lag. Sie setzte sich und betrachtete die schlafende Frau. Binah sah noch schlechter aus als in der Vision. Die Haut trocknete aus und spannte sich über die Wangenknochen. Die Erzzauberin wachte in dem Augenblick auf, als Damatol mit dem Tee hereinkam. »Haramis«, sagte sie langsam. »Du bist gekommen.«

»Natürlich bin ich gekommen«, antwortete Haramis. »Ihr habt mich gerufen. Außerdem brauche ich mehr Kenntnisse darüber, wie man die Talismane benutzt. Leider genügt es nicht, daß ich meinen Dreiflügelreif gefunden habe, denn ich weiß damit noch lange nicht, wie man ihn anwendet. In der Bibliothek des Orogastus fand ich ein paar Auskünfte darüber – einschließlich eines Buches, in dem es hieß, daß die drei Talismane zusammengefügt werden sollen, um ein Zepter zu bilden ...«

»Noch nicht«, unterbrach die Erzzauberin sie. »Du bist noch nicht so weit, daß du diese Macht beherrschst. Das erfordert mehr Weisheit, als du hast – viel mehr.«

»Und wo soll ich diese große Weisheit hernehmen?« fauchte Haramis ungeduldig. »Soll ich im Sumpf herumwühlen, während Voltriks Armee mein Königreich ausplündert? Oder soll ich sie in meinen Schwestern suchen – die ihre Talismane einsetzen, um zu töten?«

Die Erzzauberin warf ihr einen besorgten Blick zu. »Auch sie besitzen noch keine Weisheit«, seufzte sie und verstummte. Es dauerte eine Zeitlang, ehe sie wieder sprach, und ihre Frage war unangenehm. »Warum bist du so lange bei Orogastus geblieben?«

Haramis runzelte die Stirn und versuchte, ihre Erklärung in die richtigen Worte zu kleiden. »Ich wollte erfahren, wer er wirklich ist – Ihr selbst habt mir geraten, seine Schwächen herauszufinden. Es ist seltsam; er scheint anzunehmen, daß die Vorrichtungen der Versunkenen Zauberkraft besitzen – zumindest hat er das wortwörtlich gesagt! Er war sehr aufgebracht, als ich ein Gerät zerstörte – er sagte, es sei tot. Aber es gibt doch keine lebenden Maschinen, oder?«

»Nein«, erwiderte Binah. »Und glaubst du, daß seine Geräte Zauberkraft besitzen?«

»Nein«, sagte Haramis. »Ich kann es nicht genau erklären, aber sie *fühlen* sich nicht so *an*. Einerlei, ob Zauberei oder Maschine, sie verleihen ihm Macht, und diese Macht, was immer sie sein mag, kann großen Schaden anrichten. Und solange diese Macht existiert, will ich wissen, wie sie funktioniert!«

»Also bist du zu Orogastus gegangen, um den Gebrauch von Macht zu erlernen? War das klug?«

»Was ist schon klug?« gab Haramis bitter zurück. »Ihr liegt hier im Bett, während meine Heimat überfallen wird, meine Eltern auf schreckliche Weise ermordet und Hunderte von Vispi abgeschlachtet werden, weil Ihr sie zu spät gegen einen Feind zu Hilfe gerufen habt, dem sie nicht standhalten konnten. Ist das klug? Wenn ja, wozu ist es gut?«

»Ich weiß, daß du verwirrt bist und leidest, Haramis«, sagte die Herrin freundlich. »Doch du mußt lernen, über den Augenblick hinaus zu sehen und den größeren Zusammenhang zu begreifen.«

»Genau das hat Orogastus auch gesagt«, erwiderte Haramis. »Als wären meine Eltern gar nichts und ihr Tod nicht weiter von Bedeutung ...« Unwillkürlich mußte sie wieder weinen, verletzt, wütend und alleingelassen. *Und jetzt stirbst du auch noch,* dachte sie verzweifelt, *und ich werde allein sein, mein Königreich von feindlichen Soldaten besetzt, meine Schwestern wer weiß wo, und König Voltrik versucht, sie und mich zu töten. Ich weiß nicht, was ich tun soll, niemand scheint es zu wissen!*

»Ich habe Ruwenda lange Zeit behütet«, sagte Binah mit sanfter Stimme. »Viel länger, als du dir vorstellen kannst. Ich habe das Land und seine Bewohner geliebt, ich habe sie bewacht und ihnen zu der Größe verholfen, die ihnen angewiesen ist. Es ist eine gewaltige Aufgabe, und sie bereitet viel Freude. Doch nun geht meine Zeit zu Ende, und die deine beginnt.« Sie wandte den Kopf, um Haramis in die Augen zu schauen. »Du hast gesagt, Orogastus habe dich gebeten, zu ihm zu kommen. Sag mir, Haramis, warum hat er dich und nicht deine Schwestern eingeladen?«

Haramis starrte sie verblüfft an. »Ich weiß nicht – mir ist nie in den Sinn gekommen, danach zu fragen.«

»Und jetzt, da du die Frage kennst, wie lautet die Antwort?«

Haramis legte die Stirn in Falten und versuchte sich an die genauen Worte zu erinnern, mit denen Orogastus seine Einladung ausgesprochen hatte, ebenso an alles, was er von ihr wissen wollte, während sie bei ihm war. »Ich glaube, er ist einsam«, sagte sie langsam. »Er sprach von meinem Ruf als Wißbegierige und von seinem Wunsch, sein Wissen mit mir zu teilen ... Ich glaube, er sucht nach jemandem, der so ist wie er, jemand, der mit Zauberei umzugehen weiß und so denkt wie er, jemand, der verstehen kann, worüber er redet.«

»Und bist du wie er?« fragte die Erzzauberin ruhig.

»Ja, teilweise schon«, mußte Haramis eingestehen. »Ich will niemanden mit Blitzen versengen oder in das Land eines anderen eindringen oder Menschen töten – ich kann jedoch verstehen, wenn man nach mehr Wissen trachtet und versucht, den Sinn der Welt zu finden ...«

»... des Lebens an sich?«

»Ja«, sagte Haramis. »Das ist es.«

»Und wenn du dieses Wissen hast, was machst du damit?«

»Wie meint Ihr das?« fragte Haramis.

»Würdest du dein Wissen dazu verwenden, zu verletzen und zu zerstören, zu manipulieren und andere deinem Willen zu unterwerfen?«

»Natürlich nicht!« erwiderte Haramis entrüstet. »Das wäre falsch. Die Menschen sollen in ihren Entscheidungen frei sein und nicht von denen, die stärker oder intelligenter sind als sie, als Marionetten mißbraucht werden. Doch warum soll ich mit meinem Wissen etwas *tun*? Warum kann ich nicht einfach studieren und lernen und mich an der Weisheit und den Erkenntnissen erfreuen, die ich erlange? Warum sollte ich es benutzen müssen?«

»Weil du bist, wie du bist, und das auch offen zeigst. Ich sehe es, Orogastus sieht es, und jeder, der magische Kenntnisse besitzt, sieht es.« Die Stimme der Erzzauberin wurde eindringlich. »Haramis, du verstehst Worte. Die meisten

Menschen merken nicht, wie wichtig Worte sind. Auf sie allein kommt es an; denn sobald man etwas ausspricht, gibt man ihm zumindest einen Schatten von Existenz – und sobald man es wahrheitsgebend beim Namen nennt, erweckt man es zum Leben. Du nimmst wahr, du hörst zu, und du erinnerst dich, und das ist eine seltene Gabe. Ohne diese Eigenschaften würdest du die Zauberei nie verstehen, das meiste wäre dir buchstäblich unbegreiflich. Kadiya ist sehr leidenschaftlich und willensstark, und Anigel hat Mitgefühl und ein liebendes Herz, doch diese Gaben, wenn auch an sich großartig, sind nicht das, was man braucht, um Zauberkräfte benutzen zu können. Deine Leidenschaft ist das Wissen, Haramis, und das, zusammen mit dem königlichen Geblüt von Ruwenda, befähigt dich, Zauberin zu werden. Wenn du nicht versuchst, deine Fähigkeiten einzusetzen, wirst du – wie die anderen – von Menschen wie Orogastus benutzt werden.«

»Fühle ich mich deshalb wie die Figur in einem Spiel, das Ihr mit Orogastus austragt?« wollte Haramis wissen.

Die Augen der Erzzauberin brannten, als enthielten sie die gesamte Lebenskraft der alten Frau. »Du fühlst dich wie eine Figur, weil du eine warst, Haramis. Aber du kommst zum letzten Feld, auf dem du allein entscheiden kannst, was aus dir werden soll.«

»Eine Königin, natürlich«, sagte Haramis verwundert. »Ist das nicht schon vor langer Zeit für mich entschieden worden?«

»Nein«, sagte die Erzzauberin mit leiser Stimme, fast flüsternd. »Die Entscheidung ist erst dann gefällt, wenn *du* sie triffst. Das wichtigste ist, daß die Welt wieder ins Gleichgewicht gebracht wird, was nur dadurch geschehen kann, daß du, ebenso wie deine Schwestern, dein eigenes Gleichgewicht findest. Mag sein, daß die Krone nicht deine Bestimmung ist.«

»Wie meint Ihr das?« fragte Haramis entsetzt. »Werden wir das Königreich an Voltrik verlieren? Sollen wir getötet werden? Oder ist etwas mit der Krone geschehen? Ich habe sie Euch überlassen, damit Ihr darauf achtet – war das ein Fehler?«

»Keineswegs.« Die Stimme der Erzzauberin war schwach, aber noch hörbar. »Die Krone ist hier in Sicherheit.« Sie wandte das Gesicht dem Feuer zu. »Damatol.«

Haramis konnte kaum glauben, daß der Seltling diesen geflüsterten Ruf vernommen hatte, doch er eilte an Binahs Seite. »Die Zeit ist gekommen«, flüsterte die alte Frau. Er nickte, ging quer durch das Zimmer zu den Schränken an der gegenüberliegenden Wand und holte ein weißes Bündel hervor, das er der Erzzauberin brachte. Langsam streckte sie eine Hand aus, ergriff einen Zipfel des Tuches und reichte ihn Haramis. Als das Bündel vom Brett rutschen wollte, fing Haramis es auf. Noch im Fall öffnete es sich, und sie sah zu ihrer Überraschung, daß es den Mantel der Erzzauberin enthielt.

»Zieh ihn an, Haramis«, befahl Binah flüsternd. »Er gehört von nun an dir.«

»Wollt Ihr damit sagen, daß *ich* die Erzzauberin sein soll?« fragte Haramis überrascht. *Ich will diese Aufgabe nicht übernehmen,* dachte sie voller Verzweiflung. *Es ist schwierig genug, Königin zu sein – darauf bin ich schließlich vorbereitet worden! Aber die neue Erzzauberin zu sein – das kann sie unmöglich von mir verlangen!*

»Du hast die Fähigkeit«, flüsterte Binah. »Doch mußt du es aus freien Stücken tun. Ich gebe dir meinen Segen und meine Liebe, und noch eine letzte Warnung. Bedenke, daß die Grenze zwischen Selbstbewußtsein und Selbstüberschätzung nur sehr schmal ist und leicht überschritten wird. Sei stets auf der Hut. Entscheide klug.« Dann röchelte sie und lag still.

Haramis starrte schockiert auf den leblosen Körper. *Das kann nicht wahr sein,* dachte sie. *Ich träume. Ich liege in meinem Bett in Orogastus' Turm und habe einen Alptraum, ich habe zu viele Bücher über Zauberei gelesen, ich ...*

Haramis merkte, daß Damatol mit ihr redete. »Weiße Frau?«

Sie drehte sich langsam um und sah ihn an. »Was ist, Damatol?«

»Wie lauten Eure Befehle, Herrin?«

Befehle? Er glaubt, ich sei die neue Erzzauberin. Warum, warum nur bin ich heute morgen überhaupt aufgestanden – gestern morgen –, wo immer es auch gewesen sein mag?« Sie sollte ihm etwas auftragen; immerhin versuchte er nur, *seine* Arbeit zu tun.

Bedauerlicherweise fiel ihr nichts ein.

»Ich werde Euch etwas Wasser holen, damit Ihr Euch waschen könnt. Dann werde ich Euch das Frühstück servieren«, schlug er vor. »Ihr seid gewiß hungrig.«

Hunger. Ja, jetzt, da er es erwähnte, hatte sie Hunger.

»Danke, Damatol«, sagte Haramis verwirrt. »Das ist nett.«

Damatol tischte ein einfaches Mahl auf und führte sie anschließend zu einem kleinen Raum mit einer Bettstelle. Sie legte sich hin und schlief ein, und als sie erwachte, stand die Sonne bereits tief. Auf einem kleinen Tisch neben dem Bett war eine Mahlzeit angerichtet. Haramis aß alles bis auf den letzten Bissen auf und begab sich anschließend auf die Suche nach Damatol.

Sie fand ihn im Zimmer der Erzzauberin, stellte jedoch zu ihrer Überraschung fest, daß das Bett leer war. »Hast du sie schon beerdigt, Damatol?« fragte sie. »Ich hätte dir doch helfen können ...«

»Es gibt sie nicht mehr«, erwiderte er. »Erinnert Ihr Euch nicht ...? Nein, wie ich sehe, nicht. Das Fleisch, das einmal Binahs Seele umschloß, ist zu Staub geworden, so wie dieser Ort zu Staub wird, sobald Ihr ihn verlaßt.«

Haramis sah sich das Bett genauer an. Ja, es lag Staub auf dem Kissen, auf dem Binahs Kopf geruht hatte. »Wo ist die Krone von Ruwenda?«

Damatol öffnete den Schrank an der gegenüberliegenden Wand und zog ein weißes Stoffbündel heraus. Er reichte es Haramis. Als sie es öffnete, stellte sie erleichtert fest, daß die Krone unversehrt war. *Würde sie auch zu Staub werden, wenn ich sie hier zurückließe?* fragte sie sich.

»Ich hole Euch einen Beutel, in dem Ihr sie mitnehmen könnt«, bot Damatol an. Er verließ eilig den Raum, ohne auf Antwort zu warten.

Haramis versuchte, sich darüber klar zu werden, was sie nun tun sollte, doch als Damatol mit einem Ledersack zurückkam, hatte sie sich noch nicht entschieden. Da er jedoch offensichtlich von ihr erwartete, daß sie fortging, rief sie den Lämmergeier. Plötzlich kam ihr in den Sinn, daß sie nicht die einzige Heimatlose war. »Damatol, weißt du, wohin du gehen wirst?«

Er nickte. »Meine Verwandten werden mich abholen. Das ist so verabredet. Da ist nur noch eins.« Er hob den Mantel der Erzzauberin auf, der immer noch auf dem Stuhl lag, auf dem Haramis ihn hatte liegenlassen, und steckte ihn zur Krone in den Sack.

»Warum hast du ihn mir gegeben?« fragte sie, als sie gemeinsam aus dem Gebäude traten. Sie fürchtete, die Antwort bereits zu kennen.

»Weil er Euch gehört, Weiße Frau«, erwiderte er. »Und jetzt lebt wohl.«

Ein plötzlicher Windstoß blies ihr das Haar aus dem Gesicht. Sie blickte hinauf zu den sich auftürmenden Wolken und fragte sich, ob es morgen regnen würde, am Vorabend des Dreigestirnfestes.

Hiluro kam aus den Wolken hernieder und landete neben ihr. *Wohin wollt Ihr, Weiße Frau?*

»Nenn mich nicht so«, sagte Haramis leise. »Noch nicht.«

Sie stieg auf den Lämmergeier und hielt den Beutel mit Krone und Mantel fest. Hiluro flog hinauf in den bedrohlichen Himmel.

42

König Voltrik wartete mit Grünstimme an der Brustwehr des Hohen Turms der Zitadelle. Die dunklen Wolken schienen sich nur wenige Ellen über ihren Köpfen aufzutürmen und verhüllten die Flagge von Labornok, die am Mast wehte. Die ausgedehnte Festungsanlage unter ihnen mit ihren Nebengebäuden und Höfen war merkwürdig still, obwohl die überlebenden Diener aus Ruwenda und die Freisassen am Nachmittag in der Regel hart arbeiteten. An diesem Tag jedoch durchbrach nur das stetige Klingen eines Schmiedehammers die Stille, wie eine mißtönende Glocke, die als böses Omen angeschlagen wurde. König Voltrik lief ein Schauer über den Rücken.

»Ist es das elende Fest, das uns morgen bevorsteht, warum sich die Besiegten vor ihren Pflichten drücken?« fragte er Grünstimme.

»Mindestens die Hälfte der in der Zitadelle Beschäftigten hat heute behauptet, mit Fieber darniederzuliegen und das Bett nicht verlassen zu können – und jene, die zur Arbeit gekommen sind, hängen lustlos herum und machen den Eindruck, als könnten sie kaum weiterarbeiten.«

»Es liegt etwas in der Luft«, gab die Stimme zu. »Mit Sicherheit steht uns bald noch ein Sturm ins Haus.«

»Das meinte ich nicht«, knurrte Voltrik. »Irgend etwas braut sich zusammen, und ich glaube, du weißt, was es ist, und du hast Angst, es mir zu sagen!«

Grünstimme neigte in Ergebenheit den kapuzenverhüllten Kopf. »Mein Allmächtiger Meister wird bald hier sein, Großer König, und er wird Euch beruhigen und alle Eure Fragen beantworten.«

Der König lachte laut und freudlos auf. Er wandte sich mit einer plötzlichen Drehung vom Gehilfen des Zauberers ab und ließ seinen Blick über das weite Land schweifen, das sich nach Norden hin ausbreitete. Das diffuse Licht verlieh dem saftigen Grün des Dschungels eine besondere Leuchtkraft, und die Gerüche aus den Sümpfen waren auch intensiver als sonst.

»Wie soll ich zur Ruhe kommen«, brummte Voltrik, »wenn der Zauberer dir befohlen hat, alle Truppen außer einer Handvoll in der Zitadelle zusammenzuziehen, damit sie sich auf einen Kampf vorbereiten?«

»Eine bloße Vorsichtsmaßnahme ...«

»Lügner! Alle beide! Ränkeschmiede!« Der Monarch wirbelte herum und packte Grünstimme an der Schulter. Selbst mit einer Hand noch konnte er den Helfer des Zauberers so durchschütteln, daß diesem die Zähne klapperten. »Sie kommen hierher und haben es auf mich abgesehen – die drei Prinzessinnenhexen! So ist es doch, oder? Ich könnte schon längst wieder in Derorguila sein, weit weg von hier und in Sicherheit, aber du und Orogastus habt mir immer wieder versichert, alles werde gutgehen – man werde die Hexen gefangensetzen und ihnen die Talismane abnehmen. Aber ihr habt gelogen! Und jetzt wollen sie mir an den Kragen, wie es in der Prophezeiung heißt!«

»Mitnichten, Großer König ...«

»Ich sitze hier in der Falle!« heulte Voltrik auf. »Möge Zoto mir gnädig sein! Der Armee bin ich zutiefst verhaßt, weil sie in diesem Höllenloch die Regenzeit verbringen muß, und die Ritter langweilen sich zu Tode, weil sie nichts zu tun haben, und saufen und huren die meiste Zeit herum, und es gibt niemanden mehr, der mir dient, außer Feiglingen und Narren und trickreichen Verrätern, die den Plan aushecken, mir mein Königreich zu nehmen, wenn die dämonischen Dirnen aus Ruwenda mich erst erledigt haben!«

Grünstimme sank auf die Knie und faltete die Hände in Demut. »Nicht doch, nicht doch! Mein Herr und Meister wird alles erklären, wenn er kommt.«

»*Wenn* er kommt!« brüllte Voltrik. Er zog sein Kurzschwert und preßte die Klinge fest auf die Nase der Stimme. »Und wenn nicht, dann wird dein kahlgeschorener, schlappohriger Schädel vom restlichen Körper getrennt, und ich werde mich morgen in aller Frühe schleunigst aus diesem Tümpel der

Schlechtigkeit verziehen! Lieber nehme ich noch die Gefahren der Regenzeit auf mich, als hier wie ein dummer Dannling darauf zu warten, abgeschlachtet zu werden.«

Ein heftiger Tritt des Königs beförderte den knienden Gehilfen quer über den Boden.

Ein Schrei wie ein Trompetenstoß ertönte.

Verwirrt hielt Voltrik nach allen Richtungen Ausschau, nur nicht nach oben. Daher sprang er überrascht zur Seite, als ein riesiger schwarzweißer Vogel aus den Wolken herniederstieß und erneut aufschrie, bevor er einen Landeplatz auf der Brüstung anflog.

Zwischen den noch immer ausgebreiteten Flügeln des Vogels blickte Orogastus auf den wie vom Donner gerührten König herab und neigte leicht das Haupt.

»Seid gegrüßt, mein Herr«, sagte er ruhig. »Hier bin ich, wie versprochen, und bereit, Euch die Feinde auszuliefern, ebenfalls wie versprochen.«

»Bei den Zähnen von Zoto! Das ist doch eins dieser Tiere, die der Erzzauberin dienen! Und jetzt dient es *Euch* ...?«

Orogastus rutschte vom Rücken des Lämmergeiers herunter und dankte ihm kurz. Der Vogel verdrehte lediglich die Augen und stieg mit einem einzigen Flügelschlag zu den dunklen Wolken auf, in denen er verschwand.

»Die Erzzauberin ist tot«, sagte der Zauberer mit unverhohlener Befriedigung. »Und ihre Nachfolgerin ist keine andere als Prinzessin Haramis, die einst Euren Heiratsantrag verschmähte, und die jetzt in meiner Gewalt ist – obgleich sie es noch nicht weiß.«

»Bei den zehn Höllen!« Voltrik steckte sein Schwert in die Scheide. Ihm war anzusehen, wie erleichtert er war. »Und die beiden anderen Schlampen?«

Orogastus trat an die nördliche Brüstung und setzte sich auf die steinerne Mauerkrönung. Er senkte das Haupt und zog die Kapuze seines schwarzen Mantels tief ins Gesicht. Rasch erteilte er seinem Gehilfen Anweisungen durch die Sprache ohne Worte. Grünstimme kam mühsam wieder auf die Beine. Nachdem sein Gehilfe über die Leiter der Falltür verschwunden war, zog der Zauberer die Kapuze zurück und lächelte Voltrik mit jenem unwiderstehlichen, selbstsicheren Charme an, mit dem er schon vor achtzehn Jahren den noch ungestümen Prinzen in seinen Bann gezogen hatte.

»Die anderen Prinzessinnen sind in der Tat auf dem Weg hierher«, sagte Orogastus. »Kadiya führt einen undisziplinierten Haufen von Sumpfzwergen an, die mit Blasrohren und Steinspeeren bewaffnet sind. Anigels Schreckensheer besteht aus ein paar Hundert häßlichen Seltlingen, verängstigten Nyssomu, einer Truppe verwahrloster Partisanen aus Ruwenda ... sowie Eurem Sohn, dem Verräter, und seinem Kader aus mückenzerstochenen Wendehälsen.«

»Aber die Prinzessinnen haben ihre Talismane!«

Orogastus nickte. »Doch sie wissen nicht damit umzugehen. Sie glauben gewiß, daß sie nur unsere Zerstörung befehlen müssen. Doch ich kann Euch bei meiner unsterblichen Seele versichern, daß die Zaubergeräte so nicht funktionieren. Es sind raffinierte Waffen, und die Prinzessinnen sind unreife Mädchen, die mehr Mut als Verstand haben und von solchen Dingen nichts verstehen.«

Voltrik runzelte die Stirn und setzte sich neben den Zauberer. Er kaute auf seinen Schnurrbartenden. Mit weit ausschweifenden, wilden Gesten deutete er auf das Sumpfgebiet. »Wir können da draußen nicht nach ihnen suchen. Nicht jetzt, da die Regenzeit bevorsteht. Wir würden sie in den Sümpfen nie zu packen kriegen, nicht einmal mit Hilfe dieser abscheulichen Wasserbestien.«

»Nein«, stimmte Orogastus ihm zu. »Und eben aus diesem Grunde wurden sie ermutigt, hierher zur Zitadelle zu kommen, wo unsere überlegenen Truppen und mein mächtiger Zauber sie ein für allemal erledigen werden!«

Voltriks Miene hellte sich auf. »Werdet Ihr sie mit Euren Blitzen erschlagen? Sie mit der Zauberkraft vernichten, die Ihr bei der Eroberung eingesetzt habt?«

»Ich werde Euch die Köpfe der beiden Prinzessinnen zu Füßen legen. Haramis, die meine Kreatur ist, wird Euch Körper und Seele befriedigen.«

Voltrik kicherte nervös. »Ich hätte nichts dagegen ... das heißt, wenn Ihr sie durch Zauberei dazu bringt, sich zu unterwerfen. Ich hatte schon immer eine Schwäche für großgewachsene Huren und werde ohnehin noch weitere Söhne zeugen müssen ...«

»Es *wird* einen Kampf geben, Sire«, sagte Orogastus unbekümmert. »Er wird mit Sicherheit in zwei Tagen stattfinden, am Tag des Dreigestirnfestes.«

Voltrik war wieder aufgesprungen. Die Augen sprühten, als er laut rief: »Gut! Verdammt, das ist es, was wir brauchen, um unser Blut wieder in Wallung zu bringen! Einen Monat hier herumsitzen, die Hälfte der Zeit todkrank – das hat mein Herz ebenso zum Stillstand gebracht wie dieser verfluchte Sumpf! Habt Ihr schon die Kampfstrategie ausgearbeitet?«

»Aber gewiß, mein Herr.« Orogastus erhob sich nun ebenfalls. »Und diesmal gibt es überhaupt keinen Zweifel, daß wir siegen werden. Meine großen Mächte sind angespitzt, und ich will Euch gern zur Seite stehen. Die Armee hier in der Zitadelle ist einsatzbereit, und Lord Osorkon wird bald mit weiteren fünftausend Mann eintreffen ... Sollte Euch die angebliche Macht der Prinzessinnen und ihrer Talismane dennoch Kummer bereiten, gibt es auch noch das hier.«

Der Zauberer zog einen Beutel aus dem Mantel, dem er einen mit einem Totenschädel und anderen Symbolen des Todes verzierten Holzkasten entnahm. Als er ihn öffnete, kam eine dunkelgrüne Kugel auf schwarzem Samtpolster zum Vorschein, etwa so groß wie eine kleine Ladufrucht.

»Das ist eine Waffe, die noch tödlicher ist als alle anderen zusammengenommen. Es war das zweite Abschiedsgeschenk, das ich von meinem verstorbenen Meister Bondanus erhielt ...«

»Jenem, der Euch die goldenen Pillen gab?«

»Ja. Sie waren ein Geschenk für das Leben – doch das hier bringt den Tod, noch dazu einen höchst qualvollen. Man kann diese Waffe nur als letzten Ausweg einsetzen, denn alle, ob Freund oder Feind, die sich im Umkreis von tausend Ellen in Bodennähe aufhalten, sind unweigerlich des Todes. Wenn es gar keine andere Möglichkeit gibt, die Prinzessinnen aus dem Weg zu schaffen, werde ich die Sache höchstpersönlich in die Hand nehmen.«

König Voltrik war bei diesen Worten blaß geworden und konnte den Blick nicht von der Kugel wenden. »Wie heißt sie, und wie funktioniert sie?«

»Sie ist unter der Bezeichnung ›Todeshauch‹ bekannt und existierte bereits vor dem Versunkenen Volk. Sie wurde von den Vorfahren meines Meisters in ihrem großen Ringen um die Vorherrschaft über die Welt gegen sie verwendet. Die Kugel ist aus Glas. Wenn man sie auf Stein fallen läßt, entsteigen ihr tödliche Dämpfe, die schon nach einmaligem Einatmen tödlich wirken. Ich bin bereit, sie einzusetzen, um uns den Sieg zu sichern – selbst wenn sie außer unserem Prinzen auch viele unserer eigenen Leute töten wird. Ihr selbst braucht Euch davor nicht zu fürchten, Sire, solange Ihr Euch im oberen Bereich des Turmes aufhaltet. Die schweren Dämpfe steigen nur mannshoch.«

Orogastus schloß den Kasten und stellte ihn zur Seite. »Wir werden ihn gewiß nicht brauchen. Ich habe ihn Euch nur zeigen wollen, um zu beweisen, daß die Prinzessinnen keine Aussicht haben zu gewinnen. Wir sind unbesiegbar.«

Der Blick, den der Zauberer jetzt auf den graugesichtigen Monarchen richtete, trat aus funkelnden Sternenaugen, und eine sanfte, einlullende Stimme verscheuchte alle Ängste. »Ihr glaubt mir doch, nicht wahr, mein König?«

»Ja«, erwiderte Voltrik ehrfürchtig flüsternd. »Ja.«

Da Anigel wußte, daß ihre Truppen nun aus dem verborgenen Lager am Skrokar zu Kadiyas Versteck ziehen mußten, das etwa fünfzehn Meilen entfernt im unwegsamen Sumpfgebiet nördlich der Zitadelle lag, flehte sie ihren Talisman an, er möge sie vor dem magischen Blick des Feindes verbergen. Und siehe da! Der Morgendunst hatte sich zu einem für Menschenaugen undurchdringlichen Nebelgebräu verdichtet, das den Seltlingen hingegen nichts ausmachte.

Das war die Antwort auf ihr Gebet, und die Prinzessin ließ ihre Truppe aufbrechen. Die Flotte der Nyssomu-Boote trug das gesamte Heer sicher vorbei an Schloß Manoparo zu der Stelle, an der der Skrokar in den Mutar mündete. Von hier aus fuhren sie auf dem großen Fluß weiter und hielten sich an die Randgewässer des nördlichen Ufers, bis sie nach rechts in einen verstopften kleinen Seitenarm voller Windungen abbogen. Er führte Anigel zum Sammelplatz ihrer Schwester, den sie bei Einbruch der Dunkelheit erreichten.

Auch Kadiya hatte einen großen Hügel gewählt, der jedoch von geisterhaften Laternen, in denen sich winzige grüne Leuchtwürmer aus den Sümpfen befanden, nur schwach beleuchtet wurde. Ein Häuptling der Uisgu, der seine Augen mit großen roten Kreisen ummalt hatte und einen Anzug aus goldenen Fischschuppen trug, trat am Fuße des Hügels auf Anigels Boot zu und teilte ihr mit, er wolle sie, Prinz Antar und die anderen Ritter aus Labornok zu Kadiya bringen, die bereits auf sie wartete.

Im trüben Licht der Laternen stiegen sie aus den Booten und folgten einem Pfad auf ein schlichtes Lederzelt zu, in dem sich Kadiya und die Anführer aus den Reihen der Uisgu über eine Zeichnung der Zitadellenfestung beugten, die auf einem grob gezimmerten Tisch ausgebreitet war.

Unter den Eingeborenen gab es auch Frauen, denn ihnen wurden die gleichen Rechte gewährt. Sie trugen nicht ihre langen Röcke mit feiner Stickerei, sondern ebenso wie ihre männlichen Mitstreiter Hosen aus geflochtenem Gras. Über ihren Schultern hingen hüftlange Tuniken, die mit Muschelschalen und festen Schuppen besetzt waren und wie Kettenhemden aussahen. Ihre Helme waren zum Teil aus Metallen gefertigt, die sie in den Ruinen gefunden hatten. Kadiya hatte die Haare zu Zöpfen geflochten und unter ihrem Helm gesteckt. Von den übrigen Anführern war sie lediglich durch ihre Körpergröße zu unterscheiden. Als die goldblonde Anigel ihre ältere Schwester erblickte, vergaß sie alles andere und brach in Freudentränen aus. Mit offenen Armen eilte sie auf ihre Schwester zu.

Doch Kadiya erwiderte die Umarmung nur zögernd, die dunklen Augen unentwegt auf Antars Gesicht gerichtet, der mit seinen Männern am Zelteingang stehengeblieben war. Der Prinz blickte von Anigel auf Kadiya und runzelte die Stirn.

»Ist etwas nicht in Ordnung?« rief Anigel bestürzt. »Wir – wir sind wieder beisammen, wir leben!«

»Ja, ich lebe«, sagte Kadiya gleichgültig. »Aber wen hast du da mitgebracht, Schwester? Welchen Pakt hast du mit ihnen geschlossen? Wer das Blut von Verwandten vergießt, dem kann man nicht trauen.« Sie hatte den Blick starr auf den Prinzen gerichtet. »Hast du denn so schnell vergessen, wessen Waffen unsere Welt in Stücke geschlagen haben?«

Anigel stöhnte verzweifelt auf, als hätte Kadiya sie mit der Waffe bedroht. »Von Antar haben wir nichts zu fürchten. Ihm können wir vertrauen. Dafür würde ich mein Leben verpfänden! Selbst meinen Talisman!« Sie hob die silberne Krone vom Kopf, deren Drillingsbernstein pulsierend zu leuchten begonnen hatte, als sie auf ihre Schwester zugegangen war, und hielt sie ihr entgegen.

»Eure Hoheit«, sagte der Prinz und blickte Kadiya fest in die Augen.

»Worauf muß ich schwören, damit Ihr die Wahrheit anerkennt?«

Langsam zog Kadiya ihren Talisman aus der Scheide. Sie drehte ihn um und hielt ihn für Anigel und Antar sichtbar mit dem Knauf nach oben. Die drei Augen öffneten sich, und die Umstehenden waren hörbar bestürzt.

»Schwester, dreh dich um«, befahl Kadiya, »und laß unsere beiden Talismane das Urteil fällen.«

Niedergeschlagen tat Anigel, wie ihr geheißen.

»O Herrscher der Lüfte, Ihr großen Diener Gottes«, intonierte Kadiya, »zeigt uns, welcher der versammelten Ritter uns ehrlichen Herzens dienen will, und welcher uns schaden wird, und macht mit letzterem, was er uns antun würde.«

Ein lautloser, blauweißer Lichtstrahl blitzte auf. Prinz Antar und seine fünfzehn Getreuen taumelten in ihren Rüstungen, den Mund vor Schreck weit aufgerissen. Zwei Ritter sanken auf den nassen Boden und blieben reglos liegen.

Nach wenigen Herzschlägen beugte sich Sir Owanon über sie. Er schüttelte den Kopf und sagte: »Onbogar und Turat. Beide mausetot.«

Anigel schrie entsetzt auf. Doch Prinz Antar fragte die anderen: »Und wo ist Rinutar?«

Er war nicht bei ihnen; seit dem Verlassen der Boote, in denen sie Kadiyas Lager angefahren hatten, war er nicht mehr gesehen worden. Antar wollte seine Männer auf die Suche nach ihm schicken, doch Anigel bat sie zu bleiben.

»Ich werde ihn finden«, sagte sie ruhig. Sie setzte ihren Talisman wieder auf und schien durch die anderen hindurch zur Zitadelle zu schauen.

»Er ist in der Mitte des Flusses. In einem gestohlenen Boot.«

»Erschlagt ihn!« rief Sir Penapat barsch. »Er wird Alarm schlagen!«

»Das ist nicht nötig«, sagte eine neue Stimme.

Diesmal war es an Kadiya und Anigel, wie erstarrt dazustehen; Prinzessin Haramis hatte sich durch die Bewaffneten geschoben und stand nun vor ihren Schwestern. Sie trug den weißen Mantel der Erzzauberin und hielt die Staatskrone offen unter dem Arm.

»Haramis!« riefen ihre Schwestern wie aus einem Munde.

»Kadiya! Anigel!« Haramis umarmte die Schwestern und sagte: »Ja, ich bin es. Ihr könnt Rinutar ruhig ziehen lassen. König Voltrik und Orogastus wissen bereits, daß ihr hier seid und daß ihr beabsichtigt, morgen noch vor Mondaufgang anzugreifen, sobald das Fest beginnt.«

Nun redeten alle gleichzeitig, Uisgu und die Ritter aus Labornok, Kadiya und Anigel, sogar der eigensinnige kleine Jagun.

Haramis hob ihren Talisman. Der Drillingsbernstein im Stab blinkte golden auf, ebenso die Bernsteine in den anderen Talismanen. Es wurde still.

Haramis sagte: »Schwestern, ich weiß, wie viele Gefolgsleute ihr hier versammelt habt.« Sie versuchte, sich ihre Ungläubigkeit nicht anmerken zu lassen, immerhin hatten es die beiden verdient, daß sie höflich zu ihnen war. »Ich habe noch viel mehr Boote mit Uisgu gesehen, die hierher unterwegs sind, ebenso eine große Flotte schwerbewaffneter Ruwendianer, die aus dem freien Nordosten des Landes kommen. Doch wenn ihr die Zitadelle angreift, werden diese treuen Freunde allesamt sterben, denn Euer Unternehmen ist von vornherein dem Untergang geweiht.« »Wer hat dir das gesagt?« fragte Kadiya aufgebracht. »Dein über alles geliebter Zauberer etwa?«

Haramis errötete. Das hatte sie nicht verdient. Dennoch konnte man Kadiya nicht einmal einen Vorwurf machen, wenn sie so dachte. Sie blickte Kadiya offen an. »Was immer deiner Meinung nach zwischen Orogastus und mir gewesen sein mag: Ich jedenfalls habe keinen Feind zu unseren Beratungen mitgebracht.« Sie blickte Anigel, die neben Prinz Antar stand, geradeheraus an. Anigel errötete, schwieg jedoch. »Was das Verhängnis betrifft – ich bin nicht blind, und ich kann es selbst beurteilen. Eure Eingeborenen sind nur leicht bewaffnet. Die Truppe des Grafen Palundo wird wahrscheinlich nicht mehr rechtzeitig hier sein – und selbst wenn, so steht sie nicht weniger als fünftausend Männern gegenüber, die Osorkon flußabwärts bringt. Die andere Hälfte von Voltriks Armee steht bereit, jeden Angriff zurückzuschlagen, den ihr versuchen solltet. Die großen Tore der Zitadelle sind repariert worden ...«

»Vielleicht haben wir die Mittel, sie zu öffnen«, sagte Kadiya grinsend. »Und auch deinen Verschwörer zu besiegen!«

»Mit dieser Vermutung setzt du viele Leben aufs Spiel«, warf Haramis ein. »Vielleicht wißt ihr nicht, daß ihr nicht mehr auf die Hilfe der Erzzauberin zählen könnt.«

»Warum nicht?« wollte Kadiya wissen. »Sie hat uns bisher immer geholfen. Willst du uns etwa sagen, daß sie in diesem Kampf Orogastus unterstützen wird?«

»Nein«, sagte Haramis gequält. »Ich versuche, euch zu erklären, daß die Erzzauberin tot ist.«

Es war Anigel, die vor Schreck aufschrie. Kadiya sagte verärgert: »Woher weißt du das?«

»Weil ich bei ihr war«, sagte Haramis. Kummer drohte sie erneut zu überwältigen. Bis zu diesem Augenblick hatte sie noch keine Träne für die Erzzauberin vergossen; doch auch hier wagte sie nicht, diesem Bedürfnis nachzugeben. Sie zwang sich, mit fester Stimme weiterzusprechen.

»Ich sage euch, Orogastus wartet mit allen Geheimwaffen,

die er zur Verfügung hat, auf euch, und er hat die Skritek aus dem Grünsumpf aufgerufen, sich in Bewegung zu setzen. Sie streben geschlossen dem Zitadellenhügel zu und werden eure Leute jagen und verschlingen, wenn sie ihrer habhaft werden! Ja, glaubt ihr denn im Ernst, ihr könntet es damit und mit den Waffen eines Orogastus aufnehmen?«

Einen Augenblick, der Haramis wie eine Ewigkeit vorkam, trat Schweigen ein. »Ihr werdet alle niedergemetzelt«, sagte sie ruhig. »Zieht euch zurück, ich bitte euch. Sie können euch zu dieser Jahreszeit nicht in die Sümpfe folgen.«

»Nein!« Kadiya schlug mit der Faust auf den Tisch. »Orogastus hat dich verhext! Das kann man doch deutlich sehen, und dafür hast du den Mantel der Erzzauberin an dich gerissen.«

»Glaubst du wirklich, ich will ihren Platz einnehmen?« fragte Haramis. Müdigkeit und Trauer über den Verlust der Erzzauberin stiegen erneut in ihr hoch.

»Ja, das glaube ich«, verkündete Kadiya hitzig. »Du warst schon immer machtgierig, Haramis. Du kannst den Gedanken nicht ertragen, daß Ani oder ich einen Plan haben könnten, der besser ist als deiner.«

Die Ungerechtigkeit dieser Behauptung traf Haramis wie ein Schlag ins Gesicht. Sie glaubte, darunter zusammenbrechen zu müssen. Kadiya beobachtete sie wütend, doch Anigel sah den Kummer in ihrer Miene.

»Ich glaube, jetzt wirst du ungerecht, Kadi«, sagte sie. »Laß uns zumindest anhören, welchen Plan Haramis hat.«

Kadiya funkelte nun beide an. Sie sagte: »Was ist mit der Krone, Haramis? Wirst du mit Orogastus die Herrschaft über Ruwenda und Labornok teilen, nachdem ihr Voltrik nach eurem großartigen Plan beiseite geschafft habt?«

»Natürlich nicht! Kadiya, du verstehst mich einfach nicht.« Haramis war der Verzweiflung nahe. Wie konnte sie es ihrer Schwester begreiflich machen?

Es war der kleine Jagun, der zur Überraschung aller sagte: »Laßt die Talismane prüfen, ob sie die Wahrheit spricht oder nicht, wie sie es bei Prinz Antar und seinen Männern getan haben.«

Haramis richtete sich zu ihrer vollen Größe auf. »Wie ihr wollt. Doch wenn eure Talismane auch nur annähernd so sind wie meiner, Schwestern, solltet ihr größte Vorsicht walten lassen bei dem, was ihr prüfen wollt. Denn ich bin mir sicher, daß mein Talisman, ebenso wie der eure, töten kann.«

»So soll es sein«, sagte Kadiya, und Anigel schaute mit Leidensmiene von einer Schwester zur anderen. Ihre Gedanken waren selbst für die Ritter aus Labornok und die Uisgu leicht zu lesen.

»Liebste Haramis«, sagte Anigel unglücklich, »wir wollen dir ja gern glauben, doch wir haben *gesehen*, daß du mit Orogastus zusammen warst.« Ihr standen Tränen in den Augen, doch sie sprach mit fester Stimme. »Es bleibt uns nichts anderes übrig, als dich um Erlaubnis zu bitten, dich prüfen zu dürfen.«

Haramis betrachtete ihre Schwester mit amüsiertem Lächeln. Alle Anwesenden im Zelt hielten den Atem an, und in die Stille hinein kündigten die ersten Regentropfen den neuen Sturm an. Draußen vernahmen sie ein leises Murmeln – erneut war Verstärkung angekommen.

Haramis sagte ruhig: »Ich habe nicht darum gebeten, dich zu prüfen, obwohl du deinen Prinzen mitgebracht hast.« Anigel errötete, als Haramis fortfuhr. »Es soll so sein, wie ihr sagt.« Sie nahm ihren Talisman und hielt ihn sich vors Gesicht. »Nun prüft mich.«

In diesem Augenblick hasteten alle Ritter und Uisgu aus dem Zelt. Nur Prinz Antar und Jagun blieben noch, und der kleine Jäger der Nyssomu machte das Zeichen der Schwarzen Drillingslilie vor jeder Schwester.

Haramis reichte Jagun die Krone; er nahm sie ehrfürchtig an sich und kniete mit gesenktem Haupt in einer Ecke nieder.

Kadiya und Anigel standen nebeneinander und hatten die Talismane erhoben. Die jüngste Schwester sprach als erste:

»Ihr Herrscher der Lüfte, seid uns dreien gnädig. Zeigt uns trotzdem deutlich jede Gefahr, die wir für das große Gleichgewicht der Welt darstellen.«

Die drei Talismane begannen tiefrot zu glühen und das

Zelt in strahlendes Licht zu tauchen. Die drei Prinzessinnen standen wie Statuen da, die Augen weit aufgerissen und die Lippen leicht geöffnet.

Die Krone, der Stab und das stumpfe Schwert nahmen ein geisterhaftes Aussehen an; sie strebten von ihren Besitzerinnen fort auf einen Punkt in der Mitte über ihren Köpfen zu ... und dort vereinten sich die drei Talismane. Der Stab glitt in den dreilappigen Knauf, und die Krone mit den dämonischen Antlitzen und ihren Zacken schloß sich um den Reif; die drei verbundenen Flügel mit dem Bernstein in der Mitte befanden sich nun inmitten dreier konzentrischer Ringe. Eine geheimnisvolle Stimme ertönte.

Diesem Zepter der Macht wohnt das Potential für ein permanentes Gleichgewicht oder für die Vernichtung dieser Welt inne. Überlegt es euch gut, bevor ihr das Zepter befehligt, und bedenkt, daß jene, die es hergestellt haben, sich am Ende selbst davor fürchteten, es zu gebrauchen ...

Das blutrote Licht wurde schwächer. Jede Prinzessin hielt wieder ihren Talisman in der Hand.

Nach langen Minuten des Schweigens ergriff Prinz Antar das Wort: »Haben die Talismane geantwortet?«

Haramis blickte ihn ungläubig an, doch es war Anigel, die ihn wie aus einem Traum erwachend fragte: »Habt Ihr denn nichts gesehen und gehört?«

»Nichts, gütige Herrin, außer Eurer Anrufung.«

Die drei Schwestern tauschten Blicke aus. Ohne zu überlegen, traten sie aufeinander zu und fanden in einer einzigen Umarmung zueinander.

»Sieht so aus, als sei ich entlastet«, flüsterte Haramis. »Oder?«

»Klar«, sagte Kadiya kurz angebunden. »Doch wir werden die Zitadelle trotzdem angreifen.«

Haramis runzelte die Stirn. »Seid ihr beide fest dazu entschlossen?«

»Ja«, sagte Anigel. »Wenn du dich uns nicht anschließen willst, Schwester, dann stell dich uns wenigstens nicht in den Weg, noch hilf unseren Feinden.«

»Das habe ich nicht vor«, sagte Haramis. »Doch ich muß

euch verlassen. Ich muß zur Zitadelle und dort ... Ich weiß noch nicht, was ich tun werde. Aber ich weiß, daß ich dorthin muß.«

Der kleine Jagun trat aus seiner Ecke hervor, die Krone in Händen. »Wenn Ihr wollt, Prinzessin Haramis, fahre ich Euch in einem Boot hinüber.«

»Ich danke dir«, sagte Haramis. »Doch ehe ich fortgehe«, sagte sie, an ihre Schwestern gewandt, »möchte ich euch etwas sagen, was ich in der Zeit gelernt habe, als ich bei Orogastus war. Vieles von dem, was er als ›Zauberei‹ bezeichnet, sind Vorrichtungen des Versunkenen Volkes, und es kann sein, daß ihr eure Talismane dazu verwenden könnt, diese Maschinen zu zerstören. Als mein Talisman ein Gerät berührt hat, funktionierte es nicht mehr. Dasselbe mag mit euren Talismanen auch möglich sein.«

Sie umarmte ihre Schwestern. »Kadiya, Anigel, seid auf der Hut – und mögen die Herrscher der Lüfte euch beschützen!«

Sie nahm die Krone von Jagun entgegen. Und dann war Haramis in ihrem weißen Mantel mit dem Jäger der Nyssomu verschwunden. Nur Antar und die beiden Prinzessinnen standen noch im Zelt. In der Ferne grollte der Donner, und der Regen wurde stärker.

Kadiya blickte den großen jungen Mann in der blauen Rüstung stirnrunzelnd an. »Ihr habt wirklich nichts gesehen? Kein rotes Licht, keine Verschmelzung der Talismane? Ihr habt keine Geisterstimme gehört?«

»Ganz bestimmt nicht, Prinzessin«, antwortete Antar.

»Die Vision war für uns bestimmt, Kadi«, sagte Anigel. »Und besonders, glaube ich, für Haramis, die Ärmste.«

»Die Ärmste, sagst du?« spottete Kadiya. »Nun, hier stehen wir, Ausgestoßene, die bereit sind, in einen Krieg zu ziehen – während sie, angetan mit Krone und Mantel, lieber vom Rande des Geschehens aus zusieht!«

»Wenn es uns gelingt, ohne das Zepter zu gewinnen, dann ist sie tatsächlich die Glücklichste. Doch wenn wir es brauchen ...«

Kadiya straffte die Schultern und schloß eine Hand fest um den Knauf ihres Talismans. »Dazu wird es nicht kommen.«

In scharfem Ton forderte sie Prinz Antar auf, die loyalen Ritter und die Führer der Eingeborenen wieder hereinzubitten, damit sie ihnen allen den Plan für die Invasion erläutern könne.

43

Die Nacht verbrachte Haramis an einer sicheren, trockenen Stelle. Sie hatte sich in einem kleinen Park neben der Anlegestelle der Zitadelle unter einen Baum gelegt. Kaum hatte sie ihren Talisman aufgefordert, sie zu verbergen, zog Nebel auf, der sie einhüllte und somit den neugierigen Blicken der wenigen diensthabenden Wachen am Anleger entzog.

Am Morgen war der Sturm vorüber, doch der Nebel hatte sich verdichtet, und Haramis befand sich in einem weichen, grauen Raum. Das gelegentliche Zirpen von Insekten, ein Vogelschrei hier und da und die stetig herabfallenden Tropfen aus der Baumkrone waren die einzigen Geräusche. Sie stellte fest, daß sich die Wachen in die Zitadelle zurückgezogen hatten. Von der Anlegestelle führte eine Straße von knapp einer Meile direkt auf das Haupttor der Festung zu, und sie wußte, daß ein Teil des wahnwitzigen Plans ihrer Schwestern darin bestand, auf dieser offenen Straße anzugreifen.

Sie saß in Meditation versunken und betete um weisen Ratschlag. Es fiel ihr schwer, sich zu konzentrieren, denn andere Gedanken beschäftigten sie: die Sorge um die Schwestern, Kummer über den Verlust der Eltern und Trauer um die Weiße Frau, Ärger über Kadiyas Anschuldigung, sie habe das Gewand der Erzzauberin an sich gerissen – *als hätte ich es überhaupt je gewollt! Doch wer sonst sollte es tun? Glaubt Kadiya etwa,* sie *könnte Erzzauberin sein?*

Als hätte der Gedanke sie herbeigerufen, tauchte vor Haramis das Bild der schlanken Binah in ihrem leuchtend weißen Gewand auf, die Kapuze tief ins Gesicht gezogen. Doch die Hände, die die Kapuze zurückschoben, waren jung und ohne Falten, und Haramis spürte plötzlich Entsetzen in sich aufsteigen. Wessen Gesicht würde darunter auftauchen? Kadiyas – oder das eines schrecklichen Dämons?

Es war weder das eine noch das andere – es war Binahs

Gesicht, doch es hatte sich verändert: Mit dem Strahlen der Jugend blickte sie Haramis entgegen. Das Sterbliche schien von ihr gewichen, und allein ihr Geist in seiner reinen Form war übriggeblieben.

Herrin. Haramis neigte das Haupt.

Sie hatte das Gefühl, als striche ihr eine Hand über den Kopf, und eine deutliche, melodische Stimme, die noch immer die Stimme Binahs war, sagte: *Was ist, meine Tochter?*

Meine Schwestern, erwiderte Haramis unglücklich. *Sie glauben, daß ich Orogastus liebe – aber von ihm verhext –, und Kadiya hat mir tatsächlich vorgeworfen, Euren Mantel an mich gerissen zu haben!*

Aber du weißt, daß es nicht wahr ist, sagte die sanfte Stimme. *Mit der Zeit werden auch sie es erfahren.*

Kadiya sagte, ich sei machthungrig.

Und sie glaubt, daß du deshalb den Mantel trägst. Das war keine Frage. *Ich habe ihn dir gegeben, Haramis, doch ich kann dich nicht zwingen, ihn zu tragen. Er ist eine Last, und andere Menschen, selbst die, die dich lieben, werden nie verstehen, warum du dich dieser Aufgabe verschreibst. Es muß um seiner selbst willen geschehen, nicht weil jemand will, daß du sie übernimmst, oder dich dafür lobt.*

Dennoch lohnt sich die Mühe, fuhr Binah fort. *Die Aufgabe ist immer da und wartet auf diejenige, die für sie bestimmt ist. Jemand muß sich um Ruwenda kümmern, muß darüber wachen, daß es blüht und gedeiht, wie es vorherbestimmt ist – oder zumindest, daß es überlebt, bis jemand die Last übernehmen kann, der stärker ist. Die Arbeit bereitet viel Freude: Man sieht die Schönheit des Ganzen und weiß, daß die eigene Mühe dazu beiträgt, es zu erhalten; man hört die Stimme des Landes und seiner Bewohner, spürt den Kreislauf der Jahreszeiten und den noch größeren ganzer Zeitalter …*

Binahs Stimme verstummte, doch in dieser Stille hörte und fühlte Haramis ihr Ruwenda in einer Weise wie nie zuvor. Es war ihr, als habe das Land einen Pulsschlag, ein klopfendes Herz, und Haramis spürte, wie sich ihr eigenes Herz dem Rhythmus anpaßte, den sie vernahm. Der Pulsschlag war wie eine Melodie, wie ein Lied, das sie beinahe hören und verstehen konnte – wenn sie nur die Hand ausstrecken und wirklich lauschen könnte ...

Lange befand sie sich in einem Trancezustand und merkte kaum, daß Binah sie wieder verließ.

Ein Metalltablett tauchte vor ihr auf, und unsichtbare Hände legten es ihr in den Schoß. Vier Herzen befanden sich darauf, offenbar von Menschen, und ein Krug mit Meerwasser. *Wasche sie*, befahl eine Stimme. In ihrem traumähnlichen Zustand fand Haramis, das sei eine vernünftige Anweisung. Sie nahm das erste Herz. Es paßte sich ihrer Hand genau an und schlug in sanftem Rhythmus, lebendig und warm. Sie spülte es innen und außen mit salzigem Wasser, und als sie fertig war, nahm die unsichtbare Hand es ihr ab. Sie wiederholte die Prozedur mit dem zweiten und dritten Herzen, die sich vom ersten nicht zu unterscheiden schienen. Das vierte indes fühlte sich anders an, seltsam. Auf der Unterseite saß etwas, das ihr in die Hand stach, und sie drehte es um. Zu ihrer Verblüffung sah sie, daß es ein Gerät war und außer der äußeren Form nichts mit einem menschlichen Herzen gemein hatte. Es war nur ein Abbild. Sie streckte die Hand nach dem Wasserkrug aus, doch die unsichtbare Hand hielt sie davon ab. *Nein*, sagte die Stimme traurig, *das kann nicht gewaschen werden. Es hat seine Menschlichkeit aufgegeben*. Das mechanische Herz wurde ihr aus der Hand genommen.

Das verstehe ich nicht, dachte Haramis.

Du mußt in der Lage sein, die Wahrheit zu ertragen, sagte die Stimme.

Auch das verstand Haramis nicht.

Dann ließ sie eine Zeitlang ihre Gedanken ruhen und fiel in einen traumlosen Schlaf.

Sie erwachte kurz bevor es dämmerte. Mit Hilfe des Dreiflügelreifs beobachtete sie die Vorbereitungen, die in der Zitadelle getroffen wurden, die Krieger, die ihre Stellungen einnahmen, um einen Angriff auf die Festung abzuwehren, und das Kommen und Gehen der Ritter und Offiziere, die dem König Bericht erstatteten. Sie sah, wie Orogastus und Grünstimme die teuflischen Geräte der Versunkenen bereitstellten: zwei Maschinen, die Blitze schleuderten; ein Gerät, das mit seiner überwältigenden Lautstärke alle, deren Ohren ungeschützt waren, betäubte und blutend zu Boden schleuderte; zwei Vorrichtungen, die tödliche Kugeln hageln ließen; ein Gerät, das riesige Flammen warf, und eins, das vergiftete Nadeln abschoß. Als Haramis diesen Vorbereitungen zusah, flüsterte ihr eine leise Stimme tief in ihrem Innern zu, daß diese Todesmaschinerie eher für einen Angriff als zur Verteidigung geeignet sei und daß sie jenen zum Nachteil gereichen könnte, die versuchten, sie innerhalb der Festung einzusetzen ...

Sie fragte sich, was Kadiya und Anigel wohl zu tun gedachten. Die frisch reparierten Außenwerke und Blendmauern der Zitadelle konnten nicht erstürmt werden; sie waren steil und besaßen Schießscharten, aus denen Soldaten mit Armbrüsten oder die Helfer mit den Waffen des Zauberers schießen konnten. Die Talismane der Schwestern mochten zwar die Gefolgsleute vor dem übernatürlichen Blick des Zauberers verbergen, doch Haramis glaubte zu wissen, daß die Angreifer für die normalen Augen der Verteidiger aus Labornok sehr wohl zu sehen waren. Die neuen Tore waren zu massiv für einen Rammbock. Wollten die Schwestern ihre Talismane benutzen, um einzudringen? Den Stab an ihr Herz drückend fragte Haramis, *Ist das möglich?* Und im Geiste hörte sie die Antwort. *Nein.*

Haramis sank der Mut. *Ich werde ihnen helfen, soviel ich kann, doch ich will nicht eingreifen*, sagte sie sich. *Außerdem werde ich keinen unerwünschten Rat erteilen. Sie folgen ihrer Bestimmung – und ich habe mich für die meine entschieden.*

Tiefe Ruhe kam über sie. Hier unter dem Baum im Abendnebel hatte sie erneut das Gefühl, in der Mitte der Welt verwurzelt zu sein und ihren Platz im großen Ganzen zu kennen.

Ich bin geworden, wonach ich immer schon trachtete.

Aber wird der Preis dafür der Tod meiner Schwestern sein?

Sie hielt den Reif aufrecht vor sich hin und bat, sie sehen zu können. Als die Vision auftauchte, saß sie Stunde um Stunde da und schaute verwundert zu.

Der größte Teil der Armee unter dem Kommando der

Menschen aus Ruwenda und der treuen Ritter Antars formierte sich im Sumpf, genau gegenüber der Anlegestelle der Zitadelle, in deren Nähe sich Haramis selbst befand. Da die Truppen sich fast direkt ihr gegenüber aufstellten, lauschte sie angestrengt und warf einen Blick über den Fluß, um zu sehen, ob man sie mit normalen menschlichen Sinnen wahrnehmen konnte. Befriedigt stellte sie fest, daß es nicht so war, und wandte ihre Aufmerksamkeit wieder dem Reif zu.

Getrennt von der Hauptgruppe der Angreifer waren ein paar Hundert Krieger der Uisgu und Wyvilo, angeführt von Kadiya, Anigel und Prinz Antar, den Mutar flußaufwärts gerudert, bis sie genau die Stelle erreicht hatten, an der die Öffnung des alten Frischwassertunnels lag. Geschützt vor den Augen des Feindes durch die Talismane, war diese Gruppe im Zugang zur Zisterne verschwunden.

»Bei der Heiligen Blume!« flüsterte Haramis bewundernd. »Wenn Kadiya und Anigel ihrer Armee die Tore der Zitadelle öffnen können, dann haben sie in der Tat eine Chance zu gewinnen!«

Später, als das Dreigestirn über dem dichten Nebel aufging und das Fest seinen offiziellen Anfang nahm, veranstaltete Haramis ihre eigene kleine Feier und aß ein wenig Proviant, den Jagun ihr in einem Beutel dagelassen hatte. Anschließend befragte sie ihren Talisman, wo die Verstärkung für die Labornoki-Armee war. Der Reif zeigte ihr eine Flotte von mehr als hundert Flußschiffen, die mit hoher Geschwindigkeit flußabwärts kamen. Selbst wenn es ihren Schwestern gelang, in die Festung einzudringen und die Tore zu öffnen, würde diese zweite Gruppe schwe bewaffneter Labornoki-Krieger sie niedermetzeln.

Die Vision verschwand, und Haramis wischte sich die nicht vergossenen Tränen aus den Augen. Das Schicksal ihrer Schwestern war nicht zu ändern, und sie mußte ihrer Aufgabe nachgehen.

Sie rief Orogastus. »Mein Entschluß steht fest«, teilte sie ihm mit.

Der Zauberer sah sie mit unbewegter Miene an. »Willst du

mir die Ehre erweisen, mir deinen Entschluß von Angesicht zu Angesicht zu verkünden? Ich bedaure, nicht zu dir kommen zu können; der Lämmergeier, dem du befohlen hast, mich hierher zu bringen, hat seine Aufgabe erfüllt und ist dann verschwunden.«

»Nun gut«, sagte sie. »Ich komme auf den Hohen Turm des Bergfrieds.«

»Können wir uns in einer Stunde, um Mitternacht, dort im Sonnenzimmer treffen?« bat Orogastus. »Du weißt natürlich, daß niemand hier dir etwas zuleide tun kann, jetzt, da dein Talisman Macht empfangen hat.«

»Ich weiß«, sagte Haramis einfach. »Ich komme.«

»Lebe wohl«, sagte Orogastus, und sein angenehmes Gesicht bekam weiche Züge, als er lächelte. »Lebe wohl, Haramis, meine Geliebte.« Sein Bild verschwand.

Haramis sammelte im schwachen Lichtschein des goldenen Drillingsbernsteins ihre Sachen zusammen. Der Dunst begann sich zu lichten, und ein kalter Wind ließ die langen Blätter der Weidelbäume rascheln. Im Röhricht und im niedrigen Ufergebüsch ganz in der Nähe platschte und krabbelte ein Tier im Dunkeln herum. Haramis dachte sich nichts dabei und wollte gerade ihren Lämmergeier rufen. Da teilte sich das Gebüsch, und zwei leuchtende goldene Augen blickten zu ihr auf.

»Prinzessin«, zischte eine Stimme.

»Bei der Heiligen Blume – *Immu*!«

Haramis ließ den Beutel fallen, in den sie Krone und Mantel gesteckt hatte, lief auf die alte Amme zu und schloß sie in die Arme.

»Immu, was machst du denn hier?«

Das kleine Wesen runzelte die Stirn und zeigte seine winzigen Fangzähne. »Machst Machst Machst! Die Geschichte ist zu lang, als daß ich sie jetzt erzählen könnte. Mein Verstand hängt in Fransen, weil ich mich so beeilt habe, um meinen Liebling, Prinzessin Anigel, noch einzuholen, und seit heute Mittag hat mein Zweites Gesicht sie nicht mehr gesehen!«

Haramis nickte. »Es ist ein Zauber, den ihr Talisman

erzeugt und der sie den Blicken ihrer Feinde – und offenbar auch ihrer Freunde – entzieht.«

»Ich kam zum Zitadellenberg und habe Euch hier im Park erspäht. Ich konnte meinen Augen kaum trauen! Wißt Ihr, wo meine Prinzessin ist? Sie *braucht* mich!«

»Ja, ich weiß, wo sie ist. Aber ich bezweifle, daß sie deine guten Dienste will, Immu, denn sie und Kadiya sind in diesem Augenblick dabei, eine Armee in die Zitadelle zu führen, um König Voltrik herauszufordern.«

»Ihr Herrscher der Lüfte!« heulte Immu auf, und die Augen sprangen ihr hörbar aus den Höhlen. »Bei so einem Wagnis braucht sie mich um so mehr! Sagt mir, wie ich an ihre Seite komme!«

Haramis zögerte. »Hast du ein Boot?«

»Ja, ein kleines mit Rudern.«

Haramis hob ihre Sachen auf. »Ich muß es dir zeigen.«

Sie stiegen in das Boot, und Immu ruderte leise durch die dunklen Seitenarme des Mutar, den Anweisungen Haramis' folgend. Nach einer halben Stunde kamen sie an eine seichte Schlammstelle, deren Pflanzen zum größten Teil durch die steigende Flut überschwemmt waren. Auf dem Festland dahinter befand sich der künstlich angelegte Steilhang des Festungshügels, der am Fuße dicht mit Dornfarnen überwuchert war. Der Schlamm war aufgewühlt, und ein Gewirr von Fußspuren verlieh ihm ein pockennarbiges Aussehen.

»Was?« fragte Immu ungläubig. »Ausgerechnet hier sind sie an Land gegangen? Aber von hier aus sind es fast zwei Meilen bis zur Zitadelle, immer bergauf und über offenes Gelände. Und ich sehe keine Spuren von ihnen ...«

»Immu, sie sind durch den alten Zufluß zur Zisterne hineingegangen. Meine Schwestern haben darauf vertraut, daß sie ihren Trupp vor dem Zweiten Gesicht des Zauberers schützen können, zumindest bis sie die unteren Bereiche des Bergfrieds erreichen. Von dort aus werden sie versuchen, das Haupttor und das Marketendertor zu öffnen.«

Immu raffte grimmig ihre Röcke. »Wie sind sie in den Zisternenschacht gestiegen?«

»Sie haben ein Seil mit Enterhaken hinaufgeworfen. Ein

Uisgu ist als erster nach oben gestiegen und hat Strickleitern für die anderen herabgelassen. Die Leitern hängen noch dort.«

»Könnt Ihr sie sehen? Sagt mir, ob Prinzessin Anigel noch in Sicherheit ist!«

»Nein. Auch ich kann nur beten, daß die Herrscher der Lüfte auf ihrer Seite kämpfen mögen.«

»Nun gut«, rief die kleine alte Amme. »Dann betet eben. Doch ich mache mich auf!« Und sie sprang aus dem Boot, stapfte platschend durch den aufgewühlten Schlamm und war schon bald zwischen den hohen Farnsträuchern verschwunden.

Haramis seufzte und beugte sich vor, um die Ruder zu nehmen.

Spähtrupps aus Labornok streiften hier und da um den Hügel, und früher oder später würden sie den Einstieg entdecken und Alarm schlagen. *Ich könnte den Steilhang tiefer legen*, dachte sie, *damit der Eingang zum Tunnel darunter begraben wird.*

Sie hob den Talisman. Die drei gefalteten Flügel des Reifs öffneten sich, und der Drillingsbernstein in ihrer Mitte leuchtete auf. »Die Erde soll sich verflüssigen, und Schlamm soll diesen Ort bedecken, um ihn vor den Augen der Feinde zu verbergen.«

Ein leises Rumpeln war zu vernehmen. Das hohe Ufer schien im Dunst zu wogen, rutschte ab und versperrte den Eingang zum Tunnel. Anstelle des steilen Ufers und des Farndickichts war jetzt nur noch eine lange, glitzernde Schlammrutschbahn zu sehen, in der kleine Steine steckten.

Das Boot schaukelte sanft auf den Wellen. Nebelfinger glitten wie Schlangengeister über die Wasseroberfläche. In weiter Ferne hörte sie das Trommeln von Fronlerhufen. Die Reiterei aus Labornok bewachte die Straße zum Markt von Ruwenda. Eine silberhelle Trompete erscholl von weitem; eine andere ganz in ihrer Nähe antwortete kurz.

Eine innere Stimme sagte zu Haramis: *Die Macht ist in Euch. Und darin liegt die große Gefahr.*

Sie ruderte in die träge dahinfließenden Seitenarme, um sich weit genug von der Schlammrutschbahn zu entfernen, und legte dann wieder am Ufer an. Sie befestigte den Beutel mit seinen Schätzen am Gürtel und rief: *Hiluro!*

Der riesige Vogel kam nicht sofort, doch das beunruhigte Haramis nicht. Sie setzte sich auf einen Felsen und blickte zur Zitadelle hinüber, die in der Ferne aus dem sich auflösenden Nebel auftauchte.

Offenbar hatte man in den inneren Burgbereichen und Höfen Freudenfeuer angezündet, denn der große Bergfried und seine angrenzenden Flügel waren hell erleuchtet. Am Flaggenmast auf dem Hohen Turm wehte das riesige Banner Labornoks, blutrot mit drei gekreuzten goldenen Schwertern. Auch diese wurden jetzt durch die Feuer am Fuße des Mastes erhellt. Es war, als sagte Voltrik: *Hier bin ich! Holt euch eure Burg zurück, wenn ihr es wagt!*

»Laß meine Schwestern gewinnen!« betete Haramis und griff nach ihrem Talisman. »Bitte, laß sie gewinnen.«

Haramis. Sie vernahm die vertraute Stimme ihres Lämmergeiers. *Ich habe etwas Entsetzliches gesehen.*

Hiluro landete sanft wie eine dunkle Wolke, und sie rannte zu ihm hin. »Was hast du gesehen?«

Steigt auf meinen Rücken, und ich werde es Euch zeigen.

Sie folgte, und der Vogel schraubte sich in die Höhe, flog dann am Rande des Burgfelsens entlang an die Stelle, an der das Dickicht des Grünsumpfes hinter dem Markt von Ruwenda auf den Mutar stieß. Es war eine einsame Gegend, in der es keine Häuser gab, denn der größte Teil des Zitadellenberges bestand hier aus blankem Fels, der nur spärlich bewachsen war.

Der Himmel klarte jetzt rasch auf, und der Bodennebel wurde fast vollständig fortgeweht. Das Dreigestirn war noch immer leicht verhangen, doch inzwischen drang genug Licht auf die Erde, daß Haramis unter sich Myriaden dunkler Schatten erblickte, die in mehreren Zügen aus den Sümpfen auftauchten, sich dann zu einer Masse zusammenfanden und sich auf den Weg zur drei Meilen entfernten Zitadelle begaben.

»Was kann das sein? Die zweite Truppe der Labornoki-Armee ist doch gewiß noch nicht angekommen ...«

Es sind Skritek, die der Zauberer herbeigerufen hatte, sagte der Lämmergeier.

»Oh, Dreieiniger Gott! Natürlich!«

Hiluro stieg hinab und glitt außer Reichweite nur wenige Ellen über der Erde dahin. Haramis sah die Ungeheuer der Irrsümpfe, zischend und vergeblich nach dem großen Vogel schnappend, als er über sie hinwegflog.

Ich kann nicht zulassen, daß sie die Gefährten meiner Schwestern auffressen, dachte Haramis voller Verzweiflung. *Was soll ich nur tun?*

Eine Stimme in ihr sagte ruhig: *Ihr seid die Herrin aller Sumpfbewohner.*

Aber was bedeutet das?

Die Skritek sind Sumpfbewohner.

Mit einemmal verstand sie und wußte, was sie zu tun hatte. Sie sagte: »Hiluro, lande vor ihnen.«

Der Vogel zog eine steile Kurve und flog zurück. Er setzte Haramis auf einem mit Moos bewachsenen Felsen etwa hundert Ellen vor den anmarschierenden Ungeheuern ab und stellte sich mit weit ausgebreiteten Flügeln hinter sie. Haramis zog den Mantel der Erzzauberin über und wartete. Die an Dunkelheit gewöhnten Augen der Skritek hatten sie bald erblickt. Heulend und zischend stürmten sie mit einer solchen Geschwindigkeit auf die Prinzessin zu, daß sie sicher war, niedergetrampelt zu werden. Sie blieben jedoch nur einen Steinwurf von ihr entfernt stehen und versanken in Schweigen. Haramis hob ihren Talisman und richtete das Wort an sie.

Wer ist der Anführer?

Neun oder zehn der watschelnden, geschuppten Untiere wagten sich vor. Aus ihren Mäulern troff stinkender Speichel; sie öffneten und schlossen die Krallen, und Haramis wurde gewahr, daß die langsamen Gehirne allesamt in Aufruhr waren.

Sie sagte: *Wißt ihr, wer ich bin?*

Ihr wäret tot! Er hat es gesagt. Wir wußten es!

Ich bin immer am Leben, hier in meinem Land. Alle Bewohner der Sümpfe sind meine Kinder, alle gehorchen mir. Aber ihr wart ungehorsam. Ihr seid dem Zauberer gefolgt und in den Krieg gezogen, was verboten ist.

Ihr habt nicht zu uns gesprochen! Ihr habt Eure Macht verloren! Er hat das bewiesen, als er uns rief und Ihr uns nicht verboten habt zu gehen!

Ich spreche jetzt. Hört ihr?

Ja, Weiße Frau.

Und die Skritek fielen ohne Ausnahme zerknirscht vor ihr nieder.

Haramis sagte zu den Ungeheuern: *Es war euch bisher erlaubt, den menschlichen Eindringlingen zu helfen. Aber ab sofort ist es nicht mehr erlaubt. Habt ihr verstanden?*

Ja, Weiße Frau. Die Antwort enthielt viele verärgerte Grunzlaute, war aber dennoch aufrichtig.

Bevor ihr in die Sümpfe zurückkehrt, werdet ihr eine Aufgabe für mich übernehmen.

Wir sind Euch zu Diensten, Weiße Frau.

Sie erklärte ihnen genau, was sie zu tun hatten, und vergewisserte sich, ob sie verstanden hatten, daß sie keine ausschweifenden Grausamkeiten verüben durften. Obwohl das eine herbe Enttäuschung für die Ungeheuer war, freuten sie sich auf die Aussicht, wenigstens einen kleinen Spaß zu haben, und versicherten ihr, das zu tun, was sie verlangte.

Als sie das gehört hatte, erteilte sie ihnen ihren Segen, stieg auf Hiluros Rücken und flog davon, um Orogastus in der Zitadelle zu treffen.

44

König Voltrik war immerhin klug genug, rechtzeitig zu erkennen, daß der alte Zisternentunnel eine Lücke in seiner Verteidigung darstellte. Doch die Soldaten hatten Angst, die Zaubermaschinen in diesem Bereich einzusetzen, da Tunnel und Brunnen offenbar mit der Hauptwasserversorgung der Zitadelle verbunden waren. So kam es, daß Voltrik die Lücke nicht schließen konnte. Doch seit fast zwei Wochen hatte der König am Ausgang der alten Zisterne Wachen postiert und eine Stafette an den zahlreichen Treppenfluchten aufgestellt, die hinabführten, damit sofort Meldung nach oben ergehen konnte, sobald auch nur ein Eindringling aus Ruwenda versuchte, über den unterirdischen Weg hereinzukommen.

Doch der Brunnenraum war ekelhaft und finster. Er beherbergte nicht nur die widerlichen Schleimkriecher, sondern auch jene geflügelten Nachttiere, deren anhaltendes Krächzen und Gejohle einen Menschen schier verrückt machen konnten. Die Tage zogen dahin, und kein menschlicher Eindringling wurde gesehen (nur zahlreiche Geister, die in der stinkenden Dunkelheit zwischen den alten Maschinen zu lauern schienen). Also zogen sich die Wachmannschaften Labornoks, die die Zisterne bewachen sollten, lieber in den alten Kerker ein Stockwerk höher zurück.

Dort verbrannten sie mit Fackeln den Rest des kriechenden Gewürms und äscherten die modernden Skelette ein; und im stillschweigenden Einvernehmen mit ihren Wachmännern holten sie sich Stühle herunter, benutzten die alte Folterbank als Tisch und vertrieben sich die scheußlichen Nachtwachen mit Kartenspiel und Zecherei.

Wie es das Schicksal wollte, wurde in dem Augenblick, als der Enterhaken des ersten eindringenden Uisgu einklinkte und seine Zacken in den Rand der Zisterne schlug, ein gewisser Krugdal, Krieger aus Labornok, beim Falschspiel erwischt. Seine entrüsteten Kameraden packten ihn, um ihm eine Lehre zu erteilen. Der Tumult, den die Soldaten veranstalteten, übertönte die leisen Geräusche, die der Uisgu beim Befestigen der Strickleitern machte. Als man endlich befand, daß der unglückliche Krugdal genug gestraft sei, waren inzwischen an die vierzig Seltlinge unter Führung des Prinzen Antar im Brunnenraum ausgeschwärmt und die schmale Treppe hinaufgestiegen.

Der Prinz höchstpersönlich, in voller Ritterrüstung, betrat den Kerker und begann, die verblüfften Kartenspieler heftig zu schelten, daß sie ihre Pflichten vernachlässigt hätten. Die Männer waren wie vom Donner gerührt, als der Königssohn wie aus dem Nichts vor ihnen auftauchte. Da sie nichts von seinem angeblichen Verrat gehört hatten, ließen sie den Tadel willig über sich ergehen. Als die ersten Krieger der Uisgu und Wyvilo in den Raum eindrangen, waren die Soldaten zu benommen, um Widerstand zu leisten oder gar aufzuschreien. Deshalb war es ein leichtes, sie zu fesseln und zu knebeln und in die alten Kerkerzellen zu werfen. Nun hielten die beiden Prinzessinnen und die Anführer der Uisgu und Wyvilo einen kurzen Kriegsrat ab.

Es würde geraume Zeit in Anspruch nehmen, bis sie mit ihrer Gruppe von etwa dreihundert Eindringlingen die schmalen Treppen erklommen und das Parterre des Bergfrieds erreicht hätten, um sich von dort aus zu den Toren vorzukämpfen. Vom gefangenen Hauptmann erfuhren sie, daß König Voltrik eine Stafette an den Treppen aufgestellt hatte, die in knapp einer Stunde abgelöst würde.

»Wir müssen die Treppen vorher hinter uns bringen«, erklärte Kadiya.

»Wir müssen die Feinde an den Treppen der Reihe nach überwältigen, allerdings mit größter Vorsicht, damit sie nicht Alarm schlagen können. Ein Aufschrei, und wir sind entdeckt.«

Prebb, ein Häuptling der Uisgu, sagte: »Ich nehme zwei von meinen Leuten mit. Wir werden leise wie Sumpfnebel schleichen und die Feinde mit unseren Blasrohren unschädlich machen.«

»Wenn euch jedoch nur einer sieht ...« Prinz Antar hatte

seine Zweifel. »Ihr wißt, daß die Zauberkraft der Prinzessinnen uns vor dem hellsichtigen Auge des Hexenmeisters verborgen hält. Sterbliche hingegen sehen uns nur zu gut.«

Anigel sagte: »*Ich* werde die Pfeile nehmen und die Wachen außer Gefecht setzen. Mein Talisman wird mich gewiß unsichtbar machen, wie schon einmal, als ich in Lebensgefahr schwebte. Die Feinde werden nicht dazu kommen, einen Warnruf auszustoßen.«

Antar war entsetzt und versuchte, es ihr auszureden, ebenso wie die anderen Anführer. Doch sie war entschlossen zu gehen und glaubte zuversichtlich, daß sie die gefährliche Aufgabe würde bewältigen können. Kadiya, von oben bis unten in einen goldenen Kettenpanzer gekleidet, dessen Glanz kaum von dem Schlamm, mit dem er bespritzt war, beeinträchtigt wurde, trat vor und ergriff beide Hände ihrer Schwester. »Du hast recht, Ani. Es ist eine Aufgabe, für die du am besten geeignet bist, und niemand soll dir verwehren, was dir dein Mut zu tun befiehlt. Viel Glück dir, geliebte Schwester, und möge dir kein Unheil widerfahren.«

Prebb nahm einen Gurt voll kleiner Pfeile und hängte ihn Anigel über die Schulter. »Zustechen, Pfeil steckenlassen, stirbt der Mann«, sagte er. »Zustechen, Pfeil wieder herausziehen, schläft der Mann lange, aber lebt. Doch Vorsicht! Nicht sich selbst stechen.«

»Ich verstehe«, sagte Anigel mit gefaßter Miene.

»Sobald du eine Wache erledigt hast, teile es mir mit«, sagte Kadiya. »Wir folgen dir gemeinsam und bleiben weit genug hinter dir, daß kein Geräusch nach oben dringt.«

»Prinzessin!« rief Antar gequält. »Ich flehe Euch an ...«

»Nein.« Sie trat auf ihn zu und küßte ihn leicht auf den Mund. Eine flüchtige Zärtlichkeit, kaum eine Berührung, die jedoch ausreichte, das Herz des Prinzen lichterloh in Flammen zu setzen. Er war wie gelähmt, und es dauerte eine Weile, bis er seinem Entzücken Ausdruck verleihen konnte.

Doch da war Anigel bereits verschwunden, und die Krieger der Seltlinge grinsten den Prinzen an. Kadiya schlug schroffer als notwendig vor, man sollte lieber nachsehen, wie die Sache unten in der Zisternenkammer stände.

Anigel kannte nur eine Bitte, einen Befehl: »Ihr Herrscher der Lüfte, beschützt mich«, flüsterte sie. Und dann begann sie den langen Aufstieg. Nach einhundert Stufen kam sie zur ersten Wache auf einem Treppenabsatz. Der Mann hatte eine Laterne auf dem Boden vor sich stehen und hielt die Armbrust in den Händen. Er war ein großer, kräftig gebauter Kerl und trug wie die meisten Bewaffneten aus Labornok einen Halsschutz aus Kettenmaterial und einen Tropfhelm. Er war bewaffnet mit Kurzschwert und Keule sowie einem Köcher voller Pfeile für seine Armbrust. Er pfiff leise vor sich hin, um sich die Zeit zu vertreiben, und schloß mit sich selbst Wetten ab, welcher der beiden Weberlinge, die an der feuchten Wand hinaufkrochen, als erster die Decke erreichen werde. Anigel näherte sich ihm geräuschlos und hob mit zitternder Hand einen vergifteten Pfeil. Wo sollte sie zustechen? Unter dem Kettenhemd trug er ein dickes Hemd aus Lederflicken, und sein Hals war von übereinanderliegenden Plättchen geschützt, die an seinem Helm hingen. Sie überlegte: *Er wird fallen, und wenn er über mich oder über den Pfeil fällt, kann ich ihn vielleicht nicht herausziehen, und er muß sterben! Oh, ich könnte es nicht ertragen, wenn er sterben müßte, denn er sieht so tapfer und nett aus, und er hat bestimmt irgendwo eine Mutter ...*

Und er ist dein Todfeind, schien eine verärgerte kleine Stimme ihr zuzuflüstern, *der dich vergewaltigen und töten würde, ohne nachzudenken, wenn er dich nur sehen könnte. Denn auch wenn er an sich nicht böse ist, folgt er ohne zu fragen den Befehlen, die er von bösen Menschen erhalten hat. Und jene, die sich entschließen, Krieger zu werden, müssen damit rechnen, das Schicksal eines Kriegers zu erleiden.*

Anigel spürte, wie sie sich duckte, und erkannte zum ersten Mal, daß auch sie in die Rolle eines Kriegers geschlüpft war, ganz gleich, wie sehr sie sich hatte einreden wollen, sie würde mit dem Feind ohne Blutvergießen zurechtkommen.

Wenn ich ihn kaltblütig töten müßte – könnte ich das?

Sie atmete tief ein und bohrte den Pfeil in den Handrücken des Mannes. Sie zog ihn sofort wieder heraus, ließ ihn fallen und wich zurück. Er jammerte leise, als wäre er überrascht, und verdrehte die Augen. Langsam knickten die Beine unter ihm weg. Die Armbrust fiel zu Boden und schepperte ein Stück die glitschigen Stufen hinab, und sein Helm klirrte, als der Mann nach vorn auf die Steine kippte.

Aber er atmete. Anigel vergewisserte sich, ehe sie Kadiya in Gedanken anrief. Dann eilte sie weiter nach oben zur nächsten Wache. Ihr Herz pochte, und sie spürte eine Kraft im Körper, der sie sich fast schämte. Müdigkeit und Angst fielen von ihr ab wie abgelegte Kleidungsstücke. Der unheimliche Weg durch den schlammigen Zufluß und der schwindelerregende Aufstieg auf der schwankenden Strickleiter waren vergessen. Sie war wieder in der Zitadelle, wieder zu Hause, und führte Krieg gegen ihre Zerstörer ...

Alles in allem erledigte sie achtzehn Wachen. Schließlich kam sie vor der Tür zur Brauerei an und horchte eine Zeitlang (sie vergaß, mit Hilfe ihrer Hellsichtigkeit hindurchzuschauen). Da sie nichts hörte, schlüpfte sie hindurch ...

Und stand vor Grünstimme.

Natürlich konnte er sie nicht sehen. Doch er bemerkte, wie sich die Tür öffnete, und der übelriechende Dunst aus den unteren Kellergewölben stieg ihm in die Nase. Er stieß einen deftigen Fluch aus, kicherte dann und sagte:

»Ja, kommt nur herein, ihr Abschaum aus den Sümpfen, und holt euch, was euch zusteht! Vielleicht können wir euch nicht sehen, doch dank meines Allmächtigen Meisters können wir sehr wohl *hören*, daß ihr kommt – und wenn eure Vorhut erst einmal oben auf der Treppe angekommen ist, werdet ihr die Begrüßung erfahren, die eurer Tollkühnheit zusteht!«

Grünstimme zog die Kapuze zurück. Auf den Ohren saßen zwei kleine Kappen, aus denen winzige Drähte herausstanden, und die von einem Band, das ihm über den Schädel lief, zusammengehalten wurden.

Doch Anigel schenkte diesem Zaubergerät keinerlei Beachtung. Was ihre Aufmerksamkeit auf sich zog, war eine Maschine, die gerade von zwei stämmigen Soldaten ausgerichtet wurde. Es war eine schwere graue Kiste mit abgerundeten Ecken, die oben und an der Rückseite mit Ornamenten verziert war; vorn ragte ein langer, schlanker Glaszylinder mit vielen Metallringen und gespannten Seilen heraus, an dessen Spitze ein seltsames goldenes Ding steckte. Ein dickes Seil aus glänzendem schwarzen Material führte von dieser Kiste zur nächsten, noch größeren, die auf einem Schubkarren hinter einem hohen Stapel gefüllter Kornsäcke stand, sechs oder sieben Ellen von Anigel entfernt.

»Paß doch auf, du Dummkopf!« sagte Grünstimme zu einem Soldaten, der unter dem Gewicht des Gerätes gestolpert war und es beinahe fallen gelassen hätte. »Das hier und noch ein anderes sind die einzigen Blitzwerfer, die noch funktionieren, und wenn du ihn zerstörst, wird mein Allmächtiger Meister dir die Haut von deinem wertlosen Körper abziehen und dich in siedendem Öl braten!«

Anigel schluckte einen Schreckensruf hinunter. Die Blitze des Zauberers kamen aus Maschinen? Und Grünstimme war jetzt dabei, diese Maschine auf die Treppe zu richten, auf der Kadiya mit ihrer Armee heraufkam. Und Prinz Antar.

Anigel bewegte sich leicht wie ein Fytox und stach die beiden Soldaten. Ehe sie fielen, stellten sie die Waffe sanft auf dem Steinboden ab. Die benutzten Pfeile gingen neben ihnen mit einem Klicken zu Boden. Grünstimme schlug Alarm. Da er sich mit Zauberei auskannte, mußte er gespürt haben, daß eine unsichtbare Person im Raum war. Er raffte sein Gewand hoch und rannte, so schnell ihn seine Beine trugen, zur großen Kiste auf dem Schubkarren.

Anigel folgte ihm und sprang ihn von hinten an. Als er versuchte, einen Hebel an der großen Kiste zu bedienen, zog die Prinzessin einen neuen Pfeil heraus und stieß ihn mit aller Wucht in Grünstimmes Nacken. Er brach über der Zaubervorrichtung zusammen und blieb träge wie ein Kornsack liegen. Die merkwürdige Kopfbedeckung fiel ihm vom geschorenen Schädel. Langsam entfernte sich Anigel von ihm. Sie konnte den Blick nicht vom Pfeil wenden, und zunächst streckte sie die Hand nach ihm aus, zog sie aber gleich wieder zurück. Es war ihr, als hörte sie Worte, die sie vor langer, langer Zeit vernommen hatte – oder war es erst vor vier Wochen gewesen? –, als sie sich mit Kadiya, Immu und Jagun in einem blutbespritzten Thronsaal umgesehen und in ihrer

Unschuld nach einer Erklärung für das Böse gefragt hatte:

Freundliche Lebewesen können ihnen nicht gefahrlos freundlich begegnen, denn die Bösen wissen nicht, was Liebe heißt. Sie halten es für Schwäche. Aus diesem Grund müßt Ihr, die Ihr eine freundliche, liebevolle Prinzessin seid, einen Weg finden, unnachsichtiger mit solchen Gestalten umzugehen …

»Und du bist die Stimme des Orogastus«, flüsterte sie. Traurig blickte sie auf ihn nieder, und als Kadiya und die anderen sich in die Brauerei drängten, war Grünstimme bereits tot.

Dann bat Anigel Lummomu-Ko, den Führer der Wyvilo, um seine große Streitaxt und zerschlug die Blitzmaschine. Als das erledigt war, begab sich die kleine Armee ins Parterre der Zitadelle, und der richtige Kampf konnte beginnen.

Zu Friedenszeiten waren die riesigen Flußschiffe, die den Handelsleuten dienten, mit Rudermannschaften aus freien Ruwendianern bemannt, die stolz auf ihre Stärke und ihr Können waren und hohe Löhne dafür erhielten, daß sie die plumpen Fahrzeuge in kürzester Zeit flußauf, flußab beförderten. Doch nach der Eroberung waren die meisten erfahrenen Flußleute in die Irrsümpfe geflohen; die Eindringlinge aus Labornok, die auf die wichtigen Transportmittel keinesfalls verzichten wollten, machten sich rasch die verbleibenden Menschen zu Sklaven und zwangen unerfahrene Ruwendianer in ihren Dienst, die die leeren Plätze auf den Ruderbänken füllen sollten. Sie wurden angekettet, schlecht ernährt und ausgepeitscht, wenn sie den Eindruck erweckten, sich drücken zu wollen. Selbst wenn die Sklavenmannschaften ihr Bestes gaben, waren sie den Freien weit unterlegen, wie General Hamil und Lord Osorkon gleichermaßen auf ihrer unter einem bösen Omen stehenden Fahrt den Mutar hinauf feststellen konnten.

Als Osorkon nun auf schnellstem Wege zur Zitadelle zurückkehren wollte (er wußte aus Gesprächen mit der verstorbenen Rotstimme, daß ein schlimmes Unheil für das Fest des Dreigestirns vorausgesagt war), schien die große Flotte kaum schneller als die Strömung voranzukommen.

Ungeheuer viele Ruderer waren unter der Peitsche gestorben, seit sie das große Lager unterhalb der Dornenhölle verlassen hatten, und der Rest war zu Tode erschöpft. Keine Züchtigung der Welt hätte sie antreiben können.

Osorkon ließ den Kapitän des Flaggschiffs zu sich an den Bug rufen und fragte ihn nach einem Allheilmittel; doch Pellan sagte schmeichlerisch: »Mein General, die Ruderer sind erledigt und stehen kurz vor dem Zusammenbruch, und es gibt nichts, was uns beschleunigen könnte – es sei denn, Ihr wollt meinen früheren Vorschlag aufgreifen und die Sklaven durch Soldaten ersetzen.«

»Verflucht sei deine Seele, Pellan, wir werden nur noch mehr Zeit verlieren, wenn wir anhalten und die Ruderer losbinden, damit meine Männer die Plätze einnehmen können! Die wiederum werden nur Pfuscharbeit leisten. Sie haben keine Ahnung vom Rudern.«

»Was soll ich sonst sagen?« fragte der hagere Bootsfahrer und hielt den Blick gesenkt. »Die Flut verleiht uns eine ordentliche Geschwindigkeit. Es bleibt uns nichts anderes übrig, als sie auszunutzen.«

Osorkon knirschte mit den Zähnen, schwieg jedoch. Er war nicht so ungestüm wie der verstorbene Hamil, dessen Kommando er übernommen hatte, und er wußte, daß Pellan die Wahrheit sagte. Die Flotte würde letzten Endes auch dann die Zitadelle erreichen, wenn alle Ruder stillständen. Er warf einen Blick gen Himmel auf den hellen, verschwommenen Fleck, der die Stellung des wolkenverhangenen Dreigestirns andeutete. Es war kurz vor Mitternacht, und das Fest hatte bei Sonnenuntergang begonnen. Wer konnte ahnen, welch finstere Zauberei sich die Hexenprinzessin Kadiya und ihr Uisgupöbel ausdenken würden?

Er wandte dem Bootsmann den Rücken zu, trat an die vordere Reling und blieb dort stehen, die Hände auf dem Rücken verschränkt. Gegen Kälte und Feuchtigkeit trug er einen warmen Mantel, hatte aber keine Rüstung angelegt. »Was hat dieser rötliche Schimmer am Himmel zu bedeuten, Bootsmann? Kann es sein, daß wir uns schon dem Burgberg nähern?«

»Ja, General. Bis zu den Anlegestellen des Marktes von Ruwenda ist es noch eine Meile. Aber Ihr habt uns befohlen, die Landestellen an der Zitadelle direkt anzusteuern, und das sind auf dem Wasserweg noch volle drei Meilen mehr ...«

»Ja, ja, ich weiß. Wie lange noch, bis wir ankommen?«

»Knapp eine Stunde.« Pellan hatte ein Messingfernrohr zur Hand genommen und betrachtete die dunkle Wasserfläche vor ihnen.

»Merkwürdig, die Oberfläche ist dort ziemlich aufgewühlt. Man könnte fast meinen, der riesige Milingalfisch laicht dort ab, doch es ist nicht die richtige Jahreszeit dafür.«

Osorkon war sofort alarmiert. »Sind es feindliche Boote?«

»Nein, nichts dergleichen. Der Himmel ist hell genug, daß ich es erkennen kann ... Und jetzt zeigt sich dieselbe Unruhe auch auf den Wassern querab – *Bei der Heiligen Blume! Zurück!*«

Das Geräusch aufschäumenden Wassers, vermischt mit haarsträubendem Gebrüll, zerriß die nächtliche Stille. Osorkon sah einen riesigen Kopf mit leuchtenden, orangefarbenen Augen und grinsendem, fast eine halbe Elle breiten Maul, in dem weiße, messerscharfe Zähne aufblitzten, über der Seitenwand des Bootes auftauchen. Ein widerwärtiger Geruch traf ihn wie ein Schlag und drehte ihm schier den Magen um.

»Skritek!« schrie Pellan aus vollem Halse. Doch das sollte sein letztes Wort sein. Das Ungeheuer stieg über die niedrige Reling, packte den Bootsfahrer mit den Krallen und riß ihm mit einem einzigen Biß den Kopf ab.

Osorkon war außer sich vor Angst und Zorn, als er sah, was sein vermeintlicher Verbündeter gerade getan hatte. Und was noch schlimmer war: Alle Boote der Flotte wurden jetzt von Banden der Ungeheuer eingenommen, und die Schreie der entsetzten Soldaten vermischten sich mit unmenschlichem Gebrüll und Hochrufen.

»Haltet ein!« schrie Osorkon. »Hört sofort auf, ihr hundsgemeinen, tückischen Verräter! Wir sind aus Labornok! Eure Verbündeten! Eure Freunde!«

Der Skritek, der Pellan enthauptet hatte, schien einen Moment verwirrt, als sei ihm etwas Wichtiges eingefallen, das er vergessen hatte. Er brüllte ein paar Worte in seiner Sprache, woraufhin seine Kumpanen mit enttäuschtem Stöhnen und Geheul reagierten. Er ließ Pellans bluttriefenden Körper fallen, schnappte sich Lord Osorkon mit besonderer Sorgfalt und warf ihn über Bord.

Kaum tauchte der Offizier hustend und prustend wieder auf, da schlug ihm beinahe ein Ruder, das träge auf dem Wasser schwamm, den Schädel ein. Er klammerte sich in Todesangst daran fest und sah fassungslos zu, wie die Ungeheuer alle Soldaten Labornoks ohne Ausnahme in das schlammige, seicht dahinfließende Wasser warfen. Die angeketteten Ruderer aus Ruwenda ließen sie in Ruhe. Ein paar Skritek wagten, an ihren Opfern zu knabbern, doch sie wurden von ihren Kameraden so lange angezischt und angebrüllt, bis sie von ihnen abließen. Nachdem die fünftausend Mann starke Truppe über Bord gegangen war, riß ein großer Skritek, dessen Kragen und Gürtel über und über mit Gold und Edelsteinen besetzt waren, das Banner Labornoks vom Mast am Bug des Flaggschiffs und besudelte es. Die anderen Ungeheuer brachen in schallendes Gelächter aus, sprangen fröhlich ins Wasser und schwammen auf das Ufer des Grünsumpfes zu.

Als sie weit genug entfernt waren, rief Osorkon: »Heda! Sind noch Ritter oder Soldaten aus dem großen Labornok am Leben?«

Vereinzelt wurden ein paar Stimmen laut – ängstlich die einen, unflätig die anderen.

»Zurück in die Boote, Männer!« schrie Osorkon. Bei diesen Worten riefen sich die ruwendianischen Ruderer untereinander etwas zu, denn sie hatten endlich begriffen, was geschehen war. Heftig tauchten die großen Ruderblätter ein, und die Boote begannen sich von den Feinden im Wasser zu entfernen.

Fluchend und nach Luft ringend hängte sich Osorkon wie ein Wassergurps an ein Ruder und zog es nach unten. Nach einer Weile hing es wieder frei in seiner Dolle, und er konnte sich an die Bordwand vorarbeiten und wieder an Bord klettern, zusammen mit etwa einem Dutzend Soldaten. Sie bewaffneten sich und nahmen das Boot wieder unter ihre

Kontrolle. Drei weitere Boote der insgesamt einhundertzwanzig Flußschiffe, die die Garnison in Trevista verlassen hatten, wurden zurückerobert, während die anderen im Dunkel der Nacht verschwanden. Diese vier Boote, die alle Krieger aufnahmen, die gerettet werden konnten, fuhren an den größten Anleger des Marktes von Ruwenda, wo sie vom Hafenmeister aus Labornok und dem wachhabenden Kapitän in Empfang genommen wurden.

»Fronler her!« wütete Lord Osorkon. »Fronler, die uns zur Zitadelle bringen, oder ihr seid des Todes!«

Man stellte ihnen in aller Eile Reittiere zur Verfügung, und Osorkon ritt seiner Truppe in gestrecktem Galopp voran über den Markt von Ruwenda zur Zitadelle. Von seinen ursprünglich fünftausend Männern waren zweiundsiebzig übriggeblieben.

45

Hiluro flog zum Hohen Turm der Zitadelle und landete. Haramis stieg ab und umarmte den großen Kopf des Vogels. »Ich weiß nicht, ob wir uns je wiedersehen, doch mein Segen begleitet dich auf deinem Flug«, sagte sie. »Du warst mir ein echter, lieber Freund.«

Der Vogel neigte den Kopf, bis er fast mit dem Schnabel den Steinboden berührte. *Ich bin stets Euer Diener, Weiße Frau.* Dann stieg er in den Himmel empor, über dem jetzt Wolkenfetzen dahinjagten. Eine hohe Wolkendecke hatte erneut das Dreigestirn verschleiert.

Beim Öffnen der Falltür stellte Haramis fest, daß sie seit ihrem Weggang wieder instand gesetzt worden war. Sie stieg über die Leiter auf die unteren Ebenen des Bergfrieds, wo die Schätze aufbewahrt wurden. Hier waren nur wenige Wachen aufgestellt, die sie überdies nicht zu bemerken schienen. Im Durchgang, der zu den mittleren Ebenen des Bergfrieds führte, patrouillierten schon mehr Soldaten. Haramis trat direkt auf fünf Ritter aus Labornok zu, die an einem Fenster beisammenstanden und übellaunig über den Fluß blickten; doch keiner schien sie zu sehen.

Es ist gerade so, als wäre ich ein Geist, der durch sein früheres Haus spukt, dachte sie. *Hat Orogastus ihnen befohlen, mich nicht zu beachten, oder macht mein Talisman mich unsichtbar? Soll ich denn nur Zuschauer in dieser Auseinandersetzung sein und abseits stehen, wie es die Weiße Frau immer zu tun schien? Welche Rolle soll ich bei der Erfüllung der Prophezeiung spielen?*

Schließlich erreichte sie das Sonnenzimmer. Der Raum war eigens für sie hergerichtet worden. Ein Feuer brannte, und die Kerzen in den Wandleuchtern waren angezündet. Auf einem kleinen Tisch an den geöffneten Balkonfenstern standen ein Weinkrug und Kristallgläser.

Sie betrat den Balkon, und bei dem Anblick, der sich ihr dort bot, sank ihr der Mut. Tausende von Kriegern waren um den großen Vorhof des inneren Bereichs aufgestellt – Bewaffnete in Reih und Glied sowie Ritter, die sie abschritten und Waffen inspizierten, oder andere, die an großen Feuern standen. Neben dem Haupttorhaus hatte man stabile Barrikaden errichtet. Auf der mittleren thronte eine seltsame Maschine, die von schwarzgekleideten Handlangern des Zauberers bedient wurde. Auf massiven, hohen Plattformen rechts und links neben dem Eingang zum Bergfried selbst befanden sich vier weitere Maschinen, umringt von Bedienungspersonal. An den Festungsmauern der inneren und äußeren Burgbereiche und am Vorwerk waren Männer mit Armbrüsten aufgereiht, und an den Bollwerken standen Mannschaften an Katapulten mit Geschossen und Maschinen in Bereitschaft. Das Tor der Zitadelle, das sich zur Straße hin öffnete, war jetzt bis zu den Dachsparren mit Bruchsteinen vollgestopft und versperrt.

»Hoffnungslos«, flüsterte Haramis. »Einfach hoffnungslos.« Und in dem Augenblick, als sie sich abwandte, betrat Orogastus den Raum. Er trug seine silber-schwarzen Gewänder und einen sternenförmigen, silbernen Kopfschmuck; doch es war eine andere Maske als die, die er zur Anbetung der Mächte der Finsternis getragen hatte, denn sie bedeckte den ganzen Kopf und verbarg das Gesicht vollständig. Selbst die Augenschlitze waren schwarz verglast. Er sah derart bedrohlich aus, daß Haramis zunächst erschrak.

Sie standen reglos voreinander und betrachteten sich gegenseitig. Aus der Tiefe des Bergfrieds drang ein unbestimmtes Geräusch zu ihnen herauf, das Haramis nicht identifizieren konnte.

Orogastus löste die Maske und setzte den Kopfschmuck ab. Er legte ihn neben seine Silberhandschuhe auf eine der Bänke an der Feuerstelle. »Du hast dich entschieden«, sagte er langsam. »Und du hast dich nicht für mich entschieden.«

»Nein.«

»Ich habe meinen Weg schon vor langer Zeit gewählt«, sagte er. »Ich kann nicht umkehren.«

»Ich weiß.«

Aus einer Tasche seines Gewandes zog er eine kleine Holzschachtel mit düsteren Ornamenten. Er öffnete sie, und eine grüne Kugel kam zum Vorschein. Haramis starrte sie verständnislos an. Im Unterbewußtsein registrierte sie, daß die Geräusche, die kurz zuvor eingesetzt hatten, lauter wurden. Es waren der Lärm und das Durcheinander von Kämpfen, die irgendwo im unteren Bereich der Zitadelle stattfanden.

»Man nennt es den Todeshauch.« Orogastus steckte das Ding wieder ein. Er lächelte nicht mehr und sprach mit unversöhnlicher Miene: »Wenn ich es von oben hinabwerfe, werden alle, die sich innerhalb der inneren und äußeren Burgbereiche und darüber hinaus aufhalten, unter unsäglichen Qualen sterben. Rufe Kadiya und Anigel und sage ihnen, sie mögen sich dir ergeben und dir ihre Talismane ausliefern. *Uns!*«

Er zog sie an sich und küßte sie mit einer Heftigkeit, die an Grausamkeit grenzte. Dann riß er seine Handschuhe und die Sternenmaske an sich und ging hinaus, die Tür hinter sich zuschlagend.

»Nein«, flüsterte Haramis. »Nein!« Sie durfte keine Zeit verlieren und zog ihren Talisman hervor, um Kadiya und Anigel mit ihrer Truppe zu sehen. Diesmal nahm der Reif nicht die übliche Perlmuttfarbe an, sondern glühte auf und schien größer zu werden, sie in sein Inneres zu ziehen – und ihr war, als schwebte sie über der Küche des Bergfrieds, in der sich ein Haufen großer, gräßlicher Wyvilo, angespornt von Prinz Antar, auf eine zurückweichende feindliche Truppe aus Kriegern und Rittern stürzte. Die Waldbewohner schlugen mit langschäftigen Äxten um sich und veranstalteten ein furchtbares Blutbad. Die Gegner verloren den Mut und wurden geschlagen. Kaum waren die Feinde unter den Hieben der Wyvilo gefallen oder zurückgewichen, drängten winzige, schuppengepanzerte Uisgu mit rotumrandeten, glühenden Augen aus den inneren Fluren wie eine Flut geschmolzenen Goldes vor. Sie stießen grelle Schreie aus und schwangen die Speere, sobald sie genug Platz hatten auszuholen.

Die Eindringlinge kamen rasch aus den zerstörten Küchenräumen in die Bäckerei und die Spülküche, und von dort aus begannen sie, ins Freie des inneren Bereichs auszuschwärmen, wo die Hauptstreitmacht der Verteidiger sie bereits mit Geschrei und klirrenden Waffen erwartete.

Haramis konnte ihre Schwestern nicht auf Anhieb finden. Endlich sah sie Kadiya, eine Gestalt in goldener Rüstung, nur wenig größer als die Uisgu. Sie spornte die kleinen Krieger mit hoch erhobenem Talisman an. Nun entdeckte sie auch Anigel; in ihrem blauen Lederanzug schien sie im Zwielicht zu leuchten. Neben ihr stand Prinz Antar in seiner azurblauen Rüstung. Näherte sich ein Feind dem Prinzen von hinten, stürzte sich Anigel auf den Mann und attackierte ihn mit einer kleinen Waffe, woraufhin der Unglückliche auf der Stelle zusammenbrach.

Aha, Anigel ist also unsichtbar! stellte Haramis fest. Deshalb kann sie diese Rohlinge ungestraft angreifen. Auch Kadiya wird offenbar von ihrem Talisman verborgen. Und es sieht ganz nach einem Siegeszug aus!

Gewiß – doch sobald die Eindringlinge aus den Küchenräumen ins Freie kamen, wechselte das Kriegsglück rasch die Seiten. Die kleine Truppe der kämpfenden Prinzessinnen war zahlenmäßig weit unterlegen. Das Verhältnis war fünfzehn gegen einen, und die Lakaien des Zauberers machten sich in diesem Augenblick an ihren Höllenmaschinen zu schaffen und schwenkten sie herum. Ziel war der Platz vor der Spülküche.

Haramis schreckte aus ihrer Trance auf und stürzte auf den Balkon, um hinabzuschauen und den Kampf mit eigenen Augen zu verfolgen. Über den Talisman rief sie die Schwestern:

Kadiya! Die Blitzmaschine steht auf der Barrikade direkt neben dem Haupttorhaus! Du mußt sie zerstören! Oder noch besser, spreng damit die Tore und fege die Bruchsteine hinweg, mit denen die Feinde den äußeren Zugang zur Zitadelle blockiert haben!

Kadiya antwortete nicht; doch Haramis sah, wie sich eine einzelne, in Gold gekleidete Gestalt vom Pöbel der Uisgu löste und behende durch die Masse schreiender Ritter schlängelte. Der Feuerschein spiegelte sich auf ihrer schuppenartigen Rüstung.

Anigel! Neben der Haupttür vom Bergfried sind hölzerne Plattformen ...

Ehe sie jedoch ihren Satz beenden konnte, begannen die Lakaien des Zauberers ihre tödlichen Waffen einzusetzen. Weißgoldene Kugeln flogen aus einer Maschine in das Knäuel der Eindringlinge, und wo sie auftrafen, klebten sie an Haut oder Rüstung und verursachten furchtbare Brandwunden. Aus zwei anderen Geräten ergoß sich unter ohrenbetäubendem Lärm ein Hagel von Metallgeschossen, die rote Funken hinter sich herzogen. Sie drangen in Fleisch und Knochen ein wie Spieße in Pilze und führten unweigerlich zum Tode.

Ich sehe die Waffen, Haramis! Bin schon unterwegs!

Anigel! Haramis biß sich nervös auf die Lippen. *Sei vorsichtig! Auch wenn sie dich nicht sehen können ...*

Doch in diesem Augenblick geriet Haramis ins Wanken und war fast geblendet, als die Blitzschleuder einen gewaltigen Lichtstrahl aussandte. Die Wucht des Donners ließ sogar den Bergfried in seinen Grundfesten erzittern, und der Weinkrug und die Kristallgläser auf dem Tisch hinter ihr fielen zu Boden und zerbrachen.

Als sich ihre Augen ein wenig erholt hatten, hob Haramis den Talisman, um einen Blick durch die Dunkelheit und die Wolke aus Rauch und Staub werfen zu können. Sie war erstaunt, als sie sah, daß das gesamte große Torhaus in Stücke gesprengt worden war. Mehr noch, der Pfad der Zerstörung zog sich in gerader Linie durch das Tor des äußeren Burgbereichs und das Bollwerk. Der Steinberg am Haupteingang zur Zitadelle war größer als zuvor ... doch die massiven Pfeiler, die die Tore abgestützt hatten, sowie ein vier Ellen breites Stück der Mauer rechts und links davon brachen gerade in sich zusammen, als sie hinschaute. Und Kadiya ...

»Der Herr sei uns gnädig!« schrie Haramis auf.

Von der Blitzschleuder oben auf der Barrikade war nur noch eine rußgeschwärzte, merkwürdig verzogene Ruine übriggeblieben. Neben ihr lagen drei schwelende Leichen, einst Handlanger des Zauberers, und eine einzelne kleine Gestalt in goldener Rüstung – reglos, das stumpfe Schwert noch in einer Hand. *Kadiya muß das Gerät mit ihrem Talisman zerstört haben,* dachte Haramis, *doch ich habe nicht bedacht, daß sie sich dabei verletzen könnte! Ich muß Anigel warnen ...*

Närrin! Es war Orogastus, dessen Stimme sie wahrnahm. *Sie hat die gesamte Leistung des Gerätes für einen einzigen Schlag eingesetzt! Die Verteidigungsanlage ist zerstört, und die Feinde kommen über den Fluß!*

Haramis erblickte den Zauberer unter sich auf einer kleinen Brüstung über dem Eingang zum Bergfried. Der silberne Sternenkranz seines Kopfschmucks blitzte auf, als sich der Rauch verzog und Dutzende kleinerer Brände, die der Blitz verursacht hatte, im auffrischenden Wind aufloderten. Seine Stimme, durch eine Art Zauber verstärkt, erschallte wie eine Trompete, als er jetzt zu den verblüfften Kriegern aus Labornok sprach, die nicht begriffen, was vor sich ging.

»Haltet aus! Männer aus Labornok, steht wie ein Mann!«

Hinter dem Zauberer trat nun König Voltrik vor, prächtig anzusehen in seiner goldenen Rüstung und dem mit furchterregenden Hauern versehenen Helm, und hielt das Langschwert hoch über dem Kopf. Bei seinem Anblick brachen die Truppen im Hof in laute Hochrufe aus, und der Kampf zwischen ihnen und den eindringenden Wyvilo und Uisgu, der bei der großen Explosion abrupt abgebrochen war, setzte erneut ein.

Doch plötzlich rief Prinz Antar etwas, und seine Stimme hallte von der Festungsmauer wider.

»Männer von Labornok, hört nicht auf diesen Dämon dort! Hier steht Antar, Euer Prinz! Und ich sage Euch, Orogastus hat meinen Vater verhext und aus ihm eine hirnlose Marionette gemacht!«

Ein Murren entstieg tausend Kehlen.

»Sei still, Verräter!« brüllte Orogastus.

Doch andere Stimmen wurden laut: »Er hat recht! Der Prinz hat recht! Seht doch nur, wie der König da rumsteht!« Und einer schrie: »Warum ist der König nicht hier bei uns, um uns anzuführen?« Und ein anderer: »Tritt vor, Voltrik! Sprich zu uns!« Immer mehr Soldaten schlossen sich an, bis Orogastus schließlich beide Hände hob. Die Augen funkelten wie Zwillingssterne.

Schweigen breitete sich aus.

König Voltrik wußte, daß er reden mußte. Doch was konnte er schon sagen? Sein Mut hatte ihn verlassen, sein Ehrgeiz hatte sich wie ein dummer Traum verflüchtigt. Realität war, daß die Armee Ruwendas in die Zitadelle eindrang trotz aller Zauberei, die Orogastus gegen sie aufgebaut hatte. Realität war, daß seine eigenen Männer in ihrer Loyalität wankelmütig geworden waren. Realität war, daß sein verachteter Sohn Antar sich ihm öffentlich widersetzte. Realität war vor allem, daß es Orogastus nicht gelang, die drei Hexenprinzessinnen zu töten, deren eine ihn, Voltrik, vernichten sollte ...

»Soldaten von Labornok, kämpft weiter! Kämpft, sage ich!« Doch die Stimme des Königs glich eher dem Krächzen einer Krähe als einem Trompetenstoß. »Es ist mein elender Sohn, der verhext ist. Schlagt den Verräter nieder!«

Seine Äußerungen waren weit davon entfernt, Ritter und Mannschaften zu ermutigen, sondern gaben Anlaß zu noch lauterem Geschrei. Prinz Antar rief: »Zu mir, Söhne von Labornok! Nieder mit dem Zauberer! Zu mir, sage ich!«

Der Kampf entbrannte erneut mit voller Wucht; und den dröhnenden Ermahnungen des Zauberers zum Trotz rissen sich viele Anhänger Labornoks die scharlachroten Mäntel vom Leib und liefen zum Prinzen und seiner angeschlagenen Truppe über.

In der allgemeinen Verwirrung bemerkte niemand – schon gar nicht der wutentbrannte Orogastus –, daß jene schwarzgekleideten Männer an den todbringenden Flammenwerfern und Geschoßspuckern auf ihren hohen Podesten bewußtlos zu Boden gesunken waren. Allein Haramis sah – mit offenem Munde ob der Tollkühnheit ihrer Schwester –, wie Anigel den letzten Pfeil warf und nun die schweren Maschinen an den Rand der Plattform wuchtete und aus fünf Ellen Höhe auf die Pflastersteine warf, auf denen sie in tausend Stücke zerbrachen.

Als Orogastus klar wurde, was da vor sich ging, brüllte er nach Soldaten, die rasch das zweite Podest erklimmen sollten, um die verlassene Maschine dort unter Einsatz ihres Lebens zu verteidigen. Doch die Männer sahen nun, daß die

Handlanger des Zauberers auf der Plattform durch einen Zauber zu Fall gebracht worden waren und daß derselbe Zauber offenbar noch am Werk war, denn von unsichtbarer Hand wurden Gegenstände auf sie herabgeworfen. Daher rührte sich keiner, und Anigel stieg von der ersten auf die zweite Plattform und beendete ihr Zerstörungswerk an den Waffen des Versunkenen Volkes, die der Zauberer an sich gerissen hatte.

Gut gemacht! gratulierte Haramis ihrer Schwester. *Aber jetzt müssen wir Kadiya helfen.*

Anigel jubelte. *War es nicht wundervoll, wie sie den Blitz geschleudert hat? Mein Talisman hat mir eine Vision von unserer Armee gezeigt, die jetzt, in diesem Augenblick, am Anleger der Zitadelle an Land geht – und sie können durch das Loch in der Mauer leicht hereinkommen!*

Anigel, Kadi ist verletzt. Geh zu ihr! Ich komme auch hin, um zu helfen.

Haramis nahm die Krone von Ruwenda und den Mantel der Erzzauberin an sich und eilte hinab zu ihren Schwestern.

»Da! Da, mein Herr – könnt Ihr sie nicht sehen?«

Orogastus zeigte durch die gespenstische Dunkelheit zur Barrikade vor dem zerstörten Torhaus. König Voltrik strengte die Augen an und sagte schließlich: »Ja. Trägt eine Art goldener Rüstung, nicht wahr?«

»Genau! Und hat bei der Vernichtung meiner Blitzschleuder das Bewußtsein verloren. Also kann sie den Talisman nicht beherrschen. Prinzessin Kadiya steht nicht mehr im Schutz der Unsichtbarkeit! Sie ist in Eurer Hand! Ihr müßt nun so schnell wie möglich zu ihr eilen und ihrem Leben ein Ende setzen, ehe sie sich erholt – oder von ihren Leuten gerettet wird.«

»Ich?« fragte der König schwankend. »Ich soll da hinunter?«

»Habt Ihr etwa Angst vor einem bewußtlosen Mädchen?«

»Es sind keine Feinde bei ihr, mein König«, fuhr er in säuselndem, einschmeichelnden Tonfall fort. »Nur Eure eigenen Truppen halten sich dort auf, die sich fürchten, sie anzurühren. Aber Ihr könnt sie erledigen! Eure größte Feindin! Kadiya ist die streitbare Prinzessin, die Frau aus der Prophezeiung. Sie hat General Hamil erschlagen, unsere halbe Armee ausgerottet und diesen Kampf hier angezettelt. Aber sie hat nicht gewonnen! Wir haben immerhin noch fünftausend fronterfahrene Soldaten, die wir dem herannahenden Mob entgegenstellen können, und die Generalin Eurer Feinde liegt da und wartet auf Euer Schwert!«

»Stimmt.« Voltrik richtete sich auf. »Jetzt hilft ihr die Zauberkraft auch nicht mehr!«

»Geht, Herr. Tötet sie, dann befehlt Euren Leuten, zum Bollwerk der Zitadelle vorzurücken. Erschlagt die Eindringlinge, wenn sie versuchen, über die Ruinen zu klettern!«

»Tod der Hexe!« brüllte Voltrik. »Und sobald ich ihren abgetrennten Schädel in Händen halte, sollt Ihr meine Tat mit Eurer Donnerstimme verkünden!«

Orogastus trat an den Rand der Brüstung vor und rief: »Männer von Labornok! Euer König kommt jetzt, um Euch dem Sieg entgegenzuführen! Ans Bollwerk mit Euch! Bereitet Euch auf den letzten Kampf mit dem Feind vor!«

Vereinzelt erklangen Hochrufe.

»Ich glaube, wir haben da unten wirklich die Oberhand gewonnen.« Der König grinste den Zauberer an. »Die meisten der Lumpen, die aus dem Kerker heraufgekommen sind, scheinen gefallen zu sein.«

»Euer verräterischer Sohn Antar sammelt Partisanen um sich, während Ihr hier herumsteht, König. Geht hinunter! Tötet zuerst Kadiya, dann schart die Männer um Euch.«

»Auf zum Sieg!« brüllte Voltrik. Er ließ das Visier seines schrecklichen Goldhelms zuschnappen.

»Geht«, sagte Orogastus erschöpft. »Geht!«

Als der Monarch schließlich mit schweren Schritten die Treppe hinabstieg, stieß der Zauberer einen tiefen Seufzer aus. Er zog einen Handschuh aus, langte in eine Innentasche seines Gewandes und berührte den Holzkasten, der die tödliche Kugel enthielt. Gleichzeitig sandte er ein stummes Gebet an die Mächte der Finsternis.

Würde Voltrik in der Lage sein, Kadiya zu töten? Oder

würde ihr Talisman mit dem König so verfahren, wie er es mit Hamil und Rotstimme getan hatte? Es war den Versuch wert. Sollte es Voltrik gelingen, wäre es vielleicht nicht nötig, reinen Tisch zu machen ...

Orogastus stand da und überwachte mit Hilfe des Zweiten Gesichts die sich nähernde Streitmacht des Feindes, zu der gerade die schwerbewaffneten Brigaden des Grafen Palundo gestoßen waren. Dann durchforschte er die Dunkelheit des inneren Burgbereichs nach Hinweisen auf den Verbleib der beiden anderen Prinzessinnen.

Er sah weder Anigel noch Haramis, sondern nur eine kleine alte Eingeborene, die sich durch den Tumult und das Blutbad einen Weg bahnte, als suchte sie jemanden.

46

Immu stolperte über das Schlachtfeld, stieg über die Leichen von Freund und Feind und wich Handgemengen und Zweikämpfen aus, die den inneren Burgbereich in eine Hölle aus Blut und Eisen verwandelt hatten.

»Anigel!« rief sie und hustete, da ihr der Rauch in die Nase stieg. »Prinzessin, wo seid Ihr?«

Als sie jedoch verwundete Wyvilo und Uisgu nach ihrer königlichen Herrin fragte, konnte es ihr niemand sagen, sofern er überhaupt die Kraft hatte, ihr zu antworten, denn sie wußten nicht, daß Prinzessin Anigel unsichtbar an ihrer Seite gekämpft hatte.

Immu sah, daß König Voltrik aus dem Bergfried trat und eine Gruppe Ritter zu sich rief. Dann kam er geradewegs auf sie zu.

Die Kampfhandlungen ebbten plötzlich ab. Auf Befehl des Zauberers und ihrer Kommandanten strömten die meisten Labornoki-Soldaten auf das zerstörte Bollwerk und das Zitadellentor zu, wo sie sich erneut versammelten, um den Hauptteil der Invasionstruppe, die vom Fluß her anmarschierte, zurückzuschlagen.

Doch der König, so schien es, hatte ein anderes Ziel vor Augen.

»Die Hexe!« rief Voltrik. »Mir nach, Männer! Ich muß die Hexe töten!«

Mit ihm gingen Lord Osorkon, der gerade noch rechtzeitig zum Kampf eingetroffen war, und Sir Rinutar, der am Abend zuvor mit Meldungen über die Invasoren die Zitadelle erreicht hatte, und zwei weitere Ritter, Lossaron und Simbalik.

Der König arbeitete sich mit diesen vier Getreuen durch die wogende Menge der Verteidiger. Sie hatten die Visiere hochgeschoben, um in dem rauchigen Chaos besser sehen zu können, und begannen nun, ungeschickt die Barrikade zu erklimmen, auf der Prinzessin Kadiya noch immer bewußtlos lag.

Auch Immu sah sie. Und so behende, wie es die alten Knochen erlaubten, kletterte sie auf der anderen Seite des rauchenden Gestells unter Qualen empor und lief keuchend zu der Stelle, an der die goldbewehrte Gestalt lag.

Unsichtbare Hände entfernten Kadiya die Kettenkapuze. Immu vernahm deutlich eine bebende Stimme, die rief: »Kadi! Bitte wach auf, Kadi!«

Die Eingeborene schrie auf: »Anigel, seid Ihr es, mein Liebling?«

Da tauchte die goldblonde Prinzessin auf, als sie die Krone absetzte.

»Immu! Komm schnell! Kadi atmet, aber ich glaube, sie ist verwundet.«

»Gleich zwei auf einmal!« ertönte eine grausame Stimme. »Zoto sei Dank, beide Hexen sind hier!«

Im Nu standen König Voltrik und seine vier Ritter auf der Barrikade. Der Monarch schlug Immu nieder, packte Prinzessin Anigel bei den Haaren und zog sie von der Schwester weg. Er hielt ihr das Schwert an den Hals. Ihr Talisman, die Krone, fiel ihr aus der Hand und landete mit dumpfem Klang auf den verkohlten Holzbohlen. Sogleich erlosch das Glimmen des Drillingsbernsteins.

Simbalik und Lossaron zerrten Kadiya in die Höhe. Der schwertähnliche Gegenstand entglitt ihren schlaffen Händen, und auch der Bernstein erlosch. Doch Kadiya schlug langsam die Augen auf. Ihr Blick begegnete dem ihrer Schwester.

»Männer aus Labornok!« rief König Voltrik, außer sich vor Verzückung.

»Haltet ein! Zwei der drei Hexen, die den Thron unseres großen Landes bedroht haben, sind in meinen Händen!«

Lautes Gebrüll erhob sich unter den Soldaten, und von der Brüstung über dem Eingang zum Bergfried tönte Orogastus: »Heil dir, Voltrik! Heil dir, dem Eroberer! Zeig uns, was jene verdienen, die sich Eurer Herrschaft widersetzen!«

In diesem heillosen Tumult kroch Immu unbemerkt zu Anigels Krone. Nun stürzte sie sich wie ein Lossok darauf und konnte sie gerade noch in Anigels offene Hand drücken, ehe man sie entdeckte. Zwei Männer packten die alte Amme und waren im Begriff, sie kopfüber von der hohen Barrikade hinabzuwerfen.

Anigel, die noch immer Voltriks Schwert am Hals spürte, schrie laut: »Wenn ihr der Frau auch nur ein Haar krümmt, seid ihr des Todes.«

Der Drillingsbernstein in der Krone loderte auf wie ein Strohfeuer, und die Männer, die Immu festhielten, erstarrten. König Voltrik rief außer sich: »Schnell, der andere Zaubertalisman! Das Schwarze Schwert dort! Nehmt es an Euch!«

»Halt!« kreischte Osorkon, denn er hatte den Gegenstand erkannt und wußte um die Gefahr, die von ihm ausging.

Doch Rinutar hatte Immu bereits losgelassen und wollte Kadiyas Talisman aufheben. Während er sich bückte, streckte Kadiya die Hand aus und berührte den Knauf eine Sekunde früher als der Ritter. Das Dreilappige Brennende Auge öffnete sich weit und schleuderte seine Strahlen in Rinutars Antlitz.

Seine Rüstung begann zu glühen. Er konnte nicht einmal mehr schreien oder sich aufrichten, schon war das Fleisch bis auf die Knochen verbrannt, die wie geschmolzenes Eisen in einer Esse leuchteten. Voltrik und seine Mannen heulten vor Furcht und Entsetzen auf, als der brennende Ritter nach vorn kippte und an den Rand der Barrikade rollte. Von dort fiel er wie ein menschlicher Meteor auf das Pflaster des Hofes.

Jetzt war unter denjenigen, die alles mit angesehen hatten, die Hölle los. Nur Voltrik, das muß man ihm lassen, hatte sein Schwert nicht einen Fingerbreit von Anigels Hals bewegt, obwohl ihm kalter Schweiß in die Augen rann und sein Herz hämmerte, als wollte es platzen.

Anigel wandte den Kopf und blickte zu ihm auf. »Laßt uns frei. Ihr seid geschlagen. Ergebt Euch und liefert Euch unserer Gnade aus.«

Voltrik brach in lautes, hysterisches Gelächter aus. »Niemals, du Hexe! Zuerst soll deine Schwester sterben, dann du!«

»Mein König!« Lord Osorkon zeigte zu Boden. Entsetzen

entstellte seine Züge. »Das Schwarze Schwert – *es bewegt sich!*«

Mit offenem Mund sahen Voltrik und seine Gefährten zu, wie das Dreilappige Brennende Auge sich langsam aus Kadiyas Hand erhob und in Hüfthöhe schwebte. Prinzessin Anigel schien der Anblick nicht weiter zu beunruhigen. Auch sie öffnete die Hand, und die Krone schwebte auf das stumpfe Ende des anderen Talismans zu.

»NEIN!«

Der alles übertönende, verzweifelte Schrei kam von Orogastus, der noch immer hoch oben auf seiner Brüstung stand. Aber es war zu spät.

Prinzessin Haramis wurde sichtbar. Sie stand zwischen ihren beiden gefesselten Schwestern. Die Krone von Ruwenda auf ihrem Haupt funkelte im Feuerschein, und der Mantel der Erzzauberin wehte um ihren Körper. Sie nahm den eigenen Talisman und ließ den Stab in einen Schaft der Schwertklinge gleiten, so daß der Dreiflügelreif mit dem Dreihäuptigen Ungeheuer einen Meridian und Äquator bildete. In diesem Raum öffneten sich die Flügel; und in ihrer Mitte erschien eine große Schwarze Drillingslilie in Bernstein.

Orogastus hob einen grünlich schimmernden Gegenstand hoch, den er mit aller Kraft in den Hof schleuderte.

Haramis richtete das Zepter der Macht auf die Kugel des Todeshauchs, die noch im Flug aufglühte und in einer Wolke aus weißem Rauch verschwand.

Nun wandte sich Haramis an die beiden Ritter, die Kadiya festhielten. Die dunklen Augen des Mädchens waren wachsam, die Muskeln kampfbereit angespannt.

»Laßt sie los!« befahl Haramis. Die Männer zögerten.

»Laßt sie los, ihr Narren!« rief Osorkon.

»Nein!« schrie König Voltrik. »Ich verbiete es!«

Als Haramis sah, daß sich die beiden Ritter strafften und festen Stand suchten, trat sie ohne Hast auf sie zu, zögerte und deutete schließlich mit dem Zepter zuerst auf Lossaron, dann auf Simbalik.

Diesmal brannte die Rüstung nicht. Doch in jedem Visier tauchte für den Bruchteil einer Sekunde ein blauweißes Licht auf; und als es erlosch, waren die Helme leer, ebenso wie der Rest der Rüstung. Zwei eiserne Anzüge fielen auf die Holzbohlen und brachen in tausend Stücke.

König Voltrik stieß aus trockener Kehle einen Schrei aus und ließ sowohl Anigel als auch sein Schwert los. Er fiel auf die Knie. »Gnade! Herrin, seid gnädig!«

Haramis deutete gelassen mit dem Zepter auf ihn. »Du sollst die Gnade empfangen, die du stets gewährt hast, und die Prophezeiung möge sich erfüllen.«

Mit glasigen Augen setzte der König seinen gewaltigen Helm ab. Er verneigte sich tief. Die Menge verharrte in ehrfürchtigem Schweigen und sah zu, wie Voltriks eigenes Schwert emporschwebte und sich ihm mit der Spitze in den Hals bohrte. Er kippte vornüber, und die Waffe spießte ihn auf die Bodenbretter.

In der gesamten zur Festung ausgebauten Zitadelle erhob sich ein leises Raunen wie aus sturmgepeitschten Bäumen. Lord Osorkon legte auf der Barrikade Haramis sein Schwert zu Füßen und kniete barhäuptig vor ihr nieder. Im Innenhof warfen die Ritter und Soldaten aus Labornok unter Rasseln und Klirren ihre Waffen von sich. Sie standen wie erstarrt und warteten ab, was als nächstes geschähe.

Haramis blickte Orogastus über den großen Hof hinweg an. Er hatte die Sternenmaske abgesetzt, und sein weißes Haar wehte im aufkommenden Wind. Rauch und Dunstschwaden zogen ab, und die Feuer, die noch brannten, loderten hell auf. Der Himmel über allem war jetzt wolkenlos, und das Dreigestirn stand in enger Vereinigung genau zwischen dem Zenit und dem westlichen Horizont. Es sah aus, als berührten sie sich und bildeten einen geschlossenen Kreis mit drei Lappen.

Haramis hob das Zepter und richtete es auf Orogastus.

»Nun sollen unser Leben und unsere Werke beurteilt werden«, sagte sie. »Haben wir erfüllt, was von uns erwartet wurde? Haben wir recht getan? Haben wir daran gearbeitet, das Gleichgewicht wiederherzustellen? Richte uns, und richte ihn ebenfalls.«

Orogastus hielt sich mit beiden Händen am Rand der Brüstung fest. Mit zusammengepreßten Zähnen verlieh er seinen Augen erneut den schrecklichen Sternenglanz der Magie. Die Zuschauer schrien vor Angst laut auf.

Prinz Antar, der wie aus dem Nichts aufgetaucht war, nahm Prinzessin Anigel in die Arme. Die kleine Immu stand neben Kadiya, zwei unerschütterliche Gestalten.

»Haramis!« rief Orogastus, dessen Stimme noch immer durch irgendeine Vorrichtung verstärkt wurde. »Ich kann dich noch vernichten! Ich kann die Mächte der Finsternis rufen und die Erde selbst ins Wanken bringen!«

Haramis schloß die Augen und hielt das Zepter fest in der Hand; doch im Geiste sah sie sein Gesicht vor sich. *So geht es nicht,* sprach es in ihr. *Das Zepter braucht uns alle drei.*

»Kadiya, Anigel«, bat sie eindringlich, »helft mir! Ergreift das Zepter und konzentriert euch!« Sie spürte, wie sich die Schwestern zu ihr gesellten und die Hände zu der ihren auf das Zepter legten.

Plötzlich entfaltete sich die Macht des Zepters zu ihrer vollen Größe. Sie verband alle miteinander: Haramis, Kadiya und Anigel auf der einen und Orogastus auf der anderen Seite. Das Zepter erstrahlte in einer Helligkeit, die das menschliche Auge, selbst hinter geschlossenen Lidern, blendete; doch irgendwie spürte Haramis, daß sie dennoch sehen konnte. Kadiya und Anigel standen rechts und links von ihr, so nah, daß sie die Schwestern als Teil ihrer selbst empfand, und Orogastus trat ihnen über die Länge des Zepters entgegen. In der strahlenden Macht, die sie umgab, war jede Illusion vernichtet, und sie sahen sich selbst und die anderen, wie sie wirklich waren.

Entsetzlich. Haramis wurde sich bewußt, wie oft sie Menschen, auch unabsichtlich, verletzt, wie oft sie auf ihre Schwestern als schwächere Kreaturen herabgeschaut hatte, jetzt, da sie vielmehr Schönheit und Kraft in ihnen erkannte. Sie spürte, daß die beiden anderen ebenso empfanden: Reue angesichts all ihrer Mißerfolge und Fehler in der Vergangenheit und Ehrfurcht angesichts dessen, was sie in diesem Augenblick in den anderen sahen. Doch die Gedanken und Erinnerungen der Schwestern waren eingebettet und durchdrungen von ihrer gegenseitigen Liebe zueinander. Jetzt verstand Haramis, und sie wußte, daß es den Schwestern ebenso erging; in gewisser Weise bildeten sie zu dritt eine Einheit, ihre Kraft und ihre Schwäche ergänzten sich und hoben einander auf. Trotz ihrer individuellen Unterschiede – oder vielleicht gerade weil sie unterschiedlich waren – bildeten sie ein Ganzes, und sie waren Ruwenda.

Das ist das Gleichgewicht, von dem Binah gesprochen hat. Haramis nahm Orogastus ebenfalls wahr, doch die Empfindung war eine völlig andere. Die Nähe, die sie gespürt hatte, als er sie in den Armen hielt, war verschwunden; geblieben war seine Einsamkeit – absolut und schrecklich. Er hatte keine Verbindung mit Ruwenda oder einem anderen Land oder einem Volk der Eingeborenen, und – trotz allem, was zwischen ihnen vorgefallen war – er hatte keine Verbindung zu Haramis.

Es war, als wäre er in sich selbst verschlossen und erlebte Schrecknisse, die die Prinzessinnen nicht im entferntesten ahnen konnten. Haramis schmerzte der Gedanke an ihn auch jetzt noch, und sie spürte, daß auch Anigel nur zu bereit war, ihr Mitgefühl in seine Richtung zu lenken; doch Orogastus nahm nichts und niemanden außer sich selbst wahr. Und sein Ich schien unerträglich zu sein.

Haramis richtete das Zepter auf Orogastus. »Richte uns«, flüsterte sie. »Richte ihn.«

Erneut flammte das Zepter auf.

Für einen Augenblick waren alle geblendet, viele schrien vor Schreck auf, und erst nach langen Minuten wurden sie gewahr, daß der Zauberer verschwunden war.

Was von ihm übrigblieb, war nur ein großer schwarzer Spritzer wie Ruß an der Mauer, vor der er gestanden hatte, und auf dem Bergfried, hoch über der Brüstung, schwebte die weiße Silhouette eines großen Mannes.

In jenem Jahr fand das Fest des Dreigestirns zum ersten Mal mit drei Tagen Verspätung statt. Es war verschoben worden, damit man sich um die Verwundeten kümmern und den Toten die letzte Ehre erweisen konnte. Doch am dritten

Abend nach dem entscheidenden Kampf, als das Dreigestirn in vollständiger Vereinigung über den Irrsümpfen aufstieg, kamen alle Sumpfvölker, die um den Burgberg herum ihr Lager aufgeschlagen hatten, und alle Menschen aus Ruwenda und Labornok noch einmal in dem großen inneren Burgbereich der alten Zitadelle zusammen.

Zuerst marschierten die Uisgu ein, angeführt von Prinzessin Kadiya. Sie trugen dreiarmige Fackeln und sangen ihr altes Festlied. Ihnen folgten die freundlichen Nyssomu, angeführt von Jagun und Immu. Dann kamen die überlebenden Wyvilo mit ihrem Anführer Lummomu-Ko. Hinter ihnen hatten sich die Menschen aus Labornok mit ihrem neuen König, Antar, eingereiht. Sie waren unbewaffnet und hielten nur Blumen in den Händen. Zuletzt kam die Armee der freien Ruwendianer, angeführt von Graf Palundo, der alle Ritter und Adligen bei sich hatte, die durch die Sumpfvölker zusammengerufen worden waren; die Seltlinge hatten zur Verbreitung der Nachrichten ihre Sprache ohne Worte durch die Sümpfe geschickt.

Haramis, mit Krone, Mantel und Zepter angetan, hieß sie willkommen. Antar trat vor und kniete vor ihr nieder, um offiziell zu verkünden, daß sich sein Volk ergeben habe.

Doch Haramis sagte: »Erhebt Euch, König Antar, denn nicht ich kann Eure Kapitulation entgegennehmen.« Sie nahm die Staatskrone vom Kopf und hielt sie in die Höhe. »Ich, die Thronerbin von Ruwenda, verzichte nunmehr auf die Krone. Ich rufe Prinzessin Kadiya, meine nächstjüngere Schwester, sie anzunehmen – denn ich wurde für eine andere Rolle abberufen, die der Erzzauberin.«

Kadiya stand vor den Eingeborenen, das Drillingsemblem glänzte auf der Brust ihrer goldenen Rüstung, und das kastanienbraune Haar fiel ihr offen über die Schultern. Sie sagte: »Auch ich verzichte auf die Krone, denn meine Bestimmung ist es nicht, eine Herrscherin über Menschen zu sein, sondern Führerin und Freundin der Sumpfvölker, die mich gebeten haben, ihnen zu dienen. Ich rufe Prinzessin Anigel, meine jüngere Schwester, die Krone anzunehmen, die sie so sehr verdient hat.«

Anigel schloß für einen kurzen Moment die Augen und sah wieder jene merkwürdige Vision, in der sie durch einen Wald hinter ihrer Mutter herlief. Und jetzt, da sie Königin Kalanthe eingeholt hatte, spürte sie keine ängstliche Vorahnung mehr, als ihre Mutter sie wusch und ankleidete. Das, worauf sie vorbereitet wurde, hatte in Wahrheit von Anbeginn auf sie gewartet. Sie wußte auch, daß sie von den drei Schwestern am besten dazu geeignet war, die Krone zu tragen. Sie öffnete die Augen, ging zu Haramis und kniete mit hoch erhobenem Haupt nieder. Als die große Krone mit den Smaragden und Rubinen und dem großen, tropfenförmigen Drillingsbernstein auf ihrem Kopf saß, stand sie auf, drehte sich langsam um und machte über alle, die zuschauten, das dreilappige Zeichen.

Antar stand da und wartete. Dann kniete er vor ihr nieder. »Wollt Ihr meine Unterwerfung annehmen, Große Königin?«

»Die habe ich doch bereits«, sagte sie lächelnd, »und, wie ich hoffe, zusammen mit Eurem Herzen. Und da ich eine Königin bin, die nicht ohne König herrschen kann, schlage ich vor, daß wir unsere Königreiche gemeinsam als Mann und Frau regieren, in immerwährendem Frieden.« Sie nahm seine Hände und bedeutete ihm, sich zu erheben und sich neben sie zu stellen.

»Volk von Ruwenda«, sagte sie, »ich gebe euch euren König.«

Und er sagte: »Volk von Labornok, ich gebe euch eure Königin!«

Daraufhin brach ein wahrer Tumult aus, vermischt mit Hochrufen und Freudentränen, die Sumpfvölker sangen erneut ihre Hymne, es gab zu essen und zu trinken in Hülle und Fülle – das richtige Fest hatte begonnen.

Die Schwestern, die nahe beinander standen, umarmten sich. Haramis nahm das Zepter der Macht feierlich auseinander. Das stumpfe Schwert, dessen Augen jetzt wie im Schlaf fest geschlossen waren, reichte sie Kadiya, die es in die dafür vorgesehene Scheide gleiten ließ und mit einer Kordel an der Hüfte festband. Die silberne Krone mit den drei grotesken Antlitzen fügte Anigel in die Krone von Ruwenda ein, die sie sich anschließend wieder auf das goldene Haar setzte. Den Stab, dessen Flügel zusammengefaltet waren und dessen Drillingsbernstein nur schwach glomm, befestigte Haramis wieder an der Kette, die sie um den Hals trug.

»Wir waren Eins«, sagte Haramis, »und jetzt sind wir drei. Gepriesen sei der Herr, daß die Welt wieder im Gleichgewicht ist und daß das Zepter der Macht nie wieder zum Einsatz kommen muß.«

»Bei der Heiligen Blume!« knurrte Kadiya. »Das will ich hoffen! Wir alle brauchen Frieden. Bedenkt nur, wieviel wir drei noch lernen müssen! Ani die ermüdende Staatskunst, Hara die Zauberei, und ich will an einen gewissen Ort der Erkenntnis zurückkehren und einem Wesen, das dort wohnt, ein paar sehr wichtige Fragen stellen. Es müssen noch knifflige Probleme gelöst werden bezüglich der zukünftigen Beziehungen zwischen den Sumpfbewohnern und den Menschen, und ich glaube, es wird eine Zeitlang dauern, bis die Antworten gefunden sind!«

Anigel fragte Haramis: »Willst du deinen Lämmergeier nach dem Fest rufen, Schwester, und mit ihm nach Noth fliegen, um dort zu wohnen wie die Weiße Frau?«

Haramis wandte den Blick ab, der für einen Augenblick zur Brüstung über dem Eingang des Bergfrieds wanderte. »Nein. Dieser Ort zerfiel zu Staub, als Binah starb. Ich werde an einen anderen Ort gehen – einen Ort, den ich kenne, hoch oben im Gebirge.«

Dann trat Antar zu den drei Schwestern und lächelte entschuldigend, als er Anigel mitteilte, es sei für die Vereinigung der Untertanen unerläßlich, daß die beiden Monarchen nun einen festlichen Tanz anführten.

»Die schrecklichen Pflichten einer Herrscherin!« lachte Kadiya. »Geht nur, Königin Anigel. Die Erzzauberin und ich werden unsere gewichtigen Diskussionen bei Essen und Trinken fortführen, und wenn Eure Majestäten sich Löcher in die Schuhe getanzt haben, könntet ihr euch uns wieder anschließen.«

Hand in Hand gingen Anigel und Antar davon; und die Musik setzte ein.

Mit schnellen Schritten überquerte der alte Musikant Uzun die im Zwielicht daliegende Wiese am Hang unterhalb der Zitadelle. Er vernahm festliche Geräusche und beschleunigte seinen Schritt. Er traute seinen Ohren kaum. Das waren doch die Lieder des Dreigestirns! Hatte das Fest nicht bereits vor drei Tagen stattgefunden, während er mit den anderen auf seinem Boot am Ufer festsaß und den zerstörten Bug reparieren mußte? Er hatte den großen Kampf verpaßt; den Sieg verpaßt; hatte nicht mitbekommen, wie seine geliebte Prinzessin Haramis den bösen Orogastus vernichtete – er hatte *alles* verpaßt.

Oder doch nicht? Oh, wenn er doch nur die Sprache ohne Worte besser beherrschte!

Natürlich waren das Festhymnen, und die fröhlichen Geräusche, die eine nächtliche Brise zu ihm herübertrug, überlagerten beinahe die Rufe der Sumpftiere. Welch ein Wunder! Am Ende träfe er doch noch rechtzeitig ein ...

Sein Blick fiel auf einen Gegenstand auf dem mondhellen Boden.

Er blieb stehen und bückte sich, um ihn näher in Augenschein zu nehmen. Aus dem Boden, der von den frühen Regenfällen noch ziemlich feucht war, schienen alle möglichen Pflanzen zu sprießen, buchstäblich über Nacht. Doch das, was er hier vor sich sah, war etwas anderes. Er konnte es kaum glauben – es war zauberhaft ...

Myriaden winziger Pflanzen wuchsen hier an dieser Stelle, wo einst nur Gras und Schilf gestanden hatten. Pflanzen mit kleinen schwarzen, dreiteiligen Blüten.

Der Musikant Uzun pflückte eine Schwarze Drillingslilie und hielt sie ins Mondlicht. Ja! Es bestand kein Zweifel. Der Ort war mit diesen Pflanzen übersät. Sie wuchsen überall.

Aus lauter Übermut sammelte er so viele Blumen, wie er tragen konnte, und beeilte sich, die Zitadelle zu erreichen, um den Leuten dort die gute Nachricht zu überbringen. Er lachte. Tausende von Drillingslilien standen dort und entfalteten ihre Blütenblätter im Schein des Dreigestirns.